윌리엄 셰익스피어 William Shakespeare

1564년 영국 스트랫퍼드어폰에이번(Stratford-upon-Avon)에서 출생하였다. 런던에서 극작가로 명성을 떨쳤으며, 1616년 고향에서 사망하기까지 37편의 희곡을 발표했다. 그의 희곡들은 현재까지도 가장 많이 공연되고 있는 '세계 문학의 고전'인 동시에 현대성이 풍부한 작품으로, 전 세계 사람들의 마음을 사로잡고 있다. 크게 희극, 비극, 사극, 로맨스로 구분되는 그의 극작품은 인간의 수많은 감정을 총망라할 뿐 아니라, 인류의 역사와 철학까지도 깊이 있게 통찰하고 있다고 평가받는다. 고대 그리스 비극의 전통을 계승하고, 당시의 문화 및 사회상을 반영하면서도, 수백 년이 지난 지금까지 독자들의 공감과 사랑을 받는, 시대를 초월한 천재적인 작품들인 것이다. 그가 다루었던 다양한 주제가 이렇듯 깊은 감동을 이끌어 내는 데에는 그의 시적인 대사도 큰 역할을 한다. 셰익스피어가 남겨 놓은 위대한 유산은 문학뿐 아니라 영화, 연극, 뮤지컬, 오페라와 같은 문화 형식, 나아가 심리학, 철학, 언어학 등 다양한 학문에서도 수없이 발견되고 있다.

옮긴이 최종철

연세대학교 영어영문학과를 졸업하고 연세대학교와 미네소타 대학교에서 문학 석사 학위, 미시건 대학교에서 문학 박사 학위를 받았다. 셰익스피어와 희곡 연구를 바탕으로 다수의 논문을 발표하였으며 현재 연세대학교 영어영문학과의 명예교수이다. 1993년부터 셰익스피어 작품을 운문 형식으로 번역하는 데 매진하여, '셰익스피어 4대 비극'인 『햄릿』, 『오셀로』, 『맥베스』, 『리어 왕』과 『로미오와 줄리엣』, 『한여름 밤의 꿈』, 『베니스의 상인』 등을 번역 출간했다.

세익스피어 전집 6   비극·로맨스

셰익스피어 전집 6

비극·로맨스

윌리엄 셰익스피어
최종철 옮김

민음사

셰익스피어 전집의 운문 번역을 시작하며

　　셰익스피어가 그의 극작품에서 사용하는 언어는 형식상 크게 운문과 산문으로 나뉜다. 산문은 주로 희극적인 분위기나 신분이 낮은 인물들(꼭 그렇지는 않지만), 저급한 내용, 편지나 포고령, 또는 정신 이상 상태 등을 드러낼 때 쓰이고, 운문은 주로 격식을 갖추어 사상과 감정을 표현할 때 쓰인다. 여기에서 운문이라 함은 시 한 줄에 들어가는 음보의 수에 따라 몇 가지 종류가 있지만, 셰익스피어가 주로 사용하는 것은 소위 '약강 오보격 무운시'라 불리는 형식이다. 알다시피 영어에는 우리말과 달리 강세가 있으며, 강세를 받지 않는 음절 다음에 바로 강세를 받는 음절이 따라올 때 이 두 음절을 합쳐 '약강 일보'라 말하고, 이런 약강 음절이 시 한 줄에 연속적으로 다섯 번 나타날 때 이를 '약강 오보'라 부른다. 그리고 '무운'이란 각운을 맞추지 않는다는, 즉 연이은 두 시행의 끝에서 같은 음이 되풀이되지 않는다는 뜻이다. 모든 운문 형식 가운데 이 '약강 오보격 무운시'가 영어의 자연스러운 리듬에 가장 가까우며 셰익스피어가 그 대표적인 사용자이다. 그리고 산문은 이러한 규칙을 지키지 않는 대사를 말한다. 또한 두 형식은 시각적으로도 구분되는데, 일정한 음보 수가 넘치면 시 한 줄이 끝나고 다음 줄로 넘어가는 운문과 달리 산문은 좌우 정렬로 인쇄되어 지면을 꽉 채우도록 배열된다. 극작품마다 운문과 산문의 사용 비율은 각기 다르지만 대부분은 운문이 전체 대사의 절반 이상을 차지하고 그 비율이 80퍼센트 이상인 희곡도 총 38편 가운데 22편이나 된다. 예를 들면 우리가 익히 아는 4대 비극의 경우, 운문과 산문 두 형식의 배분율 퍼센트는 『햄릿』이 75 대 25, 『오셀로』가 80 대 20, 『리어 왕』이 75 대 25, 『맥베스』가 95 대 5이다.

이렇게 셰익스피어 연극 대사의 대부분을 차지하는 운문을 어떻게 처리하느냐는 그의 극작품을 우리말로 옮길 때 매우 중요한 고려 사항이다. 시 형식으로 쓴 연극 대사를 산문으로 바꿀 경우 시가 가지는 함축성과 상징성 및 긴장감이 현저히 줄어들고, 수많은 비유로 파생되는 상상력의 자극이 둔화되며, 이 모든 시어의 의미와 특성을 보다 더 정확하고 아름답게 그리고 효율적으로 전달하는 도구인 음악성이 거의 사라지기 때문이다. 이 말은 물론 산문 번역으로는 이런 효과를 전혀 낼 수 없다는 뜻은 아니다. 하지만 시와 산문은 그 사용 의도와 용도 그리고 효과가 많이 다르기 때문에 어느 쪽을 택하느냐에 따라 그 결과는 상당히 다르게 나타날 수 있다. 일반적으로 산문 번역은 정확성을 기하는 데는 좋지만, 시적 효과와 긴장감이 떨어지고, 말이 길어지는 경향 때문에 공연 대본으로 쓰일 경우 공연 시간을 필요 이상으로 늘릴 가능성이 있다. 따라서 가장 이상적인 선택은 셰익스피어 극작품의 운문 대사를 시적 효과와 음악성을 살리면서 동시에 정확성도 확보하는 우리말 번역일 것이다.

그렇다면 셰익스피어 연극 대사의 대부분을 차지하는 영어의 '약강 오보격 무운시'를 그에 상응하는 우리말 시 형식으로 어떻게 옮겨 올 수 있을까? 두 언어가 여러 가지 면에서 다르기 때문에 영어의 음악과 리듬을 우리말로 꼭 그대로 재생할 수는 없다. 그러나 모든 언어는 나름대로의 소리를 배열하여 고유의 리듬을 만들어 낼 수 있는 기본 능력을 갖추고 있다. 그렇기에 영어 음악성의 100퍼센트 복제가 아니라 그와 유사한 그러나 우리말에 독특한 리듬의 재생을 목표로 한다면 방법이 없는 것도 아니다. 이에 역자는 그 해결책으로 우리말의 자수율을 생각해 보았다. 그리고 영어 원문의 '무운시' 번역에 우리 시의 기본 운율인 삼사조와 그것의 몇 가지 변형을 적용해 보았다. 즉, 우리말 대사 한 줄의 자수를 최소 열두 자에서 최대 열여덟 자로 제한하고 그 안에서 적절한 자수율을 찾아보았다. 그 결과 셰익스피어의 '오보'에 해당되는 단어들의 자모 숫자와 우리말 12~18자에 들어가는 자모 숫자의 평균치가 거의 비슷하다는 사실을 알게 되었다. 사람이 한 번의 호흡으로 한 줄의 시에서 가장 편하게 전달할 수 있는 음(의미)의 전달 양은 영어와 한국어가 별로 차이가 없다는 사실을 발견한 셈이다. 이는 또한 셰익스피어 극작품의 시행 한 줄 한 줄이 시로서만 가치를 가지는 것이 아니라, 처음부터 배우들이 말하는 연극 대사로서의 기능을 염두에 두고 쓰였다는 사실을 고려해 볼 때 더욱 자연스러운 발견이었다. 이렇게 우리말의 자수율로 영어의 리듬을 대체할 수 있었을 뿐만 아니라 우리말 시 한 줄의 길이 제한 안에서 영어 원문의 뜻 또한 최대한 정확하게, 거의 뒤틀림 없이 담을 수 있었다.

역자는 이 방법을 1993년 『맥베스』 번역(민음사)에 처음 사용하였고 그 후 지금까지 같은 식으로, 그러나 상당한 변화와 개선을 거치면서 『햄릿』, 『오셀로』, 『리어 왕』, 『로미오와 줄리엣』, 『한여름 밤의 꿈』, 그리고 가장 최근에는 『베니스의 상인』 번역(모두 민음사 세계문학전집)에 사용하였다. 또한 이번 셰익스피어 전집도 극작품은 모두 같은 방법으로 번역하였고 앞으로 출간될 나머지 작품들 또한(소네트와 시는 원래 시 형식으로 쓰였기 때문에 말할 것도 없이) 같은 식으로 번역할 것이다.

끝으로 이러한 우리말 운문 대사가 실제로 어떤 효과를 내는지 궁금한 독자들은 해당 부분을 소리 내어 읽어 보면 그 리듬을 쉽게 느낄 수 있을 것이다. 그리고 이 번역과 다른 셰익스피어 번역을 비교해 보면(대부분 산문 또는 시행의 길이 제한을 두지 않는 불완전한 운문 형식으로 되어 있는데) 그 차이점을 바로 알아차릴 수 있을 것이다.

2014년 봄
최종철

셰익스피어 전집의 운문 번역을 마치며

사실 셰익스피어 전집 번역은 내가 처음부터 작정하고 시작한 일은 아니었다. 막대한 분량(희곡만 해도 서른여덟 편), 상당히 오래된 외국어인 영어(정확히는 초기 근대 영어), 상세한 각주 없이는 이해하기 힘든, 그리고 있어도 끝내 또렷하게 해석할 수 없는 수많은 단어, 구절, 문장 등의 장벽으로 인해 당시 내게 주어진 능력과 시간을 넘어서는 작업이라고 생각했기 때문이다. 그래서 1993년 민음사에서 한국 최초로 『맥베스』 운문 번역을 선보였을 때만 해도 내 목표는 소박했다. 산문 번역 일색이던 한국 셰익스피어 학계에, 그리고 그것이 셰익스피어 극작품의 유일한 대사 전달 방식이라고 알던 대부분의 독자와 관객에게 우리말 운문 번역이 가능하다는 사실, 그것이 원작 대사의 음악성을 우리말로 살리는 데 가장 적합하고 유효한 방식이라는 사실을 알리고 싶었다. 이 목표는 몇 번의 시행착오 끝에 『햄릿』을 비롯한 비극 몇 편과 『한여름 밤의 꿈』을 비롯한 희극 몇 편이 민음사 세계문학 전집을 통해 독자들에게 널리 소개되었을 때 상당한 수준으로 달성되었다. 왜냐하면 다른 역자들의 운문 번역이 나타나기 시작한 점으로 미루어 짐작건대 이러한 형식의 번역이 어느 정도 이 땅에 정착하였다는 사실을 알 수 있었고, 그에 대한 독자들의 반응 또한 나쁘지 않았기 때문이다. 그래서 정년퇴직을 앞둔 2010년경 내 목표는 셰익스피어의 수많은 작품 가운데 소위 명작이라고 불리는 극작품 열여섯 편을 골라 선집 형식으로 출판하는 것으로 확장되었다. 그러다가 이 선집의 출간 계획을 논의하는 과정에서 민음사 측이 전집을 제안하였고, 그동안 얻은 약간의 자신감과 지나간 번역 과정에서 느꼈던 수많은 고통 속의 희열(멋진 시행들이 우리말 운율을 타고 춤출 때)에 눈먼 나는 그 제안을 받아들였다. 그 결과 총 열 권의 전집 가운데 네 권(1·4·5·7권)의 희곡을 2014년에, 한 권의 시집(10권)을 2016년에, 마지막으로 나머지 다섯 권(2·3·6·8·9권)의 희곡을 2024년에 내놓게 되었다. 이로써 셰익스피어 전집 번역의 삼십 년 여정이 드디어 끝을 보게 되었다.

그렇다면 역자는 왜 삼십 년이나 셰익스피어 번역에 몰두하게 되었을까? 다시 말하면 셰익스피어의 작품에 무슨 마력이나 흡인력이 있어 그 긴 세월 동안 갖은 고생을 마다하지 않고 시간과 노력을 바치게 되었을까? 거기에 무슨 가치가 얼마나 있기에 그랬을까? 이에 대한 대답은 크게 두 가지로 가능하다. 첫 번째는 객관적으로, 역사적으로 이미 입증된 가치를 말할 수 있다. 민음사 전집의 모태가 되는 최초의 전집은 지금으로부터 꼭 4백 년 전인 1623년에 영어로(당연히!) 출간된 제1 이절판(The First Folio)이었다. 셰익스피어 서거 칠 년 후 그의 동료 배우이던 헨리 콘델과 존 헤밍이 극단에 남은 자료들을 모아 편집하고 출간한 이 전집은 그 후 4백 년 동안 나온 모든 단행본과 전집, 그리고 번역본의 원조라는 사실뿐 아니라 이 전집이 아니면 영원히 사라질 뻔했던 열여덟 편의 극작품(『맥베스』,

『십이야』,『태풍』,『줄리어스 시저』,『갓대엔 잣대로』 등)을 포함한 것으로 유명하다. 또한 이 전집에 바친 추도사에서 셰익스피어 생전에 그와 명성을 다투던 작가 벤 존슨은 그를 일컬어 "어느한 시기가 아니라 시대를 초월한 작가"라고 극찬한 것으로도 유명하다. 물론 그 후 셰익스피어와 그의 작품들에 대해 쏟아진 찬사는 '셰익스피어 숭배(Bardolotry)'라는 신조어를 낳을 정도로 부지기수여서 여기에 일일이 나열할 수조차 없다. 750여 권이 간행되었고, 그중 235권이 현존한다고 알려진 초판본 한권의 현재 가치는 무려 약 1천만 달러(2020년 크리스티 경매에서)였다고 한다. 돈이 모든 것의 척도는 아니지만 이 금액은 셰익스피어의 작품이 어떤 평가를 받는지 단적으로 보여 준다.

셰익스피어 전집의 가치에 대한 두 번째 대답은 다분히 주관적이라고 하겠다. 번역 과정에서 역자가 몸으로 느끼고 깨달은 점이니까. 하지만 지금 이 전집을 손에 넣고 읽으려는 독자들에게 역자는 이것 하나만은 분명히 말할 수 있다. 셰익스피어를 읽은 후의 삶은 그 전에 비해 무언가가 달라져 있을 것이라고. 무엇보다도 정서적으로 풍성해질 것이라고. 왜냐하면 독자들은 그의 작품의 향연에 초대받아 다음 세 가지 진수성찬을 맛볼 테니까. 첫 번째는 말, 말, 말의 진수성찬이다. 셰익스피어가 지금도 영어권에서 통용되는 수많은 신조어를 만들어 냈다는 사실, 라틴어와 그리스어 계통의 개념어와 앵글로·색슨 계통의 쉬운 토박이말을 적절히, 기가 막히게 잘 섞어 썼다는 사실은 영어가 아닌 우리말 번역에서는 많이 희석되거나 사라져서 분간하기 힘들다. 하지만 비교적 쉬운 영어를 적재적소에 사용하여 엄청난 무게의 뜻을 실은 예는 우리말 번역에서도 그 빛을 잃지 않는다. 실례로 햄릿의 마지막 대사 "그 나머진 침묵이네."를 보자. 그의 "침묵"은 말장난으로 시작하는 그의 첫 등장 대사 "촌수는 좀 줄었지만 차이는 안 줄었죠."와 대비될 때 갖가지 의미의 파장을 낳는다. 그의 수많은 말과 말이 결국 말 없는 침묵을 위한 준비였단 말인가? 이렇게 무의미의 침묵 속으로 사라질 삶인데 뭣 때문에 "존재할 것이냐, 말 것이냐,"로 그토록 고민했단 말인가? 그의 죽음의 침묵 속에는 과연 어떤 일들이 일어날까? 그곳은 폴로니우스를 죽인 죄로 벌 받는 지옥일까, 아니면 호레이쇼의 바람대로 천사 노래 들리는 천국일까? 이런 유의 끝 모를 상상이 모두 침묵이라는 마지막 말에 담겨 있고, 그 모든 뜻은 셰익스피어가 의도적으로 고른 한 단어와 그 단어가 처한 극작품의 맥락 안에 담겨 있다. 그리고 이런 종류의 언어 사용은 『햄릿』 한 작품에, 한 장면에 국한되지 않고 전집 도처에 깔려 있다.

두 번째는 수많은 감동적인 이야기의 진수성찬이다. 세 딸에게 효심 경쟁을 시키고 가장 마음에 드는 말을 하는 딸에게 왕국의 가장 비옥한 3분의 1을 주려 했던, 그러나 막내딸의 말 없음을 뜻 없음으로 오해하여 결국 죽게 만드는 리어왕의 이야기, "내가 시저를 덜 사랑해서가 아니라 로마를 더 사랑했기 때문에" 그를 죽였다고 말했지만 시저 사후에 벌어진 로마의 대혼란을 초래했고, 결국 비극적인 죽음을 맞이하는 브루투스의 이야기, 초자연적인 신들과 상류 귀족들과 천한 장인들이 한여름 밤의 꿈처럼 뒤엉켰다가 다시 제자리로 돌아오는, 그 와중에 유일하게 여신인 티타니아와 진짜 사랑을 나눈 다음 그 꿈에서 깨어나는 보텀의 이야기, 꼽추로 태어나 형제와 조카들을 죽이고 왕권을 차지하지만 그 과정에서 저지른 악행과 감언이설의 약발이 떨어져 비참한 최후를 맞이하는 리처드 3세 이야기, 이처럼 인간이 처할 수 있는 거의 모든 상황과 심리 상태, 인간이 맺을 수 있는 거의 모든 관계를 다루는 셰익스피어의 이야기는 그것이 결국 우리 이야기(실제가 아니라 잠재적으로)이기 때문에, 게다가 잘 짜인 이야기이기 때문에 우리의 흥미를 일으킬 수밖에 없고, 일단 읽기 시작하면 끝까지 좇아갈 수밖에 없게 만든다.

마지막 세 번째는 갖가지 인물의 진수성찬이다. 여기에서 인물이란 말과 행위를 통하여 이야기를 전달하는 주체인 배우 역할을 하는 사람과 그 사람의 성격을 통틀어 가리키는 말이다. 그리고 셰익스피어 전집에는 우리가 인간 세상에서 직접 또는 간접으로 겪을 수 있는 거의 모든 부류의 인물이 등장한다. 그런데 이들 모두는 아무리 전형적인 단역이라 하더라도 그 나름의 특성이 있고, 어느 두 인물도 성격이 겹치지 않는다. 예를 들면 『맥베스』에 등장하는 자객 1은 뱅쿠오를 죽이려고 기다리는 살인자의 모습과 전혀 어울리지 않는 시적인 대사를 말한다. "줄무늬 석양빛이 서쪽 하늘 물들이며/ 길 늦은 나그네는 여관에 닿으려고/ 잦은 박차 가하고 우리의 표적도/ 가까이 오는구나."(3.3.5~8) 살의를 품고 석양의 아름다움을 노래하는 이 자객은 우리의 예상을 완전히 깨면서 앞으로 닥칠 살인 행위의 끔찍함을 고운 시어로 포장한다, 아주 태연하게. 이러한 상반되거나 이질적인 두 감정의 공존은 비극의 주연급 인물로 가면 더욱 두드러진다. 데스데모나를 너무나 사랑하고 그렇기 때문에 죽여야 한다는 오셀로 내면의 갈등은 그 두 가지 감정이 모두 강력하면서 진실이기 때문에 더욱 사실적으로, 그리고 강력하게 독자의 마음을 '괴롭게' 뒤흔들어 놓는다. 그러나 희극의 여성 주인공들은(『십이야』의 비올라처럼) 이런 갈등을 겪지 않는다. 그들은 사랑하는 남자의 어떤 실수도 기꺼이 받아들일 준비가 되어 있다. 이처럼 셰익스피어 전집에는 상황과 장르와 분위기에 따라 달라지는 성격의 인물들이 끝없이 등장하고, 이들은 궁극적으로 우리 모두의 자화상이기 때문에 우리는 그들의 말과 행위에 반응할 수밖에 없다.

이렇게 세 가지 향연을 제공하는 셰익스피어 전집을, 그것도 세종대왕님 덕분에 영어 원본의 시적인 리듬을 한글 운문으로 바꿔 놓은 민음사 전집을 손에 넣은 독자들은 이제 어떻게 해야 할까? 역자는 여기에서 제1 이절판 편집자들의 권유를 인용하려 한다. 그들은 당시의 "대단히 다양한 독자들에게" 그를, 그러니까 셰익스피어의 작품을 "읽고 또 읽고, 또 읽으라고" 했다.

2023년 겨울

최종철

차례

일러두기

1. 번역에 사용한 저본 및 참고본은 각 작품의 「역자 서문」에 밝혀 두었다.

2. 고유명사의 표기는 국립 국어원의 외래어표기법을 따르는 것을 원칙으로 하였다. 다만 이미 굳어져 널리 쓰이고 있는 표기 등은 예외를 두었다.

3. 원문에서 의도적으로 어법에 맞지 않게 쓴 표현은 그대로 살려 번역하거나 일부 방언을 사용하였고 각주로 표시하였다.

4. 독자의 편의를 위해 대사의 행수를 5행 단위로 표기하였으며, 이는 원문의 길이와 전체적으로는 거의 같지만 완벽하게 일치하지는 않는다. 한 행이 계단식 배열로 표시된 것은 1) 한 인물이 같은 행을 나누어 말하거나 2) 둘 이상의 인물이 같은 행을 나누어 말하는 경우이다.

5. 막의 구분 없이 장면의 연속으로만 진행되었던 셰익스피어 당시의 공연 관행을 반영하기 위하여 막과 장의 숫자만 명기하고 장소는 각주에서 설명 하였다.

티투스 안드로니쿠스

Titus Andronicus

역자 서문

    셰익스피어 최초의 비극으로 인정받는 이 극은 그의 생존 당시 세 가지 판본이 출판될 정도로 엘리자베스 시대 관객에게 인기가 많았다. 그만큼 화끈하고 — 살인과 폭력이 난무한다는 뜻에서 — 구조적으로 잘 짜였으며, 아론이란 독보적인 악의 화신이 등장하는 복수 비극은 그때까지 없었기 때문이다. 그러나 그런 호의적인 평가는 그 후에 혹평으로 바뀌어 어떤 비평가는 이 극을 셰익스피어와 다른 작가의 합작, 또는 다른 작가의 작품을 셰익스피어가 개작한 결과물로, 심지어 셰익스피어의 손길을 아예 부정하는 의견까지 내게 되었다. 그러다가 최근에야 이 극에 대한 정당한 평가가 시작되었다.

    셰익스피어 사후 지금까지 이 극의 평가가 대부분 부정적으로 흘러간 데는 물론 작품 자체에 대한 질적 평가의 차이, 시대정신의 변화, 특히 살인과 폭력, 그 가운데서도 성폭력에 대한 관객의 반응 차이가 있을 것이다. 그러나 이런 혹평의 가장 근원적인 이유는 셰익스피어가 그 후 빚어낸 기라성 같은 비극들에 있다. 그중에서도 곧바로 떠오르는 작품은 같은 복수 비극 계열의 『햄릿』이 있을 테고, 그 외에도 부모와 자식 간의 사랑, 특히 아버지와 딸의 관계를 다루는 비극 『리어왕』이 있을 것이다. 셰익스피어가 이들 작품을 쓰지 않았다면 아마도 『티투스 안드로니쿠스』는 좋든 싫든 그 자체로 평가받았을 것이다. 그러나 그는 많은 걸작 비극을 남겼고, 함께 비극이란 장르로 묶이는 이 작품도 그것들과 비교되는 숙명을 피할 수 없는 셈이다. 그러면 이러한 맥락에서 지금부터 이 극을 『리어왕』과 비교하면서 — 두 극을 동일선상에서 비교한다는 자체가 말이 안 될 수도 있지만 — 왜 이 극이 복수극으로는 괜찮은 작품이어도 비극으로는 많이 부족한 작품인지 그 이유를 간략하게 따져 보기로 하자.

비극의 필수적이고 핵심적인 발판은 슬픔과 고통인데 『티투스 안드로니쿠스』에서 그러한 감정은 두 곳에서 각각 다른 인물에 의하여 되풀이 요약되면서 티투스 본인에게 집중된다. 첫째는 아론의 모략에 의해 황제의 동생 바시아누스를 살해한 죄로 사형에 처해질 두 아들을 구하기 위해 제 손을 잘라 황제에게 보냈으나 목숨 대신 그들의 잘린 머리와 자기 손을 되받은 티투스에게 동생 마르쿠스가 형을 일깨우는 다음 장면이다.

> 망상은 그만두고 죽어요, 안드로니쿠스.
> 당신은 깨 있어요. 봐요, 두 아들의 머리와
> 당신의 용맹한 손, 여기 이 망가진 딸,
> 이 모진 광경에 창백하고 핏기 가신
> 이 추방된 아들과, 석상과 꼭 마찬가지로
> 차갑고 마비된 동생인 저를 말입니다.
> 아, 전 이제 당신 고통 통제하지 않을게요.
> 다른 손을 이로 물어뜯으면서 그 흰머리
> 다 뽑아 버리고, 암울한 이 광경을 끝으로

최고로 비참한 우리의 두 눈을 감읍시다. (3.1.253~262)

　그런데 이토록 거대하고 깊은 슬픔과 고통에 아무런 반응을
보이지 않은 것 같은 형에게 마르쿠스는 "지금은 폭풍우 칠 땝
니다. 왜 가만있어요?"라고 묻고 티투스는 그에게 "하, 하,
하!"(5.2.263~264)라는 반응을 보이는데, 여기 이 허탈하고 역설
적인 짧은 웃음에 울음이나 비통으로는 표현할 수 없는 비탄이
담겨 있다. 그의 고통은 너무 커서 정상적인 아픔의 소리로는 깊
이를 가늠하지 못하고 오직 그 정반대 표현인 웃음만이 그 진수
를 전달할 수 있는 셈이다. 그런 다음 그는 곧바로 딸의 강간범
을 잡기 위해 "복수 신의 굴"(5.2.270)을 찾아 나서고, 손주 루키
우스와 딸 라비니아가 확인하는 눈물겨운 필로멜라의 강간 이
야기를 통해 두 범인 키론과 드미트리우스의 정체를 알아낸다.
　이렇게 극에 달한 티투스의 슬픔은 그가 복수를 본격적으
로 실행하기 전에 다시 한번 되풀이된다. 그리고 이번에는 모
든 흉계의 근원인 모사꾼 아론의 입을 통하여. 황후가 된 타모
라의 정인 아론은 그녀를 통해 낳은 검둥이 아들을 감추기 위
해 고트족을 찾았다가 적에게 발각되어 루키우스 앞으로 끌려
나오고, 그 아들을 살려 주는 조건으로 그간에 벌어진 모든 악
행이 자신에게서 비롯된 것임을 밝힌다, 이렇게.

　　나는 네 형제들을 바시아누스의 시체가
　　놓여 있던 그 음험한 구덩이로 꾀었고
　　네 아비가 발견한 그 편지도 썼으며,
　　여왕과 그녀의 두 아들과 공모하여
　　그 편지에 언급된 금화도 숨겼다.
　　네가 통탄할 만한 이유 있는 일치고

내 해악의 손길이 안 닿은 게 뭣이냐?

난 사기꾼 역할로 네 아비의 손을 얻고,

그걸 가졌을 때는 한쪽으로 물러나

거의 심장 깨질 듯이 극렬하게 웃었다.

그가 손 값으로 두 아들의 머리를 받았을 땐

난 벽에 난 틈 사이를 비집어 열고서

그의 눈물 쳐다보고 너무나 맘껏 웃어

양쪽 눈이 마치 그의 것처럼 푹 젖었어.

내가 이 장난을 황후에게 말했더니

즐거운 내 얘기에 거의 기절할 뻔했고

그 소식의 대가로 스무 번 키스해 줬단다. (5.1.104~120)

　　비록 아론이 죄상을 자랑스레 고백하는 이 자리에 티투스
는 없지만 그가 듣는다면 아마도 아론의 기쁨의 웃음만큼 커다
란 슬픔의 "하, 하, 하."를 다시 한번 터뜨릴 것이다. 이렇게 또다
시 극에 달한 티투스의 슬픔은(비록 우리가 추측한 것이지만) 황궁
을 향하여 신들의 이름에 호소하는 고발장 화살을 쏘아 대는
미친 짓을 통하여 다시 표출되다가 타모라가 티투스를 회유하
기 위하여 찾아왔을 때 데려온 두 강간범 키론과 드미트리우스
를 그 어미와 떼어 놓는 데 성공함으로써 드디어 복수의 기회
를 잡는다.

　　티투스의 슬픔과 고통은 이 극에서 티투스 본인의 입이나
다른 인물들에 의하여 여러 차례 반복된다. 왜냐하면 비극이 관
객에게 일으키는 핵심 감정이 그것이기 때문이다. 그것이 있어
야 관객은 그것을 가장 뼈저리게 느끼는 주인공의 처지에 연민
을 느끼고 그것이 어떻게 처리되느냐에 따라 아리스토텔레스가
『시학』에서 비극의 효과로 언급한 소위 카타르시스를 느낄 수

있다. 그리고 바로 이 지점에서 『티투스 안드로니쿠스』와 『리어왕』은 순전한 복수극과 본격적인 비극으로 갈라진다. 그리고 그 차이는 두 사람의 죽음에서, 구체적으로 그들의 죽음을 불러오는 슬픔의 원인과 그에 대응하는, 또는 그것을 소화하는 두 가지 다른 방식에서 분명히 드러난다.

우선 리어왕의 죽음을 보자. 극이 결말에 가까워짐에 따라 악의 세력은 자멸의 길을 걸으면서 선한 세력에 결국은 굴복하지만 그 와중에 가장 사랑하였으나 또한 가장 오해하여 분노하고 추방했던, 그리고 마침내 만나서 용서를 빌었던 막내딸 코델리아의 시신을 안고 나와 다음과 같이 외친다, 생전의 마지막 절규로.

> 불쌍한 내 바보가 죽었다. 생명이 없다 없어!
> 왜 개나 말이나 쥐는 살아 있는데
> 넌 숨조차 못 쉬느냐? 넌 다시 못 돌아와
> 절대로, 절대로, 절대로, 절대로, 절대로.
> 제발 이 단추 좀 끌러 줘. 고맙네.
> 이게 보여? 얘를 봐. 입술을, 보라고,
> 여길 봐, 여길 봐!   (죽는다.) (5.3.304~310)

이 순간 리어왕은 비극적인 결말의 원인을 규명하거나 누구의 잘잘못을 따지는 게 아니라 오로지 사랑하는 딸의 생명에만 집중한다. 그녀의 생명이 모든 것에 앞서기 때문에. 생명이 있어야 선악과 시비를 따지고 무엇보다 자신의 못다 한 사랑을 표현할 수 있기 때문에. 그 생명은 지금 없다는 사실 때문에 그 부재는 더욱더 부각된다. 다섯 번이나 되풀이된 "절대로"에 잘 나타나듯이. 이렇게 제 목숨을 걸고 절명의 순간에 그녀의 생명에 집요하게 매달림으로써 리어왕은 그가 그녀를 얼마나 사랑하는지를 어떤 사랑의 표현보다 더 강력하게 보여 준다. 이때 관객은 리어왕의 지극한 사랑에 공감하면서 그녀의 이런 죽음을 불러온 사람은 다름 아닌 리어왕 자신이라는 사실, 그로 인해 본의는 아니지만 엄청난 혼란과 전쟁과 수많은 죽음이 초래되었다는 사실을 다 잊어버리고 어둠 속의 빛처럼 드러나는 리어왕의 사랑과 감내하기 힘든 고통을 견딘 이 노인의 고귀한 인내심을 느낀다. 그리고 그의 죽음의 고통이 사랑의 환희로, 그리고 슬픔이 존경심으로 변하는 과정과 그 감동적인 결과물을 카타르시스라고 부를 수 있다면 이것이 그중 하나라고 생각한다.

이제 티투스 안드로니쿠스가 죽음에 이르는 과정을 보자. 그는 우선 미친 척하는 술수로 타모라의 두 아들이자 라비니아의 강간범 키론과 드미트리우스를 그들이 그녀에게 저지른 강간 방법과 입막음(혀 자르기)에 못지않은, 어떤 면에서는 더 끔찍한 방법으로 복수한다. 왜냐하면 그는 말은 못 하고 듣기만 하는 그들에게 다음과 같이 말하기 때문이다.

> 잘 들어, 악당들아, 난 너희 뼈를 빻아
> 너희 피를 섞어서 반죽을 만들고
> 그 반죽 가지고 파이 껍질 만들 거며
> 그 창피한 머리로는 만두를 두 개 빚어
> 그 갈보, 그 부정 탄 너희 어미에게
> 대지처럼 자신이 낳은 걸 삼키게 할 거야.
> 이것이 그녀를 초대한 나의 잔치이고
> 이것이 그녀가 탐식할 연회다. (5.2.186~193)

그는 직접 그들의 멱을 따고 만두를 만들어 화평 협상 연회에 참석한 타모라에게 먹인다. 그런 다음 그 사실을 그녀에게 알리고 — 제 자식을 먹었노라고 — 자기 슬픔을 치유하기 위하여 치욕을 당한 라비니아를 그 자리에서 직접 죽이고, 마지막 복수로 황후를 찔러 죽인 뒤 격분한 황제 사투르니누스의 칼에 죽는다. 물론 사투르니누스 또한 루키우스의 손에 죽지만 이 일련의 복수 행위에서 가장 두드러지게 드러나는 사실은 그동안 티투스 내면에 축적되었던 슬픔과 고통은 리어왕의 경우처럼 사랑으로 승화하지 못하고 오로지 복수에만, 그리고 복수 행위 자체를 통해서만 표출되고 해소된다는 사실이다. 그래서 관객은 티투스의 죽음에 연민의 정을 느끼기가 힘들다. 오히려 그가 이에는 이, 눈에는 눈의 원칙에 따라 속 시원한, 원 없는 복수를 다 이루었기 때문에 인간적으로 고귀함보다는 복수 행위의 폭력성과 잔인성만 부각된다고 느낀다. 바로 이런 점 때문에 『티투스 안드로니쿠스』는 괜찮은 복수극일 수는 있지만 본격적인 비극으로 분류되기에는 미비점이 많은 작품이다.

끝으로 이번 번역은 조너선 베이트 편집의 아든 3판 『티투스 안드로니쿠스』를 기본으로 하고, 블레이크모어 에번스 편집의 리버사이드 셰익스피어판과 조너선 베이트와 에릭 라스무센 편집의 로열 셰익스피어 컴퍼니판을 참조하였다. 본문의 각주에 나타나는 '아든', '리버사이드', 'RSC'는 이들 판본을 가리킨다. 편리함을 목적으로 한글 『티투스 안드로니쿠스』의 대사는 5행 단위로 표기하였으며, 이는 원문의 행수와 정확히 일치하지 않음을 밝힌다.

등장인물

결혼하여 로마의 황후가 됨

알라르부스 ┐
드미트리우스 │ 타모라의 아들들(나이순)
키론 ┘

아론   타모라 휘하의 무어인, 그녀의 애인
다른 고트인들   부대원들

1막 1장

팡파르. 마르쿠스 안드로니쿠스를 비롯한 호민관들과 원로원
위원들 위에서 등장. 그런 다음 아래에서 사투르니누스와 그의
추종자들이 한쪽 문에서, 바시아누스와 그의 추종자들이 고수 및
기수들과 함께 다른 쪽 문에서 등장.

사투르니누스   내 권리의 지지자, 고귀한 귀족들은
정당한 내 주장을 무기로 옹호해 주시오.
그리고 사랑하는 추종자, 동포들은
나의 계승 권한을 칼로 탄원해 주시오.
난 로마 황제의 보관을 이전에 쓰고 있던   5
그분의 첫 번째 아들로 태어났으므로
아버지의 영예를 내가 이어받게 하고
맏이가 이런 모욕 안 당하게 해 주시오.

바시아누스   로마인, 친구들, 추종자, 내 권리 후원자여,
만약에 황제의 아들인 이 바시아누스가   10
당당한 로마의 눈에 든 적 있었다면
카피톨로 향하는 이 통로를 지키면서
용기에, 그리고 정의와 절제와
고귀함에 봉헌된 저 황제의 옥좌에
불명예가 다가서지 못하도록 해 주고,   15
깨끗한 선거로 공적이 빛나게 하면서
로마인들이여, 선택의 자유 위해 싸우시오.

마르쿠스   (위에서 관을 들고)

1막 1장 장소 로마.
12행 카피톨 로마의 언덕으로 그 정상에 이 도시의 수호신 유피테르의
신전이 있었다. (아든)

파당과 친구를 통하여 통치권과 황위를
야심 차게 추구하는 황자들께 알립니다.
특별히 선출된 단체로서 우리가 대표하는   20
로마의 평민들은 공통된 목소리로
로마 황권 후보자로 피우스라 불리면서
수많은 선행과 위대한 공적 쌓은
안드로니쿠스를 지명하였습니다.
그보다 더 고귀하고 더 용감한 무사는   25
이 도시 성벽 안에 살고 있지 않습니다.
원로원은 야만인 고트족에 맞선 그를
지겨운 전쟁에서 고국으로 소환했고,
그는 우리 적에게 공포였던 아들들과 함께
무술로 단련된 한 나라를 정복했소.   30
그가 이 로마의 문제를 처음 맡아
적들의 오만함을 무력으로 꾸짖은 지
10여 년이 지났고, 용감한 아들들을
관에 넣어 데리고 전장에서 로마로
피 흘리며 돌아온 것만도 벌써 다섯 번인데,   35
그때마다 안드로니쿠스 가문의 묘에서
속죄의 제물을 바쳤고, 고트족 가운데
가장 귀한 포로를 살해했답니다.
그리고 마침내 명예의 전리품 가득 실은
안드로니쿠스 님, 고명한 티투스 님은   40
최고의 무용을 뽐내며 로마로 오십니다.
당신들이 훌륭하게 계승하길 원하는
그분의 명예로운 이름으로, 그리고
당신들이 존중 공경한다고 자부하는

	카피톨과 원로원의 권리로 간청컨대,	45
	당신들은 스스로 물러나 세력을 줄이고	
	추종자들 해산하며 다른 탄원자들처럼	
	조용히, 겸허히 공적을 주장하십시오.	
사투르니누스	호민관은 참 고운 말로써 나를 진정시키오.	
바시아누스	마르쿠스 안드로니쿠스, 나 또한 당신의	50
	올곧음과 진실성을 정말로 믿으면서	
	당신과 당신 가족, 고귀한 당신 형 티투스와	
	그 아들들, 그리고 내 마음을 다하여	
	복종하는 아가씨, 로마의 값비싼 장식인	
	우아한 라비니아를 지극히 공경하여	55
	아끼는 내 친구들을 여기에서 해산하고,	
	내 주장이 균등한 평가를 받도록 그것을	
	내 행운과 시민들의 호의에 맡기겠소.	

(그의 군인들, 함께 퇴장)

사투르니누스	내 권리를 이만큼 진척시킨 친구들이여,	
	모두 고맙고, 난 여기서 모두를 해산한 뒤	60
	내 나라가 베푸는 사랑과 호의에	
	나 자신과 내 지위와 주장을 맡기오.	

(그의 군인들, 함께 퇴장)

	로마여, 내가 너를 굳게 믿고 친절했듯	
	나에게 공정하고, 자비를 보여 다오.	
	문을 열고 나를 맞이하여라.	65
바시아누스	호민관들이여, 가엾은 경쟁자인 나도 함께.	

45행 카피톨 로마의 언덕 이름이지만 여기서는 로마 그 자체를 가리
킨다. (아든)

(팡파르. 그들은 원로원 건물로 올라간다.)

대장 한 명 등장.

대장   로마인들이여, 비키시오. 용기의 수호자,
로마의 가장 큰 옹호자, 전투에서
성공을 거두었던 안드로니쿠스 님께서
명예와 더불어 행운을 얻은 채   70
로마의 적들을 칼 휘둘러 가두면서
정복한 그곳에서 돌아오고 계십니다.

북소리와 나팔 소리, 그런 다음 티투스의 두 아들, 그다음엔
검은 천을 덮은 관을 든 두 사람, 그다음엔 그의 다른 두 아들,
그다음엔 티투스 안드로니쿠스, 그다음엔 포로인 고트족의
여왕 타모라와 그녀의 세 아들, 알라르부스, 키론, 드미트리우스가
무어인 아론 및 가능한 한 많은 다른 사람들과 함께 등장.
그런 다음 관을 내려놓고 티투스가 말한다.

티투스   상복을 입고서도 승리한 로마 만세!
보시오, 화물을 내려놓은 범선이
소중한 물건 싣고 처음 닻을 들어 올린   75
그 만으로 돌아오듯 이 안드로니쿠스도
월계수 가지를 머리에 두르고 눈물로,
로마로 돌아오는 진정한 기쁨의 눈물로
조국에 다시 인사하려고 왔습니다.
그대, 이 카피톨의 위대한 수호자여,   80
우리가 치르려는 의식에 은혜를 베푸소서.

로마인들이여, 프리아모스왕의 아들
그 숫자의 반이던 용감한 스물다섯 가운데
살고 죽은 이 불쌍한 나머지를 보시오.
로마는 살아남은 애들에겐 사랑으로,   85
최후의 안식처로 데려온 애들에겐
조상 곁에 묻히는 것으로 보답해 주시오.
고트족의 항복으로 내 칼은 이제 쉰다.
가족에게 박정하게 무관심한 티투스여,
왜 너는 아직도 아들들을 묻지 않고   90
저 무서운 망각의 강변을 떠돌게 하느냐?
그들을 형제들 사이에 뉘도록 길을 터라.

                                    (그들이 무덤을 연다.)

너희 나라 전쟁의 전사자여, 거기에서
망자처럼 침묵의 인사 하고 편히 자라.
오, 기쁨 주는 내 가족의 신성한 피난처여,   95
용기와 고귀함의 아름다운 암자여,
넌 참으로 많은 내 아들들을 쌓아 둔 채
하나도 안 돌려주려고 하는구나!

루키우스   가장 높은 고트족 포로를 주십시오,
                형제들의 유골 담긴 이 흙 감옥 앞에서   100
                그 사지를 토막 내어 장작 위에 올리고
                그 육신을 형제들의 망령에게 바치도록.
                그래야 그들의 혼령이 위로받고

80행 그대
로마의 수호신 유피테르.
82행 프리아모스
트로이의 왕으로 쉰 명의 아들 중 대부분

을 트로이 전쟁에서 잃었다. (아든)
88행 고트족…쉰다
자기 칼을 칼집에 넣음으로써 전쟁 종
식을 공식화하는 의식.

저희도 지상의 이변에 불안하지 않습니다.

티투스 너희에게 최고로 고귀한 생존자, 105

이 불행한 여왕의 장남을 주겠다.

타모라 (무릎을 꿇으며)

멈춰요, 로마인 형제들, 자비로운 정복자,

승리한 티투스여, 내 눈물, 아들 위해 흘리는

이 어미의 격한 눈물, 동정해 주시오!

또 당신의 아들들이 소중한 적 있었다면, 110

오, 내 아들도 똑같이 소중하다 여겨 줘요.

우리가 로마로 끌려와 개선식을 빛내며,

당신과 당신의 로마식 속박의 포로로

돌아오는 것으로 충분하지 않나요?

근데 내 아들들이 그들의 조국 위해 115

용맹했기 때문에 거리에서 도살돼야 합니까?

오, 만약 왕과 국가를 위하여 싸우는 게

그들에게 충성이었다면 이들도 같답니다.

안드로니쿠스여, 그 묘지에 피 묻히지 마시오.

신들의 본질에 가까워지려고 하십니까? 120

그렇다면 자비를 베풀어 가까워지십시오.

달콤한 자비는 고귀함의 참된 표식입니다.

참 고귀한 티투스여, 내 장남을 살려 줘요.

티투스 참으시오, 마마, 그리고 나를 용서하시오.

이들은 쟤들이 살았을 때와 또 죽었을 때 125

당신네 고트족이 쳐다봤던 쟤들의 형제로서

살해된 형제 위해 독실하게 제물을 요구하오.

거기에 당신의 아들이 점찍혔고, 간 자들의

신음하는 혼령을 달래려고 죽어야 합니다.

| 루키우스 | 이자를 데려가자, 바로 불을 피우고 | 130 |

이자를 데려가자, 바로 불을 피우고 130
우리 칼로 그 사지가 나뭇더미 위에서
깨끗이 타 없어질 때까지 토막 내자.

(티투스의 아들들이 알라르부스와 함께 퇴장)

타모라 (일어서며)
오, 잔인하고 불경한 공경이다!

키론 스키타이의 야만은 이 반에도 못 미쳤다!

드미트리우스 스키타이를 야심 찬 로마와 대비하지 마. 135
알라르부스는 쉬러 가고 우리는 살아남아
티투스의 위협적인 표정에 떨 것이다.
그러니, 마마, 각오하되 희망 또한 가지세요.
트로이의 왕비가 트라키아의 폭군에게
그자의 막사에서 매섭게 복수할 기회를 140
주었던 바로 그 신들께서 타모라,
고트족 여왕에게 (고트족이 고트족이고
타모라가 여왕일 때) 이 피비린 잘못을
원수에게 되갚는 호의를 베풀 수 있으니까.

안드로니쿠스의 아들들 다시 등장.

루키우스 아버지, 우리가 어떻게 로마인의 의식을 145
치렀는지 보십시오. 알라르부스의 사지는

134행 스키타이
유럽과 아시아 쪽 러시아 대부분에 걸쳐
있던 옛 지역, 야만적인 유목민의 거주
지. (아든)
139~140행 트로이의…기회

트로이의 왕비였던 헤카베는 자기 아들
폴리도로스를 죽인 트라키아의 폭군 폴
리메스토를 눈멀게 하는 것으로 복수했
다. (아든)

다 잘렸고, 내장은 희생의 불길을 키우며
그 연기가 향내처럼 하늘을 채웁니다.
남은 건 형제들을 매장한 뒤 큰 나팔 소리로
그들의 귀환을 환영하는 일뿐입니다.   150

티투스   그리하라, 그리고 이로써 안드로니쿠스는
그들의 영혼에게 최후의 작별을 고한다.

                (나팔 소리, 그리고 관을 묘지 안에 놓는다.)

아들들아, 여기서 편안히 명예롭게 쉬어라.
이 세상의 위험과 불운에서 안전하게
로마 최고 전사들아, 여기서 영면해라.   155
여기엔 반역도 안 숨었고, 시기심도 안 부풀고,
저주받은 독초도 안 자라고, 폭풍도
소란도 하나 없이 침묵과 영원한 잠만 있다.
편안히 명예롭게 여기서 쉬어라, 아들들아.

라비니아 등장.

라비니아   티투스 장군님, 편안히 명예로이 오래 살길.   160
고귀하신 아버지, 명망 속에 사십시오!
보세요, 제 눈물을 이 묘지에 봉헌하며
오빠와 동생들을 기리는 상례로 흘립니다.
(무릎을 꿇으며)
그리고 로마로 돌아오신 당신의 발아래
기쁨의 눈물을 이 땅 위에 흘리며 꿇을게요.   165
오, 로마 최고 시민들이 찬양하는 당신의
승리하는 손으로 저를 축복해 주세요.

티투스   친절한 로마가 내 노년의 강심제를 이렇게

내 마음 기쁘라고 충실히 보존해 줬구나.

라비니아, 칭찬받을 미덕으로 나보다 더,   170

명예의 영원한 기한보다 더 오래 살아라.

(라비니아 일어선다.)

아래에서 마르쿠스 등장.

마르쿠스	티투스 장군 만세! 사랑하는 나의 형님,
	로마의 눈에 든 인자한 승리자여!
티투스	고맙네, 호민관, 고귀한 내 동생 마르쿠스.
마르쿠스	그리고 승리한 전쟁에서 생존한 조카들과 175

명망 속에 잠자는 너희도 환영한다.

귀족분들, 이 나라에 복무하며 칼을 뽑은

여러분의 행운도 모두 비슷합니다.

하지만 더 안전한 개선은 솔론의 행복을

열렬히 바라다가 명예로운 침대에서   180

운명을 정복하는 이 장례 행렬이랍니다.

티투스 안드로니쿠스여, 언제나 당신의

정의로운 친구였던 로마의 시민들은

그들의 호민관, 신탁자인 나를 통해 당신께

이 티 없이 흰 색깔의 외투를 보내면서   185

최근에 서거하신 황제의 아들들과 더불어

이 제국의 후보자로 당신을 지명했습니다.

그러니 이것을 걸치고 출마하여

179행 솔론의 행복   고대 그리스의 철학자이자 법률가인 솔론은 인간은 오직 죽었을 때만 안전하게 행복하다고 말했다. (RSC)

머리 없는 로마의 머리 옹립 도우시오.

(외투를 내민다.)

티투스   빛나는 로마의 몸에는 고령에 떨고 있는   190
내 머리보다는 더 나은 게 어울리오.
허, 내가 이 예복 입고 여러분을 괴롭혀요?
오늘 선출되었다고 공포해 놓고는
내일은 통치권을 내주고 삶에서 물러나
여러분 모두에게 새 일거릴 만들어요?   195
로마여, 난 40여 년 동안 그대의 군인으로
이 나라 군대를 성공리에 이끌었고,
용맹한 아들들, 전장에서 작위 받고
고귀한 조국의 권리에 복무 중 무장한 채
남자답게 살해된 그들을 스물한 명 묻었소.   200
내 나이에 걸맞은 명예의 지팡이는 좋지만
세상을 통제할 홀은 주지 마시오. 여러분,
그것을 앞서 잡았던 분이 올바로 잡았어요.

마르쿠스   티투스 님, 황권을 요구하면 얻을 것입니다.

사투르니누스   (위에서)
오만하고 야심 찬 호민관, 넌 그렇게 생각해?   205

티투스   참으시오, 사투르니누스 황자.

사투르니누스   (위에서)
로마인은 날 공평히 대하시오.
귀족들은 칼을 뽑아 사투르니누스가
로마의 황제가 될 때까지 거두지 마시오.
안드로니쿠스, 당신이 사람들의 마음을   210
내게서 빼앗느니 차라리 지옥에 떨어지길.

루키우스   오만한 사투르니누스, 관대한 티투스가

당신에게 품었던 선심을 끊다니요.

티투스　진정하십시오, 황자, 사람들의 마음을
　　　당신께 돌리면서 본인들에게서 떼놓겠소.　　　　　　215

바시아누스　(위에서)
　　　안드로니쿠스, 난 당신께 아첨 않고
　　　존경하며, 내가 죽을 때까지 그럴 거요.
　　　당신이 내 당파를 당신 친구들로써 키워 주면
　　　난 참으로 고마워할 것이고, 고마움은
　　　고귀한 사람들에게는 영광된 보답이오.　　　　　　220

티투스　로마의 시민들, 여기 있는 호민관들,
　　　난 여러분의 목소리 투표권을 요청하오.
　　　친구답게 이 안드로니쿠스에게 주겠소?

호민관들　(위에서)
　　　시민들은 안드로니쿠스 님을 기쁘게 해 주고,
　　　로마로 무사히 돌아온 걸 축하하기 위하여　　　　225
　　　그가 인정하는 분을 받아들일 것입니다.

티투스　고맙소, 호민관들, 난 이렇게 청하겠소.
　　　우리 황제의 장남인 사투르니누스를
　　　주군으로 봉하시오. 이분의 미덕은, 원컨대,
　　　땅 위의 태양처럼 로마에 비치고　　　　　　　　230
　　　이 나라의 정의를 무르익게 할 것인바 —
　　　그럼 내 권고에 따라서 선출할 것이라면
　　　관을 얹고 "우리의 황제 만세!" 외치시오.

마르쿠스　우리는 귀족, 평민, 전 계층의 목소리와
　　　찬사를 합하여 사투르니누스 주군을　　　　　　235
　　　로마의 위대한 황제로 봉하고 외칩니다.
　　　"우리의 사투르니누스 황제 만세!"

(그들이 내려올 때까지 긴 팡파르)

사투르니누스 티투스 안드로니쿠스, 오늘 짐의 선출에서
당신이 짐에게 보여 준 호의에 대하여
난 당연한 보답의 일부로 감사를 표하고   240
당신의 친절은 행동으로 갚겠소.
그 일의 시작으로, 티투스, 당신의 이름과
명예로운 그 가족을 높여 주기 위하여
라비니아를 나의 황후, 로마의 황족 여인,
내 마음의 여인으로 맞이할 것이며   245
신성한 판테온 안에서 아내로 삼겠소.
어떻소, 안드로니쿠스, 이 제안이 기쁘오?

티투스   예, 폐하, 그리고 저는 이 결혼으로
폐하에게 큰 영예를 입었다고 생각하며
로마가 보고 있는 여기에서 사투르니누스,   250
이 국가 전체의 왕이자 지휘관님,
드넓은 이 세상의 황제에게 제 칼과
제 전차와 포로들을 로마 황제 주군에게
아주 잘 어울리는 선물로 바치오니
제가 빚진 공물을, 그 발아래 겸허해진   255
제 명예의 여러 상징물을 받으소서.

(티투스의 칼과 포로들이 사투르니누스에게 넘겨진다.)

사투르니누스 고맙소, 고귀한 티투스, 내 생명의 아버지여.
당신과 이 선물이 내게 준 큰 기쁨은
로마가 기록해 둘 것이고, 내가 만약
형언 못 할 이 공적을 최소라도 잊는다면   260

246행 판테온 모든 신에게 바쳐진 원형 신전, 만신전.

로마인은 나에 대한 충성심을 잊어라.

티투스   (타모라에게)

마마, 당신은 이제 한 황제의 포로인데,

그분은 당신의 명예와 지위를 생각하여

당신과 추종자를 고귀하게 대할 거요.

사투르니누스   분명코, 내가 만약 새로 선택한다면   265

이 안색을 선택할 아름다운 부인이군.

(타모라에게)

고운 여왕, 얼굴에 낀 그 구름을 치워요.

전쟁의 운 때문에 당신 낯빛 변했지만

당신은 로마의 조롱거린 안 될 테고

전적으로 군주다운 대접을 받을 거요.   270

내 말에 의지하고, 불만으로 희망을 다

꺾지는 마시오. 부인을 위로하는 그는

당신을 고트족 여왕보다 더 키워 줄 수 있소.

라비니아, 이 말이 불쾌하진 않지요?

라비니아   그럼요, 폐하, 진정으로 고귀한 분께서   275

군주다운 예의로 그렇게 말씀하셨으니까.

사투르니누스   고맙소, 친절한 라비니아. 로마인들, 갑시다.

짐은 이 포로들을 몸값 없이 풀어 준다.

귀족들은 나팔과 북으로 짐의 영광 선포하오.

(북소리와 나팔 소리.

타모라, 키론, 드미트리우스, 아론이 풀려난다.)

바시아누스   (라비니아를 붙잡으며)

티투스 장군, 미안하나 이 처녀는 내 것이오.   280

티투스   뭐라고요? 그러면 진정이란 말씀이오?

바시아누스   예, 고귀한 티투스, 게다가 이 합당한 일,

이 옳은 일, 몸소 하겠노라고 결심했소.

마르쿠스 　"각자에게 자기 몫을", 로마식의 정의지요.

이 황자는 정당하게 자기 걸 소유할 뿐이오. 285

루키우스 　(바시아누스와 합세하며)

루키우스가 사는 한 그럴 테고 그럴 거요.

티투스 　역적들아, 저리 가! 황제 호위 어딨느냐?

폐하, 반역이오. — 라비니아가 기습당했습니다.

사투르니누스 　기습당해? 누구에게?

바시아누스 　　　　　　　온 세상을 떨치고

약혼자를 정당하게 데려갈 사람에게. 290

무티우스 　형님들은 라비니아를 호송토록 도와줘요,

저는 칼로 이 문을 안전하게 지킬게요.

　　　　　　(바시아누스, 마르쿠스와 티투스의 아들들이

　　　　　　　라비니아를 데리고 한쪽 문으로 나간다.)

티투스 　폐하, 따르시죠, 그녀를 곧 데려오겠습니다.

　　　　　　(사투르니누스는 뒤따르지 않고, 타모라와 그녀의

　　　　　　두 아들 및 무어인 아론과 다른 쪽 문으로 함께 퇴장)

무티우스 　장군님, 여기는 못 지나가십니다.

티투스 　뭐, 악당 애가 로마에서 내 길을 막아서? 295

　　　　　　　　　　　　　　(그를 죽인다.)

무티우스 　살려 줘, 루키우스, 살려 줘!

루키우스 　(돌아오면서)

장군님, 당신은 부당하고, 더욱더 심하게도

그릇된 싸움에서 아들을 살해했답니다.

티투스 　너나 걔나 아무도 내 아들은 아니다.

아들들이라면 날 그렇게 욕보이진 않았어. 300

반역자야, 황제에게 라비니아를 되돌려라.

| 루키우스 | 법으로 약속된 딴 사람의 애인인데 |
| | 죽는 한이 있더라도 그의 아낸 안 됩니다. (퇴장) |

위에서 황제와 타모라, 그녀의 두 아들, 그리고
무어인 아론 등장.

사투르니누스	(위에서)
	아니, 아니, 티투스, 황제는 그녀가 필요 없네,
	그녀도 당신도 당신네 가계의 그 누구도.	305
	나를 한번 조롱한 자, 난 느리게 믿을 테고,
	당신도, 또한 날 이렇게 욕보이려는 공모자,
	그 배반한 오만한 아들들도 절대 다 안 믿는다.
	로마에 놀림감이 사투르니누스 말고는
	아무도 없었나? 안드로니쿠스, 이 행위는	310
	당신이 손에 쥔 제국을 내가 구걸했다고 한
	당신의 그 오만한 허풍과 딱 들어맞는군.
티투스	오, 기괴하다! 그 무슨 비난의 말씀이오?
사투르니누스	(위에서)
	하지만 가 보게, 맘 변하는 그 여자는
	그녀를 얻으려고 칼 휘두른 그에게 줘.	315
	당신은 용맹한 사위를 즐기게 될 거야,
	이 나라 로마에서 방종한 당신의 아들들과
	치고받고 싸우기 딱 좋은 자 말이야.
티투스	그 말은 상처 입은 제 가슴에 면도날입니다.
사투르니누스	(위에서)
	그래서, 어여쁜 타모라, 고트족 여왕이여,	320
	그대는 요정들 속에 선 늠름한 포이베처럼

가장 멋진 로마 귀부인들보다 더 빛나는데,
그대가 나의 이 돌연한 선택에 기쁘다면,
보시오, 난 그대 타모라를 신부로 선택하고
그대를 로마의 황후로 봉해 줄 것이오.   325
자, 고트족 여왕이여, 내 선택을 치하하오?
여기서 로마의 신들을 다 걸고 맹세컨대,
사제와 성수가 이렇게 가까이 있으며
촛불은 아주 밝게 타오르고, 모든 것이
혼인의 신을 맞을 준비가 돼 있으니   330
난 혼인한 내 신부를 데리고 이곳을
떠나갈 때까지는 로마의 거리로
인사하러 나가거나 황궁에 오르지 않겠소.

타모라   (위에서)
저 또한 여기서 하늘 두고 로마에 맹세하죠.
사투르니누스가 고트족 여왕을 높여 주면   335
그녀는 그분의 욕망에겐 시녀가, 젊음에겐
다정한 유모이자 어머니가 될 거예요.

사투르니누스   (위에서)
고운 여왕이여, 판테온에 오르시오. 귀족들은
고귀한 황제와 그의 예쁜 신부와 함께 가요,
사투르니누스 군주에게 하늘이 준 그녀는   340
자신의 운명을 지혜로 극복했답니다.
거기에서 우리는 혼례를 완료할 것이오.

                                              (티투스만 남고 모두 퇴장)

티투스   나에겐 이 신부를 시중들란 명도 없다.

321행 포이베 디아나, 사냥과 순결의 여신.

티투스, 이처럼 모욕받고 잘못을 추궁당해
너 홀로 걸어 다니던 때가 언제였지?   345

마르쿠스와 티투스의 남은 세 아들 등장.

마르쿠스　오, 티투스, 보세요! 당신이 한 일을 보세요!
　　　　　못된 싸움판에서 고결한 아들을 살해했소.
티투스　　아냐, 아냐, 이 바보 호민관아. 내 아들도,
　　　　　또 너도, 우리 가문 전체를 욕보인
　　　　　그 행위의 공모자인 이 애들도 ─   350
　　　　　동생 될 자격 없고 아들 될 자격 없다.
루키우스　하지만 그에게 걸맞은 매장을 해 주세요.
　　　　　무티우스를 형제들과 같이 매장해 주세요.
티투스　　역도들아, 저리 가! 그는 이 무덤에 못 든다.
　　　　　이 가족 납골당은 5백 년간 유지됐고   355
　　　　　내가 아주 화려하게 다시 건축하였다.
　　　　　군인과 로마의 종복만 명망 속에 여기 쉬고,
　　　　　소란 속에 천하게 살해된 자는 안 돼.
　　　　　묻을 수 있는 곳에 묻어라, 여긴 못 와.
마르쿠스　장군님, 이것은 당신의 불경한 행동이오.   360
　　　　　무티우스 조카의 행적으로 보건대
　　　　　그는 자기 형제들과 함께 묻혀야 하오.
아들 2, 3　그래야지, 안 그러면 저희가 동행할 겁니다.
티투스　　그래야지? 그런 말 한 악당이 누구냐?
아들 2　　여기 빼곤 어디서든 그렇게 단언할 사람이죠.   365
티투스　　뭐, 날 무시하면서 그를 묻어 주겠다고?
마르쿠스　아뇨, 고귀한 티투스, 하지만 당신에게

무티우스를 용서하고 묻어 달라 청합니다.

티투스   마르쿠스, 너마저 내 투구를 내리치고
          이 애들과 합쳐서 내 명예를 해쳤다.   370
          난 진정 너희를 다 내 원수로 여기니까
          더 이상 날 귀찮게 하지 말고 떠나라.

아들 3   아버지는 제정신이 아니시니 물러나죠.

아들 2   난 안 가, 무티우스의 뼈를 묻기 전에는.

                                        (동생과 아들들이 무릎을 꿇는다.)

마르쿠스 형님, 그 이름엔 천륜이 있어서 애원컨대 —   375

아들 2   아버지, 그 이름의 천륜으로 말하건대 —

티투스   나머지 모두가 성공해도 너는 더 말하지 마.

마르쿠스 내 영혼의 반 이상인 고명한 티투스여 —

루키우스 저희 모두의 영혼이며 본질이신 아버지 —

마르쿠스 당신 동생 마르쿠스가 라비니아 문제로   380
          명예롭게 죽어 간 이 고귀한 조카를
          여기 이 용기의 둥지에 넣도록 해 주시오.
          당신은 로마인, 야만인이 되지는 마시오.
          그리스인들은 자살한 아이아스를 숙고 끝에
          묻어 줬고, 라에르테스의 현명한 아들은   385
          그 사람의 장례를 정중히 애원했답니다.
          그러니 당신의 기쁨이던 젊은 무티우스의
          입실을 막지 마오.

384~385행 아이아스…라에르테스
그리스의 장군 아이아스는 죽은 아킬레   때문에 자살하였다. 그럼에도 라에르테
우스의 갑옷이 자기 아닌 오디세우스에   스의 현명한 아들 오디세우스는 그리스
게 주어진 것에 광분하여 양들을 그리스   인들을 설득하여 그에게 합당한 장례를
장군들로 생각하고 살해한 다음 수치심   치르도록 하였다. (아든)

티투스	일어서라, 마르쿠스.

(그들이 일어선다.)

오늘은 내가 겪은 최고로 음울한 날이다.
로마에서 내 아들들에게 모욕당하다니!　　　　　　　390
좋아, 그를 묻고 그다음엔 날 묻어라.

(그들은 그를 무덤에 넣는다.)

루키우스	무티우스야, 우리가 네 묘를 기념물로

장식할 때까지 친구들과 거기 누워 있어라.

마르쿠스,	
티투스의 아들들	(무릎을 꿇으며)

아무도 고귀한 무티우스 때문에 울지 마라,
용기 있게 죽어서 명망 속에 사니까.　　　　　　　395

(마르쿠스와 티투스를 제외하고 모두 퇴장)

마르쿠스	장군님 — 이 우울을 벗기 위해 말인데 —

어떻게 그 교활한 고트족 여왕이
로마에서 이렇게 갑자기 높아졌죠?

티투스	모르겠다, 마르쿠스, 하지만 사실인 건 알아. —

계략을 쓴 건지 아닌지는 하늘만 아시겠지.　　　　　400
그렇다면 그녀는 그렇게 큰 은혜를 그만큼
입게 해 준 사람에게 빚진 게 아닐까?

마르쿠스	예 — 그래서 관대하게 보상할 것입니다.　　(팡파르)

한쪽 문에서 황제, 타모라와 두 아들이 무어인과 함께 등장.
다른 쪽 문에서 바시아누스와 라비니아, 티투스의 세 아들 등장.

사투르니누스	그래, 바시아누스, 넌 이번 한 판을 이겼다.

신이 주신 그 멋진 신부를 즐기길 바란다.　　　　　405

바시아누스	폐하도 그러시오. 난 할 말도 더 없고
	소원도 더 없어서 작별을 고합니다.
사투르니누스	역적아, 로마에 법이나 짐의 힘이 있는 한
	너와 네 파당은 이 강탈을 후회할 것이다.
바시아누스	'강탈'이요? 내 것을, 진정한 내 약혼녀,
	이제는 내 아내를 취하는 것 말인가요?
	하지만 로마법이 다 결정하라지요.
	그동안은 내 것을 소유하고 있을게요.
사투르니누스	그래 좋다. 넌 짐에게 아주 무뚝뚝하군.
	근데 짐도 너에게 꼭 그만큼 모질 거야.
바시아누스	폐하, 내가 벌인 그 일은 최선을 다하여
	내가 책임져야 하고, 목숨 걸고 그러죠.
	근데 이것만큼은 폐하께 알려 드립니다.
	로마에 내가 빚진 온갖 의무 다 걸고,
	고귀한 이 신사분, 여기 이 티투스 장군은
	이 라비니아를 구출하는 과정에서
	당신 향한 열정으로, 또 기꺼이 내준 딸이
	저지당한 사실에 격분하여 막내를
	자신의 손으로 정말 살해한 일로
	명성과 명예를 훼손당했습니다. 그러니
	그의 모든 행위에서 당신과 로마의
	아버지이면서 친구임을 드러냈던 그에게
	호의를 베풀어 주시오, 사투르니누스.
티투스	바시아누스 황자여, 내 행동을 변명 마오.
	저를 욕보인 것은 당신과 그들이랍니다.
	(무릎을 꿇는다.)
	로마와 공정한 하늘은 사투르니누스에 대한

410

415

420

425

430

제 사랑과 존경의 크기를 판정해 주소서!

타모라 (사투르니누스에게)

　　　　홀륭하신 폐하, 만약에 이 타모라가

　　　　군주다운 당신 눈에 든 적이 있었다면

　　　　모두에게 공평한 제 말을 들으시고　　　　　　435

　　　　청컨대, 여보, 지난 일은 용서해 주세요.

사투르니누스 아니, 황후, 공공연히 모욕을 당하고도

　　　　복수하지 않은 채 비천하게 굴복해요?

타모라 아뇨, 폐하. 로마의 신들은 이 몸이 당신을

　　　　욕보이는 행동은 못 하게 막으소서.　　　　　440

　　　　하지만 제 명예를 걸고 감히 보증하건대,

　　　　가식 없는 분노로 비탄을 표현하는

　　　　착한 장군 티투스는 완전 결백하답니다.

　　　　그러니 청컨대 관대히 그를 봐주시고,

　　　　엉터리 추측으로 참 귀한 친구를 잃거나　　　　445

　　　　쓴 얼굴로 순한 그의 마음을 아프게 마세요.

　　　　(사투르니누스에게 방백)

　　　　폐하, 제 충고를 따르고 끝에 이기십시오.

　　　　당신의 모든 비탄, 불만을 숨기세요.

　　　　당신은 옥좌에 최근에 올랐을 뿐이에요.

　　　　그러니 시민들이, 게다가 귀족들이　　　　　　450

　　　　공정하게 살펴본 뒤 티투스 편을 들어

　　　　당신을 배은망덕하다고 밀어내지 않도록,

　　　　그런 점을 로마는 흉악한 죄라고 여기니까,

　　　　탄원에 굴복해요. ─ 그런 다음 저에게 맡겨요.

　　　　전 그놈들 모두를 학살할 날 찾은 다음　　　　455

　　　　그들의 파당과 그들 가문, 소중한 제 아들의

목숨을 애걸한 상대인 그 잔인한 아비와
역심 품은 아들들을 싹 쓸어 버리고,
여왕이 거리에서 무릎 꿇고 자비를 헛되이
구걸하면 어떻게 되는지 알려 줄 거예요.   460
(큰 소리로)
자, 자, 다정한 황제시여 — 자, 안드로니쿠스 —
이 착한 노인을 일으키고, 노하신 당신의
그 눈살 태풍에 꺾인 마음 격려해 주세요.

사투르니누스   일어서요, 티투스, 황후가 잘 설득하였소.

티투스   (일어서면서)
황제 폐하 그리고 황후께 감사드립니다.   465
그 말씀과 표정은 저에게 새 생명을 줍니다.

타모라   티투스여, 난 로마와 한 몸이 되었으니
이제는 운 좋게 입양된 로마인으로서
황제에게 득이 되는 조언을 해야 하오.
싸움은 오늘로 다 끝나요, 안드로니쿠스.   470
그리고 착한 폐하, 친구들과 당신을
제가 화해시킨 게 명예가 되게 해 주세요.
바시아누스 황자여, 난 당신을 위하여
황제에게 당신이 앞으로 더 부드럽고
유순해질 것이라는 언약을 전했어요.   475
귀족들과 라비니아 당신도 두려워 마세요.
권고컨대 모두들 겸손하게 무릎 꿇고
폐하의 용서를 구해야 할 거예요.

                        (티투스의 아들들이 무릎을 꿇는다.)

루키우스   그렇게 하면서 하늘과 폐하께 맹세코
저희는 누이와 저희의 명예를 염려하며   480

가능한 한 부드럽게 행동하였습니다.

마르쿠스　(무릎을 꿇으면서)

제 명예에 맹세코 제 주장도 같습니다.

사투르니누스　저리 가, 말은 말고. 짐을 더 괴롭히지 마라.

타모라　아니, 아니, 황제여, 우린 다 친구가 돼야죠.

호민관과 조카들이 무릎 꿇고 은총을 구해요.　485

전 거절 못 합니다. 여보, 돌아봐 주세요.

사투르니누스　마르쿠스, 당신과 당신 형의 가족 위해,

그리고 어여쁜 내 타모라의 청에 따라

이 젊은이들의 흉악한 잘못을 사면한다.

　　　　　　　(마르쿠스와 티투스의 아들들이 일어선다.)

라비니아, 당신은 날 거칠게 버렸지만　490

난 정인을 찾았고, 총각 노릇 관둔다고

죽음처럼 분명히 사제에게 맹세했소.

자, 이 황궁이 두 신부를 대접할 수 있다면

라비니아, 당신과 친구들은 내 손님들이오.

오늘은 사랑의 날이 될 것이오, 타모라.　495

티투스　내일, 만약에 폐하께서 괜찮으시다면

표범과 수사슴을 저와 함께 사냥하시지요.

뿔피리와 사냥개로 아침 인사 드리겠습니다.

사투르니누스　그러시오, 티투스, 그리고 고맙소.

　　　　　　　(나팔 소리. 무어인을 뺀 나머지 모두 퇴장)

아론　타모라는 이제 저 올림포스 위에 올라　500

운명의 타격 피해 안전히, 요란한 천둥이나

번갯불도 걱정 없이, 창백한 시기심의

500행 올림포스　그리스 신들의 거처였던 산 이름.

위험 지역 벗어난 채 드높이 앉아 있다.
황금빛 태양이 아침에게 인사하고
자신의 빛으로 저 대양을 금칠한 뒤   505
번쩍이는 마차 타고 황도대를 질주하며
가장 높이 솟은 언덕 내려다보듯이
타모라도 그렇게 한다.
지상의 영예는 그녀의 재주에 달렸고,
미덕은 그녀의 눈살에 굽히며 벌벌 떤다.   510
그러니 아론아, 넌 마음 단단히 먹고서
네 황후 애인과 높이 오를 생각 하며
그녀의 최고도에 올라라, 그녀는 네가 오래
잡아 뒀던 포로로서 육욕의 족쇄 찬 채
코카서스에 묶인 저 프로메테우스보다 더   515
아론의 매력적인 두 눈에 꽉 매여 있으니까.
노예의 복장과 비굴한 생각은 내버려라!
나는 이 새 황후를 시중들기 위하여
진주와 금붙이로 밝게 빛날 것이다.
시중든다, 그랬나? — 이 여왕과 노는 거야,   520
이 로마의 사투르니누스에게 마법 걸고
그와 그의 국가를 꼭 파선시킬 이 여신,
이 세미라미스, 이 요정, 세이렌과 말이다.
어, 이런, 이게 웬 폭풍이야?

515행 프로메테우스
그는 신들의 불을 훔쳐 인간에게 건네준
죄로 코카서스산 위의 바위에 묶여 독수
리에게 간을 영원히 쪼아 먹히는 벌을
받았다.

523행 세미라미스…세이렌
전자는 미모와 잔인성으로 유명한 아시
리아의 왕비, 후자는 매혹적인 노래로
뱃사람들을 유혹하여 파선하게 만드는
바다 요정.

드미트리우스	키론, 어린 넌 지각없고 분별력이 무디며	525

교양조차 없어서 내가 호의를 입으면서,

너도 알다시피, 사랑받을 자리에 끼어들어.

키론   드미트리우스, 넌 매사에 우쭐대고

이번 일도 마찬가지, 허세로 날 억눌러.

한두 살 나이 차이 때문에 내가 덜   530

매력적이거나 네가 더 운 좋은 건 아냐.

봉사하고, 내 애인의 은혜를 입는 데는

나도 너만큼이나 능력 있고 적합한데,

그 사실을 내 칼로 너에게 입증하고

라비니아 사랑하는 내 열정을 밝힐 거야.   535

아론   (방백)

순경, 순경! 이 애인들이 치안을 해칠 거요.

드미트리우스 아니, 애, 어머니가 조언도 듣지 않고

네 허리에 장식용 칼을 달아 줬지만

친족을 위협할 정도로 필사적이 되었어?

허 참, 네가 그 나무칼을 좀 더 잘 다룰 줄   540

알게 될 때까지는 칼집에 꼭 넣어 둬.

키론   그동안에, 봐, 내가 이 하찮은 기술로

얼마나 과감한지 확실히 알려 주지.

드미트리우스 그래, 애, 그렇게 용감해?   (그들이 칼을 뽑는다.)

아론   허, 공자들이?

이렇게 황궁 가까이에서 과감히 칼을 뽑아   545

공공연히 이 같은 싸움을 벌인단 말이오?

난 이 모든 원한의 원인을 아주 잘 알지만

백만의 금화를 준다 해도 그 까닭이
가장 깊이 관련된 이들에게 알려진다거나,
더욱이 고귀한 모친께서 로마의 궁정에서   550
그 일로 모욕받게 하지는 않겠어요.
창피해요, 칼 거둬요.

드미트리우스   난 못해, 내 칼을
그의 가슴 칼집에 꽂아 넣고, 덧붙여서
그가 날 모욕하며 여기서 내뱉은 책망을
그의 목구멍 속에 처박아 줄 때까진.   555

키론   난 거기에 대비했고 단호히 결심했어.
입 더러운 비겁자야, 넌 혓바닥 천둥 치며
무기로는 아무것도 감히 실행 못 한다.

아론   그만두라니까.
호전적 고트족이 받드는 신들께 맹세코,   560
이 시시한 말다툼에 우린 다 망할 거요.
아니, 공자님들, 황자의 권리를 해치는 게
얼마나 위험한지 생각도 못 합니까?
허, 근데 라비니아가 아주 문란해졌거나
바시아누스가 아주 타락하여서   565
그녀의 사랑을 얻으려고 이따위 싸움을
규제, 심판, 복수 없이 일으킬 수 있다고요?
젊은 분들, 조심해요. ― 또 황후가 이 불화의
근원을 안다면 좋은 소리 못 들어요.

키론   그녀와 온 세상이 안다 해도 상관없어.   570
난 라비니아를 온 세상보다 더 사랑해.

드미트리우스   애송이야, 낮은 여자 고르는 법 배워라.
라비니아는 네 형이 바라는 여자야.

아론	아니, 둘 다 미쳤어요? 아니면 로마에선
	사람들이 연적들에 대하여 얼마나 575
	격노하고 성급하며 못 참는지 몰라요?
	정말로 두 분은 이 계획으로 본인들의
	죽음을 모의할 뿐이에요.
키론	아론, 사랑하는 그녀를 얻는다면 난 죽음을
	천 번도 더 바랄 거야.
아론	어떻게 얻지요? 580
드미트리우스	넌 그게 왜 그렇게 이상해?
	그녀는 여자다, 그래서 구애할 수 있고,
	그녀는 여자다, 그래서 가질 수 있으며,
	그녀는 라비니아, 그래서 사랑을 받아야 해.
	아니, 이봐, 물방아 돌리는 물의 양은 585
	주인이 아는 것보다 더 많고, 잘라 놓은
	빵 한 조각 훔치는 건 쉽다고 알고 있어.
	바시아누스가 황제의 동생이긴 하지만
	그보다 나은 자도 오쟁이를 진 적 있어.
아론	(방백)
	암, 사투르니누스처럼 뛰어나도 그렇지. 590
드미트리우스	근데 왜 말발로, 잘생긴 모습과 큰 선물로
	구애할 줄 아는 자가 절망해야만 하지?
	뭐야, 넌 언제나 암사슴을 쏴 맞히고
	산지기도 모르게 가지고 나가지 않았어?
아론	그렇다면 낚아채기 같은 걸로 가지는 게 595
	당신들께 좋겠네요.
키론	암, 가지기만 한다면야.
드미트리우스	아론, 넌 정곡을 찔렀어.

아론	당신들도 찔렀으면
	우리가 이렇게 난리를 부리진 않겠죠.
	자, 잘 들어요, 잘 들어, 이 일로 싸울 만큼
	당신들은 바보예요? 둘 다 성공하는 게
	그럼 기분 나쁜가요?
키론	참말로, 난 아냐.
드미트리우스	나도 아냐, 둘 중 하나라면.
아론	창피하니 다투는 걸 갖기 위해 친해져요.
	당신들의 목표는 계략과 책략으로
	이뤄져야 하니까 얻고자 하는데도
	얻을 수 없는 것은 가능한 한 강제로
	성취하겠노라고 결심해야 한답니다.
	들어 봐요, 루크리스도 바시아누스의 애인
	라비니아보다 더 순결하진 않았어요.
	우리는 애타는 연모보다 더 빠른 방법을
	따라야 하는데 내가 길을 찾았어요.
	공자님들, 성대한 사냥이 곧 있는데
	거기에 아름다운 로마의 부인들이 몰리죠.
	숲속 길은 넓고도 탁 트여 있으며
	거기엔 인적 드문 지점이 많은데
	강간과 악행에 알맞은 특성을 가졌어요.
	거기에 이 우아한 암사슴을 고립시켜
	말로써 안 되면 힘으로 제압해요.
	이 길이 아니면 희망은 전혀 없답니다.

600

605

610

615

608행 루크리스 셰익스피어의 장시 『루크리스의 강간』에서 타르퀴니
우스에게 강간당한 뒤 자결하는 귀부인.

자, 자, 자신의 신성한 재주를   620
악행과 복수에 봉헌한 우리 황후에게
우리가 의도하고 있는 바를 알리면
그녀는 충고로 우리들 계책의 날을 세워
당신들이 서로 싸워 무너지지 않게 하며
양쪽을 다 소망의 정점에 올려 줄 겁니다.   625
황제의 궁정은 소문의 소굴과 같아서
그 궁전은 혀와 눈과 귀로 꽉 차 있지만
그 숲은 가차 없고, 무섭고, 귀먹었고, 둔하니
거기서 멋지게 말하고 찌르고 번갈아 해 봐요.
하늘의 눈 가려진 거기서 육욕을 채우며   630
라비니아의 보물로 잔치를 벌여요.

키론   이봐, 네 조언은 겁쟁이 냄새가 전혀 안 나.

드미트리우스 "이게 옳든 그르든" 이 열기를 식혀 줄 냇물과
이 발작을 진정시킬 마법을 찾아낼 때까지
"난 지옥의 강 따라 망령의 세계를 떠돈다."   635

(함께 퇴장)

2막 1장

티투스 안드로니쿠스와 그의 세 아들, 그리고
사냥개들과 뿔피리로 시끄러운 소리를 내는 마르쿠스 등장.

633행 이게…그르든 아마도 호라티우스   투스』에 나오는 한 구절을 각색한 것.
의 시 한 구절을 각색한 듯하다. (아든)   (RSC)
635행 난…떠돈다 세네카의 『히폴리   2막 1장 장소 로마 근처의 숲.

티투스	사냥이 시작됐다. 아침은 빛나는 회색이며
	들판은 향기롭고 숲들은 푸르구나.
	여기에 개를 풀고 우리 한번 소리 질러
	황제와 그의 예쁜 신부를 깨우고
	황자를 일으키며, 사냥꾼의 굉음 울려
	온 궁정에 그 소리가 메아리치게 하자.
	애들아, 황제의 옥체를 신중히 살피는 건
	우리 임무이듯 너희 임무로 알아라.
	난 간밤의 꿈속에선 불안해했지만
	동트는 날은 내게 새 위안을 넣어 줬다.

5

10

여기에서 사냥개 짖는 소리와 뿔피리 굉음. 그런 다음
사투르니누스, 타모라, 바시아누스, 라비니아,
키론, 드미트리우스 및 수행원들 등장.

	폐하에게 좋은 아침 수많이 찾아오고,
	마마의 아침도 그만큼 수많고 유쾌하길.
	전 폐하께 사냥꾼의 굉음을 약속드렸지요.
사투르니누스	그리고 경들은 그것을 활기차게 울렸소,
	새 신부들에게는 좀 일찍이 말이오.
바시아누스	라비니아, 어떻게 생각하오?
라비니아	아닌데요,
	전 두 시간 이상을 완전히 깨어 있었어요.
사투르니누스	그럼 가요, 말과 또 마차를 가져오라,
	사냥놀이 떠난다.
	(타모라에게) 황후, 우리의 로마식 사냥을
	이제부터 볼 것이오.

15

마르쿠스	제 개들은, 폐하, 20
	수렵장의 가장 힘센 표범도 깨우고
	가장 높은 산맥의 정상도 오를 것입니다.
티투스	제 말 또한 도망치는 사냥감을 뒤쫓아
	제비처럼 평야를 내달릴 것입니다.
드미트리우스	(방백)
	키론, 우린 사냥 안 해, 암, 말이나 개 없이 25
	우아한 암사슴을 바닥에 눕히고 싶어 해. (함께 퇴장)

2막 2장

아론, 돈주머니를 가지고 홀로 등장.

아론	지각 있는 사람이면 내가 이 나무 아래
	이 많은 금화를 묻은 뒤에 절대로
	되찾지 않는 것을 멍청하다 여길 거야.
	그처럼 날 천박하게 여기는 자, 알아 둬라,
	이 금화로 반드시 계략이 생겨나고 5
	그것이 약빠르게 실행에 옮겨지면
	아주 멋진 악행의 걸작이 탄생할 테니까.
	그러니 달콤한 금화야, 황후의 보시 받고
	불안해할 자들 위해 거기서 쉬고 있어.

(돈주머니를 감춘다.)

무어인에게 타모라 홀로 등장.

2막 2장 장소 로마 근처의 숲.

| 타모라 | 사랑하는 나의 아론, 왜 그렇게 슬퍼해, | 10 |
| | 만물이 다 즐거운 모습을 뽐내는데? | |

타모라　사랑하는 나의 아론, 왜 그렇게 슬퍼해,　　　　　10
　　　　만물이 다 즐거운 모습을 뽐내는데?
　　　　관목마다 새들이 고운 가락 노래하고
　　　　뱀들은 쾌적한 햇볕 아래 똬리 틀고,
　　　　푸른 잎은 시원한 바람에 흔들리며
　　　　땅 위에 얼룩무늬 그림자를 만들어 내.　　　　　15
　　　　아론, 우리는 향기로운 그 그늘 아래 앉아
　　　　중얼대는 메아리 여신이, 두 곳의 사냥 소리
　　　　한꺼번에 들은 듯 매끄러운 뿔피리에
　　　　날카롭게 반응하는 사냥개들 놀릴 동안
　　　　놈들의 왕왕 소리 앉아서 들어 보자.　　　　　20
　　　　그리고 우리가 방랑하는 왕자와 디도가
　　　　언젠가 행운의 폭풍우를 갑자기 만났을 때
　　　　비밀을 지켜 주는 동굴 속에 은신한 채
　　　　즐겼다고 여겨지는 몸싸움을 한 다음
　　　　서로가 상대방의 두 팔에 감긴 채　　　　　25
　　　　오락이 끝난 뒤의 금빛 잠에 빠져들 때,
　　　　사냥개와 뿔피리와 새들의 달콤한 가락은
　　　　유모가 아기를 재우면서 부르는
　　　　자장가 소리처럼 우리 귀에 들릴 거야.

아론　　마마, 당신의 욕망은 베누스가 다스려도　　　　　30
　　　　제 것은 음울한 사투르누스가 지배해요.
　　　　죽음을 부르는 저의 눈, 저의 침묵,

21행 왕자와 디도
트로이의 멸망 후 새로운 정착지를 찾아
떠돌던 아이네이아스 왕자는 카르타고
에서 디도 여왕을 만나 사랑에 빠진다.

30행 베누스　사랑의 여신.
31행 사투르누스
이 행성(목성)은 사람들을 뚱하고 우울
하게 만든다고 여겨졌다. (RSC)

구름 낀 제 우울증, 양털처럼 엉켰다가
지금은 독사가 치명상을 입히려고
똬리 푸는 바로 그 순간처럼 곧게 뻗는   35
제 머리카락의 의미가 무엇이겠습니까?
아뇨, 마마, 그것들은 성욕의 표시가 아녜요.
제 마음엔 복수가, 손에는 죽음이 들었고
머릿속엔 피와 또 복수가 들끓어요.
잘 들어요, 타모라, 그 품 안의 안식을   40
지고의 천국으로 바라는 제 영혼의 황후여,
오늘은 바시아누스 최후의 날로서
그자의 필로멜라는 혀를 잃어야 하고
당신의 아들들은 그녀의 순결을 강탈하며
바시아누스의 피로써 손을 씻을 겁니다.   45
이 편지 보이죠? 부탁인데, 받으세요,   (편지를 준다.)
그리고 왕에게 그 치명적 음모의 글을 줘요.
이젠 더 묻지 마요, 우린 발각됐으니까.
우리가 바랐던 전리품의 일부가 오는데
자기네 생명 파괴, 아직 겁을 안 내네요.   50

바시아누스와 라비니아 등장.

타모라   아, 달콤한 나의 무어, 생명보다 더 달콤해!
아론   관둬요, 대황후여. 바시아누스가 와요.

43행 필로멜라
형부인 테레우스에게 강간당한 뒤 혓바
닥이 잘렸다가 나중에 수를 놓아 언니에
게 그의 범행을 알리고 그녀와 힘을 합쳐
복수한 뒤 밤꾀꼬리(나이팅게일)로 변신
한 처녀.

| | 그에게 대들어요, 전 당신 아들들을 불러와 | |
| | 무슨 싸움이든지 당신을 감싸게 할게요. | (퇴장) |

바시아누스 이게 누구십니까? 로마의 고귀한 황후께서　　　　　　55
　　　　　　적절한 수행원도 하나 없이 계셨어요?
　　　　　　아니면 디아나가 황후처럼 차려입고
　　　　　　모두가 참여하는 이 숲속의 사냥을 보려고
　　　　　　자신의 신성한 수풀을 버리신 겁니까?

　　타모라 사적인 내 발걸음을 따지는 건방진 경리야,　　　　　60
　　　　　　디아나가 가졌단 그 힘이 나에게 있다면
　　　　　　네 이마엔 악타이온처럼 곧바로
　　　　　　뿔이 돋을 것이며, 사냥개들 무리가
　　　　　　무례한 침입자인 네놈의 새롭게 변형된
　　　　　　팔다리를 향하여 달려들 것이다.　　　　　　　　65

　　라비니아 죄송하옵니다만 친절하신 황후께선
　　　　　　뿔 장난에 큰 소질이 있다고 여겨지고
　　　　　　당신의 무어인과 당신은 실험을 하려고
　　　　　　멀어졌단 의심을 받습니다. 조브가 오늘은
　　　　　　당신의 남편을 사냥개들로부터 막아 주길.　　　70
　　　　　　놈들이 그를 수사슴인 줄 알면 딱하겠죠.

바시아누스 여왕이여, 당신의 시커먼 남자는 분명코
　　　　　　당신의 순결을 그 자신의 몸 색깔로,

57행 디아나 사냥과 순결의 여신.
62행 악타이온
숲속에서 목욕하는 디아나의 나신을 본
죄로 뿔 돋은 수사슴으로 변신하는 벌을
받은 청년. 나중에 자신의 사냥개들에
의해 찢겨 죽었다.

67행 뿔 장난
오쟁이 진 남편의 이마에 뿔이 돋는다는
속설에 빗댄 말.
69행 조브
로마 신화 최고의 신, 유피테르. 그리스
신화의 제우스에 해당한다.

얼룩진, 혐오할, 끔찍한 것으로 만들어요.
더러운 욕정에 이끌린 게 아니라면   75
왜 당신은 무리를 다 등지고 물러나
당신의 그 멋진 백마에서 내린 뒤
오로지 야만적인 무어인만 대동한 채
이 구석진 곳으로 떠돌아 들어왔죠?

라비니아   그래서 잘 놀고 있는데 방해를 받은 게   80
고귀한 제 남편이 건방지다 야단맞을
커다란 이유네요.
(바시아누스에게)   제발 여길 떠나요,
그녀는 까마귀색 애인과 즐기게 놔두고.
이 골짜긴 그 목적에 아주 잘 맞아요.

바시아누스   나의 형님 국왕에게 이걸 알려 드릴 거요.   85

라비니아   예, 이 탈선 때문에 오래 욕을 먹으셨죠.
착하신 왕께서 참으로 철저히 속으셨어!

타모라   그래, 난 이 모든 걸 참고 견딜 것이야.

키론과 드미트리우스 등장.

드미트리우스 뭐지요, 소중한 여왕이며 자애로운 어머니,
마마께서 왜 그렇게 창백하고 파리하죠?   90

타모라   창백해질 이유가 없다고 생각하니?
이 둘이서 이곳으로 나를 유인했단다.
네가 보듯 황량하고 가공할 계곡이지.
나무들은 여름인데 이끼와, 또 해로운
겨우살이 가지로 뒤덮여 쓸쓸히 말랐어.   95
여긴 해가 통 안 들어 야행성 올빼미나

불길한 까마귀 외에는 아무것도 못 살아.
또 그들은 이 끔찍한 구덩이를 보여 주며
나에게 말하기를, 죽은 밤 시간에 여기에선
수천의 귀신과 수천의 쉿 소리 내는 뱀,　　　　　　　100
수만의 몸 부푼 두꺼비, 그만큼의 고슴도치가
너무나도 무섭고 어지러운 소리 내어
인간의 몸을 가진 누구라도 들으면
곧바로 미치거나 갑자기 죽는다고 그랬어.
그들은 이 지옥 같은 얘기를 하자마자　　　　　　　105
곧 내게 말하기를, 여기 이 기분 나쁜
주목의 몸통에 나를 묶고 그렇게 불행히
죽게끔 내버려 두겠다고 했단다.
그리고 날 추한 간부, 음탕한 고트인,
그리고 그러한 취지로 지금껏 귀가 들은　　　　　　110
최악의 몹쓸 말을 다 가져와 불렀단다.
그리고 놀라운 행운으로 너희가 안 왔으면
그들은 내게 이 복수를 실행했을 것이야.
너희는 어미의 목숨을 아낄 테니 복수해라,
아니면 앞으로 내 자식이라 하지 마라.　　　　　　115

드미트리우스　이것이 제가 당신 아들이란 증겁니다.

(바시아누스를 찌른다.)

키론　이건 제 증거로 제 힘을 보이려고 푹 찔렀죠.

(그도 바시아누스를 찌르고, 그는 죽는다.)

라비니아　그래, 와라, 세미라미스, 아니 야만 타모라야,
네 이름 말고는 네 본성에 맞는 게 없으니까.

118행 세미라미스　미모와 잔인성으로 유명한 아시리아의 왕비.

타모라	그 비수 이리 줘. 얘들아, 알아 둬라,	120
	네 어미의 손으로 네 어미의 누명을 벗긴다.	
드미트리우스	잠깐, 마마, 그녀에게 해 줄 게 더 있어요.	
	밀 타작을 먼저 하고 짚을 태운답니다.	
	이 계집은 자신의 순결, 혼약, 충실성,	
	그리고 그 별난 희망을 고집하며	125
	당신의 막강한 지위에 용감히 맞섰지요.	
	근데 그걸 그녀가 무덤으로 갖고 가요?	
키론	그리되면 난 내시가 되는 게 좋겠어.	
	남모르는 굴속으로 이 남편을 끌고 가서	
	죽은 그 몸통을 우리들 욕망의 베개 삼자.	130
타모라	하지만 너희가 우리가 원하는 꿀 얻고 난 뒤	
	이 말벌이 살아남아 우릴 쏘게 하진 마라.	
키론	보증해요, 마마, 그건 확실히 해 둘게요.	
	자, 여인아, 이제 우린 당신이 까다롭게	
	지켜 온 그 정절을 강제로 맛볼 거야.	135
라비니아	오, 타모라, 넌 여자의 얼굴을 가졌는데 —	
타모라	난 그녀가 하는 말 안 듣겠다. 데려가!	
라비니아	공자님들, 한마디만 듣도록 청해 줘요.	
드미트리우스	(타모라에게)	
	들으세요, 고운 마마, 그녀 눈물 보는 걸	
	당신의 영광 삼되, 마음으론 그것을	140
	냉혹한 부싯돌 때리는 빗물로 여기세요.	
라비니아	호랑이 새끼들이 어미를 가르친 적도 있나?	

131행 우리 타모라는 아들들의 성적인 쾌락을 공유하지는 않지만 그들이 그걸 취하기를 같이 원한다는 뜻에서 '우리'라는 말을 쓴다. (아든)

오, 분노를 교육 마라, 그녀가 가르쳤으니까.

네가 빤 그녀 젖은 철석으로 변했고,

넌 젖꼭지 물었을 때부터 포악했어.   145

근데 모든 어머니가 같은 아들 낳진 않아.

(키론에게)

여성의 동정심을 보여 달라 청해 봐요.

키론 뭐, 나 스스로 서자임을 입증하란 말이야?

라비니아 맞았어, 까마귀가 종달새를 까진 않지.

그래도 난 들었어. ─ 사자가 동정심 때문에   150

그 멋진 발톱을 다 자르게 해 줬다고 ─

오, 지금 그걸 확인할 수 있었으면.

까마귀는 제 새끼가 둥지에서 굶을 때도

버려진 애들을 기른다는 말도 있죠.

오, 그래 줘요, 당신의 모진 맘은 거부해도,   155

그만큼 친절하진 못해도, 동정 좀 해 줘요.

타모라 그게 다 뭔 말인지 모르겠다. 데려가!

라비니아 오, 당연히 죽일 수 있었던 당신을 살려 준

내 아버질 봐서라도 나한테서 배워요.

고집 그만 부리고 막은 귀를 여세요.   160

타모라 네가 직접 날 화나게 한 적은 없지만

바로 네 아버지 때문에 난 동정 못 한다.

얘들아, 기억해라, 난 제물로 너희 형을

내놓지 않으려고 눈물을 쏟았지만 헛되었고

사나운 안드로니쿠스는 순해지지 않았다.   165

그러니 그녀를 데려가서 맘껏 해라.

더 나쁘게 할수록 내 사랑은 더 클 거다.

라비니아 (타모라에게 매달리며)

	오, 타모라, 관대하신 여왕으로 칭송받고	
	당신의 손으로 이곳에서 날 죽여요,	
	내가 오래 애원한 건 생명이 아니니까.	170
	불쌍한 난 바시아누스가 죽었을 때 살해됐소.	
타모라	그럼 뭘 애원해, 이 바보야? 나를 놔줘!	
라비니아	즉사를 애원하고, 한 가지 더 있지만	
	여자로서 내 입으로 말하지는 못해요.	
	오, 죽음보다 더 나쁜 그들 욕정 막아 주고,	175
	사람들이 내 시체를 절대로 볼 수 없는	
	역겨운 구덩이 속으로 날 굴려 넣어요.	
	그런 다음 자비로운 살인자가 되세요.	
타모라	그럼 난 귀여운 아들들의 보수를 빼앗겠지.	
	안 돼, 그들은 네게서 욕정을 채울 거야.	180
드미트리우스	(라비니아에게)	
	가자, 넌 우릴 너무 오래 붙잡아 뒀으니까.	
라비니아	자비도, 여성성도 없다고? 아, 금수 같은 것아,	
	우리 이름 전체의 오점인 이 원수에게	
	파멸이 닥치기 —	
키론	그렇다면 그 입을 막겠다.	
	(그녀를 붙잡고 입을 막는다.)	
	(드미트리우스에게) 그녀의 죽은 남편 끌고 와.	185
	아론이 그를 이 굴속에 감추라 그랬어.	
	(드미트리우스가 바시아누스의 시체를 구덩이 속으로 던진다.	
	그런 다음 그와 키론은 라비니아를 끌고 함께 퇴장)	
타모라	아들들아, 잘 가라. 그녀를 확실히 처리해.	
	안드로니쿠스 일족이 다 없어질 때까지	
	진실로 유쾌한 맘 내가 절대 못 알게 해 줘라.	

이제 난 어여쁜 무어인을 찾으러 떠나서   190
성마른 아들들이 이 계집을 꺾게 해 줘야지.   (퇴장)

아론이 티투스의 두 아들 퀸투스와 마르티우스를
데리고 등장.

아론   빠른 발 앞세우고 어서 와요, 공자님들.
          깊이 잠든 그 표범을 제가 찾아내었던
          그 역겨운 구덩이로 곧바로 모실게요.
퀸투스   이게 무슨 조짐인지 내 시야가 침침해.   195
마르티우스 나도 그래, 분명히. 수치심만 아니라면
          난 사냥을 관두고 잠시 동안 자고 싶어.

          (구덩이에 빠진다.)

퀸투스   뭐야, 빠졌어? 이게 무슨 교활한 굴인데
          입구는 마구 자란 찔레로 덮여 있고
          그 잎에는 방금 흘린 핏방울들이 마치   200
          꽃잎 위의 맑은 아침 이슬처럼 맺혔지?
          이건 아주 치명적인 곳 같아 보인다.
          동생아, 말해 봐, 떨어질 때 다쳤어?
마르티우스 (아래에서)
          아, 형, 눈에 띄어 애통한 것 중에서
          최고로 불길한 걸 보고 나서 마음을 다쳤어.   205
아론   (방백)
          이제 난 왕을 불러 애들을 보도록 해야지.
          어째서 애들이 제 동생을 없앤 자들인지
          그럴듯한 추측을 할 수 있게 말이다.   (퇴장)
마르티우스 (아래에서)

왜 나를 위안해 준 다음 이 불경한,
피로 물든 굴에서 꺼내 주지 않는 거야?　　　　　　210

퀸투스　　난 이상한 두려움에 당황하고 있었는데,
떨리는 내 관절 위로 식은땀이 흐르면서
마음속으로는 볼 수 있는 그 이상을 추측해.

마르티우스　(아래에서)
형에게 진정한 예감이 있음을 보이려면
아론과 둘이서 이 굴을 좀 내려다본 다음　　　　215
이 피와 죽음의 무서운 광경을 봐.

퀸투스　　아론은 가 버렸고, 연민 어린 내 마음은
추측만으로도 내 눈이 떨리는 그 물체를
한 번도 쳐다보지 못하게 하고 있어.
오, 누군지 말해 줘, 난 여태껏 한 번도　　　　　220
모르는 걸 겁내는 아이는 아니었으니까.

마르티우스　(아래에서)
바시아누스 황자가 피로 더렵혀져서
몹시 싫고 어둡고 피 머금은 구멍 안에
도살된 양처럼 완전히 쭉 뻗고 누워 있어.

퀸투스　　어둡다고 하면서 그를 어찌 알아봤어?　　　　225

마르티우스　(아래에서)
피투성이 손가락에 이 굴을 다 밝히는
값비싼 반지를 끼었는데, 그것이
무덤 안에 타고 있는 한 자루 양초처럼
죽은 이의 흙 같은 두 뺨을 비추면서
이 구덩이 안쪽의 엉킨 내장 보여 줘.　　　　　230
저 달은 피라무스가 밤중에 처녀의 피에 잠겨
누웠을 때에도 이처럼 창백하게 비쳤어.

오, 형, 약해지는 그 손으로 날 도와서 —
나처럼 공포로 약해진 거라면 —
안개 낀 지옥 강의 입구처럼 아주 미운,   235
이 사나운, 걸신들린 창고에서 꺼내 줘.

퀸투스   (구덩이 안으로 손을 뻗으면서)
내가 널 꺼낼 수 있도록 손을 쭉 뻗어 봐,
안 그러면 그만큼 도울 힘도 없는 나는
이 깊은 구덩이의 삼키는 자궁으로, 불쌍한
바시아누스의 무덤으로 끌려들 수도 있어.   240
이 가장자리까지 널 끌어 올릴 힘이 없어 —

마르티우스   (아래에서)
나 또한 형의 도움 없이는 올라갈 힘이 없어.

퀸투스   다시 손을 뻗어 봐. 네가 여길 오르거나
내가 밑에 있기 전엔 놓치지 않을게.
넌 내게 올 수 없어 — 너에게 내가 간다.   245
(구덩이에 빠진다.)

황제와 무어인 아론이 수행원들과 함께 등장.

사투르니누스   함께 가자! 난 여기에 무슨 굴이 있는지,
지금 거기 뛰어든 게 누군지 봐야겠다.
(구덩이 안에 대고 말한다.)
말하라, 바로 지금 떡 벌어진 이 땅속의
텅 빈 굴로 내려간 넌 누구냐?

231행 피라무스 밀회의 장소에서 애인 티스베가 사자에게 물려 죽었
다고 오인한 피라무스는 자결했고, 나중에 그 사실을 안 그녀도 똑같이
죽었다.

마르티우스	(아래에서)
	안드로니쿠스 노인의 불행한 아들들로
	참으로 불운한 시각에 여기로 불려 와
	동생 바시아누스께서 죽은 걸 알았어요.
사투르니누스	내 동생이 죽었어? 네 농담일 뿐이겠지.
	그와 그의 부인은 다 이 즐거운 수렵장
	북쪽 편에 위치한 오두막에 있으니까.
	내가 거길 떠난 게 한 시간도 안 됐어.
마르티우스	(아래에서)
	산 그들을 어디 두고 오셨는지 모르나,
	아아, 저희는 죽은 그를 여기서 찾았어요.

250

255

타모라, 티투스 안드로니쿠스, 루키우스 등장.

타모라	내 주인님 국왕은 어디 계셔?
사투르니누스	살인적 비탄에 빠졌지만 여기 있소, 타모라.
타모라	당신 동생 바시아누스는 어딨지요?
사투르니누스	당신은 이제 내 상처의 밑바닥을 뒤지고,
	불쌍한 바시아누스는 살해된 채 여기 있소.
타모라	그럼 전 너무 늦게 치명적인 이 문서,
	때 이른 이 비극의 공모 계획 가져왔고,
	인간이 미소 띤 얼굴로 살인적 포악함을
	감출 수 있다는 데 크게 놀랐답니다.
	(사투르니누스에게 편지를 준다.)
사투르니누스	(읽는다.)
	"또 우리가 만약 그를 적시에 못 만나도 —
	바시아누스 말인데 — 상냥한 사냥꾼,

260

265

자네가 그의 묘를 파는 일만큼은 해 주게.   270

이게 뭔 말인지 알았겠지. 그 보답은

우리가 바시아누스를 묻기로 결정한

바로 그 구덩이 입구에 그늘을 드리우는

딱총나무 근처의 쐐기풀 속에서 찾게나.

일 끝내면 우리는 자네의 영원한 친구야."   275

오, 타모라, 이런 일 들어 본 적 있어요?

이게 그 구덩이고 이게 그 딱총나무요.

여봐라, 바시아누스를 여기서 살해했을

그 사냥꾼, 찾아낼 수 있는지 살펴봐라.

아론   (돈주머니를 찾아내면서)

폐하, 여기에 그 금화 주머니가 있습니다.   280

사투르니누스   (티투스에게)

당신의 두 새끼, 피비린 성질의 잔인한 개들이

여기에서 내 동생의 생명을 앗아 갔소.

여봐라, 놈들을 구덩이에서 꺼내 하옥하라.

거기에서 여태껏 듣지 못한 고문의 고통을

짐이 찾아낼 때까지 기다리게 하라.   285

타모라   뭐, 그들이 이 구덩이에? 오, 놀라운 일이다!

살인범이 참으로 쉽게 발각되었구나.

(수행원들이 퀸투스, 마르티우스,

바시아누스의 시체를 구덩이에서 끌어낸다.)

티투스   (무릎을 꿇으며)

황제 폐하, 제가 이 연약한 무릎 꿇고

쉬 아니 흘리는 눈물로 이 은혜를 청합니다.

저주받은 제 아들들의 이 잔인한 잘못은   290

그 잘못이 입증되면 저주받은 것이지만 ―

사투르니누스	입증되면? 명백하다는 걸 보고 있소.
	누가 이 편지를 찾았지? 타모라, 당신이오?
타모라	안드로니쿠스 자신이 집어 들었습니다.
티투스	예, 폐하, 하지만 애들의 보석은 제가 하죠.	295
	선조들의 존경하는 무덤 걸고 맹세컨대,
	그들은 폐하의 뜻에 따라 자기네 목숨으로
	이 혐의에 응답할 준비를 갖출 테니까요.
사투르니누스	당신은 보석 못 할 것이오. 날 따라오시오.
	몇 명은 살해된 시체와 살해자들, 옮겨라.	300
	한마디도 못 하게 해, 죄가 분명하니까.
	맹세코, 죽음보다 더 나쁜 최후가 있다면
	그 최후를 그들에게 적용해야 할 테니까.
타모라	안드로니쿠스, 왕에게 내가 애원해 볼게요.
	아들들은 걱정 마오, 좋게 해결될 테니까.	305
티투스	(일어서며)
	루키우스, 가자, 가. 얘기해 보려고 있지 마.

(몇 명은 시체를, 몇 명은 죄수들을 호송하며 함께 퇴장)

2막 3장

황후의 아들들이 라비니아와 함께 등장.
그녀는 두 손이 잘렸고 혀도 잘렸으며 겁탈당했다.

| 드미트리우스 | 자, 이제 가서 그 혀로 말을 할 수 있다면 |
| | 네 혀를 자르고 널 겁탈한 자들을 알려 줘. |

2막 3장 장소 로마 근처의 숲.

키론	잘린 팔이 너에게 필경사가 돼 준다면
	네 마음을 글로 적고 네 뜻을 밝혀 봐.
드미트리우스	그녀가 기호와 표시로 뭘 그릴 수 있나 봐. 5
키론	집으로 가, 깨끗한 물 달래서 손 씻어라.
드미트리우스	달라고 할 혀도 없고 씻을 손도 없으니
	그녀가 조용히 걸어가게 놔두자.
키론	이게 내 처지라면 난 스스로 목맬 거야.
드미트리우스	밧줄 묶게 도와 줄 네 손이 있다면야. 10

(키론과 드미트리우스 함께 퇴장)

마르쿠스 등장.

마르쿠스	이 누구야 — 내 질녀가 저리 빨리 도망쳐?
	조카딸아, 말해 봐. 네 남편 어디 있어?

(라비니아가 돌아선다.)

이게 꿈이라면 전 재산 주고라도 깨나기를.
깨 있는 거라면, 웬 행성이 날 내리쳐
영원한 잠에 들 수 있었으면 좋겠다. 15
질녀야, 말해 봐, 어떤 자가 가혹한 손으로
네 몸에서 두 가지를, 그 둥근 그늘 안에
왕들도 들어가 잠들려고 애썼으나
네 사랑 반만큼의 행복도 못 얻었던
그 귀여운 장식품을 쳐서 잘라 버리고 20
네 몸을 헐벗게 했느냐? 왜 말을 못 하니?

(라비니아가 입을 벌린다.)

아아, 따뜻한 핏물의 진홍색 강물이
바람에 흔들려 부글대는 분수처럼

네 장밋빛 입술 새로 감미로운 너의 숨과
함께 드나들면서 올라갔다 내려가네.   25
하지만 분명히 어떤 테레우스가 널 범하고
네가 그를 못 집어내도록 그 혀를 잘랐어.
아, 넌 이제 창피해서 얼굴을 돌리는데,
물을 뿜는 구멍이 세 개 있는 도관처럼
이렇게 피를 온통 잃고 있는 중에도   30
네 뺨은 태양신의 얼굴이 구름을 만나서
홍조를 띠듯이 정말 붉어 보인다.
너 대신 내가 말해? 맞았다고 말할까?
오, 네 마음 알았으면, 그 짐승을 알았으면
그놈에게 욕 퍼부어 내 마음 달랠 텐데!   35
감춰진 슬픔은 닫아 놓은 화덕처럼
심장을 그 자리에서 다 태워 버린단다.
고운 필로멜라는 혀만 잃었으니까
공들인 견본 속에 자기 마음 수놓았어.
근데 멋진 질녀야, 그 수단이 네겐 없어.   40
너는 더 교활한 테레우스를 만났고
그자는 필로멜라보다도 바느질을 더 잘할
네 예쁜 손가락을 잘라 내 버렸단다.
오, 그 괴물이 그 백합꽃 두 손이 류트 위에
사시나무 잎처럼 떨면서 비단 줄이 거기에   45
즐거이 키스하게 만드는 걸 봤더라면
맹세코 그것을 건드리진 않았을 것이다.
또는 그가 달콤한 그 혀가 만들어 낸

26행 테레우스 앞선 각주(2.2.43행) 참고.

천상의 화음을 들은 적이 있었다면
자기 칼을 던지고, 오르페우스 발밑의   50
케르베로스처럼 잠들었을 것이야.
자, 가서 네 아비의 두 눈을 멀게 하자,
이 모습에 어느 아비 눈이라도 멀 테니까.
한 시간의 폭우에 향긋한 풀밭이 잠기는데
몇 달간의 눈물에 아비 눈은 어찌 될까?   55
물러나지 마라, 우린 같이 애도할 테니까.
오, 우리의 애도에 네 고통이 줄 수 있길!

3막 1장

판관 역의 호민관들과 원로원 의원들, 티투스의
묶인 두 아들 퀸투스, 마르티우스와 함께 무대를 지나
사형장으로 가고 있고, 티투스는 앞으로 나와 탄원한다.

티투스   들어 줘요, 의원님들. 호민관들, 멈춰요!
여러분이 편안히 잠잘 동안 제 젊음을
위험한 전쟁에 바쳤던 제 노년을 동정하고,
로마의 큰 싸움에 제가 흘린 모든 피와
제가 경계하였던 차가운 밤 모두와,   5
그리고 여러분이 보시듯 늙은 제 뺨 위의
주름살을 채우는 이 쓰린 눈물을 감안하여
선고받은 제 아들들 동정해 주십시오,

50~51행 오르페우스…케르베로스   세 머리의 개 케르베로스도 그 발밑에서
트라키아의 시인 오르페우스의 류트 연   잠들었다고 한다. (아든)
주는 너무나 아름다워 지옥문을 지키는   3막 1장 장소 로마의 거리.

그들의 영혼은 생각만큼 타락하지 않았소.
스물두 아들 위해 저는 운 적 없었어요,　　　　　　　　10
명예의 드높은 침대에서 죽었기 때문에.

　　　　(안드로니쿠스가 눕고 판관들이 그의 옆을 지나간다.)

이 둘을 위해서는, 호민관들이여, 이 흙 위에
제 마음의 큰 번민과 슬픈 눈물 적습니다.
이 땅의 마른 갈망 제 눈물로 채우게 해 줘요,
아들들의 단 피로는 창피해서 빨개질 테니까.　　　15

　　　　　　　　　　　　(티투스만 남고 모두 퇴장)

오, 대지여, 난 싱싱한 4월의 소나기가
다 퍼부을 빗물보다 이 두 낡은 폐허에서
새 나오는 눈물로 너와 더 친해질 것이다.
난 여름 가뭄에도 계속 네게 떨어지고
겨울에는 따뜻한 눈물로 눈을 녹여　　　　　　20
네 얼굴에 영원한 봄날을 남겨 줄 테니까
소중한 아들들의 핏물은 마시지 말아 다오.

　　　　　　　　루키우스가 칼을 빼 들고 등장.

오, 존경하는 호민관, 오, 관대한 어르신들,
제 아들들 풀어 주고 사형을 뒤바꾸어
전에는 안 울던 저에게 제 눈물이 지금은　　　25
웅변가로 성공했다 말하게 해 주시오.

루키우스　오, 고귀한 아버님, 헛되이 한탄하십니다.
호민관들은 듣지 않고 아무도 곁에 없어
당신은 돌에게 슬픔을 되뇌신답니다.

티투스　아, 루키우스, 네 동생들 위하여 탄원할게.　　30

	호민관님들이여, 다시 한번 애원컨대 —	
루키우스	장군님, 듣고 있는 호민관은 없습니다.	
티투스	그래, 애야, 상관없다. 들었다 하더라도	
	주목하지 않았을 것이고, 주목했더라도	
	동정하지 않았을 테지만 탄원은 해야겠다.	35
	그래서 난 돌들에게 내 슬픔을 말하고	
	그것들은 내 고충에 반응할 순 없지만	
	어떤 점에서는 호민관들보다 나아,	
	내 얘기를 가로막진 않을 테니.	
	내가 정말 울 때면 공손히 발밑에서	40
	내 눈물을 받아 주고 함께 우는 것 같으며,	
	그것들이 근엄한 의복만 걸쳤으면	
	로마는 그만한 호민관들 못 둘 거다.	
	돌은 밀랍 같은데 호민관은 돌보다 더 단단해.	
	돌은 침묵하면서 상처 주지 않는데	45
	호민관은 혀로써 사람에게 사형을 선고해.	
	그런데 너는 왜 무기를 빼 들고 섰느냐?	
루키우스	동생들을 죽음에서 구출하려 했는데	
	그 시도를 이유로 판관들이 저에게	
	영원한 추방형을 선고했답니다.	50
티투스	(일어서면서)	
	오, 운 좋구나, 그들이 네 친구가 되었어!	
	아니, 어리석은 루키우스, 넌 로마가	
	호랑이들의 황야일 뿐이란 게 안 보여?	
	호랑이는 포식해야 하는데 로마엔 먹이가	
	나와 내 식구들뿐이야. 이 탐식가들로부터	55
	추방된 넌 그러니까 얼마나 운 좋으냐.	

근데 누가 내 동생과 여기로 오고 있지?

마르쿠스, 라비니아와 함께 등장.

마르쿠스　　티투스 형, 그 늙은 눈으로 울 준비를 하든지
　　　　　　아니면 고귀한 그 심장, 깨질 준비 하세요.
　　　　　　그 노년을 삼켜 버릴 슬픔을 가져왔소.　　　　　　60

티투스　　　그게 나를 삼킬까? 그럼 내게 보여 줘.

마르쿠스　　이건 당신 딸이었습니다.

티투스　　　아니, 마르쿠스, 지금도 딸이다.

루키우스　　(무릎을 꺾으면서)
　　　　　　아 이런, 죽지 않곤 못 보겠다.

티투스　　　심약한 놈, 일어서서 그녀를 쳐다봐.　　　　　　65

　　　　　　　　　　　　　　　　　(루키우스 일어선다.)

　　　　　　말해라, 라비니아, 웬 놈이 저주받은 손으로
　　　　　　손 없는 너를 네 아비가 보게 했지?
　　　　　　어떤 바보 녀석이 바다에다 물을 더해?
　　　　　　아니면 불타는 트로이에 장작을 가져왔어?
　　　　　　내 비탄은 네가 오기 이전에 최고조였는데　　　　70
　　　　　　이제는 저 나일강처럼 경계를 무시해.
　　　　　　칼을 줘, 내 손도 잘라 낼 것이다, 그걸로
　　　　　　로마 위해 싸웠는데 다 헛된 일이니까.
　　　　　　또 그건 생명을 키우면서 이 비애를 길렀어.
　　　　　　보답 없는 기도 중에 그것을 쳐들었고　　　　　　75
　　　　　　그것은 나를 도와 무효인 결과를 낳았다.
　　　　　　이제 내가 그것에게 바라는 봉사는 오로지
　　　　　　하나가 다른 하나 자르게 도와 달란 것이다.

	라비니아, 네 손은 없는 게 잘된 거야,	
	로마에 손으로 한 봉사는 헛되니까.	80
루키우스	말해 봐, 누이야, 누가 널 훼손했어?	
마르쿠스	오, 그녀가 대단히 즐거운 웅변으로	
	생각을 내뱉었던 유쾌한 도구는	
	그 예쁜, 텅 빈 새장에서 뜯겨 나갔단다.	
	거기에서 그것은 달콤한 선율의 새처럼	85
	달콤한 노래를 모든 귀를 매혹하며 불렀어.	
루키우스	오, 대신 말해 주세요. 이 짓을 누가 했죠?	
마르쿠스	오, 이 상태로 수렵장을 떠도는 이 애를	
	내가 발견했는데, 불치의 상처 입은	
	사슴처럼 자신을 숨기려 했단다.	90
티투스	그것은 내 사슴이었고, 그녀를 해친 자는	
	날 죽인 것 이상으로 날 해쳤다. 왜냐하면	
	난 이제 황야 같은 바다에 둘러싸인	
	바위 위에 서 있는 사람처럼 파도가	
	칠 때마다 높아지는 조수를 주시하며	95
	악의에 찬 큰 파도가 그 짠물 배 속으로	
	자신을 삼킬 때를 항상 기다리니까.	
	비참한 내 아들들은 이 길로 죽으러 떠났고	
	여기 다른 아들은 추방되어 서 있으며,	
	여기 내 동생은 내 재앙에 울고 있다.	100
	하지만 내 영혼에 가해진 가장 큰 발길질은	
	소중한, 내 영혼보다 더 소중한 라비니아다.	
	난 곤경에 처했던 네 모습 보기만 했어도	
	미쳤을 것이다. 그렇게 부지한 네 몸을	
	쳐다보고 있는 나는 이제 뭘 해야지?	105

너는 네 눈물을 닦아 낼 손도 없고
누가 널 훼손하였는지 말해 줄 혀도 없다.
네 남편은 죽었고 그의 죽음 때문에
오빠들은 사형을 선고받고 지금쯤 죽었다.
저것 좀 봐, 마르쿠스, 아, 아들아, 쟤를 봐!　　　　110
내가 쟤 오빠들을 불렀을 바로 그때
거의 시든 백합 위의 꿀 같은 이슬처럼
새로운 눈물이 그녀 뺨에 맺혔어.

마르쿠스　어쩌면 걔들이 남편을 죽여서 우나 보죠,
　　　　어쩌면 걔들의 무죄를 알아서 우나 보죠.　　　　115

티투스　걔들이 네 남편을 정말로 죽였다면 기뻐해라,
　　　　국법이 그들에게 복수해 줬으니까.
　　　　아냐, 아냐, 그렇게 더러운 짓 할 리 없어.
　　　　걔들의 누이가 보이는 슬픔이 그 증거야.
　　　　라비니아, 네 입술에 키스라도 해 줄까,　　　　120
　　　　아니면 내가 널 어떻게 달랠지 표현해 봐.
　　　　착한 네 삼촌과 루키우스 오빠와
　　　　너와 내가 어느 샘 주위에 둘러앉아
　　　　모두들 아래쪽의 우리 뺨을 쳐다보고,
　　　　그곳이 홍수가 남기고 간 진흙탕이 아직도　　　　125
　　　　안 마른 풀밭처럼 얼마나 더러운지 좀 볼까?
　　　　그리고 샘 안쪽을 너무 오래 응시하여
　　　　그 맑은 물에서 상쾌한 맛 빼앗고
　　　　우리의 쓴 눈물로 소금물 구덩이를 만들까?
　　　　아니면 우리 손을 네 것처럼 잘라 버려?　　　　130
　　　　아니면 우리 혀를 깨물고 무언극 속에서
　　　　남아 있는 우리의 미운 날들 보낼까?

우리가 뭘 할까? 우린 혀를 가졌으니
더 심하게 참혹해질 방책을 모의하여
우리를 미래가 놀라워할 존재로 만들자.   135

루키우스   자상한 아버지, 눈물을 멈춰요, 그 비탄에
비참한 제 누이가 막 흐느껴 울어요.

마르쿠스   질녀야, 참아라. 티투스 형, 눈물을 닦아요.
(손수건을 준다.)

티투스   아, 마르쿠스 동생, 난 네가 이 손수건을
네 눈물로 적셔서 내 눈물은, 불쌍한 사람아,   140
한 방울도 못 닦아 낸다는 걸 잘 알아.

루키우스   아, 라비니아, 내가 네 두 뺨을 훔쳐 줄게.

티투스   저 봐, 마르쿠스, 저 봐! 쟤 신호를 알았어.
쟤에게 말할 혀가 있다면 오빠에게
너에게 내가 한 말 지금 말할 것이야,   145
오빠의 손수건은 진실한 눈물로 흠뻑 젖어
슬픈 자기 뺨 위에는 소용없을 거라고.
오, 이것은 참으로 일치된 비애감이지만
도움은 연옥과 지복의 거리만큼 멀리 있어.

무어인 아론 홀로 등장.

아론   티투스 안드로니쿠스, 제 주군 황제께서   150
이 말씀을 전합니다. 아들들을 사랑하면
마르쿠스나 루키우스 또는 늙은 티투스가,
아니면 당신네 중 누구라도 손을 잘라
국왕에게 보내시오. 그분은 그걸 받고
두 아들을 여기로 살려서 보내 주며 —   155

	그것은 그들의 죄에 대한 몸값도 될 것이오.	
티투스	오, 자비로운 황제여, 오, 친절한 아론이여!	
	까마귀가 저 태양이 떠오른단 희소식을	
	이렇게 종달새처럼 노래한 적 있었던가?	
	진심으로 내 손을 황제에게 보내겠다.	160
	착한 아론, 자르는 일 좀 거들어 주겠나?	
루키우스	멈춰요, 아버지, 수많은 적을 넘어뜨린	
	그 고귀한 당신 손은 제가 절대	
	안 보낼 테니까. 제 손이면 될 겁니다.	
	젊으니까 피 흘려도 당신보다 괜찮고	165
	그래서 제 걸로 형제 목숨 구할 것입니다.	
마르쿠스	둘 가운데 어느 손이 로마를 방어하고	
	피비린 도끼를 적병의 투구 위에 높이 들어	
	파멸을 새기지 않은 적 있었더냐?	
	오, 양쪽 다 큰 공을 안 세운 건 없었다.	170
	내 손은 한가했을 뿐이니까 그것을	
	두 조카를 죽음에서 되찾는 데 쓰자꾸나.	
	그럼 난 그것을 훌륭한 목적 위해 지켰어.	
아론	아니, 자, 사면장 오기 전에 그들이 안 죽게	
	누구 손을 보내 줄지 합의해요.	175
마르쿠스	내 손을 보내겠다.	
루키우스	그건 절대 안 됩니다.	
티투스	둘은 그만 애써라. 이처럼 시든 풀 같은 게	
	베 버리기 딱 좋아. ─ 그러니 내 것이야.	
루키우스	아버지, 저를 당신 아들로 여기실 거라면	
	제가 두 아우를 다 구하게 해 주세요.	180
마르쿠스	우리의 아버지와 돌봐 주신 어머니를 위하여	

	이젠 내가 형에게 우애를 보이게 해 줘요.	
티투스	둘이서 합의를 봐, 내 손은 놔두겠다.	
루키우스	그럼 제가 도끼를 가져오죠.	
마르쿠스	그러나 그 도끼는 내가 쓴다.	185

(루키우스와 마르쿠스 함께 퇴장)

티투스	이리 오게, 아론. 난 둘 다 속일 거야.	
	자네 손을 빌려주면 내 것을 주겠네.	
아론	(방백)	
	이것을 속임수라 한다면 난 솔직해진 다음	
	내 생전엔 누구도 이렇게 속이진 않을 거야.	
	근데 난 당신을 또 다른 식으로 속일 테고,	190
	당신은 삼십 분도 못 되어 알아챌 것이야.	
	(티투스의 손을 자른다.)	

루키우스와 마르쿠스 다시 등장.

티투스	이제 그만 다퉈라, 해야 할 일 해치웠다.	
	착한 아론, 폐하께 내 손을 드리게.	
	그 손이 수천의 위험에서 그분을	
	보호했다 얘기하고 묻어 달라 해 주게.	195
	더 큰 공도 있으니 대접받게 해 주게.	
	아들들에 대해서는 싼값에 구입한	
	보석으로 여기지만 내 물건을 샀으니까	
	귀하게 여긴다고 말씀드려 주게나.	
아론	전 갑니다, 안드로니쿠스, 당신 손 대신에	200
	아들들을 곧 받게 될 거라고 기대해요.	
	(방백) 그들 목을 말이다. 오, 이 악행은	

그 생각만으로도 얼마나 기분이 좋은지.
선행은 바보짓, 은총은 백인이 구하라 해.
아론은 얼굴처럼 검은 영혼 가지련다.　　　　(퇴장)　205

티투스　오, 전 여기 이 한 손을 하늘 향해 쳐들고
이 허약한 잔해를 땅을 향해 굽힙니다. (무릎을 꿇는다.)
비참한 눈물을 동정하는 어떤 신이 있다면
거기에 호소하오.　　　　(라비니아가 무릎을 꿇는다.)
　　　　뭐, 함께 무릎 꿇으려고?
그래라, 귀한 애야, 하늘은 이 기도를 듣거나,　　　210
아니면 우리가 창공을 한숨으로 흐리고
저 해를 안개로, 구름이 녹으면서 그것을
꽉 껴안을 때처럼 얼룩지게 할 테니까.

마르쿠스　오, 형님, 가능성이 있는 말을 하시고
이런 심한 극단으로 치닫지는 마시오.　　　215

티투스　바닥없는 내 슬픔, 깊은 게 아니냐?
그렇다면 내 격정도 함께 바닥없기를.

마르쿠스　그래도 그 한탄을 이성으로 다스려요.

티투스　만약 이런 고난에 이유가 있다면
나는 내 비탄의 한계를 정할 수 있겠지.　　　220
하늘이 울 때면 땅엔 물이 넘치지 않느냐?
바람이 광분하면 바다는 미친 듯 불어나
크게 부푼 얼굴로 창공을 위협하지 않느냐?
그런데 넌 이 소란의 이유를 찾으려 해?
내가 그 바다야. 들어 봐, 애의 격한 한숨을.　　　225
그녀는 울고 있는 창공이고 난 땅이야.
그래서 내 바다는 그녀의 한숨에 동요하고
그래서 내 땅은 그녀의 계속되는 눈물이

넘쳐흘러 물에 잠긴 홍수가 되어야 해,
내 내장은 그녀의 비탄을 못 감추고   230
술고래처럼 그것을 토해 내야 하니까.
그러니 허락해 줘, 패자들은 쓰린 말로
그들의 비위 달랠 허락을 받게 될 테니까.

사자가 머리 둘과 손 하나를 가지고 등장.
(티투스와 라비니아는 여기에서 일어설 수도 있다.)

사자   안드로니쿠스 어르신, 황제께서 보내신
        그 선한 손에 대한 답례가 좀 좋지 않습니다.   235
        여기에 당신의 고귀한 아들들의 머리와
        경멸 조로 반송된 당신 손이 있습니다.
        당신의 고통은 놀림받고 결단은 조롱받아
        당신의 뭇 재난을 생각하는 제 마음은
        제 부친을 기억할 때보다 더 슬픕니다.   (퇴장)   240
마르쿠스 이제 저 뜨거운 에트나는 시칠리아에서 식고
        내 심장은 영원히 불타는 지옥이 되어라!
        이 고난을 더 이상 견딜 수가 없구나.
        누가 울 때 같이 울면 좀 편해지지만
        멸시받은 슬픔은 이중의 죽음이다.   245
루키우스 아, 이 광경에 엄청나게 깊은 상처 받고도
        역겨운 생명은 줄어들지 않는구나!
        삶에게 호흡 말고 아무 이득 없는 데서
        죽음이 삶에게 자기 이름 갖게 해 주다니!
                    (라비니아가 잘린 두 머리에 키스한다.)
마르쿠스 아, 딱한 애야, 그 키스는 굶주린 뱀에게   250

	얼어 있는 물처럼 위로가 못 된단다.
티투스	무서운 이 잠은 언제 끝날 것인가?
마르쿠스	망상은 그만두고 죽어요, 안드로니쿠스.
	당신은 깨 있어요. 봐요, 두 아들의 머리와
	당신의 용맹한 손, 여기 이 망가진 딸,
	이 모진 광경에 창백하고 핏기 가신
	이 추방된 아들과, 석상과 꼭 마찬가지로
	차갑고 마비된 동생인 이 몸을 말입니다.
	아, 전 이제 당신 고통 통제하지 않을게요.
	다른 손을 이로 물어뜯으면서 그 흰머리
	다 뽑아 버리고, 암울한 이 광경을 끝으로
	최고로 비참한 우리의 두 눈을 감읍시다.
	지금은 폭풍우 칠 땝니다. 왜 가만있어요?
티투스	하, 하, 하!
마르쿠스	왜 웃어요? 지금은 그럴 때가 아니에요.
티투스	왜냐고? 내게는 흘릴 눈물 없으니까.
	게다가 이 슬픔은 한 명의 적이 되어
	물기 어린 내 눈의 지위를 찬탈하고
	공납받은 눈물로 그걸 멀게 하려고 해.
	그렇다면 어디에서 복수 신의 굴을 찾지?
	이들 두 머리는 정말 내게 말 걸면서
	이 해악을 다 범한 자들의 목구멍 속까지
	그것을 되돌려 줄 때까지 난 절대 지복을
	못 누릴 거라고 협박하는 것 같으니까.
	자, 그럼 내가 해야 할 과제가 뭔지 보자.
	우울한 너희는 내 주위에 둘러서라,
	그럼 내가 각자에게, 내 영혼에 맹세코,

255

260

265

270

275

피해를 바로잡아 주겠다고 맹세할게.

(그들은 서약한다.)

서약은 끝났다. 자, 동생, 머리 하나 들어라,

다른 하난 이 손으로 내가 잡을 것이다.   280

그리고, 라비니아, 너도 쓸모 있을 거야.

내 손을, 고운 애야, 네 이로 물고 날라.

너는, 애야, 내 눈에서 멀어지도록 해.

넌 유배자이니까 머물러 있으면 안 된다.

고트족에게 가서, 거기서 군대를 모아라.   285

그리고 날 아낀다면, 그리 생각하는데,

키스하고 헤어지자, 우린 할 일 많으니까.

(그들은 키스하고 함께 퇴장. 루키우스는 남는다.)

루키우스   잘 있어요, 안드로니쿠스, 고귀한 아버지,

여태껏 살았던 로마인 중 최고로 비통한 분.

오만한 로마여, 루키우스가 올 때까지 잘 있어라.   290

그는 이 인질들을 목숨보다 더 귀히 아낀다.

라비니아, 고귀한 내 누이야, 잘 있어라.

오, 네 모습이 예전과 같았으면 좋으련만!

하지만 이제는 루키우스도 라비니아도

망각과 미운 비통 속에서만 살아 있다.   295

루키우스가 산다면 네 피해를 갚아 주고

오만한 사투르니누스와 그 황후를 성문에서

타르퀴니우스와 그 왕비처럼 빌게 할 것이다.

298행 타르퀴니우스

로마의 마지막 왕 루키우스 타르퀴니우   루키우스 유니우스 브루투스는 민중의
스는 아들 섹스투스 타르퀴니우스가 루   봉기를 이끌었고 공화국이 확립되는 것
크리스를 강간한 뒤 추방되었다. 그때   을 보았다. (RSC)

난 이제 고트족에게 가서 군대를 모은 뒤
로마와 사투르니누스에게 복수할 것이다.　　　(퇴장)　　300

3막 2장

연회. 티투스 안드로니쿠스, 마르쿠스, 라비니아,

소년 루키우스 등장.

티투스　　자, 앉아라, 그리고 우리의 쓴 비탄을
　　　　복수할 만큼의 힘을 저장하는 데
　　　　꼭 필요한 이상은 먹지 않게 주의해. (그들이 앉는다.)
　　　　마르쿠스, 그 슬픔의 팔짱을 풀어라.
　　　　불쌍한 인간인 네 질녀와 난 손이 없어　　　　　　　5
　　　　팔을 접은 채로는 열 겹의 우리 비통
　　　　격하게 표현 못 해. 이 불쌍한 오른손은
　　　　내 가슴에 횡포를 부리려고 남았는데,
　　　　내 심장이 고통으로 완전히 미쳐서
　　　　속이 텅 빈 이 육신의 감옥에서 날뛸 때면　　　　　10
　　　　난 그걸 이렇게 쳐 내린다.
　　　　(라비니아에게)
　　　　이렇게 신호로 말하는 너, 비탄의 지도야,
　　　　넌 불쌍한 네 심장이 난폭하게 뛰어도
　　　　그것을 이렇게 때려서 달래진 못하니까
　　　　한숨으로 해치고, 애야, 신음으로 죽이거나　　　　15
　　　　아니면 네 이로 작은 칼 하나 물고

3막 2장 장소　연회장.

바로 네 심장에 이르는 구멍 내어
불쌍한 네 눈이 떨구는 눈물은 다
그 수채로 흘러들고 스며들게 만들어서
한탄하는 그 바보를 짠 바다 눈물에 빠뜨려. 20

마르쿠스   에이, 형님! 그녀의 연약한 생명에 그토록
폭력적인 손을 쓰게 가르치진 마십시오.

티투스   웬일이야, 슬픔 땜에 벌써 멍청해졌어?
허, 마르쿠스, 나 말고 누구도 미쳐선 안 된다.
얘가 뭔 손으로 생명에 폭력을 쓸 수 있나? 25
아, 너는 왜 손이라는 명칭을 역설하여
아이네이아스가 트로이는 어떻게 불탔고
그는 비참해졌는지 두 번 옳게 만드느냐?
오, 우린 손이 없다는 걸 계속 기억 않도록
손에 대해 말하는 주제에는 손대지 마. 30
허 참, 난 정말 미친 듯이 얘기를 짜맞추네,
마르쿠스가 손이란 말 안 했으면 우리에겐
손이 없다는 걸 잊어야 한다는 듯 말이야.
자, 시작하자, 그리고 순한 애야, 이거 먹어.
마실 게 없잖아! 쉿, 마르쿠스, 애 말을 들어 봐. 35
난 훼손된 애 신호를 다 해석할 수 있어 —
자기는 슬픔으로 빚어진, 뺨 위에 으깨진
눈물 말고 다른 건 안 마신다는구나.
난 무언의 불평가, 네 생각을 알아낼 것이야.
구걸하는 은둔자가 주기도문 외우듯이 40

27~28행 아이네이아스…만드느냐
트로이에서 카르타고로 온 아이네이아
스에게 그곳 여왕 디도는 트로이의 몰락
을 얘기해 달라 하고, 그는 그걸 되풀이
하는 건 그의 비탄을 되살리는 일이라고
대답한다. (RSC)

말없는 네 행동을 완전 파악할 거야.
네가 한숨 쉬거나 잘린 팔을 하늘로 쳐들거나
눈 감고, 고개 젓고, 무릎 꿇고 신호하면
나는 꼭 그것들의 자모를 캐내어 네 뜻을
꾸준한 연습으로 배워 알아낼 거야.   45

소년　　할아버지, 이 깊고 쓰라린 한탄을 버리고
즐거운 얘기로 고모를 유쾌하게 해 주세요.

마르쿠스　아아, 다정한 이 애가 감정이 격해져
우울한 할아버지 보고서 울고 있군.

티투스　　그만해라, 여린 애야, 넌 눈물로 빚어졌고   50
네 생명은 눈물로 빨리 녹아 버릴 거다.

(마르쿠스가 칼로 접시를 친다.)

마르쿠스, 네 칼로 뭘 치고 있느냐?

마르쿠스　제가 잡아 죽인 거요, 장군님. ― 파리요.

티투스　　썩 나가라, 살인자야. 너는 내 심장을 죽인다.
내 눈은 포악한 행동을 보는 데 질렸어.   55
죄 없는 것들을 죽이는 행위는
티투스 형제에게 맞지 않아. 넌 가라,
나와 벗할 사람은 못 된다는 걸 알았어.

마르쿠스　아, 장군님, 파리를 죽였을 뿐인데요.

티투스　　'뿐'이라고?   60
그 파리의 아비와 어미가 있다면 어쩔래?
그것은 여린 금박 날개 펴고 공중에서
한탄하는 동작을 참 많이 하곤 했어.
불쌍하고 무해한 그 파리가
고운 붕붕 노래를 우리에게 가져와   65
즐겁게 해 주려 했는데 넌 놈을 죽였어.

마르쿠스	용서해요, 형, 그건 저 황후의 무어인처럼
	시커먼 못생긴 파리였고, 그래서 죽였어요.
티투스	오, 오, 오!
	그렇다면 널 꾸짖은 날 용서해 다오, 70
	왜냐하면 넌 자선 행위를 했으니까.
	네 칼을 이리 줘. 난 놈을 모욕하고,
	놈이 나를 독살하러 일부러 여기 온
	무어인인 것처럼 우쭐대 보련다.
	(칼을 잡고 때린다.)
	이건 네놈 몫이고, 또 이건 타모라 몫이다. 75
	아, 이보게!
	우린 아직 극심하게 약해지진 않아서
	석탄 색깔 무어인의 모습으로 온 파리를
	우리끼리 죽일 수는 있다고 생각해.
마르쿠스	아아, 가엾어라! 극심한 비통에 시달려 80
	허상인 그림자를 실체로 여기시네.
티투스	자, 상을 치워. 라비니아, 나하고 같이 가자.
	난 너의 내실로 가 옛적에 일어난
	슬픈 이야기들을 너와 함께 읽으련다.
	자, 애야, 같이 가자. 넌 시력은 좋으니까 85
	내 눈이 흐려지기 시작하면 네가 읽어. (함께 퇴장)

4막 1장

루키우스의 아들(소년 루키우스)과 그를 뒤쫓는

4막 1장 장소 로마. 티투스의 집 밖.

라비니아 등장. 소년은 팔에 책을 낀 채 그녀를 피하다가
책을 떨어뜨린다. 티투스와 마르쿠스 등장.

소년　아, 도와줘요, 할아버지! 라비니아 고모가
　　　어디든 날 쫓아와요. 왠지 모르겠어요.
　　　마르쿠스 아저씨, 얼마나 빠른지 보세요.
　　　아아, 고모, 이게 뭔 뜻인지 전 모르겠어요.
마르쿠스　내 곁에 와, 루키우스. 고모를 겁내지 마.　　　　5
티투스　널 예뻐해, 널 해치지 않을 만큼 아주 많이.
소년　네, 아버지가 로마에 계셨을 땐 그랬어요.
마르쿠스　라비니아 질녀의 이 신호가 뭔 뜻이죠?
티투스　루키우스, 겁내지 마. — 뭔 뜻이 있나 봐.
마르쿠스　저 봐라, 루키우스, 널 얼마나 원하는지.　　　　10
　　　너와 함께 어디론가 같이 가고 싶어 해.
　　　아, 애야, 코르넬리아조차도 자기 아들들에게
　　　고운 시와 툴리의 『웅변가』를 네 고모가 네게
　　　읽어 준 것보다 더 열심히 읽어 준 적 없었어.
　　　왜 이렇게 네게 졸라 대는지 추측 못 해?　　　　15
소년　무슨 발작, 광란에 들린 게 아니라면
　　　숙부님, 전 모르고 추측도 못 해요.
　　　할아버지께서 사람은 극단적인 비통으로
　　　미치게 된다고 아주 자주 말하셨고,
　　　그리고 트로이의 헤카베도 슬픔 땜에　　　　20

12행 코르넬리아　모범적인 로마 어머니,　　수사학 교본인 『웅변가』의 저자.
유명 정치 개혁가들이 된 그라쿠스 형제　　20행 헤카베　트로이 왕 프리아모스의
를 교육하였다. (아든)　　　　　　　　　　왕비였던 그녀는 광기 어린 슬픔에 빠져
13행 툴리　마르쿠스 툴리우스 키케로.　　결국 개로 변했다. (아든)

미쳤다고 읽었어요. 그래서 전 겁났어요.

그래도, 숙부님, 고모님이 제 어머니만큼

절 사랑하시니까 광기에 빠진 게 아니라면

어린 저를 놀래지는 않으실 줄 알고서

책 던지고, 아마도 이유 없이 도망쳤답니다.　　　　　25

하지만 용서해 주세요, 상냥한 고모님.

그리고 마르쿠스 삼촌이 떠나시면

전 아주 기꺼이 부인을 모시겠습니다.

마르쿠스　루키우스, 난 갈 거야.　　　(라비니아가 책들을 뒤진다.)

티투스　왜 그래, 라비니아? 마르쿠스, 이게 뭔 뜻이지?　　　30

그녀가 보고 싶은 책이 좀 있나 보다.

애야, 이들 중 어떤 건데? 꼬마야, 펼쳐 봐.

(라비니아에게)

그래도 네가 많이 읽었고 재주도 더 있으니

내 서재 전체에서 원하는 걸 와서 골라.

그리고 저주받은 이 일을 꾸민 자를　　　　　35

하늘이 밝혀 줄 때까지 네 슬픔을 속여 봐.

쟤가 왜 두 팔을 저 순서로 치켜들지?

마르쿠스　제 생각엔 그 범행에 공범이 하나 이상

있다는 뜻이겠죠. 예, 더 있었답니다. ―

아니면 복수해 달라고 하늘로 올리겠죠.　　　　　40

티투스　루키우스, 저 애가 뭔 책을 저렇게 던지느냐?

소년　할아버지, 오비디우스의 『변신 이야기』로

어머니가 주셨어요.

42행 오비디우스　로마의 시인으로 그리스와 로마 신화를 집대성한 『변신 이야기』를 썼고, 그 안에 이 작품에 자주 등장하는 필로멜라 이야기와 앞서 언급된 피라무스 이야기가 들어 있다.

마르쿠스	떠나간 그녀를 그리며

마르쿠스　아마도 나머지 가운데서 골랐겠지.

티투스　잠깐만, 책장을 저리 바삐 넘기다니!　　　　　　45
　　　뭘 찾으려 하지? 라비니아, 내가 읽어?
　　　이건 필로멜라의 비극적 이야기고
　　　테레우스의 반역과 강간을 다루는데. —
　　　강간이 네 짜증의 뿌리였던 것 같구나.

마르쿠스　봐요, 형, 저 봐요, 책장을 얼마나 살피는지.　　　50

티투스　애, 라비니아, 너도 필로멜라처럼 그렇게
　　　무정하고 황량한 어두운 숲속에서 강제로
　　　기습당해 겁탈되는 피해를 입었느냐?
　　　(라비니아가 고개를 끄덕인다.) 봐라, 봐!
　　　맞아, 우리 사냥터에 그런 데가 있었어. —　　　55
　　　오, 거기서 절대, 절대, 사냥하지 않았으면! —
　　　거길 본떠 시인은 여기에서 설명하길
　　　살인과 강간이 저절로 생기는 곳이랬어.

마르쿠스　오, 신들이 비극을 즐기는 게 아니라면
　　　그렇게 더러운 소굴은 왜 저절로 생기지?　　　60

티투스　고운 애야, 몸짓을 해. — 친구들만 있으니까 —
　　　어느 로마 귀족이 그 짓을 과감히 했는지.
　　　사투르니누스가 잠입했나, 타르퀴니우스가
　　　막사 떠나 루크리스 침대에서 죄를 지었듯이?

마르쿠스　앉아라, 질녀야. 형님도 제 곁에 앉아요.　　　65

　　　　　　　　　　　　　　　(그들이 앉는다.)

66행 아폴로…머큐리
아폴로는 태양신으로 진실의 발견과 팔　벌, 전령 신 머큐리는 조브의 의지를 전
라스 아테네는 법률, 조브는 범죄의 처　달하는 일과 관련 있다. (아든)

아폴로, 팔라스, 조브 또는 머큐리여,
제가 이 반역을 찾아내게 영감을 주소서.
장군님, 여기 봐요. 여기 봐라, 라비니아.

(그는 발과 입을 가지고 지팡이를
움직이면서 자기 이름을 쓴다.)

이 모래는 평평하다. 가능하면 나를 따라
이것을 움직여라. 난 여기에 내 이름을   70
어떤 손의 도움도 전혀 없이 써 놨다.
이 잔꾀를 우리에게 강요한 자, 저주받길.
써 봐라, 질녀야, 그리고 복수를 위하여
신께서 밝힐 것을 마침내 여기서 보여라.
하늘의 인도로 네 펜이 네 슬픔을 명시하여   75
우리가 역도들과 진실을 알 수 있길.

(그녀는 지팡이를 입에 물고 잘린
두 팔로 그것을 움직이며 적는다.)

오, 장군님, 그녀가 쓴 것을 읽고 있소?

티투스   "강간 — 키론 — 드미트리우스."

마르쿠스   뭐, 뭐라고? 욕정에 찬 타모라의 아들들이
악랄하고 피비린 이 행위의 실행자야?   80

티투스   "위대하신 하늘의 지배자여, 범죄를
그토록 늦게 듣고 그토록 늦게 보십니까?"

마르쿠스   오, 참아요, 온화하신 장군이여, 이 땅 위에
적힌 것만으로도 최고로 온유한 마음에

81~82행 위대하신…보십니까   하며 자신의 강간 의도를 밝혔는데, 이
드미트리우스는 1.1.635행에서 세네카의   제 티투스는 같은 작품을 인용하여 그 의
『히폴리투스』에 나오는 한 구절을 인용   도를 발견하는 것으로 응수한다. (아든)

반란을 일으키기 충분하고, 유아들까지도   85
칼 들고 외치기 충분한 줄 압니다만.
장군님, 함께 무릎 꿇어요, 너 라비니아도.
로마 쪽 헥토르의 희망인 너, 꼬마도 꿇어라.

(그들은 무릎을 꿇는다.)

또 같이 맹세해요. — 루크리스의 강간 두고
그 순결한, 능욕당한 부인의 비통한 남편과   90
아버지 유니우스 브루투스가 맹세했듯 —
우리가 조언을 잘 받아 치명적인 복수를
이 역적 고트족들에게 실행하여
그 피를 보거나 치욕 안고 죽을 것이라고.

(그들이 일어선다.)

티투스   그건 아주 분명해, 너희가 방법을 안다면.   95
근데 이 곰 새끼들 잡으려면 조심해.
그 어미가 깨어나 너희의 냄새를 맡으면,
그녀는 사자와 여전히 깊이 연결돼 있고
그래서 누워서 놀면서 그를 어르다가도
그가 잠이 들 때면 제멋대로 할 테니까.   100
마르쿠스, 넌 미숙한 사냥꾼이야. 관두고
이리 와, 난 가서 동판 한 장 얻은 다음
뾰족한 철필로 이 말을 적은 뒤에
곁에다 둘 거야. 분노한 북풍이 이 모래를
시빌레의 잎들처럼 사방으로 날리면   105
우리의 교훈은 어디 있지? 꼬마야, 어떠냐?

88행 헥토르 트로이 전쟁에서 트로이 편 최고의 전사, 프리아모스왕의
맏아들.

소년	장군님, 제가 어른이라면 그 어미의 침실도
	로마의 멍에에 매인 이 비천한 노예들이
	안전하게 피할 곳은 못 되게 할 거예요.
마르쿠스	암, 그래야지! 네 아버진 아주 자주	110
	배은한 이 나라를 위하여 그렇게 했단다.
소년	근데 삼촌, 저도 살면 그렇게 할 거예요.
티투스	자, 나와 함께 내 무기 창고로 들어가자.
	루키우스, 내가 네게 무기를 갖춰 주마,
	그럼 이 꼬마가 황후의 두 아들 모두에게	115
	내가 보내 주려는 선물을 가져갈 것이다.
	자, 자, 네가 전달할 거지, 안 그래?
소년	네, 그들의 가슴에 제 단검 꽂고요, 할아버지.
티투스	아니, 얘, 그건 아냐. 다른 길을 알려 줄게.
	라비니아, 가자. 마르쿠스, 내 집을 돌봐라.	120
	루키우스와 난 황궁 가서 뻐길 거야.
	암, 그렇게 할 테고, 관심도 받을 거야.

(마르쿠스만 남고 모두 퇴장)

마르쿠스	오, 하늘이여, 착한 이의 신음을 듣고도
	누그러지거나 동정해 줄 수는 없나요?
	마르쿠스여, 넋 나간 그를 따라가거라.	125
	찌그러진 자신의 방패에 적들이 낸 자국보다
	가슴속에 슬픔의 상흔을 더 많이 가지고도
	그는 너무 공정하여 복수하지 않을 거야.
	늙은 안드로니쿠스의 복수, 하늘이 하소서! (퇴장)

105행 시빌레 쿠마이의 무녀 시빌레는 그녀의 예언을 나뭇잎에 새겨 뒀는데 그것이 때로는 읽기도 전에 바람에 날아가 버렸다고 한다. (아든)

4막 2장

아론, 키론, 드미트리우스, 한쪽 문에서,

그리고 다른 쪽 문에서 소년 루키우스와 다른 사람,

시가 새겨진 무기 한 무더기를 들고 등장.

키론	드미트리우스, 루키우스의 아들이 왔는데
	우리에게 전달할 전갈이 있다고 해.
아론	예, 미친 그의 할아비의 미친 전갈이지요.
소년	공자님들, 가능한 한 최고로 겸손하게
	안드로니쿠스의 인사를 두 분께 전합니다. ― 5
	(방백) 또 로마의 신들이 너희 둘을 멸하길 기도한다.
드미트리우스	고마워, 어여쁜 루키우스. 무슨 소식이라도?
소년	(방백)
	너희 둘 다 강간이란 딱지 붙은 악당임이
	발각됐단 소식이지.
	(그들에게) 죄송하옵니다만
	할아버지께서 숙고하신 다음에 저를 통해 10
	자기 무기고에서 최고로 질 좋은 무기를
	로마의 희망이신 두 젊은 분들이,
	그렇게 말하라 하셔서 그리 말씀드리는데,
	만족도록 보내셨고, 선물과 더불어
	두 분이 필요하면 언제든 무기와 장비를 15
	잘 갖춰 드릴 수 있다고 하셨어요.
	(시종이 무기들을 바친다.)
	그럼 전 떠납니다, (방백) 피 묻은 악한들아.

4막 2장 장소 로마의 황궁.

드미트리우스　이게 뭐야? 두루마리인데, 사방에 뭘 써 놨군.

어디 보자.

(읽는다.) "올곧게 살았고 지은 죄 없는 자는　　　　20

무어인의 창이나 활 따위는 필요 없다."

키론　오, 이건 호라티우스의 시구야, 잘 알지,

오래전에 라틴 문법책에서 읽었어.

아론　예, 정확히 — 호라티우스의 시구, 맞아요.

(방백) 바보가 된다는 건 얼마나 큰 문제인가.　　　　25

삐딱한 농담이야! 노인은 그들 죄를 알았고

그들도 못 느끼게 급소를 찌르는 시행으로

무기들을 둘둘 말아 그들에게 보냈다.

재치 있는 황후가 잘 걸어 다닌다면

안드로니쿠스의 발상을 칭찬할 터인데.　　　　30

하지만 한동안 못 쉬면서 쉬게 하자.

(그들에게)

근데 젊은 공자님들, 우리 이방인들을,

그보다 더 못한 포로들을 로마로 이끌어

이 높은 곳까지 올린 건 행운의 별 아니었소?

전 궁전 문 앞에서 호민관과 맞섰던 게 —　　　　35

그의 형이 듣는 데서 — 참 기분 좋았어요.

드미트리우스　근데 난 그 대장군이 천하게 환심 사며

선물을 보낸 걸 보는 게 더 기분 좋은데.

아론　그럴 이유 있잖아요, 드미트리우스 공자?

당신이 그의 딸을 참 친절히 다뤘잖소?　　　　40

20~21행 올곧게…없다　호라티우스의 『송가』에서 인용한 구절. (아든)

드미트리우스 그렇게 궁지로 몰아서 우리의 음욕을 차례로
만족시킬 로마의 부인이 천 명쯤 있었으면.

키론 자비로운 소원이고 사랑이 가득하군.

아론 아멘 해 줄 어머니만 여기에 없군요.

키론 그렇게 하실 거야, 2만 명이 더 있대도.　　　　45

드미트리우스 자, 산고 겪는 사랑하는 어머니를 위하여
저 모든 신들에게 기도하러 가 보자.

아론 악마들께 기도해요. 신들은 우리를 버렸어요.

(나팔 소리)

드미트리우스 황제의 팡파르가 왜 저렇게 울리지?

키론 아마도 황제가 아들을 얻어서 기쁜가 봐.　　　　50

드미트리우스 잠깐만, 여기 온 게 누구지?

유모가 검둥이 아기를 안고 등장.

유모 좋은 아침, 공자님들.
오, 말해 봐요, 무어인 아론을 보셨어요?

아론 글쎄, 까맣게 보이거나 전혀 안 보이겠지.
아론은 여기 있어, 그런데 아론은 지금 왜?　　　　55

유모 오, 친절한 아론 님, 우린 다 망했어요.
도와줘요, 안 그럼 늘 비탄하실 거예요!

아론 아니, 왜 그렇게 아우성을 치고 그래!
그건 뭔데 감싸안고 만지작거리지?

유모 오, 하늘이 못 보게 감추려는 것이고,　　　　60
황후의 수치이며 당당한 로마의 불명예요.
그녀가 내놨어요, 여러분, 내놨어요.

아론 무엇을?

유모	침대에서 애를 낳았다고요.	
아론	그럼 신이 잘 쉬게 하시겠지. 뭘 주셨어?	65
유모	악마요.	
아론	그럼 그녀는 악마의 어미군. 참 기쁜 결과야.	
유모	안 기쁘고, 불길하고, 검고, 슬픈 결과예요.	
	이게 그 아긴데, 이 땅의 흰 얼굴 산모들,	
	그들 가운데서는 두꺼비처럼 역겨워요.	70
	황후께선 당신의 인장 찍힌 이걸 보내시면서	
	당신의 단검으로 세례 주라 하셨어요.	
아론	빌어먹을 창녀야, 검은색이 그리 천해?	
	(아기에게)	
	볼 붉은 계집애야, 넌 예쁜 꽃이야, 분명해.	
드미트리우스	악당아, 뭔 짓을 한 거야?	75
아론	네가 못 되돌릴 짓이지.	
키론	넌 우리 어머니를 망쳐 놨어.	
아론	악당아, 나는 네 어미와 뭉쳤어.	
드미트리우스	그래서 개놈아, 넌 우리 어머닐 망쳐 놨어.	
	통탄할 그녀 운세, 극히 혐오스러운 그녀 남친,	80
	너무나 더러운 악마의 저주받은 이 새끼.	
키론	살려 두지 않을 거야.	
아론	죽게 두지 않을 거야.	
유모	죽어야 해요, 아론. 그 어미가 원해요.	
아론	뭐, 유모, 그래야 해? 그럼 내 혈육을	85
	오로지 나만이 처형하게 해 줘라.	

74행 계집애 유모가 사내아이의 검은색을 욕한 데 대한 아론의 반응.
(RSC)

드미트리우스	내가 그 올챙이를 단검으로 꿰겠다.
	유모, 이리 줘. 칼로 곧 처치해 줄 거야.
아론	이 칼이 네 내장을 더 빨리 갈아엎을 것이다.

(자기 칼을 뽑은 뒤 아이를 빼앗는다.)

멈춰, 살인자 악당들아, 동생을 죽일 거야?　　　　　90
자, 이 애가 생겼을 때 그토록 빛났던
저 하늘의 불타는 촛불들에 맹세코,
내 장남, 상속자인 애를 건드리는 자는
날카로운 내 언월도 칼끝에 죽는다.
풋내기들, 잘 들어, 위협하는 티폰 족속　　　　　95
한 무리 모두와 함께하는 엔켈라두스도,
위대한 알키데스도, 또는 저 전쟁 신도
이 제물을 아비의 손에서 못 빼앗을 것이다.
뭐, 뭐, 얼굴만 붉었지 밸도 없는 애들아,
회칠한 담벼락, 색칠한 선술집 간판들아!　　　　　100
석탄빛 검은색은 다른 색 띠기를
경멸한단 점에서 다른 색보다 더 낫다.
백조의 검은 발은 저 대양의 모든 물로
매시간 그것을 씻고 또 씻는대도
흰색으로 바꿀 수는 절대로 없으니까.　　　　　105
황후에겐 나는 내 자식을 키울 만큼
나이가 들었으니 능력껏 변명하라고 해.

| 드미트리우스 | 고귀한 네 연인을 이렇게 배신하겠다고? |

95행 티폰 족속
신들에게 반기를 든 거인 족속 가운데 하
나. 다음 행의 엔켈라두스도 마찬가지.
(아든)

97행 알키데스
열두 가지 난제를 해결한 그리스 영웅 헤
르쿨레스의 다른 이름.

아론	내 연인은 연인이고, 나 자신인 이것은	
	내 청춘의 활력과 그 초상화다.	110
	온 세상에 앞서서 난 애를 선호하고	
	온 세상과 맞서서 안전하게 지킬 거야,	
	안 그럼 너희 몇은 로마에서 다칠 거다.	
드미트리우스	이 일로 어머니는 영원한 수치를 안았어.	
키론	로마는 그 더러운 탈선을 경멸할 것이야.	115
유모	황제는 광분하여 그녀를 사형에 처하겠죠.	
키론	이 치욕을 생각하니 내 얼굴이 붉어진다.	
아론	허, 그게 바로 그 고운 안색의 특권이오.	
	에잇, 이 역적 놈 흰색아, 네 마음의	
	은밀한 움직임과 비밀을 붉게 노출시키다니.	120
	여기 이 녀석은 곁눈질로 생겨난 아인데,	
	이 검은 노예가 아비 보고 웃는 것 봐,	
	"노총각, 난 당신 자식이요."라고 하듯.	
	공자들, 그는 당신 동생이요, 당신에게	
	생명을 처음 줬던 그 피를 상당히 받았고,	125
	당신들이 갇혀 있던 그 자궁으로부터	
	해방되어 이 세상의 빛을 보게 되었소.	
	아니, 걔 얼굴엔 내 봉인이 찍혔지만	
	더 분명한 어머니 쪽으로 당신들 동생이오.	
유모	아론, 황후에게 전 뭐라고 말해야죠?	130
드미트리우스	아론, 어떻게 해야 할지 충고해 줘,	
	그러면 우린 둘 다 네 충고를 따를 테니.	
	우리 모두 안전할 수 있다면 애를 살려.	
아론	그러면 우리 모두 앉아서 상의해 봅시다.	
	아들과 난 당신들을 지켜볼 것이오.	135

그쪽에서 (그들이 앉는다.)

　　　　자 이제, 마음껏 안전을 얘기해요.

드미트리우스　(유모에게)

　　　　그의 자식, 이 애를 본 여자가 몇 명이냐?

아론　허, 자, 용감한 왕자들, 우리가 연합할 때

　　　　나는 양이지만 — 둘이서 이 무어인에 맞서면

　　　　약 오른 수퇘지, 산중의 암사자나 저 대양도　　　　140

　　　　아론이 호통치는 것만큼 못 부풀어 올라요.

　　　　(유모에게)

　　　　근데 다시 말해 봐, 애를 본 게 몇 명이야?

유모　산파인 코넬리아, 그리고 저 자신과

　　　　해산한 황후밖엔 아무도 못 봤어요.

아론　황후와 산파와 그리고 자네로군.　　　　145

　　　　셋째가 없어지면 둘은 비밀 지키는 법.

　　　　황후에게 내가 이 말 했다고 가서 전해.

　　　　　　　　　　　　　　　(그가 그녀를 죽인다.)

　　　　"꽥, 꽥!" — 꼬챙이에 꽂히는 돼지의 외침이지.

드미트리우스　아론, 어떻게 할 작정이야? 왜 그랬어?

아론　맙소사, 이봐요, 이건 응급조치랍니다.　　　　150

　　　　이 여자가 살아서 우리 죄를 발설해요?

　　　　혓바닥 긴 떠버리 수다쟁이가? 아뇨, 아뇨.

　　　　이제 내 의도를 둘에게 다 알려 주지요.

　　　　가까이에 뮬리가 사는데 우리나라 남자죠.

　　　　그 아내가 바로 어제저녁에 해산을 했는데　　　　155

　　　　아기는 그녀를 닮아서 당신처럼 희답니다.

　　　　가서 그와 작당하고 어미에게 금을 준 뒤

　　　　둘에게 이 상황을 다 얘기해 줘요.

이 일로 자기네 자식이 얼마나 출세하고
황제의 후계자로 받아들여질지, 또   160
궁정을 휩쓰는 이 태풍을 잠재우기 위하여
어떻게 내 자식의 자리를 대신하게 될지.
또 황제가 개를 자기 것으로 어르게 해 줘요.
잘 들어요, 그녀에게 약 먹인 건 나니까
그 장례는 당신들이 치러 줘야 합니다.   165
들판은 가깝고 당신들은 멋진 일꾼이니까.
이 일을 끝낸 다음 더는 시간 끌지 말고
그 산파를 바로 내게 보내도록 조치해요.
산파와 이 유모를 처치해 버린 뒤엔
귀부인들더러 맘대로 지껄이게 해 줘요.   170

키론   아론, 넌 공기도 비밀을 맡길 데가
못 된다고 보나 봐.

드미트리우스   이렇게 타모라를 돌봐 줘서
그녀와 자식들은 너에게 큰 빚 졌어.

                (키론과 드미트리우스, 유모의 시체를 끌고 퇴장)

아론   이제는 제비처럼 빨리 날아 고트족에게 가서
내 품 안의 이 보물을 거기에 남겨 두고   175
황후의 친구들을 비밀히 만나야지.
자, 이 입술 두꺼운 놈아, 널 데려가겠다.
우리에게 잔꾀를 쓰도록 한 건 너니까.
난 네가 열매와 풀뿌리를 먹게 할 것이고,
응유와 유장으로 살찌우고 염소젖 빨리며   180
동굴 안에 살게 하고, 전사로 키운 다음
군대 막사 하나를 지휘하게 만들 거야.   (퇴장)

4막 3장

티투스, 늙은 마르쿠스, 소년 루키우스, 그리고 다른
신사들(마르쿠스의 아들 푸블리우스, 안드로니쿠스 가문의
친척인 카이우스와 셈프로니우스)이 활을 가지고 등장.
티투스가 화살 끝에 편지를 매단다.

티투스	이보게, 마르쿠스. 친척들, 이 방향이라네.

소년 님, 당신의 궁술을 보여 줘요.
충분히 힘껏 당겨, 그럼 곧장 명중한다.
"정의의 여신은 땅을 떴다." 기억해, 마르쿠스,
그녀는 떠났어, 도망쳤어. 연장을 챙겨라.   5
조카들은 대양의 깊이를 잰 다음
그물을 던질 거야.
바다에서 그녀를 잡을지도 모르니까.
그렇지만 지상에는 정의가 거의 없어.
안 된다, 푸블리우스와 셈프로니우스,   10
너희가 해야지, 곡괭이와 삽으로 파야 하고
이 땅의 가장 깊은 중심까지 뚫어야 해.
그런 다음 플루톤의 영역에 이르거든
이 탄원을 그에게 전달하기 바란다.
이것은 정의와 도움을 위한 거라 말하고   15
배은의 로마에서 슬픔에 떨고 있는
안드로니쿠스 노인이 보냈다고 그래라.

4막 3장 장소 로마의 공공장소.   한 구절. (아든)
4행 정의의⋯떴다   13행 플루톤
오비디우스의 『변신 이야기』에서 인용   지하 세계의 왕.

아, 로마여! 그래, 그래, 내가 그 시민 표를
날 이렇게 진짜로 폭압하는 그에게
다 던져줬을 때 난 너를 불행에 빠뜨렸다.　　　　　20
가, 너희는 가, 그리고 제발 모두 조심하고
수색 안 한 군함은 하나도 없도록 해.
이 사악한 황제가 그녀를 배 태워 보냈으면
친척들아, 정의를 못 찾을 수 있으니까.

마르쿠스　　오 푸블리우스, 고귀한 네 백부가 이렇게　　　　25
　　　　　흐트러지신 걸 보다니 우울한 일 아니냐?

푸블리우스　그러니 여러분, 우리에게 대단히 중요한 건
　　　　　밤낮으로 이분을 조심해서 돌보고
　　　　　시간 지나 세심한 치유책이 나올 때까지는
　　　　　그 기분을 모쪼록 친절히 맞춰 주는 겁니다.　　　30

마르쿠스　　친척들, 형님의 슬픔은 치유책이 없지만
　　　　　우리는 루키우스가 고트족과 합세하여
　　　　　복수의 전쟁으로 이 배은의 로마에게
　　　　　원한을 퍼붓고, 역적 사투르니누스에게도
　　　　　앙갚음해 줄 거라는 희망 속에 삽시다.　　　　35

티투스　　　푸블리우스, 어땠어? 어떻소, 여러분?
　　　　　아니, 그녀를 만났어?

푸블리우스　아뇨, 백부님, 그러나 플루톤이 전언컨대
　　　　　복수 신을 지옥에서 빼 가는 건 좋답니다.
　　　　　참, 정의로 말하자면, 하늘 위의 조브에게,　　　40
　　　　　아니면 다른 곳에 고용된 것 같아서
　　　　　부득이 때를 기다리셔야만 한답니다.

37행 그녀　정의의 여신.

티투스   내 부탁을 미루다니 그는 내게 잘못해.

난 저 아래 불타는 호수에 뛰어들어

그녀 발을 붙잡고 아케론에서 꺼낼 거야.   45

마르쿠스, 우리는 관목일 뿐 삼나무도 아니고,

키클롭스 크기로 빚어진 강골이 아니라

등뼈까지 쇠로 된 금속 인간이지만,

그럼에도 등으로 못 견딜 부당함에 짓눌려.

또 땅에도 지옥에도 정의는 없으니까   50

우리는 하늘에 호소하고 신들을 움직여

피해를 갚아 줄 정의를 보내 달라 할 거야.

애, 일하자. 넌 훌륭한 사수야, 마르쿠스.

(그들에게 화살을 준다.)

"조브에게", 네 것이다. 이건 "아폴로에게".

"마르스에게", 이건 내 거.   55

애, 이건 "팔라스에게". 이건 "머큐리에게".

"사투르누스에게", 카이우스 — 사투르니누스는 빼고,

바람 향해 쏘는 편이 더 나을 테니까.

애, 시작해. 마르쿠스, 내 명령에 날려라.

맹세코, 난 효과가 나도록 써 놨어.   60

어떤 신도 안 빼놓고 다 호소했단다.

마르쿠스   친척들은 모든 살을 궁정으로 쏘시오.

우리는 오만한 이 황제를 괴롭힐 것이오.

티투스   자, 여러분, 당겨요. (그들이 쏜다.)

45행 아케론 "불타는 호수"(44행)라고 설명한 지옥의 강.
47행 키클롭스 외눈박이 거인.
55행 마르스 로마 신화에서 전쟁의 신.

오, 잘했다, 루키우스, 착하지,
처녀좌 무릎 안에 꽂혔어! 팔라스에게 쏴.   65

마르쿠스　형님, 달 너머 1마일이 제 목표였어요.
형님 편지, 지금쯤은 유피테르와 함께 있소.

티투스　하, 하! 푸블리우스, 푸블리우스, 뭐 했어?
봐, 봐, 황소 뿔 하나를 쏘아 떨어뜨렸어.

마르쿠스　형님, 참 재미있네요. 푸블리우스가 쐈을 때   70
다친 그 황소가 양자리를 거세게 들이받아
숫양 뿔 두 개가 궁정 안에 떨어졌고
바로 그 황후의 악당이 발견했답니다!
그녀는 웃으면서 무어인은 그 선물을
그의 주인님에게 줄 수밖에 없다고 했어요.   75

티투스　허, 그랬구나. 폐하께선 환희하시기를.

광대가 광주리에 비둘기 두 마리를 넣고 등장.

하늘 소식, 소식이다. 마르쿠스, 파발 왔어.
이보게, 무슨 기별? 편지라도 가져왔어?
정의가 실현되나? 유피테르는 뭐라 하셔?

광대　아, 그 주리 트는 이요? 그이 말이 주릿대를 다시 치웠   80
다고 해요, 다음 주까지는 그 사람을 매달아선 안 되기
때문이죠.

티투스　하지만 유피테르는 뭐라 하셔, 묻잖아?

광대　아아, 나리, 전 유피테르 모르고, 생전에 한 번도 그와
마셔 본 적 없답니다.   85

69행 황소 뿔　앞선 각주(2.2.67행) 참고. 72행의 "숫양 뿔"도 마찬가지.

티투스	아니, 이놈, 넌 배달원 아니냐?
광대	예, 나리, 제 비둘기 배달하죠. — 그것만.
티투스	아니, 하늘에서 내려오지 않았어?
광대	하늘에서? 아, 나리, 전 거기 한 번도 못 가 봤어요. 맙

소사, 젊은 시절에도 하늘로 밀고 들어갈 만큼 용감하   90

진 못했답니다. 아니, 전 비둘기 가지고 호호민관들에

게 제 삼촌과 황황제 부하 사이에 벌어진 싸움 건의 해

결을 맡기러 가는 중이랍니다.

마르쿠스	(티투스에게)

아니, 형님, 이건 당신의 연설에 딱 들어맞는 거니까

그에게 이 비둘기를 당신이 황제에게 보낸 걸로 전달   95

하게 하세요.

티투스	말해 봐, 넌 황제에게 연설 하나를 우아하게 전달할 수

있겠어?

광대	아뇨, 진짜로요, 나리, 전 생전에 우악하게 말해 본 적

이 없답니다.   100

티투스	이봐, 이리 와. 더 이상 법석 떨지 말고

네놈의 비둘기를 황제에게 바쳐라.

날 봐서 그는 널 공평하게 대할 거다.

멈춰, 멈춰. — 그동안에 네가 쓸 비용이다.

펜과 잉크 가져 와. (쓴다.)   105

이봐, 탄원서는 우아하게 전달할 수 있겠어?

광대	예, 나리.
티투스	(편지를 준다.)

그럼 이게 네 탄원서다. 그리고 그에게 다가갈 때는 첫

92~93행 호호민관…황황제 호민관과 황제를 잘못 부풀린 말.

번째 접근에 무릎을 꿇어야 하고, 그런 다음 그의 발
에 키스하고, 그런 다음 비둘기를 전달하고, 그런 다 110
음 보상을 바라야 해. 내가 곁에 있을 테니 멋지게 하
도록 해.

광대 　　장담합니다, 나리, 제게 맡기십시오.

티투스 　　이봐, 칼 가진 거 있어? 어디 좀 보여 줘 봐.
　　　　　자, 여기, 마르쿠스, 그 연설로 이걸 감싸. 115
　　　　　(광대에게)
　　　　　너는 이걸 겸손한 탄원자처럼 들고
　　　　　황제에게 준 다음엔 내 방문을 두드리고,
　　　　　그가 하는 말을 나에게 얘기해야 하니까.

광대 　　안녕히 계십시오, 나리. 제가 하죠. 　　(퇴장)

티투스 　　자, 가자, 마르쿠스. 푸블리우스, 따라와. (함께 퇴장) 120

4막 4장

황제와 황후, 그녀의 두 아들, 시종들 등장.

황제가 티투스가 그에게 쏜 화살들을 손에 들고 온다.

사투르니누스 　　아니, 경들, 이 무슨 모욕이오? 로마에서
　　　　　　　황제가 이렇게 억압받고, 불편하고,
　　　　　　　이렇게 적이 되고, 공평한 정의를 실천해서
　　　　　　　이토록 멸시당하는 것을 본 적 있소?
　　　　　　　경들도 알겠지만, 막강한 신들도 아시듯이, 5
　　　　　　　우리의 평화 교란자들이 시민 귀에

4막 4장 장소　로마 황궁 앞.

아무리 뭘 속삭여도 늙은 안드로니쿠스의
외고집 아들들을 막는 법은 아무것도
정해지지 않았소. 그래서 그 노인의 슬픔이
정신 나갈 정도로 극심하면 어쩔 거죠?   10
짐이 그의 앙갚음에, 발작에, 광기에,
그리고 악감정에 이렇게 시달려야겠소?
이제 그는 천벌을 요구하는 글을 썼소.
봐요, 여긴 "조브에게", 이건 "머큐리에게",
이건 "아폴로에게", 이건 "전쟁 신에게".   15
로마 거리에 떠돌기 좋은 두루마리야!
이것이 원로원 비방하는 것 말고 뭣이며,
짐의 불의를 사방에 알리는 것 말고 뭣이오?
이거 아주 멋진 변덕 아니오, 경들이여?
로마에 정의는 없단 듯이 말하다니.   20
하지만 내 생전엔 그의 가짜 광기가
이 난폭한 언동의 피난처는 못 될 테고,
그와 그 가족은 정의가 사투르니누스 안에서
건재함을 알 텐데, 잠잔다면 그가 깨워
살아 있는 최고로 오만한 공모자도   25
잘라 내 버릴 만큼 격분하게 만들 거요.

타모라   황제 폐하, 멋진 저의 사투르니누스여,
제 생명의 주인이며 제 생각의 지도자여,
진정하고 연로한 티투스의 잘못을 참아 줘요,
용맹한 아들들의 죽음을 슬퍼한 결과인데   30
그 상실에 깊이 찔려 마음을 다쳤어요.
그러니 이 모욕을 가장 적게 또는 세게
기소하기보다는 곤경에 처한 그를

위로해 주세요.

(방백)　　　　그래, 이리 둘러대는 게

꾀 많은 이 타모라에게 어울릴 것이야.　　　　　　　35

하지만 티투스, 나는 네 급소를 찔렀어.

네 생피는 빠졌고 아론이 지금 현명하다면

모든 것은 항구에 정박하여 안전하다.

광대 등장.

웬일이냐, 이 친구, 우리에게 할 말 있어?

광대　　예, 참말로, 아줌씨가 황황색시라면요.　　　　　　40

타모라　　난 황후다, 하지만 황제께선 저기 계셔.

광대　　바로 그다. 신과 스티븐 성자의 좋은 오후 맞으십쇼.

제가 편지와 비둘기 두어 마리를 가져왔어요.

(사투르니누스가 편지를 읽는다.)

사투르니누스　　저놈을 잡아가서 당장에 목을 매라!

광대　　제가 돈을 얼마나 받아야죠?　　　　　　　　　45

타모라　　가, 이놈아, 넌 목이 매달려야 해.

광대　　매달려요, 정말? 그럼 전 목 하나 잘 키워서 곱게 끝내

네요.　　　　　　　　　　　　　　(감시받으며 퇴장)

사투르니누스　　악의에 찬 그리고 못 참아 줄 모욕이다!

내가 이 괴이한 악행을 견뎌야 하는가?　　　　　50

이 같은 계책이 어디서 나왔는지 난 알아.

짐의 아우 살인죄로 법에 의해 죽어 간

그의 역적 아들들이 마치 내가 손을 써서

40행 황황색시　황후를 잘못 부풀린 말.

잘못 참살된 것처럼 욕하는 걸 참아야 해?
가서 그 악당을 머리 잡고 끌어와.   55
고령도 명예도 면책 특권 될 수 없다.
이 오만한 조롱에 난 네 망나니가 될 거야,
로마와 이 몸을 자기가 다스릴 희망으로
내 대권을 도와준 이 교활한 미친놈아.

사자 에밀리우스 등장.

그래 무슨 소식이냐, 에밀리우스?   60

에밀리우스 여러분, 무장, 무장! 이 로마 최대의 위기요.
고트족이 군대를 일으켰고, 약탈할 마음을
굳게 먹은 자들로 이루어진 병력이
늙은 안드로니쿠스의 아들인 루키우스의
지휘를 받으며 전력 진군해 오는데,   65
그는 이 복수의 과정에서 코리올라누스가
일찍이 했던 만큼 하겠다고 위협하오.

사투르니누스 무사다운 루키우스가 고트족의 대장이야?
그 기별에 난 꺾였고, 서리 맞은 꽃이나
폭풍 맞은 풀잎처럼 머리가 축 처졌다.   70
맞아, 이제 우리 슬픔이 다가오기 시작했어.
평민들이 정말 사랑하는 건 그자야.
내가 민간인처럼 잠행하고 있었을 때
사람들이 하는 말을 여러 번 들었는데,

66행 코리올라누스   로마의 장군으로 이전의 적군과 합세하여 자신을
추방한 로마를 공격했다. 상세한 내용은 셰익스피어의 「코리올라누
스」 참고.

	루키우스의 추방은 잘못된 일이었고	75
	그들은 루키우스가 황제이길 바란댔어.	
타모라	왜 겁내요? 당신 도시, 강하지 않나요?	
사투르니누스	맞지만 시민들은 루키우스를 총애하여	
	그를 구원하려고 나를 배반할 거요.	
타모라	왕이여, 생각을 이름처럼 황제답게 하세요.	80

타모라   태양이 각다귀가 막 날아든다고 흐려져요?
          독수리는 조그만 새들의 노래를 허락하고
          그게 무슨 뜻인지 신경 쓰지 않아요,
          자기 날개 그림자로 그들의 가락을 맘대로
          중단할 수 있다는 걸 아니까. 당신도   85
          들뜬 로마인들에게 꼭 같이 할 수 있죠.
          그러니 기운 내고, 알아 둬요, 황제여,
          제가 그 늙은 안드로니쿠스를, 물고기가
          미끼로 다치거나 또는 양이 맛있는 여물로
          속이 썩을 때처럼, 물고기에게 미끼나   90
          양에게 꿀풀보다 더 달콤하면서도
          더 위험한 말 가지고 매혹할 테니까.

사투르니누스 그래도 아들에게 짐을 위한 간청은 안 할 거요.
타모라   타모라가 간청하면 그렇게 할 거예요.
          제가 금빛 약속으로 그의 늙은 두 귀를   95
          달래고 채워서 그 심장은 거의 철석과 같고
          늙은 귀는 먹었대도 귀와 심장 양쪽을
          제 혀에 복종하게 만들 수 있으니까.

          (에밀리우스에게)
          넌 우리의 대사로서 우리에 앞서가라.
          황제가 무사다운 루키우스에게   100

　　　　　　　　교섭을 청하고, 장소는 바로 그의 아버지

　　　　　　　　늙은 안드로니쿠스의 집으로 한다고 말하라.

사투르니누스　　에밀리우스, 이 전갈을 명예롭게 전하고

　　　　　　　　만약 그가 안전 위해 인질을 고집하면

　　　　　　　　그에게 최상의 담보물을 요구하라고 해.　　　　　105

에밀리우스　　　그 명령을 효과 있게 수행하겠습니다.　　　　(퇴장)

타모라　　　　　전 이제 늙은 안드로니쿠스에게 가서

　　　　　　　　제 모든 재주로 그를 구워삶은 뒤

　　　　　　　　오만한 루키우스를 용맹한 고트족과 떼 놓죠.

　　　　　　　　그러니, 자, 황제여, 다시 쾌활해지고　　　　　110

　　　　　　　　두려움은 제 계책에 다 묻어 버리세요.

사투르니누스　　그럼 즉각 달려가서 그에게 탄원하오.

　　　　　　　　　　　　　　　(다른 문으로 함께 퇴장)

　　　　　　　　　　　　5막 1장

　　　　　　팡파르. 루키우스, 고수 및 군인들을 거느린

　　　　　　　　　고트족 군대와 함께 등장.

루키우스　　　　공인된 전사들, 믿음직한 내 친구들이여,

　　　　　　　　난 위대한 로마에서 편지를 받았는데,

　　　　　　　　거기엔 그들이 황제를 얼마나 증오하며

　　　　　　　　얼마나 우리의 모습을 원하는지 적혀 있소.

　　　　　　　　그러니 대귀족들이여, 그 작위가 증명하듯　　　　5

　　　　　　　　도도하게, 당신들이 당한 피해 참지 말고

5막 1장 장소　로마 근처의 평원.

로마가 준 상처가 무엇이든지 간에
그 세 배의 배상을 하게끔 만드시오.

고트인 1   한때 우리 공포였고 이제는 위안인 그 이름,
안드로니쿠스 대장군의 용감한 자손이여,   10
그분의 위업과 명예로운 행위에
배은의 로마가 더러운 모욕으로 보복하니
우릴 꼭 믿으시오. 우리는 가장 더운 여름날
침 달린 벌들이 대장에게 이끌려
꽃 핀 들로 나가듯 당신 뒤를 따를 테니   15
저주받은 그 타모라에게 앙갚음을 하시오.

고트인 모두 그의 말을 우린 모두 꼭 같이 합니다.

루키우스   그에게 겸허히 감사하고, 모두들 감사하오.
그런데 활기찬 고트인이 누굴 끌고 오지요?

고트인이 자식을 팔에 안은 아론을 이끌고 등장.

고트인 2   고명하신 루키우스, 난 우리 부대에서   20
무너진 수도원을 보려고 이탈했는데
내가 그 폐허가 된 건물에 열심히
내 눈을 고정하고 있던 중 갑자기
벽 밑에서 아이가 우는 소릴 들었어요.
그 소리가 나는 데로 갔을 때 나는 곧   25
우는 아기 이렇게 어르는 말을 들었답니다.
"쉿, 반은 나, 반은 네 어미인 검둥이야!
네 색깔로 누구의 새낀지 탄로만 안 났어도,
자연이 너에게 네 어미의 외모만 줬어도
이놈아, 넌 황제가 될 수도 있었단다.   30

하지만 황소와 암소가 다 우윳빛이면
석탄 색깔 송아지는 절대로 안 낳는다.
쉿, 이놈, 쉿." — 꼭 이렇게 애를 꾸짖었어요. —
"난 너를 믿음직한 고트인에게 줘야 해.
그는 네가 황후의 아기임을 알게 되면   35
네 어미 때문에 널 비싸게 여길 거야."
그 말에 칼 뽑은 뒤 난 그에게 달려들어
급습했고, 당신이 필요하다 여기는 데
그를 이용하시라고 여기 데려왔답니다.

루키우스　오, 훌륭한 고트인, 이것은 안드로니쿠스의   40
　　　　　멋진 손을 앗아 간 악마의 화신이고,
　　　　　이것은 당신들 황후의 눈이 즐긴 진주이며,
　　　　　여기 이건 불타는 음욕의 비천한 열매요.
　　　　　(아론에게)
　　　　　쏘아보는 노예 놈아, 크면서 널 빼닮을
　　　　　이 악마 얼굴을 어디로 전달하려 하느냐?   45
　　　　　말을 안 해? 뭐, 귀먹었어? 한마디도?
　　　　　병사들이여, 목맬 밧줄! 그를 이 나무에,
　　　　　이 사생아 새끼도 그 옆에 매달아.

아론　　　이 아이는 손대지 마, 왕족 혈통 지녔다.

루키우스　아비를 너무 닮아 잘되기는 글렀다.   50
　　　　　애를 먼저 매달아, 발버둥을 그가 보게.
　　　　　아비의 영혼을 괴롭힐 광경이지.
　　　　　사다리를 가져오라.

　　　　　　　　　(고트인이 사다리를 가져오고 아론을
　　　　　거기에 오르게 만든다. 다른 고트인이 애를 잡는다.)

아론　　　　　　　　루키우스, 개를 살려

내가 그걸 황후에게 보내는 걸로 해.
그렇게 한다면 난 네게 대단히 유익한   55
놀라운 것들을 보여 줄 것이다.
안 그러겠다면 무슨 일이 생긴대도
난 이 말만 하겠다, '복수로 다 썩을 놈들!'

루키우스 말해라, 네 말 듣고 기분이 좋아지면
네 자식은 살 테고 양육받게 해 주겠다.   60

아론 기분이 좋아져? 아니, 루키우스, 분명코
내 말을 들으면 네 영혼은 뒤집힐 것이다.
난 듣기엔 구슬퍼도 연민이 일도록 실행된
살인, 강간, 학살과 밤중의 검은 행동,
끔찍한 행위들, 공모했던 해악들과   65
반역과 악행을 말해야 할 테니까.
근데 이 모든 건 내 아이가 살 거라고
네가 맹세 않는다면 내 죽음에 묻힐 거다.

루키우스 속마음을 말해라, 네 자식은 살려 준다.

아론 그렇게 맹세하면 난 시작할 것이다.   70

루키우스 누굴 걸고 맹세할까? 넌 신을 안 믿는다.
그런데 어떻게 서약을 믿을 수 있느냐?

아론 안 믿으면 어때서? — 진짜로 안 믿지만 —
그래도 난 네가 독실한 걸 아니까,
또한 네겐 양심이란 게 있는데 너는 그걸   75
스무 가지 구교도식 속임수와 의식으로
조심스레 지키는 걸 내가 봐 왔으니까
너에게 서약을 촉구한다. 또 내가 알기로
백치도 자신의 막대기를 신으로 여기고,
그런 신을 걸고서 맹세한 서약을 지키니까   80

난 그에게 그걸 촉구할 거야, 그러므로
공경하고 존경하는 너의 신이 무엇이든
바로 그 신을 걸고 내 아이를 살려서
보살피고 키울 것을 맹세해야 할 것이다.
안 그럼 난 아무것도 안 밝힐 것이야.   85

루키우스 바로 나의 신을 걸고 너에게 맹세한다.

아론 첫째, 난 황후에게서 그 아이를 낳았다.

루키우스 오, 가장 탐욕스럽고 호색하는 여자여!

아론 쳇, 루키우스, 네가 곧 들을 것에 비하면
이건 자선 행위에 지나지 않는다.   90
바시아누스를 죽인 건 그녀의 두 아들이고,
그들이 네 누이의 혀 자르고 겁탈했고
네가 본 것처럼 두 손을 자르고 다듬었다.

루키우스 오, 가증스러운 악당, 그게 다듬는 거야?

아론 암, 그녀를 씻기고, 자르고, 다듬었고,   95
그들에게 그 행위는 멋있는 놀이였어.

루키우스 오, 너처럼 야만적인 짐승 같은 악당들!

아론 실은 내가 그들을 가르친 교사였어.
그들의 호색한 기질은 노름판 장땡처럼
분명히 그들의 어미가 준 것이야.   100
그 피비린 마음은 내게서 배워 간 것 같아,
언제나 머리 받고 싸웠던 진짜배기 개처럼.
자, 내 행위가 내 가치를 증언하게 해 주마.
나는 네 형제들을 바시아누스의 시체가
놓여 있던 그 음험한 구덩이로 꾀었고   105
네 아비가 발견한 그 편지도 썼으며,
여왕과 그녀의 두 아들과 공모하여

그 편지에 언급된 금화도 숨겼다.
네가 통탄할 만한 이유 있는 일치고
내 해악의 손길이 안 닿은 게 뭣이냐?   110
난 사기꾼 역할로 네 아비의 손을 얻고,
그걸 가졌을 때는 한쪽으로 물러나
거의 심장 깨질 듯이 극렬하게 웃었다.
그가 손 값으로 두 아들의 머리를 받았을 땐
난 벽에 난 틈 사이를 비집어 열고서   115
그의 눈물 쳐다보고 너무나 맘껏 웃어
양쪽 눈이 마치 그의 것처럼 푹 젖었어.
내가 이 장난을 황후에게 말했더니
즐거운 내 얘기에 거의 기절할 뻔했고
그 소식의 대가로 스무 번 키스해 줬단다.   120

고트인 1   뭐, 이걸 다 말하면서 얼굴 한번 안 붉혀?
아론   그래, 속담에 나오는 시커먼 개처럼.
루키우스   이 끔찍한 행동을 후회하지 않느냐?
아론   후회해, 그런 일을 천 번 더 못 한 점을.
지금도 난 무언가 악명 높은 나쁜 짓을   125
하지 않은 그날을 저주해. — 그렇지만
내 저주를 받을 날은 소수인 것 같아. —
예컨대 누구를 죽이거나 그 죽음을 궁리하고
처녀를 겁탈하거나 그럴 계획 꾸미며,
죄 없는 사람을 고발하여 위증하고   130
두 친구 사이에 치명적 적의를 일으키며,
가난한 사람의 가축 목이 부러지게 만들고
밤중에 헛간과 건초 더미에 불 지른 뒤
주인이 눈물로 끄게 하지 않은 날을 저주해.

	난 자주 무덤 파고 죽은 자들 꺼내어	135
	소중한 친구들 문간에 그들의 슬픔이	
	거의 잊힌 바로 그때 곧추세워 두면서	
	그 시체 피부에 나무껍질 위에 하듯	
	내 칼을 가지고 로마자로 새겼지,	
	"나는 죽었지만 네 슬픔은 살려 둬."라고.	140
	쳇, 난 무시무시한 일들을 천 가지쯤	
	파리를 죽이듯이 기꺼이 했지만	
	만 가지를 더 할 수 없다는 것 말고는	
	진짜로 진심으로 비통한 건 전혀 없다.	
루키우스	그 악마를 내려놔라, 즉각 교수형 같은	145
	감미로운 죽음을 맞아선 안 되니까.	

(아론을 내려오게 한다.)

아론	악마들이 있다면 난 영원한 불속에서	
	산 상태로 불타는 악마가 됐으면 좋겠다.	
	너와 그 지옥에서 함께하며 오로지	
	쓰라린 내 혀로 널 고문할 수 있을 테니.	150
루키우스	이보게들, 그 입 막아 더는 말 못 하게 해.	

(아론의 입이 막힌다.)

에밀리우스 등장.

고트인	장군님, 로마에서 사자가 왔는데	
	당신의 면전에 받아들여지기를 원합니다.	
루키우스	가까이 오게 하라.	
	잘 왔소, 에밀리우스. 로마 소식은?	155
에밀리우스	루키우스 장군님과 고트 귀족들이여,	

로마의 황제가 저를 통해 인사하고
당신들이 무장한 줄 알고 있기 때문에
당신 부친 집에서 교섭을 갈망하며
만약에 요구하는 인질들이 있다면   160
곧바로 넘겨줄 것이라고 하십니다.

고트인   장군님의 답변은 뭐지요?

루키우스   에밀리우스, 황제가 자신의 담보물을
아버지와 마르쿠스 삼촌에게 준다면
우리는 갈 것이오. (팡파르. 그들은 행군하며 멀어진다.)   165

5막 2장

타모라와 그녀의 두 아들, 변장한 채 등장.

타모라   난 이런 이상하고 어두운 복장으로
안드로니쿠스를 만난 뒤, 그와 함께
그의 극악무도한 피해를 바로잡기 위하여
저 밑에서 보내온 복수라고 말할 거야.
서재 문을 두드려. 소문에 그는 그 안에서   5
지독한 복수의 이상한 음모를 반추한다고 해.
복수가 그와 힘을 합친 다음 적들을
혼란에 빠뜨리러 왔다고 말해 줘라.

그들이 문을 두드리고, 티투스가 위에서 종이를 들고
서재 문을 연다.

5막 2장 장소 로마, 티투스의 집 마당.

티투스 (위에서)

　　　내 명상을 방해하러 온 자가 누구냐?

　　　당신이 재주 부려 내가 문을 열게 하고,　　　　　　　10

　　　그래서 진지한 내 결심은 다 날아가고

　　　공부한 것 모두가 아무 소용 없게 했소?

　　　당신은 속았소, 내가 의도하는 일은,

　　　여기 봐요, 피투성이 글로 옮겨 놓았고

　　　적힌 것은 뭐든지 실행될 테니까.　　　　　　　　　15

타모라　티투스, 난 당신과 얘기하러 왔답니다.

티투스 (위에서)

　　　한마디도 않겠소. 내 얘기를 행동으로

　　　옮길 손이 없는데 어찌 그걸 꾸밀 수 있겠소?

　　　당신이 나보다 더 유리하니 관두시오.

타모라　나를 알아본다면 나와 얘기할 것이오.　　　　　　20

티투스 (위에서)

　　　나는 안 미쳤고, 널 충분히 잘 안다.

　　　처참한 이 토막을, 시뻘건 이 시행을 증거로,

　　　비탄과 걱정으로 생긴 이 주름살을 증거로,

　　　힘든 낮과 우울한 이 밤을 증거로,

　　　온 슬픔을 증거로, 난 너를 우리의　　　　　　　　25

　　　오만한 황후로, 막강한 타모라로 잘 안다.

　　　나의 다른 한 손을 가지러 온 게 아니냐?

타모라　슬픈 이여, 알아 둬요, 난 타모라 아니오.

　　　그녀는 당신의 적인데 난 당신 친구요.

　　　난 당신 원수들에게 되갚는 보복을 통하여　　　30

　　　당신 마음 쪼아 먹는 독수리를 쫓으려고

　　　저 지옥의 왕국에서 파견된 복수라오.

내려와서 세상 빛 속으로 날 맞아들이고
나와 함께 살인과 죽음을 의논해요.
피비린 살인과 혐오할 강간이 겁을 먹고   35
그 어떤 텅 빈 동굴, 잠적할 장소나
그 어떤 거대한 어둠과 안개 낀 계곡 속에
웅크릴 수 있다 해도 내가 찾아낸 다음
그 귀에 무서운 내 이름, 복수를 말해 주면
그 더러운 죄인들은 벌벌 떨게 될 것이오.   40

티투스   (위에서)
복수란 말이냐? 내 적들을 고문하는
도구가 되라고 내게 보내 줬다고?

타모라   그렇소, 그러니 내려와서 날 맞이하시오.

티투스   (위에서)
너에게 가기 전에 날 좀 도와줘라.
이봐, 네 옆에 강간과 살인이 서 있어.   45
이제 네가 복수라는 확신을 좀 심어 줘.
놈들을 찌르거나 그 전차 바퀴로 쫙 찢어,
그럼 난 네게 가서 마부가 된 다음
이 세상을 이리저리 함께 돌아다니며
흑옥처럼 새까만 멋진 말 두 필을 구해서   50
너의 복수 마차를 재빨리 끌게 하고
살인자들을 죄지은 동굴에서 찾아낼 것이다.
그리고 네 차에 그들의 머리가 가득하면
거기에서 내린 다음 네 마차 바퀴 곁을
비천한 하인처럼 하루 종일 따르겠다,   55
태양신이 동쪽에서 솟아올라 저 바다에
떨어지는 바로 그 순간까지 말이다.

	또 네가 그 강탈과 살인을 멸해 주면	
	나는 이 힘든 일을 매일매일 할 것이다.	
타모라	이들은 내 부하요, 그래서 같이 왔소.	60
티투스	(위에서)	
	네 부하들이라고? 이름이 무엇인가?	
타모라	강간과 살인인데, 그런 유의 인간에게	
	복수하기 때문에 그런 이름 붙였소.	
티투스	(위에서)	
	맙소사, 그들은 얼마나 황후의 아들 같고,	
	당신은 황후와 같은지! 근데 우리 속인들은	65
	초라한, 뒤틀린, 뒤집힌 두 눈을 가졌어.	
	오, 달콤한 복수여, 난 이제 내려간다.	
	그리고 한쪽 팔의 포옹에 만족하겠다면	
	머지않아 그걸로 널 포옹할 것이다. (위에서 퇴장)	
타모라	이러한 맞장구가 그의 광증에 맞아.	70
	내가 그의 얼빠진 기분 맞춰 뭘 지어내든지	
	너희는 지지하고 우기는 말을 해라.	
	그는 나를 복수라고 단단히 믿으니까,	
	그리고 그런 미친 생각에 잘 속으니까	
	난 그가 아들 루키우스를 부르게 만들고	75
	내가 그를 연회에서 꽉 잡고 있는 동안	
	곧바로 교묘한 계책을 꾸며 내어	
	들뜬 저 고트족을 흩어지게 만들거나,	
	아니면 적어도 그의 적으로 만들겠다.	
	봐, 그가 왔어, 나는 내 할 일에 힘써야 해.	80

티투스, 아래에서 등장.

티투스	난 오래 쓸쓸했고, 그게 다 너 때문이야.
	무서운 복수 귀신, 비통한 내 집에 잘 왔다.
	강탈과 살인아, 너희도 잘 왔어. 너희는
	황후와 그녀의 두 아들과 정말로 닮았구나!
	무어인만 있다면 구색이 잘 맞을 텐데.
	온 지옥도 그 같은 악마는 줄 수가 없었나?
	내가 잘 아는데, 황후가 꼼짝만 했다 하면
	그녀와 동행하는 무어인이 있으니까
	너희도 우리의 황후를 옳게 드러내려면
	그 같은 악마가 있는 게 적절했을 것이야.
	하지만 어쨌든 잘 왔어. 뭘 할까?
타모라	우리가 뭘 하길 원해요, 안드로니쿠스?
드미트리우스	살인자를 보여 주면 내가 처치할게요.
키론	나에게 강간을 저지른 악당을 보여 줘요,
	놈에게 복수를 하라고 날 보냈으니까.
타모라	당신에게 잘못한 자 천 명을 보여 줘요,
	내가 그들 모두에게 복수해 줄 테니까.
티투스	(드미트리우스에게)
	로마의 사악한 길거리를 둘러보고
	너처럼 생긴 자를 찾아내게 되거든
	살인님아, 그를 찔러, 살인자이니까.
	(키론에게)
	너도 그와 함께 가, 그리고 우연히
	너처럼 생긴 자 또 하나를 찾거든
	강탈님아, 그를 찔러, 강간범이니까.
	(타모라에게)
	너 또한 그들과 함께 가, 그리고 황궁에는

85

90

95

100

	무어인의 시중 받는 황후가 있는데 —	105
	그녀는 아래위로 널 닮았기 때문에	
	바로 너 자신의 비율로 잘 알 테니까 —	
	원컨대 그 둘에게 난폭한 죽음을 안겨 줘.	
	그 둘은 나와 내 식구에게 난폭했으니까.	
타모라	우리를 잘 가르쳤고, 우린 그리할 거요.	110

타모라 우리를 잘 가르쳤고, 우린 그리할 거요. 110
하지만 괜찮으시다면 안드로니쿠스 님,
무사다운 고트족 무리를 로마로 이끄는
삼중으로 용맹한 당신 아들 루키우스를
당신 집 연회에 오라고 하는 건 어때요?
그가 여기, 바로 그 성대한 잔치에 왔을 때 115
난 황후와 그녀의 아들들, 황제 그 자신과
당신의 적들을 다 데려오고, 그들은 다
당신의 처분대로 굽히고 무릎 꿇을 것이며
당신은 그들을 통하여 분한 마음 달랠 거요.
안드로니쿠스여, 이 계책이 어때요? 120

티투스 마르쿠스 동생아! 이 슬픈 티투스가 부른다.

마르쿠스 등장.

마르쿠스야, 루키우스 조카에게 가 봐라.
고트족들에게 물으면 알아낼 것이다.
그에게 내게로 오라고 명하고, 고트족의
최고 왕족 몇 명도 같이 데려오라고 해. 125
병사들은 현지에 야영시키라고 명하고.
황제와 또 황후도 내 집에서 잔치하고,
걔도 함께 그들과 잔치할 거라고 전해라.

	이 일을 날 위해 해 주고, 걔도 하라고 해,	
	이 늙은 아비의 생명을 존중할 테니까.	130
마르쿠스	그렇게 한 다음 곧 돌아오지요. (퇴장)	
타모라	이젠 내가 당신 일을 보려고 나가면서	
	부하들을 나와 함께 데려갈 것이오.	
티투스	아니, 아니, 강간과 살인은 남겨 둬.—	
	안 그러면 내 동생을 다시 부를 것이고	135
	루키우스를 통한 복수에만 매달릴 것이야.	
타모라	(아들들에게 방백)	
	얘들아, 어쩔래, 내가 주군 황제에게	
	우리가 정해 놓은 장난을 내가 어찌 쳤는지	
	가서 말할 동안에 그와 함께 머물 테냐?	
	비위를 맞춰 주고, 매끄럽게 좋게 말해,	140
	그리고 내가 돌아올 때까지 머물러.	
티투스	(방백)	
	저들은 날 미쳤다 여겨도 나는 다 알았고,	
	그들의 계책에서 그들을 — 저주받은	
	지옥 개 한 쌍과 그 어미를 — 앞지를 것이다.	
드미트리우스	마마, 뜻대로 떠나세요, 우리는 여기 두고.	145
타모라	안드로니쿠스, 잘 있어요. 이제 이 복수는	
	당신 원수 밝혀낼 공모 하러 갑니다.	
티투스	그런 줄 알고 있다. — 달콤한 복수야, 잘 가.	
	(타모라 퇴장)	
키론	말해 봐요, 노인, 우리를 어디에 쓸 거요?	
티투스	쳇, 너희가 할 일이야 충분히 많이 있지.	150
	푸블리우스, 이리 와. 카이우스와 발렌티누스도.	

푸블리우스, 카이우스, 발렌티누스 등장.

푸블리우스	어쩐 일이십니까?
티투스	이 둘을 아는가?
푸블리우스	황후 아들, 키론과 드미트리우스로 압니다.
티투스	에잇, 에잇, 푸블리우스, 너무 크게 속았어.

155

하나는 살인이고 다른 쪽 이름은 강간이야,
그러니까 그들을 묶어라, 푸블리우스.
카이우스와 발렌티누스는 그들을 붙잡아.
이런 때를 내가 자주 바라는 걸 들었고,
이제 때가 왔단다. 그러니 그들을 꽉 묶고

160

소리치기 시작하면 입을 틀어막아라.   (퇴장)

키론	멈춰라, 악당들아! 우린 황후 아들이다.
푸블리우스	그래서 우리는 명령받은 그대로 해.

(그들을 묶고 입을 막는다.)

그들 입을 꽉 막아. 한마디도 못 하게 해.
잘 묶었어? 그들을 단단히 묶도록 해.

165

티투스 안드로니쿠스는 칼을 들고,
라비니아는 대야를 가지고 등장.

티투스	자, 자, 라비니아. 봐, 너의 두 원수가 묶였다.

애들아, 그들 입을 막아라. 내게 말 못 하게 해,
하지만 내가 뱉는 무서운 말들은 듣게 해.
오, 이 악당들, 키론과 드미트리우스야,
여기에 너희가 흙탕 만든 그 샘이 있고,

170

이 멋진 여름은 너희의 겨울과 뒤섞였어.

너희는 애 남편을 죽였고, 그 범죄 때문에
애의 두 오빠가 사형 선고 받았으며
내 손은 잘리어 유쾌한 농담거리 되었고,
애의 고운 두 손과 혀, 그 손이나 혀보다   175
더 귀중한 이 애의 흠 없는 순결을
비정한 너희 역적 놈들이 막 강요했다.
말을 하게 해 주면 뭐라고 할 테냐?
악당들아, 너희는 창피해서 자비를 못 구해.
잘 들어, 이놈들, 내가 너흴 어떻게 찢을지.   180
너희 목을 딸 이 한 손은 남았으니
그럴 동안 라비니아는 잘린 두 팔 가지고
그 대야를 붙잡고 너희 피를 받을 거다.
너흰 안다, 네 어미가 나와 잔치할 테고
복수를 자청하며 날 미쳤다 여기는 줄.   185
잘 들어, 악당들아, 난 너희 뼈를 빻아
너희 피를 섞어서 반죽을 만들고
그 반죽 가지고 파이 껍질 만들 거며
그 창피한 머리로는 만두를 두 개 빚어
그 갈보, 그 부정 탄 너희 어미에게   190
대지처럼 자신이 낳은 걸 삼키게 할 거야.
이것이 그녀를 초대한 나의 잔치이고
이것이 그녀가 탐식할 연회다.
너희가 내 딸을 필로멜라보다 더 학대했으니
난 프로크네보다 더 심하게 보복할 것이야.   195

195행 프로크네 테레우스의 아내인 그녀는 자기 여동생 필로멜라를 강
간한 남편에게 그의 자식을 죽여 만든 파이를 먹이는 것으로 복수했다.
(RSC)

자 이제 목을 내놔. 라비니아, 이리 와,

피를 받아, 그리고 그들이 죽었을 때

난 가서 그들 뼈를 가루로 곱게 빻아

이 역겨운 액체를 거기에 알맞게 섞은 뒤

그 반죽에 그 더러운 머리 넣고 구울 거야.　　　　　　200

자, 자, 모두들 이 연회를 열기 위해

임무를 다해라, 난 켄타우루스의 잔치보다

이게 더 가혹하고 피비리길 바라니까.

　　　　　　　　　　　　(그가 그들의 머리를 자른다.)

자, 그들을 들여와, 난 요리사 역을 할 테니까,

그 어미가 오기 전에 그들을 준비해 둬.　　　　　　205

　　　　　　　　　　　　(시체를 들고 함께 퇴장)

5막 3장

루키우스, 마르쿠스, 고트족들, 죄수 아론 및

그의 아기를 안은 사람 등장.

루키우스　　마르쿠스 삼촌, 저더러 로마로 오라는 게

　　　　　아버지의 뜻이므로 저는 만족합니다.

고트인 1　　운명이 어찌 되든 우리 뜻도 같습니다.

루키우스　　숙부님, 이 야만인 아론을 데려가십시오,

　　　　　이 굶주린 호랑이, 저주받은 악마를.　　　　　　5

202행 켄타우루스의 잔치
라피테스족의 왕 피리토우스의 결혼 잔
치를 말하며, 거기에서 이 종족과 반인
반마인 켄타우루스 간에 피비린 싸움이

벌어졌다. (RSC)
5막 3장 장소
로마, 티투스의 집 마당.

아무런 음식도 주지 말고 황후의 면전에서
그녀의 더러운 행위를 증언하러
불려 나갈 때까지는 족쇄를 채워 둬요.
그리고 우군의 매복을 튼튼히 하십시오.
황제가 저희를 안 좋게 여기는 것 같아요.   10

아론   악마여, 내 귓속에 저주를 속삭이고
부푼 내 가슴의 독기 어린 악의를
내 혀로 내뱉도록 나를 자극해 다오.

루키우스   저리 가, 이 냉혹한 개, 부정 탄 노예야!
이보게들, 삼촌이 이놈을 옮기게 도와주게.   15

(아론, 감시받으며 퇴장. 나팔 소리)

나팔로 황제가 가까이 왔다는 걸 알린다.

황제와 황후, 호민관들과 에밀리우스를 포함한
다른 사람들과 함께 등장.

사투르니누스   뭐, 하늘에 태양이 하나 이상 있느냐?

루키우스   자신을 태양이라 하는 게 뭔 소용 있느냐?

마르쿠스   로마의 황제와 조카여, 교섭을 시작해요.
이 싸움은 조용히 논의돼야 합니다.   20
잔치는 준비됐고, 근심에 찬 티투스는
로마를 위한 평화, 사랑, 우호, 복리라는
명예로운 목적에 그것을 바쳤어요.
그러니 당신들은 다가와 자리를 잡으시오.

사투르니누스   마르쿠스, 그러겠네.   25

나팔 소리. 식탁이 들어온다. 그들은 앉는다. 요리사처럼

접시를 놓는 티투스, 얼굴 가리는 베일을 쓴
라비니아, 그리고 소년 루키우스 등장.

티투스   폐하, 잘 오셨습니다. 지엄하신 여왕님도.
             무사다운 고트인들, 잘 오셨고, 루키우스도.
             모두들 잘 오셨소. 변변찮은 음식이나
             배는 채울 것입니다. 바라건대 드시지요.

사투르니누스   안드로니쿠스, 복장이 왜 그렇습니까?   30

티투스   폐하와 황후를 접대함에 있어서
             만사가 잘되도록 분명히 하려고요.

타모라   우리가 신세를 졌네요, 안드로니쿠스 님.

티투스   마마께서 제 마음을 아신다면 그렇죠.
             주군이신 황제시여, 답을 좀 해 주시죠.   35
             성급한 비르기니우스가 자기 딸이 강제로
             더럽혀져 꺾였다고 자기 오른손으로
             그녀를 직접 살해한 것은 잘한 일이었나요?

사투르니누스   그렇소.

티투스   막강한 군주시여, 그 이유는?

사투르니누스   그 소녀가 치욕 뒤에 살아남아 그 존재로   40
             늘 그의 슬픔을 재생하면 안 되니까.

티투스   막강하고 확실하며 효력 있는 이유로서
             참으로 비참한 저에겐 모범, 선례,
             생생한 보증이니 똑같이 실천하렵니다.

                                    (라비니아의 베일을 벗긴다.)

36행 비르기니우스 로마의 역사가 리비에 의하면 백인대의 대장이었던
그는 자기 딸이 아피우스 클라우디우스에게 강간당하는 것을 막기 위
해 그녀를 살해했다. (아든)

	죽어라, 라비니아, 네 치욕과 함께 죽어,	45
	그럼 네 아비의 슬픔도 네 치욕과 함께 죽어.	

(라비니아를 죽인다.)

사투르니누스	이 무슨 비인간적이고 몰인정한 짓이오?	
티투스	난 눈물로 내 눈을 멀게 한 그녀를 죽였소.	
	나는 저 비르기니우스만큼이나 비통하고	
	이 폭행을 저지를 이유가 그보다	50
	천 배나 더 많았는데 이제 그걸 끝냈소.	
사투르니누스	뭐, 그녀가 겁탈됐소? 그 짓 한 자, 말하시오.	
티투스	여러분, 드시겠소? 폐하, 드시겠습니까?	
타모라	당신은 외딸을 왜 그렇게 살해했소?	
티투스	난 아니고, 키론과 드미트리우스였소.	55
	그들이 그녀를 겁탈한 뒤 혀를 잘라 버렸고,	
	그들이, 그들이 걔에게 이 악행을 다 했소.	
사투르니누스	가, 그들을 곧 잡아서 짐에게 데려오라.	
티투스	허, 둘은 다 거기 그 파이로 구워졌고,	
	그들의 어미는 그것을 맛있게 즐기면서	60
	자기가 직접 기른 그 고기를 먹었어요.	
	맞아, 맞아, 뾰족한 내 칼끝이 증인이야.	

(그가 황후를 찌른다.)

| 사투르니누스 | 죽어라, 미친놈아, 저주받은 짓을 했어. | |

(그가 티투스를 죽인다.)

| 루키우스 | 아들이 피 흘리는 아버지를 볼 수 있나? | |
| | 이것은 인과응보, 죽였으니 죽는다. | 65 |

(그가 사투르니누스를 죽인다. 대소동.
고트족이 위쪽으로 가는 안드로니쿠스 일족을 보호한다.)

| 마르쿠스 | (위에서) | |

슬픔에 잠긴 이들, 로마의 시민과 아들들,
바람과 드높은 강풍에 흩어진 새 떼처럼
몇 번의 소동으로 갈라졌던 여러분,
오, 내가 이 흩어진 밀들을 어찌 다시
서로 돕는 한 단으로, 이 부러진 사지를   70
한 몸으로 짜맞출지 가르치게 해 주시오.

로마 귀족 로마는 그 자신이 자신에게 독이 되고,
막강한 왕국들이 절하는 그 나라는
버려져서 외롭고 절망적인 사람처럼
부끄러운 사형을 자신에게 집행하라!   75
하지만 내 노년의 흰머리와 주름살,
이 진정한 경험의 진지한 증거로도
여러분이 내 말을 듣게 하지 못한다면,
로마의 소중한 친구여, 당신이 말하시오.
우리의 옛 선조께서 교활한 그리스인들이   80
프리아모스 국왕의 트로이를 덮쳤을 때
그 사악한 불타는 밤 얘기를 상사병 난 디도의
슬피 듣는 귀에 대고 엄숙히 해 줬듯이
그 어떤 시논이 우리 귀를 홀렸는지,
누가 우리 트로이, 우리의 로마에 내상 입힌   85
그 치명적 무기를 들였는지 얘기하오.

마르쿠스 (위에서)

80~86행 우리의…얘기하오
여기에서 "옛 선조"는 아이네이아스를
가리키고, "얘기"는 그가 카르타고의 여
왕 디도에게 트로이의 함락에 대하여 말
해 준 것이며, "시논"은 트로이인들을 속
여 목마("그 치명적 무기")를 성안으로
들이게 만든 자였다. 화자인 로마 귀족
은 로마가 트로이와 꼭 마찬가지 방식으
로 고트족들에게 점령당한 것으로 추정
하면서 말한다. (아든)

내 마음은 부싯돌과 쇠로 꽉 차 있지 않고,
또 내가 우리의 쓴 비탄을 다 뱉을 순 없기에
눈물은 홍수처럼 내 웅변을 익사시켜
내가 그 힘으로 여러분을 움직여 내 말을   90
가장 잘 듣게 하고 동정심을 강요할
바로 그때 내 발언을 중단시킬 것이오.
얘기는 이 로마의 젊은 대장, 그가 하고
난 곁에서 들으며 울게 해 주시오.

루키우스   (위에서)
그렇다면, 자비로운 청중들께 알립니다.   95
키론과 그 저주받은 드미트리우스가
우리들 황제의 아우를 살해한 자들이고,
우리의 누이를 겁탈한 자들도 그들이오.
또한 그 잔인한 범죄로 동생들은 목 잘리고
아버지의 눈물은 경멸받고, 로마의 싸움을   100
끝까지 싸워 내 적들을 무덤으로 보냈던
자신의 참된 손을 천하게 사취당하셨소.
끝으로 저 자신도 몰인정한 추방을 당했고
성문은 저에게 닫혔으며, 울면서 내쫓겨
로마의 적들에게 구원을 부탁하게 됐는데,   105
그들은 저의 참된 눈물에 적대감을 빠뜨리고
두 팔 벌려 친구로 저를 포옹했답니다.
여러분께 알리건대, 제가 그 쫓겨난 자로서
로마의 번영을 저의 피로 보존했고
로마의 가슴에서 적의 칼끝 쳐내면서   110
저돌적인 이 몸으로 그걸 받아냈답니다.
이런, 제가 허풍쟁이가 아닌 건 아시죠, 음.

제 상처로, 벙어리들이지만 제 보고가
올바르고 진실이 가득함을 입증할 수 있어요.
근데 잠깐, 시시한 제 칭찬을 나불대며   115
제가 너무 빗나간 것 같네요. 오, 용서하오,
친구들이 부재할 때 인간은 자찬을 하니까.

마르쿠스   (위에서)

이제는 내가 말할 차례요.

(아론의 아이를 가리키며) 이 애를 보시오.
타모라가 이것을 출산해 놓았는데
여러 가지 비탄의 주 설계자, 모사꾼인   120
불경한 무어인의 자식이랍니다.
그 악당은 티투스 저택에 살아 있고
이것이 사실임을 증언해 줄 것이므로,
자, 이제 티투스가 이 말 못 할, 못 참을,
아니면 산 자는 누구도 못 견딜 이 악행들에   125
복수할 이유가 있었는지 판단해 보시오.
이제 그 진실을 들었소. 어떻소, 로마인들?
우리가 뭘 잘못한 게 있다면 보여 줘요,
그러면 간청하는 우리가 보이는 이곳에서
안드로니쿠스 일족의 불쌍한 나머지는   130
다 함께 손잡고 우리 몸을 거꾸로 내던져
거친 그 돌바닥에 우리 혼을 깨뜨려 빼놓고
우리들 가문을 공동으로 마감할 것이오.
말해요, 로마인들, 말해요, 그러면 우리는,
봐요, 루키우스와 난 손잡고 떨어질 것이오.   135

에밀리우스   자, 내려와요, 존경받는 로마의 남자여,
우리의 황제를 그 손으로 부드럽게 모셔요.

　　　　　　　루키우스, 우리 황제, 그리될 것이라고
　　　　　　　모두 함께 외칠 줄 제가 잘 아니까요.
마르쿠스　　(위에서)
　　　　　　　루키우스, 로마의 고귀한 황제 만세! 　　　　　　　　　140
　　　　　　　(다른 사람들에게)
　　　　　　　어서 가라, 티투스 노인의 슬픔에 찬 집으로,
　　　　　　　그리고 그 불신앙 무어인을 끌어와라,
　　　　　　　그의 가장 사악한 삶에 대한 처벌로
　　　　　　　무섭게 도살하는 죽음을 선고할 것이다.

　　　　　　　　　　　　　　　(몇 사람이 집 안으로 함께 퇴장.
　　　　　　안드로니쿠스 일족이 아래로 내려올 때까지 긴 팡파르)

로마인 모두　루키우스, 로마의 자비로운 통치자, 만세! 　　　　　145
루키우스　　고맙소, 로마인들. 내 통치가 로마의
　　　　　　　손상을 치유하고 비탄을 닦아 주길.
　　　　　　　하지만 여러분, 잠시만 지켜봐 주시오,
　　　　　　　나에겐 효도의 큰 임무가 있으니까.
　　　　　　　모두들 물러서되 삼촌은 가까이 다가와 　　　　　　150
　　　　　　　이 시신에 장례의 눈물을 흘리세요.
　　　　　　　(티투스에게 키스한다.)
　　　　　　　오, 그 창백한 찬 입술로 이 따뜻한 키스를,
　　　　　　　피 묻은 그 얼굴로 이 슬픈 눈물을 받으세요,
　　　　　　　고귀한 이 아들의 마지막 참된 예의랍니다.
마르쿠스　　(티투스에게 키스한다.)
　　　　　　　눈물에 눈물을, 키스에 사랑하는 키스를 　　　　　155
　　　　　　　이 아우 마르쿠스가 그 입술에 드립니다.
　　　　　　　오, 갚아야 할 이것들의 총액이 셀 수 없고
　　　　　　　무한하다 하더라도 난 갚을 것입니다.

루키우스	(아들에게)
	이리 와, 애, 이리 와서 소나기에 녹는 법
	우리에게 배워라. 할아버진 널 많이 아끼셨다.	160
	여러 번 널 무릎 위에 올려놓고 어르셨고
	노래로 재우셨지, 다정한 그 가슴에 품고서.
	수많은 일화를 너에게 얘기해 주시며
	그 예쁜 얘기들을 네 맘속에 지녔다가
	그가 죽고 없을 때 나누라고 명하셨어.	165
마르쿠스	이 불쌍한 입술은 그게 살아 있었을 때
	네 입술 위에서 수천 번 따뜻해졌건만!
	오, 이제, 얘야, 마지막 키스를 해 드려라.
	작별을 고해 드려, 무덤으로 보내 드려.
	거기에 친절을 표하고 그것과 헤어져라.	170
소년	(티투스에게 키스한다.)
	오, 할아버지, 할아버지, 바로 제 진심으로
	제가 죽어 다시 살아나시면 좋겠어요.
	맙소사, 제 울음 때문에 말을 못 하겠어요,
	입을 열면 눈물로 숨이 막힐 거예요.

아론, 감시받으며 등장.

로마인	슬픈 안드로니쿠스 일족은 비탄을 멈추고	175
	이토록 참혹한 결과를 빚어낸
	이 지긋지긋한 놈에게 선고를 내리시오.
루키우스	그를 가슴 위까지 땅에 묻고 굶겨라.
	거기 서서 악쓰며 음식 달라 외치게 해.
	그를 구제하거나 동정하는 사람은	180

그 죄로 죽는다. 이게 짐의 판결이다.

누가 남아 그를 꼭 땅속에 묻도록 해.

아론   아, 격노와 격분은 왜 입을 막고 닥쳐야지?

난 저급한 기도로 내가 범한 죄악을

뉘우치는 어린애가 진짜로 아니다.   185

맘대로 할 수만 있다면 여태껏 한 것보다

만 배나 더 나쁜 일을 실천할 것이다.

나의 전 생애에 선행을 하나라도 했다면

난 그걸 영혼 깊이 정말로 뉘우친다.

루키우스   그 황제를 아끼는 친구 몇이 그를 날라   190

선조들의 무덤에 장사 지내 주시오.

내 부친과 라비니아는 곧바로

집안 소속 묘실 안에 안치될 것이오.

저 굶주린 호랑이 타모라는

어떤 장례 의식이나 상복 입은 사람 없이,   195

매장을 알리는 구슬픈 조종도 안 울린 채

짐승과 새들이 파먹게 내던져 버려라.

짐승처럼 살았고 동정심이 없었지만

죽었으니 새들이 동정하게 해 줘라.

(시체들과 함께 퇴장)

아테네의 티몬

Timon of Athens

역자 서문

『햄릿』의 결말에서 햄릿이 그의 원수이자 삼촌인 클라우디우스와 공모한 레어티스의 칼에 억울하게 살해당했을 때 친구 호레이쇼는 그의 죽음을 다음과 같이 애도한다.

> 고귀한 심장이 이제야 터졌구나.
> 사랑하는 왕자님, 고이고이 잠드소서.
> 천사 노래 들으시며 안식처로 가소서. (5.2.363~365)

햄릿의 갑작스러운 죽음으로 충격에 빠졌던 관객은 그의 영혼을 천국으로 인도하는 호레이쇼의 기도에 적극 공감하고 그의 명복을 빌게 된다. 그와 동시에 너무나 갑작스럽고 애통하고 부당한 죽음을 맞이한 그에 대한 연민은 너무나 강력하여 그들이 그의 복수 과정에서 지금까지 그와 함께 느꼈던 모든 슬픔과 분노와 고통뿐 아니라 그의 잘못이나 죄로 간주되었던 사건과 그와 연관된 반감 또한 깨끗이 사라지게 만든다. 그리하여 햄릿이 오필리어를 모질게 대했던 일, 폴로니우스를 무심하게 살해한 일, 로젠크랜츠와 길든스턴을 사지로 보낸 일 등은 이제 햄릿의 책임이 아니라 클라우디우스의 악행에 대한 불가피한 대응으로 여겨지고, 거기에 마지못해 끌려들어 갔던 햄릿은 아무런 죄가 없는 것처럼 느껴진다. 그리고 바로 이때 마음에 떠오르는 것이 그의 고귀한 성품이다. 예를 들면 클라우디우스의 형제 살인으로 더러워진 덴마크 왕실을 정화하려는 햄릿의 끈질기고 강력한 정의감, 복수에 필연적으로 따르는 살인에 무의식적으로 저항하는 양심, 어머니를 회개시키려는 간곡한 효성(사랑) 말이다. 이처럼 햄릿의 죽음으로 촉발된 강력한 연민의 정에 의해 그동안 관객의 마음속에 쌓여 왔던 부정적인 감정들이 그의 고귀한 모습들로 대체 또는 정화되는 것이 아리스토텔레스가 말하는 소위 카타르시스라면 『햄릿』의 결말은 그 생성 과정과 효과를 잘 보여 준다.

이제 우리 극 『아테네의 티몬』으로 돌아와 그것이 어떻게 비극으로 끝나는지, 또는 끝나려 하는지 살펴보기로 하자. 이 극이 비극으로 분류되는 한(대부분 전집에서 그렇게 분류되는데) 그것은 『티투스 안드로니쿠스』와 마찬가지로, 상대가 되지 않을 것 같은 『햄릿』을 포함하여 셰익스피어의 다른 비극과의 비교를 피할 수 없을 것이다. 그런 맥락에서 『아테네의 티몬』의 결말에서 티몬이 죽었다는 소식을 들은 알키비아데스의 반응을 레어티스와 비교하면서 들어 보기로 하자.

> "여기에 생전에 살아 있는 인간을 다 미워한 나 티몬이 누웠다. 지나면서 실컷 저주해라, 하지만 지나고 그 발을 멈추진 마라." (5.5.70~73)

알키비아데스는 티몬의 영광과 몰락을 직접 보고 들었으며 그렇게 된 까닭 또한 잘 알기 때문에 이 같은 묘비명을 듣고 조금도 놀라지 않으면서 다음과 같이 차분하게 반응한다.

이 말은 그대의 최근 심경 잘 나타내는군요.
그대는 우리들 인간의 비탄을 증오하고
흐르는 눈물과 구두쇠 본성이 떨구는 좁쌀 눈물
다 경멸했지만, 그래도 상상력이 풍부하여
방대한 넵튠이 그대의 낮은 무덤 위에서
용서받은 결점 두고 늘 울도록 가르쳤소. (5.5.74~79)

자신이 그토록 싫어했던 인간들이 무덤에 찾아와 눈물을
흘려 주는 것을 전혀 바라지 않고 오히려 그들의 발걸음을 저
주하는 티몬의 모습은 알키비아데스에게 조금도 낯설지 않다.
그의 강력한 염세의 결과로 당연히 적어 놓을 법한 묘비명이
고, 그에 대한 알키비아데스의 해석 또한 인정머리 없는 인간
본성("구두쇠 본성이 떨구는 좁쌀 눈물")에 대한 티몬의 솔직한 심
경을 잘 묘사하고 있다.

그렇다면 이 비극에서 주인공이 받아야 할 동정은 어디에서
구한단 말인가? 티몬 자신의 죽음으로 관객의 연민을 일으켜야
극에서 그가 느낀 슬픔과 고통, 그의 과오와 그로 인한 부정적인
감정들이 씻겨 나가고 고귀한 성품이 부각될 것이 아닌가? 인간
에게 그런 동정을 받는 것은 원천 봉쇄되었기 때문에 알키비아
데스는 그것을 넵튠에게서 구한다. 그런데 그 방법이 좀 애매하
다. 넵튠이 티몬의 잘못을 자발적으로 용서하고 죄를 씻어 주는
정화의 눈물을 흘리는 것이 아니라 티몬이 풍부한 상상력에 의
해 그런 눈물을 지어낸 것으로 묘사하기 때문이다. 더군다나 한
인간에 지나지 않은 그가 넵튠 신을 가르쳐서, 그리고 마치 그의
염세 행위가 신들도 감동하여 울어 줄 만한 것이라도 되는 듯이.

    티몬에게 동정적인 알키비아데스의 묘비명 해석이 정통적인 비극의 주인공과 그 결말에 어울리지 않는다는 점은 확실하다. 그렇다면 비극으로 시작하여 비극으로 끝날 것처럼 보이던 『아테네의 티몬』이 이렇게 경로를 이탈하게 된 원인은 무엇일까? 우리는 그에 대한 대답을 극의 내용과 관련된 창작 과정에서 알 수 있다. 이 극은 오랫동안 여러 가지 내용상의 문제점과 결함으로 말미암아 미완성으로 버려졌던 초고이거나 셰익스피어가 후배 극작가인 토머스 미들턴과 함께 쓴 것으로 여겨졌고, 최근에는 후자의 가설이 힘을 얻고 있다. 본 번역의 대본이 되는 아든 3판의 편집자는 두 사람의 공저로 단정한다. 그런데 공저자인 토머스 미들턴이 바로 풍자극 작가였고 그와 셰익스피어가 서로 영향을 주고받으면서 이 극이 비극과 풍자극 양쪽의 특성이 뒤섞인 혼종이 되었다는 게 공동 작업 가설의 요지다.

    이러한 맥락에서 티몬의 죽음을 계기로 극을 되돌아봤을 때 우리는 그가 직접 또는 간접적으로 일으키는 비극적 슬픔과 고통보다는, 또는 그의 비극적인 잘못과 그로 인한 관객의 반감보다는 풍자와 관련된 인물과 장면들이 훨씬 더 큰 비중을 차지하고 또 강력한 인상을 남긴다는 사실을 알 수 있다. 예를 들면 자신의 활수한, 거의 초인적인 선심과 선물이 사실은 빚더미 위에서 가능했다는 사실을 마침내 인지한 티몬이 하인들을 급파하여 그가 뿌린 돈의 극히 일부를 환수하려고 했을 때 그에게 큰 신세를 졌던 귀족 중 하나인 셈프로니우스는 다음과 같이 반응한다.

        뭐라고? 그들이 거절해서,
        벤티디우스와 루쿨루스가 거절해서
        나에게 사람을 보냈어? 세 명이 — 흠?
        그에겐 사랑이나 판단력이 없구먼.

(……)

그는 날 크게 망신시켰어. 내 지위를
알고 있을 그에게 화가 나네. 필요할 때
내게 먼저 조르지 않았던 까닭을 모르겠네,
내가 이해하기로는 항상 그의 선물을
맨 처음 받았던 사람이 나였으니까. ―
근데 이젠 내가 아주 굼떠서 마지막에
보답할 거라고 생각하셔? 안 되지.
그럼 난 타인들의 웃음거리 될 수 있고,
귀족들로부터는 바보 취급 받을 거야. (3.3.8~23)

　　하인의 말마따나 "더럽게 보이려고" 참으로 곱게 노력하
는, 그리고 "사악해지려고" 참으로 고결한 행동을 흉내 내
는(3.3.33~35) 셈프로니우스의 이 위선, 이 뻔뻔함, 이 궤변, 이
비열한 인간성은 티몬의 추락을 비극적인 결말의 준비 과정보
다는 인간의 배은을 풍자하는 소재로 삼을 때 더 적절하고 효
과적이다.
　　또한 티몬이 커다란 물질적인 은혜를 입고도 곤궁에 처한
그에게 한 푼도 돌려주지 않은 자들을 불러 마지막 연회를 연
다음 진수성찬을 기대하던 그들에게 맹물을 먹이고 얼굴에 그
것을 끼얹으면서

　　　　　　　　혐오받고 오래 살아,
엄청 웃는 이 뺀질이 혐오할 기생충들,
공손한 파괴자, 상냥한 늑대들, 순한 곰들 ―
운명 좇는 바보들, 접시 친구, 하루살이,
굽실대는 노예들, 물안개, 기회주의자들아!

인간과 짐승들의 한없이 많은 질병,

너희 몸에 들끓어라! (……)

뭐, 다 움직여? 손님으로 악당을 환영 않는

그 어떤 연회도 지금부터 없게 하라.

집은 타고 아테네는 무너져라, 지금부터

인간과 모든 인류, 티몬의 미움을 받아라. (3.7.91~103)

온갖 욕설을 퍼부을 때도 그의 분노와 욕설은 한편으로는 비극적이지만 이 뺀질이들을 비꼬는 풍자로서 더 빛을 발한다.

그리고 티몬의 염세적이면서 풍자적인 저주는 때로 아이러니하게도 의도와는 정반대의 효과를 낳기도 한다. 그중 하나가 알키비아데스가 자신에 대한 아테네의 잘못을 용서하고 그곳에 무혈입성한 일이다. 다분히 감정적인 이유로 자신을 추방한 아테네에 복수하기 위하여 그곳을 정벌하러 가는 길에 티몬을 만난 알키비아데스는 딱해 보이는 티몬에게 자신이 가진 금을 내민다. 그러나 티몬은 숲에서 발견한 엄청난 양의 금, 그러나 자신에게는 풀뿌리보다 못한 가치를 지닌 금을 알키비아데스에게 주면서 다음과 같이 그의 악행과 궁극적인 자멸을 부추긴다.

그 금 치워. 이 금 받고, 어서 가, 어서 가.

조브가 악에 찌든 도시의 오염된 대기에

독을 풀려 할 때처럼 행성이 일으키는

역병이 되어라. 그 칼로 하나도 빼놓지 마.

수염이 희다고 존경받는 노인도 동정 마라,

고리대업자니까. 가짜 마님 확 내리쳐,

정직한 건 그녀의 옷차림일 뿐이고

그 자신은 뚜쟁이야. 처녀의 뺨 때문에

날 선 칼 감추지 마. (……)

아기도 봐주지 마,

(……) 반대를 맹세코 물리쳐,

네 눈과 네 귀에 어미들, 처녀들,

아기들의 외침이나 성의 입은 신부들의

피 흘리는 모습에도 절대로 안 뚫릴

강한 철갑 씌워라. 네 군인들에게 줄 금이다. ― (4.3.107~126)

만약에 알키비아데스가 티몬이 준 돈으로 부하들의 사기를 올리고 아테네와 전쟁을 실제로 벌였다면 틀림없이 벌어졌을 이와 같은 끔찍한 장면은 그러나 그가 아테네 의원들의 뉘우침과 평화로운 입성 요청에 응함으로써 현실화하지 않는다. 티몬이 악행의 도구로 쓰일 것이 확실하다고 믿으면서 ― 자기 경험을 근거로 ― 알키비아데스에게 건넨 돈이 의도와는 반대로 선행의 도구가 된 셈이다. 티몬의 풍자적인 악행 사주가 알키비아데스의 마음을 움직여 그 실현이 무산된 셈이다.

그리고 티몬의 금을 통한 악행 사주가 의외로 선한 결과를 낳은 것은 단지 알키비아데스에 그치지 않는다. 그가 금을 많이 가지고 있다는 소문에 이끌려 찾아온 강도들에게 티몬은 인간만 아니라 자연 만물이 다 도둑이라면서 다음과 같이 말한다.

너희에게 구속과 채찍인 법도 그 폭력으로

절도를 못 막았어. 자신을 사랑 마라. 가!

서로들 훔쳐라. ― 금 더 가져. 목을 잘라,

만나는 것들은 다 도둑이야. 아테네로 가,

가게를 털어라, 너희가 훔칠 수 있는 건 다

도둑들이 잃는 거야. 줄 테니까 덜 훔치고,

하여간에 금 때문에 파멸해라. 아멘. (4.3.433~439)

그는 이처럼 그들에게 금을 주면서 덜 훔치고, 그러나 더 크고 잔인한 폭력을 행사하라고, 목을 자르라고 부추긴다. 이에 그가 그들을 얼마나 비꼬는지, 그러면서 그들의 양심을 얼마나 세게 찌르는지 알아챈 도둑 3은 "그는 내 직업을 지키라고 설득해서 거의 손을 떼게 할 만큼 나를 매혹했어."라고 하고, 도둑 2는 "난 그를 적으로서 믿겠어, 그래서 난 이 장사를 그만둘 거야."라고 한다.(4.3.440~445) 이처럼 티몬의 행동은 비극적인 슬픔과 고통의 정화에 따른 고귀함보다는 풍자적인 인류 저주에 따른 선심의 예상 못 한 회복을 가져오는 결과를 낳는다.

비극과 풍자극이 혼재하면서 생기는 복합적인 효과를 어떻게 평가하느냐는 물론 관객 또는 독자들의 몫이다. 이런 혼종을 호의적으로 보는 이들은 셰익스피어의 새로운 장르 개척으로 긍정적으로 볼 수도 있지만, 이도 저도 아닌 흐릿한 혼합물로 혹평할 수도 있을 것이다. 그러나 이런 논란에도 불구하고 『아테네의 티몬』이 비극 또는 풍자극 자체만으로는 줄 수 없는 색다른 재미를 선사한다는 사실은 분명해 보인다.

끝으로 이번 번역은 앤서니 도슨과 그레천 민턴 편집의 아든 3판 『아테네의 티몬』을 기본으로 하고, 블레이크모어 에번스 편집의 리버사이드 셰익스피어판과 조너선 베이트와 에릭 라스무센 편집의 로열 셰익스피어 컴퍼니판을 참조하였다. 본문의 주에 나타나는 '아든', '리버사이드', 'RSC'는 이들 판본을 가리킨다. 편리함을 목적으로 한글 『아테네의 티몬』의 대사는 5행 단위로 표기하였으며 이는 원문의 행수와 정확히 일치하지 않음을 밝힌다.

등장인물

티몬	부유한 아테네인
아페만투스	무뚝뚝한 철학자
알키비아데스	아테네인 대장
플라비우스	티몬의 집사

루킬리우스 ┐
플라미니우스 │
세르빌리우스 │ 티몬의 하인들
벤티디우스 ┘

루쿨루스 ┐
루키우스 │ 티몬에게 아첨하는 귀족과 가짜 친구들
셈프로니우스 ┘

시인

화가

보석상

상인

아테네의 다른 귀족들과 원로원 의원들

세 명의 이방인(그중 하나는 호스틸리우스)

아테네의 노인

카피스 ┐
이시도르의 하인 │
바로의 두 하인 │
티투스 │ 빚쟁이의 하인들
호르텐시우스 │
루키우스 │
필로투스 ┘

바보

시동

큐피드

아마존 차림의 숙녀들 〕 가면극의 인물들

티만드라

프리니아 〕 알키비아데스와 동행하는 창녀들

도적들

하인들

군인들

사자들

시종들

1막 1장

시인, 화가, 보석상, 상인, 각각 다른 문으로 등장.

시인　잘 지냈나.

화가　　　　자네가 건강하니 기쁘군.

시인　오랫동안 못 봤는데 — 세상은 어떤가?

화가　흘러가며 닳고 있지.

시인　　　　　　암, 그건 다들 잘 알아.

하지만 특별한 일은 없나? 이상한 일,

겹겹의 기록에 안 맞는 건 없나? 저것 봐,　　　5

선심의 마력을, 그 힘에 홀려서 찾아온

이 모든 혼령을. 저 상인은 내가 알아.

화가　난 둘 다 아는데 — 저건 보석상이야.

상인　오, 훌륭한 어른이셔!

보석상　　　　　　암, 그건 아주 확실해.

상인　참으로 유례없는 분으로, 말하자면　　　10

지칠 줄 모르고 계속한 선행이 몸에 밴 —

탁월한 분이라네.

보석상　이게 내 보석이야.

상인　　　　　오, 어디 좀 보여 줘.

티몬 님께 드리려고?

보석상　추정가를 내신다면. 하지만 그거야 —　　　15

시인　(혼잣말로)

우리가 보상을 바라고 천한 걸 칭찬하면

1막 1장 장소　아테네, 티몬 저택의 안마당.
9행 훌륭한 어른　티몬을 말한다.

귀한 걸 제대로 기리는 멋진 시의 영광을
더럽히는 셈이지.

상인   모양이 잘생겼어.

보석상   게다가 비싸지 — 여기가 투명해, 봐.

화가   자네는 이 대인께 뭔 작품, 뭔 헌정을 하려고   20
       골몰해 있는가?

시인   그런 건 무심코 빠져나와.
       우리들 시인의 기술은 나무의 수액처럼
       생긴 데서 흘러나온다네. 부싯돌의 불꽃은
       칠 때까진 안 보이고 우리의 온화한 불길은
       저절로 자라며, 물결처럼 앞쪽의 장애물을   25
       하나씩 넘어서지. 자네는 뭘 가졌나?

화가   그림이야. 자네 책은 언제쯤 나오나?

시인   내가 증정하고 나서 곧바로.
       자네 작품 좀 보여 줘.

화가   썩 좋은 작품이야.

시인   그렇군. 제대로 그렸고 빼어나군.   30

화가   그저 그래.

시인   뛰어나네! 참으로 고상하게
       그의 높은 지위를 표현해! 엄청난 정신력이
       이 눈에서 빛나잖아! 얼마나 큰 상상력이
       이 입술에 살아 있나! 말 없는 이 몸짓도
       해석은 할 수 있네.   35

화가   이건 꽤나 괜찮은 삶의 모방이라네.
       여기 이 화법은 — 좋아?

시인   자연을 가르친다,
       그렇게 말하지. 이 화법엔 예술의 분투가

실생활에서보다 더 생생히 살아 있네.

　　　　원로원 의원들 몇 명이 등장하여 무대를 가로지른다.

화가　　　이 어른을 따르는 사람들 좀 보게!　　　　　　　　40
시인　　　아테네의 의원들은 복도 많지!
화가　　　저 봐, 더 왔어!
시인　　　알다시피 이 인파, 이 방문객 홍수는 —
　　　　　나는 이 졸작에서 달 아래의 이 세상이
　　　　　최고로 후히 대접하면서 그 품에 껴안는　　　　45
　　　　　한 인물을 그렸다네. 자유로운 내 시심은
　　　　　개체들을 벗어나 한없이 커지는 저 바다,
　　　　　그 안에서 움직여. 내가 택한 방식엔
　　　　　누구를 겨냥한 악의적인 문구는 전혀 없고
　　　　　독수리의 비행처럼 용감하고 곧게 날아　　　　50
　　　　　아무런 흔적도 안 남기네.
화가　　　자네 말을 어떻게 알아들어야 하지?
시인　　　자네 귀를 열어 주지.
　　　　　자네는 온갖 신분, 온갖 맘의 사람들이,
　　　　　미꾸라지 같은 자들뿐 아니라 신중하고　　　　55
　　　　　엄격한 자들까지 얼마나 이 티몬 님께
　　　　　봉사를 바치는지 보고 있지? 그의 착하고도
　　　　　자비로운 성품과 결합한 큰 재산에
　　　　　온갖 인간 군상들이 굴복하고 도구 되어
　　　　　그를 애호, 배려해. 암, 만능 아첨꾼부터　　　　60

44행 달…세상 지구를 가리킨다. 천동설에 따른 행성의 배열.

자기혐오보다 더 좋은 게 거의 없는
아페만투스까지 — 그조차 그에겐 무릎 꿇고
티몬 님의 묵례에 가장 크게 고무되어
편안히 돌아가네.

화가   난 둘이 얘기하는 걸 봤어.

시인   이보게, 난 높고도 즐거운 언덕 위 옥좌에   65
상상 속의 운명을 앉혔어. 그 동산 바닥엔
온갖 다른 값어치의 갖가지 인간들이
이 지구의 품 안에서 그들의 지위와 재산을
증식하러 늘어섰지. 이 최고 여신에게
두 눈을 고정하는 모든 사람 가운데 난   70
티몬 어른 형상의 한 인물을 그리는데,
운명은 그에게 상앗빛 손으로 오라 하고
그런 즉석 은혜에 그의 경쟁자들은 즉각
노예와 하인이 된다네.

화가   적절한 착상이군.
이 옥좌, 이 운명과 이 언덕을 향하여   75
아래쪽 나머지 가운데 하나가 부름받아
자신의 행복 향해 그 가파른 동산에 오르려고
머리 숙인 모습은, 내 생각에, 그림으로
잘 표현될 것 같아.

시인   아니, 내 말을 쭉 들어 봐.
조금 전만 해도 그의 동료였던 이들은 다 —   80
몇 사람은 더 부자였는데 — 이 순간엔
그의 활보 따르고 그의 현관 채우며,
흠모의 속삭임을 그의 귀에 부어 넣고
그의 등자까지도 신성시하면서 그를 통해

이 공짜 공기를 마신다네.

화가   암, 그렇지, 그런데?   85

시인 운명이 확 변심하여 최근에 아끼던 자
　　　 걷어차 버리면 무릎과 손을 쓰며 그를 따라
　　　 산 위로 오르려 애쓰던 그의 가신 모두는
　　　 밑으로 미끄러지는 그를 버려둔 채
　　　 한 사람도 그의 내리막길을 동행 안 해.   90

화가 흔해 빠진 일이지.
　　　 난 운명의 이런 잽싼 타격을 말보다 더
　　　 강력하게 예시하는 교훈 조의 그림을
　　　 천 장쯤 보여 줄 수도 있네. 하지만 자네가
　　　 천것들이 그 머리 위쪽의 그 발을 봤다고   95
　　　 티몬 님께 밝히는 건 적절해.

　　　 나팔 소리. 티몬 님 등장. 공손하게 모든 청원자에게
　　　 말을 걸고 벤티디우스에게서 온 사자와 얘기한다.
　　　 루킬리우스와 다른 하인들이 뒤따른다.

티몬 그가 옥에 갇혔단 말인가?

사자 예, 어르신, 그의 빚은 5달란트이지만
　　　 재물은 극소한데 빚쟁이들은 극악해요.
　　　 그는 그를 감금한 이들에게 어른의 서찰을   100

95행 머리…발
누구의 머리와 누구의 발이냐에 따라 다른 해석을 할 수 있지만 역자는 앞으로 추락할 사람(티몬)의 머리 위로 보이는 운명의 여신의 발로 이해하고 번역했다.
98행 달란트

무게를 재는 단위에서 은이나 금을 기본으로 한 화폐의 단위가 되었다. 실제 가치는 상당했지만 셰익스피어와 미들턴에게 그 값어치는 이 작품 곳곳에서 보이는 혼동에서 드러나듯이 불분명했던 것 같다. (아든)

보여 주길 원하는데, 그 일이 실패하면
위안도 끝입니다.

티몬   고귀한 벤티디우스, 좋아!
나는 내 친구를 그에게 내가 가장 필요할 때
뿌리쳐 버리는 인간은 아니네. 난 그가
도움받을 가치가 큰 신사임을 잘 알고   105
그것을 줄 거야. 빚을 갚고 풀어 줄 것이야.

사자   어르신은 그를 늘 붙잡아 주십니다.

티몬   내 안부를 전하고, 보석금을 보낼 테니
석방이 되었을 때 나에게 오라 하게.
약자를 일으키는 것으론 충분치 않아서   110
그 후에도 지원해 줘야 해. 잘 가게.

사자   어르신께 만복이 깃들기를!   (퇴장)

아테네 노인 한 명 등장.

노인   티몬 님, 제 말 들어 보십쇼.

티몬   쾌히요, 노인장.

노인   당신에겐 루킬리우스란 하인이 있지요.

티몬   있습니다. 그가 왜?   115

노인   고귀하신 티몬 님, 그를 불러 주십시오.

티몬   시중들고 있는가? 루킬리우스!

루킬리우스   여기에 대령하고 있습니다.

노인   여기 이 친구가, 티몬 님, 이 인간이 제 집에
밤에 들락거립니다. 저는 어릴 적부터   120
절약하는 편이었고, 재산으로 봤을 때
접시 닦는 자보다는 격이 높은 후계자를

바랄 자격 있습니다.

티몬 　　　　　　　　　글쎄요, 더 할 말은?

노인　저에겐 외동딸이 있는데, 가진 것을
　　　넘겨줄 친척은 별달리 없답니다.　　　　　　　　　125
　　　처녀는 예쁘고 가장 어린 신붓감으로서,
　　　전 최고의 자질들을 최고로 값비싸게
　　　교육시켰답니다. 여기 당신 하인이
　　　그녀의 사랑을 얻으려 하는데 — 귀인께선
　　　제발 저와 합심해 접근을 막아 줘요,　　　　　　130
　　　제 말은 소용없었어요.

티몬 　　　　　　　　　　그는 정직합니다.

노인　그러므로 쭉 그래야 합니다, 티몬 님.
　　　그에게 정직성은 그 자체가 보답인데
　　　딸까지 가져선 안 되죠.

티몬 　　　　　　　　　딸은 그를 사랑하오?

노인　그녀는 어려서 솔깃하죠.　　　　　　　　　　135
　　　우리는 우리의 옛 열정으로 청춘의 가벼움이
　　　어떤 건지 아니까요.

티몬 (루킬리우스에게)　　　그 처녀를 사랑하나?

루킬리우스　예, 주인님, 그녀도 그걸 받아들입니다.

노인　그녀의 결혼에 제 동의가 빠진다면
　　　저는 제 상속인을, 신들을 증인 삼아,　　　　　140
　　　이 세상의 거지들 가운데서 선택하고
　　　그녀 것을 다 빼앗을 겁니다.

티몬 　그녀가 대등한 남편과 짝짓게 된다면
　　　그녀의 지참금은 얼마나 되는지요?

노인　당장에는 3달란트, 미래엔 전부지요.　　　　　145

티몬	이 신사는 나에게 오랫동안 봉사했소.
	나는 좀 무리해서 그의 재산을 늘리겠소,
	인간의 의무니까. 그에게 딸을 주면
	당신의 선물과 그의 무게를 일치시켜
	둘을 같게 만들지요.
노인	참 고귀한 어르신, 150
	그 말에 명예를 거시면 그녀는 그의 거요.
티몬	악수하고, 내 약속에 내 명예를 겁니다.
루킬리우스	주인님께 겸허히 감사드립니다. 절대로
	당신에게 빚을 안 진 재산이나 재물을
	제가 차지하는 일은 없기를. (노인과 함께 퇴장) 155
시인	제 노고를 받으시고 만수무강하십시오.
티몬	고맙소, 내가 곧 연락할 것이오,
	떠나지 마시오. (시인은 비켜선다.)
	─ 거기 내 친구는 뭘 가졌소?
화가	그림 한 점으로 어르신이 받아 주시기를
	간청하옵니다.
티몬	그림이라니 환영하오. 160
	이 그림은 실제의 인간과 흡사하오,
	인간의 본성은 불명예와 거래하기 때문에
	겉모습일 뿐이지만 이 그려진 형상들은
	꼭 보이는 대로니까. 난 당신 작품을 좋아하고
	내가 좋아한다는 걸 알 거요. ─ 기다려요, 165
	연락 들을 때까지.
화가	신들의 가호를 빕니다.
티몬	잘 가시오, 신사여, 우리 악수합시다.
	저녁을 꼭 같이 하죠. 보시오, 당신의 보석은

	칭찬에 짓눌렸소.	
보석상	뭐, 악평을 받았나요?	
티몬	전적으로 칭송이 넘쳐나는 바람에 —	170
	격찬만큼 내가 값을 지불해야 한다면	
	난 완전히 망할 거요.	
보석상	어르신, 그 가격은	
	본전치기랍니다. 근데 아시다시피	
	가치는 같은데 소유자가 다른 것의 가격은	
	그 주인이 정하죠. 정말로 그 보석은	175
	당신이 지니면 값이 올라갑니다.	
티몬	잘 팔았소.	

아페만투스 등장.

상인	아뇨, 어르신, 그의 말은 흔해 빠진 언어로서	
	모두가 함께 쓰는 거랍니다.	
티몬	누가 왔나 보시오. — 야단맞고 싶나요?	
보석상	어르신과 함께 참죠.	
상인	그는 다 혼낼 거요.	180
티몬	좋은 아침이구면, 친절한 아페만투스.	
아페만투스	내가 친절할 때까지 좋은 아침 기다리게 —	
	넌 티몬의 개가 되고, 이놈들은 정직할 때까지.	
티몬	자넨 왜 이들을 놈들이라고 하나? 모르잖아.	
아페만투스	아테네인들이 아닌가?	185
티몬	맞아.	
아페만투스	그럼 난 뉘우치지 않아.	
보석상	저를 아시죠, 아페만투스?	

아페만투스	내가 그런다는 걸 넌 알아, 난 너를 본명으로 불렀으
	니까.	190
티몬	자네는 오만해, 아페만투스.
아페만투스	나의 가장 큰 오만과 자랑은 내가 티몬과 같지 않다는
	거야.
티몬	어디로 가나?
아페만투스	정직한 아테네인의 머리를 깨부수러.	195
티몬	그 행위로 자넨 죽게 될 텐데.
아페만투스	맞았어, 헛수고하는 게 법에 따른 죽음이라면.
티몬	이 그림 마음에 드나, 아페만투스?
아페만투스	순진하기로는 최고로군.
티몬	화가가 잘 그려 놓지 않았나?	200
아페만투스	그 화가를 빚은 자가 더 잘 그려 놨지만, 그럼에도 그
	는 더러운 작품일 뿐이야.
화가	당신은 개자식이야!
아페만투스	네 어미와 나는 같은 연배야. — 내가 만약 개자식이
	라면 그녀는 뭐지?	205
티몬	나와 식사할 텐가, 아페만투스?
아페만투스	아니, 난 귀족들을 벗겨 먹진 않네.
티몬	그렇게 하면 귀부인들이 화를 내겠지.
아페만투스	오, 그들은 귀족들을 따먹어. — 그래서 자기네 배를
	불린다네.	210
티몬	그건 외설적인 해석이야.
아페만투스	자네가 그렇게 해석한다면 그건 수고비로 받아 둬.
티몬	이 보석은 마음에 드나, 아페만투스?

189행 본명 악당.

아페만투스	한 푼의 손해도 끼치지 않는 정직한 거래만큼 크게 맘
	에 들지는 않네.
티몬	이건 가치가 얼마라고 생각하나?
아페만투스	생각할 가치도 없네. 어떻게 지내나, 시인?
시인	어떻게 지내나요, 철학자?
아페만투스	넌 거짓말해.
시인	당신은 철학자 아닙니까?
아페만투스	맞아.
시인	그럼 난 거짓말 안 합니다.
아페만투스	넌 시인 아냐?
시인	맞아요.
아페만투스	그럼 넌 거짓말해. 네 마지막 작품을 들여다봐, 거기서
	넌 그를 가치 있는 녀석인 척했으니까.
시인	척한 게 아니라 그런 사람이오.
아페만투스	맞아, 너에겐 가치 있지, 그래서 네 수고에 보답할 테
	지. 아첨받기 좋아하는 자는 아첨꾼에게 가치가 있어.
	맹세코, 내가 귀족이었으면!
티몬	그러면 뭘 하고 싶은데, 아페만투스?
아페만투스	바로 아페만투스가 지금 하고 있듯이 진심으로 귀족
	을 미워하는 일.
티몬	뭐, 자신을?
아페만투스	음.
티몬	뭣 때문에?
아페만투스	난 귀족이 되기엔 화내는 재주가 없어서 그래. 넌 상인
	이 아닌가?

215

220

225

230

235

226행 그를 티몬을.

상인	예, 아페만투스.
아페만투스	넌 신들이 안 망가뜨린대도 거래로 망가져.	240
상인	거래로 그리된다면 신들도 그걸 해요.
아페만투스	거래가 너의 신이고, 너의 신이 널 망가뜨려!

나팔 소리. 사자 한 명 등장.

티몬	저게 무슨 나팔이냐?
사자	알키비아데스와 스무 명가량의 기병인데
	모두 함께 옵니다.	245
티몬	그들을 영접하고 우리에게 안내하라.

(수행원 한둘 퇴장)

당신은 나와 식사해야 하오. 보답할 때까진
떠나지 마시오. 저녁을 끝냈을 때
이 작품을 보여 줘요. 보게 되어 기쁩니다.

알키비아데스, 일행과 함께 등장.

	참으로 잘 왔네.	250
아페만투스	(방백)
	그래, 그래 — 그렇지! 당신들의 그 나긋나긋한 관절,
	통증으로 졸아 말라 버려라! 그래서 이 달콤한 악당들
	과 이 모든 예절 가운데 사랑은 거의 없기를. 인류가
	비비와 원숭이로 퇴화했어.
알키비아데스	당신은 제 갈망을 채워 줬고, 전 당신의 모습을	255
	대단히 허기진 듯 먹고 있소.
티몬	참 잘 왔네!

우리는 떠나기 전에 색다른 즐거움을
풍성하게 나눌 거야. 안으로 들어가세.

(아페만투스만 남고 모두 퇴장)

두 귀족 등장.

귀족 1	지금은 무엇을 할 시간인가, 아페만투스?
아페만투스	정직해질 시간이지.
귀족 1	그럴 시간은 늘 있네.
아페만투스	그걸 항상 놓치다니 넌 가장 저주받았어.
귀족 2	티몬 어른의 잔치에 가는 길인가?
아페만투스	음, 고기가 악당들 채우고, 포도주가 바보들 데우는 걸 보려고.
귀족 2	잘 가게, 잘 가.
아페만투스	작별을 두 번 고하다니 넌 바보야.
귀족 2	왜, 아페만투스?
아페만투스	한 번은 자신에게 할 걸로 간직했어야지, 난 전혀 안 해 줄 작정이니까.
귀족 1	네 목이나 매라!
아페만투스	아니, 난 네가 시키는 건 아무것도 안 할 테니까 ― 그 요청은 네 친구에게나 해.
귀족 2	꺼져라, 이 시끄러운 개야, 안 그럼 차 버릴 거야.
아페만투스	난 이 나귀의 발길질을 개처럼 피할 거야. (퇴장)
귀족 1	저자는 인간의 적이오. 자, 들어가서 티몬 님의 선심을 맛볼까요? 친절의 바로 그 핵심을 능가하는 분이오.
귀족 2	그걸 쏟아 내고 있죠. 황금의 신 플루토스도

260

265

270

275

그분의 집사일 뿐이오. 일곱 배 이상으로   280
갚지 않는 보답이 없으며, 선물을 받으면
통상적인 상환액을 넘어서는 답례를
기부자가 챙긴다오.

귀족 1   인간의 몸에 깃든
가장 귀한 마음씨를 가지셨소.

귀족 2   재산을 지니고 장수하길. 들어가 볼까요?   285

귀족 1   동행하겠습니다.   (함께 퇴장)

1막 2장

큰 소리의 오보에 음악. 커다란 잔치가 벌어졌고,

플라비우스와 하인들이 시중든다. 그런 다음 티몬 님과

원로원 의원들, 아테네 귀족들, 알키비아데스 및

티몬이 옥에서 석방해 준 벤티디우스 등장.

다음으로 모두의 뒤를 따라 아페만투스가 무관심하게,

불만에 찬 채, 그답게 들어온다.

벤티디우스   최고로 존경받는 티몬 님,
신들께서 제 부친의 노년을 잊지 않고
황공하게 영면에 들게 해 주셨어요.
그분은 행복하게 가셨고 전 부자가 됐답니다.
그래서 전 당신의 선심에 감사의 미덕으로   5

묶여 있기 때문에 제 석방에 도움을 준
그 달란트들을 고마운 존경으로 배가하여
돌려 드립니다.

티몬   오, 그건 절대 안 되네.
정직한 벤티디우스, 내 사랑을 오해했어.
난 그걸 늘 관대하게 주었고, 받는다면   10
누구든 진정으로 준다고 말 못 하네.
갑부들이 돈놀이한다고 우리가 대담하게
흉내 내선 안 되고, 부자는 결점도 곱다네.

벤티디우스 고귀한 마음씨요!

티몬   아뇨, 귀족 여러분,
예절이란 처음에는 시시한 행위와   15
공허한 환대를 광내려고 고안됐을 뿐으로,
선행에 앞서서 그것을 후회하며 철회하오.
하지만 참 우정이 있는 곳엔 필요 없죠.
앉아요, 재산이 내게 온 것보다 당신들이
내 재산에 온 것을 더 환영하오.   20

귀족 1 어르신, 우린 늘 그렇게 주장했답니다.

아페만투스 호, 호, 주장했어? 환장했지, 안 그래?

티몬 오, 아페만투스, 자네도 잘 왔네.

아페만투스   아니,
나를 잘 왔다고 하지는 못할 거야 ─
난 자네가 날 내쫓게 하려고 왔으니까.   25

티몬 원 참, 자네는 촌뜨기야. 그 성미는
인간에게 안 어울려, 크게 비난받아야 해.
여러분, '분노는 짧은 광기'라는데
저 사람은 늘 분노한답니다.

	넌 가서 그를 홀로 식탁에 앉게 해라,	30
	동석을 좋아하지 않을 뿐 아니라	
	실제로 그런 곳엔 맞지도 않으니까.	
아페만투스	자네는 위험을 무릅쓰고 날 붙잡네, 티몬.	
	지켜보러 왔지만 그 점을 경고하네.	
티몬	난 자네 말에 신경 안 써. 자넨 아테네인이고, 그래	35
	서 환영해. 난 자넬 힘써 막지는 않을 테니 제발 내 음	
	식 먹으면서 조용해 주게.	
아페만투스	난 자네 음식을 경멸해, 그게 내 목에 걸려 자네에게	
	아첨은 한 번도 못 할 테니까. 오, 신들이여, 얼마나 많	
	은 인간이 티몬을 먹는데 그는 그들을 보지 못하는지	40
	요! 저렇게 많은 숫자가 자기네 음식을 한 사람의 피에	
	찍어 먹는 걸 보니 난 가슴이 아픈데, 더더욱 미친 짓	
	은 그도 그들을 격려한다는 겁니다.	
	감히 사람들에게 자신을 맡기다니 놀랍군,	
	그들에게 칼 없이 오라고 했어야지. —	45
	음식도 아끼고 생명도 안전할 테니까.	
	그런 예는 많다고. 저 사람 옆에 앉은 친구, 지금은 빵	
	을 나눠 먹고 그의 건강을 위해 술을 같이 마시지만 가	
	장 기꺼이 그를 죽일 사람이야. — 입증된 사실이니	
	까. 내가 거물이라면 식사 때 마시는 건 겁내야 할 일	50
	이야.	
	목 젖히는 위험한 소리를 놈들이 못 듣게	
	위인들은 목에다 철갑을 두르고 마셔야 해.	
티몬	어르신, 진심인데, 건배를 돌리시죠.	
귀족2	이쪽으로 흐르게 해 주시오, 티몬 님.	55
아페만투스	이쪽으로 흐르게 해? 멋진 녀석이야! 기회를 잘 잡는	

군. 그런 건배들 때문에 자네와 자네 재산은 부실해 보
일 거야, 티몬.
여기에 죄인이 되기엔 너무나 약한 것,
사람을 곤경에 안 빠뜨릴 정직한 물이 있다.   60
이것과 내 음식은 꼭 같아, 차이 없어,
연회는 신들에게 바치기엔 너무나 오만해.

아페만투스의 식전 기도

불멸의 신들이여, 부를 갈망 않으며
저는 저만 위하여 기도한답니다.
제가 웬 사람의 맹세나 계약을,   65
울고 있기 때문에 창녀를,
자고 있는 것 같은 개놈을,
간수의 손에 있는 제 자유를,
필요할 때 제 친구를 믿을 만큼
바보가 되지는 않도록 하소서.   70
아멘. 자, 먹자.
부자는 죄짓고, 난 풀뿌리 씹는다.

네 심장엔 이게 아주 좋단다, 아페만투스.
티몬   알키비아데스 대장, 지금 자네의 마음은 전장에 가 있
         겠군.   75
알키비아데스 제 마음은 늘 당신을 섬기는 데 있지요, 어르신.
티몬   자넨 친구들과 정찬을 하느니 차라리 적들과 아침을
         먹고 싶겠지.
알키비아데스 그들이 선혈을 흘리는 한, 어르신, 그만한 음식은 없

	답니다. 그런 연회에 제 절친이 올 수 있었으면 좋겠	80
	네요.	
아페만투스	그렇다면 저 모든 아첨꾼이 자네 적이었으면 좋겠군.	
	그럼 자네가 그들을 죽이고 나더러 먹으라고 할 수 있	
	을 테니까.	
귀족 1	어르신, 당신께서 한 번쯤은 우리의 마음을 받아들여	85
	주시고, 그로써 우리가 우리의 헌신을 좀 표현했다는	
	행복을 누릴 수 있다면 우리는 영원히 소원 성취했다	
	고 여길 것입니다.	
티몬	오, 착한 친구분들, 신들은 내가 여러분의 도움을 많	
	이 받도록 스스로 정해 놓으신 게 틀림없소. — 안	90
	그렇다면 어떻게 여러분이 내 친구였겠소? 당신들	
	이 내 가슴속의 주요 인물이 아니라면 왜 수천 명 가	
	운데 당신들이 그 자비로운 칭호를 가졌죠? 난 당신	
	들이 자신에 대해 겸손하게 말할 수 있는 것보다 더	
	높이 당신들을 나 자신에게 얘기해 줬답니다. 그리	95
	고 그만큼 당신들에 대해 확신합니다. 오, 신들이시	
	여, 제 생각엔 친구들이 조금도 필요 없다면 왜 그들	
	이 몇 명이라도 필요하죠? 그들이 조금도 쓸모없다	
	면 살아 있는 생명체 가운데 가장 필요 없을 것이고,	
	상자에 넣어 걸어 뒀기 때문에 소리를 못 내는 감미	100
	로운 악기와 가장 닮았을 것입니다. 아니, 난 여러분	
	께 더 다가갈 수 있도록 더 가난해지기를 자주 바랐	
	어요. 우리는 혜택을 베풀기 위해 태어났는데 친구	
	들이라는 재물보다 더 올바르게, 더 적절하게 우리	
	자신의 것이라고 부를 수 있는 게 뭐가 있죠? 오, 이	105
	렇게 수많은 사람이 서로의 재산을 형제처럼 요구	

하다니 이 얼마나 소중한 위안이오. 오, 기쁨은 생기
기도 전에 사라지는군. ─ 난 눈물을 주체하지 못
할 것 같소. 내 눈의 잘못을 잊으려고 당신들을 위해
건배하오.   110

아페만투스 자넨 울어서 그들에게 마실 빌미를 주네, 티몬.

귀족 2   우리의 눈에도 기쁨이 그처럼 착상되어
           바로 그 순간에 아기처럼 솟아올랐어요.

아페만투스 호, 호, 그 아기가 사생아라 생각하니 우습구나.

귀족 2   단언컨대, 어르신, 전 크게 감동받았어요.   115

아페만투스 크게 말이군.   (나팔 소리)

티몬   저 나팔은 왜 울리지?

                    하인 한 명 등장.

           웬일이냐?

하인   황송하오나 어르신, 숙녀 몇 분이 입장 허가를 몹시 바
           랍니다.   120

티몬   숙녀들이? 볼일이 뭐라더냐?

하인   그들과 함께, 어르신, 심부름꾼 한 명이 그들의 뜻을
           밝히는 임무를 띠고 옵니다.

티몬   입장하게 해 드려라.   (하인 퇴장)

                    큐피드 등장.

큐피드   훌륭한 티몬, 그대와 그대의 선심을 맛보는 모두에   125
           게 인사드립니다! 최고의 다섯 가지 감각이 그대를 그
           들의 후원자로 인정하고, 풍요로운 그대의 가슴을 만

족시켜 주려고 흔쾌히 옵니다.
미각, 촉각, 모두가 그대 식탁 즐기고 일어나
오로지 그대 눈이 흡족토록 지금 올 뿐이오.   130
티몬   모두 환영합니다. 그들의 입장을 친절히 도우라.
음악으로 그들을 환영하라.
귀족 1   어르신이 얼마나 큰 사랑 받는지 아시겠죠.

아마존 차림에 류트를 손에 들고 춤추며 연주하는
숙녀들의 가면극 등장.

아페만투스   이런 우라질,
참으로 도도한 허영이 이리 밀려오는군.   135
그들이 춤을 춰? 미친 여자들이야.
소찬에 견주어 본 이 잔치만큼이나
이 속세의 장관은 광기와 꼭 같구나,
우리는 장난을 치려고 스스로 바보 되고,
건배받는 이들에게 우리의 아첨을,   140
그들이 늙었을 때 유독한 악심과 시샘으로
그들에게 다시 토해 내려고 퍼붓는다.
헐뜯거나 헐뜯기지 않는 자 있는가?
죽어서 친구들의 발길질 선물을 하나라도
무덤으로 안 가지고 가는 자 있는가?   145
나라면 지금 내 앞에서 춤추는 이들이
언젠가 날 짓밟을 거라고 겁내리라. 실제로
사람들은 지는 해를 꺼리며 문 닫는다.

귀족들이 티몬을 매우 숭배하며 식탁에서 일어나 그들의

애정을 보여 주고자 각자 아마존을 하나씩 고르고, 남자와 여자
모두 고상한 오보에 가락에 맞춰 춤춘 다음 멈춘다.

티몬	숙녀들은 우리의 잔치를 잘 꾸며 주었고	
	지금의 반만큼도 예쁘거나 품위 없던	150
	우리의 여흥에 고운 모습 덧입혀 주었소.	
	당신들은 거기에 가치와 광채를 더했고,	
	내가 고안한 것으로 날 즐겁게 해 주었소.	
	감사를 표합니다.	
숙녀 1	어르신은 저희를 최고로 대접하셨어요.	155
아페만투스	실은 최악은 더러워서 손님 접대용으로는 못 쓸 것	
	같아서 그랬지.	
티몬	숙녀들이여, 별것 아닌 연회가 있으니	
	꼭 참석해 주시기 바랍니다.	
숙녀들	아주 고맙습니다, 어르신. (큐피드와 함께 퇴장)	160
티몬	플라비우스!	
플라비우스	주인님?	
티몬	그 작은 함 이리로 가져와.	
플라비우스	예, 어르신. (방백) 아직도 보석을 더?	
	그 기분을 거스르면 안 된다, 아니면	165
	난 그에게 꼭 말해야 해, 정말로 그래야 해,	
	거덜 나면 빚은 말소된다고, 그게 가능하다면.	
	맘씨 좋아 비참한 일 절대로 없도록	
	선심 뒤에 눈이 아니 달린 게 애석하다. (퇴장)	
귀족 1	내 하인들 어디 있지?	170
하인	여기요, 주인님, 대령했습니다.	
귀족 2	말들을 대기시켜라!	

플라비우스가 함을 들고 등장.

티몬   오, 나의 친구들이여,
말할 게 좀 있는데 — 보십시오, 어르신,
당신께 이 보석을 드리는 영광을
간청해야겠습니다. —   175
받아서 끼십시오, 친절한 어르신.
귀족 1   난 이미 당신의 선물을 너무 많이 받 —
모두   우리도 다 그렇소.

하인 한 명 등장.

하인   주인님, 원로원 귀족 몇 분이 새로 도착하여 어르신을
만나러 오십니다.   180
티몬   정중히 환영한다.   (하인 퇴장)
플라비우스   어르신께 간청컨대 한 말씀 들어 주십시오. — 당신과
깊이 관련돼 있습니다.
티몬   깊이? 그렇다면 자네 얘긴 다른 때 듣겠다. 부탁인데,
그들에게 보여 줄 환대를 준비하자.   185
플라비우스   (방백)
어떻게 해야 할지 모르겠네.

다른 하인 등장.

하인 2   황공하게도 주인님, 루키우스 어르신이 관대한 호의
를 베풀어 은장식 안장의 우윳빛 백마 네 필을 보내
셨습니다.

티몬	정중히 받을 것이다. 그 선물을 격에 맞춰 영접하라고 190
	일러라. (하인 퇴장)

셋째 하인 등장.

	웬일로, 무슨 소식이냐?
하인 3	황공하게도 주인님, 명예로운 신사인 루쿨루스 어르
	신이 내일 자기와 사냥을 같이 해 달라고 간청하시면
	서 회색 사냥개 두 쌍을 보내셨습니다. 195
티몬	같이 사냥할 테니 고운 사례 없이는
	그걸 받지 않도록 해. (하인 퇴장)
플라비우스	(방백) 이 일이 어찌 될까?
	그는 큰 선물을, 그걸 다 텅 빈 금고에서
	우리가 준비하여 주라고 명하신다.
	또한 그는 자신의 지갑을 알고자 하거나 200
	소망 이룰 힘 없는 통 큰 그의 마음이
	얼마나 거지인지 보여 줄 기회도 안 준다.
	그가 하는 약속은 재산과 동떨어져
	말하는 건 다 빚이다. ─ 구구절절이 다
	갚아야 하니까. 그는 너무 친절하여 이제는 205
	그 때문에 이자 내고, 자기 땅을 그들에게 잡혔다.
	음, 강제로 내 직책에서 쫓겨나기 이전에
	부드럽게 관뒀으면 좋겠구나.
	적보다 더 못한 자들을 먹이기보다는
	먹일 친구 없는 자가 더 행복할 것이다. 210
	주인님 때문에 난 속으로 피 흘린다. (퇴장)
티몬	당신들은 자신에게 너무 잘못하시는데

	본인의 가치를 너무 낮춰 보십니다.	
	자, 어르신, 하찮은 정표를 드립니다.	
귀족 2	너무너무 감사하게 받겠습니다.	215
귀족 3	오, 그는 바로 선심의 화신이오.	
티몬	그리고 지금 기억났는데, 어르신, 내가 타고 다니는	
	밤색 준마를 그저께 칭찬하셨죠. 당신이 좋아하시니	
	까 당신 것입니다.	
귀족 3	오, 청컨대, 어르신, 그 일은 용서해 주시오.	220
티몬	믿으세요, 어르신, 정말로 애호하는 사람만	
	정당하게 칭찬할 수 있다고 압니다.	
	난 친구의 애호를 내 것처럼 여깁니다.	
	참말인데, 당신들을 찾아뵙죠.	
귀족 모두	오, 누구보다 환영하오!	225
티몬	난 여러분 모두와 각자의 방문이	
	너무 맘에 와닿아 건네준 것으론 불만이오.	
	친구들에게는 왕국을 나누어 주고도	
	지치지 않을 것 같답니다. 알키비아데스,	
	자네는 군인이니 부유한 적 거의 없네. ─	230
	그것은 자선으로 주는 걸세, 자네 삶은	
	죽은 자들 가운데 다 있고, 소유지는	
	천막 친 전장에 다 있으니까.	
알키비아데스	예, 더러운 땅에요, 어르신.	
귀족 1	우리는 엄청나게 신세 져서 ─	235
티몬	나도 마찬가지요.	
귀족 2	너무나 무한히 사랑받아 ─	
티몬	다 여러분 덕이죠. 불, 불을 더 밝혀라!	
귀족 1	최상의 행복, 영예, 재산이 당신과 함께하길 빕니다,	

| | 티몬 어르신. | 240 |

티몬   친구 위해 쓸 것이오.

    (귀족들과 나머지 함께 퇴장. 아페만투스와 티몬은 남는다.)

아페만투스   이 무슨 소란인가!
고개를 조아리고 엉덩이를 뒤로 뽑네!
그들의 인사가 나눠 준 그 액수만큼의 가치가
있을까 의문이야. 우정은 찌꺼기로 가득해.
신의 없는 자들에게 튼튼한 다리는 금물이야.   245
정직한 바보들은 이렇게 예절에 돈 퍼부어.

티몬   자, 아페만투스, 자네가 역정만 안 낸다면
내가 잘해 줄 거야.

아페만투스   아니, 난 하나도 안 받아. ― 나까지 뇌물에 넘어가면
자넬 야단칠 사람이 남아 있지 않을 테고, 그러면 자넨   250
더 빨리 죄를 지을 테니까. 자넨 너무 오랫동안 줘 왔
어, 티몬, 그래서 머지않아 자신도 어음과 함께 줘 버
리지 않을까 걱정돼. 이런 잔치, 과시, 허세는 왜 필요
하지?

티몬   아니, 자네가 이 사회를 막 욕하기 시작하면   255
난 절대 자네에게 신경 쓰지 않을 거야.
잘 지내, 더 좋은 노래 좀 불러 봐.   (퇴장)

아페만투스   그래,
이젠 내 말, 안 들으려 하니까 못 들을 거야.
그럼 자넨 천국으로 못 갈 거야.
오, 사람들이 충고에는 귀를 닫고   260
아첨에는 그리하지 않다니.   (퇴장)

2막 1장

원로원 의원 한 명 등장.

의원   또 그는 최근에 5천을, 바로와 이시도르에겐
앞선 내 돈 말고도 9천을 빚졌어,
그럼 2천5백이야. 그런데도 여전히
맹렬히 낭비해. 지속될 수 없으며 안 될 거야.
내게 금이 없으면 거지의 개라도 훔쳐서   5
티몬에게 주면 돼, 암, 개가 금이 되니까.
내가 말을 팔고 나서 그보다 더 나은
스무 필을 사려면, 암, 티몬에게 내 말을 줘. —
공짜로 그에게 줘. — 그러면 바르고 튼튼한
새끼들을 낳아 줘. 그 집의 문지기는   10
지나가는 모두를 미소로 늘 불러들여.
지속될 수가 없어. 제정신 가지고는 누구도
그 상태가 안전하다 진단 못 해. 카피스!
카피스 있느냐?

카피스 등장.

카피스   예, 의원님, 무슨 일로?
의원   외투 입고 티몬 님께 서둘러 가 봐라.   15
내 돈 달라 졸라 대. 가벼운 거절에
멈추거나 "주인님께 안부 전해." 하면서
모자를 이렇게 자기 오른손으로
만진다고 네 입을 닫지 말고 내 말 전해,
나도 쓸 데 많다고, 내 돈으로 나 자신을   20

챙겨야 한다고, 만기일과 시간이 지났으며
그가 어긴 날짜에 기댔다가 내 신용이
훼손되었다고. 난 그를 사랑하고 존경해,
근데 그의 손가락 치료에 내 등은 못 꺾어.
난 급전이 필요해서 구제금을 곧 준다는　　　　　　25
말만 듣고 돌아와선 절대 안 될 것이고
즉각 돌려받아야 해. 어서 가 봐,
가장 세게 조르는 모습을, 요구하는 표정을
짓도록 하여라. 지금은 티몬 님이
불사조로 번쩍여도 그 깃털이 모두 다　　　　　　30
제자리로 돌아가면 한 마리 벌거벗은
갈매기가 될까 봐 정말로 겁나니까. 가.

카피스　　갑니다, 의원님.

의원　　　　　　　　보증서를 지니고 가,
날짜도 적어 넣고. 자.

카피스　　　　　　　　예, 의원님.

의원　　　　　　　　　　　　가 봐.　　(함께 퇴장)

2막 2장

플라비우스, 어음을 여러 장 들고 등장.

플라비우스　　그는 조심 않은 채 끝없이, 무작정 쓰면서
비용 유지 방법을 알려고도 하지 않고
방탕한 지출을 어떻게 끝낼지도 모른다.

2막 2장 장소　티몬의 저택.

물건이 어떻게 빠져나가는지 세 보거나
뭔 일이 생길지 걱정도 안 한다. 이토록   5
현명하지 못한데도 친절한 분 절대 없어.
어떡하지? 느끼기 전에는 안 들으려 해.
사냥에서 돌아오면 솔직히 말해야지.
에이, 에이, 에이. (물러선다.)

카피스, 이시도르의 하인, 그리고 바로의 첫째 하인

등장.

카피스   좋은 오후야, 바로. 뭐야, 돈 때문에 왔어?   10
바로 하인 1   자네 용건도 그거 아냐?
카피스   그래, 자네도 그런가, 이시도르?
이시도르 하인   그렇다네.
카피스   우리 모두 짐을 벗었으면 좋겠네.
바로 하인 1   안 될걸.   15
카피스   어르신이 오셨어.

티몬과 동행들, 알키비아데스와 함께 등장.

티몬   저녁을 끝내면, 알키비아데스, 우린 곧
               다시 나갈 것이네. ─ 나한테? 볼일이 뭔가?
카피스   어르신, 여기에 차용증이 있는데요.
티몬   차용증? 어디서 왔는가?
카피스   여기 아테네요.   20
티몬   집사에게 가 보게.
카피스   황공하나 어르신, 그는 저를 한 달 내내

하루하루 다음 날로 따돌렸답니다.

제 주인께서는 대단히 급한 일에 쫓기어

본인 것을 요구하고, 어르신의 여러 다른   25

고귀한 자질에 걸맞게 빚을 갚으실 것을

공손히 바라셔요.

티몬   정직한 친구여,

근데 제발 내일 아침 다시 오게.

카피스   아니, 어르신 —

티몬   진정하게, 좋은 친구.

바로 하인 1   바로의 하인인데, 어르신 —

이시도르 하인   이시도르 님께서   30

급히 갚아 주시길 공손히 바라면서 —

카피스   어르신이 제 주인의 곤궁함을 아신다면 —

바로 하인 1   그것은, 어르신, 육 주 전에 몰수되어 —

이시도르 하인   당신의 집사가, 어르신, 저를 따돌리니까

주인님이 특별히 저를 보내 —

티몬   숨 좀 쉬세.   35

간청컨대, 여러분, 계속해서 가십시오,

나도 곧 따르겠소.

(티몬의 동행들과 알키비아데스, 함께 퇴장)

(앞으로 나오는 플라비우스에게) 이리 오게. 부탁인데,

세상에 뭔 일로 이렇게 파기된 계약을

시끄럽게 요구하고, 오래전에 만료되어

유보된 빚들을 내 명예를 해치며   40

나에게 들이대지?

플라비우스   (하인들에게)   이보게 신사들,

지금은 이런 일을 볼 때가 아니라네.

	떼쓰기를 저녁 식사 후까지 그쳐 주면	
	어르신께 자네들이 돈 못 받은 이유를	
	이해시켜 드리겠네.	
티몬	그래 주게, 친구들.	45
	— 그들을 잘 대접해 주게. (퇴장)	
플라비우스	이리 오게. (퇴장)	

아페만투스와 바보 등장.

카피스	멈춰, 멈춰, 바보가 아페만투스와 함께 왔어, 그들을 좀 놀려 주자.	
바로 하인 1	제기랄, 그는 우리에게 욕할 거야.	
이시도르 하인	염병에나 걸려라 — 개자식!	50
바로 하인 1	어떻게 지내, 바보야?	
아페만투스	네 그림자와 대화하려고?	
바로 하인 1	당신에게 말 걸지 않았소.	
아페만투스	맞아, 자기 자신에게 걸었지. (바보에게) 가자.	
이시도르 하인	(바로 하인에게)	
	바보가 벌써 거기 자네 등에 올라탔어.	55
아페만투스	아냐, 넌 혼자고, 아직 그에게 올라타진 않았어.	
카피스	바보는 지금 어디 있죠?	
아페만투스	그가 마지막으로 그 질문을 했어. 불쌍한 악당들이면서 고리대업자의 하인들, 금과 궁핍 사이의 뚜쟁이들 같으니.	60
하인들 모두	우리가 뭐라고요, 아페만투스?	
아페만투스	나귀들이지.	
하인들 모두	왜요?	

아페만투스	자기들이 무엇인지 내게 물으면서 자신을 알지 못하	
	니까. 그들에게 말 걸어, 바보야.	65
바보	신사들, 안녕하십니까?	
하인들 모두	정말 고마워, 바보야. 네 안주인은 어떻게 지내?	
바보	당신들 같은 닭을 데치려고 지금 막 물 끓여요. 당신들	
	을 코린트 사창가에서 볼 수 있었으면.	
아페만투스	잘했어, 정말 고마워.	70

시동 등장.

바보	저 봐요, 제 안주인님의 시동이 왔어요.	
시동	(바보에게)	
	아니, 웬일로, 뚜쟁이 대장님, 이 현명한 무리 가운데	
	서 뭐 하고 있나요? 어떻게 지내, 아페만투스?	
아페만투스	내 입에 회초리가 달렸다면 네게 득이 되는 대답을 해	
	줬을 거야.	75
시동	아페만투스, 제발 이 편지들 주소 좀 읽어 줘, 어느	
	게 어느 건지 모르겠어.	
아페만투스	읽을 줄 몰라?	
시동	음.	
아페만투스	그럼 네가 목매달리는 날에도 학식은 줄어들지 않겠	80
	군. 이건 티몬 님께, 이건 알키비아데스에게. 가 봐, 넌	
	사생아로 태어났고, 뚜쟁이로 죽을 거야.	
시동	넌 개새끼로 기어 나왔고, 개로 굶어 죽을 거야. 대답	

69행 코린트 사창가 고대 코린트 항구는 매춘의 중심지로 악명 높았
다. (아든)

	하지 마, 난 간다. (퇴장)
아페만투스	넌 은총도 꼭 그렇게 피해 달아나는구나. 바보야, 난 85
	너와 티몬 어른 댁으로 갈 거야.
바보	저를 거기 남겨 두시려고요?
아페만투스	만약 티몬이 집에 있으면. — 너희 셋은 고리대업자
	셋을 위해 일하지?
하인들 모두	예, 그들이 우릴 위해 일했으면. 90
아페만투스	그랬으면 좋겠군. — 그러면 망나니가 도둑놈에게 해
	주는 것만큼 해 줄 텐데.
바보	당신들 셋은 고리대업자의 하인들인가요?
하인들 모두	그래, 바보야.
바보	바보를 하인으로 두지 않는 고리대업자는 없나 봐요. 95
	제 안주인도 그중 하나인데 전 그녀의 바보고요. 사
	람들이 당신네 주인님들에게 돈 빌리러 갈 때면 슬프
	게 다가갔다가 유쾌하게 떠나지만, 저의 안주인님
	집은 유쾌하게 들어갔다가 슬프게 떠나요. 그 이유
	가 뭘까요? 100
바로 하인 1	내가 하나 내놓을 수 있어.
바보	그래 봐요, 우리가 당신을 색골에다 악당으로 여길 수
	있도록. 근데 그렇게 안 해도 당신의 평가가 더 나빠지
	지는 않을 겁니다.
바로 하인 1	바보야, 색골이 뭐지? 105
바보	멋진 옷 입은 바보인데 당신과 좀 비슷해요. 유령인데
	때로는 귀족처럼, 때로는 변호사처럼, 때로는 현자의

107~108행 현자의 돌 중세 연금술사들이 저급한 물질을 황금으로 바
꾸는 힘을 가졌다고 믿었던 미신적인 돌.

	돌보다 더 나은 불알 두 쪽을 찬 철학자처럼 나타나죠.	
	그는 매우 자주 기사와 비슷한데 이 유령은 대게 위로	
	는 여든에서 아래로는 열셋 사이의 인간 모두의 형태	110
	로 걸어 다니죠.	
바로 하인 1	넌 완전 바보는 아니로구나.	
바보	당신도 완전 현자는 아니로군요. 저에게 바보 기가 있	
	는 그만큼 당신에겐 재기가 모자라네요.	
아페만투스	그 답은 아페만투스에게도 어울릴 수 있겠다.	115
하인들 모두	비켜, 비켜, 티몬 님이 오신다.	

티몬과 플라비우스 등장.

아페만투스	나랑 같이 가자, 바보야, 가.	
바보	저는 애인이나 손위 형이나 여자를, 때로는 철학자를	
	항상 따라가지는 않는답니다. (아페만투스와 바보 퇴장)	
플라비우스	근처를 좀 걷게, 곧 얘기를 나누겠네.	120
	(하인들 함께 퇴장)	
티몬	뭣 때문에 내 상태를 미리미리 완전히	
	안 밝혀 줬는지 놀랍군. 그랬으면	
	난 수입이 허락하는 한도에서 지출을	
	조절했을 터인데.	
플라비우스	안 들으려 하셨어요.	
	틈날 때 여러 번 제가 제안 —	
티몬	당치 않아,	125
	아마 자넨 내가 자넬 물리칠 기분일 때	
	몇 번의 기회를 띄엄띄엄 잡았겠지,	
	그래서 내가 듣기 꺼렸던 걸 구실 삼아	

이렇게 자기변명 하고 있어.

플라비우스   오, 주인님,
전 여러 번 장부를 가져와 당신 앞에   130
펼쳐 놓았답니다. 당신은 그걸 집어 던지고
제가 정직하니까 필요 없다 하셨어요.
몇 가지 하찮은 선물에 너무 큰 답례를
하라고 하셨을 땐 고개를 저으며 울었고,
예, 예절에 어긋나게 당신께 빌었어요,   135
씀씀이를 줄이셔야 한다고. 당신의
재산은 줄어들고 빚은 크게 늘어난다고
귀띔해 드렸을 땐 꾸중을 꽤 여러 번
적지 않게 견뎠어요. 사랑하는 주인님,
너무 늦게 지금 들으시지만 지금이 땝니다.   140
가진 것을 최대한 동원해도 현 부채의
반도 못 갚습니다.

티몬   내 땅을 다 팔도록 해.
플라비우스   다 저당 잡혔고 일부는 몰수되었으며,
남은 것도 당장의 부채를 틀어막기에는
역부족입니다. 미래가 성큼 다가옵니다.   145
그 중간을 뭣으로 지키고, 우리의 결산은
결국 어찌 될까요?

티몬   내 땅은 라케다이몬까지 쭉 뻗어 있었어.
플라비우스   오, 주인님, 이 세상은 그냥 말일 뿐으로
숨 한 번 쉴 사이에 그걸 다 내준다면   150
참 빨리 사라질 겁니다.

148행 라케다이몬 스파르타의 다른 이름.

티몬	진실을 말해 줬네.
플라비우스	저의 집안 관리가 거짓되다 의심하신다면
	최고로 엄격한 감사관을 제 앞에 불러와
	저를 시험하십시오. 신들에게 맹세코
	주방과 찬방이 다 떠들썩한 식객들로 155
	짓눌려 있었을 때, 저장고가 취객들이
	엎지른 술에 흠뻑 젖었을 때, 방마다
	불빛이 눈부시고 풍악이 요란할 때
	전 뒤로 물러나 질질 새는 수도꼭지처럼
	울고만 있었어요.
티몬	부탁인데 그만하게. 160
플라비우스	전 말했죠, "맙소사, 이 어른의 선심 좀 봐!
	노예와 농부들이 오늘 밤 얼마나 많은 찌끼,
	흥청망청 처먹었나? 티몬의 소유가 아닌 자,
	티몬 님 것이 아닌 심장, 머리, 칼, 힘, 재산은?"
	"대티몬 님, 고귀하고 당당하신 티몬 님!" 165
	아, 이런 칭찬 사들인 재산이 사라질 때
	이런 칭찬 하게 했던 숨 또한 사라지죠.
	잔치의 효과는 급변하고, 찬 겨울 비구름에
	파리들은 웅크려요.
티몬	자, 설교는 그만두게.
	악랄한 선심이 내 가슴 스친 적은 없었네. — 170
	비천하겐 안 줬지만 어리석게 주었어.
	왜 우나? 난 친구도 없을 거라 여길 만큼
	자네가 분별력이 없을 수가? 안심하게. —
	내 사랑을 받은 친구들에게 말을 꺼내
	그들의 속마음을 돈 빌리며 시험하면 175

	사람과 재산을 자네에게 말 시키는 것만큼	
	쉽게 쓸 수 있을 걸세.	
플라비우스	그 생각이 확실하길.	
티몬	어쩌면 나의 이 결핍에 큰 영광이 깃들어	
	난 이걸 축복으로 여기네, 이번 일로	
	친구를 시험할 테니까. 난 친구 부자니까,	180
	자넨 내 재산을 매우 오판한다는 걸 알 거야.	
	─ 거기 안에 플라미니우스, 세르빌리우스!	

플라미니우스, 세르빌리우스, 셋째 하인 등장.

하인들	어르신, 어르신.	
티몬	자네들을 각각 급히 보내겠다. (세르빌리우스에게) 자넨	
	루키우스 어른에게. (플라미니우스에게) 자넨 루쿨루스	185
	어른에게 가, 난 오늘 그분과 함께 사냥했어. (셋째 하	
	인에게) 자넨 셈프로니우스에게. 그분들의 호의에 감	
	사를 전하고, 내가 돈을 공급받는 데 그분들을 쓸 기회	
	가 생겨서 자랑스러워한다고 말씀드려. 요청 금액은	
	50달란트로 하고.	190
플라미니우스	분부대로 하겠습니다, 어르신.　　　 (하인들 함께 퇴장)	
플라비우스	(방백)	
	루키우스와 루쿨루스 어르신? 흥!	
티몬	자넨 의원들에게 가 보게,	
	이 나라를 최고로 건강하게 만든 나는	
	그들의 답을 들을 자격 있어. 곧바로	195
	1천 달란트를 보내라 해.	
플라비우스	저는 감히	

(가장 쉬운 방법인 줄 알았기 때문에)
그들에게 당신의 인장과 이름을 썼지만
그들은 머리를 흔들고, 저는 무일푼으로
여기에 있습니다.

티몬　　　　　　　　　　사실인가? 그럴 수가?　　　　　　200

플라비우스　그들은 이구동성으로 답하기를
자기들은 바닥에 이르러 재화가 모자라고
하고픈 일 못 하며, 미안하답니다. 당신은
명예로우시나 그들은 원컨대 ― 뭔지는 몰라도 ―
뭔가가 잘못돼서 ― 고귀한 성품도 때로는　　　　205
뒤틀릴 수 있는데 ― 다 잘됐으면 ― 애석해. ―
그러곤 심각한 다른 일이 있는 척하면서
불쾌한 모습과 이런 거친 말 끊기에 이어서
모자를 조금 벗고 차갑게 고개를 저으며
저를 얼려 침묵게 했답니다.

티몬　　　　　　　　　　　신들의 보복을!　　　　　　210
이보게, 제발 얼굴 좀 펴게. 이 늙은이들은
배은망덕이라는 유산을 물려받아 지녔어.
그들의 피는 굳고 찬 데다 막혔으며
타고난 온기가 부족해서 불친절해.
그래서 또다시 흙으로 돌아가는 인간은　　　　215
그 여정에 맞추어 둔탁하고 무거워져.
벤티디우스에게 가. ― 제발 슬퍼 말게나,
자네는 바르고 정직해, 기탄없이 말하면
자네 잘못 전혀 아냐. 벤티디우스는
최근에 아버지를 묻었고, 그가 죽음으로써　　　　220
큰 재산을 상속했어. 난 그가 가난하고,

감방에 갇히고 친구들이 드물 적에
5달란트 갚아 줬네. 내 인사를 전하고,
친구가 정말로 필요한 사정이 생겨서
그 5달란트를 기억해 주길 갈망한다고   225
가정해 보라 해. 받으면 당장에 갚아야 할
하인들에게 줘. 티몬의 행운이 친구들 틈에서
사라질 수 있다는 말이나 생각은 절대로 마.   (퇴장)

플라비우스 그런 생각 안 할 수 있었으면.
그 생각은 선심의 적이니까.   230
후하니까 남들도 다 그렇다 생각해.   (퇴장)

3막 1장

주인의 심부름으로 루쿨루스와 얘기하려고 기다리는
플라미니우스 등장. 그에게 하인 한 명 등장.

하인 주인님께 당신 얘기 했답니다. 만나러 내려오실 겁
니다.

플라미니우스 고맙소.

루쿨루스 등장.

하인 주인님이 오셨소.

루쿨루스 (방백)
티몬 님의 하인이라고? 선물이야, 보증하지. 딱 들어   5

3막 1장 장소 아테네, 루쿨루스의 집.

맞았어. 간밤 꿈에 은 대야와 주전자를 봤거든. ─
플라미니우스, 정직한 플라미니우스, 존중심을 가득
담아 환영하네. (하인에게) 포도주 좀 채워 와.

(하인 퇴장)

근데 그 명예로운, 완벽하며 활수하신 아테네 신사,
매우 관대하고 훌륭하신 자네 어르신 주인님은 어떻   10
게 지내시나?

플라미니우스   건강은 좋으십니다, 어르신.

루쿨루스   건강이 좋으시다니 대단히 기쁘구먼. 근데 자네 외투
안에 있는 건 뭐지, 귀여운 플라미니우스?

플라미니우스   참말로, 빈 상자 말고는 없는데요, 어르신께서 채워 달   15
라 간청하려고 제가 주인님 대신 가져왔는데 ─ 그분
은 50달란트를 써야 할 중요하고도 즉각적인 필요가
있어서 어르신께서 그걸 마련해 주십사고 저를 보내
셨으며, 바로 도와주실 것을 조금도 의심하지 않으십
니다.   20

루쿨루스   라, 라, 라, 라! 조금도 의심치 않으신다고, 그러셔? 아,
그는 훌륭한 어른, 고귀한 신사분이셔, 그렇게 좋은 집
을 안 갖고 계신다면 말이지. 난 여러 번 그와 자주 식
사했고, 그 문제를 얘기해 줬고, 그의 씀씀이를 줄일
목적으로 다시 저녁을 먹으러 갔는데도 그는 어떤 충   25
고도 안 받아들이고, 내가 가는 데 담긴 경고도 안 들
으려 했어. ─ 누구나 결점이 있는데 그의 것은 관대
함이야. 난 그걸 얘기해 줬어, 하지만 그를 거기서 떼
놓을 순 없었네.

하인, 포도주를 가지고 등장.

| 하인 | 황공하나 어르신, 포도주 여기 있습니다. | 30 |

루쿨루스 플라미니우스, 난 자네가 늘 현명하다는 데 주목했네.
자네에게 건배!

플라미니우스 친절한 말씀이십니다, 어르신.

루쿨루스 난 자네가 늘 온순하게 기민한 걸 지켜봤고, 그 점을
높이 사며, 자네는 합리적인 게 뭔지 알고 때가 잘 들   35
어맞으면 때를 잘 이용하는 사람으로서 — 자네의 훌
륭한 자질이지. (하인에게) 이봐, 저리 가.   (하인 퇴장)
가까이 오게, 정직한 플라미니우스. 자네 주인은 활수
한 신사지. 하지만 자네는 지혜롭고, 비록 내게 오기는
했지만 지금은 돈 빌려줄 때가 아니란 걸 아주 잘 알   40
아, 특히 담보 없이 텅 빈 우정만 보고는 말이지. 자네
에게 여기 동전 세 개를 주지. 착하구나, 날 좀 눈감아
주고, 못 봤다고 해. 잘 가.

플라미니우스 세상이 이렇게 달라질 수가 있나, 그런데
우리 삶은 계속되나? 염병할 것, 날아가라,   45
널 섬기는 자에게.   (돈을 도로 던진다.)

루쿨루스   하? 이제야 알겠군,
넌 바보고 너의 그 주인에게 어울려.   (루쿨루스 퇴장)

플라미니우스 그것들이 가세하여 널 지지고 태우기를!
친구가 아니라 친구라는 질병인 너,
녹은 동전 마시는 지옥 벌을 받아라.   50
우정이란 얼마나 여리고 약하기에
이틀 밤도 안 되어 변하나? 오, 신들이여,
주인님의 고통을 전 느껴요. 이 노예는

48행 그것들 그가 방금 던져 버린 동전들.

이때까지 주인님의 음식을 먹었어요.
왜 그것이 성장의 영양분이 돼야 하죠,   55
그자가 독으로 변했는데?
오, 그 양분으로는 오로지 질병만 생기고,
그가 아파 죽겠을 때 주인님이 값을 치른
그의 신체 부위는 병을 몰아내는 데
아무 힘도 못 쓰고 그 기간만 늘리기를!   (퇴장)   60

3막 2장

루키우스, 세 이방인과 함께 등장.

루키우스   누구, 티몬 님이요? 그는 나의 아주 친한 친구이자
           명예로운 신사랍니다.

이방인 1   우리도 그런 줄로 압니다, 그에겐 우리가 이방인일 뿐
           이지만 말입니다. 근데 한 가지 말씀드릴 수 있는 건,
           어르신, 제가 소문으로 들었는데 티몬 님의 호시절은   5
           이제 끝났고 재산도 줄어들었단 사실이오.

루키우스   에이, 아뇨, 그런 말 믿지 마시오. 그에게 돈이 모자랄
           순 없답니다.

이방인 2   하지만 이건 믿으셔야 합니다, 어르신. 얼마 전에 그
           의 하인 하나가 루쿨루스 어른에게 상당한 달란트를   10
           빌리러 가서, 아니 극단적으로 재촉하면서 얼마나
           절박하게 필요한지 말했지만 그럼에도 거절당했답
           니다.

3막 2장 장소   아테네의 공공장소.

루키우스	뭐라고요?
이방인 2	거절을 당했단 말입니다, 어르신. 15
루키우스	이 얼마나 이상한 일인가! 그래서 신들에게 맹세코, 내
	가 다 창피하오. 그 명예로운 분에게 거절했어? 그건
	조금도 명예롭지 않소. 나로 말하면 그로부터 조그만
	친절을, 돈, 접시, 보석 같은 하찮은 물건을 좀 받았다
	고 고백해야겠소. — 그의 것에 비하면 별것 아니지 20
	만. 그래도 그가 실수로 사람을 내게 보냈으면 난 그가
	필요하다는 상당한 달란트를 결코 거절하지 않았을
	거요.

세르빌리우스 등장.

세르빌리우스	저 봐, 찾던 어른이 운 좋게 저기 있네. 난 이분을 만나
	려고 땀깨나 흘렸어. — 존경받는 어르신! 25
루키우스	세르빌리우스? 마침맞게 만났네. 잘 가게, 고명하고
	덕 높으신 자네 어르신, 더할 나위 없이 훌륭한 내 친
	구에게 안부 전해 주게.
세르빌리우스	어르신께 황송하나 제 주인님이 보내시면서 —
루키우스	하, 그가 뭘 보내셨나? 그분은 나를 너무 크게 사랑하 30
	시어 늘 보내시는군. 자네 생각에 난 어떻게 감사해야
	지? 그리고 이번엔 뭘 보내셨나?
세르빌리우스	당장 필요한 것만 보내셨는데, 어르신, 즉시 사용할 만
	큼의 달란트를 어르신께서 제공해 주실 것을 요청하
	십니다. (루키우스에게 쪽지를 건넨다.) 35
루키우스	나와 그냥 즐기자고 이러시는 줄로 알아.
	50 — 5백 달란트라도 없을 리가 없는데.

세르빌리우스	근데 그동안에 더 적은 액수가 없으셔요.
	그가 덕이 높은 탓에 생겨난 필요가 아니라면
	전 이 반만큼도 열심히 재촉 못 합니다.
루키우스	심각하게 얘기하나, 세르빌리우스?
세르빌리우스	영혼에 맹세코 사실입니다.
루키우스	난 얼마나 사악한 짐승이기에 내가 명예로운 사람
	임을 보여 줄 수 있는 이 좋은 때에 맞지 않게 빈털
	터리가 됐단 말인가! 내가 어저께 작은 거래에 돈
	을 써서 이 커다란 영광을 놓치는 건 얼마나 불운
	한 일인가! 세르빌리우스, 신들께 맹세코 난 능력
	이 없다네. — 더 짐승 같겠지만 말해야겠어 — 나
	야말로 티몬 어른께 돈을 빌리려고 사람을 보낼 참
	이었어, 이 신사들이 증언할 수 있네. 근데 지금은
	아테네의 부를 다 준대도 그리고 싶지가 않네. 훌륭
	하신 어르신께 내 안부를 후하게 전해 주거나. 그리
	고 지금은 내가 친절할 힘이 없으니까 그분께서 나
	를 좀 더 곱게 생각해 주시길 바라네. 그리고 이 말
	을 전해 주게. 내가 그토록 영예로운 신사를 기쁘게
	못 해 드리는 것을, 말하자면 나의 가장 큰 고통 가
	운데 하나로 여긴다고. 착한 세르빌리우스, 그분께
	내 말을 그대로 사용해 전해 줄 만큼 내 친구가 돼
	주겠는가?
세르빌리우스	예, 그러지요.
루키우스	그 호의에 보답할 것이네, 세르빌리우스.

40

45

50

55

60

(세르빌리우스 퇴장)

(이방인들에게)

당신들 말대로 티몬은 진짜 줄어들었고,

	한번 거절당한 이는 성공하기 어렵소.	(퇴장)
이방인 1	자네 이거 지켜봤지, 호스틸리우스?	
이방인 2	음, 아주 잘 지켜봤지.	65
이방인 1	그렇지, 이 인간이 이 세상의 영혼이고	
	모든 아첨꾼들도 꼭 같은 종류의	
	마음을 가졌어. 같은 음식 먹는다고	
	누구를 친구라 할 수 있나? 난 알아,	
	티몬은 이 어른의 아버지와 같은 분으로	70
	자신의 지갑으로 그의 신용 지키면서	
	그의 재산 떠받쳤고, 아니, 티몬 돈이	
	그의 하인 월급이었다네. 티몬의 은잔이	
	술 마실 때마다 그의 입술 누르는데	
	그럼에도 — 오, 인간이 배은의 탈을 쓸 때	75
	드러내는 이 괴이한 모습 좀 보게나 —	
	자신의 재산으로 봤을 때 자선하는 사람이	
	거지에게 줄 수 있는 금액을 딱 거절해.	
이방인 3	종교가 신음할 판이군.	
이방인 1	나로 말하자면	
	생전에 티몬의 자선 맛을 본 적도 없었고	80
	친구로 주목받을 정도의 선물이 나에게	
	쏟아진 적도 없네. 그렇지만 단언컨대	
	그의 참 고귀한 마음과 걸출한 미덕과	
	명예로운 처신을 지키기 위하여	
	그가 나를 쓸 필요가 있다면	85
	난 나의 재산으로 기부금을 만들어	
	그 절반 이상을 그에게 가게 했을 정도로	
	그 심성을 사랑하네. 하지만 알겠어,	

타산이 양심 위에 있으니까 이젠 모두
동정심 버리기를 배워야 한다는 걸.   (함께 퇴장)   90

3막 3장

티몬의 친구 가운데 한 사람인 셈프로니우스와 함께
티몬의 셋째 하인 등장.

셈프로니우스   그가 나를 꼭 괴롭혀야 해, 흠? 다 놔두고?
                루키우스 님이나 루쿨루스를 떠봤어야 —
                근데 이젠 벤티디우스도 부자인데,
                감옥에서 그가 구해 줬잖아. 이 모두가
                자기네 재산을 그에게 빚졌어.

하인   어르신,   5
                다 접촉해 봤는데 쇠귀에 경 읽기였어요,
                모두가 거절했으니까요.

셈프로니우스   뭐라고? 그들이 거절해서,
                벤티디우스와 루쿨루스가 거절해서
                나에게 사람을 보냈어? 세 명이 — 흠?   10
                그에겐 사랑이나 판단력이 없구면.
                내가 그의 마지막 피난처가 돼야 해?
                그의 여러 친구들은 의사처럼 번성하며
                그를 버려. — 그 치료를 꼭 내가 해야 해?
                그는 날 크게 망신시켰어. 내 지위를   15
                알고 있을 그에게 화가 나네. 필요할 때

3막 3장 장소 아테네, 셈프로니우스의 집.

내게 먼저 조르지 않았던 까닭을 모르겠네,
내가 이해하기로는 항상 그의 선물을
맨 처음 받았던 사람이 나였으니까. —
근데 이젠 내가 아주 굼떠서 마지막에   20
보답할 거라고 생각하셔? 안 되지.
그럼 난 타인들의 웃음거리 될 수 있고,
귀족들로부터는 바보 취급 받을 거야.
내게 먼저 사람만 보냈어도 나는 그 액수의
세 배를 내놨을 것이고, 내 맘 때문에라도   25
그에게 퍽 잘하고 싶었어. 근데 이젠 돌아가
그들의 흐릿한 응답에 이 답을 더하게.
내 명예를 깎는 자, 내 돈은 못 만진다.   (퇴장)

하인 빼어나다! 어르신은 멋진 악당이오. 악마가 인간을 교
활하게 만들었을 때 그놈은 자기가 뭔 짓을 했는지 몰   30
랐어. 그놈은 자기 일을 망쳤고, 그래서 난 그놈은 결
국 인간의 악행 때문에 깨끗해 보일 거라고 생각할 수
밖에 없다. 이 어른은 더럽게 보이려고 얼마나 곱게 노
력하나, 사악해지려고 얼마나 고결한 행동을 흉내 내
나! 뜨거운 열정으로 나라를 통째로 불태우려 하는 자   35
들처럼 그의 교활한 사랑의 본질도 그렇다.
이 사람이 주인님의 최고 희망이었는데,
신들 빼고 이젠 다 날아갔다. 친구들은
이제 다 죽었으니 인심 좋은 여러 해 동안에
한 번도 자물쇠 없었던 문에는 이제야   40
주인님을 확실히 보호해 줄 것을 써야 해.
자기 재산 못 지킬 자, 집 안에만 있어야 해,
그것이 관대한 행동에 허락되는 전부다.   (퇴장)

3막 4장

바로의 하인 둘, 티투스와 호르텐시우스를 만나면서

등장하고, 그런 다음 루키우스의 하인, 티몬 채권자들의

하인 모두가 그가 나오기를 기다린다.

바로 하인 1	잘 만났네, 티투스와 호르텐시우스, 안녕.
티투스	자네도 안녕, 친절한 바로.
호르텐시우스	루키우스!
	뭐야, 우리가 함께 만나?
루키우스	음, 내 생각에
	우리 모두가 하명받은 일은 하나, 내 것은
	돈이라네.
티투스	그들과 우리 일도 그거야.

필로투스 등장.

루키우스	그리고	5
	필로투스의 일도.	
필로투스	한꺼번에 인사할게.	
루키우스	어서 와, 형, 지금이 몇 시인 것 같아?	
필로투스	힘들게 9시가 되려고 해.	
루키우스	그런가?	
필로투스	어르신은 안 보이셔?	
티투스	아직은.	

3막 4장 장소 아테네, 티몬의 저택.
2행 바로…루키우스 이 장면에 등장하는 하인들의 일부 또는 전부는
그들 주인의 이름을 쓰는 것 같다. (아든)

| 필로투스 | 놀라워, 7시면 눈에 띄곤 하셨는데. | 10 |

| 루키우스 | 음, 하지만 그의 날은 점점 짧아지고 있어.

방탕한 행실은 태양과 같지만 회복은
태양처럼 안 된단 사실을 꼭 고려해야 해.
티몬 님 지갑은 한겨울일까 봐 걱정돼 —
즉 누가 손을 한껏 집어넣어도 한 푼도   15
안 잡힌단 말이지.

| 필로투스 | 나도 그게 걱정이야.

| 티투스 | 묘한 결과 하나를 어떻게 해석할지 보여 주지.
네 주인이 돈 받으러 보냈지?

| 호르텐시우스 | 딱 맞혔네.

| 티투스 | 근데 그는 티몬이 선물한 보석을 지녔고
나는 그 대금을 기다려.   20

| 호르텐시우스 | 난 마음이 안 내켜.

| 루키우스 | 얼마나 묘한지 잘 봐.
이 일로 티몬은 빚진 것보다 더 갚아야 해.
마치 네 주인이 비싼 보석 차고서 그 값을
받으러 보낸 것과 같으니까.

| 호르텐시우스 | 이 임무가 난 지겨워, 신들도 증언할 수 있어.   25
내 주인이 티몬 재산 까먹은 걸 아는데
이젠 그게 배은 땜에 절도보다 나빠졌어.

| 바로 하인 1 | 맞아, 내 건 금화 3천이야. 자네 건 얼마야?

| 루키우스 | 내 것은 5천이야.

| 바로 하인 1 | 큰 빚이고, 금액에서 자네 주인 신용이   30
내 쪽보다 더 위였던 것처럼 보이는군,
안 그러면 둘은 분명 같을 텐데.

플라미니우스 등장.

티투스	티몬 님의 하인 중 하나야.
루키우스	플라미니우스? 이보게, 한마디만! 제발, 자네 주인님
	은 나올 준비 되셨어? 35
플라미니우스	아니, 사실은 안 되셨어.
티투스	우린 어르신을 기다려, 제발 그것만큼은 알려 드려.
플라미니우스	그건 말씀드릴 필요 없네, 자네들이 지나치게 부지런
	한 건 아셔. (퇴장)

외투 입고 얼굴 가린 플라비우스 등장.

루키우스	하, 저렇게 얼굴을 가린 사람, 집사 아냐? 40
	구름에 가리어 떠나가. 불러, 불러.
티투스	이보시오, 들려요?
바로 하인 2	실례하겠습니다.
플라비우스	친구여, 나에게 원하는 게 무엇인가?
티투스	우리는 돈을 좀 받으려고 기다려요.
플라비우스	음,
	너희가 기다린 것만큼 돈이 막 있다면 45
	확실하게 있을 테지.
	그럼 왜 거짓된 너희 주인님들이 티몬 님의
	음식을 먹었을 때 청구서를 안 내놨어?
	당시에 그들은 빚 얻으려 웃고 알랑거리며
	그 대식가 아가리에 이자를 처넣을 수 있었어. 50
	내 성질 돋우면 너희만 안 좋아,
	조용히 보내 줘.

	정말인데, 주인님과 난 이미 끝을 냈고	
	내가 계산하거나 그가 쓸 돈은 없어.	
루키우스	예, 하지만 이 대답은 도움이 안 됩니다.	55
플라비우스	도움은 안 돼도 너희만큼 저질은 아니야,	
	너희는 악당들을 도우니까.　　　　　　(퇴장)	
바로 하인 1	뭐야? 쫓겨난 저 집사께서 뭐라고 씨부렁거려?	
바로 하인 2	뭐든 상관없어, 그는 가난하고, 복수는 그걸로 충분해.	
	들어갈 집도 없는 인간치고 누가 그보다 더 거침없이	60
	말할 수 있겠어? 그런 자들은 큰 건물에 대고도 욕할	
	수 있어.	

세르빌리우스 등장.

티투스	오, 세르빌리우스가 왔어. 이제 우린 답을 좀 알게 될	
	거야.	
세르빌리우스	제가 신사 여러분께 좀 다른 때 와 주시길 부탁드릴 수	65
	있다면 저에겐 큰 위안이 될 겁니다. 제 영혼을 걸고	
	말씀드리는데, 주인님은 놀랍도록 비탄에 빠지려 하	
	시고 유쾌한 기분이 사라져 건강이 크게 안 좋으며 방	
	에만 계시니까요.	
루키우스	방에만 있는데 안 아픈 사람도 많아요.	70
	그의 건강 상태가 그토록 안 좋다면	
	더 빨리 빚을 갚아 신들에게 가는 길을	
	확보해야 할 것 같은데요.	
세르빌리우스	오, 맙소사!	
티투스	우리는 이런 답을 못 받아들이겠소.	
플라미니우스	(안에서)	

세르빌리우스, 도와줘! 주인님, 주인님!　　　　　　　　　　75

광분에 빠진 티몬 등장.

티몬	뭐라고, 내 집 문을 내가 못 드나들어?
	나는 늘 자유로이 움직였다, 그런데 내 집이
	날 가두는 적군이, 감방이 돼야만 해?
	내가 잔치 베풀던 곳, 그곳이 지금 내게
	모든 인간들처럼 냉혹한 마음을 보여야 해?　　　80
루키우스	지금 내놔, 티투스.
티투스	어르신, 저의 청구서입니다.
루키우스	이건 제 것입니다.
호르텐시우스	제 것도요, 어르신.
바로 하인 둘	저희 것도, 어르신.　　　　　　　　　　　　　85
필로투스	모든 저희 청구서요.
티몬	그걸로 날 때려눕혀라, 허리까지 쪼개라.
루키우스	아아, 어르신 —
티몬	내 심장을 금액별로 자르고 —
티투스	제 건 50달란트 —　　　　　　　　　　　　90
티몬	내 피로 계산해.
루키우스	금화 5천입니다, 어르신.
티몬	핏방울 5천으로 갚는다. 자네 건 얼마고, 자네 건?
바로 하인 1	어르신 —
바로 하인 2	어르신 —　　　　　　　　　　　　　　　　95
티몬	날 찢고 덮쳐라, 신들이 자네들을 벌하길.　　(퇴장)
호르텐시우스	참말로, 우리 주인님들은 돈 받을 생각일랑 깨끗이 접
	어야겠군. 이 빚은 다 절망적이라고 해도 무리가 아냐,

미친 자가 갚아야 하니까.　　　　　　　(함께 퇴장)

3막 5장
티몬과 플라비우스 등장.

티몬　　　노예 놈들, 그들 땜에 난 숨조차 못 쉬었어.
　　　　빚쟁이들? 악마들이야!

플라비우스　주인님 —

티몬　　　　　　　이럭하면 어떨까?

플라비우스　　　　　　　　　　　　주인님 —

티몬　　　그렇게 해야지. (부른다.) 집사!

플라비우스　　　　　　　　　　　여기요, 주인님.

티몬　　　있었어? 내 친구들에게 다시 한번 청하라,　　　　5
　　　　루키우스, 루쿨루스, 셈프로니우스, 모두 다,
　　　　그 깡패들에게 또 한 번 잔치 연다.

플라비우스　　　　　　　　　　　　오, 주인님,
　　　　당신은 넋 나간 채 말씀하실 뿐이에요.
　　　　집 안에는 웬만한 상을 차릴 만큼도
　　　　남은 게 없어요.　　　　　　　　　　　　　10

티몬　　　　　　　자네가 걱정할 일 아니야.
　　　　가, 명령이야, 다 초대해, 악당들의 물결을
　　　　한 번 더 맞이해. 요리사와 내가 준비하겠다.

　　　　　　　　　　　　　　　　　(함께 퇴장)

3막 5장 장소　아테네, 티몬의 저택 안.

원로원 의원 셋이 한쪽 문으로, 알키비아데스가
그들을 만나면서 수행원들과 함께 등장.

의원 1	의원님, 난 거기에 찬성이오, 그 잘못은
	잔학하기 때문에 그는 죽어 마땅하오.
	자비만큼 죄를 격려하는 것은 없습니다.
의원 2	참말이오, 놈들을 법이 으깨 줄 것이오.
알키비아데스	원로원에 명예와 건강, 자비가 있기를!
의원 1	그래서, 대장?
알키비아데스	여러분의 미덕을 믿고서 공손히 청합니다.
	연민은 국법의 미덕이고, 그것을
	잔인하게 쓰는 자는 폭군들뿐이니까.
	제 친구 하나가 운과 때가 맞지 않아
	곤경에 처했는데 뜨거운 혈기로 국법을,
	아무런 주의 없이 뛰어드는 자들에겐
	깊이 모를 그 법을 어기게 됐습니다.
	그 불운을 제쳐 놓고 그 사람을 본다면
	그는 멋진 미덕의 소유자로
	그 행위를 비겁으로 더럽히지 않았고 —
	그건 그의 잘못을 덮어 줄 명예인데 —
	고귀한 분노와 공정한 마음으로
	자신의 명성이 치명상 입은 것을 보고는
	자기 적과 맞섰으며,
	또한 매우 침착하고 절제된 열정으로

5

10

15

20

3막 6장 장소 아테네, 원로원.

	자신의 분노를 논제를 입증하듯	
	터뜨리기 이전에 정말 다스렸답니다.	
의원 1	자네는 추악한 짓 미화하려 힘쓰면서	
	너무나 무리한 역설을 펴고 있네.	25
	그리고 고의적 살인을 적절한 행위에	
	맞추어 보려고 극구 애를 쓰면서	
	다툼을 용맹의 범주에 넣는 것 같은데,	
	그건 사실 파벌과 당파가 새롭게 생겼을 때	
	이 세상에 나왔던 비뚤어진 용맹이네.	30
	인간의 최악의 독설을 현명하게 견디고	
	자신의 피해를 겉옷처럼 무심하게 걸치며,	
	절대로 자신의 모욕을 심장으로 가져가	
	그것을 위험에 빠뜨리지 않는 자가	
	진정으로 용맹하네.	35
	피해가 살인을 강요하는 악이라고 해도	
	목숨을 무릅쓴 악행은 얼마나 어리석나!	
알키비아데스	어르신 ―	
의원 1	명백한 죄, 깨끗해질 순 없다네.	
	복수가 아니라 참는 게 용기니까.	
알키비아데스	의원님들, 그럼 제가 대장처럼 하는 말을	40
	실례지만 용서해 주십시오.	
	어리석은 인간들은 왜 전투에 나서서	
	위협을 다 참고 그것을 무시하며,	
	적들이 자기 목을 저항 없이 조용히	
	자르게 하지 않죠? 견디는 데 그토록	45
	큰 용기가 들었다면 우리는 뭣 때문에	
	전장으로 나가죠? 견뎌서 이긴다면,	

그렇다면 집에 있는 여자가 더 용감하고,
또 참는 데 지혜가 있다면 사자보다
나귀가 더 대장답고, 쇠고랑 찬 중범이   50
판관보다 더 현명하겠죠. 오, 의원님들,
높으신 분들이니 선한 동정 베푸시오.
냉정할 땐 그 누가 성급함을 못 꾸짖죠?
죽이는 게 극악 범죄인 점은 인정하나
방어에선 참 죄송하게도 가장 정당합니다.   55
화를 낸다는 건 불경한 일이지만
화내지 않는 인간, 어디에 있습니까?
이 범죄에 이걸 꼭 참작해 주십시오.

의원 2   쓸데없는 말이네.

알키비아데스   쓸데없다? 그 사람의
라케다이몬과 비잔티움 전공만으로도   60
자신의 생명 구할 뇌물로 충분하오.

의원 1   뭔 말이야?

알키비아데스   그야, 뭐, 어르신, 그는 공을 꽤 세웠고
전투에서 여러분의 적을 많이 살해했죠.
그는 저 마지막 충돌에서 얼마나   65
용기가 넘쳤고 수많은 상처를 입혔던가!

의원 2   그는 그런 것들을 너무 많이 입혔어.
공공연한 폭도로서 여러 번 술에 절어
자신의 용맹을 포로로 잡은 죄가 있다네.
적들이 없다 해도 그를 압도하는 데는   70
그것으로 충분해. 그 더러운 광기로
폭행을 범하고 파당을 조장하고 있다고
알려져 있으니까. 보고에 의하면

	그의 삶은 비열하고 음주는 위험해.
의원 1	그는 죽어.
알키비아데스	모진 운명! 전사할 수 있었는데.

75

의원님들, 그의 어떤 자질로도 안 된다면
그는 자기 오른팔로 목숨 사고 누구의 신세도
안 질 수 있지만, 여러분을 더 움직이기 위해
제 공적을 그의 것에 더하여 합치시죠.
원로들께서는 담보를 좋아하시는 줄 알기에   80
저는 제 승리를, 제 모든 영예를 다
그가 올릴 높은 수익 걸고서 잡히겠습니다.
그가 이 범죄로 법에게 생명을 빚졌다면,
예, 그것을 용맹한 피 흘리는 전쟁에 주시죠,
전쟁도 법에 못지않을 만큼 엄하니까.   85

| 의원 1 | 우린 법의 편이네. 그는 죽어, 극형을 피하려면 |

더 이상 그것을 언급 말게. 친구든 형제든
타인의 피 흘리면 자기 피를 몰수당해.

| 알키비아데스 | 그래야만 하나요? 그래선 안 됩니다. |

의원님들, 제발 저를 알아주십시오.

| 의원 2 | 어떻게? |

90

알키비아데스	기억에 떠올려 주십시오.
의원 3	뭐라고?
알키비아데스	늙어서 절 잊은 거라고 생각할 수밖에요.

아니라면 전 이런 평범한 은혜를 간청하고
거절을 당할 만큼 천해질 순 없답니다.
제 상처가 도지네요.

| 의원 1 | 감히 우리 분노를 사? |

95

몇 마디에 담겼지만 그 효과는 거대해,

우리는 널 영원히 추방한다.

알키비아데스   날 추방해?
노망기나 추방하고 원로원에 먹칠하는
고리대나 추방하쇼.

의원 1   네가 이틀 뒤에도
아테네에 남으면 더 중벌을 받으리라.   100
또 우리의 노기를 더 키우지 않기 위해
즉시 처형될 것이다.   (의원들 함께 퇴장)

알키비아데스   그렇다면 신들께선
당신들이 뼈만 남을 정도로 오래 살아
아무도 쳐다보지 않도록 해 주시길!
미쳐 죽을 지경이군. 내가 적을 막는 동안   105
그들은 돈을 세고 있었고, 그 돈을
큰 이자 붙여서 꿔 주었다. — 나 자신은
큰 상처만 부자였어. 그게 다, 이 때문에?
이것이 고리대금 원로원이 대장의 상처에
부어 주는 향유란 말인가? 추방이라.   110
나쁜 건 아니다. 추방을 미워하진 않겠다.
그건 내 울화와 광기에 걸맞은 명분으로
아테네를 칠 수 있게 해 준다. 불만에 찬
내 부대를 격려하고 그 마음을 얻어 보자.
수많은 나라와 다투는 건 영예니까   115
군인도 신처럼 피해를 용납해선 안 된다.   (퇴장)

3막 7장

음악. 티몬의 여러 친구들이 각각 다른 문에서

등장하고, 그 가운데 루키우스, 루쿨루스, 벤티디우스,

셈프로니우스 및 그 밖의 귀족들이 보인다.

귀족 1   좋은 시간 보내시오.

귀족 2   당신도 그러시오. 이 어른은 그저께 우릴 그저 시험하
          신 것 같군요.

귀족 1   우리가 만났을 때 나도 그 일을 곰곰 생각해 봤지요.
          그가 친구 몇 명을 시험하는 데서 드러내 보인 만큼 바   5
          닥난 건 아니기 바랍니다.

귀족 2   이렇게 새로 잔치를 여는 걸 보아하니 그런 것 같진 않
          네요.

귀족 1   나도 그리 생각합니다. 그는 나를 열성적으로 초대했
          고, 난 몇 가지 급한 일정 때문에 미루려 했지만 그의   10
          부탁이 그걸 뛰어넘을 만큼 간곡하여 나타날 수밖에
          없었답니다.

귀족 2   나도 같은 식으로 급한 볼일에 매여 있었지만 그는
          내 변명을 들으려고 하지 않았어요. 그가 내 돈을 빌
          리러 사람을 보냈을 땐 미안하게도 준비금이 없었답   15
          니다.

귀족 1   나도 그런 비탄으로 아픕니다, 상황이 어떤지 다 이해
          하니까요.

귀족 2   여기 있는 모두가 그렇죠. 그가 당신께 빌리려던 게 얼
          마였죠?   20

귀족 1   금화 1천이오.

귀족 2   금화 1천?

귀족 1   그쪽은요?

3막 7장 장소   아테네, 티몬의 저택.

귀족 2   그는 내게 — 여기 그가 왔군요.

티몬과 연회 식탁과 의자를 준비하는 시종들 등장.

티몬   진심으로, 두 신사분, 어떻게 지내십니까?   25
귀족 1   늘 최상이죠, 어르신에 대해 좋은 말을 듣는 한.
귀족 2   제비도 여름을 우리가 어르신을 따르는 것보다 더 기
         꺼이 따르진 못합니다.
티몬   또한 겨울엔 더 기꺼이 떠나지도 않지요. — 그런 여
         름새가 인간이랍니다. 여러분, 우리의 정찬이 이 오랜   30
         기다림을 보상해 주진 못할 겁니다. 그동안 음악으로
         귀를 호강시키시죠, 그게 거친 나팔 소리를 잘 요리한
         다면 말입니다. 곧 상을 내오죠.
귀족 1   내가 어르신의 사자를 빈손으로 돌려보낸 일을 불친
         절로 여기진 마시기 바랍니다.   35
티몬   오, 그건 걱정 마십시오.
귀족 2   고귀한 어르신 —
티몬   아, 친구분, 괜찮아요?
귀족 2   존경하는 어르신, 난 당신께서 어저께 사람을 보냈을
         때 아주 불운한 거지였던 게 창피해서 병이 날 지경이   40
         랍니다.
티몬   그 일은 생각 마시오.
귀족 2   두 시간 전에만 사람을 보내 주셨어도 —
티몬   그게 당신의 좋은 추억에 부담이 되게 하진 마시오.
         (시종들에게) 자, 한꺼번에 다 내와라.   45

잔칫상이 들어온다.

귀족 2	요리를 다 가렸군요!
귀족 1	장담컨대 진수성찬이오.
귀족 3	틀림없소, 돈으로 이 계절에 이런 걸 만들어 낼 수 있다면 말이오.
귀족 1	안녕하십니까? 무슨 소식이라도?	50
귀족 3	알키비아데스가 추방됐소, 들었어요?
귀족 1, 2	알키비아데스가 추방돼요?
귀족 3	그렇소, 확실하오.
귀족 1	어떻게, 어떻게?
귀족 2	도대체 뭣 때문에?	55
티몬	훌륭한 친구분들, 가까이 오시겠습니까?
귀족 3	곧 더 얘기해 드리죠. 성대한 연회가 준비됐군요.
귀족 2	여전히 옛적의 그 사람이군요.
귀족 3	이게 계속될까요, 계속될까요?
귀족 2	그러겠죠, 하지만 때가 되면 — 그래서 —	60
귀족 3	뭔 말인지 알겠소.
티몬	각자 자기 자리로 애인 입술 향하여 박차를 가하듯이 가시오. — 음식은 어느 자리에서나 같을 겁니다. 이 자리를, 상석에 합의 못 해 음식이 식어 버리는 도시의 연회처럼 만들지는 마시오. 앉아요, 앉아. 신들께 감사 할 필요가 있으니까.	65

위대한 은인들이시여, 우리의 모임에 감사의 마음을 뿌려 주십시오. 당신들은 선물 주는 일로 찬양받으십시오. 하지만 신들께선 경멸받지 않도록 늘 줄 것을 남겨 놓으십시오. 인간 각자에게 충분히 빌려 주어 한 사람이 또 다른 사람에게 빌려줄 필요가 없 도록 하십시오, 신들께서 인간에게 빌리려 하면 인

70

간은 거절할 테니까요. 음식이 그걸 주는 사람보다
더욱 사랑받게 하십시오. 이십 명의 집단에서 스무
명의 악당이 없는 일은 없게 하시고, 식탁에 열두 명   75
의 여자가 앉는다면 그 한 다스는 본색을 드러내게
하십시오. 오, 신들이시여, 당신들의 나머지 적들
은 ― 아테네 원로원 의원들과 상놈 무리를 합쳐서
말인데 ― 그들의 결함 때문에 신들이시여, 파멸이
어울리게 해 주십시오. 오. 여기에 참석한 제 친구들   80
은 저에겐 헛것이니 헛것으로 축복하고, 헛된 환대
를 받도록 하십시오.

개들아, 뚜껑 열고 핥아라!

(접시가 열리면서 거기에 미온수가 가득한 게 드러난다.)

귀족 하나   어르신이 왜 이러죠?

다른 귀족   모르겠네요.   85

티몬   더 나은 연회는 절대로 못 보기 바란다,
이 주둥이 친구 떼야! 김이 서린 미온수가
너희에겐 완벽해. 이것은 티몬의 작별인데,
그에게 덕지덕지 반짝반짝 붙은 아첨
이제 다 씻어 내어 악취 나는 너희 악행   90
너희 낯에 뿌리겠다. (그들의 얼굴에 물을 끼얹는다.)
          혐오받고 오래 살아,
엄청 웃는 이 뺀질이 혐오할 기생충들,
공손한 파괴자, 상냥한 늑대들, 순한 곰들 ―
운명 좇는 바보들, 접시 친구, 하루살이,
굽실대는 노예들, 물안개, 기회주의자들아!   95
인간과 짐승들의 한없이 많은 질병,
너희 몸에 들끓어라!   (한 사람이 떠나려 한다.)

뭐, 가려고 해?

잠깐만, 먼저 약을 받아라. (그와 다른 사람들에게 물건을

던진다.)　　　　　　　　　너도, 너도!

멈춰라, 돈도 빌려주겠다, 한 푼도 안 꾼다.

　　　　　　　　　　(귀족들이 무질서하게 떠난다.)

뭐, 다 움직여? 손님으로 악당을 환영 않는　　　　　　　　100

그 어떤 연회도 지금부터 없게 하라.

집은 타고 아테네는 무너져라, 지금부터

인간과 모든 인류, 티몬의 미움을 받아라.　　　　(퇴장)

원로원 의원들, 귀족들과 함께 등장.

귀족 1　어떻게 된 거요, 여러분?

귀족 2　티몬 님이 격노하신 원인을 아시오?　　　　　　　　105

귀족 3　원 참, 내 모자 못 봤소?

귀족 4　난 외투를 잃었어요.

귀족 1　그는 그냥 미친 어르신이고, 변덕에 흔들리고 있을 뿐
　　　이오. 그저께는 내게 보석을 줬는데 이젠 내 모자를 쳐
　　　서 떨어뜨렸어요.　　　　　　　　　　　　　　110
　　　내 보석 봤어요?

귀족 3　　　　　　　내 모자 봤어요?

귀족 2　여깄군요.

귀족 4　　　　　내 외투는 여기에.

귀족 3　　　　　　　　　머물지 맙시다.

귀족 2　티몬 님은 미쳤소.

귀족 3　　　　　　뼛속들이 느낍니다.

귀족 4　하루는 금강석, 다음 날은 돌덩이 세례군.

(귀족들과 의원들 함께 퇴장)

4막 1장

티몬 등장.

티몬   너를 좀 돌아보자. 저 늑대들 감싸 주는
오, 성벽이여, 땅속으로 꺼진 다음
아테네를 방어 마라! 부인들은 억제 말고
자식들은 순종 말며, 노예와 바보들은
근엄한 주름의 의원들을 권좌에서 끌어내고   5
그들 대신 통치하라. 새파란 처녀들아,
공공의 창녀로 당장에 바뀌어라, 부모의
눈앞에서 그 짓 해라. 파산자는 꽉 버텨라,
되돌려주는 대신 당신네 칼을 뽑아
채권자 목을 따라! 예속된 하인들은 훔쳐라,   10
근엄한 네 주인들이 손 큰 도둑놈이고
법으로 약탈해. 하녀야, 주인님 침실로 가,
마님도 사창가 출신이야. 열여섯 살 아들아,
절뚝대는 노친의 덧댄 목발 낚아채어
그의 골통 깨부숴라. 경건함과 두려움,   15
신들에 대한 헌신, 평화, 정의, 진실과
집안의 서열 존중, 이웃 간의 평화 우호,
교육, 예절, 갖가지 직업과 상거래,

4막 1장 장소 아테네 성벽 바깥.
1행 늑대들 아테네 시민들.

계급, 규칙, 갖가지 관습과 법률은 다
파괴적인 정반대의 것들로 퇴락해라. ―   20
그런 다음 멸망해라! 인간 좇는 역병아,
그 강력한 전염성 열기를 망하기 딱 좋은
아테네에 퍼부어라. 뻣뻣한 좌골신경통아,
의원들을 절름발이 만들어 그들의 사지가
예절만큼 절뚝거리게 해. 음욕과 방탕아,   25
우리 젊은이들의 마음과 골수에 파고들어
그들이 미덕의 흐름을 열심히 거스르고
방탕에 빠질 수 있게 해라. 헌데와 물집아,
아테네인 가슴에 다 퍼져 그 전원이
문둥병을 앓게 해라. 숨이 숨을 오염시켜   30
그 둘의 동행이 그 둘의 친교처럼
완전 독이 되게 하라. 혐오하는 도시여,
난 맨몸 말고는 아무것도 안 가져갈 것이다.
늘어나는 저주와 더불어 이것도 가져라.
티몬은 숲에 가서 극도로 비정한 짐승이   35
인간보다 정이 더 많다는 걸 깨칠 테다.
신들은, 모든 선한 신들은 들으시오! ―
그 성벽 안팎의 아테네인 다 멸하고,
티몬의 늙음 따라 높고 낮은 인간 족속
모두를 미워하는 마음도 자라나게 하소서!   40
아멘.   (퇴장)

34행 이것 티몬은 아마도 구체적인 옷이나 사교계의 장식품 가운데
하나를 가리키는 듯하다. (아든)

4막 2장

플라비우스, 두세 명의 하인과 함께 등장.

하인 1   이봐요, 집사님, 주인님은 어디에 계셔요?
            우리는 망했고 잘렸소, 남은 건 전혀 없소?
플라비우스 아, 이보게들, 뭔 말을 해 줘야지?
            공정한 신들께서 이걸 적어 놓으시라고 해,
            난 자네들만큼 가난해.
하인 1   이런 집이 파산해?   5
            그 고귀한 주인님이 추락해? 다 떠나고
            그분의 불운을 감싸 주고 함께 갈 친구는
            하나도 없나요?
하인 2   무덤 속에 던져 버린
            우리의 동무에게 우리가 등을 싹 돌리듯
            그분의 친우들도 그분의 재산이 묻히자   10
            모두 몰래 도망치고, 거짓된 맹세만
            다 털린 지갑처럼 남겼네. 불쌍한 그분은
            밖으로만 나돌게 된 한 사람의 거지로
            모두가 피하는 가난이란 병을 안고
            경멸처럼 혼자서 다니셔. — 동료가 더 왔군.   15

다른 하인들 등장.

플라비우스 모두들 무너진 집안의 부서진 집기로군.
하인 3   그래도 마음은 티몬 님의 제복을 입었죠. —

4막 2장 장소 아테네, 티몬의 저택.

얼굴로 알 수 있죠. 우린 아직 동료로서
같은 슬픔 표합니다. 우리 배는 물이 새고
우리들 불쌍한 선원은 가라앉는 갑판에서   20
파도의 위협을 듣는데 — 이 바람의 바다로
우린 다 가야 해요.

플라비우스   다들 착한 동료들,
내 마지막 재물을 자네들과 나누겠네.
우리가 어디서 만나든 티몬 님을 위하여
동료로 지내세. 머리를 끄덕이고 말하세,   25
주인님의 재산에 울리는 조종처럼,
"좋은 적도 있었다."라고. 조금씩 가져가게,
(그들에게 돈을 내민다.)
아니, 다들 손을 내밀어 — 말은 더 하지 말고,
슬픔 부자, 우리는 이렇게 가난하게 헤어져.

                        (그들은 포옹하고 각자 다른 길로 떠난다.)
오, 영광이 불러오는 극심한 고난이여!   30
재물이 불행과 경멸을 가리키고 있는데
그 누가 부에서 벗어나길 원하지 않을까?
자신의 화려함과 전 재산에 포함된 게
윤나는 그의 친구들처럼 그림일 뿐이라면
그 누가 이렇게 영광으로 조롱당하거나   35
우정이라는 꿈속에서만 살려 할까?
가엾은 정직한 주인님, 마음 땜에 쓰러지고
선행 땜에 망하셨어! 넘치는 선행이
최악의 죄라면 인류란 건 낯설고 이상해.
신들을 만드는 선심이 인간을 쭉 망치는데   40
누가 다시 감히 그의 반만큼 친절할까?

가장 저주받으려고 복 받은, 오직 불행하려고
부자였던 소중한 주인님, 당신의 큰 재산이
주 고통이 되었군요. 아, 친절한 주인님,
그 괴물 친구들이 배은한 이 자리에서   45
격노 속에 뛰쳐나가셨군요.
그런데 그에겐 생계를 유지할 수단도,
그걸 요구할 수 있는 것도 없다.
난 그를 따라가서 수소문해 봐야지.
최선을 다하여 늘 그의 마음을 섬길 거야,   50
내게 금이 있는 한 난 항상 그의 집사니까.   (퇴장)

4막 3장

티몬, 숲속에서 등장.

티몬   오, 축복받은 생육의 태양이여, 지상에서
썩은 습기 빨아올려 저 달님 아래쪽의
공기를 더럽혀라! 생식, 임신, 출생에서
다를 바 전혀 없는 한 자궁 쌍둥이에게도
각각 다른 운명을 허락하라, 강자가   5
약자를 멸시할 테니까. 갖가지 염증의
공격 받는 인간도 인간을 경멸치 않고는
그 누구도 큰 행운을 못 누린다.
이 거지는 일으키고 그 어른은 눌러라,
그 상원 의원은 세습된 경멸을, 그 거지는   10

4막 3장 장소 아테네 근처의 숲.

타고난 영예를 얻을 테니.
황소의 옆구리 기름은 풀밭에서 생기고,
못 먹으면 마른다. 누가 감히 — 누가 감히
순수한 인간처럼 올곧게 말할 건가,
이자는 아첨꾼이라고. 그가 그런 자라면   15
그들도 다 그렇다, 행운의 단계마다 아래가
위의 비위 맞추니까. 배운 자가 머리를
금 가진 바보에게 숙인다. 다 삐뚤어졌어,
저주받은 우리의 본성에서 절대 악을 빼놓고
일관된 것은 없다. 그러므로 인간의   20
연회, 모임, 떼거리는 다 혐오받아라!
티몬은 인간과 닮은 꼴, 암, 인간을 멸시해.
인류는 파멸하길! 땅이여, 뿌릴 내놔. (땅을 판다.)
더 좋은 걸 찾는 자는 너의 최고 독약으로
자신의 미각을 자극한다. — 이게 뭐야?   25
금인가? 노랗고 반짝이는 소중한 금?
아, 신들이여, 전 실없는 신도가 아닙니다. —
깨끗한 하늘이여, 뿌리를! 이거 이만큼이면
흑백과 미추와 선악과 귀천과 노소를,
겁쟁이와 용사를 뒤바꾸어 놓을 거다.   30
하, 신들이여, 왜 이걸? 어째서? 허, 이건
사제와 종들을 당신들 곁에서 끌어내고
멀쩡한 환자들도 미리 죽일 것입니다.
이 노란색 노예 놈은
뭇 종교를 묶었다 떼 놓고, 저주할 자 축복하며   35
성병을 숭배하게 만들고, 도둑을 높여서
원로원 의원들과 동등한 지위와 존경과

권위를 부여할 것입니다. 이게 바로
물기 빠진 과부를 개가하게 만드는데,
구빈원 환자와 궤양성 종양 가진 자들도   40
구토를 일으킬 그녀에게 4월의 향유와
양념을 뿌려 준답니다. 자, 미운 땅아,
온갖 나라 사이에 분란을 일으키는
온 인류의 창녀야, 네 본성에 맞게끔
먹을 거나 내놔라.   (멀리서 행군)

         하? 북소리? 넌 살아 있지만   45
그래도 묻어 두마. 통풍 걸린 네 소유자들이
서지도 못할 때 막강한 강도여, 넌 걷는다.
아니, 넌 선금이니까 밖에 있어. (약간의 금을 챙긴다.)

        전쟁할 태세로 고수와 나팔수를 데리고
     알키비아데스. 그리고 프리니아와 티만드라 함께 등장.

알키비아데스	당신은 누구요? 말하시오.	
티몬	너와 같은 짐승이다. 내게 다시 사람 눈을	50
	보여 준 대가로 자벌레가 네 심장 파먹기를.	
알키비아데스	이름이 무엇이오? 인간이 그토록 미운데	
	본인도 인간이오?	
티몬	난 인간 혐오자로 인류를 미워한다.	
	너로 말하자면, 내가 널 좀 좋아하게	55
	넌 정말 개였으면 좋겠다.	
알키비아데스	당신은 잘 알지만	

45행 넌 살아 있지만 넌, 즉 금(돈)은 증식이 가능한 생명체이지만.

4막 3장   223

	당신의 운세는 배우지 못해서 생소하오.	
티몬	나도 널 알고 있고, 널 안다는 이상으로	
	아는 건 원치 않아. 너의 북을 따라가	
	사람 피로 땅을 붉게 물들여라, 검붉게.	60
	종교의 율법과 민법도 잔인한데 전쟁은	
	어떡해야 하겠어? 너의 이 사나운 창녀는	
	모습은 온통 천사 같지만 네 칼보다 더욱 큰	
	파괴력을 지녔어.	
프리니아	썩을 놈의 입술이야!	
티몬	난 너와 키스하지 않을 테니 썩는 것은	65
	도로 네 입술이 될 거야.	
알키비아데스	고귀한 티몬 님이 어쩌다 이렇게 변했죠?	
티몬	저 달처럼 돌려줄 빛이 없어졌으니까.	
	근데도 난 저 달처럼 재생될 수 없었어. ―	
	빛을 빌릴 해들이 없어서.	
알키비아데스	고귀한 티몬 님,	70
	제가 어떤 우정을 보일까요?	
티몬	내 견해를	
	지지해 주는 것뿐이야.	
알키비아데스	그게 뭐죠, 티몬 님?	
티몬	나에게 우정을 약속하고 실행 않는 것이지.	
	약속하지 않겠다면 넌 인간이니까	
	신들이 널 괴롭히길. 네가 정말 실행하면	75
	넌 인간이니까 그들이 널 파괴하길.	
알키비아데스	전 당신의 재앙을 웬만큼 들었어요.	
티몬	넌 그걸 내가 번성했을 때 보았었지.	
알키비아데스	지금 그걸 봅니다, 당시는 축복받은 때였죠.	

| 티몬 | 매춘부 한 쌍에 묶인 너의 지금처럼. | 80 |

티만드라 　이것이 온 세상이 그토록 경의를 표했던
아테네의 총아야?

　　　　티몬 　　　　　　　네가 티만드라야?

　　　　티만드라 　　　　　　　　　예.

　　　　티몬 　창녀 짓 쭉 해라, 널 쓰는 자들은 널 사랑 안 해.
너에게 욕정을 남기는 그들에게 병을 줘.
네 색정의 시간을 이용해. 놈들을 구슬려　　　　　85
욕조 치료 받게 하고, 장밋빛 뺨 청년에게
욕조 단식 요법을 쓰게 해.

　　　　티만드라 　　　　　　　　뒈져라, 괴물아!

알키비아데스 　용서해 드려라, 어여쁜 티만드라, 불운으로
그 사람의 정신이 녹아 버린 상태니까.
저도 최근 금이 거의 없어서, 용감한 티몬 님,　　　90
그 때문에 궁핍한 제 부대에서 반란이
매일 일어난답니다. 저는 듣고 비탄했죠,
괘씸한 아테네가 어떻게 당신의 가치를 모른 채,
이웃 나라들이 당신 칼과 재산만 없었으면
그들을 짓밟으려 했을 때의 큰 공적을 잊고서 ―　95

　　　　티몬 　부탁인데 그 북을 울리고 떠나 줘라.

알키비아데스 　전 당신 친구이고 당신을 동정해요, 티몬 님.

　　　　티몬 　널 귀찮게 하는 자를 넌 어떻게 동정해?
난 혼자 있고 싶어.

알키비아데스 　　　　　　　그럼 안녕히 계십시오.

86행 욕조 치료　뜨거운 물속에서 땀을 내는 것과 단식은 오래된 성병
치료법이었다. (아든)

여기 금이 좀 있어요.

티몬 가져, 난 그거 못 먹어. 100

알키비아데스 제가 저 오만한 아테네를 박살 낸 뒤 ―

티몬 아테네와 전쟁해?

알키비아데스 예, 티몬, 이유도 있어요.

티몬 너의 그 정복에서 신들은 그들을 다 멸하고,
네 정복이 끝난 뒤엔 너도 멸하시기를!

알키비아데스 전 왜요, 티몬?

티몬 넌 악당들 죽이는 일로써 105
내 나라를 정복하러 태어났으니까.
그 금 치워. 이 금 받고, 어서 가, 어서 가.
조브가 악에 찌든 도시의 오염된 대기에
독을 풀려 할 때처럼 행성이 일으키는
역병이 되어라. 그 칼로 하나도 빼놓지 마. 110
수염이 희다고 존경받는 노인도 동정 마라,
고리대업자니까. 가짜 마님 확 내리쳐,
정직한 건 그녀의 옷차림일 뿐이고
그 자신은 뚜쟁이야. 처녀의 뺨 때문에
날 선 칼 감추지 마. 창틀을 통하여 115
남자들의 눈을 뚫는 그 우윳빛 젖꼭지는
동정의 목록에 들어 있지 않으니까
끔찍한 배신자로 적어 둬. 아기도 봐주지 마,
고것은 보조개 웃음으로 바보들의 자비 뽑는
그 신탁의 사생아, 네 목을 자른 다음 120
가차 없이 잘게 썰 거라고 모호하게 말했던

108행 조브 유피테르.

개라고 생각해라. 반대를 맹세코 물리쳐,
네 눈과 네 귀에 어미들, 처녀들,
아기들의 외침이나 성의 입은 신부들의
피 흘리는 모습에도 절대로 안 뚫릴   125
철갑을 씌워라. 네 군인들에게 줄 금이다. —
대규모로 파괴하고, 네 분노가 식거든
너 자신도 파멸해라. 말은 말고, 어서 가!

알키비아데스   아직 금이 남았어요? 주는 금은 받겠지만
충고는 다 안 받겠소.   130

티몬   그렇게 하든 말든 천벌이 내리기를!

티만드라, 프리니아   우리도 금 좀 줘요, 티몬 님, 더 있어요?

티몬   창녀가 거래를, 뚜쟁이가 창녀 만들기를
관두게 할 만큼 충분하지. 잡년들아,
그 앞치마 들어 올려. 너희 서약 못 믿는다,   135
너희는 듣고 있는 불멸의 신들에게 맹세를 —
큰 전율과 하늘 오한 불러올 때까지 —
끔찍하게 할 줄로 알지만. 서약은 관둬라,
너희의 본업을 믿겠다. 늘 창녀로 살아라,
또 경건한 말로써 너희를 개조하려 하는 자는   140
강한 창녀 짓으로 매혹하여 태워 버려.
감춰진 불길로 그자의 헛소리를 압도하고
변절자는 되지 마. 그래도 성병의 고통은
여러 달 극심하길. 그리고 털 빠져 딱한 머리,
죽은 자들 것으로 덮어라 — 사형수들 거라도 —   145
상관없어, 가발 쓰고 배신해. 쭉 창녀 짓 해,
그 진창 얼굴에 말이 빠질 때까지 화장해라.
주름살로 망해라!

티만드라, 프리니아	글쎄, 금을 더 준다면야?
	금을 주면 우린 분명 뭐든지 할 거예요.
티몬	남자의 빈 뼛속에	150
	화류병을 뿌려라, 깡마른 종아리를 덮치고
	박차를 못 쓰게 해. 변호사 목소리를 깨뜨려
	삿된 권리 더는 변호 못 하게, 날카롭게
	궤변을 내뱉지 못하게 해. 믿지도 않으면서
	육체적인 본능을 반대하는 신관들의	155
	목을 쉬게 만들어. 개인적인 이득 위해
	공공복지 냄새를 잃은 자의 코빼기를
	납작하게 까부수고, 그 콧날을 확 떼 버려.
	곱슬머리 불한당들 대머리 만들고,
	상처 없이 전쟁 허풍 막 치는 자들에게	160
	너희 고통 좀 넘겨줘. 모두에게 병을 옮겨
	너희의 활약으로 발기의 근원을 다
	무찌르고 소멸시켜. 여기 금이 더 있다.
	남들 지옥 보내고 너희는 이걸로 지옥 가라.
	개골창 무덤에 다 들어가길!	165
티만드라, 프리니아	돈 더 주며 충고를 더 하세요, 활수한 티몬 님!
티몬	우선은 창녀 짓 더, 악행을 더 — 선금 줬어.
알키비아데스	아테네 쪽으로 북을 쳐라. 잘 있어요, 티몬.
	제가 크게 번성하면 다시 찾아올 겁니다.
티몬	내 희망이 맞는다면 절대 다시 안 볼 거야.	170
알키비아데스	당신을 해한 적 없는데요.
티몬	있지, 날 좋게 말했어.
알키비아데스	그것을 해라고 합니까?
티몬	인간들은 매일 그걸 깨달아. 어서 가,

	그 잡년들 데리고.	
알키비아데스	우린 화만 돋운다, 쳐라.	
	(북소리. 알키비아데스, 프리니아, 티만드라 함께 퇴장)	
티몬	인간의 무정함에 진절머리 났는데도	175

절로 배가 고프다니! (땅을 판다.)
　　　　　　　모두의 어미로서 —
측량 못 할 자궁과 무한한 가슴으로
만물을 키우고 먹이며, 바로 네 기질로
오만한 네 자식, 교만한 인간을 부풀린 넌
검은색 두꺼비, 푸른 독사, 금빛의 도룡뇽,　　180
눈 없는 독뱀을 태양신의 생명 불이 비추는
쾌청한 저 하늘 아래에서 태어나는
모든 혐오스러운 것들과 더불어 낳는데 —
인간 아들 모두가 미워하는 사람에게
그 풍성한 품에서 작은 뿌리 하나만 내놔라.　　185
다산의 능력 있는 네 자궁을 폐쇄하고,
배은하는 인간은 더 이상 내놓지 마.
호랑이, 용, 늑대와 곰들을 임신하고,
저 대리석 저택 같은 위쪽 하늘 아래의
네 얼굴 위에는 한 번도 나타난 적 없었던　　190
새 괴물을 생산해라. — 오, 뿌리다, 참 고맙다! —
네 골수와 포도나무, 경작지를 싹 말려라,
배은하는 인간이 그걸로 달콤한 음료와
기름진 음식을 만들어 순수한 맘 더럽히면
생각은 거기에서 다 빠져나가니까 —　　195

　　　　　　　아페만투스 등장.

또 인간이? 염병할, 염병할!

아페만투스   이리로 가라 했어. 사람들이 말하기를
　　　　　　자네가 내 방식을 좋아하며 쓴다 했어.

티몬　　　　 그럼 그건 자네에게 내가 흉내 내고 싶은
　　　　　　개가 없기 때문이야. 화류병에나 걸려라!　　　　　200

아페만투스   이것은 흉내 낸 자네의 본성일 뿐으로
　　　　　　운명의 변화로 생겨난 불쌍하고
　　　　　　나약한 우울증이라네. 이 삽과 이 장소,
　　　　　　노예 같은 옷차림, 불안한 모습은 왜?
　　　　　　자네 아첨꾼들은 아직도 비단옷에 술 마시고,　　205
　　　　　　편히 누워 병든 창녀 꺼안고 티몬이 있었단
　　　　　　사실조차 잊었어. 약빠른 잔소리꾼 행세로
　　　　　　이 숲을 창피하게 만들지 마. 이제는
　　　　　　자네가 아첨꾼이 된 다음 자네를 끝장낸
　　　　　　그 짓으로 번성하려 해 보게. 무릎을 굽히고　　210
　　　　　　자네가 알랑댈 사람의 바로 그 숨결에
　　　　　　바싹 다가가 봐. 극악한 그의 자질 칭찬하고
　　　　　　빼어나다고 해. 자네는 그런 말 들었고,
　　　　　　잡놈과 온갖 방문객에게 환영하는 급사처럼
　　　　　　두 귀를 기울였지. 자네가 불한당 되는 건　　215
　　　　　　참으로 공평해. 자네가 다시 부를 가지면
　　　　　　그건 불한당들의 것이야. 내 모습 취하지 마.

티몬　　　　 난 자넬 닮느니 나 자신을 버리겠네.

아페만투스   자네는 자신을 내던졌어, 자신처럼
　　　　　　아주 오래 광인이었다가 이제는 바보니까.　　220
　　　　　　뭐, 이 찬 바람, 자네의 시끄러운 시종이
　　　　　　그 속옷을 데워 줄 거라 여겨? 독수리보다도

더 오래 산 이끼 낀 이 나무가 시동처럼
자네가 가리키면 뛰는가? 얼음으로
굳어진 찬 개울이 간밤의 자네 과음 삭이고   225
아침 구취 없애 줄 물약을 줘? 헐벗은 몸으로
원한 품은 저 하늘의 악의를 다 견디며,
다투는 비바람에 집 없는 맨몸으로 노출되어
순전히 자연에 답하는 짐승들을 불러와서
그들더러 자네에게 아첨하라 명령해 봐.   230
오, 자넨 알 거야 ―

티몬   자네가 바보란 걸. 떠나.

아페만투스   난 자네가 그 어느 때보다 더 좋아.

티몬   나는 더 미운데.

아페만투스   왜?

티몬   불행에게 아첨해서.

아페만투스   넌 아첨 안 하고, 자네를 비참한 자라고 해.

티몬   왜 나를 찾아냈지?

아페만투스   짜증 나게 하려고.   235

티몬   그건 늘 악당이나 바보의 임무였지.
            그 일이 재밌나?

아페만투스   음.

티몬   뭐, 나쁜 놈이기도 해?

아페만투스   자네가 그 불쾌한 차가운 옷 걸치는 이유가
            자만심 징계라면 잘했어. 하지만 자네는
            억지로 그렇게 해. 거지가 아니라면 또다시   240
            궁정인이 되려고 하니까. 불확실한 영광보단
            자발적인 불행이 더 낫고, 먼저 보답받는데 ―
            한쪽은 완전치 못하여 계속 뭔가 채우고,

다른 쪽은 다 가졌지. 불만족한 최고는
심란한 데다가 대단히 비참한 존재로서 245
만족하는 최하보다 더 나빠.
자넨 궁핍하니까 죽고 싶어 해야 해.

티몬   나보다 더 궁핍한 사람의 충고론 안 죽어.
자네는 한 번도 호의적 운명의 다정한 품 안에
안겨 본 적 없었던 노예로서 개처럼 자랐어. 250
자네가 짐처럼 유년부터 이 짧은 세상의
말 잘 듣는 일꾼들을 자유로이 부릴 수
있는 사람들에게 주어진 영전의 단계를
밟아 나갔더라면 자네는 자신을
전방위 방탕에 내던지고 청춘을 255
각각 다른 욕정의 침대에서 녹이면서
차가운 존경의 계율은 하나도 안 배우고
눈앞의 달달한 놀이를 좇았겠지. 그런데 —
이 세상을 나의 과자 가게로 가졌었고,
많은 이의 입과 혀와 눈과 맘을 내 뜻대로 260
쓸 수 있는 방법보다 더 많이 가져서
무수한 사람들이 참나무 잎처럼
내게 붙어 있었던 난, 겨울 빗질 한 번에
가지에서 떨어진 채 나체로 한데에
폭풍을 다 맞으라고 버려져서 — 호시절만 265
알던 내가 이것을 견디는 건 좀 짐이네.
자네 생은 고통 속에 시작됐고, 시간은
자넬 단련시켰어. 근데 왜 인간을 미워해?
그들은 자네에게 아첨한 적 없어. 뭘 줬는데?
저주를 하려면 자네 아비, 그 딱한 불한당이 270

그 대상이 되어야 해, 그자가 악의 품고
웬 여자 거지에게 씨를 뿌려 불쌍한,
세습된 불한당 자네를 낳았어. 저리 가, 가!
자네가 최악의 인간으로 안 태어났으면
자네는 악한에다 아첨꾼이었을 거야.   275

아페만투스 아직도 오만해?

티몬   음, 난 자네가 아니니까.

아페만투스 음, 난 탕아가 아니었으니까.

티몬 음, 난 이제 그런 사람이니까.
내 모든 재물이 자네 안에 꽉 갇혀 있다면
그것을 목맬 허락 해 주겠네. 어서 가.   280
아테네의 온 생명이 이 안에 들었으면!
이렇게 씹을 거야. (뿌리를 먹는다.)

아페만투스   자, 더 나은 성찬이네.

(음식을 내민다.)

티몬 우선 내 주변이 더 나아지도록 떠나 주게.

아페만투스 그러면 자네 없는 내 주변은 더 나아지겠군.

티몬 많이 나아지진 않고 더 나빠질 뿐이겠지.   285
그렇게 안 돼도, 됐으면.

아페만투스   아테네엔 뭘 전할까?

티몬 돌개바람 타고 가는 자네를. 원한다면
내게 금이 있다고 얘기해 줘. — 봐, 있잖아.

아페만투스 여긴 금이 소용없어.

티몬   최고, 최적의 장소야,
매수되어 해 끼치지 않으면서 잠자니까.   290

280행 그것 재물과 연관된 아페만투스 자신. (아든)

아페만투스	밤엔 어디에서 누워 자나, 티몬?
티몬	내 위에 있는 것 아래에서. 낮엔 어디에서 먹나, 아페만투스?
아페만투스	내 위가 음식을 찾아내는 데서, 더 정확히 말하자면 내 가 그걸 먹는 데서.
티몬	독약이 내게 순종하고 내 마음 알아줬으면.
아페만투스	그걸 어디로 보내려고?
티몬	자네 음식을 양념하는 데로.
아페만투스	자네는 인간성의 양극단 말고 그 중간을 한 번도 체험 한 적이 없네. 자네가 금화와 향수에 묻혀 있었을 때 그들은 자네가 지나치게 까다로워서 조롱했는데, 누 더기 걸친 자네는 전혀 그렇지 않고 그 반대여서 경멸 받아. 자, 이건 모과야. — 먹어.
티몬	난 싫어하는 건 안 먹어.
아페만투스	모과가 싫어?
티몬	음, 그게 자네처럼 생겼다면.
아페만투스	자네가 모과 같은 참견꾼들을 좀 더 일찍 싫어했더라 면 지금쯤은 자기 자신을 더 많이 사랑할 텐데. 절약하 지 않는 사람이 재물이 없어진 뒤에도 사랑받는 걸 본 적 있나?
티몬	자네가 말하는 그런 재물 없이도 사랑받는 사람을 본 적 있나?
아페만투스	있지, 나.
티몬	알아들었어, 자넨 개 한 마리 키울 재물은 가지고 있으 니까.
아페만투스	자네에게 아첨한 자들은 이 세상 어떤 물건에 가장 가 깝다고 할 수 있지?

295

300

305

310

315

티몬	여자들에 가장 가깝지. 근데 남자들 — 남자들은 그 자체가 물건이야. 이 세상을 자네 멋대로 할 수 있다면 어떡할 거야, 아페만투스?	320
아페만투스	짐승들에게 줘서 인간들을 없애 버릴 거야.
티몬	자신을 인간들의 파멸 속에 빠뜨린 다음 짐승들과 함께 짐승으로 남고 싶어?
아페만투스	음, 티몬.

티몬 짐승 같은 야심이군, 신들께서 자네가 그걸 이루도 325
록 해 주시기를. 자네가 사자라면 여우가 자넬 속일
테고, 양이라면 여우가 잡아먹을 거야. 여우라면 자
네가 혹시 당나귀에게 고소당했을 땐 사자가 자네를
불신할 거야. 당나귀라면 둔해서 고통받을 테고, 오
직 늑대의 아침거리로 늘 살 거야. 늑대라면 욕심 많 330
아 괴로울 테고, 저녁거리를 얻기 위해 자주 목숨을
걸어야 할 거야. 일각수라면 자만심과 분노 때문에
망할 테고, 자기 자신을 자기 격노의 제물로 삼을 거
야. 곰이라면 말에게 죽임을 당할 테고, 말이라면 표
범에게 붙잡힐 거야. 표범이라면 사자의 근친이니 335
까 자네는 친척들의 반점 때문에 생명을 잃을 거
야.—자네의 안전은 오로지 이동에, 방어는 피신에
있을 거야. 한 짐승의 지배를 받지 않는 짐승으로 어
떤 게 될 수 있단 말인가? 그리고 자네의 변신에서
생길 손실을 깨닫지 못하는 자넨 이미 얼마나 못난 340
짐승인가!

아페만투스 자네가 내게 말을 걸어서 나를 즐겁게 해 줄 수 있다면
지금이 딱 그럴 때야. 아테네라는 국가는 짐승들의 숲
이 됐어.

티몬	뭐! 그 나귀가 성벽을 깨뜨려서 자네가 도시 밖으로 나	345
	왔어?	
아페만투스	저기 시인과 화가가 와. 손님이라는 역병이 자네에게	
	닥치기를! 난 병 옮을까 봐 걱정돼서 떠나네. 달리 할	
	일이 없을 때 다시 보러 오지.	
티몬	살아 있는 게 자네밖에 없으면 환영해 주지. 난 아페만	350
	투스보다는 차라리 거지의 개가 되겠네.	
아페만투스	자네는 살아 있는 바보들 가운데 최고야.	
티몬	자네는 더러워서 침도 못 뱉어 주겠어!	
아페만투스	염병할, 자넨 너무 나빠서 저주도 못 하겠어.	
티몬	자네에 비하면 악당들은 다 순수해.	355
아페만투스	자네가 하는 말은 다 문둥병이야.	
티몬	자네 이름 부를 때면 그렇지.	
	내 손이 더러워질까 봐 때리지도 못하겠네.	
아페만투스	내 혀로 그게 문드러질 수 있었으면!	
티몬	썩 꺼져라, 옴 걸린 개자식아!	360
	네가 살아 있어서 울화 터져 죽겠다. ─	
	널 보면 난 기절해.	
아페만투스	네가 터져 버렸으면!	
티몬	가, 지겨운 악당아!	
	너한테 돌 하나 버리는 것조차 아까워! (돌을 던진다.)	
아페만투스	이 짐승!	
티몬	이 노예!	
아페만투스	두꺼비!	
티몬	불한당, 불한당아!	365
	난 이 거짓된 세상에 신물 났고, 아무것도,	
	순 생필품 말고는 좋아하지 않을 거다.	

그러니 티몬아, 네 무덤을 곧 준비해.
바다의 가벼운 거품이 매일 네 묘비를
칠 수 있는 곳에 누워. 묘지명을 지어서   370
죽은 뒤에 남의 삶을 비웃을 수 있도록 해.
(금에게) 오, 너 달콤한 왕 살해자, 친자식과 아비를
모질게 떼 놓는 자, 히멘의 지순한 침대의
빛나는 파괴자, 너 용맹한 아레스여.
그리고 빨개진 얼굴로 아르테미스 무릎 위의   375
신성한 눈 녹이는, 늘 젊고 새롭고 사랑받는
아름다운 구혼자여. 또 상반된 것들을
단단히 묶어서 키스하게 만드는,
온 언어로 온 목적에 다 맞춰 말하는
눈에 띄는 신이여. 오, 너 마음의 시금석아,   380
너의 인간 노예가 반항한다 생각하고
네 힘으로 그들의 파멸적 분란을 일으켜라,
이 세상이 짐승의 제국 되게!

| 아페만투스 | 괜찮지만 |

나 죽은 뒤 되라고 해. 금 있다고 말해 주지.
인파가 곧 닥칠 거야.

티몬	인파가?
아페만투스	맞아.	385
티몬	제발 등을 돌려라.
아페만투스	살아서 네 불행을 즐겨라.

373행 히멘 횃불을 든 미청년의 모습으로 표현되는 혼인의 신.
374행 아레스 전쟁의 신.
375행 아르테미스 달과 순결의 여신.

티몬	그렇게 오래 살다 죽어라! 난 간다. (물러난다.)
아페만투스	인간 같은 게 더 와. 먹고 나서, 티몬, 혐오해 줘.

(퇴장)

도적들 등장.

도적 1	그가 가진 이 금은 어디서 났을까? 초라한 몇 조각, 그
	에게 남은 것 가운데 몇 쪼가리겠지. 금이 영 없는 데 390
	다 친구들이 떨어져 나가는 바람에 이런 우울증에 내
	몰린 거야.
도적 2	그가 보물을 쌓아 뒀단 말이 요란해.
도적 3	그걸 한번 시험해 보자. 그런 것에 신경 쓰지 않는다면
	우리에게 쉽게 내주겠지. 욕심내면서 갖고 있겠다고 395
	하면 어떻게 빼앗지?
도적 2	맞아, 몸에 지니고 있진 않을 테니까. 감췄어.
도적 1	이게 그이 아냐?
도적 2, 3	어디?
도적 2	설명대로야. 400
도적 3	그이야, 내가 알아.
도적 모두	가호를 빕니다, 티몬.
티몬	이젠 도둑들이군.
도적 모두	도둑 아닌 군인이오.
티몬	둘 다지, 여자의 아들이고.
도적 모두	도둑이 아니라 바라는 게 많은 사람들이오. 405
티몬	너희가 가장 크게 바라는 건 많은 음식.
	그런데 왜 바라지? 봐, 땅에는 뿌리 있고,
	이 지역 안에는 백 개의 샘물이 솟으며,

참나무엔 도토리, 찔레엔 분홍빛 열매 있고,
인심 좋은 주부인 자연이 덤불마다   410
요리를 그득히 내놨어. 바란다고? 왜 바라?

도둑 1 우리는 짐승과 새, 물속의 고기처럼
풀과 열매, 물로는 살아갈 수 없답니다.

티몬 또한 짐승, 새, 물고기만으로는 못 살지. ─
너희는 사람을 먹어야 해. 그래도 고마워,   415
너희는 공언한 도둑으로 신성한 탈을 쓰고
일하지는 않아서. 합법적인 직업에도
한없는 도둑질이 있으니까. 이 도둑놈들아,
금이다. 가, 고열로 너희 피가 끓어올라
교수형을 당할 필요 없어질 때까지   420
간교한 포도 피를 마셔라. 의사를 믿지 마. ─
그의 해독제들은 독이고, 너희 도적질보다
그가 더 많이 죽여. 재물 생명 같이 뺏고,
악한 일 해라, 해, 너희는 그 짓을 일꾼처럼
하겠다고 하니까. 절도의 실례를 들어 주지.   425
저 태양은 도둑이고 커다란 인력으로
대양의 물을 훔쳐. 달도 완전 도둑으로
창백한 그 불빛을 태양에서 낚아채.
바다도 도둑인데, 부푼 물로 달을 녹여
짠 눈물 만들어. 지구 또한 도둑으로   430
잡다한 분비물을 훔쳐 만든 비료로
먹이고 키운단다. 만물이 다 도둑이야.
너희에게 구속과 채찍인 법도 그 폭력으로
절도를 못 막았어. 자신을 사랑 마라. 가!
서로들 훔쳐라. ─ 금, 더 가져. 목을 잘라,   435

만나는 것들은 다 도둑이야. 아테네로 가,
가게를 털어라, 너희가 훔칠 수 있는 건 다
도둑들이 잃는 거야. 줄 테니까 덜 훔치고,
하여간에 금 때문에 파멸해라. 아멘.　　　(물러난다.)

도둑 3　그는 내 직업을 지키라고 설득해서 거의 손을 떼게 할　　440
　　　　만큼 나를 매혹했어.

도둑 1　그가 이렇게 충고하는 건 우리가 이 직업 갖고 번성하
　　　　라는 게 아니라 인류에 대한 원한 때문이야.

도둑 2　난 그를 적으로서 믿겠어, 그래서 난 이 장사를 그만둘
　　　　거야.　　　　　　　　　　　　　　　　　　　　445

도둑 1　우선 아테네의 평화를 기다려 보자. 사람은 아무리 비
　　　　참한 때라도 정직할 수 있으니까.　　(도둑들 함께 퇴장)

플라비우스, 티몬에게 등장.

플라비우스　오, 신들이시여!
　　　　경멸받고 몰락한, 쇠락과 실패로 가득한
　　　　저 사람이 주인님? 오, 험악한 데 자리 잡은　　　450
　　　　선행의 기념비이면서 놀라운 본보기여!
　　　　절망적인 궁핍에 영예는 참 달라졌구나.
　　　　최고의 귀인을 최악으로 몰 수 있는 것 중에
　　　　친구보다 더 추한 게 이 세상에 무엇일까?
　　　　원수를 사랑하라, 그런 말 듣는 것은　　　　　455
　　　　이 시대의 방식과 얼마나 기차게 들어맞나.
　　　　날 해치는 가짜보다 해치려는 진짜를
　　　　제가 늘 사랑하게, 오히려 껴안게 하소서.
　　　　나를 알아보셨구나. 정직한 내 비탄을

	그에게 드러내 보이고 나의 주인님으로	460
	평생 그를 모셔야지. — 사랑하는 주인님!	
티몬	저리 가! 넌 뭐냐?	
플라비우스	저를 잊으셨나요?	
티몬	그런 걸 왜 물어? 난 인간을 다 잊었다.	
	그래서 네가 인간이란 걸 인정하면 널 잊었어.	
플라비우스	정직하고 불쌍한 당신 하인 —	465
티몬	그럼 난 너를 몰라.	
	내 주변엔 정직한 자 없었어, 암. 내 사람은	
	다들 악당들에게 음식 주는 잡것들이었어.	
플라비우스	신들이 증인인데,	
	망해 버린 주인 위해 저의 이 두 눈보다	470
	더 진실한 비탄 품은 집사는 없었어요.	
티몬	뭐야, 울어? 그럼 더 가까이 와. 널 사랑해,	
	여자니까, 또 욕정과 웃음을 통하지 않고는	
	절대 눈물 안 보이는 철석같은 인류를	
	부인하고 있으니까. 연민은 자고 있어.	475
	울음 아닌 웃음으로 우는 건 별난 때야.	
플라비우스	제발 저를 알아봐 주세요, 주인님,	
	제 비탄을 받아 주고 이 작은 재물이 남는 한	
	당신의 집사로 저를 계속 써 주세요.	
티몬	이토록 진실하고 정의롭고	480
	이제는 위안 주는 집사가 나에게 있었어?	
	위험한 내 본성을 순하게 바꿔 놓을 뻔했네.	
	네 얼굴 좀 쳐다보자. 이 사람은 분명히	
	여자가 낳았어.	
	끝없이 진중한 신들께선 예외 없이 싸잡는	485

제 경솔을 용서하십시오! 정직한 한 인간을
정말 공포합니다. 오해는 마십시오. 단 하나로,
더는 간청 않는데, 그는 집사랍니다.
난 얼마나 인류를 다 미워하려 했던가,
근데 넌 자신을 구원해. 하지만 난 너 빼고   490
모두를 저주로 쓰러뜨려.
넌 지금 현명하기보다는 정직한 것 같구나,
날 무겁게 억누르고 배신함으로써
더 빨리 다른 직장 얻을 수 있었고,
많이들 그렇게 첫째 주인 목을 밟고   495
둘째 어른 찾으니까. 하지만 진실을 말해 봐,
(이런 확신 없었지만 난 늘 물어야 하니까)
네 친절이 교활하고 탐내는 고리대업자의
친절은 아닌지, 또 부자가 선물을 돌리듯
하나 주고 스물을 기대하는 건 아닌지?   500

플라비우스   아뇨, 최고로 훌륭하신 주인님, 그 가슴에
의문과 의심이, 아, 너무 늦게 들었군요.
잔치하셨을 때 배신의 계절을 겁내셨어야죠,
의심은 늘 재산이 최저일 때 생긴답니다.
제가 보여 드리는 건, 맹세코, 그 무쌍한   505
당신의 마음 향한 순전한 사랑, 의무, 열성과
당신의 음식과 생계 걱정입니다. 그리고
제가 가장 존경하는 주인님,
저에게 주어질 그 어떤 혜택도,
희망이든 선물이든, 전 그걸 이 소망과   510
바꿀 테니 믿으셔요. 즉 스스로 부자 되어
저에게 보상해 줄 힘과 재물 가지세요.

티몬　봐, 그리됐어. 유일하게 정직한 사람아,

이거 받아. 신들이 불행한 내게서 너에게

보물을 보내셨어. 가, 행복한 부자로 살아라.　515

근데 그 조건은 인간과 떨어진 데 집을 지어.

모두를 미워하고 저주해, 자비를 보이지 마,

거지를 구제해 주기 전에 굶주린 그 살이

뼈에서 흘러내리게 해. 인간에게 거절한 걸

개들에게 주어라. 감방이 그들을 삼키고　520

빚에 말라 죽게 해. 인간들은 황폐한 숲이 되고

온갖 병이 그들의 거짓된 피 싹 핥아 먹기를!

그러니 잘 가라, 번성해.

플라비우스　　　　　　　오, 여기 남아

위로하게 해 주세요, 주인님.

티몬　　　　　　　　　　저주가 싫으면

머물지 마. 축복받고 자유일 때 도망쳐.　525

다시는 인간을 보지 말고, 나도 널 못 보게 해.

(플라비우스 퇴장, 티몬은 물러난다.)

5막 1장

시인과 화가 등장. 티몬은 동굴 안에 있다.

화가　내가 그 장소를 눈여겨봤는데, 그의 거처는 여기서 먼

곳일 수 없어.

시인　그를 어떻게 생각해야지? 금을 잔뜩 가졌다는 소문이

5막 1장 장소　아테네 근처의 숲.

사실일까?

화가　분명해. 알키비아데스의 보고야. 프리니아와 티만드　5
라가 그에게 금을 받았대. 마찬가지로 불쌍한 낙오병
들에게도 엄청난 양으로 부자 되게 해 줬대. 자기 집사
에게도 막대한 양을 줬다고 하고.

시인　그럼 그가 파산했다는 건 친구들에 대한 시험일 뿐이
었어?　　　　　　　　　　　　　　　　　　　　　10

화가　바로 그거야. 자넨 그가 다시 아테네의 종려나무가 되
어 최고위급들과 함께 번성하는 걸 볼 거야. 그러니까
우리가 그의 이 추정된 곤경에 호의를 보이는 건 잘못
된 게 아냐. 이 일로 우린 명예롭게 보일 테고, 만약 그
가 가진 것에 대한 소문이 바르고 옳다면 우리가 애쓰　15
는 목표도 크게 이뤄질 거야.

시인　자넨 이제 그에게 뭘 내놓으려 하나?

화가　이번엔 그냥 방문하는 것뿐이네. 그에게 빼어난 작품
을 약속만 할 거야.

시인　나도 그를 그렇게 대접해야겠어, 뭔가를 가져갈 의도　20
가 있다고 말해 줘야지.

화가　최고로 좋아. 약속이란 건 바로 이 시대의 풍조로서 기
대의 눈을 뜨게 만들어. 실행이란 언제나 행동에 굼뜨
고, 좀 더 솔직하고 단순한 부류의 사람들을 제외하면
약속 이행은 완전히 사라졌어. 약속하는 게 가장 궁정　25
에 어울리고 유행이라네. 실행이란 유언 또는 서약과
같은 것으로, 그걸 행하는 사람의 판단이 크게 병들었
단 사실을 입증해.

티몬, 동굴에서 나오면서 등장.

티몬   (방백)
       넌 빼어난 장인이지만 너 자신만큼 나쁜 인간은 그릴
       수 없어.   30
시인   난 그를 위해 뭘 준비했다고 말할지 생각 중이야. 그건
       그 자신의 의인화, 번영의 약점을 꼬집는 풍자로서 거
       기엔 청춘과 부유함에 따르는 끝없는 아첨의 폭로가
       있어야 해.
티몬   (방백)
       넌 너 자신의 작품에서 꼭 악당의 상징이 돼야겠어?   35
       타인들이 가진 네 자신의 결함을 매질하려고 해? 그래
       라, 금을 줄 테니까.
화가   아니, 그이를 찾아보자.
       득을 볼 수 있는데 너무 늦게 간다면
       우리는 재산을 놓치는 죄를 지어.   40
시인   맞아.
       낮 동안에, 사방에 검은 밤이 오기 전에
       공짜로 주어진 빛으로 원하는 걸 찾아봐.
       가자.
티몬   (방백)
       너희들은 딱 걸렸어.   45
       금이란 참 신과 같아, 돼지우리보다 못한
       신전에서 숭배받고 있잖아! 바로 네가
       범선에 장구 갖춰 거품을 가르게 만들고,
       감탄 어린 존경을 노예에게 심어 줘. ─
       넌 숭배받기를, 그리고 네 신도는 영원히   50
       네게만 복종하는 멋진 병에 걸리기를.
       만나는 게 적절해.

시인 티몬 어른 만세!

화가   고귀한 옛 주인님!

티몬 내가 정말 생전에 정직한 두 사람을 봤던가?

시인 어르신,   55
당신의 열린 선심 여러 번 맛본 터라
물러났단 소식 듣고, 친구들은 떨어진 채,
그들의 은혜 잊은 마음은 (오, 괘씸해라)
하늘의 모든 채찍 다 맞아도 모자랄 —
아니, 당신에게,   60
별처럼 관대하게 그들 존재 전체에
생명과 영향을 줬는데? 전 넋이 나가서
그 어떤 크기의 말로도 이 배은망덕의
큰 괴물을 못 감추겠습니다.

티몬 벗은 채로 놔두게. — 사람 눈에 더 잘 띄게.   65
정직한 자네들의 지금 그 모습이 그들을
가장 잘 보여 주고 알려 주네.

화가   그와 저는
쏟아지는 당신의 선물 속을 걸으면서
그 단맛을 느꼈어요.

티몬   암, 자네들은 정직해.

화가 저희는 당신께 봉사하러 왔답니다.   70

티몬 참 정직한 이들이야! 허, 어떻게 보답하지?
뿌리 먹고 찬물을 마실 수는 — 없겠지?

둘 다 저희에게 가능한 봉사를 해 드리죠.

티몬 정직한 이들이군. 나의 금 얘기를 들었어,

66행 그들 "은혜 잊은(58행)" 자들.

| | 확실해, 진실을 말해 봐, 정직한 사람들아. | 75 |

화가 그리들 말하지만, 고귀한 어르신, 그래서
제 친구나 제가 온 건 아닙니다.

티몬 착하고 정직한 이들이야!

(화가에게)   자넨 아테네에서
초상화를 가장 잘 그리지. 정말로 최고야,
가장 생생하게 베껴.

화가   그저 그렇습니다.   80

티몬 정말 그래, 내 말처럼.

(시인에게)   자네의 허구로 말하면, 허,
자네 시는 참 멋지고 매끈한 소재로 부풀어
기교를 부리는 데서도 아주 자연스러워.
하지만 그럼에도 정직한 성품의 친구들,
둘에게는 결점이 좀 있다고 해야겠네.   85
뭐, 괴물 같은 건 아니고, 또 그걸 고치려고
큰 고생은 않길 바라.

둘 다   어르신, 간청컨대
꼭 알려 주십시오.

티몬   기분이 나쁠 텐데.

둘 다 최고로 감사하죠.

티몬   정말로 그럴 텐가?

둘 다 두말할 나위 없죠, 어르신.   90

티몬 둘은 다 자기를 극심하게 속이는 잡놈을
신뢰할 뿐이라네.

둘 다   저희가요, 어르신?

티몬 암, 그놈의 뻥을 듣고, 가식을 바라보고,
명백한 속임수를 알고도 아끼며 먹여 주고

	가슴속에 지니지만, 그럼에도 그놈은	95
	완전 악당이란 걸 확신하게.	
화가	전 그런 놈 모릅니다, 어르신.	
시인	저도요.	
티몬	이보게, 난 자네들 참 좋아해. 금을 주지 —	
	자네들 일행에서 이런 악당들을 제거해.	
	목매든지, 찌르든지, 하수구에 처박든지,	100
	어떻게든 말살해 버리고 내게로 와,	
	넉넉히 금을 줄 테니까.	
둘 다	그 이름을, 어르신, 저희에게 알려 줘요.	
티몬	자넨 저쪽, 자넨 이쪽, 근데 둘은 동행해.	
	각자는 떨어져서 단 하나에 홀로인데	105
	그럼에도 대악당이 동행하고 있으니까.	

(한 사람에게)

네가 있는 그곳에 두 악당이 없으려면

그의 곁에 가지 마.

(다른 사람에게)　　　한 악당이 있는 곳에

거주하지 않으려면, 그러면 그를 버려.

꺼져, 짐 싸! (돌을 던진다.)

　　　　　　금이다. — 금 찾아왔었지, 노예들아!　　110

(한 사람에게)

내게 줄 작품 있지, 그 값이다, 꺼져라!

(다른 사람에게)

넌 연금술사야, 그걸로 금 만들어.

나가, 이 개새끼들아!　　(티몬에게 내몰린 시인과 화가는

　　　　　　　　　　　　퇴장하고, 그는 자기 동굴로 물러난다.)

5막 2장

플라비우스와 두 원로원 의원 등장.

플라비우스   티몬 님께 말해 봐도 헛일일 것입니다.
그분은 너무나 자신에만 몰두하여
인간처럼 보이는 자신만이 자신에게
친절할 뿐입니다.

의원 1   우리를 동굴로 데려가게.
티몬과 얘기를 하는 게 우리의 역할이고   5
아테네에 약속한 바니까.

의원 2   인간은 언제나
항상 같진 않다네. 그를 이리 만든 건
시간과 비탄이지. 시간이 더 고운 손으로
그의 옛적 재산을 내밀면서 그 사람을
옛적 그로 되돌릴 수도 있네. 데려가 줘,   10
무슨 일이 있든 간에.

플라비우스   이 동굴입니다.
평화와 만족이 여기 있길! 티몬 님!
내다보고 친구들과 얘기해요. 아테네가
최고 원로 두 의원을 통하여 인사해요.
그분들과 얘기해요, 티몬 나리.   15

티몬이 동굴에서 나온다.

티몬   위안 주는 태양아, 태워라! 말하고 뒈져라!

5막 2장 장소 아테네 근처의 숲, 티몬의 동굴 앞.

참말마다 물집 하나 생기고, 거짓은 말마다
시뻘건 쇠가 되어 그 혀뿌리 지지면서
얘기로 혀를 소멸시켜라.

의원 1 훌륭하신 티몬 —

티몬 우린 서로에게만 훌륭하신 분이지요. 20

의원 1 아테네의 의원들이 인사드립니다, 티몬.

티몬 (방백)
고맙고, 그들의 역병을 옮을 수만 있다면
되돌려 줬으면 좋겠네.

의원 1 오, 당신에게
우리들 스스로 미안한 일 한 것은 잊으시오.
의원들은 사랑으로 하나 되어 아테네로 25
당신이 돌아오길 간청하고, 특별한 직함을
생각해 뒀는데, 그것은 당신이 받아서
가장 잘 쓰도록 비어 있답니다.

의원 2 그들은
너무나 명백히 당신을 홀대했다 고백하고,
그래서 번복하는 역할은 거의 않는 국가가 30
이제는 티몬에게 주지 못한 도움을
스스로 느끼면서 티몬에게 도움을
억제한 일에서 그들의 실책을 감지한 뒤,
우릴 보내 그들의 죄과의 무게를 좀이라도
넘어설 수 있을 만큼 풍성한 보상과 더불어, 35
예, 그들의 잘못을 싹 지워 버릴 만큼
드높은 애정과 재산의 더미와 총액으로
슬픔에 찬 그들의 해명을 하게 했고,
당신 안에 그들의 사랑을 숫자로 적어서

당신 걸로 늘 읽게 했답니다.

티몬   참 매혹적이고   40
눈물이 곧 쏟아질 정도로 놀랍군요.
나에게 바보의 심장과 여자 눈을 빌려주면
이 위안에 울 것이오, 훌륭한 의원님들.

의원 1   그러므로 당신이 황송하게 우리와 돌아가
우리의, 당신과 우리들 아테네의   45
대장직을 맡아 주면 감사를 받을 테고
절대권이 부여될 것이며, 당신의 명성은
권위를 갖게 될 것이오. 그러면 우린 곧
알키비아데스의 맹 진격을 물리칠 터인데,
그는 아주 흉악한 수퇘지처럼 뿌리째   50
자국의 평화를 파내오.

의원 2   또 검을 흔들며
아테네 성벽을 위협하오.

의원 1   그러니 티몬 ─
티몬   좋아요, 하지요. 그러므로 하겠소, 이렇게.
알키비아데스가 동포를 죽인다면
알키비아데스에게 티몬 마음 알리시오,   55
신경 안 쓴다고. 그가 고운 아테네 약탈하고
아름답게 늙은 노인 수염 잡고 데려가면,
거만하고 짐승 같고 머리가 돌아 버린
전쟁의 오욕에 신성한 처녀들을 맡긴다면,
그에게 알리시오, 티몬이 말한다고 하시오,   60
난 우리의 노인과 청년들을 동정하여
신경 안 쓴다고 말해 줄 수밖에 없고, 또
─ 최악의 해석을 하게 해요 ─ 그들의 칼 또한

당신들이 바칠 목이 있는 한 신경 안 쓴다고.
나로선 그 난폭한 군영의 최하급 병사라도   65
아테네에서 최고로 존경받는 목보다 더
사랑하고 평가하오. 그래서 난 당신들을
도둑을 간수에게 맡기듯 호의적인 신들의
보호에 맡기오.

플라비우스   가셔요, 다 헛일입니다.
티몬   허, 나는 내 묘비명을 쓰고 있었답니다.   70
내일이면 볼 것이오. 내 건강과 삶이라는
이 오래된 질병은 이제 낫기 시작했고,
난 없어지면서 다 얻어요. 가서 쭉 사시오.
알키비아데스와 당신들, 서로의 역병 되고
그 상태로 오래가길.

의원 1   말해 봤자 헛되오.   75
티몬   그래도 난 나라를 사랑하는 사람이지
쑥덕공론에서처럼 공멸에 환희하는
그런 자는 아닙니다.

의원 1   좋은 말씀입니다.
티몬   사랑하는 동포에게 안부 전해 주시오.
의원 1   그 입술을 통과하는 그 말 참 멋집니다.   80
의원 2   성문에서 박수받는 개선장군들처럼
우리 귀에 들어와요.

티몬   그들에게 안부하고,
그들의 비탄과 적대적인 칼부림의 공포와
아픔, 손실, 사랑의 고통을 불확실한
이 삶의 여정에서 인간이란 허약체가   85
겪게 되는 격통과 함께 덜어 주려고

	내가 좀 친절을 베풀어, 거친 알키비아데스의	
	격노를 막는 법 가르쳐 주겠다고 하시오.	
의원 1	(방백)	
	이거 맘에 드는데, 그는 돌아갈 거야.	
티몬	여기 울안에는 나무가 한 그루 자라는데,	90
	난 그걸 쓰려고 잘라 낼 작정이고	
	곧 쓰러뜨려야 하오. 내 친구들에게,	
	아테네에 말하시오, 계급이 높은 데서	
	낮은 순서 전반에 걸쳐서 그 누구든	
	고통을 막고 싶은 사람은 황급히 서둘러	95
	내 나무가 도끼 맛을 보기 전에 이리 와	
	목매라고 하시오. 내 인사 꼭 전해 주시오.	
플라비우스	더 귀찮게 마십시오. 늘 이러실 겁니다.	
티몬	다신 내게 오지 말고 아테네에 말하시오,	
	티몬은 짠물 해변 끝자락 위에다	100
	자신의 영원한 저택을 지었는데,	
	격렬한 파도가 하루에 한 번씩 그것을	
	그 부푼 거품으로 덮을 거요. 그리 와서	
	내 묘비를 당신들의 신탁으로 삼으시오.	
	입술이여, 역겨운 말 관두고 언어도 끝내라.	105
	잘못된 건 역병과 감염으로 사라지길.	
	무덤과 죽음만 인간의 업적과 이득 되고	
	태양이여, 숨어라, 티몬의 치세는 끝났다. (퇴장)	
의원 1	이 사람의 불만과 본성은 짝지어져	
	분리될 수 없군요.	110
의원 2	그에 대한 우리의 희망은 죽었소. 돌아가서	
	극심하게 위험한 우리에게 남은 수단	

최대한 써 봅시다.

의원 1   그럼 발이 빨라야죠.   (함께 퇴장)

5막 3장

두 다른 원로원 의원, 사자와 함께 등장.

의원 3   자네는 아픈 소식 말했어. 그이의 병사들이
          보고한 만큼 많아?

사자   최소로 말씀드렸습니다.
          게다가 신속하게 움직여 곧바로 닥칠 게
          분명하답니다.

의원 4   티몬을 못 데려오면 우린 아주 난감해져.   5

사자   제가 옛적 친구인 전령을 만났는데,
          전반적으로는 우리가 적대하고 있지만
          오래된 우정에 특별한 힘이 있어
          친구처럼 얘기하게 됐답니다. 이 사람은
          알키비아데스를 떠나 티몬의 동굴로 달렸고,   10
          그가 지닌 편지엔 이 도시를 치는 데에
          티몬의 동참을, 일부는 그를 위한 출동인데,
          간청하는 내용이 있었죠.

티몬에게 갔던 다른 의원들 등장.

의원 3   동료들이 왔구먼.

5막 3장 장소   아테네 성벽 밖.

의원 1	티몬 얘기 관두고, 아무 기대 마시오,

의원 1　티몬 얘기 관두고, 아무 기대 마시오,
　　　　적군의 북소리가 들리고, 그 무서운 질주에　　　　15
　　　　대기가 먼지로 숨 막히오. 준비하죠.
　　　　우리가 원수의 함정에 빠질까 봐 두렵소.　　(함께 퇴장)

5막 4장

숲속에서 군인 하나, 티몬을 찾으면서 등장.

군인　설명을 다 짚어 보면 여기가 그 장소다.
　　　누구 있소? 말하라! 답이 없어? 이게 뭐지?
　　　"수명보다 더 오래 살았던 티몬은 죽었다.
　　　산 인간은 하나도 없으니 짐승이 읽어라."
　　　죽었어, 분명히, 이게 그 무덤이고. 무덤 위의　　　　5
　　　이 글자는 못 읽겠네. 밀랍으로 떠 내야지,
　　　대장님은 글꼴들 모두에 재주가 있으셔.
　　　나이는 젊었지만 해석에는 노인이셔.
　　　지금쯤 오만한 아테네 앞쪽에 진을 쳤고,
　　　그 함락이 그분의 야심 찬 목표다.　　　　(퇴장)　　10

5막 5장

나팔 소리. 알키비아데스. 아테네 앞에

자기 군대와 함께 등장.

5막 4장 장소　아테네 근처의 숲, 티몬의 동굴 앞.
5막 5장 장소　아테네 성벽 밖.

| 알키비아데스 | 이 겁쟁이 음탕한 도시에 우리 군의 |
| | 끔찍한 도착을 알려라. (협상 나팔) |

의원들 성벽 위에 등장.

당신들은 여태껏 극단적인 방종으로
당신들의 의향을 정의의 잣대로 삼으며
계속해서 시간을 채웠소. 여태껏 나 자신과   5
당신네 권력의 그늘에서 잠자던 이들은
팔짱 낀 채 방랑했고 우리의 고통을
헛되이 내뱉었소. 이제 때가 무르익어
강력한 자 안에서 잠자던 활기가 저절로
"더는 안 돼." 외치오. 이제 숨찬 범법자는   10
당신들의 큰 안락의자에 앉아서 헐떡이고
뚱뚱한 무뢰한은 대경실색 도망치며
숨이 막힐 것이오.

의원 1   고귀한 젊은이여,
그대의 첫 불평이 생각 수준이었을 때
그대가 힘이나 우리가 겁낼 이유 갖기 전에   15
우리는 그대의 격노에 향유를 뿌리고
우리의 배은을 그대의 불평보다 더 많은
호의로 씻고자 전갈을 보냈소.

의원 2   그처럼
우리는 확 달라진 티몬께도 겸손한 전갈과
약속한 재물로 아테네 사랑을 간청했소.   20
우리가 다 박정하진 않았으니 전쟁의 타격을
무차별로 받는 건 부당하오.

의원 1   이 성벽은
그대를 비탄에 빠뜨린 사람들 손에 의해
세워지지 않았고, 그들의 개인적 잘못으로
이 거대한 탑들과 기념비와 학교들이   25
무너져야 하진 않소.

의원 2   또 그대가 처음에
떠나게 된 이유였던 사람들도 사라졌소.
그들에겐 없었던 수치심이 넘치도록 생겨나
그들의 심장이 터졌지요. 고귀한 대장이여,
군기를 펼치고 이 도시 안으로 진군하오.   30
그대의 복수가 인간의 본성이 혐오하는
그 음식에 주렸다면 열 명 중 하나를
처형함으로써 예정해 둔 열 번째를 취하고,
점 찍힌 주사위 운에 따라 점찍힌 자들이
죽게 하오.

의원 1   모두가 죄지은 건 아니오.   35
죄 있었던 자들 땜에 지금 있는 자들에게
복수를 하는 건 맞지 않소. 범죄는 땅처럼
못 물려받는다오. 그러니 사랑하는 동포여,
부대는 들이되 격노는 밖에 놔두시오.
아테네의 요람과, 그대의 분노 폭풍 속에서   40
죄지은 자들과 함께 쓰러져야 하는 친족도
너그럽게 봐주시오. 마치 양치기처럼
양 떼에게 다가가 병든 넷째 솎아 내되
한꺼번에 다 죽이진 마시오.

32행 그 음식 죽음. (RSC)

의원 2	무엇을 원하든

그대는 칼로 토막 내기보단 오히려 웃으며   45
강요해야 할 것이오.

의원 1	강화된 이 성문에

발을 대기만 해도 그것은 열릴 테니
그대의 어진 마음 먼저 보내 친구처럼
들어오겠다고 하면 되오.

의원 3	그대의 장갑이나

다른 어떤 명예의 징표를 던지시오,   50
그대가 전쟁을 우리의 멸망이 아니라
그대의 보상에 쓰도록. 그대의 군대는 다
우리가 그대의 욕망을 충족시킬 때까지
이 도시에 머무를 것이오.

알키비아데스	그럼 여기 내 장갑이오.

내려와서 깨지 않은 그 문들을 여시오.   55
당신들 스스로 벌하려고 골라 놓을
티몬과 나 자신의 적들은 쓰러질 것이고,
그걸로 끝일 거요. 또, 더 고귀한 내 뜻으로
당신들의 공포를 달래려고 그 어떤 병사도
진영을 나가거나 당신네 도시 경계 안에서   60
정상적인 정의의 흐름을 어긴다면
가장 엄히 벌 받도록 당신들의 공법에
넘겨질 것이오.

의원 1	참으로 고귀한 말씀이오.
알키비아데스	내려와서 약속을 지키시오.

(의원들 위에서 퇴장하고 좀 뒤에 아래에서 등장)

군인 한 명 등장.

| 군인 | 고귀한 장군님, 티몬께서 돌아가셨습니다. | 65 |

바다 바로 끝부분에 무덤이 서 있었고,

그 묘비에 이 명문이 있었는데, 그것을

밀랍으로 떠 왔지만 불쌍한 제 무식으론

그 흐릿한 자국을 해석하지 못합니다.

알키비아데스 (묘비명을 읽는다.)

"여기에 생전에 살아 있는 인간을 다 미워한 나   70
    티몬이 누웠다.

지나면서 실컷 저주해라, 하지만 지나고 그 발을
    멈추진 마라."

이 말은 그대의 최근 심경 잘 나타내는군요.

그대는 우리들 인간의 비탄을 증오하고   75

흐르는 눈물과 구두쇠 본성이 떨구는 좁쌀 눈물

다 경멸했지만, 그래도 상상력이 풍부하여

방대한 넵튠이 그대의 낮은 무덤 위에서

용서받은 결점 두고 늘 울도록 가르쳤소.

티몬 님은 가셨고, 그를 추억하는 일은   80

나중에 더. 당신들의 도시로 날 안내하오,

그럼 난 올리브를 칼과 함께 쓸 것이오.

전쟁은 평화 낳게, 평화는 전쟁 막게 만들고

각자가 상대에게 각자의 의사가 되게 하라.

고수들은 북을 쳐라.   (함께 퇴장) 85

76행 넵튠 바다의 신.

코리올라누스

Coriolanus

역자 서문

　이 극에서 코리올라누스의 행위와 성격과 비극성을 결정짓는 한마디는 바로 그의 모국 로마에 대한 절대적인 애국심이다.(참고로 이때의 로마는 우리가 생각하는 시저나 아우구스투스 황제가 지배하던 기원 전후의 대제국 로마가 아니라, 고대 로마의 마지막 왕 타르퀴니우스를 몰아내고 공화정을 시작한 기원전 509년 무렵의 한 조그만 나라를 말한다.) 그는 코리올 전투에서 세운 빛나는 무훈으로 집정관의 자리에 오르는 데 거의 성공했다가 그가 나라에 해로운 겁쟁이/변덕쟁이들이라고 간주하는 평민들과 호민관들의 거센 반대에 부딪혀 거기에서 추락하고 로마에서 추방된 다음, 그 보복으로 불구대천의 원수인 볼스키인 장군 아우피디우스 편에 가담하여 그의 군대를 이끌고 로마를 함락하기 일보 직전까지 갔으나, 그를 찾아온 어머니의 호소에 감동받아 전쟁 대신 화평을 받아들인다. 그러고는 적국의 수도인 안티움으로 돌아갔으나 거기에서 앞선 코리올 전투에서 보였던 자신의 무용을 무의식적으로 화가 나서 자랑하는 바람에 죽음을 맞이한다. 그리고 그의 이런 안타까운 죽음에 대한 연민의 정이 극의 전개 과정에서 그의 잘못으로 생겨난 그에 대한 부정적인 감정들을 씻어 내기에 충분한지 아닌지가 그가 셰익스피어 비극의 다른 주인공들, 예를 들면 햄릿이나 리어왕처럼 받아들여질지 말지에 대한 결정적인 요인으로 작용한다.

그러면 이제부터 코리올라누스의 애국심의 시작과 끝, 그리고 그 비극적 결과 및 효과를 좀 더 자세히 살펴보기로 하자. 그는 우선 호민관 브루투스가 '자랑스럽게' 말하듯이

> 누마왕의 외손자, 호스틸리우스의 후임 왕인
> 저 안쿠스 마르티우스가 나왔던 그 가문,
> (……) 그리고 일급수를
> 수로를 통하여 여기로 끌어온 푸블리우스,
> 그리고 퀸투스와 집안이 같으며,
> 감찰 어른이라는 별명 붙은, 고귀하게
> 붙여진 이름인데, 감찰관을 연임했던 사람이
> 선조 (2.3.230~237)

인 명문 귀족 집안 출신으로 그에게 애국심은 그의 핏속에 면면히 흐르는 유산인 셈이다. 이런 코리올라누스는 그의 로마 사랑을 군인으로서 몸으로 표현하도록 교육받는다. 다름 아닌 로마 사랑의 화신인 그의 어머니 볼룸니아로부터. 그녀는 볼스키 전쟁에 나간 아들 코리올라누스의 승전 소식을 기다리면서 며느리인 비르길리아에게

> 난 아들이 열둘이고 똑같이 내 사랑을 받으며, 모두가 너와 나의 마르티우스 못지않게 소중하다 해도, 한 명이 전투에 나가지 않고 향락에 푹 빠지는 것보다는 열한 명이 자기들 나라 위해 고귀하게 싸우다 죽는 게 더 낫겠어. (1.3.21~26)

라고 할 정도로 죽음을 불사하면서까지 아들의 영예로운 무공을 바란다. 그리고 개선하는 아들을 기다리면서 그가 여러 전투에서 입은 상처의 개수를 메네니우스와 함께 세면서 자랑스러워한다. 그가 "타르퀴니우스를 격퇴했을 때에도 몸에 상처를 일곱 군데나 입었었지요." "내가 알기론 아홉이오." "그는 이번 마지막 원정 전에 이미 스물다섯 군데나 상처를 입었답니다." "이젠 스물일곱이고, 베인 자국은 모두가 적의 무덤이었지요."(2.1.152~153) 그리고 코리올라누스는 이런 어머니의 자랑에 보답이라도 하듯이 그의 동료 집정관 코미니우스의 말처럼 혁혁한 무공을 일찍부터 세웠다.

> 열여섯 나이에
> 타르퀴니우스가 로마 공격 부대를 모았을 땐
> 한계 넘어 싸웠어요. 당시 우리 집정관은
> 찬사 다해 지적건대, 매끈한 턱 애송이가
> 뻣뻣한 털 어른 쫓는 싸움을 봤지요. 그 애는
> 압도된 로마인 한 명 밟고, 집정관 앞에서
> 적군 셋을 살해했죠. 타르퀴니우스도 만나서
> 내리쳐 꿇렸어요. 그날의 위업에서 그 애는
> 여자 역을 할 수도 있었던 장면에서
> 그 전장 최고의 남자가 되었고, 보답으로
> 참나무 관을 썼죠. 학생의 나이에
> 이렇게 어른이 된 그는 바다처럼 점점 커져
> 그 후로 열일곱 번 벌어졌던 격전에서
> 화관을 독차지했었지요. (2.2.88~101)

그리고 이런 일련의 무공의 정점이 바로 코리올 전투다. 그는 적군의 기세에 눌려 도주하는 아군들을 막았고, 홀로 코리올 성문 안으로 들어가 닫힌 성문을 등지고 성안의 적군 전체를 상대로 싸우다가 피 묻은 모습으로 살아 나와 아군의 사기를 올리면서 결국에는 그것을 점령했고, 숨 돌릴 새도 없이 다시 코미니우스를 도와 코리올 전투 전체를 승전으로 이끌었다. 그리고 이 지대한 공적에 대한 보상이 바로 그의 이름 카이우스 마르티우스에 추가된 별명 코리올라누스이고, 그에 이은 원로원의 집정관 임명이다.

그런데 여기에서 우리가 주목해야 할 점은 자신의 무훈에 대한 타인의 칭찬과 포상을 대하는 그의 태도다. 그는 코리올 전쟁이 승리로 끝났을 때도 라르티우스의 "준마"라는 칭찬에 그가 자기 능력을 최대한 펼친 것은 남들처럼 "애국"이 그 동기였으며, "자기 선의를 실천한 사람은 누구든/ 제 활약을 앞질렀"다면서 겸손해한다.(1.9.18~19) 그리고 이런 겸손은 코미니우스가 포상금으로 제안한 모든 빼어난 말과 노획한 보물 가운데 10분의 1을 거절하고 다른 군인들과 꼭 같은 공동의 몫을 고집하는 데서 거듭 드러난다. 그리고 이런 순수한 애국심은 집정관 임명 장면에서 자신이 "어떻게 부상을 당했는지 듣기보단/ 다시 치료받겠습니다."(2.2.70~71)라고 한다든지, "멍하니 앉아서 괴물이 된 내 업적을 듣기보단/ 경종이 울릴 때 누가 내 머리를 한가로이/ 긁는 게 더 낫겠소."(2.2.76~78)라는 좀 결벽증적인 겸양으로 이어지고, 급기야는 집정관으로 임명되는 과정의 하나인 겸손의 옷을 입고 상처를 보여 주는 행위를 위선으로 여기며 극도로 꺼리는 모습을 군중에게 솔직히 보임으로써 그의 정치적 진정성에 커다란 의문을 일으키게 한다. 그의 무공을 애국심의 순수한 발로로 받아들이는 사람에게나 상황(예컨대 전쟁)에서는 그런 행동이 찬양받을 일이지만 너무 괴이한 겸양으로 빠진 나머지 상대방에 대한 무시나 조롱으로 비칠 때 그것은 흉기로 변하여 그를 해치게 된다. 특히 호민관들이 자신들의 권력을 유지하기 위하여 코리올라누스의 그런 성향을 이용하여 평민들을 선동했을 때 그렇다.

게다가 코리올라누스는 자신의 절대적인 애국심에 반하는 개인이나 집단은 대놓고 욕하며 무시한다. 그는 처음 등장하는 장면에서부터 시민들에게 욕설을 퍼붓는다. 그는 메네니우스의 "고귀한 마르티우스여!"라는 인사에는 "고맙소."라고 간단히 대답한 뒤 폭동을 일으키려고 모인 시민들에게 "웬일이냐, 싸움쟁이 악당들아,/ 너희의 그 알량한, 가려운 소신을 긁어서/ 스스로 부스럼 되려고?"(1.1.157~159)에서 시작하여 그들을 온갖 못된 동물과 괴물에 비유하며 장황하게 욕한다. 그가 그렇게 하는 주된 이유는 두 가지로 하나는 민중은 기본적으로 겁쟁이이기 때문이고, 다른 하나는 그들은 시대와 상황과 마주치는 대상에 따라 마음을 바꾸는 변덕쟁이라고 생각하기 때문이다. 그리고 그가 그들을 이렇게 극단적으로 비하하는 근본 원인은 한편으로 그가 타고난 귀족 계급의 가치관에, 또 한편으로 어머니 볼룸니아의 교육에 있다. 즉 그는 자기가 소속된 가문과 계급이 용기와 애국심 같은 미덕을 독점하면서 실천한다고 생각하고, 그런 믿음을 어머니는 그에게 어린 시절부터 교육시켜 진리로 믿게끔 만들었다. 그래서 지조 없이 마음이 늘 오락가락하는 평민들은 인간이 아닌 짐승들로 낮춰보도록 만들었다. 코리올라누스의 이런 민중 비하는 극에서 그들이 보이는 일관성 없는 태도로 어느 정도 사실임이 입증되지만 그것이 지나칠 때는, 특히 그들의 지지가, 투표가 필요한 그의 집정관 임명 승인 과정에서는 심각한 패착으로 작용하여 드디어 낙마를 초래한다.

그리고 그 낙마의 결정적인 계기가 바로 코리올라누스가 반대했던 무상 밀 배급 문제였다. 호민관 브루투스가 시민들을 선동하기 위하여

최근에

그들이 공짜 밀을 받았을 때 당신은 투덜댔고,
민중의 탄원자들을 욕했으며, 그들을 일컬어
기회주의자, 아첨꾼, 귀족의 적이라고 했소. (3.1.43~46)

라고 하며 코리올라누스의 비위를 건드렸을 때만 해도 그는 그건 이미 알려진 일이라면서 넘어가려 한다. 그러나 문제는 거기에서 그치지 않고 계속 비화하여 결국에는 코리올라누스가 자기 속마음을, 즉 민중은 그들의 전쟁 중 항명과 반란, 도주 등의 비겁한 행위로 공짜 밀을 받을 자격이 없으며, 그들의 속내는 그들이 다수이기 때문에 원로원이 겁을 먹고 요구를 들어주었다는 것임을 밝히면서 급기야 시키니우스가 코리올라누스를 역적에 비유하고, 이에 그가 호민관직 자체를 없애 버려야 한다는 극단적 발언으로 맞서면서 브루투스가 이를 반역으로 규정하고 그의 체포를 명하기에 이른다. 이렇게 국가의 구성원을 자신과 같은 애국자와 그 반대 세력으로 나누는 코리올라누스의 이분법은 어느 정도는 사실이지만, 그것이 너무 지나칠 때는 지금처럼 파국을 불러오고 결국에는 추방의 빌미를 제공하는 커다란 원인이 된다.

그런 다음 그의 애국심은 어머니의 애국심에 동정적으로 반응하면서 그의 운명을 결정짓는 결과를 불러온다. 로마에서 쫓겨난 코리올라누스가 적장 아우피디우스에게 의탁하고 그의 군대를 이끌고 로마 앞에 포진하여 그것을 함락하기 직전, 동족에 의한 로마의 파멸을 막기 위해 특사가 세 차례 파견된

다. 그 첫째가 코리올라누스의 상관이었던 코미니우스 장군이자 집정관이었는데, 그는 둘 사이의 오래된 친분과 같이 흘린 피를 근거로 용서를 구하고 또 코리올라누스의 사적인 친구들에 대한 관심을 일깨우려 해 봤으나 그로부터 차가운 대접만 받고 물러났다. 둘째는 코리올라누스가 아버지라 불렀던 메네니우스인데, 그는 그에게 신들의 끊임없는 사랑을 바란다는 아첨과 그를 아들이라 부르면서 둘 사이의 인륜을 강조하는 방법으로 용서와 동포 구제를 탄원하였으나 역시 아무런 효과가 없었다.

한편 세 번째 사절단은 코리올라누스를 설득하는 데 성공한다. 왜냐하면 이 사절단의 단장 격인 어머니 볼룸니아가 앞선 둘과 달리, 물론 그들처럼 모자간의 인륜도 언급하지만, 그의 애국심을 집중 공격하여 로마에 대한 미움을 누그러뜨려 사랑으로 돌려놓기 때문이다. 두 번에 걸친 볼룸니아의 긴 대사(5.3.94~124 그리고 5.3.131~182)를 요약하면 다음과 같다. 넌 바야흐로 우리나라 로마의 내장을 확 뽑아내려 하고 있다. 그런데 우리는 나라를 위하면서 동시에 너의 성공을 위해 기도할 수 없다. 그러면 우리가 사랑하는 나라를 잃든지, 아니면 우리의 위안인 너를 잃어야 하니까. 로마가 이기면 넌 왜적에 투항한 역적으로 족쇄 차고 끌려다니거나 조국을 짓밟고 어머니와 아내와 자식 피를 흘린 대가로 월계관을 쓸 터인데, 어느 쪽도 너무나 끔찍하여 도저히 받아들일 수 없다. 따라서 난 로마와 볼스키 간의 화평을 제안한다. 이것을 받아들이지 않을 경우 생기는 불효와 참상을 견딜 수 있겠느냐? 난 너를 수많은 전쟁에 내보내 조국 사랑을 무공으로 뽐내는 영예를 얻게 해 줬으나 넌 한 번도 나를 예우해 준 적이 없다. 지금 이 제안을 받는 것으로 네가 누린 조국애의 영예에 보답해라. 네가 만약 전쟁을 고집하면 넌 "볼스키인을 어머니로 두었고/ 그 아내는 코리올에 있으며 그 자식은/ 우연히 그와 닮"(5.3.178~180)은 자, 즉 로마의 자식으로 태어나지도 않았고, 코리올 여인과 결혼하였으며, 네 자식은 사생아일 뿐인 자일 것이다. 이 마지막 말, 로마 사랑을 무릎 꿇어 몸으로 보여 주는 어머니의 말에 담긴 뜻이 — 로마에 대한 너의 미움을 사랑으로 바꾸지 않으면 넌 나와 로마와 네 아내와 네 미래인 네 자식과 영원히 결별할 것이다 — 드디어 코리올라누스의 마음을 누그러뜨리면서 어머니의 손을 꼭 쥐고 "오, 어머니, 어머니! 오!/ 당신은 로마에 행복한 승리를 안겼"다고(5.3.185~186) 실토하게 만든다. 이렇게 그는 또 한 번 로마를 사랑하는 결정을 내린다.

그러나 코리올라누스도 이미 예상하듯이 이 로마의 승리는 동시에 그에게 치명상을 안기는 결과를 낳는다. 왜냐하면 목전의 승리를 빼앗긴 볼스키 군대가, 특히 적장 아우피디우스가 이를 얌전히 받아들일 리가 없기 때문이다. 그래서 코리올라누스가 볼스키 나라의 수도 안티움으로 개선 아닌 개선을 했을 때 아우피디우스는 자기네 원로원 의원들에게 코리올라누스의 이적 행위를 역설하고 그의 공모자들과 그를 죽일 계획을 세운다. 그런데 그의 죽음을 불러온 직접적인 계기가 아이러니하게도 그의 애국 행위, 즉 코리올 성안에서 그가 세운 혁혁한 공로를 적국의 수도, 그것도 볼스키인들 가운데서 자랑한 일이었다. 이는 물론 아우피디우스가 그를 "애"라고 부르면서 약을 올린 탓이기도 하지만 자기가 처한 상황이나 상대방을 전혀 염두에 두지 않는 코리올라누스의 순수한, 절대적 애국심이 부지불식간에 터져 나온 탓이기도 하다.

이런 그가 사랑하는 조국과 가족들로부터 멀어진 채 적국의 수도에서 잔인하게 난도질당하면서 죽었을 때 적국 원로원 의원조차도 그를 "고귀한 시체"라고 부르고, 아우피디우스 또한 그를 "고귀하게 기억될" 사람으로 일컫는다. 그들이 생각하는 고귀함이 무엇인지는 분명하지 않으나 지금까지 그의 행적을 지켜본 관객들에게 그것은 그의 무용을 통해 빛나는 그의 순수하고 절대적인 애국심일 것이라고 생각한다. 특히 그것이 코리올 전투에서 기적처럼 빛을 발했을 때 그렇다. 그렇다면 이토록 고귀했던 그가 비참하게 쓰러져 아우피디우스에게 짓밟혔을 때 관객들이 느끼는 연민의 정은 이 극의 전개 과정에서 쌓여 온 그에 대한 반감을, 특히 평민과 호민관들에 대한 오만하고 과도한 막말과 욕설과 비난으로 말미암은 비호감을 싹 씻어 낼 만큼 강력한가? 이는 물론 관객 또는 독자 각자의 판단에 따라 달라지겠지만 적어도 내가 보기에는 '싹'은 아니어도 상당히 씻어 낼 만큼은 강력하다고 판단된다.

끝으로 이번 번역은 피터 홀랜드 편집의 아든 3판 『코리올라누스』를 기본으로 하고, 블레이크모어 에번스 편집의 리버사이드 셰익스피어판과, 조너선 베이트와 에릭 라스무센 편집의 로열 셰익스피어 컴퍼니판을 참조하였다. 본문의 주에 나타나는 '아든', '리버사이드', 'RSC'는 이들 판본을 가리킨다. 그리고 편리함을 목적으로 한글 『코리올라누스』의 대사를 5행 단위로 표기하였으며 이는 원문의 행수와 정확히 일치하지 않음을 밝힌다.

등장인물

카이우스 마르티우스	나중에 카이우스 마르티우스 코리올라누스
볼룸니아	그의 어머니
비르길리아	그의 아내
소년 마르티우스	그의 아들
코미니우스	집정관이며 장군
티투스 라르티우스	장군
메네니우스 아그리파	코리올라누스의 연로한 친구
시키니우스 벨루투스 유니우스 브루투스	호민관들

발레리아

니카노르

로마 귀인들

(원로원 의원, 귀족, 상류층,

젊은 귀족층 포함)

로마 시민들

(숙녀, 평민, 시종, 정리 포함)

로마 관리들

(사자, 카피톨의 두 장교,

경관, 전령, 별배 포함)

로마 군대

(부관, 군인, 대장, 고수,

나팔수, 기수, 척후 포함)

1막 1장

한 무리의 반란 시민, 작대기와 곤봉 및
다른 무기들을 들고 등장.

시민 1   우리가 더 나아가기 전에 내 말 좀 들어 봐.

모두   말해, 말해.

시민 1   모두들 굶주리기보다는 차라리 죽겠다고 결심했지?

모두   결심했어, 결심했어.

시민 1   첫째, 카이우스 마르티우스가 민중의 주된 적이란 건   5
알지.

모두   알아, 알아.

시민 1   그를 죽이자, 그럼 우리가 원하는 가격에 밀을 살 수
있어. 판결 내렸어?

모두   더 얘기할 거 없어. 그렇게 하자. 가자, 가.   10

시민 2   선량한 시민들이여, 한마디만.

시민 1   우리를 불량한 시민들이라고 해, 귀인들은 선량하고.
관리들이 먹다 남은 것만으로도 우린 구제받을 거야.
그 여분을 멀쩡할 때 우리에게 넘겨주기만 해도 우리
를 인정으로 구제했다고 여길 수 있어. 하지만 그들은   15
우리가 너무 비싸다고 생각해. 우리를 괴롭히는 이 깡
마름, 이 참상은 그들의 부유함을 열거하는 목록과도
같은 거고, 우리의 고통이 그들에겐 이득이니까. 우리
가 갈퀴가 되기 전에 우리 쇠스랑으로 이 일을 복수하
자. 왜냐하면 신들도 아시지만 난 이런 말을 배고파서   20
빵을 먹으려고 하는 거지, 복수에 목말라서 하는 건 아

1막 1장 장소 로마.

니니까.

시민 2 당신들은 특별히 카이우스 마르티우스에 대항하려는
겁니까?

모두 그가 우선이지. 민중에게 그는 바로 개놈이야. 25

시민 2 그가 이 나라에 무슨 공헌을 했는지도 고려하는 겁니
까?

시민 1 크게 하지, 그래서 그를 기꺼이 좋게 평가할 수도 있지
만 그에 대한 보상은 그가 오만한 걸로 됐어.

모두 아니, 악의적으로 말하진 마요. 30

시민 1 단언하건대, 그가 명성을 노리고 한 일은 그걸 목적으로
했어. 머리가 모자라는 자들은 그게 나라를 위한 일이었
다고 기꺼이 말할 수 있겠지만 그는 자기 어머니를 기쁘
게 하려고 그랬고, 일부는 오만해서 그랬어. ― 지금도
오만해, 용기가 치솟는 데까지. 35

시민 2 당신은 그 자신도 어쩔 수 없는 본성을 그의 악덕으로
여기는군요. 그가 탐욕스럽다는 말은 절대로 해선 안
되죠.

시민 1 그렇긴 해도 그를 고발할 거리가 없진 않아. 그에겐 결
함이 넘치고도 남아서 반복하면 지칠 정도야. (안에서 40
함성) 무슨 함성이지? 도시 저쪽이 들고일어났어. 우린
왜 여기서 지껄이지? 자, 카피톨로.

모두 가자, 가.

시민 1 잠깐, 누가 이리 오지?

42행 카피톨 카피톨리누스 언덕, 유피테르의 신전이 있는 곳. 이 극에
서는 원로원 건물이 있는 장소로 쓰인다. (RSC)

| 시민 2 | 메네니우스 아그리파 어른, 언제나 민중을 사랑하는 | 45 |

분이오.

| 시민 1 | 아주 정직한 분이지. 나머지도 다 그랬으면! |
| 메네니우스 | 동포들이여, 이 무슨 일인가? 작대기와 곤봉을 들고 |

어디로 가나? 웬일로? 제발 말해 보게.

| 시민 1 | 원로원도 우리 용건을 모르지는 않겠죠. 그들은 요 두 | 50 |

주 동안 우리가 뭘 하려는지 낌새챘고, 이젠 우리가 행
동으로 보여 줄 겁니다. 가난한 탄원자들은 입내가 독
하다고들 하죠. 그들은 우리가 완력도 세다는 걸 알 겁
니다.

| 메네니우스 | 아니, 여러분, 친구들, 정직한 이웃들은 | 55 |

스스로 망하려 하는가?

| 시민 2 | 못 합니다, 어르신, 우린 이미 망했어요. |
| 메네니우스 | 내 말 듣게, 친구들, 귀인들은 자네들을 |

참으로 너그럽게 보살펴. 최근의 궁핍으로
겪고 있는 결핍과 고통에 대하여   60
자네들은 작대기로 하늘을 치는 편이
로마 정부 향하여 쳐드는 것보단 나을 걸세.
정부는 가던 길 갈 테고, 자네들의 방해로
만들어질 수 있는 재갈보다 더 단단한
만 개의 사슬도 깨뜨릴 테니까. 궁핍이란   65
귀인들이 아니라 신들이 만드는 거니까
팔뚝 아닌 무릎이 도움을 줘야 해. 아아,
자네들은 재앙에 떠밀려 더 많은 게 기다리는
이곳으로 오게 됐고, 자네들을 아비처럼

	보살펴 주고 있는 국가의 지휘부를	70
	적으로 저주하며 비방하고 있다네.	
시민 2	우릴 보살펴요? 맞아요, 진짜로, 그들은 우릴 보살핀	
	적이 한 번도 없었어요. 우릴 굶주리게 하면서 자기들	
	창고는 곡식으로 꽉 채우고, 고리대금 칙령을 만들어	
	업자들을 지원하고, 부자 규제법은 뭐든지 매일 폐지	75
	하며, 가난한 사람들을 매일 묶어 감금하는 가혹한 법	
	령을 더 많이 만들죠. 우리가 전쟁에게 안 잡아먹히면	
	그들이 우릴 먹을 걸요. 그게 그들이 우리에게 품은 사	
	랑의 전부랍니다.	
메네니우스	자네들은 놀랍도록	80
	악의에 차 있다는 고백을 하거나	
	바보로 비난받아 마땅하네. 재미있는	
	얘기 하나 해 주지. 들었는지 모르지만	
	내 목적에 맞으니까 김이 좀 더 빠진대도	
	감히 한번 해 보겠네.	85
시민 2	글쎄요, 들어 보죠. 하지만 얘기 하나로 우리의 상처를	
	덮어 버릴 생각은 마셔야 합니다. 그래도 좋다면 하십	
	시오.	
메네니우스	우리 몸의 오장육부 전체가 배를 두고	
	반발한 적 있었는데, 이렇게 고발했네.	90
	그것은 오로지 심연처럼 몸뚱이 한가운데	
	자리 잡고 있으면서 한가로이 꾸물꾸물	
	나머지들처럼 일도 않고 언제나 음식만	
	삼키고 있는 반면, 여타의 기관들은	
	정말로 보고 듣고, 궁리와 지시 하고,	95
	걷고 또 느끼며 서로 간에 협력하여	

	몸 전체에 공통된 욕구와 욕망에	
	정말 기여한다고. 배가 대답하기를 —	
시민 2	글쎄요, 배가 뭐라고 대답했는데요?	
메네니우스	말해 주지. 폐부에서 나온 게 전혀 아닌	100
	비웃음과 비슷한 걸 지으면서 딱 이렇게 —	
	이보게, 난 배에게 말뿐만 아니라 웃음도	
	짓게 할 수 있으니까 — 그 불평분자들,	
	받는 배를 시기했던 그 반항 부위들에게	
	조롱 조로 응답했고, 그건 극히 적절했어,	105
	자네들이 원로원 의원들을 자네들과	
	다르다고 헐뜯는 만큼이나.	

시민 2   배의 답은 — 뭐죠?

왕처럼 관을 쓴 머리와 경계하는 눈,
조언가인 심장과 우리의 군인인 팔,
말과 같은 다리와 나팔수인 우리 혀는   110
우리 몸체 안에서 여러 다른 조직들의
도움을 좀 받는데, 만약에 그들이 —

메네니우스   그래서 뭐?
허, 이 친구 말솜씨 봐! 그래서? 그래서?

시민 2   우리 몸의 웅덩이, 이 먹보인 배한테
제지를 받아야 한다면.

메네니우스   좋아, 그래서?   115

시민 2   앞서 말한 부위들이 정말로 불평할 때
그 배는 무슨 답을 할 수 있죠?

메네니우스   말해 주지,
자네가 참을성을 (거의 없는 가운데)
조금만 발휘하면 배의 답을 들을 걸세.

시민 2	뜸을 길게 들이시네.
메네니우스	주목하게, 친구여.

참으로 진중한 그 배는 고발한 자들처럼
성급해하지 않은 채 찬찬히 답했다네.
"한 몸인 여러 친구들이여." 그러고는
"여러분이 먹고 사는 모두의 음식을
내가 먼저 받는 건 사실이오, 그리고
내가 몸 전체의 창고이며 가게니까
적절하기도 하오. 하지만 기억하신다면
난 그걸 여러분의 피 강물을 통하여
궁정인 심장까지, 옥좌인 뇌에까지 보내고
가장 강한 근육과 작고 좁은 핏줄들은
몸 안의 굽은 길과 쪽문들을 통하여
자기네가 살아가는 본질적인 활력을
내게서 받고 있소. 그래서 모두가 동시에." ─
착한 친구들이여, 배가 한 말 주목하게 ─

시민 2	예, 그럼요.
메네니우스	"그래서 모두가 동시에

내가 정말 각자에게 전하는 건 못 보지만
모두가 나로부터 알짜를 돌려받고
내게는 껍질만 남긴다는 사실을
난 증명할 수 있소." 이제 뭐라 할 텐가?

시민 2	대답은 됐습니다. 이걸 어찌 적용하죠?
메네니우스	로마의 원로원 의원들은 이 착한 배이고

자네들은 반란하는 일부이지. 그들의 권고와
걱정을 조사하고 사태를 올바로 해석하면
공공의 복지와 관련하여 자네들이 다 받는

120

125

130

135

140

	그 어떤 일반적인 혜택도 절대로	145
	자네들이 아니라 그들로부터 시작하거나	
	나오지 않는 건 없다네. 어떻게 생각해?	
	이 모임의 큰 발가락, 자네는 어떤가?	
시민 2	제가 큰 발가락? 왜 큰 발가락이지요?	
메네니우스	참으로 현명한 이 반역에서 가장 낮고	150
	천하며 가난한 네가 가장 앞서니까.	
	최하급 사냥개 같은 너, 잡놈이	
	뭔 이익을 챙기려고 맨 앞에 나왔어.	
	하지만 단단한 몽둥이와 곤봉을 준비해.	
	로마와 그 안의 쥐들이 막 싸울 판이고,	155
	한쪽은 다쳐야 하니까.	

카이우스 마르티우스 등장.

고귀한 마르티우스여!

마르티우스	고맙소. 웬일이냐, 싸움쟁이 악당들아,	
	너희의 그 알량한, 가려운 소신을 긁어서	
	스스로 부스럼 되려고?	
시민 2	늘 좋은 말 듣네요.	
마르티우스	너에게 좋은 말 쓰는 자는 혐오보다 더 못한	160
	아첨을 하겠지. 뭘 원해, 이 개들아,	
	평화도 전쟁도 싫다며? 이쪽일 땐 겁나고	
	저쪽일 땐 오만해지니까. 너희를 믿는 자가	
	사자 같은 너희를 바랄 땐 토끼이고,	
	여우를 바랄 땐 거위잖아. ─ 아니, 아니,	165

얼음 위의 석탄불, 햇볕 속의 우박보다
더 불확실하지. 너희의 특성은 죄를 지어
꺾인 자를 존중하고, 그리 만든 정의를
저주하는 것이지. 위대하게 될 사람은
너희의 미움을 받게 되고, 너희의 성향은   170
병자의 식욕처럼 병을 키워 주는 것을
가장 많이 요구해. 너희의 호의에
의존하는 사람은 납추 달고 헤엄치고,
골풀로 참나무 베. 제기랄! 너흴 믿어?
너희는 시시각각 마음을 바꾸고,   175
좀 전엔 미운 자를 고귀하다 칭하다가
영웅이던 사람을 더럽다 해. 웬일이야,
이 도시 여기저기에서 너희가 그 고귀한
원로원에 반항하며 떠들다니? 그분들이
저 신들 다음으로 너희를 겁주지 않으면   180
너희는 서로 잡아먹을걸.
(메네니우스에게)   이들이 뭘 찾죠?

메네니우스   자기들 가격에 달라는 밀인데, 이 도시에
            쌓여 있다 그러네.

마르티우스   제기랄! 그래요?
            이자들은 불 곁에 앉아서 카피톨 일들을
            아는 척할 겁니다. 누가 올라갈 것 같고   185
            홍하고 망할 것 같은지. 파당을 편들고
            연합을 추측하죠, 어떤 당은 키워 주고
            그들 맘에 안 드는 건 기워 꿰맨 신발로
            밟아 약화시키면서. 밀이 충분하다고요?
            귀족층이 측은지심 내려놓고 나에게   190

	칼을 쓰게 해 준다면, 난도질한 이 노예들
	수천 명의 시체 산을 내 창을 던질 수
	있는 만큼 드높이 쌓을 텐데.

메네니우스　아니, 난 이들을 완전에 가깝게 설득했네.
　　　　　분별력이 풍부하게 모자라긴 하지만　　　　　　195
　　　　　대단한 겁쟁이들이니까. 하지만 간청컨대
　　　　　다른 패는 뭐라 하나?

마르티우스　　　　　　　　　해산됐소. 제기랄!
　　　　　배고프다 지랄하며 격언들을 뱉어 냈죠 —
　　　　　배고픔엔 돌담도 깨졌다, 개도 먹어야 한다,
　　　　　고기는 식용이다, 신들은 부자만을 위하여　　　200
　　　　　밀을 주진 않았다고. 이따위 잡설로
　　　　　불만을 토로했고, 그에 대한 답으로
　　　　　청 하나를 허락받고 — 이상한 거였죠,
　　　　　상류층의 심장을 터뜨리고 대담한 권력을
　　　　　창백하게 하는 건데 — 그들은 모자를　　　　205
　　　　　달의 뿔에 걸려는 듯 던졌어요, 각자가
　　　　　남들보다 더 크게 소리치며.

메네니우스　　　　　　　　　뭘 허락받았나?

마르티우스　그들의 저속한 지혜를 대변하는 호민관
　　　　　다섯 명의 직선이죠. 유니우스 브루투스,
　　　　　시키니우스 벨루투스 등등이요. 젠장칠,　　　210
　　　　　폭도들이 내 동의를 얻으려면 이 도시를
　　　　　먼저 쓰러뜨려야 할 겁니다! 놈들은 조만간
　　　　　권력층을 압도하고 폭동에 호의적인
　　　　　더 커다란 논제를 던질 거요.

메네니우스　　　　　　　　　이상하군.

| 마르티우스 | (시민들에게) |
| | 이 부스러기들아, 집으로 가. | 215 |

사자 한 명 급히 등장.

사자	카이우스 마르티우스는?
마르티우스	여깄다. 뭔 일인가?
사자	볼스키인들이 무장했단 소식이랍니다.
마르티우스	기쁘군. 그러면 우리의 썩은 여분 처분할
	길이 생길 테니까. 저 봐, 최고 원로들이다.

시키니우스 벨루투스, 유니우스 브루투스, 코미니우스,
티투스 라르티우스, 다른 의원들과 함께 등장.

의원 1	마르티우스, 당신의 최근 말이 사실이오,	220
	볼스키인들이 무장했소.
마르티우스	튤루스 아우피디우스,
	그들의 지도자가 여러분을 시험할 겁니다.
	고귀한 그 성품을 시기하면 죄겠지만
	제가 만약 지금의 저 말고 무엇이 된다면
	오로지 그이길 바랍니다.
코미니우스	둘은 서로 싸웠어!	225
마르티우스	이 세상이 반으로 갈라져 맞붙는데
	그가 제 편이면 전 오직 그와 전쟁하려고

218행 썩은 여분
곰팡이 핀 잉여분의 밀, 또는 썩어 빠진 과잉 인구. (아든)

반역할 것입니다. 그는 제가 자랑스레
사냥할 사자지요.

의원 1   그러면 마르티우스군,
코미니우스 따라서 이 전쟁에 나가시게.   230

코미니우스 그 약속을 이전에 했었지.

마르티우스   예, 장군님,
저는 한결같습니다. 라르티우스, 당신께선
툴루스의 얼굴 치는 저를 또 볼 겁니다.
뭐, 뻣뻣해요? 빠져요?

라르티우스   아니, 마르티우스,
난 뒤처져 있으니 한쪽 목발 짚고서   235
나머지로 싸우겠네.

메네니우스   오, 참된 전사로구나!

의원 1 카피톨로 함께 가죠, 최고위급 친구들이
거기서 기다릴 줄 아니까.

라르티우스 (코미니우스에게)   앞서시죠.
(마르티우스에게)
코미니우스를 따르게. 우린 자넬 따르고,
자네의 우선권은 지당해.

코미니우스   고귀한 마르티우스.   240

의원 1 (시민들에게)
집으로 돌아들 가.

마르티우스   아뇨, 따르게 해 줘요.
볼스키인들에겐 밀이 많소. 이 쥐들을 데려가
그들의 창고를 갉아먹게 하지요.
(시민들에게)   폭도님들,
용맹성이 창창하오. 제발 따라오시오.

(마르티우스와 귀족들 및 사자 함께 퇴장.

시민들은 꽁무니를 뺀다. 시키니우스와 브루투스는 남는다.)

| 시키니우스 | 이 마르티우스만큼 오만한 자 있었을까? | 245 |

브루투스   비견할 자가 없지.

시키니우스   우리가 호민관에 선출되었을 때 —

브루투스   그의 입술, 눈을 봤어?

시키니우스   아니, 그의 조롱만.

브루투스   화가 나면 신들조차 비웃을 태세야.

시키니우스   순결한 달님도 희롱하고.   250

브루투스   이 전쟁에 잡아먹히기를! 몹시도 용맹하여

너무 오만해졌어.

시키니우스   심성이 그런 자는

행운이 따르면 정오에 디디는 자신의

그림자도 경멸해. 근데 난 거만한 저자가

코미니우스의 명령을 견뎌 낼 수 있을까   255

의문이네.

브루투스   그가 겨냥하고 있는 명성은,

그는 이미 그것의 큰 호의를 입었는데,

일인자의 아랫자리에서 가장 잘 지켜지거나

더 얻을 수 있다네. 왜냐하면 실패한 건

그 장군이 인간의 극한까지 노력해도   260

그의 잘못일 테고, 그러면 경박한 세평은

마르티우스에 대해 "오, 만약 그가 이 일을

맡았더라면!"이라고 외칠 테니까.

시키니우스   게다가 잘되면

호평은 마르티우스 편에 착 달라붙어서

코미니우스는 공적을 뺏기겠지.

브루투스	그래서	265

코미니우스 영예의 절반은 마르티우스가
얻지도 않은 채 가지고, 그의 잘못은 다
마르티우스의 영예가 될 거야, 사실은
아무 공도 없는데.

시키니우스　　　　　　　일 처리를 어떻게,

어떠한 식으로 하는지 가서 들어 보자고. 270
그는 이번 전투에 그의 별난 성격을
더 강하게 가진 채 뛰어들어.

브루투스　　　　　　　　가 보세.　　　(함께 퇴장)

1막 2장

툴루스 아우피디우스와 코리올의 원로원 의원들

등장.

의원 1　　그래서, 아우피디우스, 당신의 의견은

그들이 로마에서 우리의 비밀을 감지했고
우리의 향방을 안다는 말이죠.

아우피디우스　　　　　　안 그렇소?

이 나라가 행동으로 옮길 수 있는 것을
생각하면 뭐든지 로마가 미리 알고　　　　5
선수 치지 않았나요? 그쪽 소식 들은 지
나흘도 안 됐는데, 이런 내용입니다. —
이것이 그 편지 같은데 — 예, 이겁니다.

1막 2장 장소　코리올, 원로원.

(읽는다.) "그들은 군대를 모았지만 동쪽 서쪽
어디로 향할지는 모릅니다. 기근은 심하고   10
민중은 반항하며, 소문에 의하면
코미니우스, 당신의 오랜 원수 마르티우스,
(로마에선 당신보다 더 미움받습니다.)
그리고 참으로 용맹한 로마인 라르티우스,
이 셋이 준비 갖춘 군대를 목적지로   15
인도한답니다. 그건 필시 당신일 겁니다.
고려하십시오."

의원 1   우리 군은 전장에 가 있소.
우리는 로마가 대응할 준비가 됐다는 걸
의심한 적 없었소.

아우피디우스   또 당신은 주목적을
꼭 드러내야 할 때까지 감추어 두는 걸   20
어리석다 생각지 않았는데 구상 중에
로마에게 노출된 것 같군요. 발각된 관계로
로마가 우리의 출동을 거지반 알기 전에
많은 읍을 취하려던 우리의 목표치는
줄어들 것입니다.

의원 2   고귀한 아우피디우스,   25
사령장을 받으시오. 부대로 급히 가요,
코리올의 방어는 우리에게 맡기고.
그들이 우리 앞에 포진하면 아군을 데려와
물리쳐 주시오. 하지만 그들이 우리를
칠 것 같진 않다는 걸 알 거요.

아우피디우스   예, 맞아요.   30
확증 갖고 말합니다. 아니, 더 나아가

그들의 병력 중 일부는 이미 출발하였고
이쪽만 향합니다. 전 의원님들을 떠납니다.
우리가 마르티우스와 우연히 만난다면
더 이상은 못 찌를 때까지 싸우겠노라고   35
우리끼리 맹세했답니다.

모두   신들이 도와주길!

아우피디우스 의원들도 무사하시기를.

의원 1   잘 가요.

의원 2   잘 가요.

모두   잘 가요.   (함께 퇴장)

1막 3장

마르티우스의 어머니 볼룸니아와 아내 비르길리아

등장. 그들은 낮은 의자에 앉아 바느질한다.

볼룸니아   제발, 며늘애야, 노래를 하거나 좀 더 쾌활한 방법으
로 자신을 표현해 봐. 만약 내 아들이 내 남편이라면
난 그가 내게 사랑을 가장 많이 보여 줄 침대에서 나
를 포옹하는 것보다는 명예를 얻는 부재 기간을 더 거
침없이 기뻐할 거야. 그가 여린 몸으로 내 자궁의 하   5
나뿐인 아들이었을 때도, 용모 반듯한 청년으로 모든
시선을 독차지했을 때도, 왕들이 그를 하루만 달라고
간청해도 어미로서 그를 팔고 나서 한 시간이나 못 보
지는 않으려 했을 때도 난 명예가 그런 인물에게 얼

1막 3장 장소 로마, 마르티우스의 집.

마나 어울릴지 고려하면서 — 명망에 자극받지 않는   10
다면 그건 벽에 걸린 그림보다 더 나을 게 없어
서 — 기꺼이 그가 명성을 찾을 만한 곳에서 위험을
뒤쫓게 해 줬단다. 잔인한 전쟁에 내보냈고, 그는 월
계관을 쓰고 되돌아왔었지. 며늘애야, 난 정말 그 애
가 사내애라는 걸 처음 들었을 때조차도 그 애가 남   15
자임을 증명한 걸 처음 보는 지금보다 더 큰 기쁨에
날뛰진 않았단다.

비르길리아   하지만 어머님, 혹시 그이가 이번 일로 죽는다면, 그럼
어쩌죠?

볼룸니아   그럼 그의 좋은 평판이 내 아들이 되겠지, 거기서 내   20
후손을 찾을 거야. 진지한 내 맹세를 들어 봐. 난 아들
이 열둘이고 똑같이 내 사랑을 받으며, 모두가 너와 나
의 마르티우스 못지않게 소중하다 해도, 한 명이 전투
에 나가지 않고 향락에 푹 빠지는 것보다는 열한 명이
자기들 나라를 위해 고귀하게 싸우다 죽는 편이 더 낫   25
겠어.

시녀 한 명 등장.

시녀   (볼룸니아에게)
마님, 발레리아 부인이 찾아오셨습니다.

비르길리아   (볼룸니아에게)
제가 물러나도록 허락해 주시기 바랍니다.

볼룸니아   정말이지 그건 안 돼.
네 남편의 북소리가 여기까지 들리고   30
그는 아우피디우스를 머리 잡아 낚아채며,

볼스키인들은 애들이 곰 피하듯

그를 피해 내빼는 게 보이는 것 같아.

그는 이리 발 구르며 이리 외치는 것 같아.

"야, 겁보들아, 너희는 로마 태생이지만   35

공포 속에 잉태됐어!" 그는 장갑 낀 손으로

피투성이 이마를 닦고는, 마치 다 베거나

안 그럼 품삯을 못 받는 수확기 일꾼처럼

앞으로 나간단다.

비르길리아 피투성이 이마요? 오, 유피테르, 피는 안 돼!   40

볼룸니아   저리 가, 이 바보야! 남자에게 그것은

전승비의 금칠보다 더 어울려. 헥토르에게

젖 물린 헤카베의 가슴도 그리스인들의

칼을 경멸하면서 피 뿜는 헥토르의 이마보다

더 멋져 보이진 않았단다.

(시녀에게)   발레리아에게   45

환영할 준비가 됐다 하게.   (시녀 퇴장)

비르길리아 신들은 모진 아우피디우스와 남편을 떼 놓기를.

볼룸니아   그는 아우피디우스의 머리를 내려치고

그의 목을 밟을 거야.

안내인과 발레리아, 그리고 시녀 등장.

발레리아   두 분 다 안녕하신지요.   50

볼룸니아   친절한 부인.

40행 유피테르 로마 신계의 주신.   전사 헥토르의 어머니였고, 그의 이마는
42~45행 헥토르…않았단다   거기에 상처를 내는 그리스인의 칼을 경
트로이의 왕비 헤카베는 트로이의 최고   멸하듯 피를 뿜어내었다. (아든)

비르길리아	마님을 뵙게 되어 기쁩니다.
발레리아	어떻게들 지내세요? 명백히 주부들이십니다. (볼룸니아에게) 뭘 꿰매고 계세요? 정말이지 훌륭한 무늬군요. (비르길리아에게) 어린 아들은 어떻게 지내요?
비르길리아	고맙게도 잘 지낸답니다, 마님.
볼룸니아	걔는 자기 선생 쳐다보는 것보다는 차라리 칼을 보고 북소리를 듣고 싶어 한답니다.
발레리아	참말로, 부전자전이네! 아주 예쁜 소년이라고 맹세해요. 진짜로, 수요일에 제가 걔를 다 합쳐서 삼십 분을 지켜봤죠. 표정이 아주 단호했어요. 걔가 금빛 나비 뒤쫓는 걸 봤는데 잡았다가 다시 놔주고, 다시 뒤쫓고, 곤두박질치다가는 다시 일어서서 다시 잡았어요. 넘어져서 격분했거나 아니면 어쨌든 간에 걔는 정말 이를 꽉 깨물고 고것을 찢었어요. 오, 장담컨대, 아주 갈기갈기 뜯었어요.
볼룸니아	걔 아비가 격노했을 때처럼.
발레리아	정말이지, 예, 고귀한 아이예요.
비르길리아	개구쟁인 걸요.
발레리아	자, 그 바느질은 제쳐 둬요. 오늘 오후엔 나랑 함께 게으른 주부가 돼야겠어요.
비르길리아	아뇨, 마님. 전 나들이는 않겠어요.
발레리아	나들이를 안 해요?
볼룸니아	할 거예요, 할 거예요.
비르길리아	정말 죄송하지만 안 돼요. 남편이 이 전쟁에서 돌아올 때까진 저 문턱을 넘지 않겠어요.
발레리아	아이참, 너무 터무니없이 자신을 가두는군요. 자, 당신은 막 출산할 그 부인을 찾아가 봐야 해요.

55

60

65

70

75

비르길리아	그녀의 빠른 회복을 바라며 기도는 하겠지만 제가 그	
	리로 갈 순 없어요.	80
볼룸니아	아니, 왜 그러냐?	
비르길리아	수고를 아끼거나 인정이 없어서는 아녜요.	
발레리아	또 하나의 페넬로페가 되고 싶어 하는군요. 그런데 율	
	리시스가 없는 동안 그녀가 짠 베는 이타카를 모두 좀	
	으로 가득 채웠을 뿐이라고 하던데요. 자, 난 그 아마	85
	포가 당신 손가락처럼 감각이 있고, 그래서 당신은 그	
	게 불쌍해서 그만 찔렀으면 좋겠어요. 자, 나와 같이	
	가야겠어요.	
비르길리아	아뇨, 마님, 용서하세요, 정말이지 전 안 나가요.	
발레리아	참말로, 예, 같이 가요, 그러면 남편에 관한 굉장한 소	90
	식을 전해 줄게요.	
비르길리아	오, 마님, 아직은 전혀 없을 텐데요.	
발레리아	참말로, 농담이 아니에요. 간밤에 그분에게서 소식이	
	왔대요.	
비르길리아	정말로요, 마님?	95
발레리아	진지하게, 참말로요. 내가 원로원 의원의 말을 들었어	
	요, 이렇게. 볼스키인들이 군대를 내보냈고, 그에 맞서	
	코미니우스 장군이 우리 로마 군대의 일부를 데려갔	
	답니다. 당신 남편과 티투스 라르티우스가 그들의 도	
	시 코리올 앞에 진을 쳤대요. 그들은 이기리라는 것과	100
	짧게 전쟁할 것임을 전혀 의심치 않는답니다. 내 명예	
	를 걸고서 이건 사실이에요, 그러니 제발 우리와 같이	

83~85행 페넬로페…하던데요 남편 율리시스(오디세우스)가 이타카를
떠나 트로이 전쟁에 나간 뒤 그녀는 구혼자들을 물리치기 위해 낮에는
베를 짜고 밤에는 풀어 버리는 일을 반복했다.

가요.

비르길리아   마님, 용서해 주세요, 앞으로는 뭐든 지시하는 대로

따를 테니까.   105

볼룸니아   (발레리아에게)

애는 이대로 내버려 둬요, 부인. 우리의 더 큰 즐거움

을 해칠 뿐이니까.

발레리아   실은, 그럴 것 같네요. (비르길리아에게) 그럼, 잘 지내

요. (볼룸니아에게) 가요, 친절한 부인. 제발, 비르길리

아, 그 엄숙한 기색은 문밖으로 쫓아 버리고 우리 함께   110

가요.

비르길리아   한마디로 안 돼요, 마님. 정말이지 못 갑니다. 많이

즐거워하시길 바랍니다.

발레리아   그렇다면 잘 지내요.   (함께 퇴장)

1막 4장

마르티우스와 티투스 라르티우스가 고수와 나팔수, 기수들,

대장들 및 군인들과 함께 코리올시 앞에 온 것처럼 등장.

그들에게 전령 등장.

마르티우스   소식이 왔군요. 교전했소, 내기하죠.

라르티우스   우리 둘의 말을 걸고, 아니네.

마르티우스   내기요.

라르티우스   좋아.

마르티우스   (전령에게)

1막 4장 장소 코리올 근처.

여봐라, 장군께선 적군을 만나셨어?

전령 　눈앞에 있지만 서로 얘긴 않습니다.

라르티우스 　그럼 그 준마는 내 것일세.

마르티우스 　　　　　　　　　　제가 되사지요. 　　　　5

라르티우스 　아니, 팔지도 주지도 않겠네. 오십 년간

　　　　　빌려주긴 하겠네.

　　　　　(나팔수에게) 　　읍내에 협상을 알려라.

마르티우스 　두 군대 사이의 거리는 얼만가?

전령 　1마일 반입니다.

마르티우스 　그럼 우린 서로의 경종을 듣게 될 것이다. 　　　10

　　　　　자, 마르스여, 우리가 과업을 속히 마쳐

　　　　　피 뿜는 칼을 들고 여기에서 진군하여

　　　　　전장의 아군을 돕게 해 주소서.

　　　　　(나팔수에게) 　　　　자, 세게 불어.

　　　　　　　　　　　(그들은 협상 나팔을 분다.)

　　　　두 의원이 다른 사람들과 함께 코리올 성벽 위에 등장.

　　　　(의원들에게)

　　　　툴루스 아우피디우스는 그 성벽 안에 있소?

의원 1 　없소, 또 그보다 당신을 더, 좀 더 많이 　　　15

　　　　겁내는 사람도 전혀 없소. 　　　(멀리서 북소리)

　　　　　　　　　　　잘 들어요, 북소리에

　　　　우리의 청년들이 나옵니다. 적군이 우리를

　　　　벽 안에 가두게 하느니 부수고 나갈 거요.

　　　　닫힌 듯 보이는 성문은 골풀로 묶었을 뿐

　　　　저절로 열릴 거요. 　　　　(멀리서 경종)

	잘 들어요, 저 멀리에 20
	아우피디우스가 있소. 갈라진 당신 군대,
	그가 어찌 깨는지 들어 봐요.

(볼스키인들이 성벽에서 함께 퇴장)

마르티우스	<div align="center">오, 맞붙었어!</div>
라르티우스	저 고함이 우리에겐 지시다. 사다리 가져와!

볼스키 군대 등장.

마르티우스	그들이 겁도 없이 자기네 도시에서 나온다.
	가슴 앞에 방패 들고 방패보다 더 강한 25
	가슴으로 싸워라. 진격해요, 용감한 티투스.

(라르티우스 퇴장)

	그들은 상상을 초월하여 우리를 무시하고
	그래서 난 격노의 땀이 난다. 자, 동료여,
	난 물러서려는 자를 볼스키로 생각하고,
	그는 내 칼끝을 맛볼 거다. 30

(경종. 로마인들은 패하여 참호로 퇴각한다.)

마르티우스, 욕하면서 등장.

마르티우스	남쪽 땅의 전염병은 너희에게 다 옮아라,
	이 로마의 창피야! 이 짐승 떼 — 종기와 역병이
	너희를 뒤덮어 보이는 곳보다 더 멀리서
	증오의 표적 되고, 바람을 1마일 거슬러
	서로 감염시키기를! 이 인간의 탈을 쓴 35
	거위 간도 없는 놈들, 원숭이도 물리칠

노예들에게서 어떻게 도망을! 지옥의 왕이여!
상처는 다 뒤에 있고 등짝은 붉은데 얼굴은
도주와 오한증 공포에 하얘졌군. 치료 후에
돌격해라, 안 그러면 벼락에 맹세코 난   40
적은 두고 너희와 싸울 테다. 조심해. 자!
잘 버티면 그들이 우리를 참호로 몰듯이
우리가 그들을 집으로 쫓을 거야. 뒤쫓자!

> (또 다른 경종, 마르티우스가
> 볼스키 군대를 열린 성문까지 뒤쫓는다.)

자, 성문이 열렸다. 이제 뒤를 잘 받쳐 줘.
운명이 저것을 벌린 건 후퇴자가 아니라   45
추격자를 위해서야. 날 보고 따라 하라.

군인 1 무모하다! 난 못 해.

군인 2 나도 못 해.

> (경종 계속. 성문이 닫히고 마르티우스는 안에 갇힌다.)

군인 1 저것 봐, 놈들이 그를 가둬 버렸어.

모두 독 안에 든 쥐야, 장담해.   50

티투스 라르티우스 등장.

라르티우스 마르티우스는 어찌 됐나?

모두 분명히 살해당했습니다.

군인 1 후퇴자들 뒤꿈치를 바싹 쫓아가던 그는
그들과 함께 들어갔는데 갑자기 문이 쾅
닫혀 버렸답니다. 그는 홀로 시 전체를   55
상대해야 합니다.

라르티우스   오, 고귀한 동료이고,

민감한데 무감각한 칼보다 더 과감하며,
칼이 휠 때 그는 선다! 버려진 마르티우스.
무결점 홍옥이 그대만큼 크다 해도
그대만큼 값비싼 보석은 못 될 거다. 그대는   60
카토가 꼭 소망할 군인으로, 찌를 때만
사납고 가혹할 뿐 아니라 엄숙한 얼굴과
우레 같은 호령으로 그대의 적들을
온 세상이 열에 들떠 정말 떠는 것처럼
뒤흔들어 놓았다.

              피 흘리는 마르티우스, 적의 공격을 받으면서 등장.

군인 1   저 봐요.

라르티우스   오, 마르티우스다.   65
구출하자, 머물면 그처럼 될 것이다.

                      (그들은 싸우며 모두 시내로 들어간다.)

                          1막 5장
                로마인 몇 명, 전리품을 가지고 등장.

로마인 1   난 이걸 로마로 가져갈래.

로마인 2   난 이걸.

로마인 3   우라질, 난 이게 은인 줄 알았네.   (함께 퇴장)

61행 카토   감찰관으로 알려진 마르쿠스 포르키우스 카토는 전통적인
로마군의 가치를 지지하는 사람으로 유명했다. (아든)
1막 5장 장소   코리올의 거리.

(멀리서 경종이 계속 울린다.)

마르티우스와 티투스 라르티우스, 나팔수와 함께 등장.

마르티우스   여기 이 짐꾼들 좀 봐요, 깨진 은화 한 푼에
시간을 쏟고 있소! 방석이며 납 숟가락,   5
서푼짜리 쇠붓이, 망나니들이라도
죄수와 함께 묻을 윗옷을 천한 이 노예들은
싸움도 안 끝났는데 챙겨요. 거꾸러질 놈들!
그런데 장군께서 내는 소리 들어 봐요. 갑시다!
저기에 내 영혼이 미워하는 아우피디우스가   10
로마인을 꿰고 있소. 그러니 용감한 티투스,
이 도시를 확보할 적정 수를 데려가요,
그동안 난 기백 있는 자들과 급히 가서
코미니우스를 도울 테니.

라르티우스   그대는 피 흘리네.
두 번째 회전을 치르기엔 그대의 전투가   15
너무나 격렬했어.

마르티우스   아, 저를 칭찬 마십시오.
제가 한 일로는 몸도 안 풀렸소. 잘 있어요.
제가 흘리는 피는 위험하기보다는
오히려 약이오. 아우피디우스에게도 이렇게
나타나 싸우겠소.

라르티우스   이제, 저 고운 행운의 여신은   20
그댈 깊이 사랑하고 그녀의 큰 마력에,
용감한 신사여, 적대자의 칼끝은 빗나가길!
성공을 바라네.

마르티우스	최고로 성공하는 이들만큼

당신도 그리하길. 그러면 잘 있어요.

라르티우스	최고로 훌륭한 마르티우스.	(마르티우스 퇴장)	25

(나팔수에게)

광장으로 간 다음 나팔을 울려라.

이 도시의 관원을 다 거기로 부르면

우리 뜻을 알려 줄 것이다. 어서 가.　　　　　(함께 퇴장)

1막 6장

코미니우스, 마치 퇴각하듯 군인들과 함께 등장.

코미니우스　친구들, 숨 좀 돌려. 잘 싸웠어. 로마인답게

전투를 그만뒀고, 어리석은 방어도

겁먹은 후퇴도 없었어. 이보게들,

우리는 분명히 다시 공격받을 거야.

우리가 싸우는 동안에 이따금 바람 타고　　　　　5

아군의 돌격 소리 들었어. 로마의 신들은

그들의 승전을 우리의 소원처럼 이끌어

우리 두 부대가 미소 짓는 얼굴로 마주치며

감사의 희생물을 바치게 하소서!

전령 등장.

소식은?

1막 6장 장소　코미니우스의 막사 근처.

| 전령 | 코리올 시민들이 쏟아져 나온 다음 | 10 |

전령　　코리올 시민들이 쏟아져 나온 다음　　　　　　　　10
　　　　라르티우스 그리고 마르티우스와 맞붙었고,
　　　　우리 편이 참호로 쫓기는 걸 보고서
　　　　전 이리로 왔습니다.

코미니우스　　　　　　　　　　넌 사실을 말하지만
　　　　잘 말하는 건 아냐. 그게 얼마 전이지?

전령　　한 시간 남짓이요.　　　　　　　　　　　　　　15

코미니우스　　1마일 안쪽에서 조금 전 북소리를 들었어.
　　　　넌 어떻게 1마일에 한 시간을 허비하고
　　　　이리 늦게 소식을 전하느냐?

전령　　　　　　　　　　　　　볼스키 척후들이
　　　　저를 추적해 와서 할 수 없이 3, 4마일
　　　　빙 돌게 됐습니다. 안 그러면, 장군님,　　　　20
　　　　반 시간 전에 벌써 보고했겠지요.

마르티우스 등장.

코미니우스　　　　　　　　　　　　저 건너
　　　　결딴난 것처럼 보이는 게 누구지? 맙소사,
　　　　마르티우스의 특징을 가졌고, 난 전에도
　　　　저런 모습 본 적 있다.

마르티우스　　　　　　　　　너무 늦었습니까?

코미니우스　　마르티우스의 목소리를 아랫것들 모두와　　　25
　　　　구별하는 내 능력은 천둥과 작은 북을
　　　　구별하는 목동보다 더 나아.

마르티우스　　　　　　　　　너무 늦었습니까?

코미니우스　　암, 자네가 다른 사람 핏물 입고 오지 않고 자신의 외투를 걸쳤다면.

마르티우스 오, 포옹하게 해 줘요,
구혼했을 때처럼 건강한 이 두 팔로,   30
혼인날이 저물고 침실 향한 촛불이
타올랐을 때처럼 유쾌한 마음으로.   (그들은 포옹한다.)

코미니우스 전사 중의 꽃이여, 라르티우스는 어떤가?

마르티우스 바쁘게 포고령 내리는 사람이 그러듯이
누구는 사형, 누구는 유배에 처하고,   35
몸값을 받거나 동정하고, 때로는 위협하죠.
코리올인들을 로마의 이름으로 붙잡아
목줄 달고, 꼬리 치는 사냥개 취급하며
맘대로 놔주지요.

코미니우스   그들이 자네 둘을
참호로 내쫓았다 했던 놈은 어디 있어?   40
어디 있지? 이리 불러.

마르티우스   내버려 두십시오,
사실을 알렸어요. 하지만 우리의 신사들,
병졸들은 — 염병할! 군율로 벌할 놈들! —
그들보다 더 못난 악한들을 고양이 피하는
쥐보다 더 급히 피했어요.

코미니우스   근데 어찌 이겼나?   45

마르티우스 얘기할 시간이 있나요? 없는 것 같은데.
적군은 어디 있죠? 전장을 장악했습니까?
아니라면 그럭하기 전인데 왜 멈추죠?

코미니우스 마르티우스, 우리는 불리한 채 싸우다가
목표한 걸 얻으려고 후퇴를 했다네.   50

마르티우스 그들의 전열은? 그들이 신뢰하는 부대를

어느 쪽에 됐는지 아십니까?

코미니우스   추측건대
선봉은 그들이 가장 믿는 안티움 부대인데,
그들이 품고 있는 희망의 바로 그 핵심인
아우피디우스가 지휘해.

마르티우스   간청드리건대   55
우리가 싸웠던 모든 전투 다 걸고,
같이 흘린 피를 걸고, 친구로 남으려고
했던 서약 다 걸고 곧바로 이 몸을
아우피디우스와 안티움 부대에 맞세우고
장군 또한 더 이상 지체하지 마시고   60
쳐든 칼과 창으로 대기를 채우면서
우리가 이 시각을 시험케 하십시오.

코미니우스   자네를
조용한 목욕탕에 안내하여 향유를
발라 주고 싶지만 난 자네의 요청을
절대 감히 거절 못 해. 전투를 가장 잘   65
도울 수 있는 자를 고르게.

마르티우스   최고로 기꺼이
자원하는 자들이죠.
(군인들에게)   여기 있는 누군가가
(의심은 죄가 될 테지만) 내 몸에 칠해진
이 색깔을 사랑하면, 누군가가 오명보다
자기 몸을 덜 두려워한다면, 누군가가   70
용감한 죽음이 열등한 삶보다 더 낫고
나라를 자신보다 더 소중히 생각하면
오직 그 사람만, 또는 같은 맘의 사람들만

이렇게 칼 흔들어 (자기 칼을 흔들며)

　　　　자신의 의사를 표시하고

마르티우스를 따르라.　　(그들은 모두 외치고 칼을 흔들며　75

　　　　마르티우스를 껴안고 모자를 벗어 위로 던진다.)

오, 나 혼자! 내가 너희 칼이 되란 말이냐?

이 표시가 겉치레가 아니라면 너희 중에

볼스키 네 명 값을 못 할 자 있겠어? 모두들

위대한 아우피디우스를 대적할 수 있어,

그의 방패만큼이나 굳세게. 난 몇 명을 —　　　　　80

모두에게 고맙지만 — 전체에서 골라야 해.

나머지는 또 다른 전투에서 상황 따라

임무를 맡아야 할 것이다.

(코미니우스에게)　　　　진군을 하시면

저는 빨리 최고의 의향 가진 대원들을

골라 놓겠습니다.

코미니우스　　　　　　동료들은 진군하라.　　　　85

이렇게 과시한 걸 실천하라, 그럼 다들

우리와 전과를 나누리라.　　　　　(함께 퇴장)

1막 7장

티투스 라르티우스. 코리올인들에게 경계병을
붙인 다음 고수 및 나팔수와 함께 코미니우스와
카이우스 마르티우스에게로 가면서 부관과 다른 군인들 및
정찰병과 함께 등장.

1막 7장 장소　코리올 성문 앞.

라르티우스	자, 성문을 경계하라. 내가 정한 그대로
	임무를 수행하라. 사람을 보내거든
	백인 부대 급파하여 도와주고. 나머지는
	잠시 여기 주둔한다. 이 전장을 잃으면
	이 도시는 못 지켜.
부관	관리는 걱정 마십시오. 5
라르티우스	떠나자. 우리가 나간 다음 문을 닫아.
	(정찰병에게)
	길잡이는 우리를 로마군 진영으로 안내하라.

(함께 퇴장)

1막 8장

전투할 때처럼 경종. 마르티우스와 아우피디우스,

각각 다른 문에서 등장.

마르티우스	난 오직 너하고만 싸우겠다, 난 네가
	약속 어긴 자보다 더 미우니까.
아우피디우스	피차일반,
	부러운 네 명성보다 내가 더 혐오할 독사는
	아프리카에도 없다. 네 발에 힘을 줘라.
마르티우스	먼저 물러서는 자, 상대방의 노예로 죽은 뒤 5
	신들의 선고는 나중에 받게 하자.
아우피디우스	내가 튀면, 마르티우스, 토끼처럼 날 몰아라.
마르티우스	세 시간 전에 나는, 툴루스, 혼자서

1막 8장 장소 로마 진영 근처.

너희의 코리올 성벽들 안에서 싸웠고
내 맘대로 했었다. 내가 덮어쓴 것은   10
내 피가 아니다. 복수를 하려거든
네 힘을 최고로 끌어올려.

아우피디우스   네가 비록
잘난 네 족속의 채찍이던 헥토르라고 해도
넌 여기서 나를 못 피한다.

　　　　　(여기에서 그들은 싸우고 볼스키인 몇 명이 나타나
　　　　　　　　　　　아우피디우스를 도와준다.)

용기 없이 끼어든 너희는 괘씸한 조력으로   15
나에게 수치를 안겼다.

　　　　　(마르티우스는 그들이 숨 가쁘게 쫓겨날 때까지 싸운다.)

　　　　　　　　　　　　　　　　　　　　　(함께 퇴장)

　　　　　　　　　　　　　1막 9장

　　　　　경종. 퇴각 나팔이 울린다. 팡파르. 한쪽 문으로
　　　　　　코미니우스가 로마인들과 함께 등장,
　　　　　다른 쪽 문으로 마르티우스가 왼쪽 팔을 띠로 둘러맨 채 등장.

코미니우스   자네가 오늘 한 일 내가 다시 말해 줘도
　　　　　그 행적을 못 믿겠지. 하지만 난 보고하여
　　　　　의원들은 눈물과 웃음을 뒤섞어 짓게 하고,
　　　　　높으신 귀인들은 듣다가 깔보다가 끝에는

13행 잘난…헥토르　트로이 전쟁에서 그
리스인들에게 채찍 역할을 한 사람은 헥
토르였고, 그와 같은 트로이인 아이네이

아스가 그곳을 탈출하여 로마를 건국했
다는 로마인들의 믿음에 근거를 둔 말.
1막 9장 장소　로마 진영 근처.

경탄케 만들고, 부인들은 놀랐다가 기꺼이   5
떨면서 더 듣게 하고, 퀴퀴한 평민과 더불어
자네 명예 증오하는 무뚝뚝한 호민관도
마지못해 "우리의 로마에 이런 군인 있음을
신들께 감사하오."라고 하게 만들 거야.
근데 앞서 배불리 먹은 자넨 이 잔치에   10
한 점을 먹으러 온 셈이네.

티투스 라르티우스가 추격을 끝내고 군대와 함께 등장.

라르티우스   오, 장군님,
우리는 장식이고 이게 그 준마군요.
만약에 보셨다면 —

마르티우스   제발 이제 그만해요.
자기 핏줄 극찬할 특권 가진 제 어머니가
저를 칭찬하실 때도 전 매우 슬픕니다.   15
당신이 한 만큼, 즉 제 능력껏 저도 했고
그 동기도 당신처럼 애국이었답니다.
그저 자기 선의를 실천한 사람은 누구든
제 활약을 앞질렀답니다.

코미니우스   자네의 공훈을
스스로 묻게 하진 않겠네. 로마는 제 식구의   20
가치를 알아야 해. 자네의 업적을 감추면서
찬사를 극단까지 외쳐도 겸손으로밖에는
안 보일 그런 일을 침묵에 부치는 건
절도보다 더 나쁜 은폐이고, 비방과
다름없을 것이네. 그러므로 간청컨대 —   25

	자네의 공에 대한 보답이 아니라 자네를	
	인정한단 표시이니 — 군 앞에서 내 말 듣게.	
마르티우스	전 상처가 좀 있는데 그걸 상기하시니까	
	욱신거립니다.	
코미니우스	우리가 그러하지 않으면	
	그것은 배은망덕 때문에 당연히 곪을 테고	30
	죽어야 치유될 거라네. 우리가 빼앗은 —	

마르티우스 　　　　　　전 상처가 좀 있는데 그걸 상기하시니까
욱신거립니다.

코미니우스 　　　　　　　우리가 그러하지 않으면
그것은 배은망덕 때문에 당연히 곪을 테고　　　　　30
죽어야 치유될 거라네. 우리가 빼앗은 —
빼어나고 수많은 — 모든 말 가운데,
전장과 도시에서 노획한 모든 보물 가운데
10분의 1의 몫을 자네에게 주겠으니
전적으로 자네가 골라서 공동 배분　　　　　　　　35
하기 전에 가져가게.

마르티우스 　　　　　　　장군님, 고맙지만
제 마음은 제 칼에게 건네는 뇌물에
동의할 수 없습니다. 저는 그걸 거절하고
그 업적을 지켜본 이들과 꼭 같이
공동 몫을 고집하겠습니다. 　　(긴 팡파르. 그들은 모두　40
　　"마르티우스, 마르티우스."라고 외치고 모자와 창을 위로
　　던진다. 코미니우스와 마르티우스는 모자를 벗고 서 있다.)
너희가 모독하는 바로 저 악기들이 더 이상
소리를 안 냈으면. 전장의 북과 또 나팔이
아첨꾼이 됐을 때 궁정과 도시는 다
가식적 위안으로 가득하라. 강철이 물러져
살살이의 비단처럼 됐을 때 그자에게　　　　　　　45
전쟁 선포 맡겨라. 그만하란 말이다!
내가 코피를 안 닦고 있었다고, 허약한 놈
몇 명을 꺾었다고 — 그런 건 여기 있는

다수가 소리 없이 했을 텐데 — 너희는 날
지나치게 환호하며 외쳐서 내가 마치   50
조그만 업적을 거짓말 양념한 칭찬으로
부풀리는 것 같잖아.

코미니우스   자넨 너무 겸손해,
참되게 자네를 알린 것에 고마워하기보다
호평에 더 잔인해. 미안한 말이네만
자신에게 발끈한 거라면 우리는 자네를   55
자해할 작정인 사람처럼 족쇄를 채운 뒤
안전하게 설득할 것이네. 그래서 우리에게,
온 세상에 알리건대 카이우스 마르티우스가
이 전쟁의 화관을 썼으며, 그 증표로
이 진중에 알려진 고귀한 내 준마를   60
온갖 장식 다 갖춰 내리고, 지금부터 그를
코리올 읍 앞에서 그 업적을 기리면서
이 군대의 박수와 함성 따라 부른다,
마르티우스 카이우스 코리올라누스로!
이 칭호를 늘 귀하게 지녀라!   65

                          (팡파르. 나팔 소리와 북소리가 울린다.)

모두   마르티우스 카이우스 코리올라누스!
코리올라누스 난 가서 씻을 테다.
내 얼굴이 맑아지면 너흰 내가 얼굴을
붉히는지 알 것이다. 그럼에도 고맙네.
(코미니우스에게)
당신 말은 타고 다닐 작정이고, 또 언제나   70
당신의 훌륭한 호칭을 제 투구에 가능한 한
곱게 매달 것입니다.

코미니우스	자, 우리의 막사로.

거기에서 쉬기 전에 우리는 승전보를
로마로 보낼 거다. 티투스 라르티우스,
당신은 코리올로 가야 하오. 최고위 인사를   75
로마로 보내면 그들의 이익과 우리 것을
협상할 수 있을 거요.

라르티우스	그러지요, 장군님.
코리올라누스	신들이 날 조롱하기 시작하네.

지금 막 가장 후한 선물들을 거절해 놓고서
장군님께 청을 하게 됐으니 말입니다.   80

코미니우스	들어주지, 자네 소원. 뭣인가?
코리올라누스	제가 한때 코리올 이곳의 가난한 사람 집에

묵은 적 있었는데 그는 절 친절히 대했죠.
그가 제게 외쳤고, 포로가 된 그를 봤는데
때마침 아우피디우스가 제 시야에 들어와   85
분노에 동정심이 압도됐습니다. 요청컨대
가난한 그 주인, 풀어 주십시오.

코미니우스	오, 잘 청했네!

그가 내 아들을 도살했더라도 바람처럼
자유로울 것이네. 방면하오, 티투스.

라르티우스	마르티우스, 그의 이름.
코리올라누스	아뿔싸, 잊었소! 90

피곤해서, 맞아요, 기억력도 지쳤어요.
포도주 좀 없습니까?

코미니우스	막사로 함께 가세.

그 얼굴의 피가 말라붙었네. 그것을
보살필 때가 됐어. 가세.   (함께 퇴장. 코넷 팡파르)

1막 10장

툴루스 아우피디우스가 피로 물든 채 두세 명의
군인들과 함께 등장.

아우피디우스	저 읍을 **빼앗겼다**.
군인 1	상황이 좋아지면 되찾을 것입니다.
아우피디우스	상황?

아, 내가 로마인이었으면 좋겠다, 왜냐하면
볼스키인으론 존재할 수 없으니까. 상황?   5
그 상황이 패배한 편에게 유리한 조약이
어디에 있다더냐? 난 다섯 번이나 너
마르티우스와 싸웠고 넌 매번 날 이겼으며
우리가 밥 먹듯이 자주 충돌한다 해도
내 생각엔 또 그럴 것이다. 천지에 맹세코   10
그와 내가 언젠가 턱수염을 맞잡으면
사생결단할 거야. 나의 경쟁심에는
전에 있던 명예욕은 없어졌다, 왜냐하면
난 그를 대등하게 진짜 칼을 맞대고
바술 생각 했지만 이젠 몰래 칠 테니까.   15
분노로든 술수로든 잡는다.

군인 1	그는 마왕입니다.
아우피디우스	더 대담해, 그만큼 약지는 않아도. 내 용맹은

오직 그가 더럽혀서 빛이 바랬으니까
난 그를 꼭 치워 버릴 거야. 수면도 성역도,
맨몸이나 아플 때나, 신전이나 카피톨도,   20

1막 10장 장소 볼스키 진영.

사제들의 기도나 제사 때도 — 이 모두는
분노 금지 상태인데 — 그들의 썩은 특권,
관습을 들면서 마르티우스에.대한 내 미움을
막지 못할 것이다. 그가 있는 곳이라면
내 동생이 지켜 주는 집이라 할지라도   25
난 환대의 규범을 어기고 사나운 내 손을
그의 심장 피로써 씻겠다. 넌 도시로 들어가
수비는 어떤지, 로마로 가야 할 인질들은
누군지 알아봐라.

군인 1   장군님은 안 가셔요?

아우피디우스   편백나무 숲에서 누가 날 기다려. 부탁해. —   30
도읍의 방앗간 남쪽이야 — 세상이 어떤지
그리로 소식 전해, 내가 그 보조에 맞추어
여행에 박차를 가하도록.

군인 1   예, 장군님.   (함께 퇴장)

2막 1장

메네니우스가 두 호민관, 시키니우스,

브루투스와 함께 등장.

메네니우스   복점관 말이 오늘 밤에 소식이 있을 거라 하더군요.

브루투스   좋아요, 나빠요?

메네니우스   민중의 기도에 들어맞는 건 아니랍니다, 그들은 마르
티우스를 안 좋아하니까.

2막 1장 장소   로마.

| 시키니우스 | 짐승들도 자연스럽게 자기편을 알아보죠. | 5 |

메네니우스 부탁인데 늑대는 누구를 좋아하죠?

시키니우스 양이요.

메네니우스 예, 잡아먹으려고, 굶주린 평민들이 고귀한 마르티우스를 그러려고 하듯이.

브루투스 그는 정말 곰처럼 음매하는 양이오. 10

메네니우스 그는 정말 양처럼 사는 곰이지요. 당신 둘은 나이가 들었으니 내가 묻는 하나만 답해 주시오.

시키니우스, 브루투스 좋습니다.

메네니우스 마르티우스는 적게 가졌지만 당신 둘은 무더기로 갖지 않은 폐단이라면 어떤 게 있죠? 15

브루투스 그에겐 결점이 한 가지라서 적은 게 아니라 모든 게 함께 쌓여 있소.

시키니우스 특히 그 오만이.

브루투스 그리고 다른 무엇보다도 그 허풍이.

메네니우스 근데 이상하군요. 당신 둘은 여기 이 도시에서 얼마나 20
비난받는지 아시오? — 우리 우파들로부터 말이오.
압니까?

시키니우스, 브루투스 왜? 어떻게 비난받지요?

메네니우스 당신이 방금 오만을 말해서 그러는데 — 화내진 않으실
거죠? 25

시키니우스, 브루투스 좋아요, 뭐, 좋아요, 좋아.

메네니우스 아니, 큰일은 아니오, 계기라는 아주 작은 도둑놈이 당신들의 인내심을 크게 빼앗을 테니까 말이오. 느긋한 기분으로 맘대로 화내시오. — 적어도 그렇게 하는 게 당신들 맘에 든다면. 당신들은 마르티우스가 오만하 30 다고 욕하오.

브루투스	우리만 그러는 게 아닙니다.
메네니우스	당신들은 혼자서 할 수 있는 게 거의 없는 줄 압니다,
	도움을 많이 받으니까, 안 그러면 당신들의 행동은 놀
	랍도록 허접할 것이오. ─ 당신들의 여러 능력은 많은 35
	일을 홀로 하기엔 너무나 아기 같소. 당신들은 오만을
	얘기하오. 오, 당신들이 눈을 목덜미 쪽으로 돌려 그
	훌륭한 자신의 내면을 한 번만이라도 살펴볼 수 있었
	으면! 오, 그랬으면!
시키니우스, 브루투스	그런다면 뭐요? 40
메네니우스	허, 그러면 당신들은 로마의 그 누구 못지않게 가치 없
	고 오만하며 난폭하고 성미 급한 한 쌍의 행정관(일명
	바보)을 발견할 것이오.
시키니우스	메네니우스 당신도 아주 유명하답니다.
메네니우스	난 익살맞은 귀인으로 유명하죠. 게다가 테베레 강 45
	물은 한 방울도 안 탄 독한 포도주 한 잔을 좋아하
	는 것으로도. 소송에서 원고를 좀 편애하는 경향이
	있으며, 너무 하찮은 이유로 성급하게 불같이 화를
	낸다고도 하죠. 아침의 이마보다는 밤의 엉덩이와
	더 많이 대화하는 사람이랍니다. 생각하는 건 내뱉 50
	고, 악의는 말을 해서 써 버리죠. 당신네 같은 두 정
	객을(리쿠르고스라고 부를 순 없지만) 만나서 당신
	들이 내놓은 술이 내 미각에 거슬리면 난 얼굴을 찌
	푸리오. 당신들 언어의 대부분이 엉터리란 걸 알았
	을 때도 난 어르신들 말씀 잘하셨소, 그렇게 말 못 55

45행 테베레 로마의 강 이름.
52행 리쿠르고스 지혜로 유명했던 스파르타의 전설적인 입법자.
(RSC)

합니다. 또한 난 비록 당신들을 존경스러운 분이라
고 하는 자들을 기꺼이 참아 줘야 하지만, 그 얼굴
이 잘생겼다고 하는 자들의 말은 새빨간 거짓이오.
이러한 사실을 당신들이 이 소우주, 내 얼굴 지도
에서 알아보면서도 나도 아주 유명하다고 해야겠   60
소? 당신들의 그 흐릿한 시력으로 이런 인물에게서
무슨 해악을 찾아낼 수 있소, 나도 아주 유명하다
면 말이오?

브루투스   자, 어르신, 자, 우린 당신이 유명한 줄 알아요.

메네니우스 당신들은 나도, 당신들 자신도, 그 무엇도 알지 못   65
하오. 불쌍한 건달들이 모자 벗고 허리 숙이는 거
나 열망하죠. 당신들은 멋지고 유익한 아침을 오렌
지 파는 아줌마와 술통 마개 장사 사이의 소송을 듣
는 데 써 버리고, 그런 다음 그 서푼짜리 논쟁을 다
음 날에 청취하기로 연기하오. 당신들은 이편과 저   70
편 사이에서 사건 내용을 들을 때 우연히 복통에 시
달리게 되면 무언극 배우처럼 인상을 찌푸리고, 인
내심 전체에 맞서 핏빛 깃발을 세운 다음 요강을 달
라고 으르렁거리면서 그 피 터지는, 당신들이 들어
서 더 꼬여 버린 논쟁을 기각하오. 그들의 소송에   75
서 당신들이 이룩한 평화는 양쪽을 건달들이라고
부르는 게 다랍니다. 당신들은 한 쌍의 이상한 사
람들이오.

브루투스   이봐요, 이봐, 당신은 카피톨에서 필요한 판관이라기
보다는 식탁에서 더 완벽한 재담꾼으로 잘 알려져 있   80

61행 이런 인물 메네니우스 자신.

답니다.

메네니우스 바로 우리 사제들조차도 당신네처럼 우스꽝스러운
시민들과 마주치면 조롱꾼이 될 게 틀림없소. 당신들
이 더없이 적절하게 말해 봤자 그건 당신들의 그 턱수
염을 까닥거릴 가치조차 없는 것이고, 게다가 당신들 85
의 그 턱수염은 낡은 옷 수선공의 방석을 채울 만큼
명예로운 무덤을 가지거나, 아니면 나귀의 안장 속에
묻히거나 할 자격도 없답니다. 그럼에도 당신들은 계
속해서 마르티우스가 오만하다고 해야겠죠. 그는 낮
춰 평가해도 데우칼리온 이래의 당신네 조상들 모두 90
의 값어치가 있는데, 아마도 그 가운데 최고급 몇 명
은 세습 망나니였겠죠. 안녕히 가십시오, 어르신들.
당신들과 대화를 더 했다가는 짐승 같은 평민들의 목
자인 당신들 때문에 내 두뇌가 오염될 판이오. 과감히
작별을 고하고자 합니다. (브루투스와 시키니우스, 한쪽 95
으로 비켜선다.)

볼룸니아, 비르길리아, 발레리아 등장.

아, 이런, 아름답고 고귀한 부인들이여 — 저 달도 지
상에 있다면 더 고귀하진 못할 텐데 — 그 눈길을 어
디로 그렇게 빨리 돌리시는지요?

볼룸니아 고명한 메네니우스, 내 아이 마르티우스가 다가오고
있답니다. 유노의 사랑에 맹세코, 갑시다. 100

90행 데우칼리온
그리스 신화에서 노아에 해당하는 사람.   파괴하기 위해 보낸 홍수에서 살아남았
그는 아내 퓌라와 함께 제우스가 인류를   다. (아든)

메네니우스	하! 마르티우스가 귀국해요?
볼룸니아	예, 메네니우스 어른, 게다가 가장 성공했다는 증거와 함께요.
메네니우스	(모자를 위로 던지며) 유피테르여, 제 모자 받으시오, 그리고 감사하오. 와! 마르티우스가 귀국해요?
비르길리아, 발레리아	예, 정말이에요.
볼룸니아	봐요, 그가 보낸 편지인데 정부에도 한 장, 그의 아내에게도 한 장, 그리고 내 생각에 당신에게도 한 장이 집에 있는 것 같아요.
메네니우스	난 오늘 밤 바로 내 집을 흔들어 놓겠소. 내게도 편지가?
비르길리아	예, 분명 당신에게도 편지가 왔어요. 제가 봤어요.
메네니우스	내게도 편지가? 그로써 난 칠 년의 건강을 기증받았고, 그 기간 동안엔 의사를 비웃을 거요. 최고로 효험 있는 갈레노스의 처방도 돌팔이 짓이고, 이 활력소에 비하면 말에게 주는 약보다 더 나을 게 없답니다. 다치지는 않았나요? 다친 상태로 귀국하곤 했었지요.
비르길리아	오, 아뇨, 아뇨!
볼룸니아	오, 다쳤어요, 그래서 난 신들에게 감사해요!
메네니우스	나도요, 너무 심하지만 않다면. 주머니에 승리를 넣고 온다면야 상처는 그에게 어울리죠.
볼룸니아	이마에 입었어요. 메네니우스, 그는 세 번째로 참나무

행 번호: 105, 110, 115, 120

100행 유노
유피테르의 아내. 로마 신화에서 최고의
여신.

115행 갈레노스
그리스의 명의. 그는 2세기 사람이었기
때문에 시대착오적인 언급이다. (RSC)

관을 쓰고 귀국한답니다.

메네니우스   아우피디우스를 흠씬 두들겨 패줬어요?   125

볼룸니아   티투스 라르티우스가 쓰기를 둘이 맞붙어 싸웠지만
아우피디우스가 내뺐대요.

메네니우스   그도 그럴 때가 됐지요, 장담합니다. 그가 그의 곁에
머물렀다면 나라도 코리올 안의 모든 궤와 그 안의 금
을 다 준대도 그렇게 마구 피 흘리고 싶진 않았을 겁니   130
다. 원로원이 이걸 아나요?

볼룸니아   부인들, 갑시다. 예, 예, 예. 원로원은 그 장군이 보낸
편지를 받았고, 거기에서 그는 이 전쟁의 모든 공을 내
아들에게 돌렸어요. 그는 이번 전투에서 이전의 업적
을 두 배로 넘어섰답니다.   135

발레리아   실은 그에 관한 놀라운 얘기들이 있어요.

메네니우스   놀랍다! 예, 장담해요, 그는 진실로 그런 얘기를 들을
만하니까.

비르길리아   제발 그 얘기들이 진실이길.

볼룸니아   진실이길? 원 참!   140

메네니우스   진실이길? 진실일 거라고 맹세합니다. 그가 어디를 다
쳤지요? (호민관들에게) 나리들께 하느님의 가호를. 마
르티우스가 귀국하오. 그가 오만해질 이유가 더 있군
요. (볼룸니아에게) 그가 어디를 다쳤지요?

볼룸니아   어깨 쪽과 왼쪽 팔 쪽이요. 그가 출마하는 자리에 서게   145
되면 민중에게 큰 흉터를 여럿 보여 줄 거랍니다. 타르
퀴니우스를 격퇴했을 때에도 몸에 상처를 일곱 군데
나 입었었지요.

메네니우스   목에 하나, 허벅지에 둘 — 내가 알기론 아홉이오.

볼룸니아   그는 이번 마지막 원정 전에 이미 스물다섯 군데나 상   150

	처를 입었답니다.
메네니우스	이젠 스물일곱이고, 베인 자국은 모두가 적의 무덤이
	었지요. (함성과 팡파르) 들어 봐요, 저 나팔 소리.
볼룸니아	마르티우스의 안내인이랍니다. 앞으로는
	소리를 보내고 뒤로는 눈물을 남기지요.
	검은 귀신, 죽음이 그의 억센 팔뚝에 있는데
	그것을 들었다가 내리면 사람들이 죽어요.

155

나팔 소리. 코미니우스 장군과 티투스 라르티우스 등장하고,
둘 사이에서 참나무 관을 쓰고 대장과 군인들 및 전령과 함께
코리올라누스 등장. 나팔 소리.

전령	로마에 알리건대 마르티우스는 혼자서
	코리올 문 안에서 싸웠고, 거기에서 명성과
	'마르티우스 카이우스'에 붙은 이름,
	명예로운 '코리올라누스'를 얻었다.
	로마는 환영한다, 고명한 코리올라누스를. (팡파르)
모두	로마는 환영한다, 고명한 코리올라누스를.
코리올라누스	이건 그만두십시오, 제 비위가 상합니다.
	제발 이제 그만둬요.
코미니우스	보시게, 어머니네.
코리올라누스	(볼룸니아에게)
	오, 당신께선 저 모든 신들께 제 행운을
	비신 걸로 압니다. (무릎을 꿇는다.)

160

165

149행 아홉
계산은 맞아떨어지지 않겠지만 딱히 바
로잡을 필요는 없다. 메네니우스는 자기
가 꼽는 상처의 숫자를 조용히 내놓을 수
있고 그것은 볼룸니아의 것과 일치하지
않을 수 있으니까. (아든)

볼룸니아	아니, 일어나게, 멋진 군인,
	친절한 마르티우스, 훌륭한 카이우스, 또한
	명예로운 업적으로 새로이 받은 이름 —
	뭐였지? — '코리올라누스'라고 해야 하나? 170

(그는 일어선다.)

	그런데, 오, 네 처가.
코리올라누스	(비르길리아에게) 우아한 침묵의 여인이여.
	승전한 나를 보고 울다니, 관에 누워
	내가 돌아왔으면 웃을 거요? 아, 여보,
	그런 눈은 코리올의 과부들과 아들 잃은
	어미들이 보이오.
메네니우스	신들의 영예가 내리길. 175
코리올라누스	아직 살아 있어요?
	(발레리아에게) 오, 고운 부인, 용서하오.
볼룸니아	난 어디를 봐야 할지 모르겠네. 오, 잘 왔다!
	잘 오셨소, 장군, 그리고 다들 잘 왔어요!
메네니우스	백번 천번 환영하오! 난 가볍고 무거워서
	울 수도 웃을 수도 있답니다. 잘 왔어요! 180
	그대 보고 안 기쁜 자, 그 심장의 뿌리에서
	저주가 시작되길. 당신 셋은 로마가
	혹해야 할 이들이오. 하지만 신앙에 맹세코
	고향집의 능금 노목 몇 그루는 이 단맛을
	안 보겠다는군요. 그래도 잘 왔소, 전사들! 185
	우리는 쐐기풀은 쐐기풀, 바보들의 잘못은

184행 노목 몇 그루   시큰둥한 태도를 보이는 호민관들을 빗대어 하
는 말.

바보짓일 뿐이라고 말합니다.

코미니우스   항상 옳소.

코리올라누스   메네니우스, 항상, 항상 옳습니다.

전령   길을 터라, 가시죠.

코리올라누스   (볼룸니아와 비르길리아에게)

            손을 줘요, 당신 것도?

집에 가서 머리를 쉬기 전에 저는 우선   190

훌륭한 귀인들을 방문해야겠습니다.

전 그들의 인사를 받았을 뿐 아니라

영예도 서로 나눴답니다.

볼룸니아   살다 보니

바로 내 소원이 성취되고 내 상상이

실현된 걸 보는구나. 오로지 한 가지가   195

모자란 게 있지만 그것도 로마가 너에게

꼭 주리라 의심치 않는다.

코리올라누스   어머니께 말인데

저는 제 방식으로 그들의 일꾼이 될망정

그들 식의 통치는 않겠어요.

코미니우스   자, 카피톨로!

        (코넷 팡파르. 이전처럼 위엄을 갖추고 함께 퇴장,

           브루투스와 시키니우스만 남아 앞으로 나온다.)

브루투스   모두들 그를 입에 올리고, 흐린 눈엔   200

잘 보려고 안경 썼어. 조잘대는 저 유모는

아기는 자지러지도록 울게 두고 자기는

그 사람 수다를 떤다네. 저 부엌데기는

더러운 목에다 가장 비싼 아마를 두르고

그를 보려 담을 타. 판매대, 진열대, 창틀은   205

빈틈없고, 지붕과 난간을 채우고 또 걸터탄
갖가지 안색을 봐, 그를 꼭 보려는 열성은
모두가 일치해. 보기 드문 신관들도
평민 군중 밀치면서 천한 자리 잡으려고
입김을 내뿜네. 베일 쓴 마님들은   210
까다롭게 보호하는 그들 뺨에 일어나는
흰색과 분홍색의 전쟁을 태양신의 뜨거운
음탕한 키스의 약탈에 맡겨 둬.
웬 난리람, 그를 이끈 그 신이 누구든
그가 지닌 인간의 능력에 남몰래 기어들어   215
그에게 은총 어린 자태를 부여한 것 같아.

시키니우스   곧바로 집정관이 될 거라고 장담하지.
브루투스   그럼 우리 임무는 그가 힘쓸 동안엔 잠자겠지.
시키니우스   그는 자기 영예를 알맞게 조절하여
시작된 곳에서 끝까지 가져가지 못하고   220
얻은 걸 잃을 걸세.

브루투스   위로가 되는군.
시키니우스   걱정 말게.
우리가 대변하는 평민들은 해묵은 원한으로
그의 이런 새 영예를 최소한의 이유로도
잊을 텐데, 그건 그가 제공해 줄 것임을
난 조금도 의심 안 해, 그는 오만하게도   225
그렇게 할 테니까.

브루투스   그는 단언하기를

210~213행 베일…둬 햇볕에 흰 얼굴이 탈까 봐 베일을 닫던 마님들도
얼빠진 채 자기네 뺨을 태양에 노출시킨다는 말.

자기는 집정관에 나와도 절대로
광장엔 나타나지 않을 테고, 닳아빠진
겸손의 의복도 입지 않을 것이며,
관습 따라 상처를 보이면서 민중의   230
악취 나는 목소리도 구걸 안 한댔어.

시키니우스   맞았어.

브루투스   그게 그의 말이었어. 오, 상류층의 간청과
귀족들의 요청만 가지고 거기에 오를 바엔
차라리 관두려 할 거야.

시키니우스   그가 그 목표를
유지하고 또 실행에 옮겨 주면 나야 더   235
바랄 게 없을 걸세.

브루투스   십중팔구 그럴 거야.

시키니우스   그럼 그건 우리가 바라는 이득이고 그에겐
확실한 파멸이지.

브루투스   그는 꼭 그렇게 돼야 해,
안 그럼 우리의 권위는 끝이야. 우리는
민중에게 그가 항상 그들을 얼마나   240
미워하는지 귀띔해 줘야 해. 자신의 능력껏
그들을 노새로 만들고, 변호인의 입을 막고
자유를 박탈하려 했으며, 인간다운 행동과
능력의 면에서는 오직 짐 진 대가로
여물을 얻어먹고 그 무게에 짓눌린 대가로   245
쓰라린 매를 맞는 전쟁용 낙타들만큼도
이 세상에 필요한 정신이나 적합성을
못 가졌다 여긴다고.

시키니우스   그걸 자네 말마따나

그가 솟아오르는 무례로 민중을 가르칠 때
귀띔해 준다면 — 그런 때는 그를 자극한다면   250
없지 않을 것이고, 양 떼에 개들을 푸는 만큼
쉬울 텐데 — 그것은 그들의 마른 그루터기에
그가 댕긴 불이 되고, 그는 그 화염으로
영원히 시커메질 것이야.

                         사자 등장.

브루투스   뭔 일이냐?
사자   두 분에게 카피톨로 오라는 전갈이오.   255
        마르티우스가 집정관이 될 것 같습니다.
        보려는 벙어리들, 얘기를 들으려는 맹인들이
        모여든 걸 봤습니다. 그가 지나갔을 때
        주부들은 장갑을, 부인과 처녀들은
        목도리와 손수건을 던졌어요. 귀족들은   260
        조브의 신상에 절하듯 허리를 숙였고,
        평민들의 모자와 함성은 소나기와
        우레 같았답니다.
브루투스   카피톨로 간 다음
        우리의 귀와 눈은 이 시각에, 하지만
        마음은 그 결과에 맞추세.
시키니우스   같이 가세.   (함께 퇴장)   265

2막 2장

두 명의 관리가 등장하여 카피톨에서 하듯이
방석을 놓는다.

관리 1 자, 자, 그들이 곧 이리로 올 거야. 집정관 자리에 몇 명
이 출마했지?

관리 2 셋이라는군, 하지만 모두들 코리올라누스가 될 거라
고 생각해.

관리 1 용감한 친구야, 하지만 그는 지독하게 오만하고 평민   5
들을 좋아하지도 않아.

관리 2 사실 민중을 전혀 사랑하지도 않으면서 그들에게 아
첨한 위인들도 많았고, 왜 사랑하는지도 모르면서 민
중이 사랑했던 위인들도 많았어. 그래서 그들은 사랑
하면 왜 미워하는지 몰라, 더 나은 근거도 없이 말이   10
야. 그러니까 코리올라누스가 그들이 자기를 사랑하
든 미워하든 상관하지 않는 건 그들의 성향에 대한 그
의 참된 지식을 드러내는 셈이고, 고귀한 무관심을
통하여 그들이 이 사실을 분명히 알게 해 주는 셈이
라고.   15

관리 1 그가 만약 그들의 사랑을 받든 말든 상관치 않는다면
그는 그들에게 득이 되지도 해를 끼치지도 않는 중간
에서 무심히 오락가락하겠지. 근데 그는 그들이 그를
미워할 수 있는 것보다 더 열성적으로 그들의 미움을
추구하고, 자신이 그들의 적수임을 완전히 드러낼 수   20
있는 일은 남김없이 해. 이제 와서 그가 민중의 악의와

2막 2장 장소 로마, 카피톨.

불쾌감을 구하는 것처럼 보이는 건 그가 싫어하는 일,
그들의 사랑을 얻으려고 아첨하는 그 일만큼이나 나
빠.

관리 2   그는 나라로부터 훌륭한 보상을 받을 만한데도 그   25
의 승진 단계는 민중에게 유연하고 예의 바르며 모
자를 벗은 것 말고는 그들의 존중과 호평을 받을 행
위를 전혀 하지 않은 이들의 경우만큼 쉽지 않아. 하
지만 그는 민중의 눈에는 자신의 영예를, 그들의 마
음속엔 자신의 행적을 아주 깊이 심어 주었기 때문   30
에 그들이 입을 다물고서 그만큼도 고백하지 않는다
는 건 은혜를 모르는 잘못과도 같아. 이와 다르게 얘
기하는 건 악의로서 그 자체가 거짓임을 드러내고,
그걸 듣는 모든 이로부터 반론과 질책을 불러일으킬
거야.   35

관리 1   그 사람 얘기 그만하자. 그는 훌륭한 사람이야. 비켜,
그들이 오고 있어.

> 나팔 소리. 귀족들과 호민관들, 별배들을 앞세우고 등장.
> 코리올라누스, 메네니우스, 코미니우스 집정관 등장.
> 귀족들이 자리를 잡고 앉는다. 시키니우스와 브루투스는
> 따로 자리를 잡는다. 코리올라누스는 서 있다.

메네니우스   볼스키 문제를 처결했고 라르티우스를
부르기로 했으므로 우리에게 남은 일은
이 후속 모임의 주요 안건으로서   40
이렇게 나라를 지킨 그의 고귀한 봉사에
보답하는 것이오. 그러므로 여러분,

최고로 존경하고 근엄하신 원로들께서는
현 집정관이면서 우리의 확인된 승리에서
전임 장군이었던 분에게 마르티우스   45
카이우스 코리올라누스의 훌륭한 업적을
좀 얘기해 달라고 청하시죠. 우리는
그에게 감사하고 걸맞은 영예로 기억고자
여기에 모였소.   (코리올라누스가 앉는다.)

의원 1   코미니우스 님, 말하시오.
아무것도 길다고 빼지 마오, 그래서 우리가   50
억지로 보답한다기보다는 국가의 재원이
모자란다 생각하게.
(호민관들에게)   민중의 주인들께서도
최고로 친절하게 귀 기울여 주신 다음
다정한 격려로 여기를 통과하는 안건에
공동체가 복종토록 해 주시오.

시키니우스   우리는   55
즐거운 협의회에 소집됐고, 이 모임의
주제를 존중하며 진전시킬 마음을
가지고 있습니다.

브루투스   우리는 그 일을 오히려
즐거이 할 겁니다, 그가 만일 민중을
지금까지 평가한 것보다 더 후한 가치로   60
기억해 준다면.

메네니우스   딴소리요, 딴소리.
당신은 조용하면 좋겠소. 코미니우스의
얘기 좀 들어 보시겠소?

브루투스   참으로 기꺼이,

그렇지만 내 경고는 당신의 질책보다
더 적절했답니다.

메네니우스   그 또한 민중을 아끼지만   65

그를 꼭 그들과 잠동무 만들진 마시오.

코미니우스 님, 말하시오.

               (코리올라누스가 일어서서 나가려 한다.)

            아니, 자리를 지켜요.

의원 1   코리올라누스, 앉아요. 고귀한 당신 행위,

절대로 부끄러워 마시오.

코리올라누스   죄송합니다만

전 어떻게 부상을 당했는지 듣기보단   70

다시 치료받겠습니다.

브루투스   내가 한 말 때문에

일어선 건 아니죠?

코리올라누스   아뇨, 근데 난 여러 번

싸울 땐 남았으나 말 나올 땐 도망쳤소.

감언 없는 당신은 무해하오. 근데 난 민중을

격에 맞게 좋아하고 ─

메네니우스   제발 좀 앉아요.   75

코리올라누스   멍하니 앉아서 괴물이 된 내 업적을 듣기보단

경종이 울릴 때 누가 내 머리를 한가로이

긁는 게 더 낫겠소.   (코리올라누스 퇴장)

메네니우스   민중의 주인들이여,

저 잡것들에게 그가 어찌 아첨할 수 있겠소 ─

천에 하나 쓸 만한데 ─ 보다시피 그는 지금   80

명예 얘기 듣기보단 과감히 몸을 던져

그걸 얻겠다는데? 계속하오, 코미니우스.

코미니우스	말이 부족할 거요, 코리올라누스의 공적을
	약하게 발표해선 안 되니까. 용맹성은
	최고의 미덕으로 간주되고 그 소유자에게	85
	최상의 위엄을 부여하죠. 그렇다면
	내가 얘기하려는 이 사람은 이 세상 누구도
	홀로는 못 견준답니다. 열여섯 나이에
	타르퀴니우스가 로마 공격 부대를 모았을 땐
	한계 넘어 싸웠어요. 당시 우리 집정관은	90
	찬사 다해 지적건대, 매끈한 턱 애송이가
	뻣뻣한 털 어른 쫓는 싸움을 봤지요. 그 애는
	압도된 로마인 한 명 밟고, 집정관 앞에서
	적군 셋을 살해했죠. 타르퀴니우스도 만나서
	내리쳐 꿇렸어요. 그날의 위업에서 그 애는	95
	여자 역을 할 수도 있었던 장면에서
	그 전장 최고의 남자가 되었고, 보답으로
	참나무 관을 썼죠. 학생의 나이에
	이렇게 어른이 된 그는 바다처럼 점점 커져
	그 후로 열일곱 번 벌어졌던 격전에서	100
	화관을 독차지했었지요. 코리올 앞과 안의
	이 마지막 전투에 관하여 난 그를 제대로
	설명 못 합니다. 그는 도망병들을 막았고
	희귀한 솔선으로 겁쟁이들에게 공포를
	오락 삼게 해 주었죠. 돛배 앞의 수초처럼	105
	병사들은 그에게 굴복했고, 그의 뱃머리에서
	쓰러졌답니다. 죽음의 낙인인 그의 칼은

89행 타르퀴니우스 로마의 마지막 왕과 그 아들들의 이름.

표적마다 흔적을 남겼죠. 얼굴에서 발까지
그는 핏빛 물체였고, 움직일 때마다
죽어 가는 외침이 일어났죠. 혼자 그 도시의   110
치명적인 문으로 들어가 피치 못할 운명을
거기에 칠하고는 도움 없이 나왔고,
긴급 지원 받고서는 코리올을 행성처럼
사악하게 덮쳤어요. 다 그의 차지가 된
바로 그때 전쟁의 소음이 민첩한 그의 귀를   115
꿰뚫기 시작했죠. 그러자 곧 원기 백배,
피로했던 그 육신에 활기를 또 불어넣고
전투에 나가서 그게 마치 영원한 살육인 양
병사들의 목숨 위로 더운 김 내뿜으며 달렸고,
전장과 도시를 얻었을 때까진 절대로   120
멈춰 서서 숨 돌리지 않았소.

메네니우스   훌륭한 남자요.

의원 1 우리가 마련한 영예가 그에게 들어맞지
않을 수 없군요.

코미니우스   그는 우리 전리품을 내쳤고,
귀중한 물건을 세상의 흔한 오물들처럼
쳐다봤답니다. 그는 곤궁 그 자체가   125
주려는 것보다 더 적게 탐하고, 실천으로
자신의 행위에 보답하며, 시간을 끝내려고
시간을 보내는 데 만족하오.

메네니우스 그는 정말 고귀하오. 그를 불러옵시다.

의원 1 코리올라누스를 부르라.

관리   나타나십니다.   130

코리올라누스 등장.

메네니우스 코리올라누스, 원로원은 퍽 기쁘게 그대를
집정관에 임명하오.
코리올라누스 그들에게 제 생명과 봉사를 늘 빚집니다.
메네니우스 그러면 당신이 민중에게 청하는 게 남았소.
코리올라누스 여러분께 간청컨대   135
그 관례는 건너뛰게 해 주시오, 가운 입고
공개리에 그들에게 내 상처를 이유로
표를 달라 애원할 순 없으니까. 제발이지
이 일은 피하게 해 주시오.
시키니우스   보시오, 민중은
목소리를 내야 하고 격식은 한 치도   140
아니 줄일 것이오.
메네니우스   그들을 자극 마오.
자신을 그 관례에 맞추고, 선임자들처럼
자신의 영예를 격식을 갖추어
받도록 하시오.
코리올라누스   그 역할을 내가 하면
얼굴을 붉힐 테니 그 행동은 민중에게   145
안 하는 게 낫겠소.
브루투스   저 말 잘 들어 봐요.
코리올라누스 그들에게 "난 이랬고, 또 이랬소." 뻐기면서
감춰야 할, 아프지도 않은 상처 보여 주며,
그것을 오로지 그들 표를 얻기 위해
입었던 것처럼 하다니.
메네니우스   고집 그만 부려요. ―   150

	호민관 여러분에게는 민중에게 전달할
	우리의 의결을 맡기고, 고귀한 집정관에게는
	온 기쁨과 영예를 바라오.
의원들	코리올라누스에게 온 기쁨과 영예를.

　　　　　(코넷 팡파르. 그런 다음 시키니우스와 브루투스만 남고

　　　　　　　　　　　　　　　　　　　　모두 함께 퇴장)

브루투스	자넨 그가 민중을 어떻게 취급하려는지 알아.	155
시키니우스	그 의도를 그들이 감지하길! 그는 마치	
	자신의 요청을 그들이 들어줘야 한다는 걸	
	경멸하듯 표를 부탁할 거야.	
브루투스	자, 그들에게	
	이곳 일을 알려 주자. 광장에서 우리를	
	기다리는 줄로 알아. 　　　　　　(함께 퇴장)	160

2막 3장
시민 일고여덟 명 등장.

시민 1	일단 그가 우리 표를 정말로 요구하면 우린 그를 거절	
	해선 안 돼.	
시민 2	할 수도 있어요, 우리가 원하면.	
시민 3	우리에겐 그럴 힘이 있지만 그 힘은 그렇게 할 수 없	
	는 힘이야. 왜냐하면 그가 우리에게 자기 상처를 보	5
	이면서 공적을 말해 주면 우리는 그 상처에 우리 혀	
	를 끼워 넣고 그걸 대변해야 하니까. 그래서 그가 자	

2막 3장 장소　로마, 광장.

신의 고귀한 공적을 말해 주면 우리도 그걸 고귀하
게 받아들인다고 말해 줘야 해. 배은은 괴물 같고,
군중이 배은한다는 건 그 군중을 괴물로 만든다는   10
말인데, 그러면 그 일원인 우리는 우리 스스로 괴물
같은 일원이 돼야 해.

시민 1   또 우리가 그보다 더 나을 게 없다고 여겨지는 데는 별
도움이 필요 없어. 우리가 한번 밀 문제로 들고일어났
을 때 그 자신이 주저 없이 우리를 수많은 머리 달린   15
군중이라고 했으니까.

시민 3   많은 이가 우릴 그렇게 불렀는데 그건 우리 머리가 누
군 갈색, 누군 흑색, 누군 적갈색, 누군 대머리여서가
아니라 우리 재주가 너무 다양한 색깔이어서 그래. 그
리고 실은 내 생각에 우리의 모든 재주가 하나의 골통   20
에서 나온다 해도 그것들은 동서남북으로 튈 거고, 그
것들이 동의하는 하나의 지름길은 동시에 나침반의
모든 방향이 될 거야.

시민 2   그렇게 생각해요? 내 재주는 어느 쪽으로 튈 거라고
판단하세요?   25

시민 3   아니, 자네의 재주는 다른 사람 것만큼 빨리 못 나올
거야, 그 대갈빡 속에 콱 처박혀 있으니까. 하지만 자
유를 얻는다면 분명 남쪽을 향할 거야.

시민 2   왜 그쪽이죠?

시민 3   안개 속에서 길을 잃고 거기서 4분의 3은 썩은 이슬과   30
함께 녹아 버렸으니까 4분의 1은 양심상 되돌아와 자
네가 마누라 얻는 걸 도와주려고.

시민 2   장난을 안 치는 적이 없군요. 맘대로 해요.

시민 3   다들 표를 주기로 결심했지? 하지만 상관없어, 다수가

이기니까. 그가 만약 민중 편을 든다면 더 훌륭한 사람   35
은 절대 없어.

코리올라누스가 겸손의 가운 입고 모자를 쓴 채
메네니우스와 함께 등장.

그가 이리로 오고 있어, 그리고 겸손의 가운을 걸쳤어.
그의 행동을 주시해. 우린 한꺼번에 다 모여 있으면 안
되고 그가 서 있는 곳으로 하나씩, 둘씩, 셋씩 가야 해.
그는 요청을 개별적으로 해야 하는데, 그때 우리 모두   40
는 우리 표를 입으로 주는 개인적인 특권을 가졌어. 그
러니까 날 따라와, 그럼 어떻게 그의 곁으로 다가갈지
안내할게.

모두	좋아, 좋아.	(함께 퇴장)

메네니우스　오, 이봐요, 당치 않소. 최상의 인물들도   45
　　　　　그리했다는 걸 알지 않소?

코리올라누스　　　　　　　　　　뭐라고 해야죠?
"부탁하오?" 제기랄, 내 혀를 그 보조에
맞출 순 없어요. "보시오, 내 상처들이오!
난 이걸 이 나라에 봉사하다 입었소,
당신 형제 몇 명이 아군의 북소리에 놀라서   50
고함을 지르며 내뺐을 때 말이오."

메네니우스　오 이런, 맙소사! 그런 걸 말해선 안 되오.
　　　　　그들이 당신을 떠올리길 바라야죠.

코리올라누스　나를 떠올려요? 제기랄!
그들이 까먹는 사제들의 설교처럼   55
날 잊으면 좋겠소.

메네니우스	당신은 다 망칠 거요.
	난 가요. 부탁하고 부탁건대 그들에게
	적절한 태도로 말하시오. (퇴장)

시민 세 명 등장.

코리올라누스	그들에게	
	세수하고 이 닦고 오라 해요. 한 쌍이다.	
	당신은 내가 여기에 선 이유를 압니다.	60
시민 3	그렇습니다. 어째서 그러는지 말해 주시오.	
코리올라누스	나 자신의 공훈이 있어서요.	
시민 2	당신의 공훈이 있어서죠.	
코리올라누스	예, 하지만 원해서 온 건 아니오.	
시민 3	왜 원해서 온 게 아니죠?	65
코리올라누스	예, 난 가난한 사람들을 구걸로 괴롭히는 건 한 번도	
	원한 적 없었소.	
시민 3	우리가 당신에게 뭔가를 준다면 당신을 통해 뭘 얻기	
	바란다고 생각하셔야죠.	
코리올라누스	그럼 좋소, 간청컨대 당신의 집정관 자릿값은?	70
시민 1	그 값은 그걸 친절하게 요청하는 겁니다.	
코리올라누스	친절하게, 제발 내가 그걸 갖게 해 주시오. 당신에게	
	보여 줄 상처가 있는데 남몰래 그렇게 하겠소. (시민 2	
	에게) 이봐요, 당신의 찬성표 좀. 어떻소?	
시민 2	당신께 드리지요, 나리.	75
코리올라누스	합의했소. 전체에서 훌륭한 두 표를 구걸했군. 당신들	
	의 구호금은 받았소. 잘 가요.	
시민 3	근데 이건 좀 이상해.	

시민 2	만약에 다시 준다면 — 근데 아무것도 아녜요.

(세 시민 함께 퇴장)

다른 시민 둘 등장.

코리올라누스	자, 부탁인데 내가 집정관 되는 게 당신들의 표심에 맞	80
	는다면 난 여기 그 관습적인 가운을 걸쳤소.	
시민 4	당신은 이 나라로부터 고귀한 대접을 받을 만한데 고	
	귀한 대접을 못 받았소.	
코리올라누스	무슨 수수께끼지요?	
시민 4	당신은 이 나라의 적들에게는 천벌이었으나 동포들에	85
	게는 회초리였소. 당신은 보통 사람들을 진정으로 사	
	랑한 적 없었어요.	
코리올라누스	당신은 내 사랑이 보통이 아니었다는 점에서 나를 더	
	고결하게 여겨야 할 것이오. 이봐요, 난 내 의형제, 민	
	중으로부터 더 소중한 평가를 얻기 위해 그들에게 아	90
	첨할 것이오. 그게 그들이 고귀하다고 여기는 속성이	
	고, 또 내 마음보다는 내 모자를 택하는 게 그들의 지	
	혜니까 난 그 환심 사는 고갯짓을 실천하면서 가장 가	
	식적으로 모자를 벗을 거요. 즉 난 어떤 인기인의 마력	
	을 흉내 내어 그걸 원하는 자들에게 아낌없이 보여 줄	95
	것이오. 그러니까 간청건대 내가 집정관 될 수 있게 해	
	주시오.	
시민 5	우린 당신이 우리의 친구이길 바라고, 그래서 우리 표	
	를 진심으로 드립니다.	
시민 4	당신은 이 나라를 위해 많은 상처를 입었어요.	100
코리올라누스	그걸 보여서 당신이 아는 사실을 확인해 주진 않겠소.

난 당신들의 표를 중시할 테고, 그래서 더 이상 괴롭히
지 않겠소.

두 시민　신들의 복을 받으시오, 나리, 진심으로.

(시민들 함께 퇴장)

코리올라누스　참 달콤한 찬성표야.　105
이미 받게 돼 있는 보상을 갈망하기보다는
죽는 게, 굶주려 죽는 게 더 낫겠다.
난 이런 늑대 같은 복장으로 왜 여기서
장삼이사들에게 불필요한 그들의 인증을
구걸하며 서 있지? 관습의 요청으로.　110
우리는 매사에 관습대로 해야만 하니까
낡은 시간 위에는 먼지가 쌓여 있고
오류는 산처럼 너무 높이 솟아올라
진실이 넘보지 못한다. 이렇게 바보짓 하느니
고위직과 영예는 이런 짓 하려는 사람이　115
얻도록 해 줘라. 난 이제 절반을 지났고,
앞부분을 견뎠으니 나머지도 그럴 거다.

시민 세 명 더 등장.

표 가진 이들이 더 왔구나.
당신 표는? 당신 표를 얻으려고 난 싸웠소.
표 때문에 경계 섰고, 표 때문에 상처를　120
스무 군데도 넘게 입었으며, 열여섯 전투를
보았거나 들었소. 당신들의 표를 위해
많은 일을 좀은 덜, 좀은 더 했소이다.
당신 표는? 난 정말 집권관이 되고 싶소.

시민 6	그는 고귀하게 행동했으니까 정직한 사람의 표라면	125
	못 받을 수가 없네.	
시민 7	그러니 집정관이 되게 하자. 신들의 복을 받고 민중의	
	좋은 친구 되시기를!	
모두	아멘, 아멘. 고귀하신 집정관, 만세!	
코리올라누스	훌륭한 찬성표다. (시민들 함께 퇴장)	130

메네니우스. 브루투스 및 시키니우스와 함께 등장.

메네니우스	당신은 시한을 지켰고, 호민관들께서는	
	민중 표를 당신에게 줍니다. 남은 일은	
	주어진 직위의 표식 달고 원로원과	
	곧바로 만나는 것뿐이오.	
코리올라누스	다 끝났소?	
시키니우스	당신은 요청의 관습을 이행했소이다.	135
	민중은 당신을 인정해 주었고 곧바로	
	당신을 승인하는 모임에 나타날 것이오.	
코리올라누스	어디서? 원로원에서?	
시키니우스	예, 코리올라누스.	
코리올라누스	옷을 갈아입어도 될까요?	
시키니우스	좋습니다.	
코리올라누스	당장 그럴 것이고, 나를 재확인한 다음	140
	원로원에 갈 것이오.	
메네니우스	내가 동행하겠소. (호민관들에게) 함께 가시겠어요?	
브루투스	우리는 여기서 민중을 기다리오.	
시키니우스	잘 가요.	

(코리올라누스와 메네니우스 퇴장)

그는 이제 다 가졌고, 흐뭇한 표정을
지었다고 생각해.

브루투스 　　　　　　오만한 그 마음으로　　　　　　　145
겸손의 의복을 걸쳤어. 민중을 보낼 텐가?

평민들 등장.

시키니우스　웬일이오, 여러분, 이 사람을 선택했소?
　시민 1　그는 우리 표를 받았어요.
브루투스　당신들의 사랑 또한 받을 자격 꼭 있기를.
　시민 2　아멘. 보잘것없는 제가 주목하기로는　　　　150
　　　　　우리 표를 구했을 때 그는 우릴 놀렸어요.
　시민 3　분명해, 대놓고 우리를 무시했어.
　시민 1　아냐, 그건 그의 말투야, 놀리지 않았어.
　시민 2　당신만 빼놓고 우린 다 그가 우릴 경멸 조로
　　　　　대했다고 말합니다. 자신의 공로 표시,　　　155
　　　　　나라 위해 입은 상처, 보여 줘야 했어요.
시키니우스　허, 분명 보여 줬겠지.
　시민 모두　　　　　　　　아, 아뇨. 아무도 못 봤어요.
　시민 3　남몰래 보여 줄 수 있는 상처는 있다 했고,
　　　　　자신의 모자를 이렇게 경멸 조로 흔들며
　　　　　"집정관이 되고 싶소." 그랬죠. "낡은 관습 때문에　160
　　　　　당신들의 표 없이는 허락받지 못하오.
　　　　　그러니 당신 표를." 우리가 그것을 줬을 땐
　　　　　"표를 줘서 고맙소, 참 달콤한 찬성표 고맙소.
　　　　　당신들은 이제 표를 던졌으니 나와는
　　　　　더 볼일 없어요." 그랬죠. 이게 조롱 아닌가?　　165

시키니우스　　　　허, 당신들은 우둔해서 그걸 못 보았소,
아니면 보고도 애 같은 호의를 베풀어
표를 내놓았소?

브루투스　　　　　　　　　당신들은 수업받은 그대로
그에게 말해 줄 순 없었소? 권력 없는
한 말단 관리였을 뿐일 때도 그 사람은　　　　170
당신들의 적이었고 당신들의 특권과
공동체 안에서 지니는 특허장에
언제나 반대를 표했는데, 이제 그가
권력을 휘두르는 자리에 올랐으니
계속해서 악의 품고 평민들의 영원한　　　　175
원수로 남는다면 당신들의 찬성표는
저주가 될 텐데요? 당신들은 이렇게, 즉
그는 자기 공로로 바로 그의 지위를
요구했으니까 자비로운 본성으로
표를 준 당신들을 생각하여 자신의 악의를　　　　180
사랑으로 바꾸고 당신들에게 친근한
집정관이 돼야 한다 했어야죠.

시키니우스　　　　　　　　　　그랬으면
앞서 조언받은 대로 그 마음을 건드리고
그 성향을 시험하여 자비로운 약속을
그로부터 끌어낸 뒤 당신들이 필요할 때　　　　185
그를 거기 묶어 둘 수 있었거나, 아니면
자신을 얽어매는 규정은 무엇이든
쉽사리 못 참는 그 뚱한 성질을
긁어 놨을 것이오. 그렇게 그를 격분시키고
그의 화를 이용해 선출하지 않은 채　　　　190

버려두고 갔어야죠.

브루투스   당신들의 호의가
정말 필요했을 때도 그가 정말 경멸 조로
애원한 걸 알면서도 그 경멸로 인하여
당신들이 안 다칠 거라고 생각하오,
그에게 으깰 힘이 있는데? 허, 한 사람도   195
용기를 못 냈소? 아니면 이성의 지배에
반항하는 말은 했소?

시키니우스   전에는 당신들이
요청하는 사람을 거부한 적 있었는데
이제는 요청한 게 아니라 조롱한 그에게
간청받은 표를 줘요?   200

시민 3   그는 확정 안 됐으니 아직 거부할 수 있소.

시민 2   그리고 거부할 겁니다!
전 그렇게 말하는 표 5백을 모을게요.

시민 1   난 5백의 두 배와 친구들을 추가하지.

브루투스   즉시 여길 떠나서 그 친구들에게 말해요.   205
그들이 선택한 집정관은 그들의 특권을
앗아 갈 것이며, 짖는다고 자주 때리면서도
그러라고 키우는 개만큼도 자기네 목소리를
못 내게 할 거라고.

시키니우스   그들을 모으고,
더 안전한 판단으로 이 무식한 선출을 다   210
철회케 하시오. 그의 오만, 당신들을 향하는

196~197 아니면…했소   이성적인 판단에 의하면 코리올라누스에게 표
를 주는 것이 당연하다는 전제하에 하는 말.

옛 미움을 강조해요. 덧붙여서 잊지 마오,
그가 그 겸손 옷을 얼마나 경멸하며 입었고
탄원하면서도 어떻게 멸시했는지를. 하지만
당신들은 사랑으로 그의 공을 생각해서   215
그가 당신들에게 고질적인 미움 품고
대단히 비웃으며 천박하게 드러냈던
그의 즉석 행동을 이해하지 못했소.

브루투스   잘못을
호민관인 우리에게 돌려요. 우리가
아무런 장애 없이 그를 선출해야 한다고   220
힘주어 말했다, 그래요.

시키니우스   그 사람을
진정한 호감 아닌 우리의 명령에 따라서
택했다고 하시오. 당신들의 마음 또한
해야 할 일이 아닌 꼭 해야 할 일에 집착해
본심과 다르게 그를 집정관으로   225
뽑았다 하시오. 잘못을 우리에게 돌려요.

브루투스 예, 봐주지 마시오. 우리가 설교했다 그래요.
얼마나 어릴 때 나랏일을 그가 시작했는지,
얼마나 지속했고, 어느 가문 출신인지,
누마왕의 외손자, 호스틸리우스의 후임 왕인   230
저 안쿠스 마르티우스가 나왔던 그 가문,
마르티우스의 집안 얘기, 그리고 일급수를
수로를 통하여 여기로 끌어온 푸블리우스,
그리고 퀸투스와 집안이 같으며,

230행 누마…호스틸리우스 로마의 첫째와 둘째 왕의 이름.

감찰 어른이라는 별명 붙은, 고귀하게   235
붙여진 이름인데 감찰관을 연임했던 사람이
선조라고 말했다 그래요.

시키니우스   이런 자손인 데다
드높은 자리에 앉을 만큼 그 자신이
잘한 일도 있어서 우리가 당신들에게
고려해 달라고 추천했소. 하지만 당신들은   240
그의 현재 태도와 과거 것을 달아 본 뒤
그가 분명 적이란 걸 알고서 성급했던
승인을 취소하오.

브루투스   우리가 안 부추겼으면 —
늘 그걸 읊어요. — 절대로 안 했다, 하시오. —
그리고 당신들이 그 숫자를 모으면 곧바로   245
카피톨로 가시오.

시민 모두   그러지요. 거의 다들
그 선출을 뉘우쳐요.   (평민들 퇴장)

브루투스   계속하게 놔두자.
이 폭동은 의심의 여지 없이 더 큰 것을
기다리기보다는 위험에 맡기는 게 더 나아.
그가 만약 그들이 거절해서 성질대로   250
격분에 빠지면 그의 화를 유리한 쪽으로
지켜보고 이용하자.

시키니우스   자, 우린 카피톨로.
우리가 거기에 민중의 물결보다 앞서가면
이 일은 우리가 선동한 그들의 것으로,
일부는 그렇지만, 보일 거야.   (함께 퇴장)   255

3막 1장

코넷. 코리올라누스. 메네니우스. 상류층 모두와

코미니우스. 티투스 라르티우스 및 다른 원로원 의원들 등장.

코리올라누스	툴루스 아우피디우스가 새 군대를 모았소?
라르티우스	맞습니다, 집정관, 또한 그 때문에 우리는
	더 빨리 타협을 봤답니다.
코리올라누스	그래서 볼스키인들은 맨 처음에 그랬듯이
	적절한 때 우리에게 또다시 쳐들어올 5
	준비가 돼 있군요.
코미니우스	집정관, 그들은 지쳐서
	우리의 생전에 그들이 깃발을 흔드는 건
	아마 다시 못 볼 거요.
코리올라누스	(라르티우스에게) 아우피디우스를 봤나요?
라르티우스	보호하에 나에게 와서는 볼스키인들이
	그 도시를 너무나 비열하게 내줬다고 10
	악담했답니다. 그러곤 안티움으로 물러났죠.
코리올라누스	내 얘길 했어요?
라르티우스	했지요.
코리올라누	어떻게? 뭐라고?
라르티우스	당신과 칼 맞대고 얼마나 여러 번 만났으며,
	지상의 모든 것 가운데 당신이란 인물을
	가장 미워한다고. 또 당신의 정복자로 15
	불릴 수만 있다면 재산을 반환의 희망 없이
	저당 잡힐 거라고.

3막 1장 장소 로마의 거리.

코리올라누스	안티움에 살고 있소?
라르티우스	안티움에 있습니다.
코리올라누스	거기에서 그를 찾을 이유가 생겨서
	그 미움에 최대한 맞섰으면. 잘 왔소. 20

시키니우스와 브루투스 등장.

	보시오, 저들은 호민관, 평민들 입 속의
	혀 같은 자들이죠. 난 저들을 경멸하오,
	왜냐하면 귀족들이 도저히 못 참을 만큼
	권위라는 옷을 차려입으니까.
시키니우스	더는 통과 마시오. 25
코리올라누스	하? 그게 뭔 말이오?
브루투스	계속 나아가는 건 위험하오. 더 가지 마시오.
코리올라누스	왜 이렇게 바뀌었소?
메네니우스	뭔 일이오?
코미니우스	그가 귀족과 평민을 통과하지 않았소? 30
브루투스	예, 코미니우스.
코리올라누스	내가 받았던 게 애들 표요?
의원 1	호민관들, 비켜요. 광장으로 가야 하오.
브루투스	민중이 그에게 성났소.
시키니우스	멈춰요, 안 그러면
	다 소란에 빠질 거요.
코리올라누스	그게 당신 패거리요?
	방금 표를 줬다가 바로 취소할 수 있는 35
	그들 말을 들어야 해? 당신들의 임무는?
	그들의 입인데 그들의 이빨은 왜 못 막죠?

부추기진 않았소?

메네니우스 　　　　　　　　진정해요, 진정해.

코리올라누스 이것은 귀족층의 의지를 꺾으려고
계획된 일이고 음모에 의하여 자라오.　　　　　　　40
받아 주면 다스릴 수도 없고 다스려지지도
않을 것과 살아야 합니다.

브루투스 　　　　　　　　　　　음모라 하지 마오.
민중은 당신이 그들을 놀렸다고 외치고, 최근에
그들이 공짜 밀을 받았을 때 당신은 투덜댔고,
민중의 탄원자들을 욕했으며, 그들을 일컬어　　　45
기회주의자, 아첨꾼, 귀족의 적이라고 했소.

코리올라누스 허, 이전에 알려진 일이오.

브루투스 　　　　　　　　　　모두에겐 아니오.

코리올라누스 당신이 그 후에 알려 줬소?

브루투스 　　　　　　　　　뭐? 내가 알려 줘?

코미니우스 당신은 그런 일 할 것 같소.

브루투스 매사에 당신보단 나을 것 같군요.　　　　　50

코리올라누스 그러면 왜 내가 집정관이 돼야죠? 맹세코
내 가치를 당신만큼 낮추어 호민관 동료로
만들어 주시오.

시키니우스 　　　　　민중이 흥분할 특성을
당신은 너무 많이 보이오. 여길 지나
목적지로 가려면 갈 길을, 그걸 벗어났으니　　　55
조금 더 부드럽게 물어야 할 것이오.
아니면 고귀한 집정관은 절대로 못 되고
그와 짝할 호민관도 못 되오.

메네니우스 　　　　　　　　　진정들 합시다.

코미니우스	민중은 속았소. 선동됐소! 이 얼버무림은
	로마에도 안 맞고, 코리올라누스에게도	60
	평탄한 그의 공로 위에 속임수로 놓아둔
	이 비열한 걸림돌은 당찮소.
코리올라누스	내게 밀 얘기를!
	내 발언은 이거였고, 그걸 다시 하겠소.
메네니우스	지금은 안 되오, 안 되오.
의원 1	이 열기 속에선 안 되오, 지금은.	65
코리올라누스	결단코 지금이오,
	말하겠소. 고귀한 친구들, 용서를 갈망하오.
	늘 변하고, 고약한 냄새 나는 떼거리는
	나를 통해, 난 아첨 않으니까, 자신들을
	쳐다보라 하시오. 다시 한번 말하지만	70
	그들을 달래면 우리는 원로원에 대항하는
	반역, 불손, 선동의 잡초를 키우는데
	우리들 스스로 그것을 갈고 심고 뿌렸소,
	존경받는 집단인 우리를 그들과 뒤섞어서,
	미덕과, 예, 권력 또한 모자라지 않는데도	75
	그걸 거지들에게 줘 버려서.
메네니우스	글쎄, 그만.
의원 1	말은 그만, 간청하오.
코리올라누스	뭐라고? 그만해요?
	난 나라를 위해 피 흘렸소, 외부의 세력을
	겁내지 않으면서. 그래서 난 허파가
	찢어질 때까지 이 홍역에 반대할 것이오,	80

80행 홍역 코리올라누스가 민중에 대해 쓰는 질병의 비유 중 하나.

	우리가 그것의 피진을 경멸하면서도	
	곧바로 옮길 길을 찾으니까.	
브루투스	당신은 민중을, 그들과 약점이 꼭 같은	
	인간이 아니라 신으로서 벌하듯 얘기하오.	
시키니우스	민중에게 알리는 게 좋겠네.	
메네니우스	뭐? 그의 분통을?	85
코리올라누스	분통? 한밤중에 잘 때만큼 차분해도	
	맹세코 그게 내 마음일 것이오.	
시키니우스	그 마음은 더는 독을 못 끼치게 그 자리에	
	독으로 남게 할 것이오.	
코리올라누스	"남게 할 것이다?"	
	이 송사리들의 나팔수 좀 봐요. 이 확고한	90
	"할 것이다." 들었소?	
코미니우스	월권이오.	
코리올라누스	"할 것이다?"	
	오, 착하지만 참 현명하지 못한 귀인들이여,	
	왜 당신들, 진지한데 무모한 의원들은	
	저기 저 히드라가 관리를 뽑도록 해 줘서	
	그 괴물의 시끄러운 나팔수일 뿐인 그가	95
	위압적인 '할 것'이란 말로써 당신들의 강물을	
	도랑으로 돌리면서 그 물길을 갖겠다고	
	과감히 말하게 합니까? 그가 힘을 가졌다면	
	무식한 그 머리를 숙이고, 그렇지 않다면	
	그 위험한 자비를 버려요. 똑똑하시다면	100

94행 히드라
그리스 신화에서 레르나 습지에 사는 전
설적인 뱀으로 수많은 머리가 달렸는데
그것들은 잘리는 만큼 빠르게 다시 자란
다. 여기서는 90행의 "송사리들"과 마찬
가지로 군중을 가리킨다. (아든)

평범한 바보는 되지 말고, 그렇지 않다면
그들을 곁에다 앉히시오. 그들이 의원 되면
당신들은 평민 되어 양쪽 소리 뒤섞여도
그들은 변함없이 가장 큰 목소리로
자기들 맘대로 할 거요. 그들은 행정관을   105
자기네 인물로 뽑을 테고, 그자는 자신의
'할 것이다', 대중적인 '할 것이다'란 말로써
저 그리스에서 인상 쓴 적 있었던 법관보다
더 엄숙한 이와도 맞설 거요. 맹세코
그러면 집정관은 천해지고, 두 권위가   110
우위를 다툴 때 파멸이 얼마나 재빨리
둘 새에 끼어들어 이걸로 저것을 덮치는지
알고 있는 내 마음은 아픕니다.

코미니우스   자, 광장으로.

코리올라누스 창고에 있는 밀을 지난날 그리스에서처럼
공짜로 내주자는 조언을 한 사람이   115
누구였든지 간에 ―

메네니우스   글쎄, 글쎄, 그건 그만.

코리올라누스 그곳의 민중은 더 큰 절대권을 가졌지만 ―
난 그들이 불복종을 길렀고 국가의 몰락을
키웠다고 봅니다.

브루투스   저렇게 말하는 사람에게
민중이 왜 표를 줘야죠?

코리올라누스   그들의 표보다   120

102행 그들 호민관들.
108행 저…법관 114~116행의 발언처럼 코리올라누스는 여기에서 그
리스의 민주주의를 좋지 않게 생각하는 인물이다.

더 훌륭한 내 이유를 말하죠. 그들은 그 밀이
우리의 보상이 아니란 걸 압니다, 받을 일을
한 적이 결코 없다 확신해서. 그들은
전쟁에 소집되어 국가의 배꼽이 위험해도
성문을 안 뚫고 나가요. 그 정도 봉사로는   125
공짜 밀은 자격이 없었지요. 전쟁 중에
그들이 가장 큰 용기를 보였던 항명과 반란은
그들을 변호할 근거가 못 됐어요. 그들이
원로원에 대항하며 자주 했던 고발은
이유가 전혀 없어 우리가 참 자유로이 기부한   130
원인은 결코 될 수 없었죠. 자, 그럼 뭐죠?
이 첩첩 배 속의 괴물은 원로원의 답례를
어떻게 소화할 작정이죠? 그들의 행동으로
답을 예상해 보죠, "우린 정말 요청했고,
그들은 우리의 머릿수가 더 많아서   135
순전한 두려움에 요구를 들어줬소." 이렇게
우리는 우리 직분 격하하고, 폭도들이
우리의 염려를 두려움이라고 부르게 하면서
머잖아 원로원 문 부수고 까마귀들 들여와
독수리들 쪼게 할 것이오.

메네니우스   자, 충분하오.   140

브루투스   충분하고 넘칩니다.

코리올라누스   아뇨, 더 받아요.
뭘 걸고 맹세하든 신들과 인간은 양쪽에서
내 결론을 굳혀 주길! 이렇게 권력이 양분되어
한쪽은 이유 있어 경멸하고 다른 쪽은
막무가내로 뽐낼 때, 계층, 호칭, 지혜가   145

무식한 대중의 찬반에 의하여
결정될 수밖에 없을 때 정말로 필요한 건
꼭 제외되면서 불안정한 잡것에게
굴복해 버리오. 이렇게 목표가 좌절되면
목표대로 되는 게 없어요. 그러니 청컨대 ―   150
사려 깊기보다는 덜 비겁해지려는 당신들,
국가의 근간이 바뀔까 봐 걱정하기보다는
그걸 더 사랑하는 당신들, 오랜 삶보다는
고귀한 삶 선호하는, 그래서 위험한 약 없인
분명히 죽을 몸을 거기에 과감히 맡기려는   155
당신들은 ― 이 대중의 혓바닥을 곧바로
확 뽑아 버려서 그들의 독이 될 이 단맛을
못 보게 하시오. 당신들의 불명예 행위는
참정의를 그르치고 국가에 꼭 어울리는
완전성을 앗아 가오, 그것을 좌지우지하는   160
못된 것들 때문에 그것이 하고픈 좋은 일을
할 힘이 없으니까.

브루투스	충분하게 말했소.
시키니우스	그는 마치 역적처럼 말했고 꼭 역적들처럼
	벌받을 것이오.
코리올라누스	비열한 놈, 경멸에 짓눌려라!

민중은 이 대머리 호민관들 뭣에 쓰나,   165
그들에게 기대어 복종해도 상부에 갔을 때
실패하고 말 텐데? 반란이 일어나
적절한 게 아니라 필요한 게 법일 때
그들은 선출됐소. 시절이 좋아졌으니까
적절한 건 적절한 게 돼야만 한다 하고   170

	그들의 권한을 싹 없애 버려요.	
브루투스	명확한 반역이다.	
시키니우스	이자가 집정관? 안 돼.	
브루투스	여봐라, 경관들!	

경관 한 명 등장.

	저자를 붙잡아라.	
시키니우스	민중을 불러와. ― (경관 퇴장)	
	(코리올라누스에게) 그들의 이름으로 난 너를	
	반역적인 혁명가, 공중의 안녕을 해치는	175
	적으로 체포한다. 복종하라, 명령이다,	
	그리고 벌받아라.	
코리올라누스	저리 가, 이 늙은 염소야.	
귀인 모두	우리가 보석할 것이오.	
코미니우스	(시키니우스에게) 노인장, 그 손 놔요.	
코리올라누스	저리 가, 썩은 것아, 안 그러면 그 옷에서	
	뼈를 발라낼 테다.	
시키니우스	시민들, 살려 줘요!	180

한 떼의 시민들, 경관들과 함께 등장.

메네니우스	양쪽 다 서로를 더 존중하오.	
시키니우스	이자가 여러분의 힘을 다 빼앗아 가려 하오.	
브루투스	경관들, 저자를 잡아라.	
시민 모두	그를 때려눕혀라, 때려눕혀!	
의원 2	무기, 무기, 무기를!	185

(그들은 모두 코리올라누스 주변을 분주히 돌아다닌다.)

모두 　호민관들, 귀인들, 시민들! 이보시오!

시키니우스, 브루투스, 코리올라누스, 시민들!

조용! 조용! 조용히! 멈춰요! 그만! 조용!

메네니우스 　뭔 일이 생기려고 이러지? 숨이 차네.

파멸이 다가왔어. 말을 못 하겠네. ─ 호민관들,　　190

민중을 말려요! 코리올라누스, 참아요!

말하시오, 시키니우스.

시키니우스 　　　　　　자, 여러분, 조용히!

시민 모두 　호민관 말을 듣자! 조용히! 말해요, 말해요.

시키니우스 　당신들은 바야흐로 특권을 잃게 됐소.

마르티우스가 다 가져가려 하오, 당신들이　　195

좀 전에 집정관에 임명해 준 그가.

메네니우스 　　　　　　　　　첫, 첫!

이건 불을 끄는 게 아니라 붙이는 길이오.

의원 1 　이 도시를 허물고 다 평지로 만드는 길이오.

시키니우스 　민중 없는 도시가 뭣이란 말이오?

시민 모두 　맞아요, 민중이 이 도시요.　　200

브루투스 　우리는 모두의 동의를 얻어서 민중의

행정관에 봉해졌소.

시민 모두 　그 자리에 남으시오.

메네니우스 　그럴 것 같군요.

코미니우스 　그것은 이 도시를 평지로 만들고　　205

지붕을 바닥으로 끌어 내려 아직은

뚜렷이 정렬된 모든 걸 폐허 더미 속으로

파묻는 길이오.

시키니우스 　　　　　　이 건은 사형당할 만하오.

브루투스	우리는 우리의 권위를 계속 주장하거나,
	아니면 잃읍시다. 우리는 대중의 편에서 210
	그들의 힘에 의해 선출되었으므로
	마르티우스는 곧바로 사형되어 마땅함을
	여기에서 선포한다.
시키니우스	그러니 그를 잡아
	타르페이아의 바위로 데려가고 거기에서
	내던져 죽여라.
브루투스	경관들, 그를 붙잡아라. 215
시민 모두	마르티우스, 항복하라.
메네니우스	한마디 하겠소.
	간청하오, 호민관들, 한마디만 들으시오.
경관들	조용, 조용!
메네니우스	겉모습 그대로 이 나라의 진정한 친구 되어
	이토록 난폭하게 고치려 하는 것을 220
	온화하게 진행하오.
브루투스	예, 그 냉정한 방법은
	신중한 치료처럼 보이나 극심한 병일 땐
	맹독이 된답니다. 이자를 체포하여
	그 바위로 데려가라. (코리올라누스가 칼을 뽑는다.)
코리올라누스	아니, 난 여기서 죽겠다.
	너희들 중 일부는 싸우는 나를 봤다. 225
	본 것을 직접 와서 그 몸에 시험해라.
메네니우스	칼 내려요! 호민관들, 잠시 물러서시오.

214행 타르페이아의 바위 카피톨 언덕 위의 절벽 끝, 반역자들과 다른
범죄자들을 처형하던 장소. (아든)

브루투스	그를 붙잡아라.
메네니우스	마르티우스를 도와줘요,
	귀족들은 젊었든 늙었든 그를 도와주시오!
시민 모두	그를 때려눕혀라, 때려눕혀! 230

<blockquote>(이 폭동에서 호민관들과 경관들 및 민중은
패하여 함께 퇴장한다.)</blockquote>

메네니우스	(코리올라누스에게)
	자, 당신은 집으로 가시오. 어서, 빨리!
	안 그럼 다 헛일이오.
의원 2	(코리올라누스에게)　어서 가요.
코리올라누스	버티시오,
	우리에겐 적군만큼 아군도 많으니까.
메네니우스	그렇게 해야겠소?
의원 1	신들은 막으소서!
	(코리올라누스에게)
	부탁인데, 귀족 친구, 그대 집에 가시오. 235
	이 병은 우리의 치유에 맡기고.
메네니우스	이 환부는
	당신 혼자 못 고치는 우리의 것이니까.
	어서 가요, 간청하오.
코미니우스	자, 우리와 같이 가요.
코리올라누스	저들은 로마 새끼지만 야만인이었으면,
	그게 사실이니까. 카피톨 현관에서 낳았지만 240
	사실은 로마인이 아니야.
메네니우스	어서 가요,
	당신의 지당한 분노를 입에 담지 마시오.
	갚을 때가 올 겁니다.

코리올라누스	공평한 대결이면 난 마흔은 이길 수 있었소.	
메네니우스	나 자신도 그들 중 최고의 한 쌍과, 예,	245
	그 호민관 두 명과 맞붙을 수 있었소!	
코미니우스	하지만 지금 그건 알 수 없는 승산이고	
	무너지는 건물에 맞서는 용기는	
	바보짓이라고 합니다.	
	(코리올라누스에게) 오합지졸 오기 전에	
	떠나는 게 어떻겠소? 그들의 분노는	250
	막혔던 물결처럼 그걸 막고 있던 것을	
	부수면서 넘어가오.	
메네니우스	(코리올라누스에게) 제발 어서 가시오.	
	낡은 내 재주가 그게 없는 자들의	
	환영을 받을지 시험해 보겠소. 이 일은	
	어떻게든 꼭 수습돼야 하오.	
코미니우스	아니, 갑시다.	255

(코리올라누스와 코미니우스 퇴장)

귀인	이 사람은 자신의 행운을 망쳐 났어요.	
메네니우스	이 세상에게는 너무나 고귀한 성품이오.	
	넵튠의 삼지창, 조브의 천둥을 마주해도	
	그는 아첨 않을 거요. 그 마음이 그 입이오.	
	가슴에 품은 건 혀로 뱉어 내야 하고	260
	화가 나면 죽음이란 이름을 들은 적이	
	있었단 사실을 싹 잊어요. (안에서 소리)	
	경사 났네!	
귀인	난 저들이 잠들면 좋겠소!	
메네니우스	테베레에 빠졌으면 좋겠소! 원 제기랄,	
	말을 좀 곱게 할 순 없었나?	

브루투스와 시키니우스, 시민 무리와 함께 다시 등장.

| 시키니우스 | 이 독사 어딨어, | 265 |

이 도시의 사람을 다 없애고 스스로
만인이 되려고 한다며?

메네니우스 　　　　　　　호민관님들 —

시키니우스 그는 타르페이아의 바위에서 가혹한 손으로
내던져질 것이오. 그는 법에 저항했소.
그래서 우리 법은 그가 그리 얕보는 민중의 　　　270
준엄한 힘, 그 이상의 심판은 경멸하며
거절할 것이오.

시민 1 　　　　　　고귀한 호민관은 우리의 입,
우리는 그들의 손이란 사실을 그는 잘
알게 될 것이오.

시민 모두 　　　　　그럴 거요, 분명히.

메네니우스 　　　　　　　　저, 이봐요!

시키니우스 조용히! 　　　　　　　　　　　275

메네니우스 당신들은 제한된 허가 받고 사냥할 뿐인데
도륙을 외치진 마시오.

시키니우스 　　　　　음, 당신은 어째서
이 불법 구출을 도와줬소?

메네니우스 　　　　　들어 봐요!
나는 이 집정관의 장점을 아는 만큼
단점도 댈 수 있소.

시키니우스 　　　　집정관, 웬 집정관? 　　　280

메네니우스 코리올라누스 집정관요.

브루투스 　　　　그자가 집정관!

시민 모두	아뇨, 아뇨, 아뇨, 아뇨.
메네니우스	만약에 호민관과 선량한 민중들 여러분이

만약에 호민관과 선량한 민중들 여러분이
허락해 준다면 한두 마디 간청하고 싶은데,
그래도 여러분은 시간 좀 허비하는 이상의   285
해는 입지 않을 거요.

시키니우스   그럼 짧게 하시오,
우리는 이 독사 반역자를 속히 해치우기로
결단했으니까. 여기서 그를 쫓아내는 건
위험할 뿐이지만, 여기에 두는 건
우리의 분명한 죽음이오. 그래서 오늘 밤   290
그는 죽을 운명이오.

메네니우스   이제 저 신들께선
공을 세운 사람들을 감사의 표시로
조브 신의 책에 적는 이 유명한 로마가
이제는 몰인정한 어미처럼 제 자식을
잡아먹진 않도록 해 주소서.   295

시키니우스   그자는 병이니 잘라 내야만 하오.

메네니우스   오, 그는 그냥 병에 걸린 팔 하나일 뿐인데
자르는 건 치명상이지만 치료는 쉬워요.
로마에 그가 무슨 죽을죄를 지었소?
우리의 적들을 죽이면서 그가 잃은 피 —   300
그건 감히 장담컨대 그가 가진 것보다
꽤 많을 터인데 — 그는 그걸 나라 위해 흘렸소.
그런데 남은 것을 이 나라가 빼앗는 건
그 행위를 묵인하는 우리들 모두에게
이 세상 끝까지 낙인이 될 거요.

시키니우스   순 억지요.   305

브루투스	완전히 빗나갔소. 그자가 정말 애국했을 땐
	영예를 얻었소.
시키니우스	발의 봉사 활동도
	그것이 괴저에 걸리면 앞서 건강했다고
	존중받진 않소이다.
브루투스	더는 듣지 않을 거요.
	(시민들에게) 그자를 집까지 추적하여 끌어내라. 310
	그자의 전염병은 옮겨 가는 종류니까
	더 퍼지지 않도록 해.
메네니우스	한마디, 한마디 더!
	호랑이 발 달린 이 격노는 무작정 빠른 게
	해로운 걸 알 때에야 너무 늦긴 하지만
	납추를 매달 거요. 절차 따라 진행하오, 315
	파당이 생겨나 — 그는 사랑받으니까 —
	로마인이 대로마를 약탈하지 않도록.
브루투스	그래서요?
시키니우스	그게 무슨 얘기요?
	우리가 그의 복종 행태를 겪어 보지 않았소? 320
	경관을 때리고, 우리에게 저항해? 갑시다.
메네니우스	이걸 고려하시오. 칼 뽑을 수 있었을 때부터
	그는 전쟁 속에서 자랐고, 세련된 언어는
	배우지 못했소. 알곡과 껍질을 한꺼번에
	분간 없이 내던지죠. 허락해 준다면 난 325
	그에게 간 다음, 그가 최고 위험을 무릅쓰고
	합법적인 형식으로 그 자신을 — 편안히 —
	변호할 곳으로 데려와 보겠소.
의원 1	호민관님,

그것이 인도적인 방법이오. 다른 길은
너무나 피비릴 것이고, 그 끝을 처음엔   330
알지 못한답니다.

시키니우스   고귀한 메네니우스,
그러면 당신이 민중의 관원이 돼 주시오.
(시민들에게)
여러분, 무기를 내려놔요.

브루투스   집으론 가지 말고.

시키니우스   광장에 모이시오.
(메네니우스에게)   거기에서 당신을 기다리죠,
마르티우스를 데려오지 않으면 우리는   335
처음 방식 그대로 진행하오.

메네니우스   데려올 것이오.
(의원들에게)
여러분, 동행을 바라오. 그는 와야만 하오,
안 그럼 최악일 것이오.

의원 1   여러분, 가시죠.   (함께 퇴장)

3막 2장

코리올라누스, 귀족들과 함께 등장.

코리올라누스   그들이 내 주변의 모든 걸 깨부수고
바퀴에 날 묶거나 야생마로 찢어 죽이거나
타르페이아 바위 위에 열 개의 언덕 쌓아

3막 2장 장소   로마, 코리올라누스의 집.

눈길도 닿지 않는 저 멀리 아래로 내던져
떨어뜨린다고 해도, 그래도 난 그들에게   5
변함없을 것이오.

볼룸니아 등장.

귀족   참 고귀한 행동이오:
코리올라누스   어머니가 더 이상
나를 응원 않으시니 이상하오. 보통은 그들을
핫바지들, 몇 푼에 사고팔기 위하여 빚어져   10
회합에서 모자 벗고 입을 딱 벌리며
나 같은 계급의 사람이 하나만 일어나
전쟁 또는 평화를 얘기하면 입 닥치고
놀라는 것들이라 하셨는데.
(볼룸니아에게)   어머니 얘깁니다.
왜 제가 더 순해지길 바라시죠? 제 본성과   15
어긋나길 원하셔요? 차라리 저다운 역할을
하고 있다 말하세요.
볼룸니아   오, 이봐, 이봐, 이봐,
난 네가 권력을 그것이 다 닳기 전에
잘 갖춰 입기를 원했단다.
코리올라누스   관두세요.
볼룸니아   넌 노력을 덜 했어도 지금 같은 남자는   20
충분히 될 수 있었어. 그들이 널 가로막을
힘을 잃기 이전에 네 성격이 어떤지
안 보여 줬더라면 성격으로 겪게 되는
시련은 적었을 것이야.

코리올라누스	죽일 놈들.	
볼룸니아	암, 태우기도 해야지.	25

메네니우스, 의원들과 함께 등장.

메네니우스	자, 자, 당신은 과격했소, 약간은 과격했소. 돌아가서 고쳐야 합니다.	
의원 1	구제책이 없어요. 그럭하지 않으면 우리의 이 도시가 중앙에서 쪼개져 사라지오.	
볼룸니아	조언을 들으렴. 내 마음도 너만큼 내키지 않는다만 내 분노를 더 나은 데 쓰도록 인도하는 머리는 있단다.	30
메네니우스	좋은 말씀입니다, 귀부인. 발작하는 이 시절에 그가 이 무리에게 이렇게 굽히는 게 이 나라 전체에 꼭 필요한 치료제만 아니라면 난 무게를 감당 못 할 갑옷을 입을 거요.	35
코리올라누스	내가 뭘 해야죠?	
메네니우스	호민관들에게 돌아가요.	
코리올라누스	음, 그래서? 그래서?	
메네니우스	당신이 말한 것을 뉘우쳐요.	
코리올라누스	그자들 앞에서? 신들께도 못 하는데 그들에게 그래야 합니까?	
볼룸니아	넌 너무 확고해, 극한의 상황이 아니라면 넌 그런 점에서	40

	더 이상 고귀할 수 없지만. 네가 말했었지,	
	영예와 지략은 뗄 수 없는 친구처럼	
	전시에 함께 자라난다고. 그러면 말해 봐,	
	평시에 그 둘이 결합 못 해 서로가	45
	잃는 게 뭣인지.	

코리올라누스   체, 체!

메네니우스   좋은 질문입니다.

볼룸니아 전쟁 중엔 평소의 너와 달라 보이는 게
　　　　　영예라면 넌 그걸 최선의 목적 위해
　　　　　지략으로 택하는데 어떻게 그것으로
　　　　　평시에 전시처럼 영예와 친교를 맺는 게,　　　　　　50
　　　　　그것은 두 시기에 같이 요구되니까,
　　　　　더 못하거나 더 나쁘냐?

코리올라누스   왜 이걸 강요하죠?

볼룸니아 왜냐하면 넌 지금 민중에게 말해야 할
　　　　　처지에 있으니까. 너 자신의 명령이나
　　　　　네 마음의 재촉에 따라서가 아니라　　　　　　　　55
　　　　　오로지 네 혀로 외웠을 뿐인 말들,
　　　　　네 가슴의 진실로는 절대로 인정 못 할
　　　　　사생아들일 뿐인 음절을 쓰면서 말이다.
　　　　　근데 그건 너에게 순한 말로 읍 하나를
　　　　　빼앗는 것보다 — 안 그럼 넌 너의 운수와　　　　 60
　　　　　큰 혈투의 위험에 맡겨졌을 테니까 —
　　　　　더 큰 불명예는 전혀 아냐.
　　　　　내 행운과 친구가 위험에 처했을 때
　　　　　내 본성을 명예롭게 숨길 필요가 있다면
　　　　　난 그렇게 할 거야. 난 이번 일에서　　　　　　　 65

네 처와 네 아들, 이 의원들, 귀족을 대변해.
근데 넌 아양 한번 떨어서 이 머저리 대중의
호의를 확보하고 그것의 결핍이 불러올
파괴를 막기보다 오히려 그들에게 어떻게
찡그릴 수 있는지 보이려 해.

메네니우스   귀부인!   70
(코리올라누스에게)
자, 함께 가서 잘 말해요. 그렇게 해 주면
현재의 위험뿐만 아니라 과거의 손실도
없앨 수 있을 거요.

볼룸니아   아들아, 부탁인데
손에 이 모자 들고 그들에게 다가가서
이만큼 내민 다음 — 이 정도는 해 줘라. —   75
무릎을 돌바닥 위에 대고 — 이런 일엔
행동이 웅변이고 무식한 자들은 귀보다
눈이 더 밝으니까 — 머리를 숙이면서,
그래서 뻣뻣한 네 마음도 종종 꾸짖으면서
이제는 손대지도 못할 만큼 무르익은   80
오디처럼 겸손해라. 아니면 그들에게
넌 그들의 군인이라 말하고, 소란 속에 자라서
호의를 요청함에 있어서 그들의 주장처럼
너에게 적절한 온화한 방식은 고백건대
가지지 못했지만 자신을 개조하여, 참말로,   85
지금부터 네 힘과 지위가 닿는 한 그들의
충복이 되겠다고 말해라.

메네니우스   부인의 말처럼만
꼭 한다면, 뭐, 그들 맘은 당신 거요.

그들은 용서를, 요청을 받으면 헛말처럼
후하게 해 주니까.

볼룸니아   부탁인데 이제 가서   90
내 말을 따르거라, 넌 정자 안에서 네 적에게
아첨하기보다는 차라리 불타는 심연으로
그를 쫓아갈 줄로 안다만.

코미니우스 등장.

코미니우스 님이군.

코미니우스   난 광장에 있었는데, 이보시오, 당신은
강한 패를 모으거나 침착한 대처 또는   95
피신으로 자신을 방어하오. 모두가 화났소.

메네니우스   고운 말만 해야죠.

코미니우스   도움이 될 거요, 그럴 맘을
일으킬 수 있다면.

볼룸니아   그래야 하고 또 그럴 거요.
(코리올라누스에게)
자, 부탁한다, 그럴 거라 말하고 착수해.

코리올라누스   가서 제 흐트러진 머리를 보여야 합니까?   100
천한 제 혀로써 고귀한 심장이 견뎌야 할
거짓을 말해야 한다고요? 좋아요, 그러죠.
하지만 잃을 게 단지 이 마르티우스란
흙덩이뿐이라면 그들은 이것을 바수어
바람에 날려야 할 겁니다. 광장으로!   105
여러분은 내가 절대 생생하게 연기 못 할
역할을 맡겼소.

코미니우스	자, 자, 우리가 귀띔해 주겠소.
볼룸니아	이제 부탁하는데, 아들아, 내 칭찬 때문에
	네가 처음 군인이 됐다고 말했듯이
	이 일로 내 칭찬을 들으려면 이전에는 110
	안 하던 역을 해라.
코리올라누스	좋아요, 해야지요.

내 성향은 사라지고 창녀의 마음이
나를 사로잡아라! 북소리와 합창하던
내 전쟁 목청은 내시처럼 가녀린 피리나
애기들 잠재우는 처녀의 목소리로   115
뒤바뀌어 버려라! 내 뺨엔 악당들의
미소가 진을 치고, 학생 애의 눈물이
눈알을 다 차지해라! 거지의 혓바닥이
입술 새로 드나들고, 말등자에서만
구부렸던 내 무릎도 동냥 받은 자처럼   120
저절로 휘어져라! — 난 그런 거 못 합니다,
진정한 나 자신을 이제 그만 존중하고
내 몸을 움직여 내 마음에 길이 남을
비굴을 가르치진 않겠어요.

볼룸니아	멋대로 해!

네게 구걸하는 게 나에겐 더 큰 불명예다,   125
그들에게 네가 하는 것보다. 다 망해라.
난 죽음을 너만큼 대담하게 놀리니까
위험한 네 고집을 걱정하기보다는 차라리
네 오만을 느끼게 해 줘라. 맘대로 해.
네 용맹은 너에게 젖 먹인 나의 것이지만   130
오만은 네 것으로 인정해.

코리올라누스	제발 진정하세요.
	어머니, 전 이제 광장으로 갑니다.
	더 꾸짖지 마세요. 그들의 호의를 호려 내고
	그 마음을 우려내어 모든 로마 직공들의
	사랑 받고 올게요. 보세요, 저는 가요.

어머니, 전 이제 광장으로 갑니다.
더 꾸짖지 마세요. 그들의 호의를 호려 내고
그 마음을 우려내어 모든 로마 직공들의
사랑 받고 올게요. 보세요, 저는 가요.   135
처에게 안부 좀. 집정관 되어서 돌아오죠,
안 그럼 아첨과 관련된 제 혀의 능력을
더는 믿지 마십시오.

볼룸니아   자네 뜻대로 해.   (퇴장)

코미니우스   갑시다! 호민관들이 기다려요. 그들에게
온건하게 답할 준비 꼭 갖춰요, 당신을   140
여태껏 고발했던 것보다 더 심하게 할
준비가 돼 있다니까.

코리올라누스   암호는 '온건하게'로군요. 그럼 가 볼까요.
그들더러 날조하여 고발하라 그래요, 난
명예롭게 답할 테니.

메네니우스   예, 하지만 온건하게.   145

코리올라누스   좋아요, 그러면 '온건하게, 온건하게'.   (함께 퇴장)

3막 3장

시키니우스와 브루투스 등장.

브루투스   이 점에서 그를 세게 공격하게. 즉 그가
독재권을 바란다고. 그가 그걸 모면하면

3막 3장 장소 로마, 광장.

대중에게 품고 있는 악의를 역설하고,
안티움에서 뺏은 전리품은 하나도 나누지
않았다고 말하게.

경관 한 명 등장.

　　　　　　　　뭐, 그가 온다 하던가?　　　　　　　　5

경관　　오고 있습니다.

브루투스　　　　　　동행은 누가 하지?

경관　　메네니우스 영감과 항상 그를 편들었던
의원들이랍니다.

시키니우스　　　　　　사람 머리 숫자대로
우리가 얻었던 모든 표를 적은 목록,
자네가 가졌나?

경관　　　　　　예, 준비했습니다.　　　　　　10

시키니우스　　그것을 부족별로 모았나?

경관　　　　　　　　　그랬어요.

시키니우스　　민중을 지금 당장 여기에 집합하고,
그들에게 "그것은 평민의 권리와 힘으로
시행될 것이다."라고 하는 내 말을 들으면
사형이든 벌금 또는 추방이든 내가 말한　　　　　　15
'벌금'엔 '벌금'을, '사형'엔 '사형'을 외치며
오래된 특권과 사안의 정당성이 갖는 힘을
강력히 주장하라고 해.

경관　　　　　　그렇게 알리죠.

브루투스　　또 그들이 소리치기 시작했을 때에는
그것을 중단 말고, 혼란한 소음과 더불어　　　　　　20
우리가 우연히 무엇을 선고하든 곧바로

실행을 강요하라고 해.

경관 　　　　　　　　　　잘 알겠습니다.

시키니우스 우리가 혹 그들에게 주게 될 이 암시를

힘차게 받을 준비 시켜 놓게.

브루투스 　　　　　　　　　　　가, 일 보게.　　(경관 퇴장)

그를 바로 화나게 만들자. 그는 항상　　　　　　　　　25

반대편을 정복하여 명성을 쌓는 데

익숙한 사람이야. 짜증을 한번 내면

자제력을 되찾을 수가 없고, 그럼 그는

속맘을 얘기해. 그러면 그게 바로 우리가

그의 목을 꺾을 때인 것 같아.　　　　　　　　　　30

시키니우스 좋아, 그가 왔어.

코리올라누스, 메네니우스와 코미니우스, 다른 의원들 및

귀족들과 함께 등장.

메네니우스 (코리올라누스에게)

　　　　　　　　차분하게, 간청하오.

코리올라누스 (메네니우스에게)

예, 달랑 한 푼 받으려고 이놈 소리 잔뜩 듣는

마부처럼 행동하죠.

(크게)　　　　　　존경받는 신들께선

로마를 안전하게 지키시고 재판관 자리를

덕망가로 채우시며, 우리에겐 사랑 심고　　　　　　　35

우리의 큰 신전엔 평화 행사 가득하게,

거리엔 전쟁 없게 하소서.

의원 1 　　　　　　　　아멘, 아멘.

메네니우스	고귀한 소원이오.

경관이 시민들과 함께 등장.

시키니우스	여러분, 다가와요.
경관	호민관 말 들어요. 경청!
	조용히 해!
코리올라누스	내 말 먼저.
두 호민관	말하시오. — 조용히 하라!

40

코리올라누스	지금 이 고발 말고 더 이상은 없습니까?
	모든 게 여기서 결판나오?
시키니우스	내 요구는
	당신이 민중의 목소리에 복종하고
	그들의 대리인을 인정하며, 당신의 잘못으로
	입증되는 것에 대해 합법적인 형벌을

45

	기꺼이 받을 건지 아는 거요.
코리올라누스	기꺼이 그러겠소.
메네니우스	이봐요, 시민들, 기꺼이 그러겠답니다.
	이 사람의 무훈을 고려해요. 그의 몸에
	신성한 교회 마당 무덤처럼 자리한
	상처들을 생각해 보시오.
코리올라누스	찔레에 약간 찢긴

50

	웃음만 자아낼 흉터요.
메네니우스	더 나아가 당신들은
	그가 시민답지 않게 말을 할 때라도
	군인다운 사람임을 안다는 걸 고려하오.
	그의 거친 말투를 악담이라 생각 말고,

	내가 말하다시피 적의를 드러내기보다는	55
	군인에 걸맞다 여기시오.	
코미니우스	자, 자, 됐어요.	
코리올라누스	무슨 일 때문에	
	집정관 직위를 만장일치로 얻은 내가	
	바로 그 시각에 그것을 빼앗길 정도로	
	불명예를 당하죠?	
시키니우스	질문 말고 답하시오.	60
코리올라누스	그럼 말해! 맞아요, 난 답해야 합니다.	
시키니우스	우리는 당신이 로마의 유서 깊은 관직을	
	다 빼앗은 다음에 독재적인 권한을	
	교묘히 차지하려 모의했기 때문에	
	당신을 민중의 역적으로 고발하오.	65
코리올라누스	뭐라? 역적?	
메네니우스	아니, 부드럽게 — 약속대로!	
코리올라누스	그 민중은 가장 깊은 지옥 불에 휩싸여라!	
	이 나쁜 호민관이 날 그들의 역적이라고 해!	
	2만의 죽음이 네 눈 속에 앉았으며	
	손으론 수백만 죽음을 쥐었고, 그 양쪽 숫자가	70
	거짓을 말하는 네 혀 속에 다 있대도	
	난 신들께 기도하듯 자유롭게 너를 향해	
	"거짓말이야!"라고 외칠 테다.	
시키니우스	들었소, 여러분?	
시민 모두	바위로, 그를 저 바위로!	75
시키니우스	조용!	
	그에게 새로운 고발을 더 할 필요 없군요.	
	그가 한 일 본 것과 그가 한 말 들은 것,	

당신들 관리를 때리고 당신들을 저주하며
칼질로 법률에 맞서고, 여기서 전권으로
그를 심판해야 할 이들에게 대드는 — 이걸로도   80
아주 심한 범죄이고 매우 극형감이라서
최악의 사형이 마땅하오.

브루투스   하지만 로마에
크게 공헌했으니 —

코리올라누스   당신이 뭔 공헌을 나불대?

브루투스   그걸 알기 때문에 말하오.

코리올라누스   당신이?

메네니우스   모친에게 약속한 게 이것이란 말이오?   85

코미니우스   제발 알아 두시오 —

코리올라누스   더는 알지 않겠소.
그들이 내게 저 험한 타르페이아의 죽음이나
방랑자 유배를, 껍질 벗겨 하루에 한 톨로만
연명하는 감금을 선포해도 난 그들의 자비를
고운 말 한마디로 사지도 않을 테고,   90
그들이 줄 수 있는 걸 얻으려고 고개 숙여
내 기백을 꺾지도 않겠소.

시키니우스   그는 민중들에게
때때로 자신이 할 수 있는 만큼의 욕설을,
그들의 특권을 앗아 갈 수단을 찾으면서
퍼부었기 때문에 — 적대적인 타격을,   95
지금처럼 기어코, 그것도 두려운 정의가
있는 곳뿐 아니라 그 시행 대리인에게도
가하였기 때문에 — 민중의 이름으로,
또 우리들 호민관의 권한으로 우리는

	바로 이 순간부터 그를 우리 도시에서	100
	추방하는 바이니 타르페이아의 바위에서	
	떨어지지 않으려면 우리 로마 문 안으로	
	절대 들지 말 것이다. 그리될 것이라고	
	민중의 이름으로 말한다.	

시민 모두 그리될 것이다, 그리될 것이다! 가라고 해!   105
         그는 추방되었고 그리될 것이다!

코미니우스 들어 봐요, 내 주인님들과 평민 친구들이여.

시키니우스 선고됐소. 듣는 건 끝났소.

코미니우스   나도 말 좀 하죠.
         난 집정관이었고 로마 위해 내 몸에 난
         적들의 자국을 보여 줄 수도 있소. 나는   110
         나 자신의 생명과 소중한 내 아내의 평판과
         그 자궁 안에서 큰 나의 보물 자식보다
         더 정답고 더 거룩하고도 깊은 존경심으로
         이 나라의 안녕을 아끼오. 그래서 만약에
         이런 말을 —

시키니우스   취지는 알겠소. 뭔 말이오?   115

브루투스 그는 이 민중과 이 나라의 적으로서
         추방됐단 것밖엔 더 할 말 없을 거요.
         그리될 것이오.

시민 모두   그리되고, 그리될 것이다!

코리올라누스 이 상놈의 개떼야, 나는 너희 입김을
         썩은 늪의 악취만큼이나 싫어하고,   120
         또 너희 호의를 노출되어 공기를 더럽히는
         송장만큼 평가하여 내가 너흴 추방한다.
         불확실한 상황에서 여기 남아 있어라!

허황된 소문마다 그 심장은 떨릴 거다.
적들이 투구 깃을 까딱해도 너희는   125
절망에 휩싸일 것이야! 너희 수호자들을
추방할 권한을 늘 갖고 있다가 마침내 —
느껴야만 알게 되는, 자신들만 보존하는,
언제나 너희 적인 — 너희 무식 때문에
싸움 없이 너희를 정복한 웬 나라에   130
너희들 자신을 최고로 풀죽은
포로로 넘겨줘라! 난 너희들 때문에
이 도시를 경멸하며 이렇게 등 돌린다.
세상은 딴 데도 있다.   (코리올라누스, 코미니우스,

　　　　　　　메네니우스, 다른 의원들 및 귀족들과 함께 퇴장.

　　　　　　　시민들은 모두 소리를 지르고 모자를 위로 던진다.)

경관　　　민중의 적은 갔다, 가버렸다!   135

시민 모두　　우리의 적은 추방되었다, 가 버렸다! 우! 우!

시키니우스　당신들을 그가 따라왔듯이 그가 문을
나서는 때까지 한껏 경멸하면서 따라가요.
마땅한 고통을 주시오. 도시를 통과할 때
호위병 하나가 우리를 지켜라.   140

시민 모두　　자, 가자, 문 나서는 그를 보러, 자, 가자.
신들은 고귀한 호민관들 돌보소서! 가자.   (함께 퇴장)

4막 1장

코리올라누스, 볼룸니아, 비르길리아, 메네니우스,

코미니우스, 로마의 젊은 귀족층과 함께 등장.

코리올라누스	자, 그만 울고 짧게 작별하지요. 머리가	
	많이 달린 짐승이 절 치받습니다. 아, 어머니,	
	당신의 옛 용기는 어디 있죠? 당신께선	
	극한은 정신을 시험한다 말하곤 하셨어요.	
	평범한 운수는 범인들도 견딜 수 있으며	5
	바다가 잠잠할 땐 모든 배가 똑같은	
	항해술을 보이지만 운명의 타격이 극심할 때	
	그 상처를 신사답게 견디는 데에는	
	고귀한 재주가 필요하다 하셨죠. 당신은	
	격언으로 절 채웠고 그걸 외운 제 가슴은	10
	무적이 되곤 했죠.	
비르길리아	오, 세상에! 세상에!	
코리올라누스	아니, 제발, 여자여.	
볼룸니아	저 붉은 역병이 로마의 업종을 다 휩쓸고	
	직업은 사라져라!	
코리올라누스	뭐, 뭐, 뭐라고요!	
	전 없어야 사랑받을 겁니다. 아뇨, 어머니,	15
	당신이 헤라클레스의 아내였더라면	
	그의 난제 여섯을 당신이 끝마쳐 남편 땀을	
	그만큼 줄여 줬을 거라고 말하곤 했을 때의	
	기개를 되찾아 오세요. 코미니우스여,	
	낙심 말고, 안녕히. 아내와 어머니, 잘 있어요.	20
	전 잘 지낼 겁니다. 참된 노인 메네니우스여,	
	당신의 눈물은 젊은이의 것보다 더 짜서	

4막 1장 장소 로마, 성문 근처.
16행 헤라클레스 열두 가지 난제를 해결한 고대 그리스의 영웅.

그 눈엔 독이라오. 나의 예전 장군님,
난 준엄한 당신을 보았고 당신은 여러 번
잔혹한 광경을 목격했소. 이 슬픈 여인들께   25
못 피할 타격을 통탄함은 그걸 비웃는 만큼
어리석다 말해 줘요. 어머니, 제 위험은
늘 당신의 위안이었음을 잘 아시니까 —
가벼이 여기지 마실 것은 — 전 혼자 가지만
외로운 용처럼 자기 늪을 무섭게, 또, 눈보다는   30
입에 많이 오르게 하면서 당신의 아들은
비범하게 되든지 교활한 미끼와 계략에
걸리든지 할 겁니다.

볼룸니아   나의 첫아들아,
어디로 가려느냐? 한동안 코미니우스 님과
함께하도록 해라. 네 앞길에 출몰하는   35
매번의 위험에 무작정 노출되기보다는
어디로든 갈 길을 정해라.

코리올라누스   오, 신들이시여!

코미니우스   난 그대를 한 달간 따르며 그댄 우리 소식을,
우린 그대 소식을 듣도록 그대가 쉴 곳을
함께 마련하겠소. 그래서 추방된 그대를   40
불러올 계기가 생겼을 때 단 한 명을 찾으러
광대한 세상 너머 사람을 보내면서 호기를,
불필요해지면 늘 식어 버리는 그것을
놓치지 않을 거요.

코리올라누스   다들 잘 계십시오.
당신은 연세가 높은 데다 안 다친 사람과   45
함께 방랑하기엔 전쟁을 너무나 넘치게

겪으셨답니다. 문밖에만 날 데려다주시오.
갑시다, 착한 아내, 사랑하는 어머니와
귀족 친구들이여. 내가 길을 떠날 때
작별을 고하고 웃어 주오. 부탁이오, 자.   50
내가 이 지상에 있는 한 여러분은 내게서
늘 소식을 들을 테고, 전과 같단 것 말고
다른 건 없을 거요.

메네니우스   누구 귀로 들어도
참 훌륭한 말이오. 자, 울지는 맙시다.
내가 이 늙은 팔과 다리에서 칠 년만   55
떨쳐 낼 수 있다면 신들께 맹세코 당신과
걸음마다 함께할 것이오.

코미니우스   자, 악수합시다.
갑시다.   (함께 퇴장)

4막 2장

두 호민관, 시키니우스와 브루투스. 경관과
함께 등장.

시키니우스   (경관에게)
다 집에 보내라. 그는 갔고, 우린 더 안 나간다.
우리가 그를 편드는 걸 보았던 귀족층도
심사가 사나워.

브루투스   우리 힘을 보여줬으니까

4막 2장 장소 로마 거리.

이제는 그 일이 벌어졌을 때보다 끝났을 때
더 겸손한 척하자.

시키니우스　(경관에게)　　　그들을 집으로 보내라.　　　5
그들의 큰 적은 사라졌고, 그들은 옛 힘을
유지한다 말해 줘.

브루투스　　　　　　　해산시켜 집에 보내.　　(경관 퇴장)
그의 어머니로군.

볼룸니아, 비르길리아, 메네니우스 등장.

시키니우스　　　　　　그녀를 보지 말자.

브루투스　　　　　　　　　　왜?

시키니우스　그녀가 미쳤다고들 해.

브루투스　그들이 우리를 알아봤네. 계속 걷게.　　　10

볼룸니아　오, 잘 만났소. 신들은 쌓아 둔 역병으로
당신네 사랑에 보답하길.

메네니우스　　　　　　쉿, 쉿, 소리 좀 죽여요.

볼룸니아　울음 대신 소리칠 수 있다면 당신은 들을 ―
아니, 뭔가는 들을 거요.
(시키니우스에게)　　　떠나려고요?

비르길리아　(브루투스에게)
당신도 남아야죠! 내 남편에게도 이렇게　　　15
말할 힘이 있었으면.

시키니우스　(볼룸니아에게)　　당신은 남성이오?

볼룸니아　암, 바보야. 그것이 수치냐? 잘 들어, 바보야.
내 아버지, 남자 아니었어? 넌 여우짓으로
로마 위해 네가 한 말보다 더 많이 싸웠던

그를 추방했잖아?

| 시키니우스 | 오, 하느님 맙소사! | 20 |

볼룸니아   현명한 네 말보다 더 고귀한 싸움을, 게다가
로마를 위해서 했는데. 사실은 ─ 하지만 가!
아니, 너도 남아야지. 내 아들은 아라비아에,
네 부족은 개 앞에, 멋진 칼 든 개 앞에
서 있으면 좋겠다.

시키니우스   그러면요?

비르길리아   그러면요?   25
그는 당신 후손을 끝내 버릴 겁니다.

볼룸니아   사생아들이야, 모두가.
멋진 남자, 로마 위해 그가 입은 상처들!

메네니우스   자, 자, 조용해요.

시키니우스   난 그가 이 나라를 위하여 처음처럼   30
계속하길 바랐고, 그가 맺은 고귀한 인연을
스스로 끊지 않길 바랐어요.

브루투스   나도요.

볼룸니아   "나도요?" 너희가 그 폭도, 고양이들
부추겼어. 하늘이 땅에게 숨기려는 신비를
내가 판단 못 하는 만큼이나 그의 가치를   35
적절히 판단 못 한 그것들을.

브루투스   (시키니우스에게)   제발 가세.

볼룸니아   이제 제발, 썩 꺼져라.
당신들은 용감한 짓 했어. 가기 전에 들어 봐.
카피톨이 로마의 가장 누추한 집을
능가하는 만큼이나 내 아들도 그만큼 ─   40
여기 이, 이 부인의 남편인데 알겠어? ─

추방한 당신들을 정말로 다 능가해.

브루투스 허, 허, 우린 떠납니다.

시키니우스 　　　　　　　　정신 나간 여자에게
우리가 왜 남아서 시달려? 　　　　(호민관들 퇴장)

볼룸니아 　　　　　　　　　내 기도를 가져가.
신들은 내 저주를 확인하는 것 말고　　　　　　　　45
아무 일도 않았으면. 저들을 하루 한 번
만날 수만 있다면 무거운 내 마음이
홀가분해질 텐데.

메네니우스 　　　　　　매섭게 욕했고, 참말로,
그럴 이유 있었소. 같이 저녁 하실까요?

볼룸니아 분노가 내 음식이오. 난 나를 저녁 삼아　　　　50
먹으면서 굶어 죽을 겁니다.

(비르길리아에게) 　　　　자, 가자.
그렇게 삐악거리지 말고 나처럼 한탄해,
유노처럼 화내면서. 자, 가자, 가.

　　　　　　　　　(볼룸니아와 비르길리아 퇴장)

메네니우스 　　　　　　　저런, 저런. 　　(퇴장)

4막 3장
로마인 니카노르, 볼스키인 아드리안 등장.

니카노르 난 당신을 잘 알고, 당신도 날 알아요. 당신 이름은 아
마도 아드리안이죠.

4막 3장 장소　로마와 안티움 사이의 길 위.

아드리안	그렇습니다. 사실 난 당신을 잊었소.
니카노르	난 로마인이고 내 임무는 당신과 마찬가지로 로마인 들에게 맞서는 거요. 아직도 날 모르겠소?
아드리안	니카노르, 아니오?
니카노르	맞습니다.
아드리안	지난번 보았을 때보다 수염이 좀 더 자랐지만 당신 의 얼굴은 당신 말에 잘 묻어납니다. 로마 소식 있나 요? 난 볼스키 정부로부터 거기서 당신을 찾으라는 지령을 받았어요. 족히 하루치의 여정을 당신이 줄 여 줬네요.
니카노르	로마에선 이상한 반란이 있었답니다. 민중들이 원로 원 의원들, 귀인들과 귀족들에게 대들었소.
아드리안	"있었다."라고 했어요? 그럼 끝났단 말이오? 우리 정 부의 생각은 다른데. 전쟁 준비를 최고로 해 놓고, 그 들의 내분이 한창일 때 덮치려 하고 있소.
니카노르	가장 큰 불길은 잡혔지만 작은 일만 생겨도 다시 타오 를 겁니다. 왜냐하면 상류층이 코리올라누스 님의 추 방을 매우 가슴 아프게 받아들여 민중의 특권을 모두 빼앗고 그들의 호민관을 그들로부터 영원히 떼 놓을 준비가 무르익었으니까. 이렇게 달아오르고 있기 때 문에 단언컨대 격렬한 폭발이 임박했답니다.
아드리안	코리올라누스가 추방됐소?
니카노르	추방됐소.
아드리안	이 정보를 가진 당신은 환영받을 거요, 니카노르.
니카노르	이제 볼스키인들에게 좋은 날이 왔어요. 유부녀를 타 락시킬 최적의 시기는 그녀가 남편과 틀어졌을 때라 는 말을 들었소. 고귀한 당신네 툴루스 아우피디우스

	는 그의 큰 적대자인 코리올라누스가 이제 자기 나라 30
	의 부름을 못 받고 있으니까 이번 전쟁에서 좋은 모습
	을 보일 거요.
아드리안	그럴 수밖에요. 난 이렇게 우연히 당신과 마주치게 되
	어 정말 행운이오. 당신이 내 일을 끝내 줬으니까 즐겁
	게 당신과 동행하여 집으로 가겠소. 35
니카노르	난 지금부터 저녁때까지 로마에서 있었던 가장 이상
	한 일들을, 모두가 로마의 적들에게 유리한 것들을 얘
	기해 주겠소. 당신네 군대는 준비됐단 말이죠?
아드리안	가장 충성스러운 걸로요. 백인대 대장들과 그들의 부
	대는 별도로 군적에 이미 등록되었고, 한 시간 전에만 40
	알리면 출동할 것이오.
니카노르	그렇게 준비됐단 소식을 들어서 아주 기쁘고, 그들을
	즉각 전투에 내보낼 사람이 바로 나인 것 같소. 그러니
	진심으로 잘 만났고, 동행하게 되어 대단히 반갑소.
아드리안	내가 할 말이오. 나야말로 당신의 동행을 반가워할 가 45
	장 큰 이유가 있답니다.
니카노르	좋습니다, 같이 갑시다. (함께 퇴장)

4막 4장

초라한 복장의 코리올라누스. 변장하고 몸을
감싼 채 등장.

코리올라누스	이 안티움, 훌륭한 도시다. 도시여, 내가 바로

4막 4장 장소 안티움, 아우피디우스의 집 밖.

네 과부들 만든 자다. 난 이 멋진 건물들의
수많은 상속자가 내 공격에 신음하며 쓰러지는
소리를 들었다. 그러니 날 알아보지 마라,
여자들은 꼬챙이, 애들은 돌 들고 좀스럽게   5
날 죽이면 안 되니까.

시민 한 명 등장.

가호를 빕니다.

시민   당신도.

코리올라누스   괜찮다면 위대한 아우피디우스가
사는 곳 좀 가르쳐 주시오. 안티움에 있나요?

시민   그렇소, 오늘 밤 댁에서 이 나라 귀족들께
향연을 베푸시오.

코리올라누스   어느 게 그 댁인지요?   10

시민   여기 앞에 이거요.

코리올라누스   고맙소, 잘 가시오.   (시민 퇴장)
오, 간사하게 도는 세상! 지금은 두 친구가
굳건한 맹세로 두 가슴이 한 심장을 가진 듯
시간, 침대, 식사와 운동을 늘 같이하면서
분리가 불가능한 사랑으로, 말하자면   15
쌍둥이와 같다 해도 한 시간 안으로
서푼짜리 일 때문에 불화하면 갈라져서
극심하게 증오한다. 그처럼 최악의 원수도
서로 잡아먹으려고 격정과 계략으로
잠 못 이루다가도 우연한 기회에   20
달걀 하나 값도 못한 장난에 절친 되어

자식을 서로 짝짓는다. 나도 마찬가지로
출생지를 미워하고 적의 읍을 사랑한다.
들어가 봐야지. 그가 나를 살해하면
지당한 일일 테고, 내게 길을 내준다면   25
난 그의 나라에 봉사할 것이다.   (퇴장)

4막 5장

음악이 연주된다. 첫째 하인 등장.

하인 1   포도주, 포도주를 가져와! 봉사를 왜 이렇게 해? 동료
　　　　　들은 자는 모양이로군.   (퇴장)

둘째 하인 등장.

하인 2   코투스 어딨어? 주인님이 부르셔. 코투스!   (퇴장)

코리올라누스 등장.

코리올라누스   훌륭한 집이군. 이 향연의 냄새는 좋은데
　　　　　내 모습은 손님 같지 않구나.   5

첫째 하인 등장.

하인 1   친구여, 뭘 원하나? 어디에서 왔는가? 여긴 자네가

4막 5장 장소   안티움, 아우피디우스의 집 안.

	있을 곳이 아니야. 문간으로 가 주게!　　　(퇴장)
코리올라누스	난 코리올라누스니까 더 나은 대접을 받을 자격 없구나.

둘째 하인 등장.

하인 2	당신 어디서 왔어? 이런 녀석들을 들여보내다니 문
	지기 머리에 두 눈이 박혀 있기나 한 거야? 제발 좀 나
	가 줘.
코리올라누스	저리 가.
하인 2	저리 가? 당신이 저리 가.
코리올라누스	이젠 네가 성가시구나.
하인 2	그렇게 용감하셔? 곧 말을 듣게 해 주지.

10

15

셋째 하인 등장. 첫째가 그를 만난다.

하인 3	이 친구 누구야?
하인 1	여태껏 본 적 없는 이상한 자야. 집 밖으로 내보낼 수
	가 없어. 부탁인데 그에게 주인님 좀 불러다 줘.
하인 3	친구여, 여기엔 뭐 하러 왔는가? 이 집에서 좀 떠나가
	주게.
코리올라누스	서 있게만 해 다오. 난로를 부수진 않겠다.
하인 3	당신 뭐요?
코리올라누스	신사다.
하인 3	그런데 굉장히 가난하군.
코리올라누스	그래, 맞아.
하인 3	부탁인데, 가난한 신사여, 자리를 좀 다른 데 잡게. 여

20

25

긴 당신이 있을 데가 아냐. 제발, 떠나 주게. 자.

코리올라누스   맡은 일이나 해. 식은 찌꺼기나 먹고 살쪄라.

                                    (시종을 밀어 버린다.)

하인 3   뭐, 안 떠나겠다고? — 제발 주인님께 얼마나 이상한   30
          손님이 여기에 있는지 말씀드려.

하인 2   그럴게.   (퇴장)

하인 3   넌 어디에 살아?

코리올라누스   천개 아래.

하인 3   천개 아래?   35

코리올라누스   그래.

하인 3   그게 어딘데?

코리올라누스   솔개와 까마귀의 도시지.

하인 3   솔개와 까마귀의 도시라고? 이런 바보 같으니라고! 그
          럼 넌 갈까마귀들과도 함께 살아?   40

코리올라누스   아니, 난 네 주인을 섬기지는 않아.

하인 3   뭐라고? 우리 주인님 가지고 장난해?

코리올라누스   그래, 그게 네 여주인님 가지고 장난하는 것보다는 더
          깨끗한 봉사야. 넌 재잘거리고 또 재잘거려. 네 접시나
          날라. 꺼져!   (그를 때려 쫓아낸다. 하인 3 퇴장)   45

아우피디우스, 둘째 하인과 함께 등장.

아우피디우스   그 친구 어디 있나?

하인 2   여기요. 안에 계신 어른들께 방해만 되지 않았어도 개

41행 네 주인 하인 3이 앞서 말한 갈까마귀들, 즉 바보들. 그러나 하인
은 그것이 자기 주인 아우피디우스를 가리키는 말로 오해한다.

패듯이 패 줬을 겁니다.　　　(첫째와 둘째 하인은 옆으로
　　　　　　　　　　　　　　　　　　비켜선다.)

아우피디우스　넌 어디서 왔느냐? 뭘 원하지? 이름은?
　　　　　　왜 말 안 해? 말해 봐. 이름은?

코리올라누스　(두건을 벗으면서)　　　　　　툴루스,　　　　50
　　　　　　그대가 아직도 날 모른다면, 알아봐도
　　　　　　지금 나로 생각하진 못할 테니 할 수 없이
　　　　　　스스로 이름을 대야겠군.

아우피디우스　　　　　　　　　　이름이 무어냐?

코리올라누스　볼스키인들의 귀에는 음악이 아니며
　　　　　　그대 귀엔 거친 이름이겠지.

아우피디우스　　　　　　　　　　　　말해, 이름은?　　　　55
　　　　　　그대의 겉모습은 의연하고 얼굴에는
　　　　　　권위가 들어 있다. 밧줄은 끊겼지만
　　　　　　고귀한 배와 같아. 이름이 무엇이냐?

코리올라누스　눈살을 찌푸릴 준비 해라. 아직 몰라?

아우피디우스　난 그대를 모른다. 이름은?　　　　　　　　60

코리올라누스　내 이름은 카이우스 마르티우스, 특별히
　　　　　　그대에게, 볼스키인 모두에게 큰 상처와
　　　　　　해악을 끼친 자다. 그 증거로 내 별명인
　　　　　　코리올라누스를 들 수 있지. 감사를 모르는
　　　　　　내 조국을 위한 노고, 극단적인 위험과　　　65
　　　　　　흘린 피로 내가 받은 보상은 오로지
　　　　　　그 별명뿐인데 — 그대가 나에게
　　　　　　품어야 할 악의와 불쾌감의 훌륭한
　　　　　　기념물이자 증거이지. 오직 그 이름만 남았네.
　　　　　　우리의 겁쟁이 귀족들이, 다들 날 버렸는데,　　70

허락해 준 민중들의 잔인함과 시기심이
그 나머질 삼켰고, 그들이 나를 저 로마에서
노예들이 지르는 함성에 의하여
쫓겨나게 버려뒀네. 이 극한 상황으로
난 이제 그대 집에 왔지만 내 목숨을 —   75
오해 말게 — 구하려 하는 건 아니네. 만약에
죽음을 겁냈다면 이 세상 누구보다 그대를
피했을 테니까. 근데 날 추방한 자들에게
철저히 되갚아 주려는 순전한 악심 품고
난 여기 그대 앞에 서 있네. 그러니 그대가   80
자신의 구체적인 피해를 복수하고,
그대의 온 나라가 목격한 치욕적인 손상을
멈출 맘이 있거든 곧 서둘러 내 불행을
그대의 필요에 맞추게. 그것을 이용하여
원한에 찬 내 봉사가 그대에겐 혜택임을   85
입증하도록 하게, 나는 저 아래쪽 악마들
모두의 앙심 다해 썩어 빠진 내 나라에
맞서 싸울 테니까. 하지만 그대가 이 일을
감행하지 않겠다면, 더 이상 운을 시험하는 데
지쳤다면, 그러면 한마디로 나 또한   90
더 이상 사는 게 참으로 지겨워 내 목을
그대와 그대의 오래된 악의에 내놓는데,
그걸 안 자르면 그대는 바보일 뿐일 테지.
왜냐하면 난 항상 그대를 미워하며 쫓았고
이 나라의 가슴에서 피를 엄청 뽑았기에   95
그대 위한 봉사가 아니라면 그대의 치욕으로
살 수밖에 없으니까.

아우피디우스   오, 오, 마르티우스!
그대 말은 마디마다 내 맘속의 오래 묵은
시기심의 뿌리를 뽑아냈네. 유피테르가
저 건너 구름에서 신성한 것들을 말하면서   100
"맞다."라고 얘기해도 난 그걸 완전히 고귀한
그대보다 더 믿지는 않을 거야. 내 팔로
그 몸을 감싸게 해 주게, 거기에 부딪혀
결 곧은 내 물푸레 창, 1백 번은 부러졌고
그 조각은 달에게 흉터를 남겼지.
(코리올라누스를 포용한다.)   난 여기서   105
내 칼 맞은 모루인 그대를 껴안고, 여태껏
그대의 용맹성과 야심 찬 힘싸움 벌였듯이
그대의 사랑과 뜨겁게 또 고귀하게
경쟁할 것이네. 처음 알려 주는 건데
난 결혼한 그 처녀를 사랑했고, 더 순수한   110
한숨을 쉰 남자는 없었네. 하지만 난 여기서
고귀한 물건인 그대 보고 황홀한 내 심장은
문지방 넘어오는 내 신부를 처음 봤던 때보다
더 춤을 춘다네. 아니, 그대 마르스여,
우리 군은 출동했고, 난 그대의 방패를   115
그대의 팔뚝에서 다시 잘라 내거나
내 팔을 잃을 작정이었네. 그대는 나를 각각
열두 번 무찔렀고, 그 이후로 난 밤마다
그대와 나 사이의 접전을 꿈꿨다네. —
내 꿈에서 우리는 뒤엉켜 넘어져 있었지,   120
투구 벗고 서로 목을 잡은 채 — 그러고는
반쯤 죽은 채 헛되이 깨났어. 마르티우스 님,

우리는 로마에게 그대가 추방된 사실 말고
다른 시빗거리가 없다 해도 열둘에서
일흔까지 다 소집해 은혜 잊은 로마의   125
그 창자 속으로 대담한 홍수가 덮치듯
전쟁을 퍼부을 것이오. 오, 자, 들어가세,
그리고 친절한 의원들의 손을 잡게.
그들은 여기서 로마 그 자체는 아니라도
그 영토를 칠 준비는 되어 있는 이 몸과   130
작별하는 중이었네.

코리올라누스   신들은 저를 축복하소서.

아우피디우스   그러니 최절정의 신사여, 그대의 복수를
자신이 지휘하고 싶다면 내 부대의
절반을 가지고 자신의 방식을 스스로 —
자국의 강점과 약점을 알고 있기 때문에   135
가장 잘 경험했을 테니까 — 결정하게.
로마의 성문에 타격을 가하든지, 아니면
그들을 파멸시키기 전에 겁주려고 먼 데서
별안간에 닥치든지. 하지만 들어오게.
그대의 소망에 찬성할 이들에게 그대를   140
먼저 천거하겠네. 천 번을 환영하네!
적이라기보다는 친구로 더. 하지만 적으로도
대단했어, 마르티우스. 그 손을. 참 잘 왔네!

(코리올라누스와 아우피디우스 함께 퇴장.

첫째와 둘째 하인 앞으로 나온다.)

하인 1   참 이상한 변화야!

하인 2   이 손에 맹세코 난 그를 곤봉으로 때릴까 생각했었는   145
데 마음속으로는 그가 옷차림과는 다르단 느낌을 받

· 앉어.

하인 1   팔 힘이 어찌나 세던지! 그는 손가락과 엄지로 나를 마
         치 팽이 돌리듯이 빙 돌렸어.

하인 2   아니, 난 그의 얼굴로 그에게 뭔가 있다는 걸 알았어.   150
         이봐, 그의 얼굴엔 내 생각에 그 어떤 — 어떻게 표현
         할지 모르겠네.

하인 1   그에겐 매우, 말하자면 보기에 — 그에겐 내가 생각할
         수 있었던 것보다 더 많은 게 있다는 생각을 안 했다면
         난 목매달려도 좋아.   155

하인 2   나도 그랬어, 맹세하지. 그는 그냥 세상에서 최고로 희
         귀한 사람이야.

하인 1   그런 거 같아. 하지만 넌 그보다 더 위대한 군인을 알
         잖아.

하인 2   누구? 주인님?   160

하인 1   암, 그건 얘깃거리도 못 돼.

하인 2   가치가 그의 여섯 배야.

하인 1   아니, 그만큼은 아니고. 하지만 난 그를 더 위대한
         군인으로 여겨.

하인 2   정말, 이보게, 그걸 어떻게 말해야 할진 알 수 없네.   165
         도시의 방어에는 우리 장군님이 빼어나셔.

하인 1   맞아, 공격에도.

셋째 하인 등장.

하인 3   야, 이놈들아, 내가 소식, 소식을 전해 줄게, 이 불한당
         들아.

하인 1, 2 뭐, 뭐, 뭐야? 우리도 끼워 줘.   170

하인 3	모든 나라 가운데 난 로마인은 되고 싶지 않아. 난 기꺼이 사형수가 될래.
하인 1, 2	뭣 때문에? 뭣 때문에?
하인 3	그야, 우리 장군님을 후려치곤 했던 사람 카이우스 마르티우스가 여기 있으니까.

   175

하인 1	왜 "우리 장군님을 후려쳤다."라고 해?
하인 3	그가 '우리 장군님을 후려쳤다.'라는 말이 아니라 그는 항상 그에게 충분히 멋진 상대여서.
하인 2	자, 우린 동료이자 친구야. 그는 그에게 늘 힘든 상대였어. 난 본인이 그렇게 말하는 걸 들었어.

   180

하인 3	사실을 말하자면 그는 정면 대결하기엔 너무 힘든 상대였지. 그는 코리올 앞에서도 그를 마치 산적처럼 자르고 칼집 냈어.
하인 2	그에게 식인종 버릇이 있었다면 그를 삶아 먹었을지도 몰라.

   185

하인 1	하지만 자네 소식이나 더 말해.
하인 3	그야 안에서 그를 마치 마르스의 아들이자 상속인인 것처럼 중요시하면서 탁자의 윗자리에 앉히고, 의원들 가운데 누구도 그에게 질문을 못 한 채 맨머리로 그 앞에 서 있었다네. 우리 장군님 자신도 그를 애인으로 대우하고 그의 손을 신성시하면서 그의 담화에 흰자위를 굴려. 하지만 이 소식의 알맹이는 우리 장군님은 반토막이 되었고, 어제 있었던 그의 절반일 뿐이란 사실이야. 왜냐하면 탁자 전체의 간청과 허락에 의해 딴사람이 나머지 절반을 가지니까. 그는 말하기를 자기

   190

   195

189행 맨머리 윗사람 앞에서는 모자를 벗는 게 당시의 예의였다.

	가 가서 로마 문지기의 귀를 잡아끌고 올 거라고 해. 그는 자기 앞의 모든 걸 베어 버리면서 진격로를 청소 할 거야.	
하인 2	그리고 그는 내가 상상할 수 있는 그 누구만큼이나 그 걸 할 것 같아.	200
하인 3	그걸 한다고? 그는 그걸 할 거야, 왜냐하면 보라고, 그 에겐 적들만큼이나 많은 친구가 있는데, 그 친구들은 말하자면, 감히, 보라고, 자신들이, 우리의 표현처럼 그의 친구임을 그가 지휘지 하는 동안 밝히진 않을 테 니까 말이야.	205
하인 1	지휘지? 그게 뭔데?	
하인 3	하지만 그들은 그가 다시 깃털을 세우고 혈기에 찬 모 습을 보일 때 비 온 뒤의 토끼들처럼 굴에서 나와 다들 그와 함께 흥청댈 거야.	
하인 1	근데 이건 언제 진행되는데?	210
하인 3	내일, 오늘, 곧. 오늘 오후에 북소리 울리는 게 들릴 거 야. 그건 말하자면 그들의 연회 가운데 일부로서 그들 이 입술을 닦기도 전에 실행될 참이었어.	
하인 2	아니, 그럼 다시 활기찬 세상이 되겠군. 이 평화란건 쇠를 녹슬게 하고 양복장이 수를 늘리며, 가요 작곡가 들을 키우는 것 말고는 아무 소용이 없어.	215
하인 1	내겐 전쟁을 안겨 줘, 꼭. 그건 낮이 밤보다 빼어난 만 큼이나 평화보다 나아. 팔팔하게 걷고, 들을 수 있으며 시끌벅적해. 평화란 바로 중풍, 무기력이고, 온순하고	

204행 지휘지 다음 줄(206행)의 하인 1이 보인 반응처럼 무슨 말인지 그 뜻을 정확히 알 수 없는 허풍.

	귀먹고 졸리며 무감각하고, 전쟁으로 파괴되는 것보	220
	다 더 많은 사생아를 만드는 놈이야.	
하인 2	그래, 또 전쟁을 어떤 면에서는 겁탈자라고 할 수 있으	
	니까 평화 또한 오쟁이 진 남편을 많이 만드는 놈이란	
	걸 부인할 순 없어.	
하인 1	암, 놈은 남자들을 서로 미워하게 만들어.	225
하인 3	그 이유는 그럼 그들은 서로에게 덜 필요하니까. 내 돈	
	받고 전쟁을 줘. 볼스키인들만큼 값싼 로마인들을 보	
	고 싶어. (안에서 소리) 그들이 일어난다, 일어나.	
하인 1, 2	들어가자, 들어가. (함께 퇴장)	

4막 6장

두 호민관, 시키니우스와 브루투스 등장.

시키니우스	그자 얘긴 안 들리고 겁낼 필요도 없네.	
	광란하던 민중도 그 사태가 수습되어	
	이제는 평화롭고 조용해. 세상이 잘 돌아가서	
	그자의 친구들은 우릴 보고 창피해해,	
	그들은 우리의 상인들이 가게에서	5
	노래하고 정답게 일하는 걸 보기보단 차라리	
	불화하는 군중이 거리에 들끓는 걸,	
	그 때문에 자신들도 고통을 겪겠지만,	
	바라보고 싶었는데 말이야.	
브루투스	그때 우린 단호했어.	

4막 6장 장소 로마.

메네니우스 등장.

| | 저게 메네니우스야? | 10 |

시키니우스   그야, 그야. 오, 그는 참 친절해졌다네,
최근에. — 안녕하십니까!

메네니우스   안녕들 하시오.

시키니우스   당신의 코리올라누스를 퍽 그리워하는 자는
친구들 말고는 없군요. 나라는 끄떡없고,
그것은 그가 더 화를 내도 그럴 거요.   15

메네니우스   다 좋고, 그가 만약 타협할 수 있었으면
훨씬 더 좋았을 것이오.

시키니우스   어딨는지 들었소?

메네니우스   아뇨, 전혀 못 들었소.
그 모친과 아내도 전혀 못 들었고.

시민 서너 명 등장.

시민 모두   (호민관들에게)
두 분께 신들의 가호를.

시키니우스   이웃들, 좋은 오후.   20

브루투스   모두에게 좋은 오후, 모두에게 좋은 오후.

시민 1   우리와 아내와 자식들은 무릎 꿇고
두 분 위해 꼭 기도해야죠.

시키니우스   번성하길 바라오.

브루투스   잘 가요, 친절한 이웃들.
코리올라누스가 우리처럼 당신들을 아꼈으면.   25

시민 모두   신들의 가호를 빕니다!

두 호민관	잘 가요, 잘 가.　　(시민들 퇴장)
시키니우스	저기 저 친구들이 혼란을 외치며 거리를 내달리던 때보다 지금이 더 행복하고 우아한 시절이네.
브루투스	카이우스 마르티우스는 전쟁에선 훌륭한 장교였지만 건방지고 자만심에 압도됐고, 야심은 무한하며 이기적이었어.
시키니우스	동료 없는 유일한 권좌를 목표로 삼았어.
메네니우스	난 그렇게 생각 않소.
시키니우스	그가 만약 집정관이 됐다면 지금쯤 우리는 모두가 한탄해도 그걸 확인했을 거요.
브루투스	신들께서 그걸 잘 막아 줬고, 그가 없어 로마는 안전하고 조용하오.

30

35

경관 한 명 등장.

경관	호민관님, 저희가 감방에 처넣은 노예가 전하기를 볼스키인들이 별개의 두 군대를 이끌고 로마 영토 몇 곳에 침입하여 극심한 전쟁의 적의를 가지고 그들 앞에 놓인 걸 파괴하고 있답니다.
메네니우스	이건 아우피디우스요. 우리 마르티우스의 추방 소식 듣고서 그가 로마 지켰을 땐 한 번도 못 내밀고

40

	껍질 속에 감춰 뒀던 자기 뿔을 세상으로	45
	또다시 뻗치오.	
시키니우스	마르티우스 얘긴 왜 하오?	
브루투스	(경관에게)	
	헛소문 낸 그자를 채찍질해. 볼스키인들은	
	협정을 감히 파기 못 한다.	
메네니우스	못 한다?	
	대단히 잘할 수 있다는 기록이 있으며	
	그 비슷한 선례도 세 번이나 있었소,	50
	내 생애에. 하지만 그 녀석을 처벌하기 전에	
	심문해 보시오, 어디서 그 얘길 들었는지.	
	당신들이 혹시라도 제보자를 곤장 치고	
	무서워해야 할 걸 조심하라 말하는 사자를	
	때리지 않으려면 말이오.	
시키니우스	그런 말 마시오.	55
	있을 수 없는 일로 아니까.	
브루투스	불가능해.	

사자 등장.

사자	귀족들이 모두 대단히 진지하게	
	원로원 쪽으로 갑니다. 그들의 안색을	
	바꿔 놓은 소식이 왔답니다.	
시키니우스	그 노예야. —	
	(경관에게)	
	민중들 앞에서 채찍을 쳐! — 그가 일으킨 건	60
	그 자신의 소문일 뿐이야.	

사자	예, 어르신,
	그 노예가 전한 건 뒷받침되었고, 더하여
	더 무서운 게 왔어요.
시키니우스	더 무서운 게 뭔데?
사자	수많은 입에서 자유로이 나온 말로 —
	얼마나 그럴듯한지는 모르나 — 마르티우스가　65
	아우피디우스와 함께 로마의 적군을 이끌고
	최연소와 최고령 사이만큼 폭넓은 복수를
	다짐한답니다.
시키니우스	십중팔구 그럴듯해!
브루투스	약자들이 마르티우스의 귀국을 바라면서
	퍼뜨린 소문일 뿐이네.　70
시키니우스	바로 그런 계책이지.
메네니우스	믿기 힘든 일이오.
	그와 아우피디우스는 최강의 상극보다
	더 화해할 수 없소.

둘째 사자 등장.

사자 2	원로원에서 두 분을 부르셨답니다.　75
	아우피디우스와 연합한 마르티우스가
	무서운 군대로 우리의 영토를 유린하며
	길 위의 장애물은 이미 다 압도했고,
	그들 앞에 놓인 건 뭐든지 다 태우고
	빼앗았답니다.　80

코미니우스 등장.

코미니우스	(호민관들에게)
	오, 당신들, 멋진 일 하였소.
메네니우스	소식은? 소식은?
코미니우스	당신들이 도와서 당신네 딸들은 겁탈되고,
	도시의 납 지붕은 그 머리통 위로 녹고,
	아내들은 코앞에서 더럽혀지는 것을 보고 —
메네니우스	뭔 소식입니까? 뭔 소식?
코미니우스	당신네 신전들은 불에 타 부서지고,
	당신들이 역설했던 자유를 목수의 송곳 구멍
	안에다 가두었소.
메네니우스	이젠 제발 소식을 좀.
	(호민관들에게)
	당신들이 예쁜 짓 했을까 봐 겁나오.
	(코미니우스에게) 소식 좀.
	만약 마르티우스가 볼스키와 합치면 —
코미니우스	만약?
	그는 그들의 신이오. 그는 마치 자연보다
	인간을 더 잘 빚는 웬 신령의 작품처럼
	그들을 이끌고, 우리 애들에 맞선 그들은
	여름철 나비 쫓는 소년들, 아니면
	파리 잡는 백정들 못지않은 배짱으로
	그를 따른답니다.
메네니우스	(호민관들에게) 당신들, 멋진 일 해냈소,
	당신들과 당신들의 앞치마 두른 자들,
	직공 표와 마늘 먹는 자들의 입김을
	그토록 역설했던 당신들이!
코미니우스	그는 이 로마를 귀 아프게 흔들 거요!

85

90

95

100

메네니우스	헤라클레스가 익은 과일 흔들어 땄듯이.
	당신들은 예쁜 짓 하였소!
브루투스	근데 이게 사실이오?
코미니우스	예, 그리고 다른 소식 듣기 전에
	당신들은 창백해 보일 거요. 온 지역이 105
	웃으면서 반기 들고, 저항하는 자들은
	용감히 무식하다 조롱받고 확고한 바보로
	사라진답니다. 누가 그를 욕할 수 있겠소?
	당신 적과 그의 적이 그에게서 뭔가를 찾았소.
메네니우스	고귀한 그가 만약 자비를 안 베풀면 110
	우린 다 망했소.
코미니우스	누가 그걸 요청하죠?
	호민관들은 창피해서 못 하고, 민중들은
	늑대가 양치기들로부터 받을 만한 동정을
	그로부터 받겠죠. 만약 그의 절친들이
	"로마에게 잘해 주게."라고 하면 그들은 꼭 115
	그의 미움받을 만한 자들처럼 당부하고,
	그 점에선 적들처럼 보이겠죠.
메네니우스	사실이오,
	그가 만약 내 집을 다 태울 불 막대를
	갖다 댄다 하여도 난 "간청컨대 멈추시오."
	라고 할 낯짝이 없소이다.
	(호민관들에게) 당신들과 장인들, 120
	참 예쁜 솜씨요! 참 예쁜 작품이오!

101행 익은 과일 헤라클레스의 열한 번째 난제는 헤스페리데스 자매
들이 지키는 황금 사과를 따 오는 일이었다. (RSC)

코미니우스	당신들은
로마에 완전 구제 불능일 정도의 떨림을
불러왔소.

두 호민관	우리가 불러왔다 하지 마오.
메네니우스	뭐? 우리가 그랬소? 우린 그를 아꼈지만

그를 도시 밖으로 야유해 쫓아낸 당신 패에   125
짐승과 겁쟁이 귀족처럼 굴복했소.

코미니우스	근데 난
그들이 고함쳐 그를 다시 들일까 봐 걱정이오.
이인자인 툴루스는 마치 그의 장교인 양
그의 명을 세세히 따르오. 그들에 맞서서
로마가 쓸 수 있는 모든 계책, 힘과 또 방어는   130
자포자기랍니다.

한 떼의 시민들 등장.

메네니우스	그 패들이 여기 왔군.
근데 아우피디우스는 그와 있소?

(시민들에게)   당신들이
코리올라누스의 유배 때 야유를 퍼부으며
악취 나는 기름 낀 모자를 내던져
대기를 더럽혀 놨었지. 이제 그가 오니까   135
채찍이 되지 않을 군인 머리카락은
한 올도 없을 거다. 당신들이 위로 던진
모자 수만큼의 골통을 그가 떨어뜨리면서
당신네 푯값을 치를 거야. 상관없어.
그가 우릴 다 태워 석탄 덩이 만들어도   140

우리에겐 당연한 벌이니까.

시민 모두   참말로, 무서운 소식이 들려와.

시민 1   나로서는
추방하자 말했을 때 애석하다 말했어.

시민 2   나도 그랬어.

시민 3   나도 그랬고, 사실을 말하자면 우리 중 아주 많은 이가   145
그랬지. 우리는 그 일을 좋은 뜻으로 했고, 그의 추방
에 기꺼이 찬성했지만, 그럼에도 그건 우리의 의지에
반하는 거였어.

코미니우스   표를 준 당신들, 훌륭해.

메네니우스   당신들과 개떼가
멋진 일 해냈어.
(코미니우스에게) 우리는 카피톨로 갈까요?   150

코미니우스   아, 예, 어디겠소?   (코미니우스와 메네니우스 퇴장)

시키니우스   여러분, 집으로 가시오. 낙담하지 마시오.
저이들은 저렇게 겁내는 척하는 이것이
사실이면 기뻐할 당파요. 집에 가서
두려운 표시는 내지 마오.   155

시민 1   신들은 우리에게 친절하시기를! 자, 여러분, 집으로 갑
시다. 우리가 그를 추방했을 때 난 그게 우리 잘못이라
고 늘 말했소.

시민 2   우리 모두가 그랬죠. 하지만 자, 집으로 가요.

                                      (시민들 퇴장)

브루투스   난 이 소문을 안 좋아해.   160

시키니우스   나도 그래.

브루투스   카피톨로 가 보세. 내 재산 절반 걸고
이게 거짓말이면 좋겠네.

| 시키니우스 | 제발, 가세. (함께 퇴장) |

4막 7장

아우피디우스, 자기 부관과 함께 등장.

아우피디우스	그들이 아직도 이 로마인에게 달려가나?
부관	그에게 웬 마력이 있는지는 모르나
	당신의 군인들은 그를 식사 전 기도로,
	식탁의 화제로, 식후의 감사로 쓰면서
	당신 부대원들조차 당신을 이 전투에서	5
	사라지게 만듭니다.
아우피디우스	지금은 어쩔 수 없구나,
	뭔 수단을 쓰다가 내가 우리 전략을
	망치면 안 되니까. 그는 내가 첫 포옹 때
	오만할 거라고 생각했던 것보다 훨씬 더
	내게조차 그렇게 행동한다. 그렇지만	10
	그 사람의 본성은 그 점에서 변함없고,
	안 고쳐지는 건 봐줘야지.
부관	그래도 전 —
	당신 개인 말씀인데 — 당신이 장군직을
	그와는 나누지 않은 채 본인이 이 전투를
	직접 지휘하거나 아니면 그에게 전적으로	15
	맡기거나 했기를 바랍니다.
아우피디우스	자네 말은 잘 알지만 분명히 해 둘 것은

4막 7장 장소 볼스키 진영.

그가 자기변명을 하게 될 때 내가 뭘로
반증할 수 있는지 그는 몰라. 겉으로는 —
그도 그리 생각하고 일반인의 눈에도   20
못지않게 명백한데 — 그는 매사 공정하고
볼스키 나라를 위하여 뛰어난 수완을 보이며
용처럼 싸우고 자기 칼을 뽑자마자
이루는 것 같지만, 우리가 언제든
자기변명 하게 될 때 자기 목을 꺾거나   25
내 것을 해칠 일을 그는 아직 안 했어.

부관   장군님, 그가 이 로마를 얻을 것 같나요?
아우피디우스 모든 곳이 그가 진을 치기 전에 항복하고
로마의 귀족층은 그의 것인 셈이며,
의원들과 귀인들도 그를 사랑한다네.   30
호민관들은 군인이 아니고, 그들의 민중은
그를 쫓아내는 일을 서둘렀던 만큼이나
급히 취소할 거야. 난 그가 로마를
물수리가 고기를 타고난 힘으로 잡듯이
취할 것 같구나. 그는 처음에 그들에게   35
고귀한 하인이었지만 자신의 영예를
매끄럽게 지킬 수 없었어. 그 이유가
그 같은 행운아가 매일의 성공으로 늘 빠지는
자만심이었든, 자신이 꽉 장악했던
기회를 제대로 처리하지 못했던   40
판단력 결함이든, 아니면 한 가지 성향에
고정되어 있으면서 투구에서 방석으로
움직이지 못한 채 전쟁을 통제했던
바로 그 엄격한 처신으로 평화에게 명령하는

성품이든 간에 그것들 중 하나가 —   45
그에겐 세 가지 흔적이 다 있지만 — 다는 아냐,
그건 감히 제외하지 — 그를 무섭게 만들어
그토록 미움받고 추방당하게 했어. 하지만
그에겐 어떤 결함 얘기도 확 눌러 버리는
장점이 있다네. 그처럼 우리의 미덕도   50
그 시대의 해석에 달렸고, 권력 또한
자체로는 최고로 찬양받을 만하나
그걸 갖고 했던 일을 격찬하는 연단만큼
뚜렷한 묘지를 남기지는 못한다네.
불은 불을 몰아내고 못은 못을 빼내며   55
옳음은 옳음에 꺾이고 힘은 힘에 패하지.
자, 가세. 카이우스, 그대는 로마를 가질 때
가장 가난할 테고, 그럼 그댄 곧 내 거야.   (함께 퇴장)

5막 1장

메네니우스, 코미니우스, 그리고 두 호민관
시키니우스와 브루투스, 다른 사람들과 함께 등장.

메네니우스   (호민관들에게)

아뇨, 난 가지 않을 거요. 그를 참 극진히
가깝게 사랑한 그의 전 지휘관 얘기를
들도록 하시오. 그는 날 아버지라 불렀소. —
하지만 그래서요? 추방한 당신들이 가시오.

5막 1장 장소　로마, 공공장소.

	그의 막사 1마일 앞에서 쓰러진 뒤
	기어가서 자비를 구하시오. 아니, 그가
	코미니우스 말도 헛들었다면 난 집에 있겠소.
코미니우스	그는 날 모르는 척했소.
메네니우스	(호민관들에게) 들었어요?
코미니우스	그런데 한번은 정말 내 이름을 불렀소.
	난 우리의 오래된 친분과 같이 흘린
	핏방울을 역설했소. "코리올라누스"라 불러도
	그는 대답 안 했고, 이름을 다 금지했소.
	타오르는 로마의 불길로 하나의 이름을
	스스로 벼려 낼 때까지는 호칭 없는
	무명인과 같았소.
메네니우스	(호민관들에게) 허, 그렇지. 멋진 일 했어요!
	숯을 싸게 구하려고 로마를 무너뜨린
	한 쌍의 호민관 — 고귀한 기념물을 남겼어!
코미니우스	난 그에게 기대치가 낮을 때 용서를 하는 게
	얼마나 관대한지 알려 줬소. 그의 답은
	그것은 국가가 자기들이 벌을 준 사람에게
	쓸데없이 간청하는 거라 했소.
메네니우스	아주 좋아.
	딱 맞는 말 아니오?
코미니우스	난 그의 사적인 친구들에 대한 관심을
	일깨우려 해 봤소. 그는 내게 답하기를
	고약한 썩은 겨 더미에서 그들을 고르려고
	멈출 순 없다 했소. 하찮은 한두 낱알 때문에
	그것을 못 태운 채 악취를 늘 맡는 건
	어리석다 그랬소.

5

10

15

20

25

메네니우스	하찮은 한두 낱알?
	내가 그중 하나요. 그의 모친, 아내, 자식,
	또한 이 용감한 친구도. 우린 그 낱알이고 30
	(호민관들에게)
	당신들은 썩은 겨네, 그 냄새가 저 달을
	넘어갔소. 우리는 당신들 때문에 타야 하오.
시키니우스	제발 좀 참아요. 유례없이 도움이 필요한 때
	돕기를 거절하더라도 우리를 질책하여
	괴롭히진 마시오. 근데 분명 당신이 이 나라의 35
	탄원자가 된다면 그 훌륭한 언변으로
	이 동포를 즉시 동원 가능한 군대보다
	더 잘 막을 거요.
메네니우스	아뇨, 난 참견 않겠소.
시키니우스	제발 좀 가 주시오.
메네니우스	내가 뭘 해야죠?
브루투스	당신의 사랑으로 로마 위해 가능한 걸 40
	마르티우스에게 시도만이라도 해 줘요.
메네니우스	좋은데, 마르티우스가 코미니우스를
	돌려보냈듯이 내 말을 안 듣고 — 그러면? —
	그의 불친절에 비탄하는, 불만에 찬 친구로
	날 돌려보낸다면. 그런다면?
시키니우스	그럼에도 45
	당신의 호의는 당신의 선의에 비례하여
	로마의 감사를 꼭 받을 거요.
메네니우스	해보겠소.
	내 말은 들을 것 같지만 코미니우스 님에게
	입술을 깨물고 흥 했다니 내 기가 팍 꺾이오.

	식사 못 한 그에게 때아니게 다가갔소.	50
	혈관이 텅 비면 우리 피는 차갑고, 그러면	
	우리는 아침에도 시무룩해 뭘 주거나	
	용서할 맘이 안 내키오. 하지만 우리 피의	
	이런 관과 통로들을 포도주와 음식물로	
	꽉 채우면 우리는 근엄한 금식 때보다도	55
	더 유연한 영혼을 갖게 되죠. 그러므로	
	난 그가 내 요청을 들을 만큼 식사할 때까지	
	지켜본 다음에 그를 공략할 것이오.	
브루투스	그의 친절 출입로, 바로 그걸 아니까	
	길을 잃진 않으실 겁니다.	
메네니우스	참말로, 어쨌든	60
	그를 시험해 보겠소. 성패는 머지않아	
	내가 알게 될 거요. (퇴장)	
코미니우스	절대 안 들을 거요.	
시키니우스	그래요?	
코미니우스	사실은 그는 황금 의자에 앉았고 그의 눈은	
	로마를 태울 듯 붉었으며, 마음의 상처는	
	동정심의 간수였소. 난 무릎을 꿇었고	65
	그는 아주 나직이 "일어서라." 한 다음	
	말 없는 손짓으로 날 내쳤소. 자신이 할 일은	
	글로 써서 나에게 보내 줬고, 안 할 일은	
	자신의 조건을 지키라고 맹세로 강제했소.	
	그러니 희망은 다 헛되오,	70
	고귀한 그 모친과 아내가 그에게 이 나라에	
	자비를 베풀 것을 내가 들은 것처럼	
	탄원해 볼 뜻이 없다면. 그러니 여길 떠나	

그들에게 곱게 간청하면서 서둘게 합시다. (함께 퇴장)

5막 2장

메네니우스가 두 경계병에게 등장.

경계병 1	멈춰라. 어디에서 왔소?
경계병 2	서라, 그리고 돌아가라.
메네니우스	남자다운 경계요. 좋습니다. 실례지만
	난 나라의 관리로서 코리올라누스와
	얘기하러 왔소이다.

경계병 1   어디에서 왔지요?   5

메네니우스 로마에서.

경계병 1   통과 못 합니다. 돌아가야 하오.
장군께선 그곳 얘기 더 안 들을 겁니다.

경계병 2 당신은 코리올라누스와 얘기하기에 앞서
불길에 휩싸인 로마를 볼 것이오.

메네니우스   친구님들,
장군이 로마와 그곳의 친구 얘기 하는 걸   10
들은 적 있다면 십중팔구 내 이름이
귀에 남았을 거요. 메네니우스랍니다.

경계병 1 그렇대도 돌아가요. 그 이름의 힘으로
여기를 통과하진 못하오.

메네니우스   사실은, 이보게,
장군은 날 아끼네. 난 그의 훌륭한 행위를   15

5막 2장 장소 볼스키 진영.

기록한 책으로서 사람들은 거기에서
무쌍한, 아마도 윤색된 그 명성을 읽었다네.
왜냐하면 난 항상 내 친구들을, 그 가운데
그가 최고인데, 거짓 없는 진실로 허용되는
최대한의 크기로 늘 확증해 줬으니까.   20
아니, 난 때로 까다로운 땅 위의 볼링공이
표적을 넘듯이 그를 과잉 칭찬하여
허위에 날인할 뻔도 했어. 그러니 이보게,
난 통과 허락을 받아야 해.

경계병 1   참말로 당신이 자기 자신을 위해 뱉은 말만큼 많은 거   25
          짓말을 그를 위해 했대도 여기는 통과 못 하오, 거짓말
          하는 게 순결하게 사는 것만큼 고결하다 해도 안 되오.
          그러니 돌아가요.

메네니우스   부탁인데, 이보게, 내 이름은 메네니우스이고, 언제나
          당신들 장군 파의 지지자란 걸 기억하게.   30

경계병 2   당신이 아무리 그의 거짓말쟁이였다고 해도 — 그랬
          다고 스스로 얘기했듯이 — 난 그의 휘하에서 참되게
          말하는 사람으로서 당신은 통과 못 한다고 해야겠습
          니다. 그러니 돌아가요.

메네니우스   자넨 그가 식사를 했는지 알 수 있나? 식사가 끝날 때   35
          까지 난 그와 얘기 않을 테니까.

경계병 1   당신은 로마인이지요?

메네니우스   자네 장군처럼 그렇다네.

경계병 1   그럼 당신도 그처럼 로마를 미워해야죠. 당신 생각
          에는 당신이 당신네 성문을 지키는 바로 그 사람을   40
          밖으로 밀어내고 맹렬한 대중들의 무지에 빠져 당
          신네 방패를 적에게 넘겨줬을 때 늙은 여인들의 느

굿한 신음 소리나 당신네 딸들의 처녀 손바닥이나, 또는 당신처럼 쇠약한 노망 난 노인의, 그렇게 보이 는데, 중풍 걸린 중재로 그의 복수에 맞설 수 있다 45 고 생각합니까? 그처럼 약한 입김으로 곧 당신네 도 시를 활활 태울 저 의도된 불을 끌 수 있다고 생각 합니까? 아니죠, 당신은 속았어요. 그러니 로마로 돌아가서 처형될 준비나 하시오. 당신은 사형선고 를 받았고, 우리 장군님은 유예나 사면은 없다고 맹 50 세했소.

메네니우스　이봐, 너희 대장이 내가 여기 있다는 걸 알면 그는 나 를 존중해 줄 거야.

경계병 1　이봐요, 우리 대장은 당신을 몰라요.

메네니우스　너희 장군 말이야. 55

경계병 1　우리 장군님은 당신을 안 좋아하오. 돌아가란 말이오, 가, 내게 피를 두 홉쯤 뽑히지 않으려거든. 돌아가요! 그게 당신이 받을 최고치요. 돌아가!

메네니우스　아니, 근데 이 친구, 이 친구가 —

코리올라누스, 아우피디우스와 함께 등장.

코리올라누스　무슨 일이냐? 60

메네니우스　(경계병 1에게)
자, 이 녀석, 내가 너 대신 용건을 말하겠다. 넌 이제 내가 존중받는다는 걸 알 거야. 경비병 놈 하나가 임 무랍시고 나를 내 아들 코리올라누스로부터 쫓아내 진 못한다는 걸 감지할 거야. 내가 받을 환대로 네가 교수형을 당하거나, 아니면 구경하기엔 더 길고 고 65

통은 더 잔인한 죽음을 당할 처지에 있지나 않은지
꼭 추측해 봐. 이제 곧 쳐다보고 네게 닥칠 일로 기
절해라. (코리올라누스에게) 영광스러운 신들께서 그
대 개인의 번영에 관한 회의를 매시간 소집하고, 이
노친 메네니우스가 그대를 사랑하는 것 못지않게   70
그대를 사랑하기를. 오, 내 아들, 아들이여! 그대는
우리에게 불을 준비하고 있네. 이보시게, 여기에 그
걸 끌 물이 있어. 난 어렵게 설득당해서 그대에게 오
게 되었지만 오직 나만이 그대를 움직일 수 있다고
확신하며 한숨에 실려 우리 성문 밖으로 나와서 그   75
대에게 로마와 애원하는 그대의 동포들을 용서해
줄 것을 탄원하네. 선량한 신들께선 그대의 분노를
가라앉히시고 그 찌꺼기는 여기 이 종놈 — 장애물
처럼 그대 향한 내 접근을 막은 — 이것에게 돌리시
기를.   80

코리올라누스   저리 가!
메네니우스   뭐? 저리 가?
코리올라누스   난 아내와 어머니, 자식을 모른다. 내 할 일은
              남을 위한 봉사다. 나를 위한 복수도
              인정은 하지만 내 면죄는 볼스키인들의   85
              가슴에 들어 있다. 우리가 친했단 사실은
              연민으로 그 깊이를 헤아리기보다는
              배은망덕으로 말살될 것이다. 그러니 가.
              당신 청을 안 들을 내 귀는 내 군대를 막아선
              당신의 성문보다 더 강하다. 그럼에도   90
              난 그대를 아꼈으니 가져가. (편지를 준다.)
                                    그대를 위해 썼고

보낼 작정이었다. 그대의 얘기는, 메네니우스,
더 안 들을 것이다. ― 이 사람은, 아우피디우스,
로마에서 내 사랑을 받았네. 근데 본 대로야.

아우피디우스   그대의 성격은 변함없군.   95

                              (코리올라누스와 아우피디우스 함께 퇴장.
                              경계병과 메네니우스는 남는다.)

경계병 1   이봐요, 당신 이름이 메네니우스요?

경계병 2   그 주문은 보다시피 마력이 꽤 크군요. 되돌아가는 길
            은 아십니다.

경계병 1   높으신 당신을 막고 있다가 우리가 얼마나 책망받았
            는지 들으셨죠?   100

경계병 2   뭣 때문에 내가 기절해야 한다고 생각하죠?

메네니우스   난 이 세상도, 너희 장군도 상관 안 해. 너희 같은 것들
            로 말하자면 그런 게 있다는 생각조차 할 수 없어, 너
            흰 참 보잘것없어. 스스로 죽을 의지가 있는 자는 타인
            에 의한 죽음이 두렵지 않아. 너희 장군더러 최악을 저   105
            지르라고 해. 너희는 그 모양으로 오래 살고, 불행은
            나이 따라 늘어나길 바란다. 들은 대로 말해 주마, "저
            리 가!"   (퇴장)

경계병 1   고귀한 친구야, 내가 보증해.

경계병 2   가장 훌륭한 친구는 우리 장군님이야. 그는 바람에 아   110
            니 흔들리는 반석이고 참나무야.   (함께 퇴장)

5막 3장

코리올라누스와 아우피디우스, 볼스키 군인들과 함께
등장. 코리올라누스가 윗자리에 앉는다.

코리올라누스　　　우린 내일 우리 군을 로마의 성벽 앞에
포진할 것이오. 이 작전의 동료인 당신은
볼스키 경들에게 내가 이 임무를 얼마나
똑바로 행했는지 꼭 보고해야 하오.

아우피디우스　　　　　　　　　　　　당신은
그들의 목표만 돌보고 로마의 공적인 청원엔　　　　　5
두 귀를 막았으며, 개인적인 귓속말은
당신을 굳게 믿은 친구들 것까지도, 예,
절대로 안 받아들였소.

코리올라누스　　　　　　　　좀 전의 그 노인은
내가 그 마음을 찢어서 로마로 보냈지만
아버지 이상으로 날 아꼈고, 아니, 진정　　　　　　10
나를 신격화했소. 그들의 마지막 방책은
그를 보낸 거였고, 그의 옛정 때문에 난 —
그에겐 언짢은 모습을 보였지만 — 또 한 번
그들이 거절했고 지금도 못 받을 첫 번째 조건을,
자기는 더 많은 걸 할 수 있다 여긴 그를　　　　　15
꼭 빛내 주려고 제안했소. 아주 조금
내가 양보한 거요. 새로운 사절이나 청원은
국가든 사적인 친구가 보냈든 이후로는
귀 기울이지 않겠소. (안에서 고함)
　　　　　　　　　하? 이 무슨 외침이오?
맹세를 한 순간 바로 그걸 깨려는 유혹에　　　　　20
내가 넘어가야 하나? 안 그럴 것이오.

5막 3장 장소　　볼스키 진영, 코리올라누스의 막사.

비르길리아, 볼룸니아, 소년 마르티우스, 발레리아가
수행원들과 함께 등장.

맨 앞엔 아내가, 그 사람 다음엔 이 몸을 빚어낸
저 존경스러운 모친이, 그리고 그녀 손을
혈육인 손자가 잡았군. 하지만 정은 안 돼!
우리가 타고난 천륜과 특권은 다 깨져라!   25
완강한 고집이 미덕이 되게 하라.

                     (비르길리아가 무릎 굽혀 절한다.)

저 인사, 또는 신들도 위증시킬 수 있는
저 비둘기 눈들의 가치는? 난 녹아서
남들만큼이나 힘이 없네. (볼룸니아가 절한다.)
                    어머니가 절하셔,
올림포스가 두더지 언덕에게 애원 조로   30
고개를 끄덕이듯. 그리고 내 어린 아들도
중재의 표정을 짓는데 대자연도
"거절 마라." 그렇게 외친다. 볼스키인들이
로마를 갈아엎고 이탈리아를 난자해도
난 절대 본능에 복종하는 애송이가 되지 않고   35
인간은 스스로 태어나 친족은 없다는 듯
서 있을 것이다.

비르길리아   제 주인 남편이시여.
코리올라누스   내 눈은 로마에 있던 것과 같지 않소.
비르길리아   슬픔으로 이렇게 변한 우릴 보게 되어
그리 생각하시겠죠.

30행 올림포스 고대 그리스 신들의 거주지였던 산 이름.

| 코리올라누스 | 난 이제 우둔한 배우처럼 | 40 |

코리올라누스　　　　　　　　　　난 이제 우둔한 배우처럼　　　　　　40
내 역할을 잊었고, 개망신당할 만큼
말문이 막혔소. 나의 일심동체여,
내 횡포를 용서하오. 하지만 그렇다고
"로마인들 용서해요." 하진 마오.　　　(그들이 키스한다.)
　　　　　　　　　　　　　　오, 이건
내 유배만큼 길고 복수만큼 달콤한 키스다!　　　　　45
이제 질투하는 하늘의 여왕 걸고, 여보,
당신에게 내가 했던 키스와 내 참된 입술은
그 후로 쭉 순결했소. 허, 난 지껄이다가
세상에서 가장 귀한 어머니께 인사도
못 드렸네. 무릎아, 땅 위에 꿇은 다음　　(무릎을 꿇는다.)　50
큰 존경심으로 평범한 아들들보다 더
깊은 자국 남겨라.

볼룸니아　　　　　　　　　　　　오, 축복받고 일어서라.
그동안 난 이 푹신한 돌 방석만으로
네 앞에 무릎 꿇고, 자식과 어미 간에
지금까지 줄곧 뒤바뀌었던 존경심을　　　　　　　55
부적절하게나마 보이겠다. (무릎을 꿇는다.)

코리올라누스　　　　　　　　　　　　이게 뭐죠?
저에게 무릎을? 벌받은 이 아들에게요?　　　(일어선다.)
그렇다면 굶주린 해안의 조약돌은
별들을 때려라. 그렇다면 반역의 바람은
당당한 삼나무를 불타는 해에 대고 후려쳐　　　　60
있을 수 없는 일이 쉬운 작업 되도록

46행 하늘의 여왕　유노.

	불가능을 없애라. (그녀를 일으킨다.)	

볼룸니아   너는 나의 무사다.

난 너를 빚는 일, 도왔다.   (발레리아를 가리키며)

             이 부인을 아느냐?

코리올라누스   푸블리콜라의 귀한 누이, 로마의 달,

서리 올 때 가장 맑은 눈으로 뭉쳐서   65

디아나의 신전에 걸어 놓는 고드름처럼

순결하신 분이죠. ― 소중한 발레리아!

볼룸니아   (소년 마르티우스을 보여 주며)

이것은 자네의 초라한 축소판이지만

시간의 해석을 다 거치면 온전히

자네처럼 보일 수 있을 거야.

코리올라누스   (소년 마르티우스에게)   군신께서   70

절대적인 조브의 허락하에 고귀함을

네 생각에 불어넣어 치욕엔 난공불락

전쟁에선 바다의 거대한 표지처럼

온갖 강풍 견뎌 내며 너를 보는 자들을

구하는 사람이 될 수 있길!

볼룸니아   애, 무릎 꿇어.   75

          (소년 마르티우스가 무릎을 꿇는다.)

코리올라누스   씩씩한 내 아들이구나.

볼룸니아   바로 애와 자네 아내, 이 부인과 나 자신이

자네에게 청이 있네.

코리올라누스   부탁인데, 관두세요!

그래도 요청하시려면 이걸 먼저 기억하세요.

64행 푸블리콜라   로마 최초의 집정관 중 한 명.

제가 허락 않기로 맹세한 걸 거절이라고는   80
절대 생각 않겠다고. 저에게 명하여
병사를 해산시키거나 로마의 장인들과
재협상하라고는 마십시오. 제가 어떤 점에서
몰인정해 보이는지 말 마세요. 차가운
당신들의 이성으로 제 격노와 복수를   85
줄이려 하지는 마십시오.

볼룸니아   오, 그만해, 그만해!
아무것도 허락하지 않겠다는 말이지,
우리에게는 자네가 이미 거절한 것밖엔
요청할 게 없으니까. 그래도 요청하여
자네가 그 요구를 저버리면 그 책임은   90
매정한 자네가 지게 할 테니까 들어 봐.

코리올라누스   아우피디우스와 볼스키인들은 주목하오,
로마의 얘기를 몰래 듣진 않을 테니. (앉는다.)
                                  요구는?

볼룸니아   우리가 입 다물고 말 안 해도 우리 옷과
몸 상태가 너의 유배 이후로 우리 삶이   95
어땠는지 드러내 줄 것이다. 생각해 봐,
산 여자들 모두보다 얼마나 더 불운하게
우리가 왔는지. 우리 눈에 기쁨이 흐르게,
가슴은 위안으로 춤추게 해야 할 네 모습은
그것들을 공포와 슬픔에 울고 떨게 강요하며   100
어미, 아내, 자식이, 아들, 남편, 아버지가
자기 나라 내장을 확 뽑아내는 걸
보게 하고 있으니까, 그것도 네 적의가
최고로 치명적인 우리에게. 넌 신들께

우리가 올리는 기도를, 우리 빼고 다 즐기는　　　　　105
그 위안을 막는다. 왜냐하면 어떻게 우리가,
아, 어떻게 우리가, 우리가 매인 나라를 위해
기도를, 우리가 매인 네 승리와 한데 묶어
할 수가 있겠느냐? 애통하다, 우리는 소중한
우리의 유모인 이 나라를 잃든지, 아니면　　　　　110
우리의 위안인 너 자신을 거기서 잃어야 해.
우리는 소원이 이뤄져도 어느 쪽이 이기든
확실한 불운을 꼭 만나. 왜냐하면 넌 외적에
투항한 자로서 우리의 거리를 족쇄 찬 채
끌려 다니든지 폐허가 된 네 나라를　　　　　115
의기양양 짓밟고 네 아내와 자식 피를
용감하게 뽑아낸 대가로 월계관을 쓰든지
해야 할 테니까. 나로서는, 아들아,
이 전쟁에 따라서 운명이 결정될 때까지
안 기다릴 작정이다. 내가 너를 설득하여　　　　　120
고귀한 자비를, 한쪽을 끝내려 하지 않고
양쪽에 베풀게 하지 못하면 넌 곧바로
네 나라로 진군하여 공격한 뒤 짓밟겠지. ─
못 하게 할 거야, 반드시 ─ 네 어미의 자궁을,
이 세상에 널 내놓은 그것을.

비르길리아　　　　　　　　　　　　예, 시간 가도　　　　　125
당신의 이름을 계속 살릴 이 아이를 내놓은
제 것도요.

소년 마르티우스　　　　　　저는 못 짓밟으실 거예요.
클 때까지 도망치고 크면 싸울 테니까.

코리올라누스　　　여자처럼 다정다감해지지 않으려면

어린애나 여자의 얼굴을 봐선 안 되겠다.   130
너무 오래 앉았구나. (일어선다.)

볼룸니아   아니, 그렇게 가지는 마.
우리의 요구가 로마를 구하는 쪽으로 기울고
그래서 자네가 봉사하는 볼스키인들을
파괴하는 거라면 우리를 자네의 명예에
유해하다 힐난할 수도 있다. 아냐, 우리 청은   135
자네가 둘을 화해시키는 거야. 그리하여
볼스키인들은 "우린 이 자비를 보인다."
또 로마인들은 "우린 그걸 받았다."라고 하면서
양측 다 만세로 "평화 이룬 그대에게 축복을!"
외칠 수 있으니까. 알다시피, 위대한 아들아,   140
전쟁의 끝은 불확실해. 근데 이건 확실하다.
로마를 점령하면 네가 얻을 소득은
저주가 개처럼 따라올 이름의 반복으로
그 역사는 "그 사람은 고귀하였으나
마지막 시도에서 그걸 지워 버렸고,   145
제 나라를 멸했으며, 그자의 이름은
다가오는 세대까지 증오의 대상이다."
이렇게 쓰일 거야. 말해 봐라, 아들아.
넌 여태껏 명예의 세련된 표현을 애호하여
신들의 미덕을 모방하는 방식으로   150
대기의 넓은 뺨을 천둥으로 찢으려 하면서도
네 번개엔 오로지 참나무만 쪼개 놓을
유황을 장전했다. 왜 말을 못 하느냐?

145행 그걸 그의 명성, 그의 고귀함을. (아든)

귀족이란 사람이 피해를 늘 기억하는 게
고결하다 생각해? 며늘애야, 네가 말해.   155
그는 네가 울어도 상관 안 해. 얘, 너도 말해.
어쩌면 네 유치함이 우리의 이성보다
그를 더 움직일 수도 있어. 자신의 어미에게
더 빚진 남자는 세상에 없건만 여기 그는
나를 차꼬 찬 놈처럼 떠들게 해. 넌 생전에   160
소중한 어미에게 그 어떤 예우도 안 했다.
그녀가, 불쌍한 암탉이 다시는 알 안 품고
전쟁으로 널 떠밀어 영예에 찬 무사 귀환
하게 했을 때에도. 내 요구가 부당하다 말하고
나를 차서 돌려보내. 하지만 아니라면   165
넌 부정직하고 어미에게 속하는 존경심을
억류하고 있다는 점 때문에 신들께서
널 괴롭힐 것이다. 그가 등을 돌린다.
부인들아, 몸을 낮춰. 무릎 꿇어 창피 주자.
그는 우리 기도를 동정하기보다는 자기 별명   170
'코리올라누스'를 더 자랑해. 낮춰라! 끝내자,
이게 마지막이다. (부인들과 소년 마르티우스, 무릎을 꿇는다.)
                     자, 우리는 로마로 돌아가
이웃들 가운데서 죽는다. — 아니, 우리를 봐.
이 아이는 자기가 뭘 원하는지 모르지만
무릎 꿇고 동료로서 두 손을 쳐들고   175
우리의 청원을, 네가 그걸 거부하는 힘보다
더 강하게 설득하고 있단다. — 자, 가자.
                                 (그들이 일어선다.)
이 친구는 볼스키인을 어머니로 두었고

그 아내는 코리올에 있으며 그 자식은
우연히 그와 닮았다. — 근데 우릴 돌려세워.   180
난 우리 도시가 탈 때까진 조용히 있다가
그때 조금 말할 거야.   (그가 그녀의 손을 조용히 잡는다.)

코리올라누스   오, 어머니, 어머니!
뭔 일을 하셨어요? 보세요, 하늘이 열리고
신들이 굽어보며 이 부자연스러운 광경을
비웃고 있어요. 오, 어머니, 어머니! 오!   185
당신은 로마에 행복한 승리를 안겼지만
당신의 아들은, 정말로, 오, 정말로, 대단히
치명적은 아니어도 대단히 위험하게
설복하셨답니다. 하지만 될 대로 되라지. —
아우피디우스, 난 진짜 전쟁은 못 벌여도   190
적절한 화친은 짜 보겠소. 자, 아우피디우스 님,
당신이 내 처지에 놓였다면 어머니 말씀을
덜 듣거나 덜 허락했겠소, 아우피디우스?

아우피디우스 나도 감동받았소.

코리올라누스   감히 맹세하건대 그랬고,
내 눈에서 인정의 짠물이 나는 건, 장군,   195
작은 일이 아닙니다. 그런데 장군님,
어떤 화친 원하는지 알려 줘요. 나로서는
로마가 아니라 당신과 함께 돌아갈 테니까
이 일을 좀 도와줘요. — 오, 어머니! 아내여!

아우피디우스 (방백)
나는 네가 네 자비와 명예를 네 안에서   200
다투게 만들어서 기쁘다. 난 그걸 계기로
전과 같은 행운을 되찾겠다.

코리올라누스	(볼룸니아와 비르길리아에게)

　　　　　　　　　　　　　　　예, 곧 그러죠.
하지만 우린 함께 마실 테고 여러분은
말 이상의 증거를 가져갈 터인데, 그것을
우리도 꼭 같은 조건으로 추가 보증 받을 거요.　　　　205
자, 함께 들어가시죠. 부인들께서는
신전을 짓게 만들 자격이 있답니다.
이탈리아의 모든 칼과 연합국 군대로도
이 평화를 이룰 수 없었어요.　　　　　　　(함께 퇴장)

5막 4장

메네니우스와 시키니우스 등장.

메네니우스	저기 저쪽의 카피톨 주춧돌이 보입니까?
시키니우스	허, 그래서요?
메네니우스	당신이 새끼손가락으로 저걸 꺼낼 수 있다면 로마의
	부인네들, 특히 그의 어머니가 그를 설득할지도 모른
	다는 희망이 좀 있지요. 하지만 난 희망이 없다고 봅　5
	니다. 우리의 모가지는 사형 선고 받았고, 처형을 기
	다리오.
시키니우스	그렇게 짧은 시간에 사람 성격이 바뀔 수 있나요?
메네니우스	애벌레와 나비 사이에는 차이가 있지만 그래도 나비
	는 애벌레였답니다. 이 양반 마르티우스는 사람에서　10

5막 4장 장소　로마.
1행 카피톨　여기서는 유피테르 신전을 말한다.

용이 된 거고요. 날개가 달렸고, 기어다니는 동물을 넘
어섰답니다.

시키니우스   그는 어머니를 극진히 사랑했지요.

메네니우스   그는 나도 그랬는데 이젠 자기 어머니를 여덟 살배
기 말만큼도 기억 못 하오. 그의 얼굴에 낀 신랄함   15
은 익은 포도를 시게 만들 지경이오. 걸을 때면 마
치 군사 장비처럼 움직이고, 땅은 그가 밟기도 전에
움츠리죠. 눈빛으로 갑옷을 뚫을 수 있고, 조종처럼
말하며, 흥 하는 소리는 포격이오. 그는 마치 알렉
산더를 본떠 만든 동상처럼 윗자리에 앉는다오. 그   20
가 시행을 명하는 일은 명령과 동시에 끝나오. 신으
로서 그에게 모자라는 건 불멸성과 하늘의 옥좌밖
엔 없소.

시키니우스   예, 자비도요, 당신이 그를 올바로 말한다면.

메네니우스   난 그를 있는 그대로 그리오. 그의 어머니가 그로부터   25
무슨 자비를 가져올지 주목해요. 그에겐 수컷 호랑이
에게 젖이 없는 만큼이나 자비가 없소. 그런 사실을 불
쌍한 우리 도시가 알게 될 텐데 — 이 모두가 당신들
때문이오.

시키니우스   신들은 저희에게 잘해 주시기를.   30

메네니우스   아뇨, 이런 경우에 신들은 우리에게 잘해 주시지 않을
거요. 그를 추방했을 때 우린 그들을 존중하지 않았고,
그가 우리 목을 치려고 돌아오는 지금 그들은 우릴 존
중하지 않아요.

사자 한 명 등장.

사자   (시키니우스에게)

　　　어르신, 목숨을 구하려면 집으로 도망쳐요,　　　　　　　　35

　　　평민들이 당신 동료 호민관을 붙잡아

　　　이리저리 끌고 다닙니다. 로마의 부인들이

　　　위안을 못 가져오면 그를 아주 조금씩

　　　죽이겠노라고 다들 맹세하면서요.

　　　　　　　　　사자 또 한 명 등장.

시키니우스　　　　　　　　　　　　소식은?

사자 2　　희소식, 희소식입니다. 부인들이 설득했고　　　　　　40

　　　볼스키인들은 이동했고, 마르티우스는 갔어요.

　　　로마에 더 유쾌한 날 온 적은 없었어요, 예,

　　　타르퀴니우스 축출 때도 안 그랬죠.

시키니우스　　　　　　　　　　　　　친구여,

　　　그게 사실인 것이 분명해? 최고로 분명해?

사자 2　　태양이 불이라는 걸 아는 만큼 분명해요.　　　　　　45

　　　어디 숨어 있었는데 이걸 의심하시죠?

　　　부풀은 조수가 아치를, 안도한 자들이 성문을

　　　지나간 것보다 더 급히 그런 적은 없었어요.

　　　　　　　　(나팔, 오보에, 북소리가 한꺼번에 울린다.)

　　　들어 봐요, 트럼펫, 트롬본, 현악기와 피리들,

　　　작은북, 심벌즈와 로마인의 외침으로　　　　　　　　　50

　　　해가 춤을 춥니다.　　　　　　　　(안에서 외침)

　　　　　　　　들어 봐요!

메네니우스　　　　　　　　　　희소식이야.

　　　난 가서 부인들을 봐야지. 이 볼룸니아는

집정관, 의원들, 귀인들, 꽉 찬 도시, 그리고
당신 같은 호민관들, 꽉 찬 바다, 땅만큼의
가치가 있어요. 당신은 기도 참 잘했소,   55
아침엔 당신들 모가지 만 개의 값으로
한 푼도 안 내려 했는데.   (여전히 외치는 소리)

헛, 정말 기뻐하는군!

시키니우스 (둘째 사자에게)
우선 이 기별로 신들의 축복을, 그다음엔
내 감사를 받게나.

사자 2   예, 다들 크게 감사할 큰 이유가 있답니다.   60

시키니우스 그들이 도시에 다가왔어?

사자 2   거의 문에 들 땝니다.

시키니우스 그들을 만나서 그 기쁨을 키웁시다.   (함께 퇴장)

5막 5장

두 원로원 의원이 볼룸니아, 비르길리아, 발레리아,

소년 마르티우스와 함께 등장하여 다른 귀족들과 함께

무대를 지나간다.

의원   우리의 보호자, 로마의 생명을 쳐다보라!
부족을 다 소집하여 신들을 찬양하고
개선의 불 피워라. 그들 앞에 꽃 뿌려라.
마르티우스를 추방했던 소음을 되삼키고
어머니를 환영하며 추방을 취소하라.   5

5막 5장 장소 로마.

"환영하오, 부인들!" 외쳐라.

모두   환영하오, 부인들!

                                    (북과 나팔의 팡파르. 함께 퇴장)

                              5막 6장
              툴루스 아우피디우스, 수행원들과 함께 등장.

아우피디우스   이 도시의 귀족들께 난 여기에 있다 하라.

                이 편지를 전달해. (편지를 준다.) 그것을 읽은 뒤에

                그들에게 광장으로 오라 하라, 거기에서

                난 그들과 평민들의 귀에 대고 그 편지의

                진실을 증언할 것이다. 내가 고발하는 그는   5

                지금쯤 도시의 관문에 들어섰고, 말로써

                자기 죄를 씻어 내길 바라면서 대중 앞에

                나타나려고 한다. 급히 가라.   (수행원들 퇴장)

                  아우피디우스 파의 공모자들 서너 명 등장.

                              참 잘 왔다!

공모자 1   장군님은 어떠세요?

아우피디우스   자선을 베풀다가

                무너져 버렸고, 자비를 보였다가   10

                살해당한 사람과 꼭 같네.

공모자 2   고귀한 장군님,

5막 6장 장소 로마.

저희가 한패이길 계속 바라신다면
저희는 당신을 이 커다란 위험에서
구해드릴 것입니다.

아우피디우스   이보게, 모르겠네.
우리는 민중을 확인하고 나아가야만 해.   15

공모자 3   민중은 당신 둘 사이에 의견 차가 있는 한
계속 주저할 테지만 한쪽이 쓰러지면
생존자가 다 물려받겠죠.

아우피디우스   알고 있다,
그래서 난 내 핑계를 유리하게 해석하여
그를 공격할 거야. 난 그를 키웠고 내 명예를   20
진실한 그에게 맡겼어. 그렇게 높아진 뒤 그는
새로운 자기 식물들에게 아첨 이슬 뿌리며
내 친구를 유혹했고, 그리할 목적으로
전에는 거칠고 요지부동, 거침없다고만
알려져 있었던 그 자신의 본성을 굽혔어.   25

공모자 3   장군님, 그는 아주 억세어서
집정관에 나왔을 때 자신을 못 낮춰
그것을 잃었는데 ─

아우피디우스   나도 그 말 하려 했어.
그 때문에 추방되어 그는 내 집에 왔고
내 칼에 목을 내놓았지. 난 그를 받아들여   30
나와 같은 공직자로 만들었고, 원하는 건
다 길을 터 줬고, 아, 자기 뜻을 이루도록

22행 새로운…식물   아우피디우스의 친구였으나 코리올라누스에게 포
섭된 볼스키인들.

내 부대 소속의 최고 신입 병사들을
뽑아 가게 해 줬으며, 그가 세운 계획을
내가 직접 보살폈고, 온갖 명성 마무리한   35
이번 걸 얻도록 도우면서 자신을 자해한 데
상당한 자부심을 느끼다가 마침내
난 그의 동료가 아니라 추종자처럼 됐고,
그는 내가 용병인 것처럼 자신의 낯빛으로
보수를 주었다대.

공모자 1   그랬지요, 장군님.   40
군대는 그 사실에 놀랐고, 드디어는 그가
로마를 빼앗은 뒤 우리가 영광만큼이나
약탈을 바랐을 때 ―

아우피디우스   그래 바로 그거야,
그걸 위해 내 힘을 그에 맞서 뻗을 거야.
거짓처럼 싸구려인 여자들의 분비물   45
몇 방울 때문에 그는 우리 위대한 전투의
핏물과 노고를 팔았어. 그러므로 그는 죽고
난 그의 추락에서 재생한다.

         (북과 나팔 소리, 민중의 커다란 함성과 함께 들린다.)
                              하지만 들어 봐.

공모자 1   당신은 태어난 고향에 전령처럼 들어왔고
아무런 환영도 못 받으셨지요. 근데 그는   50
대기 찢는 소음 속에 돌아와요.

공모자 2   게다가
저 느긋한 바보들은 자식들 죽인 그를
천한 목청 찢으며 빛내 줘요.

공모자 3   그러니 호기에,

그가 자길 밝히거나 하고 싶은 말로써
민중을 흔들기 이전에 그 칼맛을 보이세요,   55
저희가 지지할 테니까. 그가 뻗어 있을 때
당신의 방식으로 그의 이야기를 전달하면
그 자신의 해명은 몸과 함께 묻힙니다.

아우피디우스   됐어.
귀족들이 오고 있다.

도시의 귀족들 등장.

귀족 모두   참으로 잘 돌아오셨소.   60
아우피디우스 과분한 대접이오.
그런데 여러분, 제가 써 보낸 것을 유심히
읽어 봤습니까?

귀족 모두   그랬소.
귀족 1   그걸 듣고 슬펐소.
이 마지막 잘못 전에 그가 뭘 범했든
가벼운 처벌로 무마됐을 것이오. 근데 그가   65
시작하려 했던 데서 끝을 내고 우리들 징집의
이점을 포기하며 우리들 자신의 경비를
우리에게 넘기면서 적군의 항복을 앞두고
협정을 맺는 건 — 변명의 여지가 없소이다.

아우피디우스 그가 다가옵니다. 그의 말을 들으시죠.   70

코리올라누스, 고수 및 기수들과 행군하며 등장,
평민들이 그와 함께한다.

코리올라누스	귀족 만세! 난 내가 여기를 떠났을 때보다
	내 나라 사랑에 더 크게 물들지 않은 채
	여전히 당신들의 큰 명령 아래에 살면서
	당신들의 군인으로 돌아왔소. 알릴 것은
	당신들의 전쟁을 난 순조롭게 시도했고	75
	바로 로마 문턱까지 피비린 길을 열며
	이끌었단 사실이오. 우리가 가져온 전리품은
	이번 작전 경비의 3분의 1만큼을 완전히
	상쇄하고 남을 거요. 우리는 저 로마인들의
	수치만큼 큰 영예를 안티움에 부여하며	80
	평화를 이루었소. 그리고 우리는 여기에서
	호민관들, 그리고 귀인들이 서명하고
	그와 함께 원로원의 인장이 찍혀 있는
	우리의 합의를 전하오.　(귀족들에게 문서를 내놓는다.)

아우피디우스　　　　　　　　　여러분, 읽지 말고
　　　　　　　　이 역적이 당신들의 권한을 극단으로　　　　　　85
　　　　　　　　오용했다 말하시오.

코리올라누스　　　역적? 뭔 일이야?

아우피디우스　　　맞아, 역적, 마르티우스.

코리올라누스　　　마르티우스?

아우피디우스　　　암, 마르티우스, 카이우스 마르티우스. 넌 내가　　　90
　　　　　　　　그 강도 짓, 네가 훔친 코리올라누스란 이름을
　　　　　　　　이 코리올 안에서 빛내 줄 거라고 생각해?
　　　　　　　　이 나라의 귀족이며 수뇌부인 여러분,
　　　　　　　　여러분의 사업을 그는 불성실하게 배신했고
　　　　　　　　소금물 몇 방울에 여러분의 도시인 로마를 —　　　95
　　　　　　　　'여러분의 도시' 맞소 — 아내와 어미에게 넘겼소.

자신의 맹세와 결의를 썩은 비단 한 올처럼
내던져 버리며, 전략 회의 한 번도 않은 채.
근데 자기 유모의 눈물에는 칭얼댔고,
당신들의 승리를 버린다고 외쳐서 시동들도   100
그에게 얼굴을 붉혔으며, 용감한 이들은
놀라며 서로 쳐다봤어요.

코리올라누스	마르스여, 들려요?
아우피디우스	그 신 이름 부르지 마, 울보 애야.
코리올라누스	하?
아우피디우스	그만해.

코리올라누스 한없는 거짓말쟁이야, 너 때문에 내 가슴은
못 견디고 터진다. '애'라고? 오, 노예 놈! —   105
여러분, 용서하오. 내가 난생처음으로
꾸짖게 되었소. 근엄한 귀족들의 판정으로
이 개놈의 거짓이 입증되면 이놈도 이해하고 —
놈은 내 채찍 자국 지녔고, 무덤까지 내 매를
맞아야 하는데 — 그 거짓을 자신에게 처박는 데   110
합세할 겁니다.

귀족 1 둘 다 조용, 내 말을 들어요.

코리올라누스 볼스키 남자와 청년들은 나를 조각낸 다음
칼날을 다 물들이오. '애'라고, 이 가짜 사냥개가!
당신들이 연대기를 올바로 적는다면 내가
비둘기장 안의 독수리처럼 볼스키인들을   115
코리올 안에서 퍼덕이게 했다고 말할 거요.
혼자 한 일이오. '애'라고!

아우피디우스 아니, 귀족들은
이 불경한 떠버리가 당신들의 수치였던

	그의 눈먼 행운을 당신들의 눈코 앞에
	떠올리게 둘 겁니까?
공모자 모두	그러니까 죽게 하라! 120
시민 모두	갈가리 찢어라! 당장에! 그가 내 아들을 죽였다! 내 딸
	도! 그가 내 사촌 마르쿠스를 죽였다! 내 아버지를 죽
	였다!
귀족 2	조용히! 폭행 금지! 조용하라!
	이 사람은 고귀하며 그 명성은 이 지구를 125
	빙 둘러 감싸오. 우리에게 범했던 잘못엔
	적법한 심문이 있을 거요. 아우피디우스,
	멈추고 평화를 유지하오.
코리올라누스	오, 내가 그와
	여섯 아우피디우스를, 아니면 더 많은
	그 족속을 사로잡아 합법적인 내 칼을 130
	놈들에게 써 봤으면!
아우피디우스	이 건방진 악당이!
공모자 모두	죽여, 죽여, 죽여, 놈을 죽여!
	(공모자 둘이서 칼을 뽑아 마르티우스를 죽이고 그는 쓰러진다.
	아우피디우스가 그의 위에 올라선다.)
귀족들	멈춰, 멈춰, 멈춰라!
아우피디우스	고귀한 제 주인님들, 들으시오.
귀족 1	오, 툴루스!
귀족 2	그대는 용맹심도 눈물 흘릴 행위를 범했소. 135
귀족 3	그를 밟지 마시오. 여러분, 다들 조용하시오.
	칼을 집어넣으시오.
아우피디우스	여러분, 이 사람의 생명이 여러분께 가했던
	큰 위험을 아시게 됐을 때 — 그가 불러일으킨

이 광란 속에선 모르지만 — 그가 이리 잘린 걸   140
기뻐하실 것입니다. 황송하나 여러분이
원로원에 절 불러 주시면 이 몸은 당신들의
충직한 종임을 보이거나 최악의 견책을
견딜 것입니다.

귀족 1   시신을 여기서 내가고
그를 위해 슬퍼하오. 여태껏 전령이   145
유골을 뒤따른 가운데 그가 가장 고귀한
시신이 되게 하오.

귀족 2   그가 성급했기에
아우피디우스의 책임이 크게 줄어들었소.
그것을 최대한 활용하죠.

아우피디우스   제 격노는 사라졌고
슬픔에 압도됐소. 그를 들어 올려라.   150
날 포함해 최고 군인 세 명이 도우라.
너는 그 북을 쳐서 구슬픈 소리를 내게 하라.
쇠창을 땅 위로 끌고 가라. 그는 이 도시의
많은 이를 과부로 만들고 자식들을 죽여서
그들이 지금까지 그 상처를 비통해하지만   155
그럼에도 고귀하게 기억될 것이다.
거들도록 하라.

　　　　(마르티우스의 시신 들고 함께 퇴장. 장송곡이 울린다.)

페리클레스

Pericles

윌리엄 셰익스피어, 조지 윌킨스

역자 서문

    희극의 공식을 '고생 끝에 낙이 온다.'라고 한다면 로맨스극의 공식은 '파란곡절 끝에 기적이 일어난다.'라고 요약할 수 있을 것이다. 그리고 페리클레스는 이 로맨스극의 결말에서 그때까지 자신에게 일어났던 파란곡절을 그가 믿고 명을 따르는 디아나 여신에게 다음과 같이 진술한다.

> 디아나 만세!
> (······)
> 전 티레의 왕으로 공포 속에 나라 떠나
> 펜타폴리스에서 그 고운 타이자와 결혼했소.
> 바다에서 출산 중 그녀는 죽었지만
> 딸아이 마리나를 낳았는데, 오, 여신이여,
> 걔는 아직 그대의 은빛 제복 입었어요.
> 그녀는 타르수스에서 클레온의 양육 받고
> 열넷에 그자가 죽이려 했지만 운이 좋아
> 미틸레네에 왔고, 제가 그 해안에 머물 때
> 운명에 의하여 우리 배에 올랐는데

거기서 대단히 또렷한 기억으로 자신이

제 딸임을 알려 줬답니다. (5.3.1~13)

즉 그가 어떻게 아내 타이자를 얻었다가 잃었으며, 어떻게 딸 마리나를 얻었다가 잃었다가 다시 처녀 상태로(디아나의 은빛 제복 입은) 기적처럼 되찾게 되었는지 말한다. 여기에서 분명히 알 수 있는 것은 페리클레스의 일생에서 일어난 모든 의미 있는 사건은 다 아내와, 특히 딸을 중심으로 벌어지며 그 둘의 운명이 바로 그의 운명과 직결되어 있다는 사실이다. 그리고 이제 그의 운명은 바야흐로 아내 타이자를 다시 찾는 데서 완결되려 하고 있다.

그런데 여기에서 페리클레스가 간접적으로만 언급하고 빠뜨린 — 왜냐하면 디아나 여신과 직접적인 관련이 없기 때문에 — 사건이 하나 있다. 그가 "공포 속에 나라 떠나"라고 간접적으로만 언급한 이 사건은 바로 이 극의 시작 부분에서 그에게 엄청난 도덕적 충격을 주면서 그의 뇌리에서는 잊혔을지 모르나 그의 무의식적인 행동에는 커다란 영향을 두고두고 미치는 안티오쿠스의 근친상간이다. 그런데 이 사건 또한 페리클레스의 경우처럼 아버지이자 왕인 안티오쿠스와 그의 딸 사이에 벌어지는 일이다. 따라서 우리가 여기에 타이자의 아버지 시모니데스왕을 더하면 이 극은 결국 세 아버지와 그들의 딸 사이에, 처음엔 비극적으로 그다음엔 희극적으로, 그리고 마지막엔 로맨스극적으로 마무리되는 이야기라고 할 수 있다.

그러면 이제부터 페리클레스에 앞선 두 아버지와 그들의 딸 얘기가 페리클레스와 그의 딸에게 어떤 영향을 미치는지 좀 더 상세히 알아보기로 하자. 티레의 군주 페리클레스는 "찬란한 미녀를 구입하여 그녀의 몸에서/ 군주들에게는 힘이 되고 백성들에게는/ 기쁨을 줄 수 있는 자식을 보려"(1.2.70~72) 안티오크로 갔다. 그리고 거기에서 그는 목숨 걸고 결혼에 도전할 만한 가치가 있다고 여겨지는 미녀를 만났다. 하지만 그녀의 진짜 모습은, 그녀는 부인하지만, 치명적 쾌락의 독을 품은 독사였다.

"난 독사는 아니지만
나를 낳은 어머니의 살을 먹고
남편을 구하려는 노력을 하던 중
그 애정을 아버지에게서 찾았어요.
그는 아비, 사위와 온화한 남편이고,
나는 어미, 아내지만 자식이죠.
어떻게 그럴 수 있는지, 그래도 둘인지
살기를 원할 테니 당신이 풀어 봐요." (1.1.65~72)

페리클레스는 안티오쿠스가 내민 이 수수께끼의 의미가 근친상간이라는 사실을 알아채고 경악한 채 지금까지 그 비밀을 지키면서 딸을 내주지 않으려고 수많은 구혼자를 죽인(그들의 매달린 목이 무대 한쪽에 걸려 있다.) 그의 보복이 두려워 곧장 안티오크를 탈출하여 티레로 돌아온다. 귀국 후에도 계속 그 자신의 생명과 자기 나라에 대한 안티오쿠스의 보복 전쟁의 위협으로 불안을 느낀 나머지 아끼고 신뢰하는 신하 헬리카누스에게 자초지종을 설명했고, 그는 즉각적인 국외 피신을 권고한다. 그에 따라 그는 "공포 속에 나라 떠나" 처음에는 타르수스에 도착하여 그 나라의 기근과 아사를 밀을 주어 해결한 뒤 계속되는 암살 위협 때문에 다시 거기를 떠나 펜타폴리스에 도착하였으며, 거기에서 시모니데스의 딸 타이자를 만나 결혼하게 된다.

　그런데 여기에서 우리가 주목해야 할 점은 안티오쿠스의 근친상간과 그것이 페리클레스 개인과 그의 국가에 가하는 위협, 그리고 그로 인한 그의 도피 행위뿐 아니라 그것이 앞으로 그의 행적에 미칠 영향이다. 어쩌면 후자가 이 로맨스극의 향방과 그 결말에 전자보다 더 큰 영향을 줄 수 있기 때문에. 그러기 위해 우리는 이 극에서 안티오쿠스의 극악한 행위가 소개되는 형식, 그것이 벌어지는 가정 상황, 그리고 그것이 페리클레스의 의식과 무의식에 영향을 미치는 방식을 살펴볼 필요가 있다. 우선 이 극에서 안티오쿠스 얘기는 해설자 가워가 옛적에 불렀던 노래를 다시 부르는 형식으로 소개된다. 왜냐하면 아버지와 딸 사이의 근친상간은 오이디푸스의 경우와 마찬가지로 인간이 범해서는 절대 안 될 터부 중의 하나로서 너무나 끔찍하고 흉악하여 그게 마치 지금 벌어지는, 또는 벌어질 수 있는 사건처럼 직접 서술되어서는 안 되고, 먼 옛날 먼 곳에서 남들이 벌인 일로서만 언급될 수 있기 때문이다.

　그리고 안티오쿠스조차도 그런 끔찍한 패륜을 자기 딸과 곧바로 저지르지는 않았다. 가워가 읽은 작가의 말에 의하면 시리아의 가장 멋진 도시 안티오크를 건설한 안티오쿠스왕은

> (……) 반려를 맞았고, 그녀가
> 죽고 남긴 여자아이 계승자는
> 하늘 은총 다 받은 듯 너무나
> 활기차고 쾌활하고 예뻤는데
> 아버지가 그 아이를 좋아해서
> 근친상간 쪽으로 선동했답니다. (1.0.21~26)

즉 이 부녀 사이의 금단의 악행은 아버지의 악한 본성에 아내가 죽고 없는 외로운 상황과 매력적인 딸아이라는 외적 요인이 더해져 오랜 세월에 걸쳐 습관처럼 시작되어 관행처럼 굳어진 일이었다고 한다. 물론 이런 사정을 감안한다 하더라도 안티오쿠스의 죗값이 줄어들지는 전혀 않을 테지만 — 그는 딸과 함께 하늘이 내린 불꽃에 타 악취를 풍기면서 죽는다. — 여기에서 우리의 시선을 끄는 점은 안티오쿠스와 그의 딸 사이의 근친상간 관계는 페리클레스가 만나는 그 사람 다음 아버지 시모니데스와 그의 딸 타이자의 관계와 극적으로 대비된다는 사실이다.

페리클레스가 펜타폴리스에서 만난 두 번째 아버지 시모니데스왕에게는 무슨 일이 있었는지 모르지만, 처음부터 아내는 보이지 않은 채 딸과 둘이서만 사는 것으로 소개된다. 그리고 그는 아내가 없음에도 타이자의 결혼과 관련하여 딸을 독점하려던 안티오쿠스와는 정반대의 행동을 한다. 그는 혼인 적령기에 접어든 딸을 그녀의 생일을 기념하는 마상 창 시합에서 우승한 페리클레스에게 기꺼이 내준다, 가끔씩 둘 사이를 갈라놓을 것처럼 장난까지 치면서. 시모니데스의 이런 결정은 물론 페리클레스를 첫눈에 좋아하게 된, 그리고 그 사실을 떳떳이 밝히는 타이자의 의향을 전적으로 존중한 결과다. 이런 두 아버지, 극단적인 패륜아와 지극히 정상적인 아버지의 선례는 자기 딸 마리나와 관련한 아버지 페리클레스의 처신에 알게 또 모르게 커다란 영향을 미친다.

그런데 그 영향은 자기 딸 마리나를 클레온과 디오니자 부부에게 맡기면서 공주다운 교육을 부탁한 지 정확히 십사 년 만에 드러난다. 그렇다면 왜 하필이면 십사 년 뒤인가? 가장 커다란 이유는 마리나가 드디어 혼인 적령기가 되었다는 사실이다. 그래서 페리클레스는 장인 시모니데스가 자기 딸 타이자를 그에게 흔쾌히 넘겨준 전례에 따라 딸 마리나의 배필을 찾아 그녀를 짝지어 줄 생각으로 십사 년 동안 못 본 딸을 처음으로 만나려고 타르수스로 향한다. 하지만 마리나의 결혼은 어쩌면 표면적인 이유이고 그 이면에는 보이지 않는, 페리클레스의 의식에는 없지만 무의식에는 숨어 있는 무슨 이유가 있는 것처럼 보인다. 그것은 그가 그동안 마리나를 만나기를, 그래서 그녀와 함께 살기를 두려워했을지도 모른다는 추측이다. 이는 몇 가지 사실을 따져 봤을 때 상당한 설득력을 얻는다. 우선 페리클레스가 딸을 갓난아이일 때 클레온 부부에게 맡긴 것은 타당하다. ─ 귀국하던 배에서, 아내가 태풍 속에 출산 후 죽은 배에서 가장 가까운 장소가 타르수스였고, 유모가 시급하였으며, 게다가 이들 부부는 그의 은혜를 입은 인연이 있었으니까.

하지만 그 이후에는 그녀를 언제든지 자기 곁으로 데려올 수 있는데도, 아주 쉽게 그렇게 할 수 있는데도, 그래서 최상의 교육을 받게 할 수 있는데도 그러지 않은 것은 두려움 말고 다른 어떤 이유로도 설명되지 않는다. 그리고 그 두려움의 정체는 바로 그에게 깊이 생생하게 각인된 안티오쿠스의 근친상간 기억이다. 만약 아내 없이 딸과 함께 지내게 된다면 그가 (죽은 아내 타이자를 너무나 빼닮은!) 그녀에게 어떤 욕망을 느낄지 누가 알겠는가? 그가 안티오쿠스의 수수께끼를 풀었다는 말은 여러 가지 뜻이 있지만 그 가운데는 그 자신도 안티오쿠스와 같은 남자이면서 절대 권력자이기 때문에 만약 양심이 육욕에 눈멀게 된다면 누구의 제재도 받지 않은 상태에서 그와 같은 괴물이 되지 말라는 법이 없다는 사실을 인지했다는 뜻도 포함된다. 그래서 한편으로는 딸을 결혼시킬 희망에 부풀어, 다른 한편으로는 지금까지 느끼던 자신의 공포를 단 한 번의 만남으로 결혼을 통해 확실히 잠재우려는 복안을 품은 채 그는 타르수스로 향한다.

그리고 타르수스에서 그가 들은 것은 마리나의 죽음 소식이다. 그런데 좀 이상한 일은 페리클레스가 클레온 부부의 위선에 속아 그들의 거짓 슬픔을 쉽게 받아들인 다음 딸의 죽음의 경위를 자세히 캐묻거나 진상을 규명하여 책임자를 벌할 생각은 하지 않고

> (……) 커다란 비통에 휩싸여
> 연거푸 한숨 쉬고 눈물 홍수 쏟아 내며
> 타르수스 버리고 다시 배에 올랐지요.
> 세수나 이발은 절대 않겠노라고 맹세하고
> 상복을 걸친 다음 자기 몸 찢어 놓을
> 태풍 하나 품고서 바다로 나갔지만
> 그것을 견뎌 냈죠. (……) (4.4.25~31)

왜 그랬을까? 딸의 죽음에 한숨 쉬고 눈물을 쏟아 내는 행동은 이해할 수 있다 해도 상복을 걸치고 세수와 이발을 하지 않은 채 석 달을 지내는 것은(나중에 밝혀지지만 그는 지난 십사 년 동안 수염을 한 번도 자르지 않았다.) 아버지로서 좀 과하지 않을까? 그 해답은 그의 내면에 자리 잡고 그의 몸을 찢어 놓는, 하지만 그가 견뎌 내는 이 "태풍"에 있다. 왜냐하면 그것은 그가 그녀를 좀 더 일찍 티레로 데려왔더라면 죽지 않았을 것이라는 자책감과 잠재적인 근친상간의 공포 때문에 그렇게 하지 않았던 자신의 무기력함이 빚어내는 갈등으로 초래되었기 때문이다. 그래서 그는 자신이 마리나를 죽게 만들었다고 자책하면서 상복까지 입고 자기 몸을 돌보지 않는 애도를 표한다.

그리고 실제로 마리나는 페리클레스가 그녀의 죽음을 애도하는 석 달 동안 클레온의 아내 디오니자의 계략에 의해 그녀의 하수인 레오니네에게 거의 살해당할 뻔했고, 해적에 납치당해 죽음의 위기를 넘긴 다음에는 미틸레네의 사창가에 팔려 가 아버지의 잠재적인 욕망의 대상이 되는 대신 뭇 남자의 욕망의 대상이 되는 치욕적인 생활을 하게 된다. 그리고 마리나의 바로 이런 희생, 아버지의 욕망이 가진 잠재적인 죄를 대신 짊어지고 그것을 본인의 순수성과 재주로 이겨 내는 대속 행위로 말미암아 그녀는 죽은 어머니를 되살릴 계기를 마련하고 아버지를 순수한 인간으로 재탄생시킨다. 이 어찌 기적이 아니겠는가!

끝으로 이번 번역은 수잰 고싯 편집의 아든 3판 『페리클레스』를 기본으로 하고, 블레이크모어 에번스 편집의 리버사이드 셰익스피어판과, 조너선 베이트와 에릭 라스무센 편집의 로열 셰익스피어 컴퍼니판을 참조하였다. 본문의 주에 나타나는 '아든', '리버사이드', 'RSC'는 이들 판본을 가리킨다. 그리고 편리함을 목적으로 한글 『페리클레스』의 대사를 5행 단위로 표기하였으며, 이는 원문의 행수와 정확히 일치하지 않음을 밝힌다.

등장인물

가워	해설자
페리클레스	티레의 군주
디아나	여신
마리나	페리클레스와 타이자의 딸, 클레온과 디오니자의 입양아

안티오크에서

안티오쿠스	안티오크의 왕
안티오쿠스의 딸	
탈리아드	안티오쿠스의 측근
사자	

티레에서

헬리카누스	진중한 귀족 고문
에스카네스	나이 든 고문
세 귀족	
신사들	

타르수스에서

클레온	타르수스의 총독
디오니자	클레온의 아내
레오니네	디오니자의 하인
귀족	
타르수스인들	
세 해적	

펜타폴리스에서

시모니데스	타폴리스의 왕
타이자	시모니데스의 딸
사열관	
세 어부	
기사 1	스파르타인
기사 2	마케도니아인
기사 3	안티오크인
기사 4	
기사 5	
세 귀족	
리코리다	유모
선장	
선원	

에페수스에서

케리몬 귀인	
두 신사	
필레몬	케리몬의 하인
하인 방문객	
가난한 남자	
하인들	케리몬의 종들
처녀 사제들	

미틸레네에서

리시마쿠스 　미틸레네의 총독

포주

뚜쟁이 　　포주의 아내

볼트 　　　포주와 뚜쟁이의 하인

두 신사

귀족들

티레의 선원

미틸레네의 선원

마리나의 동무

시종, 귀부인, 사자, 종

1막 0장

해설자 가워 등장.

가워   옛적에 불렀던 노래를 부르려고,
연약한 인간의 모습으로
여러분의 이목을 즐겁게 하려고
노령의 가워가 부활했답니다.
이 노래는 축제와 사계 재일,   5
성스러운 휴일에도 불렀고,
귀족들과 부인들은 생전에
회복제로 그것을 읽었지요.
그 소득은 영광을 좇게 하는 것이고,
좋은 건 오래되면 더 좋은 법이죠.   10
지능이 더 발달한 요즈음 태어난
여러분이 내 시를 받아 주고
노인의 노래를 듣는 것이
여러분이 바라는 기쁨을 준다면
난 삶을 원하고, 그것을 양초처럼   15
여러분을 위하여 태우고 싶습니다.
그럼 안티오크로. (몸짓한다.)
                안티오쿠스 대왕이
시리아에서도 가장 멋진 이 도시를 —
자신의 도읍지로 지었지요.
작가들이 하는 말을 전할게요.   20

1막 0장 장소 극장 무대.
4행 가워 고대 영국의 유명한 시인(1327~1408)으로 「페리클레스」가
공연되기 거의 정확히 200년 전의 인물이다. (아든)

이 왕은 반려를 맞았고, 그녀가
죽고 남긴 여자아이 계승자는
하늘 은총 다 받은 듯 너무나
활기차고 쾌활하고 예뻤는데
아버지가 그 아이를 좋아해서   25
근친상간 쪽으로 선동했답니다.
나쁜 아이, 더 나쁜 아버지,
금단의 악 쪽으로 자식을 꾀다니.
습관으로 시작했던 그 일은
관행처럼 죄로 취급 안 받았죠.   30
죄 많은 이 여인의 미모 땜에
수많은 군주가 거기로 향했고
그녀를 잠동무, 부부의 쾌락에서
놀이 동무 삼으려 했답니다.
그는 그걸 막으려고 법을 정해   35
그녀는 안 주고 사람들을 겁줬죠.
즉 그녀를 아내 삼고 싶은 자가
수수께끼를 못 풀면 끝이라고.
그래서 저 험한 모습이 증언하듯
많은 이가 그녀 땜에 죽었네요.   40

        (위쪽에 전시된 여러 목을 가리킨다.)

그 뒷일은 내 사건을 가장 잘 변호해 줄
여러분의 시각적 판단에 맡기겠습니다.   (퇴장)

1막 1장

안티오쿠스, 페리클레스 군주와 종자들,

안티오쿠스   티레의 젊은 군주, 당신은 당신이 뛰어든
　　　　　　그 과제의 위험성을 상세하게 들었소.

페리클레스   그랬지요, 안티오쿠스, 그리고 그녀를
　　　　　　찬양하는 영광에 용기백배하여 이 일에서
　　　　　　죽음을 위험이라 생각하지 않습니다.　　　　　5

안티오쿠스   음악!　　　　　　　　　　　(음악이 연주된다.)
　　　　　　조브 그 자신도 포옹할 신부처럼
　　　　　　멋지게 차려입은 짐의 딸을 데려오라.
　　　　　　그녀가 임신되어 루키나가 보살필 때까지
　　　　　　자연은 그녀의 존재가 기쁨이 되도록　　　　　10
　　　　　　행성들을 합석시켜 완벽한 천품들을
　　　　　　그녀 안에 지참금 삼아서 짜맞춰 주었소.

페리클레스   저기 봐, 봄처럼 단장한 그녀가 나왔다.
　　　　　　미의 세 여신은 그녀의 종, 그녀의 생각은
　　　　　　인간에게 명성 주는 온 미덕의 왕이고　　　　　15
　　　　　　얼굴은 찬사의 책인데, 거기에서
　　　　　　슬픔은 늘 지워지고 성마른 분노는

1막 1장 장소   안티오쿠스.
7행 조브
로마 신화 최고의 신, 유피테르. 그리스
신화의 제우스에 해당한다.

9행 루키나
로마 신화에서 출산의 여신으로 디아나
의 한 가지 모습이었다. (아든)
10행 자연   자연의 여신.

그녀의 순한 짝이 절대 될 수 없다는 듯
오로지 절묘한 쾌락만 읽힌다.
나를 남자 만들어 사랑에 흔들리게 하였고,   20
가슴속에 욕망의 불을 지펴 저기 저
하늘 나무 과일을 맛보든지 모험하다
죽든지 하게 만든 신들이여, 도우소서,
난 당신들 의지의 아들이며 하인으로서
저토록 끝없는 행복을 획득하려 하니까.   25

안티오쿠스   페리클레스 군주여 —

페리클레스   안티오쿠스 대왕의 사위라면 좋겠는데 —

안티오쿠스   자네 앞엔 이 고운 헤스페리데스와
황금의 열매가 있지만 만지면 위험하네,
치명적인 용들이 자네를 막 겁주니까.   30

                              (머리들을 향하여 몸짓하며)

그녀 얼굴, 하늘처럼 자넬 꾀어 그녀의 뭇 영광을
보게 해 주지만 그 취득엔 자격이 필수인데
자네 눈이 자격 없이 감히 거길 가려 하니
그 생명 덩어리 전체가 죽어야 해.
저 건너 한때는 자네처럼 (머리들을 가리키며)

                    명성에 이끌려   35

욕망의 모험에 뛰어든 유명한 군주들이
굳은 혀와 창백한 몰골로 말하기를
그들은 큐피드의 전쟁에서 살해된 순교자로

28행 헤스페리데스
그리스 신화에서 황금 사과가 열린 정원
을 가진 헤스페루스의 딸. 헤르쿨레스
의 난제 가운데 하나는 그것을 지키는 용
을 지나 그 열매를 따오는 것이었다. 셰
익스피어는 헤스페리데스를 그 정원의
이름이라 생각했다. (아든)

오로지 저 별들을 덮개 삼아 여기 서서
다 죽은 뺨으로 자네에게 누구도 저항 못 할   40
죽음의 그물 위로 가지 마라 충고하네.

페리클레스   안티오쿠스여, 연약한 저에게 자신을 알도록,
그리고 저 무서운 형체들을 예로 들며
이 몸도 저들처럼 반드시 닥칠 것에
대비하라 가르쳐 준 당신께 감사하오,   45
죽음을 거울처럼 떠올려 생명은 숨일 뿐
오류로 믿어야 한다고 얘기해 주시니까.
그럼 전 유언을 말한 다음 임종의 병자들이
이 세상을 알면서 하늘을 보지만 예전처럼
지상의 기쁨을 비통하게 붙잡지는 않듯이   50
행복한 평화를 당신과 모든 착한 이에게
군주들이 다 그래야 하듯이 물려주고
제 재산은 그 출처인 땅으로 돌려줄 겁니다.

(딸에게)

하지만 오점 없는 내 사랑의 불길은 당신께.

(안티오쿠스에게)

전 이렇게 삶 또는 죽음의 길을 갈 준비 하고   55
가장 쓰린 일격을 기다리오, 안티오쿠스.

안티오쿠스   충고를 경멸하니 그 결과를 읽으시게.

(그에게 수수께끼를 준다.)

그걸 읽고 못 풀면 앞서간 이들처럼
자네 또한 피 흘리는 포고령이 내려졌네.

딸   여태껏 시도한 모두 중 그대는 성공하고,   60
여태껏 시도한 모두 중 그대는 운 좋기를.

페리클레스   난 용감한 투사처럼 격전장에 들어가

참사랑과 용기 외엔 다른 어떤 충고도
받지 않을 생각이오.

(수수께끼를 열어서 읽는다.)

"난 독사는 아니지만   65
나를 낳은 어머니의 살을 먹고
남편을 구하려는 노력을 하던 중
그 애정을 아버지에게서 찾았어요.
그는 아비, 사위와 온화한 남편이고,
나는 어미, 아내지만 자식이죠.   70
어떻게 그럴 수 있는지, 그래도 둘인지
살기를 원할 테니 당신이 풀어 봐요."

(방백)

쓴 약은 끝 행에 있구나. 근데, 오, 하늘에게
인간 행위 살펴볼 무수한 눈을 주는 신들께선
제가 읽고 창백해진 이것이 사실이면   75
그것들의 시야를 왜 영원히 가리지 않는지요?

(딸에게)

고운 등불, 당신을 사랑했고 눈부신 이 등 안에
악이 차지 않았다면 계속 그럴 수도 있소.
근데 이젠 역겹게 여긴다고 말해야겠네요.
안의 죄를 알면서 그 문을 만지려 하는 자는   80
빼어난 성품을 소유한 인간이 아니니까.
당신은 감각적인 현을 갖춘 어여쁜 비올로서
남자가 합법적인 음악을 얻으려 손을 대면
하늘을 끌어내려 신들이 경청하게 만들지만,

74행 무수한 눈 하늘의 별들.

	때가 되지 않았는데 누군가가 건드리면	85
	그런 거친 선율에는 지옥만이 춤출 거요.	
	난 정말 당신에게 관심 없소. (자기 손을 젓는다.)	
안티오쿠스	페리클레스 군주, 목숨 걸고 만지지 마시게.	
	그 물건엔 짐의 법이 미치고 나머지들처럼	
	위험한 것이니까. 시간이 만료됐소.	90
	지금 풀이하든지 아니면 판결을 받으시오.	
페리클레스	대왕이여,	
	누구도 짓고 싶은 죄 얘긴 듣고 싶지 않아요.	
	답하는 건 책망과 거의 다름없을 겁니다.	
	군주들의 행위를 다 적은 책 가진 자는	95
	그걸 열기보다는 닫는 게 더 안전하죠,	
	왜냐하면 악덕을 되뇌면 떠도는 바람처럼	
	타인 눈에 먼지를 불어 넣으면서 퍼지니까.	
	그럼에도 결국엔 이 값비싼 교훈을 얻지요,	
	소문은 사라지고 쓰린 눈은 깨끗해지니까.	100
	입막음은 그들의 자해겠죠. 눈먼 두더지는	
	이 땅이 인간의 억압으로 꽉 찼다 말하려고	
	하늘로 솟은 집 지었다가 불쌍하게 죽지요.	
	왕들은 지상의 신, 악덕에선 그들 뜻이 법인데	
	조브가 빗나가면 조브 잘못, 누가 감히 말하죠?	105
	당신이 아는 걸로 충분하고, 더 알려질수록	
	더 나빠지는 건 덮는 게 적절하답니다.	
	다들 처음 잉태됐던 그 자궁을 사랑하니	
	저도 제 머리를 사랑한다 말하게 해 주시오.	
안티오쿠스	(방백)	
	원 참, 네 머릴 잘랐으면! 그 뜻을 알아냈다,	110

하지만 난 둘러대야지. — 티레의 젊은 군주,
짐의 그 엄격한 포고령의 취지에 따라서
당신의 해명은 그 해석이 틀렸기 때문에
짐은 당신의 여생을 말소할 수 있지만
그 고운 당신처럼 고운 나무 이어받을   115
후손을 보아서 짐은 달리 조율할 것이오.
당신에게 사십 일을 더 유예할 텐데,
만약 그 시간 안에 짐의 그 비밀이 풀리면
이 자비는 짐이 그런 사위를 기뻐한단 뜻이오.
그리고 그때까진 짐 자신의 명예와   120
당신의 가치에 걸맞은 환대를 받을 거요.

                    (페리클레스만 남고 다 함께 퇴장)

페리클레스   겉모습 말고는 좋을 것 하나 없는
            위선자와 같은 짓을 누군가가 했을 때
            죄악은 예절로 정말 잘 덮이는 것 같구나.
            만약에 내 해석이 틀린 게 사실이면   125
            당신은 더러운 상간으로 당신의 영혼을
            학대할 만큼은 나쁘지 않은 게 분명하오.
            반면에 당신은 자식과의 때 이른 포옹으로
            아버지와 그의 사위 둘 다 됐고, 그 쾌락은
            남편의 것이지 아버지 차지는 아니오.   130
            그리고 그녀는 부모의 침대를 더럽혀서
            제 어미의 살을 먹는 사람이 되었고,
            또한 둘은 최고로 달콤한 꽃들을 먹지만
            독액을 만드는 독사들과 꼭 같다.
            안티오크여, 잘 있어라! 지혜로운 사람은,   135
            밤보다 더 검은 짓 뻔뻔하게 하는 자는

발각을 막을 길은 다 찾을 것임을 아니까.
죄는 죄를 불러일으킨다고 알고 있고
불꽃과 연기처럼 살인은 욕정과 가깝다.
독약과 반역은 죄의 두 손이고, 그렇지,   140
치욕을 막아 주는 방패다. 그렇다면
당신의 결백 위해 내 목숨 안 잘리게
난 두려운 이 위험을 도망쳐서 피할 거다.   (퇴장)

안티오쿠스 등장.

안티오쿠스   그가 뜻을 알아냈기 때문에 짐은 그 머리를
손에 넣을 작정이다.   145
그가 살아 내 추행을 떠들어도 안 되고,
안티오쿠스가 그토록 역겨운 죄 짓는 걸
이 세상에 알려서도 안 된다.
그러므로 이 군주는 곧바로 죽어야 해,
쓰러져서 내 명예의 높이를 지켜야 하니까.   150
거기 누구 없느냐?

탈리아드 등장.

탈리아드   부르셨습니까, 전하?
안티오쿠스   탈리아드, 넌 짐의 측근이니, 탈리아드,
짐의 심적 동향을 네 비밀에 맡긴 뒤에
충성의 대가로 널 승진시킬 것이다.
탈리아드, 보아라, 여기 독과 금이 있다.   155
티레의 군주가 난 밉고, 넌 그를 죽여야 해.

그 이유를 묻는 건 너에게 맞지 않아,
짐이 그걸 명하니까.
말하라, 할 거냐?

탈리아드   전하, 할 겁니다.
안티오쿠스   됐다.

사자 등장.

숨을 좀 식히고 서두른 까닭을 말해라.   160
사자   전하, 페리클레스 군주가 도망쳤습니다.   (퇴장)
안티오쿠스   넌 살기를 원할 테니 경험 많은 궁수가
거냥하던 표적을 향하여 쏜 화살처럼
그의 뒤를 쫓아간 다음에
"페리클레스 군주는 죽었어요." 할 때까지   165
절대 돌아오지 마라.
탈리아드   전하, 제가 그를 제 권총의 사정거리 안에 넣을 수만
있다면 확실히 잡을 것입니다. 그럼 전하께 작별을 고
하겠습니다.
안티오쿠스   잘 가라, 탈리아드.   (탈리아드 퇴장)
페리클레스가 죽기까지   170
내 심장은 머리에게 아무런 구원도 못 해 준다.

1막 2장
페리클레스. 귀족들과 함께 등장.

1막 2장 장소   티레, 궁전.

페리클레스 　아무도 방해 마라. 　　　　　(귀족들, 함께 퇴장)
　　　　　　　　　왜 이런 생각의 변화와
　　　슬픈 친구, 흐린 눈의 우울증이 나에게
　　　뻔질나게 찾아와 빛나는 낮의 여정에서나
　　　비탄이 잠자야 할 무덤인 평화로운 밤에도
　　　나는 한 시간도 편안할 수 없을까? 　　　　　5
　　　이곳의 쾌락은 내 눈을 끄는데 난 그걸 피하며,
　　　안티오크에는 겁을 냈던 위험이 있지만
　　　그 팔은 여기 나를 치기엔 너무 짧은 것 같다.
　　　하지만 쾌락의 기술에도 기분은 좋지 않고
　　　위험이 멀다 해서 위안이 되지도 않는다. 　　　10
　　　그렇다면 상황은 이렇다. 우리의 격정은
　　　돌연한 불안감 때문에 처음 일어난 다음
　　　근심에서 그 후의 자양분과 활력 얻고,
　　　처음엔 생길까 봐 두려워했을 뿐인 일이
　　　이제는 생겨나서 커지지 않도록 신경 쓴다. 　　15
　　　나도 마찬가지다. 안티오쿠스 대왕은
　　　그와 맞서 싸우기엔 내가 너무 작은데
　　　뜻대로 행동할 수 있을 만큼 크니까
　　　난 침묵을 맹세해도 말한다고 여길 거다.
　　　또 내가 그를 모욕할 수 있다고 의심하면 　　20
　　　내가 그를 존경한다 말해도 소용없다.
　　　그리고 알려져서 그가 얼굴 붉힐 일은
　　　그것이 알려질 수 있는 길을 막을 거다.
　　　그는 이 나라를 적군으로 뒤덮을 것이고,
　　　전쟁의 위용을 과시하면 너무나 커 보여서 　　25
　　　이 나라의 용기는 놀라움에 꺾일 테고

병사들은 저항도 못 하고 굴복할 것이며,
죄는 꿈도 못 꾸던 백성들은 벌 받을 것이다.
날 위한 동정이 아니라 그들 위한 걱정으로,
나무들을 자라게 해 주는 뿌리들을   30
방어해서 보호하는 윗부분일 뿐인 나는
그 몸은 여위고 정신은 시들어 가면서
그가 벌을 주기 전에 나 자신을 벌준다.

헬리카누스와 모든 귀족, 페리클레스에게 등장.

귀족 1   신성한 그 가슴에 기쁨과 모든 위안 있기를.
귀족 2   그래서 평화롭고 편안한 맘 가지시길.   35
헬리카누스   조용! 조용, 경험으로 말하게 해 주시오.
            국왕께 아첨하면 그를 정말 속입니다,
            아첨은 죄악을 부풀리는 풀무니까.
            아첨을 받은 것은 뜨거운 바람으로
            더 강하게 타오르는 불꽃일 뿐이지만   40
            온순하고 타당한 질책은 왕들도 인간이고
            실수할 수 있으므로 그들에게 적절하오.
            달콤한 말로써 '평화'를 선포하는 사람은
            아첨으로 당신의 생명과 전쟁을 벌입니다.
            군주여, 용서를 빕니다. 때리셔도 좋은데   45
            저는 제 무릎보다 낮아질 순 없답니다.

                                                        (무릎을 꿇는다.)

페리클레스   그 밖의 사람은 다 물러나서 짐의 저 항구에
            어떤 배와 화물이 와 있는지 잘 살펴본 다음
            짐에게 돌아오오.   (귀족들 퇴장)

	헬리카누스, 넌 짐을
	자극했다. 짐의 이 모습에서 뭘 보느냐? 50
헬리카누스	분노한 표정이요, 경외하는 전하.
페리클레스	군주의 찌푸림에 큰 화살이 숨었다면
	어찌 감히 네 혀로 이 얼굴에 분노를 일으켰나?
헬리카누스	식물이 어찌 감히 양분을 내려받는 하늘을
	쳐다보겠습니까?
페리클레스	네 목숨 앗을 힘이 55
	나에게 있음을 넌 안다.
헬리카누스	도끼는 갈아 놨으니까
	치기만 하십시오.
페리클레스	일어나게, 제발, 어서.
	(그를 일으킨다.)
	자, 앉게. 자네는 아첨꾼이 아니야.
	그래서 고맙고, 왕들이 자기네 잘못을
	감춰 주는 말 듣는 건 하늘이 금하소서. 60
	군주에게 알맞은 조언자에 하인이며,
	그 지혜로 군주를 하인으로 삼는 자넨
	내가 어찌하기를 바라느냐?
헬리카누스	침착하게
	당신 속에 쌓고 있는 비탄을 견디시죠.
페리클레스	자네는 만약에 자신이 받는다면 65
	벌벌 떨 약물을 나에게 처방하는
	의사인 것처럼 말하네, 헬리카누스.
	그럼 경청해 보게. 난 안티오크로 갔었고,
	거기에서 알다시피 죽음을 무릅쓰고
	찬란한 미녀를 구입하여 그녀의 몸에서 70

군주들에게는 힘이 되고 백성들에게는
기쁨을 줄 수 있는 자식을 보려 했네.
내 눈에 그녀의 얼굴은 경탄을 다 넘어섰지만
그 나머진 — 잘 듣게. — 근친상간처럼 검었어.
내가 그걸 알아내자 죄 많은 그 아버진   75
칼 아닌 혀를 쓰는 듯했지. 하지만 알다시피
폭군들이 키스하는 척하면 겁낼 때야.
그 공포가 너무 크게 자라나 난 여기로
훌륭한 보호자로 보였던 밤 외피를 두른 채
도망쳐 나왔고, 여기 와선 지난 일과   80
앞으로 다가올 일 생각해 보았네.
난 그가 포악함을 알았고, 폭군들의 불안은
줄지 않고 세월보다 더 빠르게 늘어나네.
또 그가 시키면 자신의 침대를 감추려고
수많은 훌륭한 군주 피를 얼마나 흘렸는지   85
내가 저 귀 달린 허공에 입을 열 거라고
만약 의심한다면, 의심 없이 의심하겠지만,
그는 그 의심을 베려고 이 땅을 무기로 채우고
그에게 저지른 내 잘못을 꾸며낼 터인데,
그럼 다들 내 죄로 — 그렇게 말해도 된다면 —   90
무죄라도 안 봐 주는 전쟁 타격, 느껴야 해.
그 모두를 사랑하여, 그 일로 방금 나를
나무라는 자네도 하나인데 —

헬리카누스   아아, 전하.

페리클레스   눈에는 잠 안 오고 뺨에는 핏기가 가셨으며,
마음엔 고민이 들어와 이 태풍을 사전에   95
어떻게 막을 수 있을지 천 번이나 고심했고,

	그것을 덜어 줄 위안을 거의 찾지 못하여
	그들 위한 비탄이 군주다운 자비라 여겼네.
헬리카누스	그럼 전하, 말을 해도 좋다고 하셨으니
	자유롭게 말하죠. 안티오쿠스를 겁내는데 —
	그 폭군을 겁내는 건 당연하다 생각하고,
	그는 공개 전쟁이나 은밀한 역모로
	당신의 목숨을 빼앗을 것입니다.
	그러므로 전하, 그가 자기 격분을
	잊어버릴 때까지, 아니면 운명의 여신들이
	그 명줄을 싹 자를 때까지 여행하십시오.
	통치는 그 누구에게든 위임하고, 저라면
	낮도 빛을 더 충실히 섬기진 못할 것입니다.
페리클레스	자네의 충성을 의심 않네.
	근데 그가 내 부재중 내 왕권을 해친다면?
헬리카누스	저희의 존재와 출생을 빚어 준 이 땅속에
	저희 피를 다 함께 섞어 놓을 것입니다.
페리클레스	티레여, 난 이제 네게서 눈을 돌려
	타르수스로 향할 테고, 자네의 소식을
	거기서 들은 뒤 편지 따라 처신할 것이네.
	내가 했고 또 하는 백성들의 안위 걱정,
	지혜의 힘으로 견뎌 낼 자네에게 맡기네.
	충성의 약속 믿고 맹세는 요구 않네,
	하나를 막 깨는 자, 분명 둘 다 어길 테니.
	근데 우린 궤도 안에 안존할 테니까
	자네는 신하의, 난 참된 군주의 빛을 발할
	둘의 이 진실은 시간도 반박 못 할 것이네. (함께 퇴장)

100

105

110

115

120

탈리아드 등장.

탈리아드   자, 여기가 티레고 이게 그 궁정이다. 난 여기서 페
리클레스왕을 죽여야만 해, 안 그러면 고국에서 목
이 매달릴 게 분명해. 이건 위험한 일이야. 글쎄, 원
하는 걸 요청하란 왕의 말을 듣고, 그의 비밀은 전
혀 알고 싶지 않다고 했던 자는 현명한 녀석인 데다   5
판단력이 뛰어났다는 걸 알겠군. 이제 보니 그자에
게는 그럴 만한 이유가 있었어. 왕이 누구에게 악한
이 되라고 하면 그는 주종 간의 계약 때문에 그렇게
될 수밖에 없으니까. 쉿, 티레의 귀족들이 이리로
오는구나.   10

헬리카누스와 에스카네스, 다른 귀족들과 함께 등장.

헬리카누스   티레의 내 동료 여러분은 국왕의 출발을
더 이상 나에게 물어볼 필요가 없을 거요.
나에게 위탁하여 남기신 봉인 위임장으로
여행 떠난 사실은 충분히 드러나오.

탈리아드   (방백)
뭐? 국왕이 떠났어?   15

헬리카누스   그가 왜, 말하자면 사랑하는 여러분의
허락 없이 떠나시려 했는지에 관하여
납득을 더 하고 싶다면 단서를 좀 드리죠.

1막 3장 장소 티레, 궁전.

안티오크에 계시던 중 —

탈리아드 (방백)　　　　　　　　안티오크에서 뭘?

헬리카누스 안티오쿠스왕이, 난 모르는 이유로 그에게 —　　　　20
　　　적어도 그의 판단으로는 — 불만을 품었고,
　　　그는 실수했거나 죄를 지었을까 봐 두려워
　　　슬픔을 보이려고 자책을 원하셨고,
　　　그래서 매 순간이 삶 또는 죽음의 위협인
　　　선원의 노고를 스스로 짊어지셨답니다.　　　　25

탈리아드 (방백)
　　　잘됐다, 난 이제
　　　원한대도 목이 매달리지는 않겠구나.
　　　근데 그가 떠나서 국왕은 꼭 기쁠 거야,
　　　바다에서 사라지려고 땅을 벗어났으니까.
　　　난 정체를 드러낼 것이다.　　　　30
　　　— 티레의 귀족들께 평화를!

헬리카누스 　　　　　　　　　안티오쿠스의
　　　탈리아드 경을 환영하오.

탈리아드 　　　　　　　　우리 왕의 전갈을
　　　고귀한 페리클레스에게 드리러 왔는데
　　　상륙한 뒤 알고 보니 여러분의 주군은
　　　미확인 여행길에 오르셨다 하더군요.　　　　35
　　　이제 이 전갈은 온 곳으로 되돌아가야겠소.

헬리카누스 우리는 그걸 원할 이유가 없습니다,
　　　우리 아닌 주인님께 전달된 것이니까.
　　　그래도 안티오크의 친구들인 우리와
　　　가기 전에 티레에서 잔치하길 바랍니다.　　(함께 퇴장)　　40

1막 4장

타르수스의 총독인 클레온, 그의 아내 디오니자 및

다른 타르수스인들과 함께 등장.

클레온 나의 디오니자여, 여기에서 잠시 쉬며

타인들의 비탄 애기 늘어놓는 것으로

우리 것이 잊힐지 좀 알아볼까요?

디오니자 그것은 불 끄려고 바람 부는 격이에요.

언덕이 솟았다고 파내는 사람은   5

산을 깎아 더 높은 걸 쌓아 올리니까.

오, 괴로운 각하, 우리의 비탄도 똑같아요.

지금은 그것이 곁눈으로 감지될 뿐이나

수풀처럼 가지를 쳐 주면 더 높이 자라요.

클레온 오, 디오니자여,   10

그 누가 음식이 없는데 원하지를 않거나

아사할 때까지 배고픔을 감출 수 있겠소?

우리 혀로 슬픔을 진하게 소리 내고

눈으로 한탄을 공중에 울어 대고, 그것을

더 크게 외치려고 허파로 숨을 들이마시면 15

하늘이 불쌍한 인간들을 못 보고 잠잔대도

위로받을 도움을 일깨울 수 있을 거요.

그럼 난 여러 해 느꼈던 한탄을 설할 테니

말할 숨이 모자랄 땐 눈물로 날 도와주오.

디오니자 최선을 다할게요.   20

클레온 이 타르수스는 내가 그 통치를 맡았는데

1막 4장 장소 타르수스.

거리에도 재물이 깔려 있었으니까
완벽하게 풍요로 가득한 도시였소.
탑들은 꼭대기가 구름 닿게 높아서
이방인은 쳐다볼 때마다 놀라곤 했지요.   25
남녀들은 어찌나 흑요석 치장을 했는지
서로에게 화장 거울 역할을 했답니다.
식탁은 보기에 즐거운 것들로 꽉 차서
먹기보단 오히려 기쁨 주는 곳이었소.
빈곤은 다 경멸받고 자부심이 너무나 커   30
도와 달라는 말은 역겨워 되뇌지도 못했소.

디오니자   오, 너무 사실이에요.

클레온   하지만 우릴 바꾼 하늘의 능력 좀 보시오.
얼마 전만 하더라도 땅과 바다, 공기는
뭇 생명을 풍성하게 먹였지만 이 입들을   35
만족시켜 주기에는 너무 좁았었는데
이제 이 입들은 쓰지 않아 더러운 집처럼
씹는 운동 하지 않아 굶어 죽고 있다오.
아직 두 여름도 채 안 지난 저 입천장들은
별미가 있어야만 그 미각이 기뻤는데   40
이젠 빵도 반갑고 그걸 구걸한답니다.
아가들 키우려고 별별 일을 마다 않고
다 했던 어미들이 이제는 그들이 사랑했던
예쁜 어린것들을 먹을 준비가 돼 있다오.
기아의 이빨은 대단히 날카로워 부부가   45
삶을 연장하려고 누가 먼저 죽을지 제비 뽑소.
여긴 귀족, 저기엔 귀부인이 울면서 서 있소.
많은 이가 쓰러져도 넘어지는 그들을

쳐다보는 이들 또한 묻어 줄 힘이 없소.

이게 사실 아니오?   50

디오니자   우리 뺨과 푹 꺼진 눈들이 그 증거죠.

클레온   오, 풍요의 술잔과 그로 인한 번영을

넘치는 방탕으로 너무나 아낌없이

맛보는 도시들은 이 눈물을 유념하오.

타르수스의 불행은 그들 것이 될 수 있소.   55

귀족 한 사람 등장.

귀족   총독께선 어디에 계십니까?

클레온   여기 있네.

자네가 급하게 가져온 슬픔을 말하게,

위안은 너무 먼 데 있어서 기대 못 하니까.

귀족   위엄 있는 돛을 단 배들이 이리로 오는 걸

인근 우리 해변에서 발견하였습니다.   60

클레온   그럴 거라 생각했네.

슬픔은 절대로 혼자서 오지 않고 상속인,

그것을 물려받을 후계자를 데려오네.

그게 우리 신세야. 어느 인접 국가가

우리의 불행을 이점으로 받아들여   65

속이 텅 빈 함선을 군사들로 가득 채워

우릴 때려눕히고, 이미 뻗어 있는데,

이겨 봐야 아무런 영광을 못 얻을 텐데도

불운한 이 몸을 정복해 보려고 해.

귀족   그런 걱정 조금도 마십시오, 펼쳐진   70

백기로 보건대 그들은 평화를 가져오고

	적이 아닌 시혜자로 오기 때문입니다.		
클레온	가장 고운 모습으로 가장 크게 속인다,		
	이 말을 외운 적 없는 듯이 말하는군.		
	하지만 그들이 뭔 의도, 뭔 능력을 가졌든		75
	우리가 왜 겁내지?		
	땅바닥이 최저인데 우린 반쯤 거기 갔어.		
	가서 그 대장에게 짐이 예서 기다리고,		
	출신과 요구 사항 알고 싶어 한다고 전하라.		
귀족	갑니다, 각하.	(퇴장)	80
클레온	평화는 환영이다, 그의 청이 평화라면.		
	전쟁이면 우린 저항 못 한다.		

페리클레스, 시종들과 함께 등장.

페리클레스	총독 각하, 그렇다고 들었기 때문인데	
	짐의 배와 군사들의 숫자가 많은 게	
	당신 눈을 놀래는 봉화는 아니길 바라오.	85
	짐은 당신 불행을 저 멀리 티레에서 들었고	
	황폐해진 당신의 거리를 봤답니다.	
	또한 당신 가슴에 슬픔을 더하는 게 아니라	
	그곳의 무거운 짐 덜어 주러 왔답니다.	
	그리고 짐의 배가 혹시나 트로이 목마처럼	90
	파멸을 기대하는 피에 주린 병사들로	
	채워졌다 여길지도 모르지만 당신에게	
	필요한 빵을 빚어 굶주림에 반쯤 죽은	
	사람들의 생명 구할 밀을 싣고 있답니다.	
모든 타르수스인	(무릎을 꿇는다.)	

	그리스 신들의 보호를 받으시고, 우리는	95
	당신 위해 기도할 것이오.	
페리클레스	일어나요, 제발.	

　　　　　　　　　　　　　　(그들은 일어난다.)

	짐이 바라는 것은 존경 아닌 사랑이고,	
	짐 자신, 짐의 배와 병사들의 피난처요.	
클레온	누구라도 그 소망을 채워 주지 않거나	
	당신에게 배은할 생각조차 품는 자는	100
	이 짐의 아내, 자식, 짐 자신일지라도	
	하늘과 인간의 저주가 그 악행에 뒤따르길!	
	그때까지 ─ 그런 일은 절대 없기 바라지만 ─	
	짐의 읍과 짐에게 온 전하를 환영하오.	
페리클레스	그 환영을 받아들여 찌푸린 짐의 운이	105
	웃음을 줄 때까지 잠시 예서 즐기겠소. 　(함께 퇴장)	

2막 0장
해설자 가워 등장.

가워	여기에서 여러분은 막강한 대왕이	
	자식과 필시 간음한 걸 보았고,	
	행위와 말 양쪽에서 경외할 분으로	
	더 착하고 인자한 군주도 보았소.	
	그러니 그가 이 궁지를 벗어날 때까지	5
	사람이면 당연히 조용히 하시오.	

2막 0장 장소　극장 무대.

난국 헤친 통치자들이 티끌 잃고
태산을 얻는 걸 보여 줄 테니까.
처신하는 방법이 훌륭하고
내 축복을 받는 그 사람은   10
아직 타르수스에 있는데, 그곳에선
모두가 그의 말을 성경으로 여기며
그가 하는 일을 기억하려고
그를 빛낼 동상을 세운다오.
하지만 그 반대의 소식이   15
눈앞에 있는데 말이 필요할까요?

무언극. 한쪽 문에서 페리클레스, 클레온과 얘기하며 그들의
시종 모두와 함께 등장. 다른 쪽 문에서 페리클레스에게 전할
편지를 가진 신사 등장. 페리클레스가 그 편지를 클레온에게
보여 주고, 사자에게 보상하며 그에게 작위를 준다.
페리클레스와 시종들은 한쪽 문으로, 클레온과 시종들은
다른 쪽 문으로 함께 퇴장.

본국에 남아 있던 헬리카누스는
남들의 노고로 생긴 꿀을
수벌처럼 먹지는 않으려고
나쁜 건 죽이고 좋은 건 살려서   20
주군의 갈망을 채워 주려 애쓰며
티레의 모든 소식 전하는데
탈리아드가 어떻게 죄를 잔뜩 품고 와
그를 살해하려는 의도를 감췄는지,
또 타르수스에서 더 오래 쉬는 건   25

그에게 최선이 아니란 걸 말해 줬죠.
고로 그는 바다로 나갔는데
거기 가면 편한 사람 거의 없죠.
바람이 불어오기 시작하고
위는 천둥, 저 아래 깊은 곳은   30
아주 불안해져서 그의 안전 지켜야 할
그의 배는 망가지고 쪼개졌고,
그 착한 군주는 모두 다 잃은 뒤
이 해안 저 해안 파도에 떠밀렸소.
사람도 재물도 다 사라지고   35
자신 빼곤 아무것도 안 남았죠.
마침내 운명도 악행에 지쳤는지
해변에 그를 던져 기쁘게 했답니다.
여기 그가 왔군요. 다음 일이 뭣이든
늙은 가위 용서하오, 극본이 그러니까.   (퇴장)   40

2막 1장

물에 젖은 페리클레스 등장.

페리클레스   분노한 별들이여, 이젠 화를 멈추어라!
바람과 비, 천둥이여, 지상의 인간은
굴복해야만 하는 존재일 뿐임을 상기하라,
그래서 난 내 본질에 걸맞게 복종한다.
아아, 바다는 날 바위 위에 내던졌고   5

2막 1장 장소   펜타폴리스.

이 해변 저 해변 돌리며 닥칠 죽음 말고는
아무 생각 못 하도록 숨만 남겨 놓았다.
너희의 위대한 힘으로 한 군주의
모든 행운 앗아 간 것으로 만족하고
물속 무덤 밖으로 그를 던져 놨으니까   10
그가 갈구하는 건 편안한 죽음이 전부다.

세 어부 등장.

어부 1   이보게, 저고리!

어부 2   어유, 그물 걷어 가지고 갑시다.

어부 1   아니, 핫바지 말이야!

어부 3   뭐라고요, 어로장님?   15

어부 1   이제야 움직이는 꼴 좀 봐! 어서 와, 안 그러면 족쳐서
        잡아갈 거야.

어부 3   참 어로장님도, 난 바로 지금 우리 앞에서 내동댕이쳐
        진 불쌍한 사람들을 생각하고 있었어요.

어부 1   아아, 불쌍한 인간들, 우리에게 살려 달라고 얼마나   20
        애처롭게 외치던지, 그때 우린 슬프게도 우리 자신도
        못 살렸는데 듣는 내 마음이 다 비통했어.

어부 3   아니, 어로장님, 내가 돌고래가 어떻게 솟아올라 공중
        제비를 하는지 봤을 때 폭풍이 올 거라고 말하지 않았
        어요? 소문엔 그것이 반은 물고기, 반은 인간이래요.   25
        염병할 것들, 놈들이 나왔다 하면 난 물에 젖는단 말이
        야. 어로장님, 고기들은 어떻게 바다에서 사는지 궁금
        해요.

어부 1   그야, 인간이 땅에 사는 것과 같지 뭐, 큰 것들이 작은

것들 잡아먹으면서 말이야. 우리의 부자 수전노들을 30
고래 말고 딱 맞게 비교할 수 있는 건 하나도 없어. 놈
은 자기 앞의 불쌍한 잔챙이들을 놀리며 굴리다가 마
지막엔 한입에 다 꿀꺽해 버리니까. 그런 고래들이 땅
위에 있다는 얘기를 들었는데 놈들은 교구, 교회, 첨탑
과 종 전체를 다 삼키기 전에는 벌린 입을 절대 다물지 35
않는다고 해.

페리클레스 (방백)
뼈 있는 교훈이군.

어부 3 그런데 어로장님, 내가 교회지기였다면 그날 난 종루
에 있었을 것 같은데요.

어부 1 왜, 이 사람아? 40

어부 3 그가 나도 삼켰을 테니까요, 그래서 내가 그의 배 속에
들어갔을 때 종을 아주 크게 울려서 그가 종, 첨탑, 교
회와 교구를 다시 토해 낼 때까지는 절대로 못 떠나게
했을 테니까요. 하지만 저 훌륭한 시모니데스왕이 나
와 같은 마음이라면 — 45

페리클레스 (방백)
시모니데스?

어부 3 우린 이 땅에서 벌꿀을 훔쳐 가는 이 수벌들을 청소해
버릴 겁니다.

페리클레스 (방백)
여기 이 어부들은 바다의 고기 백성 가지고
인간의 결함을 정말 잘 얘기하고, 50
그런 물의 제국에서 인간을 추천 또는
폭로할 수 있는 걸 다 주워 모으는군.
(어부들에게)

	정직한 어부들, 당신들 노고에 평화 있길.
어부 2	정직해! 이보시오, 그게 뭔데요? 그게 당신 몰골에 들
	어맞는 날이라면 달력에서 싹 지워 버려도 아무도 찾 55
	지 않을 것이오.
페리클레스	보다시피 바다가 당신들 해안에 토해 낸 —
어부 2	당신을 토해 내 우리 길을 막다니 그 바다란 놈 정말
	취한 불량배로군!
페리클레스	저 거대한 정구장 위에서 물과 바람 양쪽이 60
	공으로 만들어 가지고 놀았던 한 사람,
	바로 그가 당신들께 동정을 간청하오.
	구걸해 본 적은 한 번도 없는 이가 청하오.
어부 1	아니, 친구여, 구걸을 못 해요? 여기 우리나라 그리스
	에는 우리가 일해서 가질 수 있는 것보다 더 많은 걸 65
	구걸해서 갖는 자들이 있답니다.
어부 2	그럼 고기는 잡을 수 있나?
페리클레스	실제로 해 본 적은 없습니다.
어부 2	아니, 그럼 자넨 굶어 죽을 거야, 분명. 요즘 여기선 낚
	시질을 못하면 아무것도 못 잡을 테니까. 70
페리클레스	내가 누구였는지는 잊어서 모르지만
	결핍에서 배워서 생각해 본 지금의 난
	추위에 휩싸인 사람이오. 내 핏줄은 차갑고,
	생기라고는 당신들 도움을 요청할 열기를
	내 혀에게 줄 수 있는 것밖엔 없는데 75
	그걸 거절하겠다면 이 몸이 죽거든
	나도 사람이니까 제발 묻어 주시오.
어부 1	죽는다고, 허 참? 여기 내게 겉옷이 있는 한 당치 않아!
	자, 이걸 걸치고 몸을 따뜻이 해. 이런, 맹세코, 잘생긴

친구야! 자, 자네는 집으로 갈 거고, 우리는 공휴일엔   80
살코기, 금식일엔 물고기, 거기에 더해 푸딩과 팬케이
크를 먹을 거고, 자네는 환영받을 거야.

페리클레스   고맙소.

어부 2   들어 봐요, 친구. 당신은 구걸을 못 한다고 말하지 않
았소?   85

페리클레스   갈구했을 뿐이지요.

어부 2   갈구했을 뿐? 그럼 나도 갈구하는 거지가 되어 채찍질
을 피해야겠군.

페리클레스   아니, 그럼 당신네 거지들은 채찍을 맞소?

어부 2   오, 전부는 아니오, 친구, 전부는 아니오. 거지가 다 채   90
찍을 맞는다면 난 형리보다 더 나은 관직은 바라지 않
을 거요. 하지만 어로장님, 난 가서 그물을 걷어 올릴
게요.   (어부 2, 3 함께 퇴장)

페리클레스   이 정직한 기쁨은 그들 일에 정말 잘 맞는구나!

어부 1   잘 들어봐요, 당신이 어디 있는지는 알아요?   95

페리클레스   잘 모릅니다.

어부 1   그럼 말해 주지요. 이곳은 펜타폴리스고, 우리 왕은 시
모니데스 님이랍니다.

페리클레스   그를 시모니데스 님이라 부릅니까?

어부 1   그렇소, 그리고 그렇게 불릴 자격이 있지요, 평화로운   100
치세와 훌륭한 통치 때문에.

페리클레스   행복한 왕이오, 자신의 통치로 백성들로부터 '님'이라
는 호칭을 얻고 있으니까. 그의 궁정은 이 해안에서 얼

89행 채찍 1601년에 제정된 빈민법에 의하면 사지 멀쩡한 떠돌이들은
형리가 잡아가 채찍을 맞힌 뒤 본고장 교구로 돌려보냈다고 한다. (아든)

마나 떨어져 있죠?

어부 1 　허 참, 반나절 여정이오. 그리고 이 말을 해 주려는데 　　105
그에겐 고운 딸이 하나 있고 내일이 그녀의 생일로 세
상 모든 곳에서 군주와 기사들이 그녀의 사랑을 구하
는 마상 시합을 하려고 와 있어요.

페리클레스 　내 재산이 내 소망과 같다면 나도 그중 하나가 되기를
바랄 수 있을 텐데.　　　　　　　　　　　　　　　110

어부 1 　오, 이봐요, 상황이 이런 걸 어쩌겠소. 그런데 남자가
달리 가질 수 없는 건 자기 마누라의 영혼과 맞바꿀 수
있답니다.

어부 2, 어부 3이 그물을 끌면서 등장.

어부 2 　도와줘요, 어로장님, 도와줘! 여기 고기 한 마리가 마
치 법에 달라붙은 가난한 사람의 권리처럼 그물에 붙　　115
어 나오려 하질 않아요. 하, 우라질 것, 드디어 나왔네.
근데 녹슨 갑옷이잖아.　　　　　　　　　　　　(그들이
　　　　　　　페리클레스의 갑옷 일부를 그물에서 꺼낸다.)

페리클레스 　갑옷이라고요, 친구들! 제발 보여 주시오.
고맙다, 운명아, 온갖 훼방 다 놓더니
그래도 내가 나를 복구할 뭔가를 주었구나.　　　　　120
이건 내 것이지만 유산의 일부로서
돌아가신 아버지가 바로 그의 임종 때
엄하게 당부하며 내게 물려주셨다.
"이걸 가져, 페리클레스, 내 죽음을 막아 준
방패였다." 그리고 이 가리개를 가리키며　　　　　　125
"날 구한 것이니 가져라. 비슷한 곤경에서

신들은 널 보호하고 이게 너를 방어하길.”
난 그걸 늘 지녔고 끔찍이 아꼈는데
인정사정없는 저 거친 바다가 광분하며
빼앗아 갔다가 잠잠할 때 되돌려주었어.   130
바다야, 고맙다. 이제 내 파선은 죄가 없어,
아버지가 주신 유품 내가 가졌으니까.

어부 1   거 무슨 말이오?

페리클레스   친절한 친구들께 값진 이 옷 구걸하려고요,
그건 한때 어느 왕의 작은 방패였으니까.   135
이 표시로 알아봤소. 그는 날 지극히 아꼈고
그를 위해 난 그걸 가지고 싶으며,
당신네 국왕의 궁정으로 나를 안내해 주면
그걸 입고 신사로 나타날 수 있을 거요.
그리고 낮아진 내 운이 언젠가 나아지면   140
은혜에 보답하고, 그때까진 빚지고 있겠소.

어부 1   아니, 그 숙녀를 얻는 시합을 할 참인가?

페리클레스   내가 가진 무용을 보여 줄 겁니다.

어부 1   그럼, 자네가 가지게, 그리고 신들이 그걸로 복을 내려
주시길.   145

어부 2   암, 하지만 잘 들어요, 친구, 저 거친 물결의 솔기들을
이용해 이 의복을 지어 낸 건 바로 우리요. 여기에는
확실한 조의금, 확실한 자투리가 있단 말이오. 당신이
번성하게 되거든 그걸 어디서 얻었는지 기억하기 바
랍니다.   150

148행 조의금 위로금 또는 포상금을 잘못 말한 것 같은데 당시의 정확
한 맥락은 알 수 없다. (아든)

페리클레스	그럴 테니 믿으시오.
	난 당신들 조력으로 철제 옷을 입었고
	저 바다의 그 모든 강탈에도 불구하고
	이 보석은 내 팔 위에 남아 있답니다.
	네 값에 맞추어 말 한 필 구한 뒤 올라타면	155
	그 유쾌한 발걸음에 응시하는 이들은
	그가 걸어가는 것을 환희하며 볼 거야.
	근데 다만 친구여, 난 아직 한 쌍의
	아래쪽 덮개를 못 갖췄소.
어부 2	우리가 꼭 갖춰 줄 거야. 최고 좋은 내 윗옷으로 한 쌍	160
	을 만들어 줄 테고, 내가 직접 자네를 궁정으로 데려갈
	거야.
페리클레스	그래서 영예가 내 뜻과 같아지기만 하면
	나는 오늘 뜨거나 엉망진창 될 것이오.　(함께 퇴장)

2막 2장

나팔 소리. 시모니데스, 타이자, 귀족들 및

수행원들 등장.

시모니데스	기사들은 시합할 준비가 됐는가?
귀족 1	됐습니다, 전하.
	출전 때 전하께서 오시길 기다려요.
시모니데스	짐은 준비됐다 하라. 그리고 짐의 딸은,

154행 이 보석　보석이 박힌 팔찌. (아든)
2막 2장 장소　펜타폴리스, 시모니데스의 궁정.

그 생일을 기리려고 이 경기를 여는데,   5
마치 미의 자식처럼 앉았고, 그녀는 사람들이
보고 또 보면서 놀라도록 자연이 낳았어. (귀족 1 퇴장)

타이자   부왕께선 기쁘셔서 장점이 적은 저를
그보다 큰 찬사들로 표현해 주시네요.

시모니데스 그러는 게 맞는단다, 왕족들은 하늘이   10
그것과 닮은꼴로 빚은 모형이니까.
보석을 소홀히 할 경우 그 광채를 잃듯이
왕족들의 명성도 존경이 없으면 그리돼.
각 기사의 상징물에 들어간 노고를
받아들이는 게, 애야, 이제 너의 영예란다.   15

타이자   제 영예를 지키려고 그리하겠습니다.

첫째 기사 등장. 첫째 기사가 지나간다. 그의 종자가
그의 방패를 타이자에게 내보인다.

시모니데스 그 자신을 드러낸 첫째는 누구냐?
타이자   고명하신 아버지, 스파르타 기사로서
자신의 방패 위에 넣어 놓은 상징은
해를 향해 손을 뻗은 에티오피아 흑인이고,   20
표어는 "그대 빛은 나의 생명"입니다.
시모니데스 네게서 생명을 받은 그는 널 많이 사랑해.

둘째 기사가 지나간다. 그의 종자가 그의 방패를
타이자에게 내보인다.

두 번째로 나타난 사람은 누구냐?

타이자	저의 부왕이시여, 마케도니아 군주로서
	자신의 방패 위에 넣어 놓은 상징은 25
	숙녀에게 정복당한 무장한 기사이고,
	스페인어 표어는 "힘보단 관용"이랍니다.

> 셋째 기사가 지나간다. 그의 종자가 그의 방패를
> 타이자에게 내보인다.

시모니데스	셋째는 누구냐?
타이자	셋째는 안티오크 출신이고
	그 상징은 기사도의 화환이옵니다.
	표어는 "시합의 명예가 날 이끈다."랍니다. 30

> 넷째 기사가 지나간다. 그의 종자가 그의 방패를
> 타이자에게 내보인다.

시모니데스	넷째는 무엇이냐?
타이자	불타는 횃불을 거꾸로 세운 건데
	표어는 "나를 태우는 게 나를 끈다."랍니다.
시모니데스	미의 힘과 의지는 불붙일 수 있는 만큼
	죽일 수도 있다는 걸 보여 주는 말이군. 35

> 다섯째 기사가 지나간다. 그의 종자가 그의 방패를
> 타이자에게 내보인다.

| 타이자 | 다섯째는 구름에 둘러싸인 손으로 |
| | 시금석을 통과한 금을 들고 있답니다. |

표어는 "믿음은 이렇게 검증돼야 한다."고요.

여섯째 기사 페리클레스가 아래 덮개와
녹슨 갑옷 차림으로 시종 없이 지나간다.
그는 자기 상징을 타이자에게 직접 내보인다.

시모니데스 그리고 마지막 여섯째는 기사가 스스로
　　　　　　대단히 우아한 예의로써 무엇을 전했느냐?　　　40

타이자　　　이방인인 것 같은데 그가 내놓은 것은
　　　　　　꼭대기만 푸르른 시든 나뭇가지로서
　　　　　　표어는 "이 희망에 나는 산다."랍니다.

시모니데스 뼈 있는 교훈이야.
　　　　　　지금 그의 낙담한 처지에서 너를 통해　　　45
　　　　　　운수가 대통할 수 있기를 바라는군.

귀족 1　　　그가 그 자신을 어떻게든 옳게 추천하려면
　　　　　　겉모습보다는 나아질 필요가 있습니다.
　　　　　　녹슨 그의 바깥쪽에 의하면 창보다는
　　　　　　채찍을 더 많이 잡은 마차꾼 같으니까.　　　50

귀족 2　　　아마도 이방인 같습니다. 이상한 차림으로
　　　　　　명예로운 경기에 나왔으니 말입니다.

귀족 3　　　그리고 일부러 자신의 갑옷을 오늘까지
　　　　　　녹슬게 놔뒀어요, 흙 묻혀서 닦으려고.

시모니데스 여론은 우리더러 인간의 내면 대신　　　55
　　　　　　겉옷을 훑게 하는 바보일 뿐이라네.
　　　　　　하지만 기다리게, 기사들이 오고 있어.
　　　　　　우린 통로 안쪽으로 물러날 것이네.　　　(함께 퇴장.
　　　　　　무대 밖에서 큰 고함. 모두가 "초라한 기사"를 외친다.)

시모니데스, 타이자, 사열관, 귀부인들, 시종들
그리고 마상 시합 기사들 등장.

시모니데스   기사들이여,
말로 하는 환영은 쓸데없을 것이오.
그대들 행위의 책 위에 속표지에서처럼
그대들 무예의 가치를 적는 일은
스스로 기대 않을 터이고 맞지도 않을 거요,   5
본인의 가치는 다 행동으로 칭찬받으니까.
축연엔 기쁨이 어울리니 기뻐할 준비하오.
그대들은 군주이고 손님이오.

타이자   하지만 전
기사 손님 당신에게 승리의 화관을 주면서
오늘의 행운의 왕으로 추대하렵니다.   10

                          (페리클레스에게 화관을 내민다.)

페리클레스. 제 공로라기보다는 운이 좋은 덕분이죠.

시모니데스 뭐라고 부르든 승리는 그대의 것이고
시기하는 사람은, 원컨대, 여기에 없다네.
기술 신은 기술자들 빚으면서 몇 명은 잘,
또 몇 명은 빼어나게 만들라고 포고했고,   15
공들인 학생이 그대라네. 자, 축연의 여왕이여,
내 딸 너 말이다, 여기 네 자리에 앉아라.
(사열관에게)
나머지는 은혜 받을 자격대로 배치하라.

2막 3장 장소 펜타폴리스, 궁전 연회장.

기사들	시모니데스 님께서 큰 명예를 주십니다.
시모니데스	그대들 때문에 기쁘오. 난 명예를 사랑하오, 20
	명예를 미워하는 자는 신들도 미워하니까.
사열관	저, 당신 자린 저쪽이오.
페리클레스	다른 데가 더 맞는데.
기사 1	다투지 마시오, 우리는 신사로서
	맘으로도 눈으로도 고위층을 시기 않고
	하층도 멸시 않을 것이기 때문이오. 25
페리클레스	대단히 예의 바른 기사들이군요.
시모니데스	자, 앉게.
	(방백) 생각의 왕, 조브에 맹세코 놀랍군,
	그를 생각만 해도 진미에는 손이 안 가.
타이자	(방백)
	결혼의 여신인 유노에 맹세코
	그가 내 음식이길 바라니까 요리가 다 30
	맛없어 보이네.
	(시모니데스에게) 그는 분명 멋진 신사랍니다.
시모니데스	시골 출신 신사일 뿐이야.
	다른 기사들보다 더 잘한 건 없단다.
	창이나 한두 개 부쉈어. 그러니 관두자. 35
타이자	저에겐 유리와 대비된 금강석 같은데요.
페리클레스	저기 왕은 내 부왕의 초상화와 같은데
	그가 한때 누렸던 영광을 말해 주는구나.
	그의 옥좌 주위엔 군주들이 별처럼 앉았었고,
	그들이 존중하는 태양이 그분이었다. 40
	그를 보는 모두는 더 약한 불빛처럼
	그의 최고 지배권에 왕관을 벗었는데

	지금 그의 아들은 밤중의 개똥벌레처럼	
	어두울 땐 빛을 내나 밝을 때는 못 그런다.	
	그래서 알겠는데 시간은 사람들의 왕이고	45
	그들의 부모이자 그들의 무덤이며	
	그들의 갈망을 안 따르고 제 맘대로 내준다.	
시모니데스	아니, 기사들, 유쾌하오?	
기사들	어전에서 그 누가 안 그럴 수 있지요?	
시모니데스	자 여기 넘치도록 가득 채운 잔을 들어	50
	사랑할 테니까 애인의 입술 보고 비워요.	
	당신들께 건배하오.	
기사들	전하께 감사하옵니다.	
시모니데스	잠깐만. 저 기사는 너무나 우울히 앉았군,	
	마치 짐의 궁정이 그 자신의 가치와	
	견줄 만한 환대를 아니 보여 준 것처럼.	55
	넌 못 알아차렸어, 타이자?	
타이자	저와 무슨 상관이죠, 아버지?	
시모니데스	오, 주목해라, 내 딸아.	
	이런 일에 군주들은 신들처럼 살아야 해.	
	경배 오는 모두에게 아낌없이 줘야 하고,	60
	안 그러는 군주들은 소리 듣고 죽인 뒤	
	작아서 놀라는 각다귀 신세가 된단다.	
	그러니 그를 더욱 환대하기 위하여 지금 말해,	
	우린 이 포도주를 그를 위해 마신다고.	
타이자	아아, 아버지, 이방인 기사에게 그토록	65
	대담하게 구는 건 저에게 안 맞아요.	
	제 제안에 기분이 상할지도 모르죠,	
	남자는 여자의 선물을 무례로 여기니까.	

시모니데스	뭐? 시키는 대로 해, 안 그러면 화낸다.	
타이자	(방백)	
	그런데 맹세코 나를 더 기분 좋겐 못 하셔.	70
시모니데스	그리고 더 나아가 짐이 그의 출신지,	
	이름과 가문을 알고 싶어 한다고 해.	
타이자	(페리클레스에게)	
	부왕께서 당신께 건배하시면서 —	
페리클레스	그분께 고맙소.	
타이자	혈기가 왕성해지기를 바라셨답니다.	75
페리클레스	그분과 당신께 고맙고, 흔쾌히 건배하죠. (마신다.)	
타이자	그리고 더 나아가 당신의 출신지,	
	이름과 가문을 알고 싶어 하셔요.	
페리클레스	티레의 신사로서 이름은 페리클레스,	
	예술과 무예에서 교육을 받았는데	80
	이 세상의 모험들을 찾으러 나섰다가	
	저 험한 바다에 배와 선원 빼앗기고	
	난파한 다음에 이 해안에 떠밀려 왔답니다.	
타이자	(시모니데스에게 돌아간다.)	
	전하께 감사하며 이름은 페리클레스로	
	티레의 신사인데	85
	오로지 바다에서 일어난 불운으로	
	배와 선원 잃고서 이 해안에 내던져진 —	
시모니데스	맹세코 난 그의 불운을 동정하고	
	그를 우울증에서 깨어나게 만들겠다.	
	자, 여러분, 잡담을 너무 오래 하느라고	90
	다른 여흥 찾아볼 시간을 낭비했소.	
	그대들이 입은 게 갑옷이라 할지라도	

군인들의 춤에는 잘 어울릴 것이오.

"숙녀들은 요란한 음악을 싫어한다."

그런 변명 듣지 않을 것이오, 그들은   95

침대뿐 아니라 갑옷 속의 남자도 즐기니까.

                              (기사들이 춤춘다.)

자, 요청하길 잘했고 실행도 참 잘됐소.

(페리클레스에게)

자, 운동을 원하는 숙녀가 여기도 있는데

내가 들은 바로는 티레의 기사들이

숙녀들을 춤추게 만드는 데 뛰어나고   100

박자 밟는 데에도 뛰어나다 했다네.

페리클레스   그런 걸 연습하는 이들은 그렇지요, 전하.

시모니데스   오, 고운 예절 때문에 거절하고 싶단 말과

다를 바 없구면.

      (기사들과 숙녀들 사이에서 페리클레스와 타이자도 춤춘다.)

          떨어져요, 떨어져!

고맙소, 신사들, 모두 다. 모두들 잘했소.   105

(페리클레스에게)

하지만 자네가 최고야. 시동은 횃불로

기사들을 각자의 숙소로 안내하라.

자네 방은 짐의 방 옆으로 명령을 내렸네.

페리클레스   전하의 뜻대로 하십시오.

시모니데스   군주들이여, 사랑 얘긴 너무 늦어 못 해도   110

그것이 당신들의 목표인 줄 알고 있소.

그러므로 각자는 휴식을 취하고

내일은 성공 위해 최선을 다하시오.   (함께 퇴장)

2막 4장

헬리카누스와 에스카네스 등장.

헬리카누스   아뇨, 에스카네스, 이걸 알려 드리겠소.
안티오쿠스는 근친상간에서 자유롭지
못하게 살았고, 그래서 최고의 신들은
이 극악한 중죄에 쓰려고 모아 둔 복수를
더 이상 억제하지 아니할 마음으로   5
그가 모든 영광의 정상에서 자만하며
헤아릴 수 없는 값어치의 마차 안에
자기 딸과 함께 앉아 있었던 바로 그때
하늘에서 불꽃 내려 혐오할 정도로
그들 몸을 확 졸였고, 그 악취가 너무 심해   10
타락 전에 그들을 숭배한 이들도 이제는
그들을 묻어야 할 자기 손을 경멸한답니다.

에스카네스   대단히 놀랍군요.

헬리카누스   그래도 정의롭죠.
그는 대왕이었지만 대권도 하늘의 화살을
막지는 못했고, 죄는 벌을 받았으니까요.   15

에스카네스   정말로 사실이오.

귀족 세 명 등장.

귀족 1   이보시오, 그는 사적 모임이나 회의에서
그이 말고 그 누구도 존중하지 않아요.

2막 4장 장소 티레.

귀족 2	그 일을 항의 않고 더 비탄해서는 안 되오.
귀족 3	거기에 찬동하지 않는 자, 저주받길.
귀족 1	그럼 따라오시오. — 헬리카누스 경, 한마디만.
헬리카누스	나에게? 환영하오. 안녕들 하시오.
귀족 1	우리의 불평은 절정에 달했고 드디어
	강둑을 넘었단 사실을 알아주십시오.
헬리카누스	불평을, 왜? 아끼시는 군주를 모욕 마오.
귀족 1	그럼 자기 모욕 마시고, 고귀한 헬리카누스,
	군주께서 살았다면 인사시켜 주든지
	어느 땅이 그 숨결로 행복한지 알려 줘요.
	이 세상 안에 살면 우리가 추적할 것이고
	무덤 속에 쉰다면 거기서 찾아낼 것이오.
	그가 살아 우릴 통치하든지, 죽었다면
	우리가 그 장례를 애도하게 해 준 다음
	자유선거 허락해 주든지 해결을 봐야겠소.
귀족 2	우리가 최대한 판단컨대 그는 정말 죽었소.
	그래서 이 왕국에 머리가 없음을 알고서 —
	지붕 없이 버려두면 곧 무너져 폐허가 될
	멋진 건물들처럼 — 고귀한 당신에게,
	어떻게 통치하고 군림할지 가장 잘 아시는
	당신께 이렇게 복종하오. — 우리의 군왕이여!
모두	만세, 고귀한 헬리카누스!
헬리카누스	명예롭게 처신하고 투표를 삼가시오.
	페리클레스 군주를 아낀다면 삼가시오.
	그 소원을 수락하면 난 한순간 편하려고

20

25

30

35

40

17~18행 그…그이 헬리카누스, 에스카네스.

매시간 괴로운 바다로 뛰어드는 셈이오.
국왕의 부재를 좀 더 참아 달라고   45
열두 달을 더 간청하도록 해 주시오.
그 시간이 만료돼도 그가 아니 돌아오면
난 노년의 인내로 당신들의 멍에를 지겠소.
하지만 이 호의를 못 받아들이겠다면
귀족답게, 귀족 신하들답게 나가서 찾아보고   50
찾을 때는 과감성을 발휘해 보시오.
그분을 찾아서 귀국하게 한다면 당신들은
그의 왕관 둘레에 보석처럼 앉을 거요.

귀족 1   지혜에 복종하지 않는 자는 바보지요.
헬리카누스 경이 우리에게 당부하시니까   55
우리는 여행으로 그 일을 시도할 것이오.

헬리카누스 그럼 우린 서로를 사랑하고 손잡을 것이오.
동료가 이렇게 뭉칠 때 왕국은 늘 건재하오.

(함께 퇴장)

2막 5장

한쪽 문에서 시모니데스, 편지를 읽으면서 등장.

기사들이 그를 만난다.

기사 1   시모니데스 님, 좋은 아침입니다.
시모니데스 기사들이여, 내 딸이 한 말을 전하겠소.
앞으로 열두 달 동안은 결혼과 연관되지

2막 5장 장소 펜타폴리스.

	않겠다고 합니다.	
	그 이유는 본인만 알고 있을 것이므로	5
	난 절대 그것을 캐낼 수 없답니다.	
기사 2	그녀에게 접근할 순 없나요, 전하?	
시모니데스	참, 절대로 안 되오. 철저히 자기 방에	
	틀어박혀 있어서 불가능하답니다.	
	열두 달 더 디아나의 제복을 입을 거고,	10
	이것을 달의 여신 눈에 대고 맹세해서	
	처녀의 순결 걸고 깨뜨리지 않을 거요.	
기사 3	작별은 싫으나 저흰 떠나갑니다. (기사들 함께 퇴장)	
시모니데스	자, 그들은 잘 보냈으니 딸 편지를 좀 보자.	
	여기 애는 이방인 기사와 혼인을 하거나	15
	아니면 낮도 빛도 안 보겠다고 한다.	
	잘됐다, 애, 네 선택은 내 것과 일치해.	
	아주 좋아. 아니, 애는 얼마나 확고한지	
	내가 좋고 말고는 신경도 안 쓴다.	
	좋아, 난 정말 그녀의 선택을 칭찬하고	20
	그 일을 더 이상 미루지 않을 거야.	
	잠깐만, 그가 왔어. 난 시치미를 떼야 해.	

페리클레스 등장.

페리클레스	시모니데스 님께 모든 행운 있기를.	
시모니데스	자네도 그리되길. 어젯밤엔 달콤한 음악을	
	자네에게 빚졌네. 정말로 장담컨대	25

10행 디아나 로마 신화에서 달과 순결의 여신.

내 귀가 그토록 즐겁고 유쾌한 화음으로
호사를 누린 적은 한 번도 없었어.

페리클레스 저의 공이 아니라 전하께서 기쁘셔서
칭찬해 주십니다.

시모니데스 　　　　　　　아, 자네는 음악의 대가야.

페리클레스 그 학생들 가운데 최악일 것입니다, 전하. 　30

시모니데스 하나 물어보겠네.
내 딸을 어떻게 생각하시는가?

페리클레스 참으로 정숙한 공주시죠.

시모니데스 또한 곱기도 한데 안 그런가?

페리클레스 고운 여름날처럼 놀랍도록 곱습니다. 　35

시모니데스 내 딸은 자네를 아주 좋게 생각하고,
암, 너무 좋아 자네는 선생이 돼야 하고
그녀는 학생이 될 것이네. 그러니 준비하게.

페리클레스 전 그녀의 선생 될 자격이 없습니다.

시모니데스 걔 생각은 다르네. 아니라면 이 글을 좀 보게. 　40

　　　　　　　　　　　　　　　　　(편지를 준다.)

페리클레스 (방백)
이게 뭐야?
그녀가 티레의 기사를 사랑한단 편지가?
이건 내 목숨을 취하려는 국왕의 묘수다.
—— 오, 저를 덫에 빠뜨리려 하지 마십시오, 전하.
이방인에다가 조난당한 신사로서 절대로 　45
따님을 사랑할 정도로 높은 목표 없었고
모든 노력 기울여 존중하려 했습니다.

시모니데스 너는 내 딸에게 마법을 걸었고 그래서
악당이다.

페리클레스	신들께 맹세코 안 그랬고,	
	죄지을 생각은 결코 한 적 없었으며	50
	그녀의 사랑이나 당신의 불쾌감을	
	일으키는 행동도 결코 시작 안 했어요.	
시모니데스	거짓이다, 역적아.	
페리클레스	역적이요?	
시모니데스	그래, 역적.	
페리클레스	국왕만 아니라면 나를 역적이라 하는	
	바로 그 목구멍에 그 거짓을 돌려줄 것이오.	55
시모니데스	(방백)	
	신들께 맹세코 난 그의 용기에 박수 친다.	
페리클레스	제 행동은 제 생각만큼이나 고귀하여	
	그런 천한 타락에 물든 적은 결코 없소.	
	전 당신의 궁정에 명예를 구하러 왔으며	
	그것을 저버린 반역자가 되려는 건 아니오.	60
	또 나를 다르게 설명하는 자에겐 이 칼로	
	그자가 명예의 적임을 증명할 것입니다.	
시모니데스	아니라고?	
	내 딸이 왔으니 증언할 수 있을 거다.	

타이자 등장.

페리클레스	그렇다면 당신은 고운 만큼 정숙하니	65
	노한 당신 아버지께 이 몸이 당신에게	
	구애했던 그 어떤 음절을 내 혀로 졸랐는지,	
	내 손으로 써 줬는지 확인해 드리시오.	
타이자	왜요, 당신이 그렇게 했다 해도	

	내가 기뻐할 일에 누가 기분 상했대요?	70
시모니데스	그래, 애, 넌 그토록 단호하단 말이지?	
	(방백) 난 이 일이 진심으로 기쁘단다.	
	— 난 너를 길들이고 복종시켜 놓겠다.	
	너는 나의 동의도 받지 않은 상태에서	
	네 사랑과 애정을 이방인 한 명에게	75
	바치려 하는 거야? (방백) 잘은 모르겠지만	
	그는 아마 (그 반대를 생각할 순 없는데)	
	혈통이 나만큼 위대할 것이다.	
	— 그러니 들어 봐, 애, 네 뜻을 내게 맞춰,	
	그리고 자네도 잘 듣고, 내 명을 따르게,	80
	안 그럼 너희를 — 남편과 아내로 — 만들 테니.	
	아니, 자, 손과 입술 도장도 찍어야 하는데,	
	합쳐지면 난 이렇게 너희 희망 깨 버리고	
	더 한탄하게끔 — 하늘의 기쁨을 누려라!	
	뭐, 둘 다 만족했어?	

타이자	예 — 당신이 절 사랑하면?	85
페리클레스	제 생명이 그걸 키운 피를 사랑하듯이요.	
시모니데스	뭐, 둘 다 합의했어?	
둘 다	예, 전하께서 좋으시면.	
시모니데스	난 너희를 결혼시킬 정도로 만족했다.	
	그러니 가능한 한 서둘러 침실로 가거라. (함께 퇴장)	

3막 0장

해설자 가워 등장.

이제는 기쁨도 쓰러져 잠잠하고
집 주위엔 코 고는 소리만 나는데
이 가장 화려한 결혼 피로연에서
과식한 배 속 땜에 더 크게 들리오.
불타는 석탄 눈의 고양이는   5
쥐구멍과 좀 떨어져 누워 있고,
화덕 앞에 앉아 우는 귀뚜라미
몸이 말라 더 유쾌하답니다.
히멘은 신부를 침실로 데려가
거기에서 처녀성을 잃게 한 뒤   10
아기 하나 빚어 주죠. 경청하고
너무 빨리 지나간 시간은
빼어난 상상으로 재주껏 메우시오,
무언극은 내가 말로 설명해 줄 테니까.

무언극. 한쪽 문에서 페리클레스와 시모니데스가 시종들과
함께 등장. 사자가 그들을 만나서 무릎 꿇고 페리클레스에게
편지를 준다. 페리클레스가 그것을 시모니데스에게 보여 주고
귀족들이 그에게 무릎을 꿇는다. 그런 다음 임신한 타이자가
유모 리코리다와 함께 등장. 국왕은 그녀에게 그 편지를
보여 주고 그녀는 기뻐하며, 그녀와 페리클레스는 그녀의
아버지와 이별하고 리코리다 및 그들의 시종들과 함께 떠난다.
그런 다음 시모니데스와 나머지가 다른 쪽 문으로 함께 퇴장.

페리클레스의 행방을 찾는 일은   15

3막 0장 장소 극장 무대.

수천 리 지겨운 고생길 걸으며
세상 잇는 온 사방 구석구석
말과 배와 커다란 비용으로
탐색을 유지할 수 있는 한
마땅한 부지런을 다 떨면서   20
벌어졌답니다. 드디어 티레에서 —
이 괴이한 조사에 소문이 응답하여 —
시모니데스 국왕의 궁정으로
편지가 전달됐고, 그 내용인즉슨
안티오쿠스와 그의 딸이 죽어서   25
티레의 백성들은 헬리카누스의
머리 위에 왕관을 올리려 하지만
그는 아니 받겠다고 한답니다.
그는 그곳 반란을 급히 잠재우려고
말하기를 페리클레스 왕께서   30
여섯 달 두 번에 귀국하지 않으면
자기는 그들의 판결에 순종하여
왕관을 받겠다고 했지요. 그 요지가
펜타폴리스 이곳에 도착했고
그 주변 지역을 황홀하게 했는데   35
모두들 박수로 외치기 시작했죠,
"우리의 계승자가 왕이다.
누가 이걸 꿈꾸고 생각해 봤을까?"
줄이면 티레로 그는 가야 하는데
임신한 왕비도 동행을 원했죠. —   40
누가 그걸 막겠어요? —
그들의 비탄과 비통은 다 빼지요.

그녀는 리코리다 유모를 데리고
바다로 나갔고, 그들이 탄 배는
넵튠의 파도에 흔들리며 그 용골이   45
바다의 반을 갈랐을 때 운명의 기분이
다시 달라집니다. 험악한 북풍이
강력한 태풍을 뿜어내어
목숨 걸고 잠수하는 오리처럼
불쌍한 그 배를 위아래로 몰아요.   50
부인은 비명을 지르고, 아뿔싸,
두려움에 산통을 시작했답니다.
이 사나운 폭풍 속에 생긴 일은
스스로 그 모습을 보여 줄 것이오.
난 얘기 안 할 텐데, 내가 말로   55
못 전달한 것은 연극이 나머지를
편리하게 전할 수 있겠지요.
여러분이 상상으로 이 무대에
그 배를 떠올리면 바다가 팽개친
페리클레스가 갑판에 나타나 말합니다.   (퇴장)   60

3막 1장

페리클레스, 뱃전에 등장.

페리클레스   이 대양의 신이시여, 하늘 지옥 다 덮치는
          이 파도를 꾸짖어 주시고, 바람 위에 앉아서

3막 1장 장소 펜타폴리스에서 티레로 가는 배.

명령하는 그대는 저 깊은 곳에서
그걸 불러냈으니 청동 굴에 가두시오.
오, 그 먹먹한 무서운 천둥 끊고, 조용히   5
그 민첩한 유황 섬광 꺼 주시오! (부른다.)
                    오, 리코리다!
왕비는 어떤가? — 독기 뿜는 폭풍아 —
네 속을 다 뱉어 낼 거야? 뱃사람의 호각은
죽은 자들 귓속의 속삭임이 된 것처럼
안 들린다. (부른다.)
            리코리다! — 루키나여, 오,   10
밤중에 외치는 이들에게 최고로 신성한
후원자이면서 온화한 산파시여, 여신께선
춤추는 우리 배에 올라와 왕비의 산고를
짧게 줄여 주소서! — 그런데 리코리다!

                리코리다가 갓난아이를 안고 등장.

리코리다   이런 곳에 있기엔 너무 어린 이걸 보십시오.   15
            이것이 생각이 있다면 죽겠지요, 저 또한
            그럴 것 같으니까. 돌아가신 왕비의 일부를
            팔에 안으십시오.
페리클레스   뭐! 뭐라고, 리코리다?
리코리다   참으세요, 폭풍을 거들지는 마시고.
            왕비가 산 채로 남기신 건 이것이 전부로   20
            조그만 딸아이랍니다. 이것 때문에라도

3행 그대 바람의 신 아이올로스를 가리킨다.

	남자답게 위로받으십시오.
페리클레스	오, 신들이여!
	우리가 멋진 당신 선물을 좋아하게 한 다음
	왜 바로 낚아채죠? 여기 아래 우리는
	준 것을 회수하진 않아요, 그래서 당신들과
	명예를 다툴 수도 있답니다.
리코리다	참으세요,
	맡은 아길 봐서라도. (그에게 아기를 준다.)
페리클레스	자, 네 삶은 순탄하길!
	더 거세게 나온 애는 없었을 테니까.
	네 생활은 조용하고 원만하길, 왜냐하면
	넌 군주의 자식 중에 가장 거친 환영 받고
	이 세상에 왔으니까. 행복이 뒤따르길!
	네 탄생은 불과 공기, 물과 땅과 하늘이
	자궁에서 나올 너를 예고하며
	가능한 소리를 다 질러 소란스러웠다.
	네 천품에 이승의 네 이점을 다 더해도
	맨 처음 네가 겪은 손실의 보상은 못 된다.
	이제는 신들께서 가장 잘 보살펴 주시길!

25

30

35

선장과 선원 한 명 등장.

선장	용기를 내실 겁니까? 신의 가호를!
페리클레스	용기는 충분하다. 난 광풍이 안 두려워,
	최악을 불러왔으니까. 근데 이 딱한 유아,
	이 갓난 새로운 뱃사람을 위하여
	조용해졌으면 좋겠다.

40

선장	거기 돛 줄을 늦춰라! — 안 그럴 거야, 그럴 거야? 바
	람아, 불어 터져 버려라.
선원	배를 움직일 데만 있다면 짠물과 파도의 물보라가 달 45
	과 키스한대도 상관없어요.
선장	전하, 왕비를 배 밖으로 모셔야 합니다. 바다는 높아지
	고 바람은 요란하여 죽은 사람을 배에서 치울 때까지
	가라앉지 않을 것입니다.
페리클레스	그건 너의 미신이다. 50
선장	죄송하나 전하, 바다에 나온 저희는 늘 그걸 지켰고,
	저희에게 관습은 강하답니다. 그러니 빨리 그녀를 넘
	겨주십시오, 바로 배 밖으로 가야 하니까.
페리클레스	알맞게 조처해라. 참 가련한 왕비구나!
리코리다	그녀는 여기 계셔요, 전하. (시신을 드러낸다.) 55
페리클레스	당신은 끔찍한 분만을 겪었소, 여보,
	빛도 불도 하나 없이. 불친절한 비바람은
	당신을 완전히 잊었고, 나 또한 당신을
	성스럽게 무덤에 넣을 시간 못 갖고 곧바로
	입관도 못 한 채 진흙 속에 던져야 하는데 60
	거기에선 당신의 유골 넣은 무덤과
	항상 타는 등불 대신 물 내뿜는 고래와
	홍얼대는 물결이 소박한 조개와 함께 누운
	당신의 시신을 꼭 덮을 거요. 오, 리코리다,
	네스토르에게 향료, 잉크, 종이, 상자, 65
	보석을 가져오라 명하고 니칸데르에게는
	공단 궤를 가져오라 명하게. (그녀에게 아기를 준다.)

베개 위에

아기를 누이게. 서둘러, 그동안 난 그녀와

성직자의 작별을 할 테니까. 곧바로 가.

(리코리다 퇴장)

선원 　전하, 갑판 밑에 궤짝이 있는데 틈새도 메웠고 역청도　　70
　　　이미 발라 놨어요.

페리클레스 　고맙네. — 아, 뱃사람, 여긴 어느 해안인가?

선장 　타르수스 근처요.

페리클레스 　　　　　　　　티레행 항로를 바꾸어
　　　거기로 가 주게. 언제쯤 도착할 수 있나?

선장 　바람만 멎으면 동틀 녘에.

페리클레스 　　　　　　　　　　오, 타르수스로 가!　　75
　　　난 거기서 클레온을 만나겠다, 티레까진
　　　아기가 못 버틸 테니까. 신중한 유모에게
　　　아기를 맡겨야지. 가 보게, 훌륭한 뱃사람.
　　　시신은 곧 들고 가겠네.

(페리클레스는 타이자를 안고, 각각 퇴장)

3막 2장

케리몬 귀인, 자기를 방문한 하인 및 가난한 사람과
함께 등장.

케리몬 　여봐라, 필레몬!

필레몬 등장.

3막 2장 장소　에페수스, 케리몬 집의 대기실.

필레몬	주인님, 부르셨습니까?
케리몬	이 불쌍한 이들에게 불과 음식 내오너라. (필레몬 퇴장)
	사납게 몰아치는 폭풍우의 밤이었어.
하인 방문객	많은 밤을 겪었지만 지난밤 같은 건
	지금까지 견딘 적이 없답니다.
케리몬	네 주인은 네가 돌아가기 전에 죽겠다.
	그 체질에 투여해서 그를 회복시킬 것은
	아무것도 없다네.
	(가난한 사람에게) 약제사에게 이걸 주고,
	그 효력을 나에게 알려 주게.

마진 번호: 5

(방문한 하인과 가난한 사람, 함께 퇴장)

두 신사 등장.

신사 1	좋은 아침입니다.
신사 2	귀인께 좋은 아침 바랍니다.
케리몬	여러분은 왜 이렇게 일찍 일어났지요?
신사 1	예, 우리들 숙소는 바다 바로 곁인데
	그것이 지진이 일어난 듯 흔들렸답니다.
	대들보조차도 진짜로 쪼개져 모조리
	무너질 것 같았죠. 순전한 놀람과 공포에
	집을 뛰쳐나왔어요.
신사 2	그것이 이렇게 귀찮게 해 드린 이유지요,
	부지런해서가 아닙니다.
케리몬	오, 말씀 잘하시네.
신사 1	하지만 값비싼 물건을 걸치신 귀인께서
	이 이른 시각에 황금의 휴식을

마진 번호: 10, 15, 20

떨쳐 버리셨다니 아주 놀랍습니다.
참으로 이상한 건   25
인간은 고생을 강요받지 않고도 거기에
너무나 익숙하단 사실이죠.

케리몬   난 언제나
미덕과 재주가 명문가와 재물보다
더 중한 자질이라 여기오. 경솔한 상속자는
후자 둘에 먹칠하며 써 버릴 수 있지만   30
전자에겐 불멸성이 따르면서 한 인간을
신으로 만들지요. 알다시피 난 항상
의학을 공부했고, 그 비밀 기술을 통하여
권위 있는 책장을 넘기고 배우면서
실습을 병행함으로써 식물과 금속과   35
광물질에 들어 있는 축복받은 약성들을
잘 익히게 되었고 그 도움을 받았으며
심신이 일으키는 불안과 그 치료법도
얘기할 수 있게 되었는데, 그건 내게
비틀대는 명예에 목말라하는 것보다, 또   40
바보와 죽음이 좋으라고 비단 돈주머니에서
쾌락 찾는 것보다 더 큰 만족을 주면서
참기쁨의 원천이 된답니다.

신사 2   귀인께선
에페수스 전역에 자선을 막 쏟아 내시어
그 덕분에 건강 찾은 수백 명이 자신을   45
당신의 피조물이라고 하죠. 그리고 당신은
지식과 수고뿐 아니라 지갑까지 항상 열어
너무나 탄탄해진 케리몬 귀인의 명성은

세월 가도 절대로 ─

두세 명의 하인이 궤짝을 가지고 등장.

하인 1   그렇지, 거길 들어.

케리몬   그게 뭐냐?

하인 1   (케리몬에게)   나리, 방금   50
바다가 이 궤짝을 해변 위에 던졌어요.
난파선의 일부지요.

케리몬   내려놔. 어디 보자.

신사 2   관처럼 보이네요.

케리몬   이것이 뭐든 간에
놀랍도록 무겁네. 바다가 내던졌어?

하인 1   그것을 해변에 팽개친 것처럼 큰 파도는   55
본 적이 없어요, 나리.

케리몬   비틀어 바로 열어.

(하인들이 궤짝 여는 작업을 시작한다.)

바다의 배 속이 금으로 차 넘친다면
운명이 그것을 우리에게 내뱉게 만든 건
멋진 능력 발휘로군.

신사 2   그건 그렇습니다.

케리몬   참 단단히 메우고 역청을 발랐네! 살살 해!   60
냄새가 정말로 좋구나.

신사 2   은은한 향내군요.

케리몬   내가 맡은 것 중에 최고요. 자, 열어라.

(그들이 궤짝을 연다.)

오, 막강한 신들이여! 이게 뭐지, 시첸가?

신사 2	참으로 이상하다!
케리몬	最고급 수의로 쌌으며

향유를 바르고 향신료 찬 자루 넣어 모셨다.　　　　　　　65

여권까지! 아폴로여! 내가 이 문자를

다 읽게 해 주소서.

(읽는다.)

"여기에서 알리노니 만약에

이 관이 육지에 닿는다면

나 페리클레스 왕은 이 왕비,　　　　　　　70

세상 보배 전체 값을 잃었노라.

그녀를 발견하면 묻어 주오.

그녀는 국왕의 딸이었소.

그 대가로 이 보석과 더불어

신들이 그 자선에 보답하리."　　　　　　　75

페리클레스, 그대가 살았다면 그 심장은

비탄에 꼭 터질 거요. 이건 간밤 일이다.

신사 2	거의 틀림없어요.
케리몬	아뇨, 분명히 간밤이오,

참 생생해 보이니까. 바다에 던진 자는

너무나 성급했소. 안에서 불을 좀 피워라.　　　　　　　80

벽장 안의 약상자를 다 이리 가져와.　　(하인 1 퇴장)

죽음이 인간을 여러 시간 강탈해도

생명의 불꽃은 억눌렸던 생기를 또다시

타오르게 할 수 있소. 이집트인 하나가

아홉 시간 동안이나 죽어서 누웠다가　　　　　　　85

66행 아폴로　로마 신화에서 의술과 학문의 신.

훌륭한 시술로 소생했단 얘기를 들었소.

하인 1, 붕대와 불을 가지고 등장.

잘했다, 잘했어. 그 불과 그 천이다.
거칠고 한심한 우리의 악기로
소리 좀 내라고 해, 제발.   (비올 소리가 나다가 멈춘다.)
비올을 한 번 더. 굼뜨기는, 이 얼간아!   90
거기 음악!   (음악)
        부탁인데 바람을 막지 마오.
여러분, 왕비는 살 것이오. 자연이 깨웠소.
그녀가 온기를 내뿜는다! 다섯 시간 이상은
넋을 잃지 않았다. 보시오, 그녀가 어떻게
생명의 꽃으로 다시 피어나는지.

신사 1   하늘은   95
귀인을 통하여 우리의 경탄을 늘리고
그 명성을 영원히 붙박네요.

케리몬   살아났다!
보시오, 저 눈꺼풀, 페리클레스가 잃었던
천상의 보석 담은 상자가 그 빛나는
금빛 가장자리를 벌리기 시작했소. 최고로   100
칭찬받는 광택의 금강석 두 개가 나타나
이 세상은 두 배로 부유하다. 살아나서
당신의 운명 듣는 우리를 울려요, 고운 이여,
희귀한 분 같으니까.   (그녀가 움직인다.)

타이자   오, 디아나여! 난 어디 있나요? 남편은요?   105
여긴 어떤 세상이죠?

신사 2	놀랍잖소?
신사 1	희귀하오.
케리몬	조용히, 귀족 이웃들이여.
	손 좀 빌려주시오. 그녀를 옆방으로 옮겨요.
	아마포 가져와. 이 일은 지금 손을 써야 하오,
	그녀에게 재발은 치명적이니까. 가요, 가. 110
	의술의 신이여, 우릴 인도하소서.

            (그들이 그녀를 데리고 나간다. 전원 함께 퇴장)

3막 3장

타르수스에서 페리클레스가 클레온, 디오니자, 그리고
아기 마리나를 안은 리코리다와 함께 등장.

페리클레스	참으로 존경하는 클레온, 난 가야 합니다.
	열두 달이 만료되어 티레가 평화 속의
	논쟁에 휩싸였소. 당신과 부인께선
	내 마음의 고마움 다 받으시오. 나머지는
	신들이 보충해 줄 것이오.
클레온	운명의 화살이 5
	당신에겐 치명상을 입혔지만 저희는 빙 돌며
	스치듯이 맞혔소.
디오니자	오, 어여쁜 당신 왕비!
	가혹한 운명에도 당신이 그녀를 데려와서
	제 눈이 축복을 받았으면.

3막 3장 장소 타르수스.

| 페리클레스 | 저 위의 세력에 |
| 복종할 수밖에요. 그녀가 누운 저 바다처럼 | 10 |

페리클레스　　　　　　　　　저 위의 세력에
복종할 수밖에요. 그녀가 누운 저 바다처럼　　　10
내가 격분하거나 포효할 수 있대도 결과는
꼭 마찬가지요. 이 온순한 아기는 마리나,
바다에서 났기에 그리 이름 지었는데,
여기에서 두 분의 자선심에 짐을 지워
그녀를 돌보도록 남기면서 당부컨대　　　　　　15
그녀에게 왕족다운 훈련을 시켜서
태생에 걸맞은 심성을 갖게 해 주시오.

클레온　　걱정하지 마시고, 전하, 저희는
밀을 주어 이 나라를 먹여 살린 전하를 —
백성들은 당신 위해 항상 기도하는데 —　　　　20
얘를 통해 꼭 기억한다고 생각하십시오.
제가 그에 소홀하여 야비하면 당신이 구제한
대중이 그 임무를 강요할 것입니다.
근데 만약 그 일로 저에게 박차가 필요하면
신들은 저와 제 후손에게 대가 끊길 때까지　　25
복수해 주시기를.

페리클레스　　　　　　　　　당신을 믿습니다.
당신의 명예와 선성이 맹세가 없어도
믿음을 가르치오. 걔의 혼인 때까지, 부인,
우리들 모두가 존경하는 디아나에 맹세코
난 추해 보여도 내 머리에 가위질을　　　　　　30
하지 않을 것이오. 그럼 작별하겠습니다.
착한 부인, 내 자식의 양육을 당신이 돌봐서
내가 축복받도록 해 주시오.

디오니자　　　　　　　　　　제 애도 있지만

	이 애보다 제 배려를 더 많이 받지는	
	못할 것이옵니다.	
페리클레스	부인, 감사 기도 드리오.	35
클레온	저희는 전하를 바로 해안 끝까지 배웅한 뒤	
	얼굴 가린 넵튠과 최고의 순풍에게	
	넘겨줄 것입니다.	
페리클레스	그 제안을 따르겠소. 가시죠, 귀한 부인.	
	오, 울지 마라, 리코리다, 울지 마.	40
	아기씨를 보살펴라, 넌 그녀의 호의에	
	이제부터 기댈 수 있을 거다. 가요, 총독. (함께 퇴장)	

3막 4장

케리몬과 타이자 등장.

케리몬	마마, 이 편지와 약간의 보석이 관 안에	
	함께 놓여 있었는데 마마의 명령대로	
	처리하겠습니다. 이 필적을 아십니까?	
타이자	남편의 것입니다. 바다에서 배를 탔고	
	산고를 겪은 것까지도 잘 기억하지만	5
	거기서 분만을 했는지는, 신들께 맹세코,	
	올바로 말할 수 없네요. 근데 제 낭군님,	
	페리클레스왕을 다시는 보지 못할 테니까	
	베스타의 제복을 이 몸에 걸치고	

3막 4장 장소 에페수스, 케리몬의 집.
9행 베스타 로마 신화에서 불과 부엌의 여신. 그리스 신화의 헤스티아.

더 이상 기뻐하지 않겠어요.   10

케리몬   마마, 말씀하신 그것이 목적이면
          디아나의 신전이 그리 멀지 않으니
          생이 다할 때까지 사실 수 있답니다.
          더군다나 괜찮으시다면 제 질녀 하나가
          거기에서 시중들게 하지요.   15

타이자   내 보상은 감사이고 그것이 전부지만
          내 선의는 선물로는 작아도 크답니다.   (함께 퇴장)

4막 0장

해설자 가워 등장.

가워   티레에 온 페리클레스는 환영받고
          소원대로 정착했다 상상해 보시오.
          저 비통한 왕비는 에페수스에
          디아나의 여신도로 남깁니다.
          이제는 마리나에게 신경 쓰며   5
          빨라지는 우리의 극을 따라
          타르수스에서 찾아야만 하는데
          클레온에게서 음악 훈련 받았고
          교육의 모든 장점 다 습득해
          그녀는 모두가 경탄하는   10
          핵심 인물이랍니다. 근데 아아,
          참된 칭찬 자주 망가뜨리는

4막 0장 장소 극장 무대.

그 괴물 시기심이 반역의 칼질로
마리나의 목숨을 앗으려 합니다,
이렇게 말이오. 클레온에게는   15
혼인해도 좋을 만큼 나이 차고
다 자란 딸이 하나 있는데
필로텐이라는 이 처녀는
우리의 얘기에서 언제나 마리나와
함께하려 했던 게 분명하답니다.   20
그들이 가늘고 긴 우윳빛 손가락으로
뽑아낸 실 엮어서 비단을 짰을 때나
그녀가 뾰족한 바늘로 아마포를
찔러서 아프게 하면서
더 튼튼히 했을 때나 류트에 맞추어   25
늘 신음하면서 노래하는 밤꾀꼬리
입 다물게 했을 때나 화려하고
충실한 필체로 그녀의 여주인
디아나에 경의를 표할 때면 언제나
이 필로텐은 완벽한 마리나와   30
기술을 다퉜죠. 그렇게 이 까마귀는
파포스의 비둘기와 깃털 경쟁
하려고 했었지요. 모든 찬사
마리나가 다 받는데 공짜 아닌
빚 갚은 식이었죠. 이 일로   35
필로텐의 우아한 자질은 다

32행 파포스의 비둘기   비둘기는 베누스 여신의 마차를 끌었고, 그녀의
주요 숭배 중심지 가운데 하나가 키프로스섬의 파포스였다. (리버사이드)

너무나 시커메져 클레온의 아내는
지독한 시기심에 이 착한 마리나를
바로 죽일 준비 했고, 살인으로
자기 딸을 우뚝 서게 하려 했죠.　　　　　　　　40
그녀의 추한 생각 더 빨리 도우려고
리코리다, 우리의 유모가 죽었으니
저주받은 디오니자는 대기 중인
격노의 앞잡이를 이번의 공격에
쓸 수밖에 없었죠. 미지의 결과는　　　　　　　45
여러분이 만족도록 내가 내놓겠지만
절뚝대는 내 시의 보조에
날개 달린 시간을 맞춰야 하니까
여러분의 상상 속 동행이 없다면
그 뜻을 절대 전달 못 합니다.　　　　　　　　50
디오니자가 살인자 레오니네와
정말 함께 나왔네요.

4막 1장

디오니자와 레오니네 등장.

디오니자　맹세를 기억해. 넌 하겠노라고 맹세했다.
　　　　　일격일 뿐 절대로 알려지지 않을 거야.
　　　　　세상에 그토록 빨리하고 그토록 많은 이득
　　　　　얻을 수 있는 일은 없단다. 네 가슴이

4막 1장 장소　타르수스.

	차디찬 양심의 가책에 사랑으로 불타거나	5
	여자들조차도 내버린 동정심에 녹지 말고	
	네 목표에 충실한 군인이 되어라.	
레오니네	하겠습니다만 그래도 아름다운 여자죠.	
디오니자	그래서 신들이 가지는 게 더 알맞아.	
	그녀가 하나뿐인 유모가 죽어서 울며 오네.	10
	결심을 굳혔지?	
레오니네	결심했습니다.	

마리나, 꽃바구니를 들고 등장.

마리나	아니, 텔루스의 옷을 훔쳐서라도 네 무덤에	
	꽃을 뿌려 줄 거야. 노란 것, 파란 것,	
	자줏빛 오랑캐꽃과 금잔화가	
	마치 양탄자처럼 여름날이 가는 동안	15
	잔디 위에 깔릴 거야. 아 이런, 딱한 처녀,	
	어머니가 죽었을 때 태풍 속에 태어나서	
	이 세상은 나에게 계속되는 폭풍처럼	
	나를 내 친지들로부터 떼어 놓는구나.	
디오니자	웬일이냐, 마리나, 왜 이렇게 혼자 있어?	20
	어떻게 내 딸이 너와 함께 있질 않니?	
	슬픔으로 네 피를 말리지는 마라.	
	나를 네 유모로 생각해. 원 참, 쓸데없는	
	이 비탄 때문에 네 얼굴이 확 변했구나.	
	자, 네 꽃을 이리 다오. 레오니네와 둘이서	25
	해변을 거닐어 봐. 거기엔 공기가 활기차서	
	네 식욕을 날카롭게 자극해 줄 것이다.	

자, 레오니네.
그녀의 팔을 잡고 함께 걸어.

마리나   아뇨, 제발.
당신 하인 앗아 가긴 싫어요.

디오니자   자. 어서.   30
나는 네 아버지 국왕과 너 자신을
이방인 이상으로 사랑한다. 우린 매일
그분의 도착을 예상해. 그분이 오셔서
모두의 귀감이 이렇게 풀 죽은 걸 보시면
먼 거리를 오래 여행하신 것을 후회하고   35
우리가 널 최상으로 보살피지 않았다고
남편과 날 나무라실 것이다. 제발 걷고
다시 명랑해져라. 젊은이와 늙은이의
시선을 정말로 훔쳤던 그 빼어난 혈색을
보존하도록 해. 난 상관하지 마라,   40
혼자 갈 수 있으니까.

마리나   그러면 가겠어요.
하지만 내키진 않아요.

디오니자   자, 어서, 이게 네게 좋다는 걸 난 알아.
적어도 반 시간은 걸어라, 레오니네.
내가 한 말 기억해.

레오니네   아무렴요, 마님.   45

디오니자   귀여운 아가씨, 난 잠시 널 떠날게.
조용히 걸어 다녀, 피를 데우지는 말고.
허 참, 난 너를 돌봐야 해.

마리나   고마워요, 마님.

                              (디오니자 퇴장)

지금 부는 바람은 서풍인가?

레오니네   남서풍요.

마리나   내가 태어났을 땐 북풍이었단다.

레오니네   그래요?   50

마리나   아버지는, 유모 말이, 절대 겁을 안 먹었고
왕의 손은 밧줄을 당기느라 까졌어도
선원들에게는 "착한 뱃사람들" 외치면서
돛대를 꽉 붙잡고 갑판을 거의 날려 버리는
바다를 견디셨대.   55

레오니네   그게 언제였나요?

마리나   내가 태어났을 때지.
파도도 바람도 더 거센 적 없었고,
그것이 돛 타는 선원을 사다리 밧줄에서
떨궈 내 버렸어. 누군가 "하, 갔어?" 그랬고,   60
그들은 물 떨구며 부지런히 배 앞뒤로
뛰어들 다녔어. 갑판장은 호각 불고
선장은 이름 불러 혼란은 세 배가 됐었지.

레오니네   자, 기도하세요.

마리나   그게 무슨 말이야?

레오니네   기도할 시간을 조금 요청하신다면   65
허락하죠. 기도해요, 길게는 마시고,
신들의 두 귀는 예민하고 저는 제 할 일을
급히 마치겠다고 맹세했으니까.

마리나   왜 죽여?

레오니네   마님 만족 때문이죠.

마리나   왜 지금 죽이려 하시지?
내가 기억하는 한, 진실에 맹세코,   70

그녀를 해친 적은 내 일생에 없었어.

살아 있는 누구에게 나쁜 말을 하거나

못되게 되갚은 적도 없어. 날 믿어 줘, 응.

쥐를 죽인다거나 파릴 다치게 한 적도 없어.

의도하지 않은 채 벌레를 밟았지만   75

그 때문에 울었어. 내가 무슨 죄를 범해

내 죽음이 그녀에게 그 어떤 이득이 되거나

내 삶이 위험을 내비치지?

레오니네   제 임무는

그 행위를 안 따지고 끝내는 것입니다.

마리나   넌 그런 일 세상을 다 줘도 안 할 거야,   80

난 믿어. 네 얼굴은 잘생겼고, 네 모습은

부드러운 마음씨를 예시해. 나는 최근

싸우는 둘을 말리려다 다친 너를 보았어.

정말로 그건 멋져 보였어. 지금도 그래 봐.

마님은 내 목숨을 노려. 둘 새에 끼어들어   85

불쌍한, 약한 나를 구해 줘.

레오니네   전 맹세했으니

급히 해치우렵니다. (그녀를 붙잡는다.)

해적들 등장.

해적 1   멈춰라, 악당아!   (레오니네가 그녀를 놔준다.)

해적 2   돈벌이다, 돈벌이!

해적 3   반은 내 거야, 자네들, 반은 내 거! 자, 그녀를 곧바로   90

배에 태우자.   (마리나를 데리고 함께 퇴장)

레오니네   (앞으로 나온다.)

이 부랑 도적들은 큰 해적 발데스의 부하인데
그들이 마리나를 잡아갔다. 그녀를 놔주자.
돌아올 가망은 전혀 없어. 난 그녀가 죽어서
바다에 던져졌다 맹세할 테지만 더 지켜봐야지.   95
아마도 놈들은 그녀를 즐기기만 하고서
배에 싣지 않을지도 모른다. 그들이 그녀를
강간하고 남기면 내 손에 꼭 살해돼야 해.   (퇴장)

4막 2장

포주와 뚜쟁이 및 볼트 등장.

포주	**볼트.**
볼트	예, 주인님.
포주	시장을 샅샅이 뒤져라. 미틸레네는 한량들로 가득해.
	이번 장날 동안은 색시가 너무 없어서 손해를 너무 크
	게 봤어. 5
뚜쟁이	이렇게 계집들이 많이 부족한 적은 없었어요. 우리에
	겐 볼품없는 셋밖에 없는데 얘들은 할 수 있는 이상은
	할 수가 없는 데다 계속된 작업으로 썩은 거나 다름없
	어요.
포주	그러니까 새것을 사 오자고, 돈을 얼마나 주든지 간 10
	에. 어느 업종에서든 써먹을 양심이 하나라도 없으면
	우린 절대 흥할 수 없어.
뚜쟁이	맞는 말이에요. 우리가 불쌍한 사생아들을 길러서가

4막 2장 장소 레스보스섬, 미틸레네의 매음굴.

아니라 — 내 생각에 열한 명쯤 기른 것 같은데 —

볼트   예, 열한 살까지죠, 그런 다음 다시 망쳐 놨죠. — 근데   15
        시장을 뒤질까요?

뚜쟁이   별수 있어? 우리가 가진 물건들은 바람만 세게 불어도
        부서질 판이야, 너무 한심하게 곯았어.

포주   맞는 말이야. 걔들은 너무나 건강하지 못해, 양심에 맹
        세코. 그 작은 똥자루와 함께 잤던 그 불쌍한 트란실바   20
        니아 사람이 죽었어.

볼트   예, 그년이 그를 재빨리 절여서 구더기 밥 만들었지요.
        근데 전 시장을 뒤지러 갈게요.   (퇴장)

포주   금화 삼사천이면 조용히 살기에, 그래서 이걸 집어치
        우기에 딱 좋은 금액이겠지.   25

뚜쟁이   왜 집어치워요, 말해 봐요? 늙어서 돈을 버는 게 수치
        예요?

포주   오, 우리의 평판은 이익처럼 좋아지지 않고, 이익
        또한 위험과 일치하지 않아. 그러므로 우리가 젊을
        때 꽤 많은 재산을 모을 수 있다면 우리의 업소 문   30
        을 닫는 게 잘못된 일은 아닐 거야. 게다가 우리가
        신들과 맺고 있는 이 비참한 관계도 집어치우는 데
        큰 힘이 될 거야.

뚜쟁이   이봐요, 다른 부류도 우리만큼 죄를 지어요.

포주   우리만큼, 맞아, 그리고 더 크게도 짓지. 우리 죄는 더   35
        나빠. 우리 직업은 그 어떤 장사도 아니고 천직도 아
        냐. 근데 여기 볼트가 오는군.

        볼트, 해적 몇 명 및 마리나와 함께 등장.

볼트	(해적들에게)

볼트 (해적들에게)
　　　이리 와요, 여러분. 그녀가 처녀란 말이죠?

해적 오, 의심치 않습니다.

볼트 주인님, 보시는 이 물건을 흥정해 놨습니다. 마음에 드 40
　　　시면 됐고, 안 드시면 계약금을 날렸어요.

뚜쟁이 볼트, 그녀에게 무슨 자질이라도 있어?

볼트 얼굴이 예쁘고 말을 잘하며 빼어나게 좋은 옷을 입었
　　　어요. 그래서 그녀를 거절할 수 없게 만들 더 이상의
　　　자질은 필요 없답니다. 45

뚜쟁이 값은 얼마야, 볼트?

볼트 금화 1천에서 한 푼도 깎을 수가 없었어요.

포주 좋아. 여러분, 날 따라오시오, 곧바로 돈을 주겠소. 여
　　　보, 그녀를 데리고 들어가서 해야 할 일을 교육시켜요,
　　　손님 접대 거칠게 하지 않도록 말이오. 50

　　　　　　　　　　　　　　　　　　(해적들과 함께 퇴장)

뚜쟁이 볼트, 넌 그녀의 머리 색깔, 피부 빛, 키와 나이 같은
　　　특징을 처녀라는 보증과 함께 적어. 그런 다음 "가장
　　　많이 내는 사람이 그녀를 먼저 가질 거"라고 소리쳐
　　　알려라. 사내들이 예전과 마찬가지라면 이런 숫처녀
　　　는 값싼 물건이 아닐 거야. 내가 명령한 대로 이 일을 55
　　　끝내.

볼트 실행이 뒤따를 것입니다. (퇴장)

마리나 레오니네가 참 허술하고 느렸던 게 슬프다.
　　　말을 말고 쳤어야지, 아니면 이 해적들이
　　　야만성이 좀 모자라 뱃전 너머 나를 던져 60
　　　어머니를 찾으라고 했으면 좋을 텐데.

뚜쟁이 왜 한탄해, 예쁜 애야?

마리나	내가 예뻐서요.	
뚜쟁이	이봐, 신들은 너에게 자기네 몫을 다하셨어.	
마리나	그들을 고발하진 않아요.	65
뚜쟁이	넌 내 손에 들어왔고, 거기서 살아갈 것 같아.	
마리나	죽을 것 같았던 그의 손을 벗어나서 내 불행이 더 크네요.	
뚜쟁이	음, 그런데 넌 쾌락 속에 살 거야.	
마리나	아뇨.	70
뚜쟁이	맞아, 넌 정말 그럴 거야, 그리고 모든 부류의 신사를 다 맛볼 거야. 넌 잘 지낼 테고, 피부색 다른 남자를 다 경험할 거야. 왜 귀를 막아?	
마리나	당신이 여자예요?	
뚜쟁이	내가 여자가 아니라면 뭐가 되기를 바라는데?	75
마리나	순결한 여자거나 여자가 아니거나.	
뚜쟁이	허 참, 빌어먹을 애송이! 너에게 뭔 조치를 취해야겠 어. 이봐, 넌 내가 원하는 대로 구부러져야 할 어리고 어리석은 묘목이야.	
마리나	신들은 저를 보호하소서!	80
뚜쟁이	신들의 뜻이 남자들을 통해 널 보호하는 거라면 남자 들은 널 위로하고 먹이고 자극해 줘야 해.	

볼트 등장.

볼트가 돌아왔네. — 근데 이봐, 시장을 돌아다니며
그녀를 소리쳐 알렸어?

볼트	거의 그녀 머리카락 숫자만큼 소리쳐 알렸어요. 제 목	85
	소리로 그녀의 그림을 그렸답니다.	

뚜쟁이	그럼 제발 말해 봐, 사람들의 의향이 어땠는지, 특히 젊은 축들 말이야?
볼트	참말로 그들은 마치 자기네 아버지의 유언에 귀를 기울이는 것처럼 제 말을 들었죠. 스페인 녀석 하나는 바로 그런 묘사를 한 여자와 잠자리에 든 것처럼 입에서 침을 흘렸고요.
뚜쟁이	우린 내일 최고의 주름 옷깃을 단 그 녀석을 여기서 맞이할 거야.
볼트	오늘 밤, 오늘 밤이요! 그런데 마님, 넓적다리가 뒤틀린 프랑스 기사 아세요?
뚜쟁이	누구, 매독 씨?
볼트	예, 그요. 그는 그 포고를 듣고 깡충깡충 뛰겠다고 하더니 신음 소리를 낸 다음 내일 그녀를 보겠다고 맹세했답니다.
뚜쟁이	좋아, 좋아, 그로 말하자면 그는 자기 병을 이리로 가져와 그걸 여기에서 다시 앓고 있을 뿐이야. 난 그가 우리 집 안으로 들어와 자기 대머리처럼 빛나는 프랑스 금화를 뿌릴 줄로 알아.
볼트	맞아요, 방문객이 나라마다 하나씩 우리에게 온대도 우린 이 간판으로 다 받을 겁니다.
뚜쟁이	(마리나에게) 제발 잠시만 이리 와 봐. 너에게 큰돈이 굴러오고 있어. 잘 들어, 넌 네가 기꺼이 범하는 걸 겁내면서 하는

90

95

100

105

103행 대머리
매독의 후유증 가운데 하나는 머리카락이 빠지는 것이었고, 그것의 별명은 '프랑스 병'이었다.

106행 이 간판
어떤 공연에서는 볼트가 진짜 여관(업소) 간판을 가리킨다. 간판은 또한 마리나 자신을 지칭할 수도 있다. (아든)

것처럼 보이고, 가장 큰 이익을 얻는 데서 이득을 경멸

하는 것처럼 보여야 해. 네가 지금처럼 산다고 눈물을   110

흘리면 네 애인들은 동정심을 보여. 그 동정심이 네게

호평을 가져다주는 일은 거의 없지만 그래도 그런 평

은 순전한 이익이란다.

마리나 당신 말 못 알아듣겠어요.

볼트   오, 그녀를 집으로 데려가요, 마님, 데려가요. 그녀의   115

이런 부끄러움을 몇 가지 즉석 실습으로 잠재워야 합

니다.

뚜쟁이 정말 네 말이 맞아, 그렇게 해야 해. 새색시조차도 허

가받고 하러 가는 곳으로 창피해하면서 가니까.

볼트   참말로 누군 그러고 누군 안 그런답니다. 근데 마님,   120

그 고깃덩어리를 흥정한 게 저라면 —

뚜쟁이 너도 그 꼬치에서 한 조각은 잘라 낼 수 있지.

볼트   그럴 수 있죠.

뚜쟁이 누가 못 하게 하지? 이봐, 어린애야, 난 너의 그 옷맵

시가 아주 마음에 들어.   125

볼트   예, 참말이지 아직 바꿔선 안 되겠죠.

뚜쟁이 (그에게 돈을 준다.)

볼트, 읍내로 가서 그걸 써라. 우리 집에 누가 머무는

지 광고해 줘. 손님들로 네가 손해 볼 건 없을 거야.

자연이 이 작품을 빚었을 때 그녀는 네게 호의를 보

였어. 그러니 이 여자가 얼마나 빼어난 귀감인지 말   130

해 줘, 그럼 넌 너 자신의 광고를 통해 소득을 챙길

거야.

볼트   장담컨대 마님, 천둥도 잠자는 뱀장어들을 제가 그녀

의 미모를 말해서 호색할 맘이 있는 자들을 들쑤셔 놓

	는 만큼 거세게 깨우진 못할 겁니다. 오늘 밤 몇 명을 135
	집으로 데려오죠. (퇴장)
뚜쟁	넌 이리로 날 따라와.
마리나	뜨거운 불, 뾰족한 칼, 깊은 물이 있다면
	나는 내 처녀성을 탈 없이 지킬 거야.
	디아나여, 제 목표를 도우소서! 140
뚜쟁이	디아나가 우리와 무슨 상관이야? 부탁한다, 우리와 함
	께 갈 거지? (함께 퇴장)

4막 3장

클레온과 디오니자 등장.

디오니자	아니, 당신은 바보예요? 돌이킬 수 있나요?
클레온	오, 디오니자, 그러한 살육의 걸작은
	해도 달도 내려다본 적이 없었소.
디오니자	당신은 다시 애가 될 것만 같아요.
클레온	내가 이 광대한 세상을 다 가진 군주라면 5
	그 행위를 없애려고 그것을 줄 것이오.
	지위보다 미덕이 훨씬 높은 아가씨,
	하지만 올바로 비교하면 이 세상 그 어떤
	왕관에도 필적할 공주요. 오, 악당 레오니네,
	당신은 그놈도 독 먹여 죽였지만, 놈에게 10
	건배했더라면 당신의 얼굴에 잘 어울릴
	호의였을 것이오. 고귀한 페리클레스가

4막 3장 장소 타르수스, 궁전.

자식을 요구하면 뭐라고 말할 거요?

디오니자 죽었다 그러죠. 유모도 운명은 못 바꾸고,
양육해 주는 게 늘 지켜 주는 것도 아녜요.   15
밤중에 죽었다 그러죠. 반박할 자 누구죠?
당신이 경건하게 무죄인 척하면서
정직하단 평판 때문에 "속임수로 죽었다."라고
외치지만 않으면.

클레온   오, 원 참. 이런, 이런,
신들은 하늘 아래 모든 잘못 가운데   20
이걸 가장 싫어하오.

디오니자   타르수스 굴뚝새가
페리클레스에게 날아가 입을 열 거라고
생각하는 자들 중 하나가 되세요.
당신은 혈통은 참 고귀한데 기질은 참
겁보라고 생각하면 창피해요.

클레온   누구든   25
그러한 행동에 최초의 동의는 아니라도
승인을 보냈다면 명예로운 가문의
후예는 아니오.

디오니자   그렇다고 칩시다, 그러면.
그녀가 어찌 죽었는지는 당신밖에 모르고,
레오니네가 갔으니 누구도 알 수 없죠.   30
걔는 내 아이를 더럽혔고 그녀의 행운을
가로막았답니다. 아무도 그 애를 안 보고
마리나의 얼굴만 응시하는 동안에
우리 애는 조롱받고, 낮에 볼 가치 없는
상년 취급 받았죠. 그게 내 가슴을 찔렀고,   35

당신은 내 방식을 비정하다 말하지만,
당신은 자식을 별로 사랑 않으니까,
난 그게 당신의 외딸 위한 천륜의 행위여서
흐뭇하답니다.

클레온   하늘은 용서해 주소서!

디오니자   또 페리클레스라도 뭐라고 하겠어요?   40
우리는 영구차를 따르며 울었고 쭉 애도해요.
기념물은 거의 다 완성됐고 묘비명은
번쩍이는 황금빛 글자로 그녀를 기리는
모두의 찬사와 비용을 부담해 그걸 만든
우리의 보살핌을 표현해요.

클레온   당신은   45
하르피아이처럼 천사의 얼굴을 이용해
배신한 다음에 독수리 발톱으로 움켜잡소.

디오니자   당신은 겨울 땜에 파리가 죽는단 미신을
신들에게 맹세하는 사람과 같지만
그래도 내 조언을 따를 줄로 알아요.   (함께 퇴장)   50

4막 4장

해설자 가워 등장.

가워   이렇게 우리는 시간 깨고 먼 거리를 좁히며
조개 타고 바다 넘고, 소원만 하면 갖고,

46행 하르피아이 전설 속의 괴수, 여자의 얼굴과 몸통에 맹금의 날개
와 발톱을 가졌다. (아든)
4막 4장 장소 극장 무대.

변방에서 변방으로, 지역에서 지역으로
우리의 상상 따라 여행을 했답니다.
여러분의 용서를 받았으니 우리 극이   5
벌어지는 것처럼 보이는 각국에서
같은 말 쓴다고 죄짓는 건 아니겠죠.
청컨대 이따금 나타나 이 얘기의 국면을
가르치는 저에게 배우시죠. 페리클레스는
많은 귀족, 기사의 시중을 받으며   10
자기 삶의 온 기쁨인 딸애를 보려고
이제 다시 적대적인 바다를 헤칩니다.
늙은 헬리카누스도 같이요. 통치 위해
뒤에 남은 사람은 기억하신다면
늙은 에스카네스로, 헬리카누스가   15
최근에 때맞춰 고위직에 올렸지요.
잘 가는 범선과 풍부한 바람으로 이 왕은
타르수스에 닿아서 — 생각이 키잡이면
여러분의 생각도 그 배와 함께 가죠. —
이미 떠난 자기 딸을 데려가려 합니다.   20
티끌과 환영처럼 오가는 그들을 잠시 보면
여러분의 눈과 귀를 일치시켜 드리죠.

무언극. 한쪽 문에서 페리클레스, 수행원들 모두와 함께 등장.
클레온과 디오니자가 다른 쪽 문에서 등장.
클레온이 페리클레스에게 묘지를 보여 주고 페리클레스는
거기에서 통곡한 뒤 상복을 입고 침통한 슬픔에 빠져 떠난다.
클레온과 디오니자, 다른 쪽 문으로 함께 퇴장.

보시오, 믿음이 어떻게 위선에 속는지.
이 거짓 슬픔은 진정한 비탄을 대신하고
페리클레스는 커다란 비통에 휩싸여   25
연거푸 한숨 쉬고 눈물 홍수 쏟아 내며
타르수스 버리고 다시 배에 올랐지요.
세수나 이발은 절대 않겠노라고 맹세하고
상복을 걸친 다음 자기 몸 찢어 놓을
태풍 하나 품고서 바다로 나갔지만   30
그것을 견뎌 냈죠. 그러면 이제는
사악한 디오니자가 마리나를 위해 쓴
묘비명을 들어 보십시오.
(마리나의 묘비에 새겨진 비문을 읽는다.)
"가장 곱고 상냥하고 착한 이가
인생의 봄날에 시들어 누워 있네.   35
그녀는 티레 왕의 딸이었는데도
더러운 죽음이 이렇게 살해했네.
그녀의 이름은 마리나로 그 출생 때
테티스가 오만해져 땅을 좀 삼켰다네.
그래서 범람이 두려웠던 지구는   40
테티스의 수양딸을 하늘에 바쳤다네.
그 때문에 그녀는 끝없는 파도를 맹세하고
바윗돌 해변을 분노하며 때린다네."
부드럽고 다정한 아첨의 가면만큼
시커먼 악행에 잘 들어맞는 것은 없죠.   45

39행 테티스 바다의 요정으로 아킬레우스의 어머니. 그러나 여기에서
는 바다의 신 오케아노스의 아내인 테티스와 혼동하여 사용되었다. 41행
의 "테티스의 수양딸"은 바다에서 태어난 마리나를 가리킨다. (아든)

페리클레스는 딸애의 죽음을 믿은 뒤
운명의 여신이 정해 준 길 가도록 해 주고
그동안에 우리 극은 그 딸이
더러운 업종에서 겪는 비탄, 한탄을
보여 줘야 한답니다. 그럼 참고   50
모두들 미틸레네에 왔다 생각하시오.   (퇴장)

4막 5장

두 신사 등장.

신사 1   이 비슷한 얘기 들어 봤어?

신사 2   아니, 게다가 그녀가 가 버리고 나면 이 같은 장소에선
          다시 들을 것 같지도 않아.

신사 1   근데 그곳에서 신학 설교를 듣는 — 그런 걸 꿈이라도
          꿔 봤어?   5

신사 2   아니, 아니. 이보게, 난 사창가는 그만 갈 거야. 우리,
          베스타 처녀들의 노래나 들으러 갈까?

신사 1   난 이제 고결한 일이라면 뭐든지 하겠지만 색욕의 길
          에서는 영원히 벗어났어.   (함께 퇴장)

포주, 뚜쟁이, 볼트 등장.

포주   글쎄, 난 차라리 그녀 값의 두 배를 주더라도 그녀가   10
          여기로는 절대 안 왔기를 바라.

4막 5장 장소 미틸레네, 매음굴.

| 뚜쟁이 | 에잇, 망할 것. 그녀는 프리아포스 신조차도 얼려서 한 세대 전체를 요절낼 수 있어요. 강간을 당하게 하든지 없애 버리든지 해야 해요. 그녀는 손님들에게 맞춰 주는 일을 하면서 동시에 우리 업종의 이익을 내게 남겨 줘야 하는데도 발뺌하고, 이유 대고, 주된 이유 대고, 기도하고, 무릎 꿇고, 그래서 누가 그녀의 키스를 돈 내고 사려 하면 그게 마왕이라도 청교도로 만들어 놓을 거예요. | 15 |

| 볼트 | 참말로 제가 강간해야겠어요, 안 그러면 고것이 우리 고객들을 다 쫓아 버리고, 우릴 걸고 욕하는 사람들을 신부 만들겠어요. | 20 |

| 포주 | 이제 몸 사리는 고것은 염병에나 걸려라. | |

| 뚜쟁이 | 참말로 염병 말고는 고것을 없앨 길이 없네요. | |

리시마쿠스 등장.

| | 여기 리시마쿠스 나리께서 변장한 채 오셨어요. | 25 |

| 볼트 | 나리고 날라리고 저 까다로운 보릿자루가 손님들에게 길만 터 준다면 다 올 겁니다. | |

| 리시마쿠스 | (가면을 벗는다.) 근데 숫처녀는 한 다스에 얼마야? | |

| 뚜쟁이 | 이제 나리께 신들의 축복이 꼭 있기를. | |

| 볼트 | 건강하신 나리를 뵙게 되어 기쁩니다. | 30 |

| 리시마쿠스 | 그렇겠지. 단골들의 다리가 튼튼한 게 자네들에겐 더 좋을 테니까. 어때? 건강하게 사악한 애라도 있 | |

12행 프리아포스 풍요와 생식의 신.

	나, 그래서 관계를 갖고 나서도 의사를 무시할 수 있
	겠어?
뚜쟁이	하나가 있긴 한데, 나리, 그녀가 하겠다면 — 근데 미
	틸레네에 그런 여자가 온 적은 없었어요.
리시마쿠스	그녀가 어둠의 행위를 하겠다면, 그렇게 말하고 싶은
	거겠지.
뚜쟁이	나리께선 제 말뜻을 너무 잘 아십니다.
리시마쿠스	좋아, 불러와, 불러와. (포주 퇴장)
볼트	희고 붉은 혈육 대신, 나리, 한 송이의 장미를 보실 테
	고, 그녀는 진짜 장미인데 다만 그녀에겐 —
리시마쿠스	이봐, 뭔데?
볼트	오, 나리, 저도 예의 바를 수 있답니다.
리시마쿠스	그 말은 많은 사람에게 순결하다는 게 호평인 만큼이
	나 포주 하인의 명성을 빛내 주는군.

포주, 마리나와 함께 등장.

뚜쟁이	여기 가지에 달린 게 나왔는데 한 번도 꺾인 적 없다고
	확인해 드립니다. 고운 여인 아닙니까?
리시마쿠스	참말로 그녀는 바다에서 긴 여행을 한 뒤에 쓸모가 있
	겠구나. 자, 받아. (포주에게 돈을 준다.) 물러가.
뚜쟁이	나리께 간청컨대 한마디만 하도록 해 주세요, 그러면
	바로 끝내겠습니다.
리시마쿠스	간청컨대, 그리하게.
뚜쟁이	(마리나에게)
	먼저 네가 주목해 줬으면 좋겠는데 이분은 명예로운
	분이란다.

마리나	그렇게 알게 되길 바랍니다, 훌륭한 분으로 주목할 수 있도록 말이죠.
뚜쟁이	다음으로 이분은 이 나라의 총독이시고 내가 빚을 지고 있는 분이야.
마리나	그가 이 나라를 통치한다면 당신은 정말로 그의 빚이군요. 하지만 그가 그 일을 얼마나 명예롭게 하는지는 모르겠네요.
뚜쟁이	제발 처녀 같은 말싸움 그만하고 그를 친절히 모셔 줄래? 그는 네 앞치마를 금으로 채워 주실 거야.
마리나	그가 예의 바르게 주는 것이면 고맙게 받지요.
리시마쿠스	안 끝났어?
뚜쟁이	각하, 그녀는 아직 길이 안 들었어요. 각하와 보조를 맞추게 하려면 애 좀 쓰셔야 할 겁니다. ― 가요, 우린 총독과 그녀를 함께 둘 테니까 ― 너도 가봐.

(포주 및 볼트와 함께 퇴장)

리시마쿠스	자, 예쁜 애야, 이 장사는 얼마나 오래 했지?
마리나	무슨 장사요?
리시마쿠스	허, 그걸 기분 나쁘지 않게 말할 순 없구나.
마리나	제 장사에 제가 기분 나쁠 수는 없어요. 그게 뭔지 말씀해 보세요.
리시마쿠스	얼마나 오랫동안 이 ― 직업에 종사했느냐?
마리나	기억할 수 있는 때부터 쭉요.
리시마쿠스	그렇게 어렸을 때 그 짓을 했어? 다섯이나 일곱에 꾼이었어?
마리나	더 이른 때도요, 지금 제가 그런 사람이라면.
리시마쿠스	아니, 네가 사는 이 집으로 보건대 넌 매춘부인 게 분명해.

마리나	당신은 이 집이 그런 유흥업소인 줄 알면서 들어오신

마리나 당신은 이 집이 그런 유흥업소인 줄 알면서 들어오신
단 말입니까? 저는 당신이 명예로운 자질을 갖춘 분이
며, 이곳의 총독이라고 들었어요.

리시마쿠스 아니, 네 업주가 너에게 내가 누구인지를 알렸단 말이 85
냐?

마리나 누가 제 업주지요?

리시마쿠스 허, 그 종묘상 여편네, 수치와 사악의 씨앗과 뿌리를
심는 여자 말이다. 오, 넌 내 권력에 대해 뭔가를 듣고
서 좀 더 진지한 구애를 받으려고 떨어져서 있구나. 하 90
지만 단언컨대, 예쁜 애야, 난 내 권위로 널 눈감아 주
거나 아니면 친구처럼 바라볼 것이다. 자, 나를 은밀한
곳으로 데려가. 자, 어서.

마리나 명예를 타고난 거라면 지금 그걸 보여요.
주어진 것이라면 당신은 자격을 갖췄다고 95
생각했던 사람들의 판단을 입증해 보세요.

리시마쿠스 뭐야, 뭐야? 현자처럼 더 말해 봐.

마리나   처녀인
저로 말하자면 참으로 불친절한 운명 땜에
이 우리에 갇혔고, 여기선 제가 온 이래로
많은 병이 약보다 더 비싸게 팔렸는데 — 100
오, 신들께서 이 몸을
깨끗한 저 하늘을 날아가는 가장 천한
새로 바꿔 놓더라도 이 부정한 곳에서
해방시켜 주셨으면!

리시마쿠스   난 네가 말을 그렇게
잘할 수 있을지 생각도, 꿈도 꿀 수 없었다. 105
내가 만약 타락한 마음으로 여기에 왔대도

네 말 듣고 변했다. 자, 너를 위한 금이다.

네가 걷는 깨끗한 그 길을 고집하고

신들께선 네게 힘을 주시기를. (그녀에게 금을 준다.)

마리나   선하신 신들께서 당신을 보호하길.   110

리시마쿠스   나쁜 의도 가지고 내가 오진 않았단 걸

확신하도록 해라, 바로 이 문과 창이

내게는 더러운 냄새가 나니까. 잘 있어라.

넌 미덕의 걸작이고 네 훈육도

고귀했던 것임을 의심치 않는다.   115

받아라, 너를 위한 금을 더 주겠다.

네 순결을 빼앗으려 하는 자는 저주받고

도둑처럼 죽기를. 내게서 무슨 말을

만약 듣게 된다면 네게 득이 될 것이다.

(문 쪽으로 움직인다.)

문간에 있던 볼트 등장.

볼트   나리께 간청컨대 저도 한 개 주십시오.   120

리시마쿠스   넌 꺼져라, 저주받은 문지기야!

네 집을 떠받치는 이 처녀가 없다면

그것은 무너져 널 압사시킬 거다. 물러가!   (퇴장)

볼트   이게 뭐야? 우린 네게 다른 방법을 써야겠어. 까다

로운 네 순결 때문에, 그건 저 천공 아래 가장 싸구   125

려 나라의 아침 식사비만도 못한데, 한 집안 전체

가 망가진다면 나를 스패니얼처럼 거세시켜. 자,

가자.

마리나   어디로 데려가는데?

볼트	내가 너의 그 처녀성을 떼 줘야겠어, 안 그러면 공개	130
	처형 망나니가 처치해 줄 거야. 가자. 신사들을 더 이	
	상 내쫓게 둘 순 없어. 가잔 말이다.	

뚜쟁이와 포주 등장.

뚜쟁이	이봐, 무슨 일이야?
볼트	점점 더 나빠져요, 마님. 그녀가 여기에서 리시마쿠스
	각하께도 성스러운 말을 했답니다.	135
뚜쟁이	오, 고약해라!
볼트	그녀는 우리 직업을, 말하자면, 신들의 얼굴 앞에서 악
	취가 나는 걸로 만들어요.
뚜쟁이	허 참, 그녀를 영원히 목매달아!
볼트	그 귀족께서는 그녀를 귀족처럼 다루려고 했는데 그	140
	녀가 그분을 눈덩이처럼 차갑게, 기도문까지 외우면
	서 나가도록 해 버렸어요.
뚜쟁이	볼트, 그녀를 데려가서 네 맘대로 해. 그 처녀성이라는
	거울을 깨고 그 나머지를 순하게 만들어.
볼트	그녀가 지금보다 더한 가시덤불 땅이라고 해도 쟁기	145
	질을 하겠습니다.
마리나	신들이시여, 잘 들으세요!
뚜쟁이	마법을 건다! 데려가, 그녀가 내 집 안에 들어오지 않
	았으면 좋았을걸. — 에이 참, 뒈져라! — 우릴 망치려
	고 태어났어. — 여자의 길을 걷지 않겠단 말이지?	150
	에이 참, 우라질, 로즈메리와 월계수 잎 넣은 순결 요
	리 같으니라고! (포주와 함께 퇴장)
볼트	자, 아가씨, 나랑 같이 가.

마리나	어디로 데려가려고?
볼트	네가 그리도 소중히 여기는 그 보석을 뺏는 데로. 155
마리나	한 가지만 제발 먼저 말해 줘.
볼트	자 이제 그 한 가지란 게?
마리나	넌 네 적이 어떻게 됐으면 좋겠어?
볼트	그야, 내 주인, 아니 오히려 내 여주인 같은 인간이 됐
	으면 좋겠지. 160
마리나	그들 중 어느 쪽도 너만큼은 안 나빠,
	명령한단 점에서는 너보다 나으니까.
	네 지위는 지옥에서 가장 큰 고통 받는
	악마라도 그 평판을 교환하지 않을 거야.
	너는 자기 갈보를 수소문하러 오는 165
	그 모든 잡놈의 영벌 받은 문지기야.
	넌 모든 불한당 놈들의 성마른 주먹질에
	귀싸대기 얻어맞기 십상이고, 네 음식은
	감염된 폐에서 내뿜어진 것들이야.
볼트	나더러 뭘 어떡하란 말이야? 전쟁에 나갔으면 좋겠 170
	어? 거기에 가면 칠 년을 복무하고 다리 하나 잃은 다
	음 결국 나무다리 하나 사는 데 충분한 돈도 남기지 못
	하는데?
마리나	지금 하는 이것 말고 뭐든지 해. 텅 빈
	낡은 쓰레기통이나 오물 덮인 공공 해변, 175
	교수형 집행인의 계약 조수 되는 것,
	이것들 중 어떤 길도 이것보다는 나아.

151행 로즈메리와 월계수 이 두 가지 식물은 크리스마스 계절에 음식
장식용으로 사용되었다고 한다. (아든)

네 직업은 비비라도, 말을 할 수 있다면,

안 가질 이름이야. 오, 신들께서 이 몸을

이곳에서 안전하게 구출해 주셨으면!   180

여기, 여기, 금을 줄게. (볼트에게 돈을 준다.)

네 주인이 내 득을 보겠다면 난 노래, 춤,

베 짜기와 바느질을 할 수 있다 공언해 줘. —

그 밖의 능력들은 자랑하지 않겠지만 —

그럼 난 그걸 다 가르치는 일을 할 테니까.   185

인구 많은 이 도시에 제자들은 틀림없이

많이 몰려올 거야.

볼트   하지만 네가 말한 그걸 다 가르칠 수 있어?

마리나   못하는 게 입증되면 나를 다시 데려와

네 집에 자주 오는 가장 천한 일꾼에게   190

내 몸을 팔게 해.

볼트   좋아, 널 위해 뭘 할 수 있는지 알아볼게. 만약 자리를

구할 수 있으면 넣어 줄게.

마리나   하지만 정숙한 여인들 사이야.

볼트   참말로 그들 사이에 내 지인들은 거의 없어. 그렇지만   195

주인님과 마님이 너를 샀으니까 그들의 동의 없이는

못 해. 그러니까 난 그들에게 네 의도를 알릴 거야. 그

럼 난 그들이 아주 다루기 쉬워질 것임을 의심치 않아.

가자, 널 위해 내가 할 수 있는 일을 할게. 가자.

(함께 퇴장)

5막 0장

해설자 가워 등장.

가위 마리나는 이렇게 사창가를 탈출했고 우연히
       이야기에 의하면 훌륭한 집안으로 갔답니다.
       그녀는 불멸의 존재처럼 노래하고
       탄복할 곡에 맞춰 여신처럼 춤을 춰요.
       그녀는 대학자를 벙어리 만들고, 바늘로   5
       꽃눈, 새, 가지와 열매 모습 수놓는데
       그 기술은 자연의 장미와 흡사하답니다.
       그녀의 아마 비단 매듭은 홍옥 버찌를 꼭 닮아
       귀족층 제자들이 모자라지 않았는데,
       그녀는 그들이 퍼부어 준 사례금 소득을   10
       저주할 그 뚜쟁이에게 주죠. 그녀는 여기 두고
       우리는 바다에 두고 온 그 아버지에게로
       생각을 돌려 보죠. 거기에서 그를 놓쳤는데
       그곳에서 바람에 밀리어 여기 이 해안에
       이제 닻을 내렸다 가정하죠. 그 도시는   15
       넵튠의 연례 축일 지키려 애썼고, 거기에서
       리시마쿠스가 흑기 달고 값비싸게 장식한
       티레의 우리 배를 보고서 그걸 향해
       거룻배를 타고서 열심히 서둘렀답니다.
       여러분의 시선을 또 한 번 상상에 맡겨요.   20
       수심에 찬 페리클레스의 배, 이거라 여기고
       벌어진 일들은 가능하면 더 많은 걸
       밝혀 줄 터이니 앉아서 잘 들어 보시오.   (퇴장)

5막 0장 장소 극장 무대.

5막 1장

리카누스 등장. 그에게 티레의 선원과
미틸레네의 선원 등장.

티레 선원   (미틸레네의 선원에게)

헬리카누스 경은 어디? 그가 해결할 수 있네.

아, 오셨어.

(헬리카누스에게)

나리, 미틸레네에서 떠난 거룻배가 있는데

그 안에 리시마쿠스 총독이 타고 있고

승선을 갈망한답니다. 어떡하실 겁니까?   5

헬리카누스   뜻대로 하라고 해.   (미틸레네의 선원 퇴장)

신사들 좀 불러 주게.

티레 선원   신사분들, 경께서 부르시오.

신사 두세 명 등장.

신사 1   부르셨습니까?

헬리카누스   이보게들, 고관이 배에 오른다고 하니

부탁인데 고이 맞이해 주게.

리시마쿠스, 미틸레네 선원 및 귀족들과 함께 등장하고
신사들은 그를 만나러 간다.

미틸레네 선원   (리시마쿠스에게)   각하,

5막 1장 장소   미틸레네 해변 근처.

	원하는 게 뭣이든 이 사람이 해결할 수	10
	있다고 합니다.	
리시마쿠스	존귀한 분, 만세! 신들의	
	가호를 빕니다.	
헬리카누스	당신도 내 나이 넘어 살고	
	명예롭게 죽기를.	
리시마쿠스	좋은 소원이십니다.	
	해변에서 넵튠의 기념 행진 벌이다가	
	우리 앞에 달리는 이 멋진 배를 보고	15
	어디에서 오셨는지 알려고 다가왔답니다.	
헬리카누스	우선 당신의 지위는 무엇이오?	
리시마쿠스	앞에 놓인 저 지역의 총독이랍니다.	
헬리카누스	각하, 우리 배는 티레의 것이고 그 안에는	
	국왕이 계시는데 석 달을 그 누구에게도	20
	아무런 말도 않고 음식도 안 들면서	
	비탄만 계속하십니다.	
리시마쿠스	그분의 혼란은	
	뭣 때문에 생겼지요?	
헬리카누스	되풀이하기에는	
	너무 지루하겠지만 비탄의 주원인은	
	사랑하는 따님과 아내의 상실이오.	25
리시마쿠스	뵐 수는 있나요?	
헬리카누스	가능하오,	
	근데 봐도 소용없소. 말하지 않을 거요,	
	누구와도.	
리시마쿠스	그래도 내 소원이오.	
헬리카누스	그분이오.	

잘생긴 사람이었는데
치명적인 어느 밤의 그 재앙이 있고 나서　　　　　30
이 지경이 되었소.

리시마쿠스　　국왕 전하, 만만세! 신들의 가호를 빕니다!
만세, 왕이시여.

헬리카누스　　허사요. 당신에게 말하지 않을 거요.

귀족　　(리시마쿠스에게)
각하, 그 미틸레네 처녀가, 감히 보증하건대　　　　35
말씀을 좀 얻어 낼 겁니다.

리시마쿠스　　　　　　　　　　　　잘 생각하였네.
그녀라면 문제없이 그 달콤한 화음과
엄선된 여러 다른 매력으로 유혹하여
지금은 중간에 막혀 있는 이분의
귀먹은 두 통로를 공략하여 뚫을 거야.　　　　　40
가장 고운 여자로서 좋은 자질 다 지녔고,
지금은 그녀의 처녀 동무 데리고
이 섬에 인접한 울창한 쉼터에
머물고 있다네. 이리로 데려오게.　　　　(귀족 퇴장)

헬리카누스　　분명히 다 허사요. 그래도 치유의 이름은　　　45
빼지 않고 부를 거요. 근데 당신 친절을
이토록 멀리 잡아당긴 김에 간청컨대
금을 주고 식품을 구했으면 합니다,
모자라서 궁핍하진 않으나 진부해져
싫증 난 때문이오.

리시마쿠스　　　　　　　　오, 어르신, 그 예의를　　　50

우리가 거절하면 최고로 정의로운 신들이
접목된 모든 순에 애벌레를 내려보내
이 지역을 괴롭힐 겁니다. 하지만 또다시
당신 왕이 슬퍼하는 원인을 상세하게
알게 되길 청합니다.   55

헬리카누스   앉아요, 다시 얘기해 주겠소. 근데 봐요,
　　　　　　난 기선을 뺏겼소.

　　　　　　　　귀족, 마리나, 그리고 그녀의 동료 등장.

리시마쿠스　　　　　　　　오, 데리고 오라 했던
그 숙녀가 왔군요. — 어서 와요, 미녀여. —
잘생겼지 않습니까?

헬리카누스　　　　　　　멋진 숙녀로군요.

리시마쿠스 만약에 그녀가 귀족이나 명문가 출신임을   60
확신하면 난 더 나은 선택을 안 바라고
희귀하게 결혼했다 생각할 그런 여자랍니다.
미녀여, 환자 왕이 계시는 바로 이곳에서
사례금 안에 담긴 선심을 모조리 기대해라.
네가 만약 성공적인, 기술적인 위업으로   65
이분의 대답을 뭣이든 끌어낼 수 있다면
성스러운 네 치료는 원할 수 있는 만큼
보답을 받을 거다.

마리나　　　　　　　　　각하, 이분의 치유에
최고의 기술을 써 보겠습니다. 단
저와 제 친구만 이분께 가까이 가도록   70
해 주신다면요.

리시마쿠스	자, 우리는 물러서죠.
	그리고 신들은 그녀가 성공하게 하소서.
	(페리클레스를 뺀 남자들 모두 물러난다. 마리나가 노래한다.)
	(앞으로 나온다.)
	네 음악 들으셨어?
마리나	아뇨, 우리를 안 보셔요.
리시마쿠스	봐요, 그녀가 그에게 말 걸 거요. (페리클레스와 마리나,
	그리고 곁에 앉은 동무를 제외한 모두, 함께 퇴장)
마리나	전하, 만세! 귀를 열어 주세요.
페리클레스	흠, 하. (그녀를 밀친다.)

마리나	전하,	75

처녀인 전 남의 눈길 요청한 적 없었고
혜성처럼 응시 대상이었어요. 전하의
비탄과 대등한 걸, 둘을 옳게 달아 보면,
견뎌 냈을지도 모를 그녀가 말합니다.
변덕쟁이 운명이 제 지위를 해쳤지만　　　　　　　　　　80
제 혈통은 막강한 왕들과 대등하게
강력한 조상들로부터 유래했답니다.
하지만 세월은 제 가문을 뽑아내 버렸고
저를 이 세상과 불편한 재난에 노예처럼
묶어 놓았답니다. (방백) 난 그만둘 거야.　　　　　　　　85
하지만 내 뺨에 무엇이 타오르며 내 귀에
"그가 말을 할 때까지 가지 마." 속삭여.

페리클레스	제 운명 — 가문 — 훌륭한 가문으로 —
	내 것과 대등한 — 그리 말했잖아? 그렇지?

마리나	전하께서 제 가문을 아셨으면 저에게	90
	난폭하진 않으셨을 거라고 말했어요.

페리클레스	그런 것 같구나. 눈을 내게 돌려 봐라.
	넌 누구와 같은데 — 어느 나라 여자냐?
	여기 해안?
마리나	아뇨, 그 어떤 해안도 아녜요.
	그래도 인간으로 나왔고 드러난 제 모습, 95
	그 밖의 다른 건 아닙니다.
페리클레스	난 비애로 가득 차 울면서 말할 거야.
	지극히 사랑하는 아내는 이 처녀와 같았고
	내 딸도 그리될 수 있었다. 왕비의 넓은 이마,
	정확하게 같은 키, 막대처럼 곧았는데, 100
	같은 은빛 목소리, 그녀 눈은 보석 같고
	그 상자도 화려했어, 걸음걸인 유노였지.
	그녀는 귀를 채워 주면서 굶기고, 말을 더
	해 줄수록 배고프게 만들어. 사는 덴 어디냐?
마리나	이방인일 뿐인 곳에서요. 이 배의 갑판에서 105
	그 장소를 식별할 수 있으셔요.
페리클레스	자란 곳은?
	또 네가 가져서 더 값지게 된 이 재능을
	어떻게 얻었느냐?
마리나	제 얘기를 해 드리면
	거짓처럼 들려서 전달하는 도중에
	경멸받을 것입니다.
페리클레스	제발 말해 보아라. 110
	허위는 네게서 못 나와. 넌 마치 정의처럼
	겸손해 보이고, 왕관 쓴 진실이 거주하는
	궁정처럼 보이니까. 나는 널 믿을 테고
	네 진술을 불가능해 보이는 지점까지

	신뢰해 보겠다. 넌 내가 정말로 사랑했던	115
	누구처럼 보이니까. 친척들은 누구였지?	
	말하지 않았어, 내가 널 밀쳤을 때 —	
	내가 널 감지했을 때인데 — 넌 훌륭한	
	혈통을 가졌다고?	
마리나	정말 그리 말씀드렸지요.	
페리클레스	네 가문을 공표해라. 넌 잘못 내던져져	120
	상처를 받았다고 한 것 같고, 네 비탄은	
	네 생각에 나의 것과, 만약 둘이 밝혀지면	
	같다고 말했다.	
마리나	그러한 뭔가를 말했지만	
	제 생각에 그럴 것 같다고 보증되는	
	이상은 말하지 않았어요.	
페리클레스	네 얘기를 해 봐라.	125
	그것을 숙고한 뒤 내가 인내한 것의	
	천분의 1임이 입증되면 너는 한 남자이고	
	나는 한 소녀처럼 아파했다. 근데 네 모습은	
	왕들의 무덤을 응시하며 극단적인 행동을	
	웃음으로 녹이는 인내의 석상 같다. 친지는?	130
	어떻게 잃었어? 가장 친절한 처녀여, 이름은?	
	말해 줘, 정말로 간청한다. 자, 곁에 앉아.	
마리나	(앉는다.)	
	이름은 마리나랍니다.	
페리클레스	오, 난 조롱받았고,	
	격노한 어떤 신이 널 이리로 내려보내	
	세상이 날 비웃게 만들었어.	
마리나	참으세요, 전하,	135

	아니면 여기서 멈출게요.
페리클레스	아냐, 참겠다.

넌 자신을 마리나라 불러서 얼마나 나를
흠칫하게 했는지 전혀 몰라.

마리나	그 이름은

권력을 좀 가졌던 사람이 주셨어요.
제 아버지, 왕께서요.

페리클레스	뭐! 왕의 딸이라고,	140

이름은 마리나고?

마리나	절 믿겠노라고 하셨지만

당신의 평화를 깨뜨리지 않기 위해
여기서 끝낼게요.

페리클레스	근데 넌 인간이냐?

맥박은 뛰고 있고, 요정은 아니냐?
동작도 해? 계속해. 어디서 태어났어? 145
마리나란 이름은 왜?

마리나	마리나란 이름은

바다에서 태어나서.

페리클레스	바다에서! 어머니는?
마리나	어머니는 어느 왕의 따님이었는데

이 몸이 태어난 순간에 돌아가셨다고
저의 착한 유모였던 리코리다가 울면서 150
자주 말해 줬어요.

페리클레스	오, 거기서 잠시 멈춰!

(방백) 우둔한 잠 속에서 한심한 바보들을 조롱한
최고로 희한한 꿈이야. 이게 내 딸일 수는
없잖아, 물었는데. ― 그래, 어디서 자랐어?

		155

더 듣겠다, 네 얘기의 바로 그 바닥까지, 155
절대 중단 안 시켜.

마리나 경멸하십니다. 분명코 관두는 게 최고예요.

페리클레스 네가 전할 말이면 한 마디도 안 빼놓고
다 믿을 것이다. 그렇지만 허락해 줘. —
어떻게 이 지역에 왔느냐? 어디서 자랐지? 160

마리나 부왕께선 타르수스에 저를 남겨 두셨는데,
잔인한 클레온이 사악한 아내와 둘이서
결국엔 저를 살해하려 했고 그 일을 시도할
악한을 꾀었는데, 그가 칼을 뽑았을 때
해적 한 무리가 다가와 저를 구해 내었고 165
미틸레네로 데려왔답니다. 하지만 전하,
무슨 답을 바라시죠? 왜 우세요? 혹시나
절 사기꾼으로 여기시나. 아녜요, 정말로.
전 페리클레스왕의 딸이랍니다, 만약에
페리클레스왕께서 살았다면.

페리클레스 (일어선다.)   헬리카누스! 170

헬리카누스와 리시마쿠스 등장.

헬리카누스 부르셨습니까?

페리클레스 그대는 진지하고 고귀한 조언자다, 매사에
최고로 현명하지. 가능하면 말해 보라,
날 이렇게 울게 만든 이 처녀가 누구인지,
아니면 누구일 수 있는지.

헬리카누스   모릅니다. 175
하지만 여기 있는 미틸레네의 섭정이

그녀를 고귀하게 말합니다.

리시마쿠스   (앞으로 나선다.)   그녀는 절대로
가문 얘기 않으려 했어요. 요청을 받고는
가만히 앉아서 울었어요.

페리클레스   오, 헬리카누스, 존경하는 그대여, 날 내리쳐   180
깊은 상처 입히면서 곧바로 아프게 해,
내게로 돌진하는 이 커다란 기쁨의 바다가
내 생명의 해변을 덮치고 그 달콤함으로
날 익사시키지 않도록.

(마리나에게)   오, 이리 와라,
너를 낳아 주었던 바로 그를 낳는 너,   185
바다에서 태어나 타르수스에 묻혔다가
바다에서 다시 발견된 너! — 오 헬리카누스,
무릎 꿇고 신성한 신들께 천둥의 위협만큼
큰 소리로 감사하게, 이 아이가 마리나야!

                                    (헬리카누스가 무릎을 꿇는다.)

— 어머니 이름이 뭐랬지? 그것만 말해 다오,   190
의심은 영원히 죽었지만 진실의 확인은
절대로 충분할 수 없으니까.

마리나   먼저, 전하, 당신의 칭호는 무엇이죠?

페리클레스   난 티레의 페리클레스다.   (마리나가 무릎을 꿇는다.)
                              근데 이젠
익사한 왕비 이름, 말하라. 그 밖의 말에서   195
넌 신처럼 완벽했어, 왕국들의 후계자로,
네 아비 페리클레스에게 또 하나의 생명으로.

마리나   당신 딸이 되기 위해 어머니의 이름이
타이자라 말하는 것 이상은 없는지요?

| | 타이자가 어머니고 제가 시작됐던 순간 | 200 |
| | 끝나셨답니다. |

페리클레스   축복이 내리기를! 일어서라. 너는 내 자식이다.

(마리나가 일어선다.)

  — 새 옷을 가져오라!   (헬리카누스가 일어선다.)

내 것이야, 헬리카누스!

타르수스에서 야만적인 클레온에 의하여

죽었어야 하는데 안 죽었어. 무릎 꿇고   205

그녀가 그대의 바로 그 공주임을 확증하면

그녀가 다 말해 줄 거야. 이 사람은?

헬리카누스   전하, 이 사람은 미틸레네 총독으로

당신의 우울증 상태를 듣고 나서 정말로

뵈려고 왔답니다.

페리클레스   (리시마쿠스에게)   당신을 포옹하오.   210

  — 예복을 이리 다오.   (그들이 그리한다.)

난 쳐다보기에 남루해.

오, 내 딸에게 천복을!   (음악)

근데 쉿, 웬 음악이?

마리나야, 헬리카누스에게 말해 줘,

자세히 말해 줘, 네가 확실히 내 딸인지

아직도 의심하는 것 같아.   (음악)

근데 웬 음악이?   215

헬리카누스   전하, 들리지 않는데요.

페리클레스   안 들려?

천체들의 음악이다. 들어 봐, 마리나야.

리시마쿠스   이분에게 반박하면 좋지 않소, 져 드려요.

페리클레스   최고로 희귀한 소리다. 안 들려요?

리시마쿠스	음악이요, 전하? 들리는 건 —
페리클레스	하늘의 최고 음악. 220

그것이 듣기를 강요해, 그런데 짙은 잠이

내 눈 위에 내렸어. 나를 좀 쉬게 해 줘. (잠든다.)

리시마쿠스　머리 받칠 베개를. 자, 모두 물러납시다.

그럼, 동료 친구들이여,

이것이 내 기대처럼 사실로 밝혀지면　　　　225

여러분을 깊이 기억하겠소.

　(리시마쿠스, 헬리카누스, 마리나와 그녀의 동무, 물러난다.)

　　　　　　　디아나가 내려온다.

디아나　　내 신전은 에페수스에 있다. 그곳으로

급히 가서 제단에 희생물을 바쳐라.

거기에서 나의 처녀 사제들이 모였을 때

모든 사람 앞에서 그대가 아내를　　　　230

어떻게 바다에서 잃었는지 밝혀라.

그대 딸과 그대의 고난을 애도하기 위해

그 사실을 외치고 생생하게 반복하라.

명을 실행 않으면 비통하게 살 것이다.

실천하고 행복하라, 내 은빛 활에 걸고.　　235

깨어나서 그대 꿈을 말하라.　　(디아나가 올라간다.)

페리클레스　천상의 디아나, 은빛 여신이여,

복종할 것입니다. 헬리카누스!

217행 천체들의 음악　프톨레마이오스의 우주에서 천체들은 동심원 궤
도를 돌면서 아름다운 화음을 낸다고 한다. (아든)

(헬리카누스, 리시마쿠스, 마리나, 앞으로 나온다.)

헬리카누스   전하?

페리클레스   내 의도는 타르수스로 간 다음 거기에서

            야박한 클레온을 치는 것이었지만   240

            다른 일을 먼저 한다. 부푼 우리 돛들을

            에페수스로 돌려라. 이유는 곧 말해 주겠다.

            (리시마쿠스에게)

            당신의 해안에서 우리가 휴식을 취하고

            우리의 의도에 필요한 물품을 금으로

            얻을 수 있을까요?

리시마쿠스   전하, 진심으로 그러시죠,   245

            또 해안에 오시면 저도 청이 있습니다.

페리클레스   내 딸에게 구애해도 들어줄 것이오,

            그녀를 고귀하게 대한 것 같으니까.

리시마쿠스   전하, 팔을 잡아 드리죠.

페리클레스   가자, 마리나야.   (함께 퇴장)

5막 2장

해설자 가워 등장.

가워   이제 우리 모래시계, 거의 다 흘렀고

        조금만 더 있으면 침묵할 것이오.

        나에게 마지막 호의를 베푸시오,

        여러분이 기꺼이 상상해 주셔야

5막 2장 장소 극장 무대.

그 친절로 내가 놓여날 테니까.   5
즉 그 섭정이 미틸레네에서
국왕을 맞으려고 어떤 장관,
연회, 구경, 음악과 예쁜 소음
만들어 냈는지를 말이오. 그렇게
그는 성공하였고 그 고운 마리나와   10
혼인 약속 받았으나, 그분이
디아나의 명에 따라 희생물을
바칠 때까지는 실행 불가하니까
거기로 가는 시간 다 없애 주시오.
쏜살같이 빠르게 돛은 바람 실었고,   15
소원은 뜻대로 이루어졌답니다.
에페수스의 신전에 우리 왕과
동행들이 다 있으니 보시오.
여러분의 고마운 상상의 판결 덕에
그가 여길 그리 빨리 오게 됐소.   (퇴장)   20

5막 3장

한쪽에서 타이자와 디아나의 처녀 사제들 및 케리몬,

다른 쪽에서 페리클레스, 마리나, 리시마쿠스,

헬리카누스 및 시종들 등장.

페리클레스   디아나 만세! 그대의
             정확한 명령을 실행코자 여기서 선언컨대

5막 3장 장소 에페수스, 디아나의 신전.

전 티레의 왕으로 공포 속에 나라 떠나
펜타폴리스에서 그 고운 타이자와 결혼했소.
바다에서 출산 중 그녀는 죽었지만   5
딸아이 마리나를 낳았는데, 오, 여신이여,
걔는 아직 그대의 은빛 제복 입었어요.
그녀는 타르수스에서 클레온의 양육 받고
열넷에 그자가 죽이려 했지만 운이 좋아
미틸레네에 왔고, 제가 그 해안에 머물 때   10
운명에 의하여 우리 배에 올랐는데
거기서 대단히 또렷한 기억으로 자신이
제 딸임을 알려 줬답니다.

타이자   목소리와 모습이!
당신은, 당신은, 오 늠름한 페리클레스!   (기절한다.)

페리클레스   이 수녀가 왜 이래? 죽는다. 도와줘요!   15

케리몬   고귀하신 전하,
디아나의 제단에 진실을 말씀하셨다면
이분은 아내이십니다.

페리클레스   노인장 같은데, 아니오,
바로 이 두 팔로 그녀를 배 밖으로 던졌소.

케리몬   장담컨대 이 해안에.

페리클레스   아주 확실합니다.   20

케리몬   부인을 살피시오. 오, 환희가 넘쳤을 뿐이오.
세찬 바람 불던 아침 부인은 이 해변에
내던져졌답니다. 제가 관을 열었는데
값비싼 보석들이 있었고, 그녀는 소생시켜
디아나 신전에 뒀지요.

페리클레스   그거 좀 볼 수 있소?   25

케리몬	대왕이여, 제 집으로 가져오게 할 것이고
	거기로 초대하겠습니다. 보시오, 타이자가
	살아났습니다.
타이자	(일어선다.) 오, 보게 해 주세요!
	그가 내 남편이 아니라면 난 신성한 맘으로
	내 감각에 음탕한 귀 기울이지 않은 채
	봤지만 그걸 억제할 것이오. 오, 전하,
	페리클레스가 아니신지? 그처럼 말하고
	그와 닮았답니다. 태풍과 출생과 죽음을
	말하지 않으셨소?
페리클레스	죽은 그 타이자의 목소리!
타이자	그 타이자 저예요, 죽어서 익사했다
	그렇게 여겨졌죠.
페리클레스	불멸의 디아나여!
타이자	당신을 이젠 더 잘 알아요.
	우리가 눈물로 펜타폴리스를 떠났을 때
	제 아버지 왕께서 그런 반지 주셨죠.
페리클레스	이거, 이거! 오, 그만해요, 신들이여! 당신들의
	이 친절에 저의 옛 불행은 장난거리랍니다.
	제가 그녀 입술에 닿자마자 녹아서 안 보여도
	잘하시는 일일 것입니다. 오, 이리 와요,
	두 번째로 이 팔에 묻히시오. (그들이 포옹한다.)
마리나	제 심장도
	어머니의 품 안으로 가려고 뛰네요.
	(타이자에게 무릎을 꿇는다.)
페리클레스	꿇은 애를 보시오. 당신 몸의 일부요, 타이자,
	당신의 바다 아기, 이름은 마리나요,

30

35

40

45

거기에서 났으니까.

타이자   축복받은 내 것아!

                           (마리나를 포옹한다.)

헬리카누스   만세, 마마, 왕비시여.

타이자   난 당신을 모르오.

페리클레스   티레에서 도망칠 때 노령의 대리인을   50

남겨 두고 왔다는 내 말을 들었을 것이오.

내가 그를 뭐라고 불렀는지 기억하오?

그 이름을 자주 언급했는데.

타이자   그때는 헬리카누스였지요.

페리클레스   계속해서 확인된다.   55

포옹하오, 사랑하는 타이자, 그이오.

이제는 당신이 어떻게 발견됐고, 어떻게

보전이 가능했고, 이 큰 기적에 신들 말고

누구에게 감사할지 정말로 듣고 싶소.

타이자   전하, 신들의 능력을 보여 준 케리몬 귀인이   60

당신의 궁금증을 처음부터 끝까지

풀어 줄 수 있답니다.

페리클레스   존경받을 귀인이여,

신들은 당신보다 더 신 같은 대리인을

둘 수 없을 것이오. 어떻게 이 죽은 왕비가

다시 살아 있는지 얘기해 주겠소?

케리몬   예, 전하.   65

간청컨대 먼저 저와 제 집으로 가시면

그녀와 함께 발견된 것을 다 보여 드리고

어떻게 여기 이 신전에 자리를 잡았는지

필요한 건 빼지 않고 말하죠.

페리클레스	순결한 디아나,
	그대의 예견을 축복해 드리고 밤 재물을
	바치겠습니다. 사랑하는 타이자여,
	이 군주, 당신 딸의 이 고운 약혼자는
	펜타폴리스에서 그녀와 결혼할 것이오.
	근데 난 이 장식품 때문에
	불길해 보이니까 적당히 자를 테고,
	지난 십사 년간 면도날 안 댔던 이것은
	네 결혼을 빛내기 위하여 미화해 보겠다.
타이자	케리몬 귀인이 믿을 만한 편지를 받았는데
	제 부왕이 돌아가셨답니다.
페리클레스	저 하늘의 별이 되길! 하지만 거기에서
	왕비여, 우리는 이 둘의 혼례를 축하하고
	우리도 그 왕국에서 앞날을 보낼 거요.
	우리 사위, 우리 딸이 티레를 통치할 것이오.
	케리몬 귀인, 우린 정말 못 들은 나머지를
	듣고 싶은 갈망을 지체하오. 자, 인도하오.

70

75

80

85

(모두 퇴장)

맺음말

해설자 가위 등장.

가위	안티오쿠스와 그의 딸 애기에서 여러분은
	괴물 같은 욕망의 당연한 응보를 들었고,
	페리클레스와 왕비 및 딸의 애기에서는
	미덕이 사납고 예리한 운명의 공격을 받았으나
	무서운 파괴의 돌풍에서 보호받아 마침내

5

하늘의 인도로 기쁨을 얻는 걸 봤답니다.
헬리카누스 이야기에서 여러분은 진실, 믿음,
충성심의 상징을 잘 찾을 수 있었고,
존경받는 케리몬 이야기에선 박식한 자비심이
언제나 지니는 가치가 잘 드러났지요.   10
사악한 클레온과 그 아내에 관해서는
페리클레스의 명예로운 이름에 그가 가한
만행의 소문이 퍼졌을 때 광분한 시민들은
그의 궁정 안에서 그와 그 가족을 태웠어요.
신들은 살인을 실행 아닌 의도만으로도   15
그토록 기꺼이 벌주는 것 같습니다.
여러분이 늘 이렇게 인내심을 따르면
새 기쁨이 온답니다. 극은 이제 끝났어요.   (퇴장)

심벨린

Cymbeline

역자 서문

이 극의 제목은 실제적이 아니라 명목상의 이유로 '심벨린'이다. 기원 전후 시기의 브리튼 왕국을 다스렸던 그는 같은 나라의 왕이었던 리어처럼 인물이나 주제에서 핵심 위치를 차지하는 주인공이어서가 아니라 극 중의 중요한 사건들이 모두 그의 재위 기간에 일어났거나 그와 직접 또는 간접적으로 연관되어 벌어지기 때문에 이 극의 제목에 등장한다. 따라서 그의 말과 행동은 간단하고, 그가 발단이 된 사건들은 그와는 멀어진 채 그 자체의 힘으로 굴러간다. 예를 들면 그는 고아가 된 유복자를 거두어 궁정에서 교육했으나 자기 딸 이노젠이 그를 사랑하여 결혼하자 그의 미천한 신분을 문제 삼아 추방한다. 그래서 이탈리아로 가게 된 유복자는 거기에서 이아키모와 이노젠의 순결을 두고 내기를 걸고 이 이아키모는 브리튼 궁정으로와 이노젠을 만나지만 이 치명적인 만남에 대해 심벨린은 아무것도 모른다. 그러다가 극의 결말에 가서 이아키모가 그 사실을 실토했을 때에야 자기 딸에게 어떤 위험이 닥쳤었는지 알게된다. 또한 그는 자신을 독극물로 서서히 죽이고 그의 왕권을 자기 아들에게 물려주려 했던 둘째 왕비의 계획을 까맣게 몰랐

다가 극의 결말에서 의사 코넬리우스의 보고를 듣고서야 그녀의 극악한 성품에 분노를 금치 못하면서도 그녀가 아름다웠기 때문에 자신이 속은 것은 당연하다며 자기 행동을 정당화한다. 이런 그가 의붓아들 클로텐이 유복자 대신 자기 딸 이노젠과 결혼하기를 바라면서 그를 응원하고 지원하는 마음은 어느 정도 이해된다, 딸이 자기를 배신했다고 여기므로. 하지만 궁정의 모든 사람이 다 아는 클로텐의 미련함과 바보짓을 전혀 눈치채지 못하는 것은 그의 사람 보는 눈이 얼마나 흐릿한지를 단적으로 보여 주는 예다. 또한 그는 국가의 존망을 좌우하는 로마와의 전쟁을 자신의 결심이 아니라 왕비와 클로텐의 부추김을 받아 결정하고, 그 승패를 결정짓는 전투에서는 적군에 잡혔다가 자기가 추방했던 옛 충신 벨라리우스와 그가 잃어버렸다고 생각했던 두 아들, 그리고 유복자의 도움으로 구출되고 그들의 도움으로 승리한다. 그가 이렇게 이름뿐인 인물로 설정된 이유는 물론 그가 원래 별 능력도 지혜도 특성도 없는 사람이어서일 수도 있지만 그보다는 '파란곡절 후에 기적이 일어난다.'라는 로맨스극의 공식에 가장 적합한 인물이어서일 가능성이 더 크다. 왜냐하면 이 극에서 별 연관성 없이 약간의 개연성만으로 엮인 여러 가지 파란곡절은 심벨린처럼 역할이 제한된, 그리고 다분히 수동적인 왕의 영향 아래에서 각각의 특색을 가장 잘 보여 줄 수 있기 때문이다.

그러나 이 극은 이처럼 원심력으로 작용하는, 제멋대로 뻗어 나가는 사건들을 그대로 방치하지 않고 그렇게 할 수도 없다. 왜냐하면 아무리 느슨하게 구성된 로맨스극이라 할지라도 전체를 아우르는 하나의 두드러진 주제와 그것을 구현하는 인물을 제시하여 그/그녀를 구심점으로 어느 정도의 통일성을 추구할 수밖에 없기 때문이다. 그러지 않으면 그것은 하나의 독

립된 작품으로 존재하기 어려울 테니까. 그렇다면 『심벨린』에서 그런 구심점 역할을 하는 인물과 주제는 누구이고, 무엇일까? 인물은 단연코 이노젠과 유복자이고, 주제는 그들의 사랑과 결혼이 심벨린왕에 의해 합법적인 것으로 인정받기까지 보여 주는 기이한 여정이다. 그래서 이 극은 이들 두 사람의 존재를 부각시키고 그들 사랑의 여정을 관객의 뇌리에 각인시키기 위해 가장 많은 양의 대사를 이노젠에게, 그리고 그다음으로 많은 대사를 유복자(그의 경쟁자인 이아키모는 공동 2위)에게 부여할 뿐 아니라 가장 극적인, 눈을 뗄 수 없는 세 장면과 그 결과로 일어나는 기적을 이 둘에게 배정한다.

그러면 이제부터 이 로맨스극의 다양한 사건들을 연결하면서 거기에 통일성을 부여하는 이노젠과 유복자의 사랑이 가장 기이하게 드러나는 세 장면과 그에 따른 유피테르의 강신 기적, 그리고 모든 갈등이 용서와 화해로 해소되는 결말을 간략하게 살펴보기로 하자. 이 극에서 가장 놀라운 세 장면 가운데 첫째는 2막 2장에서 벌어지는 이노젠의 '시각적 강간' 장면이다. 앞서 잠깐 언급했듯이 브리튼에서 추방된 유복자는 로마로 갔고 — 이때 로마는 아우구스투스 황제 치하가 아닌 르네상스 시절의 이탈리아 수도로 분위기가 바뀐다. — 거기에서 자기 부친의 친구 필라리오의 집에 머물면서 이아키모 일행을 만나는데, 그들과 각자 자기 나라 미녀가 최고라는 경쟁적인 논쟁 끝에 이노젠의 순결을 두고 이아키모와 내기를 걸게 된다, 그녀의 절개는 난공불락임을 확신하면서. 심벨린의 왕궁에 도착하여 이노젠을 본 이아키모는 단박에 자신이 내기에 졌다는 사실을 알아챈다. "그녀는 유일한 아라비아 새이고, 이 내기는/내가 졌다."(1.6.17~18) 그의 이런 예측은 그가 유복자에게 더러운 오물을 거짓말로 뒤집어씌우고 자신의 욕망을 내밀었을 때 이노젠에게 그 속셈을 들키면서 사실로 드러난다. 하지만 그는 내기를 포기하지 않고 술수를 쓰기로 작정하며 유복자와 동업으로 황제의 선물로 산 — 당연히 거짓말 — 보물 궤짝을 하룻밤만 맡아 달라고 이노젠에게 부탁하는데, 내막을 모르는 그녀는 그것을 자기 방에 안전히 보관했다가 다음 날 돌려주겠노라고 약속한다. 그래서 이아키모는 드디어 이노젠의 침실에, 그것도 모두가 잠든 새벽 시간에, 궤짝 안에 숨은 채 잠입하는 데 성공한다. 그러고는 마치 마술사처럼 밖으로 나온다.

이때 관객의 모든 눈은 이아키모의 일거수일투족에 집중된다. 깊이 잠든 이노젠에게 그는 과연 무슨 짓을 어떻게 할 것인가? 이 시점에서 그녀의 동의하에 그녀와 잠자리를 같이하는 간음은 그가 브리튼으로 오기 전에 유복자에게 너무나 쉬울 것이라고 큰소리쳤음에도 불구하고 불가능하다. 앞서 그녀와의 첫 만남에서 그는 그녀의 빼어난 아름다움과 함께 금강석처럼 견고한 그녀의 정조를 이미 확인했기 때문이다. 그래서 지금 그에게 남은 것은 그것을 강제로 뺏는 방법뿐이다. "이렇게 조용히 갈대를 밟은 뒤/ 그가 해친 정절을 깨웠"던 타르퀴니우스처럼.(2.2.13~14) 그러나 그는 그렇게 하지 못한다. 베누스처럼 아름답지만 갓 핀 백합보다, 욧잇보다 더 흰 그녀의 순결한 자태에 압도당했기 때문에. 그리고 곧이어 밝혀지지만 그녀가 마치 이런 사태를 예견이라도 한 듯이 자기 전에 읽다가 접어 둔 얘기가 바로 필로멜라가 형부 테레우스에게 강간당한 사건이었기 때문에. 그래서 그는 물리적이고 폭력적인 강탈은 포기하고 그 대신 시각적이고 상징적인 간통죄를 범한다. 그래서 "나와라, 나와라"라는 주문과 함께 그녀의 팔에 고르디아스의 매듭처럼 단단히 끼워져 있던 그녀의 팔찌, 유복자가 그녀와 이별할 때 준 선물을 빼내고, 그녀 왼편 가슴에서 "앵초꽃 밑바닥

의 진홍빛 반점 같은/ 다섯 점 사마귀"를 확인한다.(2.2.38~39)
이 극에서 이노젠의 팔찌가 그녀의 정절을 대변한다는 사실을
고려할 때 이아키모가 그것을 빼내는 행위는 바로 그가 그녀를
육체적으로 소유했다는 말과 다름없고, 그가 그녀의 젖가슴 사
마귀를 눈으로 즐긴 행위 또한 시각적 간통 행위나 진배없다.
적어도 이 사실을 말로만 전해 듣는 유복자에게 이것은 진실보
다 더 강한 힘을 가진 허위가 될 것이다. 이렇게 이노젠은 잠자
는 동안에, 아무런 의식도 감각도 작동하지 않은 상황에서, 그
리고 아무런 언어나 동작을 통한 반응을 보일 수도 없는 상태
에서 조용한 시각적인 강간을 당한다. 그리고 이아키모는 자신
의 목적을 달성한 뒤 시계가 새벽 3시를 알릴 때 하늘의 천사
인 이노젠을 뒤로하고 자신의 지옥인 궤짝 안으로 두려움 속에
사라진다. 이아키모의 마술 쇼는 이렇게 끝난다.

　　그러나 그 영향은 극이 끝날 때까지 지속된다. 로마에서 이
소식과 정황 증거를 들은 유복자가 미친 듯이 복수를 다짐하며
브리튼으로 돌아오고, 자신의 하인 피사니오에게 이노젠을 밀
퍼드 항구로 유인하여 살해하라는 명령을 내리고, 그 명령을
실행한 척하면서 피사니오가 보낸 이노젠의 피 묻은 옷가지를
받고는 그녀가 죽은 줄로 알고 자신의 성급한 행동을 뉘우치며
마침 벌어진 브리튼과 로마의 전쟁에 참전하여 자기 목숨을 버
림으로써 속죄하려고 하다가 극의 결말에서 그녀와 이아키모
를 다시 만날 때까지.

　　이노젠과 유복자의 사랑이 가장 기이하게 드러나는 두 번
째 장면은 그녀와 클로텐/유복자 시체의 동거다. 그리고 이 사
건의 자초지종은 이렇다. 로마에서 이아키모로부터 이노젠의
간음 — 우리가 앞서 보았듯이 조작된 — 얘기를 들은 유복자
는 그녀의 배신에 치를 떨며 지독한 여성 혐오에 휩싸인 채 복

수를 다짐한다. 그리고 브리튼의 밀퍼드 항구로 돌아와 자기 하인 피사니오에게 그녀를 죽이라는 밀명을 내리고 그 목적으로 그녀를 그 항구로 유인하는 편지를 보낸다. 그러나 그곳으로 가는 도중 피사니오는 감춰 뒀던 주인님의 살해 명령을 이노젠에게 보여 주고, 크게 놀라고 실망한 그러나 유복자에 대한 사랑을 못 버리는 그녀는 피사니오와 상의 끝에 남장 여인 피델레로 변장한 채 때마침 밀퍼드에 상륙한 로마 장군 루키우스의 사람이 될 목적으로 거기로 향한다. 그러다가 배가 고파 쓰러지기 직전에 이십 년 전 심벨린의 두 아들을 훔쳐 달아나 사냥으로 살아가는 벨라리우스와 귀데리우스, 알비라구스의 동굴에 도착하고 거기에서 그 세 사람, 특히 두 오빠로부터 무의식적인 혈육의 정이 느껴지는 환대를 받는다. 그런 다음 그 세 사람이 사냥을 떠날 때 몸이 몹시 불편한 이노젠은 왕비의 비방(죽음 같은 마비 상태를 잠시 불러오지만 깨어나면 더 기분이 상쾌해지는 물약)을 마시고 집에 남았다가 기절했는데, 사냥에서 돌아온 그들은 그녀가 진짜 죽은 것으로 오인하고 묻어 준다. 그리고 같은 무덤에 때마침 이노젠을 뒤쫓아 밀퍼드로 가던 클로텐 — 유복자의 옷을 입고 그를 죽인 다음 이노젠을 강간한 뒤 그녀를 집으로 끌고 가려는 음흉 살벌한 목적을 품었으나 귀데리우스 일행을 만나 그에게 살해당한 뒤 목이 잘린 — 도 왕족에 대한 예우 차원에서 같이 묻어 준다.

한참 후 약기운이 다하여 무덤 안에서 깨어난 이노젠은 실제로는 목 없는 클로텐인데 겉으로는 유복자의 옷을 입은 그의 몸통을 마주한다. 그리고 처음에는 한바탕 꿈이라고 생각한다. 그러나 그 시체는 환상이 아닌 실제였고, 그 머리 없는 남자는 유복자의 옷을 걸쳤을 뿐 아니라 그 손과 발과 허벅지와 근육은 모두 유복자의 것과 꼭 같아 보인다. 그래서 유복자의 몸인데 그 얼굴을 확인할 수 없는 난제를 맞닥뜨린 이노젠은 이 일이 피사니오와 클로텐이 공모한 살인이라고 결론짓는다. 자기가 마시고 죽은 물약은 피사니오가 준 것이고 클로텐이 유복자를 미워하여 죽이려 했던 것은 엄연한 사실이니까. 그래서 그 몸통이 자기가 사랑하는 유복자의 것이라고 확신한 이노젠은 "오,/ 당신 피로 창백한 내 뺨을 물들여 주세요."(4.2.328~329)라고 하면서 그의 피를 자기 얼굴에 바르고 그 위에 쓰러진다. 이렇게 그를 향한 그녀의 사랑과 욕망은 아주 기괴한 방식의 합일로 그 간절하고 강력한 힘을 드러낸다. 마치 앞서 본 시각적인 강간 장면에서 이노젠을 향한 유복자의 사랑과 욕망이 이아키모의 상징적 강간 행위를 통해 간접적으로, 그러나 기괴하게 투영되었듯이.

이노젠과 유복자의 사랑이 가장 기이하게 드러나는 세 번째 장면은 유복자의 때늦은 그러나 목숨 걸고 뉘우치는 장면이다. 피사니오로부터 이노젠의 피가 묻은 옷을 받은 유복자는 그가 그녀의 죽음을 초래했다고 생각한다. 그런 다음 자기 명령을 곧이곧대로 실행한 피사니오를 나무라지만 궁극적인 책임은 자신에게 있음을 인정하고 자신의 죽음으로 신들의 벌을 받겠다고 결심한다. 그래서 자신이 가담한 군대의 "이탈리아 옷을 벗고 브리튼의 농부처럼/ 차려입"고 그가 함께 왔던 편에 맞서 싸우면서 "그대 위해, 오, 이노젠, 숨마다 죽음인 내 생명/ 반드시 그대 위해 바칠" 것이라고(5.1.23~27) 신들에게 맹세한다. 그리고 실제로 이아키모와 대적하여 그를 무릎 꿇리고 벨라리우스, 귀데리우스, 알비라구스를 도와 적군에게 사로잡힌 심벨린을 구출하며, 브리튼군이 승리한 뒤에는 다시 이탈리아 옷으로 갈아입고 자청하여 브리튼군의 포로가 된 다음 감옥에서 처형을 기다린다. 이노젠을 향한 유복자의 사랑과 욕망은 이렇게 그가 목표로 하였던 합법적인 결혼의 환희가 아니라 이노젠과 그 자신의 비극적인 죽음으로 마무리될 위기에 처한다.

이제 이 비극적인 결말을 피할 방법은 적어도 유복자의 처지에서는 인간의 능력을 넘어선다. 이노젠은 죽은 유복자를 묻어 줬다고 생각하고, 유복자는 그녀가 피사니오에게 살해되었다고 생각하며, 피사니오와 둘의 연락은 각각 다른 이유로 완전히 끊어졌기 때문이다. 게다가 그녀를 뒤쫓던 클로텐은 귀데리우스에게 살해되었고, 그녀의 새 주인 루키우스는 그녀가 이노젠 공주라는 사실은 까맣게 모르며, 그녀를 죽이고 브리튼 왕권을 자기 아들에게 물려주고자 했던 왕비조차 화병으로 죽어 버렸고, 마지막으로 모든 비밀의 열쇠를 쥐고 있는 이아키모도 포로의 몸으로 처형을 기다릴 뿐 아니라 이노젠과 유복자가 바로 근처에 있다고는 꿈도 꾸지 못하기 때문이다. 그래서 출구 없이 막다른 골목에 이른 이 난제를 지금 이 늦은 시점에서 단숨에 해결할 수 있는 존재는 인간이 아니라 초자연적인 힘일 수밖에 없는 셈이다.

그리하여 감옥에서 사형 집행을 기다리며 잠든 유복자에게 그가 한 번도 보지 못했던 그의 아버지와 어머니, 그리고 두 형제의 유령이 나타나고 그들은 유피테르 신에게 유복자의 불쌍한 처지를 동정하고 이번 전쟁에서 그의 용감무쌍한 활약상을 감안하여 그의 불행을 거두어 달라고 애원한다. 그에 답하여 인간 세계로 내려온 유피테르는

> 쓰러진 네 아들은 신인 짐이 일으킨다.
> 안락은 자라나고 시련은 거의 다 끝났어.
> 목성이 그가 태어났을 때 군림했고, 결혼도
> 짐의 신전 안에서 했도다. 일어나 사라져라.

그는 아내 이노젠의 남편이 될 것이며

그가 받은 고통으로 더 행복해질 것이다. (5.4.97~102)

라는 약속과 함께 서판에 적힌 신탁을 내리는데, 그 내용은 이노젠과 유복자의 환희에 찬 재회, 심벨린과 가족들의 재결합, 유복자의 이아키모 용서와 화해, 로마와의 화해 및 조공 재개 등 놀랍고도 행복한 결말을 비유의 형태로 적은 것이다. 그리고 모든 일은 신탁의 자구 그대로 실현된다. 여기에서 그 상황을 일일이 설명하는 일은 건너뛰겠지만 그것이 파란곡절 많은 이 로맨스극에 꼭 어울리는 놀라움 가득한 장면임은 분명하다.

끝으로 이번 번역은 발레리 웨인 편집의 아든 3판 『심벨린』을 기본으로 하고, 블레이크모어 에번스 편집의 리버사이드 셰익스피어판과 조너선 베이트와 에릭 라스무센 편집의 로열 셰익스피어 컴퍼니판을 참고하였다. 본문의 주에 나타나는 '아든', '리버사이드', 'RSC'는 이들 판본을 가리킨다. 그리고 편리함을 목적으로 한글 『심벨린』의 대사는 5행 단위로 표기하였으며, 이는 원문의 행수와 정확히 일치하지 않음을 밝힌다.

등장인물

	로마인들
카이우스 루키우스	브리튼 파견 대사, 나중에
	로마군의 장군
점쟁이	필라모누스로 불린다
두 로마 원로원 의원	
로마 대장들	
호민관들	

	유령들
유피테르	로마 신들 가운데 최고의 신
시킬리우스 레오나투스	유복자의 아버지
어머니	유복자의 어머니
두 형제	유복자의 형제들

심벨린 궁정의 시종, 악사,
사자 및 브리튼과 로마의 군인들

1막 1장

두 신사 등장.

신사 1   만나는 사람마다 찡그려. 우리의 기분이
         하늘에 달린 게 아니듯이 궁정인들도 늘
         국왕을 따라 하진 않잖아.

신사 2   근데 뭐가 문제야?

신사 1   그는 이 왕국의 후계자, 자기 딸을 아내의 —
         최근에 결혼한 과부의 — 외동에게 줄 뜻을   5
         품었는데 그녀는 자신을 가난하나 훌륭한
         신사에게 의탁했어. 그녀는 결혼했고,
         그 남편은 추방됐고, 그녀는 투옥됐네.
         난 국왕의 상심이 퍽 크다고 생각지만
         모두들 겉으로만 슬퍼해.

신사 2   국왕만 상심했나?   10

신사 1   그녀를 뺏긴 그도, 그 결혼을 염원했던
         왕비도 그랬지. 하지만 궁정인은 한 명도,
         얼굴로는 국왕의 표정을 지으려 하지만
         그들이 눈살을 찌푸리는 이번 일에
         기뻐하지 않는 이가 없다네.

신사 2   왜 그런가?   15

신사 1   공주를 놓친 자는 나쁜 말을 하기에도
         너무 나쁜 물건이고, 그녀를 얻은 이는
         (내 말은 그녀와 결혼한 — 아, 착한 사람,

1막 1장 장소 심벨린의 궁정.   텐에 군(君)이라는 호칭을 더한 것이다.
11행 그 심벨린의 의붓아들 클로텐을   클로텐(Cloten)의 원뜻은 '돌대가리' 또는
가리킨다. "클로텐 군"은 그의 이름 클로   '멍청이'다.

그래서 추방됐지.) 그 같은 사람 찾아
이 세상 어디를 뒤져도 그와 비교할 만한   20
그 남자에게는 무엇인가 모자란 게
있을 것만 같은 인물이니까. 내 생각에
그리 고운 겉모습에 그런 내용 갖춘·이는
그 사람밖에 없네.

신사 2   그를 높이 평가하는군.

신사 1   이보게, 난 그를 그 사람 안에서만 늘리고,   25
그에 대한 정당한 평가를 펼치기보다는
꽉 눌러 뭉치네.

신사 2   이름은 무엇이고 출신은?

신사 1   뿌리까진 파낼 수도 없다네. 그 부친은
시킬리우스라 불렸는데 자신의 무용을
카시벨란과 합쳐서 로마인에 맞섰지만   30
본인의 칭호는 영광과 놀라운 승전으로
그가 섬긴 테난티우스에게서 받았고,
그래서 레오나투스란 별칭을 얻었다네.
그리고 문제의 이 신사 외에도
두 아들이 있었고, 그들은 당시의 전쟁에서   35
칼을 쥔 채 죽었네. 그 때문에 그 아버진
그땐 늙고 자식을 사랑해 어찌나 슬펐던지
세상을 떠났고, 귀부인은 (우리의 주제인)
이 신사를 가졌다가 그가 태어났을 때

30행 카시벨란
줄리어스 시저가 브리튼을 침략했을 때
그곳을 통치한 왕. 그의 후계자가 심벨
린의 아버지인 테난티우스였다. (아든)

33행 레오나투스
'사자에게서 태어난'이란 뜻의 라틴어로
유복자는 5막에서 이 칭호를 스스로 얻
는다. (아든)

세상을 떠났네. 국왕은 그 아기를 보호하며　　　　40
유복자 레오나투스라 부르고,
그를 키워 자신의 침실 시종 삼으면서
그가 그 나이에 받을 수 있었던 배움은
모조리 다 넣어 주었는데, 그는 그걸
우리가 숨 쉬듯 주자마자 빠르게 받았고　　　　45
봄철에 수확기를 맞았지. 궁정에 살면서
(희한하게) 최고의 칭찬과 사랑을 받았으며
최연소들에겐 모범이고, 성숙한 이들에겐
그들을 비춰 주는 거울이며, 엄숙한 이들에겐
늙다리 안내하는 애였지. 그 아내로 말하면　　　　50
그녀 때문에 그는 지금 추방되었는데, 그녀의
값어치 자체가 그에 대한 평가를 드러내고,
그녀의 선택에서 그의 미덕, 그 사람 됨됨이를
올바로 읽을 수 있다네.

신사 2　　　　　　　　　　　　　자네 설명만으로도
그를 존경하게 되네. 하지만 말해 주게,　　　　55
그녀는 국왕의 외딸인가?

신사 1　　　　　　　　　　　　　유일한 자식이야.
두 아들이 있었는데 — 주목하게, 들을 만한
가치가 있다면. — 손위 애는 세 살 때,
다른 애는 포대기째 개들 육아실에서
도둑을 맞았고, 어디로 갔는지는 여태껏　　　　60
추측도 못 한다네.

신사 2　　얼마나 오래전 일인가?

신사 1　　이십 년쯤 됐지.

신사 2　　왕의 자식들인데도 그렇게 도둑맞고,

그렇게 경비가 허술했고 수색이 느려서 65
추적할 수 없었다니!

신사 1   아무리 이상하고
그 태만은 비웃음을 받아 마땅하더라도
그건 사실이라네.

신사 2   자네 말은 다 믿어.

신사 1   우린 물러나야겠어. 여기에 그 신사와
왕비와 공주가 오시네.   (함께 퇴장) 70

왕비, 유복자, 이노젠 등장.

왕비   아니, 나는 저 대부분의 험담하는 계모처럼
너에게 악한 눈을 하지는 않을 테니
딸애야 안심해라. 너는 내 죄수지만
널 가두는 자물통의 열쇠는 네 간수가
건네줄 것이다. 유복자야, 넌 내가   75
기분 상한 국왕의 마음을 얻을 수 있자마자
네 옹호자임을 알게 될 것이야. 참, 아직은
광분의 불길이 그분 안에 남았으니
지혜로 길어 낸 인내를 다하여 그 판결에
굽히는 게 좋을 거야.

유복자   왕비 마마, 전 오늘   80
여길 떠날 겁니다.

왕비   넌 위험을 알고 있어.
난 금지된 애정의 격통을 딱하게 여겨서,
국왕께선 둘이 말을 못 하게 하셨지만,
이 정원을 한 바퀴 돌아 줄 것이다.   (퇴장)

| 이노젠 | 오, 가식적인 예의다! 폭군 같은 이 여자는 | 85 |

오, 가식적인 예의다! 폭군 같은 이 여자는　　　　　85
아픈 곳을 참 교묘히 간질이네! 아, 여보,
난 부친의 분노가 좀 겁나지만 나에게 —
천륜은 늘 남겨 두고 — 그분의 광분은
아무런 영향을 못 끼쳐요. 당신은 가야 하고
난 여기 남아서 그분의 노한 눈총　　　　　90
매시간 견디지만 내가 다시 볼 수 있는
이 보석이 세상 안에 있다는 위안으로
살아갈 거예요.

유복자　　　　　　　나의 여왕, 여주인이여!
오, 부인, 더 이상 울지 마오. 안 그럼 난
남자답지 못할 만큼 다정하단 의심을　　　　　95
받을 수도 있으니까. 난 혼인을 서약한 중
최고로 충실한 남편으로 남을 거요.
내 로마 거주지는 필라리오의 집인데
그는 내 부친의 친구로 난 그를 편지로만
알고 있소. 거기로 글을 써요, 나의 여왕,　　　　　100
그럼 난 그 잉크가 쓸개라도 내 눈으로
당신이 보낸 말을 마시겠소.

　　　　　　　　　왕비 등장.

왕비　　　　　　　짧게 해, 제발.
만약에 국왕이 오시면 나 때문에 얼마나
불쾌해하실지 몰라. (방백) 그래도 난 그를 몰아
이리 오게 해야지. 그에게 내가 잘못할 때면　　　　　105
그는 늘 나와 친해지려고 내 해악을 떠안고

내 죗값을 비싸게 치른다.   (퇴장)

유복자   우리가 이별을
앞으로 살아야 할 기간만큼 길게 해도
헤어지기 싫은 맘은 자라날 것이오. 안녕!

이노젠   아니, 잠시만 머물러요.   110
당신이 바람 쐬러 말 타고 나갈 뿐이라도
이런 이별, 너무나 시시해요. 봐요, 여보,
이 금강석, 어머니 거였는데 받으세요.

                              (그에게 반지를 준다.)

하지만 이노젠이 죽고 나서 아내를 또
구할 때까지는 지켜요.

유복자   뭐, 뭐요? 아내를 또?   115
친절한 신들이여, 내가 가진 이것만 주시고
이런 포옹 또 못 하게 죽음의 밧줄로
꽉 묶어 주소서. (반지를 낀다.) 내 감각이 있는 한
넌 여기, 여기 있어. 가장 곱고 예쁜 이여,
난 가난한 나 자신을 당신이 무한히 불리하게   120
당신과 맞교환했듯이 하찮은 것에서도
늘 내가 득을 보오. 나를 위해 이걸 차요,
사랑의 족쇄니까. 난 이걸 가장 고운
여기 이 죄수에게 채우겠소.

                              (그녀 팔에 팔찌를 끼워 준다.)

이노젠   오, 신들이여!
우리는 언제쯤 다시 보죠?

심벨린과 귀족들 등장.

유복자	아, 국왕이오.	125

심벨린 가장 천한 년 여기서, 내 눈에서 사라져라!
이 명령이 있은 뒤 네가 그 가치 없는 몸으로
이 궁정을 괴롭히면 넌 죽는다. 저리 가!
내 피에 넌 독이다.

유복자   당신에겐 신들의 가호를,
궁정의 나머지 착한 분들에게는 축복을.   130
전 갑니다.   (퇴장)

이노젠   죽음의 고통도 이보다 더
쓰라리게 아플 순 없어요.

심벨린   오, 불충한 것,
내 젊음을 회복시켜 줘야 할 너이건만
한 살을 내게 더 없는구나.

이노젠   간청컨대 전하,
짜증으로 몸 다치진 마세요. 전 전하의   135
격분을 못 느껴요. 더 희귀한 시련 탓에
격통, 공포, 다 사라졌어요.

심벨린   도리도? 복종도?
이노젠 희망 없어 절망했고, 그래서 별도리 없어요.
심벨린 내 왕비의 외아들을 가질 수 있었건만!
이노젠 오, 안 가져서 복 받은 나! 독수리를 택하고   140
솔개를 피했어요.

심벨린 넌 거지를 취해서 내 옥좌를 비천한 의자로
만들려 했었다.

이노젠   아뇨, 전 오히려 거기에
광채를 더했어요.

심벨린   오, 이런 비열한 것!

이노젠	전하,
	전 전하의 잘못으로 유복자를 사랑했답니다. 145
	전하께선 그를 제 친구로 길렀고, 그 어떤 여자든
	얻을 자격 있는 그는 제 가치를 거의 넘는
	대가를 치르고 있어요.
심벨린	뭐라고, 너 미쳤어?
이노젠	거의요, 전하. 하늘은 저를 회복시키소서!
	저는 웬 소치기 딸이고 레오나투스는 150
	옆집 양치기의 아들이었으면.

왕비 등장.

심벨린	어리석긴!
	(왕비에게) 그들이 다시 함께 있었소! 당신은
	짐의 명을 안 따랐소. (귀족들에게) 그녀를 데려가
	가두어라.
왕비	참으시기 바랍니다. ― 입 다물어,
	소중한 따님은 입 다물어. ― 친절한 주상께선 155
	저희 둘을 떠나서 깊이 숙고하신 뒤에
	편한 마음 가지세요.
심벨린	아뇨, 이 바보짓으로
	애는 하루 한 방울씩 피가 말라 시들고
	나이 들어 죽게 하오. (귀족들과 함께 퇴장)

피사니오 등장.

왕비	참, 네가 양보해야 해.

	네 하인이 왔구나. — 웬일이냐? 소식은?	160
피사니오	아드님이 제 주인께 칼을 뽑았답니다.	
왕비	하?	
	다친 덴 없었겠지?	
피사니오	그럴 수도 있었는데	
	주인님이 싸움보단 놀이를 하셔서	
	노기는 쓸모없었어요. 곁에 있던 신사들이	
	두 분을 떼 놨습죠.	
왕비	그거 아주 기쁘구나.	165
이노젠	아드님은 제 부친 친구이고, 그분을 편들어	
	추방된 이에게 칼을 뽑았군요. 오, 용감해라!	
	그 둘이 아프리카에 함께 있고, 전 곁에서	
	바늘 들고 서 있다가 물러서는 사람을	
	찔렀으면 좋겠네. — 너는 왜 주인을 떠났어?	170
피사니오	명령에 따라서요. 제가 그를 항구까지	
	배웅을 못 하게 하시면서 이 쪽지에	
	당신이 저를 쓰고 싶으실 때 받들 명을	
	남기셨답니다.	
왕비	이자는 너에게 충실한	
	하인으로 지내 왔다. 감히 내 명예 걸고	175
	앞으로도 그럴 거다.	
피사니오	마마께 감사하옵니다.	
왕비	잠시 걷고 있어라.	
이노젠	(피사니오에게)	

177행 잠시 걷고 있어라 피사니오에게 또는 이노젠에게 할 수 있는
말. (아든)

지금부터 삼십 분쯤 뒤에 나랑 얘기 좀 하자.
넌 적어도 내 남편이 배 타는 건 가서 봐.
지금은 물러가 있어라. (함께 퇴장) 180

1막 2장
클로텐과 두 귀족 등장.

귀족 1 군께서는 속옷을 갈아입으시는 게 좋을 것 같습니다.
격렬한 싸움 때문에 희생물 같은 악취를 풍겨서요. 공
기가 나오는 곳으로 공기가 들어가는데 당신이 내쉬
는 것만큼 유익한 건 바깥에 없답니다.

클로텐 내 속옷이 피투성이면 갈아입어야지. 내가 그를 다치 5
게 했어?

귀족 2 (방백)
천만에, 그의 인내심조차도 못 다쳤지.

귀족 1 다치게 해요? 그가 다치지 않았다면 그의 몸은 꿰뚫을
수 있는 시체죠. 그게 다치지 않았다면 칼이 지나갈 큰
길이랍니다. 10

귀족 2 (방백)
그의 칼은 빚진 사람처럼 뒷골목으로 빠져나갔어.

클로텐 그 악당은 나와 맞서려 하지 않았어.

귀족 2 (방백)
맞아, 하지만 그는 계속 앞으로 도망쳤어, 네 얼굴을
향해서 말이야.

1막 2장 장소 심벨린의 궁정.

귀족 1	당신에 맞서요? 당신이 움직일 땅은 충분했는데도 그 15 는 좀 물러서서 당신이 가진 것을 늘여 줬어요.
귀족 2	(방백) 그는 한 치도 안 물러섰어. 강아지 같은 것아!
클로텐	난 그들이 우리 사이에 안 끼어들길 바랐어.
귀족 2	(방백) 나도 그랬어, 네가 땅바닥에 누워 자신이 얼마나 큰 바 보인지 재 봤을 때까지는 말이야. 20
클로텐	근데 그녀는 이 녀석을 사랑하고 날 거절해!
귀족 2	(방백) 참다운 선택을 하는 게 죄라면 그녀는 저주받았어.
귀족 1	클로텐 군, 제가 항상 말했듯이 그녀의 미모와 두뇌는 같지 않답니다. 그녀는 훌륭한 표지판이지만 거기에 비친 그녀의 지능은 조금밖에 없었어요. 25
귀족 2	(방백) 그녀는 바보들은 안 비춰, 반사광에 의해 자신이 다칠 까 봐.
클로텐	자, 난 내 방으로 갈 거야. 다친 사람이 좀 있었으면 좋 으련만.
귀족 2	(방백) 난 그런 거 바라지 않아, 바보 나귀가 쓰러졌다면 모를 30 까, 큰 상처는 안 입겠지만 말이다.
클로텐	(귀족 2에게) 우리와 같이 갈 텐가?
귀족 1	군을 시중들겠습니다.
클로텐	아니, 자, 같이 가세.
귀족 2	좋습니다, 클로텐 군. (함께 퇴장) 35

1막 3장

이노젠과 피사니오 등장.

이노젠　난 네가 항구의 연안에 붙박여 모든 배를
　　　　다 뒤지면 좋겠다. 그이가 뭘 썼는데
　　　　내가 못 받으면 그것은 사면이 내렸는데
　　　　서류를 잃어버린 격이야. 그이가 네게 했던
　　　　마지막 말은 뭐지?

피사니오　　　　　　　　여왕, 나의 여왕이에요.　　　　5

이노젠　그러곤 손수건을 흔들었어?

피사니오　　　　　　　키스를 실어서요.

이노젠　감각 없는 헝겊인데 나보다 더 행복해!
　　　　그런데 그게 다야?

피사니오　　　　　　　아뇨, 마마. 제가 그를
　　　　이 눈이나 귀로써 다른 이와 구분할 수
　　　　있었을 때까지 그는 갑판을 지키면서　　　　10
　　　　장갑, 모자, 손수건을 계속 흔드셨어요.
　　　　그 격렬한 맘으로 본인의 영혼은 얼마나
　　　　천천히, 또 그 배는 얼마나 빠르게 가는지
　　　　가장 잘 표현할 수 있다는 듯이요.

이노젠　　　　　　　　　　넌 그이가
　　　　까마귀나 더 작은 게 될 때까지 섰다가　　　　15
　　　　그만 바라봤어야지.

피사니오　　　　　　　마마, 그렇게 했답니다.

이노젠　난 내 눈의 힘줄이 끊기거나 깨졌어도

1막 3장 장소　심벨린의 궁정.

줄어드는 공간으로 그이가 바늘만큼
뾰족해질 때까지 쳐다봤을 것이야.
아니, 그이가 모기만큼 작아져 공기 속에   20
녹아 버릴 때까지 그이를 따른 다음
눈을 돌려 울었겠지. 하지만 피사니오,
그이 소식 언제 듣지?

피사니오   그가 다음 기회를
잡자마자 분명히요, 마마.

이노젠   난 그와 작별 전에 참으로 예쁜 말을   25
할 것이 많았어. 내가 그를 특정한 시각에
어떻게 생각할지 — 이런저런 생각들을 —
말할 수 있기 전에, 또 이탈리아 여자들이
내 권리와 그의 명예 모함해선 안 된다고
맹세를 시키거나, 또는 아침 녘 6시,   30
정오와 자정에 기도할 때 날 만나길 —
그때 난 그를 위해 하늘에 있으니까 —
당부한다거나, 매혹적인 두 단어 사이에
내가 끼워 두었던 작별의 키스를
할 수도 있기 전에 아버지가 들어와서   35
폭군 같은 북풍처럼 우리의 꽃망울을
못 자라게 다 흔들어 버리셔.

시녀 등장.

시녀   왕비께서
마마 뵙길 원하시옵니다.

이노젠   (피사니오에게)

내가 명한 일들을 재빨리 처리해라,

난 왕비를 따를 거야.

피사니오　　　　　　　　마마, 그러겠습니다.　　　　　　40

(함께 퇴장)

1막 4장

필라리오, 이아키모, 프랑스인,

네덜란드인, 스페인인 등장.

이아키모　　믿어 주십시오, 어르신, 전 그를 브리튼에서 봤어요.
　　　　　　당시 그는 유망주로 주목받았고, 그 후로 그렇게 인정
　　　　　　받은 만큼 훌륭한 인물이 될 거란 기대가 있었답니다.
　　　　　　하지만 전 그때 별다른 감탄을 느끼지 않으면서 그를
　　　　　　바라볼 수 있었어요, 그의 재능 목록이 그의 곁에 작성　　5
　　　　　　돼 있어서 그를 조목조목 훑어볼 수 있었는데도 말입
　　　　　　니다.

필라리오　　자넨 지금, 그가 자격을 안팎 양쪽으로 지금보다 덜 갖
　　　　　　췄을 적 얘기를 하고 있네.

프랑스인　　전 그를 프랑스에서 봤답니다. 거기에는 그이처럼　　10
　　　　　　단호한 눈으로 태양을 쳐다볼 수 있는 사람이 아주 많
　　　　　　았답니다.

이아키모　　그가 자기 왕의 딸과 결혼한 일, 그 점에서 그는 자신
　　　　　　보다 그녀의 가치로 평가돼야 하는데도 그의 실상을
　　　　　　크게 웃도는 말이 있는 게 분명하오.　　　　　　　　15

1막 4장 장소　로마.

프랑스인	그런 다음 그는 추방됐죠.
이아키모	맞아요, 또한 그녀의 편에서 이 통탄할 이별에 우는 이들은 그를 칭찬하면서 놀랍도록 부풀리려 하오, 오로지 그녀의 판단을 보강해 줄 목적으로 말이죠. 안 그러면 그것은 거지보다 더 자질 없는 자를 택했기 때문에 손쉬운 포격 한 방에 무너질 수 있으니까. 하지만 그가 어떻게 당신과 함께 거주하게 됐죠? 친교가 슬며시 이루어졌나요?
필라리오	그의 부친과 난 같이 군대 생활을 했는데 난 그에게 다름 아닌 내 생명을 자주 빚졌다네.

유복자 등장.

여기 그 브리튼 사람이 왔군. 자네들처럼 지식 있는 신사들이 그처럼 자질 갖춘 이방인을 대하는 데 적절한 방식으로 그가 자네들 사이에서 환대받도록 해 주게. — 모두에게 간청컨대 내가 고귀한 친구로 추천하는 이 신사와 더 잘 알고 지내길 바라네. 그가 얼마나 훌륭한지는 그가 듣는 데서 얘기하기보다 앞으로 드러나도록 남겨 두겠네.

프랑스인	우린 오를레앙에서 서로 알게 됐지요.
유복자	그 이래로 난 당신에게 예절을 빚진 사람으로서 그걸 늘 갚을 테고, 그럼에도 계속 갚을 것입니다.
프랑스인	당신은 하찮은 내 친절을 과대평가합니다. 난 기꺼이 내 동포와 당신을 화해시켰죠. 당신들이 아주 시시하고 사소한 성격의 문제를 두고 각자가 당시에 품었던 것과 같은 아주 치명적인 목적으로 대적했더라면 애

	석한 일이었을 것이오.

40

유복자   미안합니다만 난 그때 젊은 여행자였고, 모든 행동에
서 남들의 경험에 이끌리기보다는 내가 들은 것에도
동의하지 않으려 했지요. 하지만 판단력이 나아지고
보니까 — 나아졌다고 말해서 기분 상하더라도 — 내
언쟁이 전적으로 시시하지는 않았소.

45

프랑스인   정말로, 예, 칼에 의한 해결에 맡겨서, 그것도 둘 중 하
나가 십중팔구 다른 쪽을 파멸시키거나, 안 그러면 양
쪽이 다 쓰러질 것 같았으니까.

이아키모   쟁점이 뭐였는지 우리가 예의 바르게 물어볼 수 있을
까요?

50

프랑스인   안전하게 그럴 수 있소. 그건 공개된 다툼이었으니
까 반대가 없다면 얘기해도 괜찮겠죠. 그건 어제 저
녁에 벌어진 논쟁과 아주 비슷했는데 당시 우린 각
자 자기 나라 여인들을 칭찬하게 됐답니다. 그때 이
신사가 단언하기를—피 흘려 확인하겠다고 보장하
면서—자기 여인이 우리 프랑스의 가장 희귀한 어떤
숙녀들보다 더 곱고, 덕 높고, 현명하고, 순결하고,
충실하고, 자질을 갖췄으며 더 유혹하기 어렵다고
했죠.

55

이아키모   그런 숙녀는 지금 살아 있지 않거나 이 신사의 견해가
지금쯤은 달라졌겠지요.

60

유복자   그녀는 자신의 미덕을, 나는 내 의견을 계속 유지한답
니다.

이아키모   당신은 우리 이탈리아 여인들보다 그녀를 그토록 멀
리 앞세워선 안 됩니다.

65

유복자   난 지금 프랑스에 있었을 때만큼 도발을 받았지만 그

	녀의 친구가 아닌 숭배자라는 고백 말고는 조금도 그	
	녀를 줄여 말하지 않을 거요.	
이아키모	고운 만큼 훌륭하다, —동급 비교의 하나로서—그	
	건 브리튼의 그 어떤 숙녀에게도 좀 너무 곱고 너무	70
	훌륭한 말이었을 겁니다. 당신의 그 금강석이 내가	
	쳐다봤던 많은 것들을 무색하게 만든 만큼 그녀가	
	내가 봤던 다른 숙녀들을 앞선다면 많은 여인을 뛰	
	어넘는다고 믿을 수밖에요. 하지만 난 현존하는 가	
	장 귀중한 금강석을 못 봤고, 당신 또한 그런 숙녀	75
	를 못 봤소.	
유복자	난 그녀를 내가 평가한 대로 칭찬했소. 내 보석도 그렇	
	게 합니다.	
이아키모	거기에 얼마만큼 가치를 매깁니까?	
유복자	이 세상이 향유하는 것보다 더 크게요.	80
이아키모	당신의 그 비교 불가능한 여인은 죽었거나, 아니면 하	
	찮은 물건보다 더 낮게 평가되는군요.	
유복자	오해했군요. 한쪽은 구입하기에 충분한 재산이 있거	
	나 선물로서 가치가 있으면 팔리거나 받을 수 있지만,	
	다른 쪽은 파는 물건이 아니고 오직 신들만의 선물이	85
	니까.	
이아키모	신들이 그걸 당신에게 줬나요?	
유복자	그들의 은총으로 난 그걸 지킬 거요.	
이아키모	그녀를 명목상 당신 걸로 즐길 수는 있소. 그러나 알다	
	시피 이상한 날짐승이 이웃들의 연못에 앉죠. 당신 반	90

81~82행 하찮은 물건 유복자의 보석(77행). 이아키모는 유복자가 자
기 보석을 여인보다 더 높이 평가한다고 생각한다.

지도 도둑맞을 수 있고, 값을 매길 수 없는 당신 소유
물 한 쌍도 그렇소. 하나는 연약할 뿐이고 다른 하나는
위태로우니까. 교활한 도둑이나 그런 방식에 능란한
궁정인이라면 위험을 무릅쓰고 첫째와 마지막 것, 둘
다 얻으려 할 겁니다.   95

유복자   당신네 이탈리아에는 내 여인의 정절을 압도할 수
있을 만큼 능란한 궁정인은 하나도 없소, 만약 그것
의 유지 또는 상실로 당신이 그녀를 연약하다고 부
른다면 말이오. 당신 나라에 도둑이 많다는 건 조금
도 의심하지 않지만 그럼에도 내 반지를 염려하진   100
않소.

필라리오   이쯤에서 그만두게, 신사들.

유복자   어르신, 진심으로 그러죠. 이 훌륭한 신사는 고맙게도
저를 이방인 취급 안 하는군요. 우리는 처음부터 친한
사이랍니다.   105

이아키모   이보다 다섯 배쯤 긴 대화로 난 당신의 그 고운 여인에
게 접근하여 내가 만약 친구로 받아들여질 기회를 얻
는다면 그녀가 뒤로 물러서면서 결국엔 복종하게 만
들 거요.

유복자   못 합니다, 못 해.   110

이아키모   그래서 난 감히 내 재산 절반을 당신 반지에 맞서 걸겠
소, 그것보다는 좀 더 값이 나간다고 생각하니까. 하지
만 난 이 내기를 그녀의 평판보다는 당신의 자신감에
맞서 걸고, 또 이번 일로 당신에게 모욕감을 주지 않기
위해 난 그것을 이 세상 어느 숙녀를 두고서라도 감히   115

92행 한 쌍 이노젠과 그 반지를 합쳐서 부르는 말.

시도할 것이오.

유복자 당신은 너무 대담한 확신에 크게 속았고, 난 당신이
이번 시도로 말미암아 받아 마땅한 걸 받게 될 것임
을 의심치 않소.

이아키모 그게 뭔데요?   120

유복자 퇴짜지요. 당신 말마따나 이 시도는 더욱 심한 대접 — 처
벌도 — 받아 마땅하지만.

필라리오 신사들이여, 이젠 됐네. 이 얘긴 너무 갑자기 튀어나왔
어. 생겨난 대로 사라지게 놔두고 둘은 제발 더 친해지
게나.   125

이아키모 내 자산과 내 이웃의 것을 내가 했던 말을 입증하는 데
걸었으면 좋겠는데.

유복자 어느 숙녀를 택하여 공략하고 싶소?

이아키모 지조가 굳어서 당신이 그토록 안전하다 여기는 당신
의 숙녀요. 난 당신 반지에 맞서 1만의 금화를 걸 테니 130
그 숙녀가 있는 궁정에 날 추천해 주시오, 이점으로는
오로지 두 번째 만남의 기회만 주고. 그럼 난 거기에서
당신이 그토록 잘 보존될 거라고 상상하는 그녀의 정
절을 가져올 것이오.

유복자 나도 당신의 금에 맞서 그와 맞먹는 금을 걸 것이오. 135
내 반지는 내 손가락처럼 소중하게 여기오, 그것의 일
부니까.

이아키모 당신은 남자 친구이고, 그래서 더 현명하오. 당신이 숙
녀들의 육신을 한 조각에 백만금을 주고 산다 해도 그

138행 당신은…현명하오 당신은 그녀의 애인이니까 그녀를 잘 압니다.
그래서 반지는 걸지 않는다오. (RSC)

	것의 오염을 막을 순 없소. 근데 당신이 두려워하니까	140

것의 오염을 막을 순 없소. 근데 당신이 두려워하니까   140
신앙심이 좀 있다는 걸 알겠소.

유복자   그건 당신의 습관적인 언사일 뿐이오. 좀 더 진지한 목
적을 품었기 바랍니다.

이아키모   나는 내 말의 주인이고 내가 뱉은 말은 맹세코 실천할
것이오.   145

유복자   그래요? 난 이 금강석을 당신이 돌아올 때까지 빌려주
기만 하겠소. 둘 사이의 계약서를 작성토록 합시다. 내
여인은 미덕에 있어서 보잘것없이 거대한 당신의 생
각을 능가하오. 난 감히 당신에게 이 내기를 겁니다.
내 반지 여기 있소.   150

필라리오   그건 내가 못 걸게 하겠네.

이아키모   신들에게 맹세코 거시오. 내가 만약 당신 여인의 육체
에서 가장 소중한 부분을 즐겼다는 충분한 증거를 못
가져오면 내 금화 1만은 당신 거고 당신 금강석도 그
렇소. 내가 만약 물러나서 그녀를 당신이 믿고 있는 정   155
절을 지킨 상태로 둔다면 당신의 보석인 그녀, 당신의
그 보석, 그리고 내 금화는 당신 거요. 단, 내가 좀 더
자유로운 접대를 받도록 당신의 추천서를 가져간다면
말이오.

유복자   난 이 조건들을 받아들이오. 우리 둘 사이의 약정서   160
를 만듭시다. 당신은 오직 이만큼만 책임질 것이오.
즉 당신이 그녀 위를 향해하고 압도했음을 내가 곧장
이해할 수 있게 해 준다면 난 더 이상 당신의 적이 아

146행 이 금강석
유복자는 그 보석 반지를 보여 주기는 하
지만 이아키모에게 주지는 않는다, 그

소유권은 2막 4장까지 유복자에게 있으
니까. 그는 그것을 필라리오에게 담보로
맡겨 놓을 수도 있다. (아든)

니고, 그녀는 우리가 논쟁할 가치도 없소. 만약 그녀
가 유혹에 안 넘어가고 당신이 그걸 달리 보이게 하   165
지 못한다면 당신은 본인의 악평과 그녀의 순결성에
대한 이번 공격 때문에 내게 칼로써 책임져야 할 것
이오.

이아키모 손을 주시오, 약속이오. 우린 이 사항들을 법적인 자문
을 받아 적어 둘 것이고, 난 이 거래가 감기에 걸려 굶   170
어 죽기 전에 곧장 브리튼으로 가겠소. 난 금화를 가져
오고, 두 계약서를 기록해 놓겠소.

유복자 동의하오.   (유복자와 이아키모 함께 퇴장)

프랑스인 이게 계속될까요?

필라리오 이아키모 신사는 물러서지 않을 걸세. 제발 따라가   175
보세.   (함께 퇴장)

1막 5장

왕비, 시녀들, 코넬리우스 등장.

왕비 땅 위에 이슬이 남았을 때 꽃을 꺾어.
서둘러. 누가 그 목록을 가졌지?

시녀 1   저요, 마마.

왕비 속히 해.   (시녀들 퇴장)
자, 의사 선생, 그 약들을 가지고 왔는가?

코넬리우스 황공하옵게도, 예, 마마. 여기 있습니다.   5
                        (작은 상자를 내놓는다.)

1막 5장 장소 심벨린의 궁정.

하오나 마마께 간청컨대 악의 없이 ―
양심 때문에 묻는데 ― 왜 제게 명하여
느리지만 치명적인, 질질 끄는 죽음을
불러오는 원인인 이 맹독성 화합물을
달라 하셨는지요.

왕비   선생이 왜 그런 질문을   10
하는지 궁금하군. 오랫동안 난 당신의
학생이 아니었나? 당신은 나에게 향수 제조,
증류와 보존법을 가르치지 않았어? 암,
그래서 우리 대왕께서도 자주 내 조제품을
달라고 하시잖아? 이만큼 진전을 이뤘는데   15
당신이 날 사악하다 생각지 않는다면
내가 다른 실험으로 식견을 키우는 게
적절치 않겠어? 당신이 준 화합물의 효력을
목을 매달 만큼의 가치도 없다고 여기는 ―
하지만 인간은 아니고 ― 몇몇 동물들에게   20
시험해 볼 것이고, 그 강도를 시험한 뒤
그것들의 작용에 해독제를 적용하여
각각의 효능을 모아 볼 것이네.

코넬리우스   마마께선
그러한 연습으로 마음만 모질어지셔요.
게다가 그 결과를 보시는 건 해롭고   25
감염될 수 있습니다.

왕비   걱정하지 말게나.

피사니오 등장.

	(방백) 아첨하는 불한당이 왔구나. 저놈에게	
	먼저 써먹을 거야. 그는 자기 주인을 위하고	
	내 아들에게는 적이다. — 웬일로, 피사니오? —	
	선생, 이번에 당신이 할 일은 끝났으니	30
	갈 길을 가 보게.	
코넬리우스	(방백)　　　　당신을 퍽 의심하나, 마마,	
	해는 못 끼칠 거요.	
왕비	(피사니오를 옆으로 끌면서) 잘 들어, 한마디만.	
코넬리우스	난 그녀를 싫어해. 그녀는 이상한, 오래 끄는	

(방백) 아첨하는 불한당이 왔구나. 저놈에게
먼저 써먹을 거야. 그는 자기 주인을 위하고
내 아들에게는 적이다. — 웬일로, 피사니오? —
선생, 이번에 당신이 할 일은 끝났으니　　　　　　30
갈 길을 가 보게.

코넬리우스　　(방백)　　　　당신을 퍽 의심하나, 마마,
해는 못 끼칠 거요.

왕비　　(피사니오를 옆으로 끌면서) 잘 들어, 한마디만.

코넬리우스　난 그녀를 싫어해. 그녀는 이상한, 오래 끄는
독약을 가졌다 생각한다. 그 마음을 아는 난
저렇게 악독한 이에게 그토록 저주받을　　　　　　35
약물을 맡기진 않을 거다. 그녀가 가진 건
감각을 잠시 동안 멍하니 무디게 하는데
그걸 먼저 아마도 고양이와 개에게 시험한 뒤
나중에 더 높은 데 할 것이다. 하지만
그것으로 만들어 낸 죽음의 모습에는　　　　　　40
정신을 잠깐 동안 가뒀다가 회생할 때
더 맑아지는 것 이상의 위험은 없다. 그녀는
완전 가짜 효과에 속는데 가짜로 속이는
내가 더 정직하다.

왕비　　　　　　　　내가 부를 때까지, 선생,
할 일은 더 없네.

코넬리우스　　　　　　　겸허히 물러가옵니다.　(퇴장)　45

왕비　　그녀가 계속 울고 있다고? 넌 그녀가 조만간
마음이 가라앉아 지금의 통 바보짓 대신
충고를 따를 거라 생각 안 해? 네가 얼러.
그녀가 내 아들을 사랑한단 그 말을 가져오면

그 즉시 난 너를 지금 네 주인만큼 높다고 —   50
더 높다고 말해 줄 것이다. 그의 운은
아무런 말이 없고, 그 이름은 숨넘어갈
참이니까. 그는 되돌아올 수도, 있는 곳에
계속 있을 수도 없어. 주거를 옮기는 건
한 가지 불행을 다른 걸로 바꾸는 셈이고,   55
그에게 다가오는 매일은 그가 마친 일과를
망치려고 다가와. 넌 기우는 것에게
기대는 자가 되어 뭘 기대하려느냐?
재건도 안 되고 떠받쳐 줄 만큼의 친구도
못 가진 사람인데.

      (왕비가 상자를 떨어뜨리고 피사니오가 그걸 집어 든다.)
                  넌 뭔지도 모르는 걸   60
집어 들었구나. 하지만 수고비로 가져라.
내가 조제한 건데 다섯 번씩이나
국왕을 죽음에서 구해 냈어. 회복제로
더 나은 걸 본 적은 없단다. 아, 제발 가져,
너에게 내가 품은 더 많은 선심의   65
계약금이란다. 네 여주인에게 그녀의
처지가 어떤지 말해 줘, 네 생각인 것처럼.
네 팔자를 확 바꾼다 생각해 봐, 그런데
여주인은 늘 같다고 생각해 봐. — 덧붙여서
널 주목할 내 아들도. 난 국왕을 움직여   70
네가 원할 그 어떤 형태의 승진도
시켜 주려고 해. 또 네게 이런 공을 세우게
부추긴 난 전적으로 네 공적을 후하게
보상할 의무가 있단다. 시녀들을 불러와.

내 말 좀 생각해 봐.   (피사니오 퇴장)

                    교활하고 충직한 놈으로   75
흔들리려 하지 않아. 제 주인의 대리로서
그녀가 남편과의 혼약을 유지하게
일깨워 주는 자야. 그가 만약 내가 준 걸
먹는다면 그녀의 애인 돕는 하인들은
싹 사라질 것이고, 나중에는 그녀도   80
마음을 바꾸지 않는다면 그것을 분명히
맛보게 해 줄 테다.

                 피사니오와 시녀들 등장.

                 자, 자. 잘했어, 잘했어.
거기 있는 제비꽃, 앵초와 달맞이꽃들을
내 방으로 가져와. 잘 가라, 피사니오,
내가 한 말 생각해 봐.   (왕비와 시녀들 퇴장)

피사니오   그렇게 할 겁니다.   85
하지만 내가 내 주인님께 불충할 땐
내 목을 조를 거야. 내 할 일은 그게 다요.   (퇴장)

1막 6장

이노젠 홀로 등장.

이노젠   잔인한 아버지에 거짓된 계모와

1막 6장 장소 심벨린의 궁정.

추방당한 남편을 둔 기혼의 부인에게
구혼하는 바보 좀 보라지. 오, 그 남편,
내 비탄의 최고 절정, 그리고 그 때문에
되풀이된 시달림! 나도 두 오빠처럼 도둑이   5
빼 갔으면 행복할걸! 근데 가장 비참한 건
드높은 자들의 욕망이다. 아무리 천해도
정직한 소망으로 위안을 맛보는 자들은
축복을 받았어. 근데 이게 누구지? 흠!

피사니오와 이아키모 등장.

피사니오   마마, 로마에서 주인님의 편지 갖고   10
          고귀한 신사가 오셨어요.
이아키모   걱정하셨나요?
          레오나투스 님은 안전하십니다, 그리고
          마마께 극진히 인사드립니다. (편지를 내준다.)
이노젠   고마워요,
          진심으로 환영하오.
이아키모   (방백)
          그녀의 바깥쪽은 모든 게 최고로 풍성하다!   15
          그 마음도 그만큼 희귀한 걸 갖췄다면
          그녀는 유일한 아라비아 새이고, 이 내기는
          내가 졌다. 철면피야, 내 친구가 돼 다오.
          대담성아, 나를 완전 무장시켜, 안 그러면

17행 아라비아 새 불사조를 말하며, 어느 때든 한 마리만 존재하기 때문
에 완벽성의 상징이다. (아든)

난 파르티아인처럼 도망치며 싸울 거야. 20
아니지, 곧장 도망칠 거야.

이노젠 (읽는다.)
"그는 가장 고귀한 평판을 가진 사람 중 하나이고 그
의 친절에 난 참으로 무한히 매여 있소. 그에 따라 그
를 배려해 주시오, 당신이 자신의 신뢰를 소중히 여기
는 만큼 말이오.   레오나투스." 25
여기까지 난 크게 읽었지만
나머지가 내 마음을 바로 그 중심까지
따뜻이 데워 줘서 고맙다고 하네요.
훌륭한 분, 당신을 말로 할 수 있는 만큼
환영하고, 가능한 모든 일로 그 사실을 30
알게 될 거예요.

이아키모   고맙소, 가장 고운 부인.
뭐, 사람들이 미쳤나? 자연이 그들에게
이 궁륭 천장과 바다와 육지의 풍성한 산물을
보라고 눈을 줬고, 그것으로 저 위의
불타는 천체들과 수많은 해변에 놓여 있는 35
쌍둥이 돌들을 구별할 수 있는데도,
그토록 희귀한 안구를 가지고도 우리가
미추를 분간 못 해?

이노젠   뭘 그리 감탄하십니까?

이아키모 눈 때문은 아니다. 성성이와 원숭이도
이런 두 여자를 놓고는 이쪽엔 싱글대고 40

20행 파르티아인 파르티아 궁수들은 적에게 화살을 퍼부은 다음 근접
전을 피하여 빠르게 달아나면서 말 등에서 뒤쪽으로 활을 쏘는 것으로
유명하였다. (아든)

저쪽은 찡그려 경멸할 테니까. 판단도 아니다.
백치들도 이 용모의 경우에는 현명하게
확정 지을 테니까. 육욕 또한 아니다.
난잡함도 이토록 우아한 미덕을 마주하면
먹으라는 꼬임에 안 빠진 채 욕망에게   45
빈속을 토하게 할 테니까.

이노젠   도대체 뭔 일이죠?

이아키모   싫증 난 그 욕심,
만족하긴 했지만 불만족인 그 욕망,
찼다가 비는 그 욕조는 먼저 양을 삼킨 뒤
찌꺼기를 갈망해.

이노젠   보시오, 뭣 때문에   50
넋을 잃으셨나요? 괜찮아요?

이아키모   고마워요, 마마, 괜찮아요.
(피사니오에게)   내 하인에게 가서
내가 남겨 둔 곳에 있으라고 해 주게.
별난 데다 애 같다네.

피사니오   환영해 주려고
가던 중이었습니다.   (퇴장)

이노젠   남편은 잘 있나요?   55
청컨대 그이의 건강은?

이아키모   좋습니다, 마마.

이노젠   기분은 명랑한 쪽이죠? 그러길 바라요.

이아키모   대단히 쾌활하죠. 그만큼 즐겁고 잘 노는
이방인은 없으니까. 브리튼 한량으로
불리고 있답니다.

이노젠   여기에 있었을 땐   60

심각한 편이었고 자주 그 이유를 모른 채
그랬지요.

이아키모 　　　　　심각한 건 한 번도 못 봤어요.
그 사람의 친구로 프랑스인이 있는데
빼어난 남자로서 고향의 골족 여인 하나를
많이 사랑하는 것 같아요. 그 사람은　　　　　　　　　　65
화덕 같은 한숨을 쉬는데 신난 브리튼인은 —
당신 남편 말인데 — 마음껏 웃으며 외치죠,
"오, 남자가 역사, 소문, 자신의 경험으로
여자가 무엇인지, 암, 도리 없이 무엇이
될 수밖에 없는지 알면서 자기 자유 시간을　　　　　　70
분명한 속박에 바치려 안달한다 생각하니
포복절도 않겠소?"

이노젠 　　　　　　　　남편이 그렇게 말할까요?

이아키모 예, 마마, 눈으로 웃음 홍수 일으키면서요.
그가 그 프랑스인 놀리는 걸 곁에서 듣는 건
오락이니까요. 하지만 하늘은 알고 있죠,　　　　　　　75
몇 남자의 책임이 크다는 걸.

이노젠 　　　　　　　　　　　그이는 아니길.

이아키모 아닌데 그가 받은 하늘의 혜택을 더 고맙게
쓸 순 있죠. 그에겐 그게 크고, 내 생각에
그의 것인 당신에겐 재능을 다 능가하죠.
난 놀라게 돼 있지만 한편으론 동정도　　　　　　　　80
하게 돼 있답니다.

이노젠 　　　　　누굴 동정하는지요?

64행 골　프랑스의 옛 이름인 갈리아에 살던 종족 이름.

이아키모	진심으로 두 인물을.
이노젠	그 하나가 나인가요?

날 바라보네요. 동정받을 만한 내 손실로
뭐가 눈에 띄나요?

| 이아키모 | 통탄할 일이다! 아니, |

이 빛나는 태양을 피하여 굴속에서   85
다 타 버린 양초의 위안을 얻는다?

| 이노젠 | 제발 좀 더 |

솔직하게 나의 요구 사항에 대답을
해 주시겠어요? 당신은 왜 나를 동정하죠?

| 이아키모 | 남들이 당신의 — |

그 누구를 즐긴다고 말할 참이었는데 —   90
하지만 그 복수는 신들의 임무이지
내 소관은 아니오.

| 이노젠 | 당신은 나에 대해 |

뭔가를, 중요한 걸 아는 것 같아요. 청컨대
잘못될까 의심하면 그럴 거란 확신보다
종종 더 피해가 크니까 — 확정된 것들은   95
치유책이 없거나 제때 알면 치유책이
곧 마련되므로 — 당신을 재촉하며 막는 게
무엇인지 밝혀 줘요.

| 이아키모 | 내가 내 입술로 촉촉이 |

적셔 줄 이 뺨과, 접촉하면 할 때마다
그 감촉을 느끼는 영혼은 자신의 충성을   100

86행 다 타 버린 양초 창녀처럼 성적으로 완전히 소진된 여자. (아든)
98행 내가 이아키모는 자기가 마치 유복자인 것처럼 말한다.

맹세할 수밖에 없는 이 손과, 내 눈의
방탕한 동작을 붙잡아 여기에만 고정하는
이 대상을 가졌는데 저주를 무릅쓰고
카피톨로 오르는 계단만큼 흔해 빠진
그따위 입술에 침 칠하고 매시간 거짓으로   105
(노동의 경우처럼 거짓으로) 굳어진
그 손을 잡은 다음 악쥐 나는 기름으로
타고 있는 흐릿한 촛불처럼 천하고 맥없는
그 눈 속을 흘끔흘끔 들여다봐야 할까?
그러한 배신엔 지옥의 역병이 다 함께   110
닥쳐야 마땅할 것이다.

이노젠   남편은 브리튼을
잊은 것 같네요.

이아키모   자신도요. 이 소식을
전하고 싶어서 내가 그의 비루한 변화를
공언하는 게 아니라 당신의 미덕이
완전 닫힌 내 의식에 마법을 써 이 얘기를   115
입이 하게 만듭니다.

이노젠   더는 듣지 않겠어요.

이아키모 오, 가장 귀한 영혼이여! 당신의 문제로
내 가슴은 동정심의 타격 받아 아픕니다.
이토록 아름답고 제국과 밀접한 부인이면
최고의 왕조차도 두 배로 키워 줄 터인데   120
당신 금고, 바로 그곳 용돈으로 고용된

104행 카피톨 로마에 있는 유피테르의 신전. 그 언덕을 오르는 100개
의 계단 위에 있다. (아든)

창녀들과 얽히다니. 썩은 몸에 날 수 있는
온갖 병과 더불어 황금을 바라고 놀아나는
성병 모험가들과, 독조차도 중독시킬
화류병 환자들과 얽히다니. 복수해요,   125
안 그럼 당신 낳은 그분은 왕비가 아니었고
당신은 위대한 혈통에서 후퇴하오.

이노젠   복수요?
어떻게 복수해야지요? 이것이 사실이면 —
양쪽의 내 귀로 내 마음을 성급히 속여서는
절대로 안 되는데 — 이게 만약 사실이면   130
어떻게 복수해야지요?

이아키모   만약 그가 나에겐
디아나의 사제처럼 찬 이불을 덮게 하고
자신은 당신을 무시하며 당신의 지갑으로
여러 잡년에게 올라타면? 복수해요.
당신 침실 저버린 그보다 더 고귀한 난   135
달콤한 당신의 쾌락에 자신을 바치면서
당신의 애정에 계속 충실할 겁니다,
확고한 만큼 늘 비밀히.

이노젠   여봐라, 피사니오!
이아키모   내가 당신 입술에 봉사하게 해 주시오.
이노젠   나가, 네 말을 이리 오래 들었던 내 귀를 난   140
경멸한다. 네가 올바르다면 너는 이 얘기를
낯선 만큼 저급하게 네가 추구하고 있는
그 목적이 아니라 고결해서 했을 거야.
너는 네가 명예에서 동떨어진 만큼이나
네 얘기와 동떨어진 한 신사를 욕보이고,   145

너와 저 악마를 똑같이 무시하는 숙녀를
여기에서 유혹했어. — 여봐라, 피사니오! —
나의 부친 국왕께서 네 공격에 대하여
아시게 될 거야. 그가 만약 건방진 이방인이   150
이 궁정을 로마의 사창가로 알고서 거래하고
짐승 같은 그 마음을 공주에게 설하는 게
적절하다 여기시면 그는 이 궁정에
전혀 신경 안 쓰고 자기 딸을 조금도
존중하지 않으신다. — 여봐라, 피사니오!

이아키모　오, 행복한 레오나투스! 그대에게 보이는   155
부인의 신뢰는 그대의 믿음을, 또 가장 완벽한
그대의 미덕은 확실한 그녀의 신뢰를
얻을 자격 있군요. — 축복받고 오래 사십시오,
한 나라의 구성원 가운데 가장 훌륭한
신사의 부인이고, 극도로 훌륭한 이에게만   160
걸맞은 그의 여주인이여. 용서해 주시오,
난 당신의 혼약이 깊이 뿌리박혔는지
알려고 이 말을 했으며, 지금의 남편을
새로 만들 것입니다. 그 사람은 가장 참된
예절을 갖췄고, 대단히 성스러운 마법사로   165
사교계를 매혹하여 자기편 만듭니다.
모두의 마음 절반을 가졌어요.

이노젠　　　　　　　　　　　　속죄하는군요.
이아키모　그는 마치 하강한 신처럼 사람 틈에 앉았고,
그에겐 인간을 넘어선 듯 돋보이는
고귀함이 있답니다. 화내지 마십시오,   170
참으로 막강하신 공주님, 전 감히 당신이

거짓된 얘기를 받아들이는지 시험했고,
그 결과 아시듯이 빗나갈 수 없는 신사,
그토록 희귀한 분을 택한 그 뛰어난 판단은
확인의 영예를 얻었어요. 난 그를 사랑해서   175
이렇게 당신을 키질해 봤지만 신들은 당신을
유별난 알곡으로 남겼소. 제발 용서하시오.

이노젠   다 좋아요. 궁정에서 내 권한을 가지세요.

이아키모   겸허히 감사하오. 마마께 간청을 하려던
아주 작은 부탁을, 그럼에도 중요한 걸   180
깜빡 잊을 뻔했군요. 그것은 남편과도
관련 있고, 나 자신과 다른 귀족 친구들이
이 사업의 동반자들입니다.

이노젠   제발, 뭐죠?

이아키모   우리들 열두어 로마인과 당신 남편 —
우리 날개 최고의 깃털은 — 일정액을 합하여   185
황제에게 드리는 선물을 사기로 했는데
난 그 일을 프랑스에서 나머지를 대리해
끝냈어요. 그것은 희귀한 도안의 접시와
비싸고 빼어난 보석으로 그 가치가 높아서
안전한 보관이 좀, 난 이방인이므로,   190
걱정이 된답니다. 괜찮으시다면 당신이
보관해 주시겠습니까?

이노젠   기꺼이 그러죠.
그리고 그 안전에 내 명예를 잡히지요.
거기에는 남편 몫도 있다 하니 난 그것을
침실 안에 둘 겁니다.

이아키모   그건 내 하인들이   195

	돌보는 궤짝에 들어 있소. 난 그걸 대담히
	오늘 밤 동안만 당신께 보내겠습니다.
	내일은 배를 타야 하니까.
이노젠	오, 안 돼, 안 돼요.
이아키모	예, 간청합니다. 안 그럼 난 귀환을 늦춰서
	약속을 어기게 된답니다. 난 갈리아에서
	마마를 보려는 목적과 약속이 있어서
	바다를 건넜어요.
이노젠	노고에 감사드립니다.
	하지만 내일은 안 돼요.
이아키모	오, 마마, 가야 해요.
	그러니 당신께 간청컨대 괜찮으시다면
	남편에게 인사 편지 쓰십시오, 오늘 밤에.
	난 우리 선물을 넘기는 데 긴요한 시간을
	초과했답니다.
이노젠	편지 쓰겠습니다.
	그 궤짝을 보내세요, 안전하게 보관한 뒤
	정확하게 넘길게요. 아주 잘 오셨어요. (함께 퇴장)

200

205

2막 1장

클로텐과 두 귀족 등장.

클로텐   이렇게 운 없는 사람이 또 있었을까? 난 표적 공을 살

200행 갈리아
골(Gaul)의 라틴어 이름. 고대 로마 제국
의 속령으로 현재의 프랑스를 비롯한 유
럽의 여러 지역을 통칭하는 말.
2막 1장 장소
심벨린의 궁정.

짝 건드렸는데 그게 막판에 다른 공에 맞아 굴러가 버
렸어! 난 거기에 백 파운드 걸었어, 그런데 상놈의 벼
락부자 녀석이 욕한다고 나를 꾸짖는단 말이야, 마치
내가 그의 욕설을 빌려 왔으니까 그걸 내 맘대로 쓸 수   5
는 없단 듯이.

귀족 1 그래서 그가 얻은 게 뭐였죠? 당신이 그의 골통을 공
으로 깨 버렸잖아요.

귀족 2 (방백)
만약 그의 지능이 그 머리를 깨 버린 자와 비슷했더라
면 다 흘러나왔을 거야.   10

클로텐 신사가 욕을 하고 싶을 때는 어떤 구경꾼들도 그의 욕
설을 잘라서는 안 돼, 그치?

귀족 2 (방백)
안 되죠, 그들의 귀를 자르는 것도 안 되고.

클로텐 상놈의 개자식! 그놈의 결투 신청을 받아 줘? 그가 나
와 같은 계급이었으면.   15

귀족 2 (방백)
넌 바보 계급 냄새를 풍겼겠지.

클로텐 세상에 이보다 더 짜증 나는 일은 없어. 염병할! 나는
차라리 지금의 나만큼 고귀하지 않았으면 좋겠어. 그
들은 내 어머니 왕비 때문에 감히 나와 싸우려 들지
않아. 천한 것들은 죄다 배가 터지게 싸우는데 나는   20
아무도 대적을 못 하는 수탉처럼 오르락내리락거려
야 해.

귀족 2 (방백)
넌 수탉인데 거세되기도 했지. 그리고 바보 모자를
쓴 채로 꼬끼오, 꼬꼬댁 해.

클로텐	뭐라고?	25
귀족 2	군을 성나게 하는 모든 녀석과 맞붙는 건 적절하지 않습니다.	
클로텐	그렇지, 그건 알아. 하지만 내가 아랫것들을 성나게 하는 건 적절해.	
귀족 2	예, 그건 군에게만 적절하죠.	30
클로텐	암, 그렇고말고.	
귀족 1	오늘 밤 궁정에 온 이방인 얘기 들어 보셨어요?	
클로텐	이방인이, 근데 내가 그걸 모른다고?	
귀족 2	(방백) 그는 자기 자신이 이상한 녀석인데 그걸 몰라.	
귀족 1	이탈리아 사람이 왔는데 레오나투스의 친구 가운데 하나로 여겨집니다.	35
클로텐	레오나투스? 추방된 악당이고 그도 하나야, 누구이든 간에. 누가 이 이방인 얘기를 해 줬지?	
귀족 1	군의 시동 하나가요.	
클로텐	내가 그를 보러 가는 건 적절할까? 거기에 품위 손상은 없을까?	40
귀족 2	당신은 품위 손상 못 하십니다.	
클로텐	쉽사리 못 하지, 내 생각에.	
귀족 2	(방백) 넌 공인된 바보야, 그러므로 행동도 바보와 같아서 품위 손상을 못 해.	45
클로텐	자, 난 이 이탈리아인을 보러 갈 거야. 오늘 내가 볼링에서 잃은 걸 오늘 밤 그에게서 따낼 거야. 자, 가자고.	
귀족 2	군을 따라가겠습니다. (클로텐과 귀족 1 퇴장)	

악마처럼 교활한 바로 그의 어머니가   50
이 바보를 세상에 내놓다니! 그 두뇌로
모두를 짓누르는 여자인데 이 아들은
목숨을 구한대도 스물에서 둘을 빼고
열여덟을 못 남긴다. 아, 딱하신 공주님,
하늘 같은 이노젠, 계모의 지배 받는 아버지,   55
매시간 계략을 꾸며 내는 어머니, 게다가
이 구혼자, 소중한 남편의 야비한 추방보다
또 그가 성사시키려는 끔찍한 이혼보다
더 미운 이 구혼자 틈새에서 당신은
참 많은 걸 견디셔요. 하늘은 그대가   60
추방된 남편과 이 큰 땅을 함께 향유하도록
그 소중한 정조의 벽 굳건히 해 주시고,
그 고운 마음의 신전은 동요 없게 해 주소서.   (퇴장)

2막 2장

침대 위에 있는 이노젠 등장. 근처에 궤짝이 있고,

그녀 쪽으로 시녀 헬렌 등장.

이노젠	누구냐? 내 시녀 헬렌이냐?
시녀	저요, 마마.
이노젠	몇 시지?
시녀	거의 자정이랍니다, 마마.
이노젠	그럼 세 시간을 읽었군. 눈이 침침하구나.

2막 2장 장소 심벨린의 궁정, 이노젠의 침실.

책장을 내가 마친 곳에서 접어 둬. 자러 가.
그 촛불은 가져가지 말고 타게 놔둬.   5
그리고 4시에 일어날 수 있거든
나를 좀 불러 줘. 난 잠에 완전히 취했어.   (헬렌 퇴장)
신들이여, 당신들의 보호에 절 맡깁니다.
요정들과 밤의 유혹자들이 못 덤비게
막아 주시옵소서. (잔다.)   10

이아키모가 궤짝에서 나온다

이아키모   귀뚜라미들은 울고, 힘들었던 감각은
휴식으로 회복된다. 저 타르퀴니우스도
이렇게 조용히 갈대를 밟은 뒤
그가 해친 정절을 깨웠다. 베누스여, 그대는
참 멋지게 그 침대에 어울리오! 갓 핀 백합,   15
욧잇보다 더 희구나! 만졌으면, 근데 키스,
키스 한번 했으면. 무비의 홍옥들은
그걸 참 귀엽게 하는군. 이 방에 이렇게
향수를 뿌리는 건 그녀의 숨이다. 촛불은
그녀에게 몸을 굽혀 눈꺼풀 아래에 감춰진   20
눈빛을 들여다보려고 하는데 지금 그건
하늘 그 자체의 색조인 청색으로 줄무늬 진
희고 푸른 창문으로 덮였다. 근데 내 복안은 —
이 방을 살피는 것이야. 다 적어 둬야지.

13행 갈대 방바닥을 덮는 데 사용되었다.
14행 정절 여인의 순결과 그것을 지키는 여인을 둘 다 가리키는 말.

(적기 시작한다.)

이런저런 그림들, 저기엔 창, 그녀의   25
침대 장식 이렇고, 휘장과 조각품들,
그거야 이렇고 이렇지, 저 설화의 내용도.
아, 하지만 타고난 그녀 몸의 특징들 몇 개면
만 점의 초라한 가재도구 넘어서서
내 목록을 증언하며 그 가치를 높일 거다.   30
오, 가짜 죽음, 잠이여, 그녀를 꽉 눌러
그녀의 감각을 꼭 예배당 안에 누운
조상처럼 만들어라. 벗겨져라, 벗겨져라. ─

(그녀의 팔찌를 빼낸다.)

고르디아스의 매듭이 단단했던 만큼이나 쉽게.
이건 내 것이고, 이것은 바깥에서   35
내적인 의식만큼 강력하게 증언해서
그녀의 남편은 미칠 거다. 이 왼편 가슴엔
앵초꽃 밑바닥의 진홍빛 반점 같은
다섯 점 사마귀가 있구나. 이 증거는
그 어떤 법보다 강력해. 이 비밀은 그에게   ·   40
내가 그 자물통을 열었고 순결이란 보물을
가졌단 생각을 강제할 것이다. 관두자. 왜?
내가 왜 기억에 못 박히고 나사 박힌 이것을
꼭 적어 둬야 하지? 그녀는 조금 전에
테레우스 이야기를 읽었고, 여기 필로멜라가   45
굴복한 곳에서 책장이 접혔다. 충분하다.

27행 설화   프리기아의 왕 고르디아스의 매듭은 풀
벽걸이에 자수로 표현된 이야기.   수 없는 난제였으나 알렉산드로스가 이
34행 고르디아스의 매듭   를 잘라서 해결했다.

궤짝으로 돌아가 용수철을 잠그자.

밤의 용들이여, 까마귀가 새벽에 눈뜨도록

서둘러라, 서둘러. 난 두려움 속에 있고,

이쪽은 하늘의 천사지만 지옥은 여기 있다.   50

(시계가 친다.)

하나, 둘, 셋. 이때다, 이때다. (궤짝 안으로 들어간다.)

2막 3장

클로텐과 귀족들 등장.

귀족 1   군께서는 패배에도 참을성이 가장 많은 사람입니다.

        최하점을 던진 사람 중 가장 차분하세요.

클로텐   누구나 지면 차분해져.

귀족 1   하지만 모든 사람이 다 군의 그 고귀한 성질을 본받아

        참을성이 있지는 않죠. 이길 때면 당신은 가장 불같고   5

        펄펄 뜁니다.

클로텐   이기면 누구나 용기를 내게 돼. 내가 이 어리석은 이노

        젠을 얻을 수만 있다면 충분한 양의 금을 가질 거야.

        거의 아침이 됐지, 안 그래?

귀족 1   낮인데요.   10

클로텐   그 악사들이 왔으면 좋겠는데. 난 아침마다 그녀에게

        음악을 바치라는 충고를 받았어. 그러면 뚫을 거라고

        했어.

2막 3장 장소 심벨린의 궁정.

자, 음을 맞추게. 자네들이 손가락을 움직여 그녀를 뚫
을 수 있다면 그렇게 해. 우린 입으로도 해 볼 거야. 다   15
안 되면 내버려 둬, 하지만 난 절대로 단념하지 않을
거야. 먼저 아주 빼어나게 훌륭하고 기발한 거를, 그다
음엔 놀랍고도 달콤한 노래를 감탄할 만한 가사를 붙
여 불러 주게. — 그런 다음에 그녀더러 고려해 보라
고 해.   20

                          노래

        들어 봐요, 하늘 문엔 종달새 노래하고
          태양신이 떠오르기 시작해요,
        자기 준마들에게 잔 모양 꽃에 담긴
          샘물을 마시게 해 주려고요.
        그리고 잠자는 만수국 봉오리도   25
        금빛 눈을 터뜨리기 시작해요.
      어여쁜 것들과 다 함께 귀여운 숙녀여,
              일어나요,
            일어나요, 일어나.

클로텐   그럼 가 보게들. 이걸로 뚫린다면 내가 자네들 음악에   30
         더 나은 보답을 할 거야. 그게 안 된다면 그건 그녀 귀
         에 말총도 송아지 창자도, 더더군다나 불알 없는 환관
         의 목소리조차도 절대 못 고치는 악덕이 붙어 있어서
         그래.   (악사들 퇴장)

심벨린과 왕비 등장.

귀족 2	국왕께서 오시는군요.	35
클로텐	난 이렇게 늦게 일어나서 기뻐, 그게 이렇게 일찍 일어난 이유니까. 그는 나의 이 봉사를 아버지다운 방식으로 받아들일 수밖에 없어. ─ 좋은 아침입니다, 전하, 그리고 어마마마.	
심벨린	가혹한 딸애의 문간에서 기다리고 있느냐? 그 애는 안 나와?	40
클로텐	제가 음악으로 그녀를 공략했는데도 그녀는 주목을 해 주지 않습니다.	
심벨린	그녀의 총아가 추방된 게 너무 최근이어서 아직 그를 못 잊었다. 시간이 좀 지나면 그에 대한 기억의 자취는 꼭 닳아 없어지고 그때 걔는 네 것이야.	45
왕비	넌 국왕께 큰 빚 졌어, 딸에게 널 천거할 수 있는 호기는 하나도 안 놓치시니까. 조리 있게 애원할 자세를 갖추고, 적절한 때가 주는 이점도 이용하고, 그녀의 거절과 더불어 구애 수를 늘려라. 그래서 그녀에게 경의를 표하라는 계시를 받은 듯이 모든 일에 있어서 그녀에게 복종해라. 단, 네 퇴거를 명령한다 싶으면 거기엔 무감각한 것처럼 해.	50 55
클로텐	무감각해요? 안 되죠.	

사자 　황공하나 로마에서 사절들이 왔습니다,
　　　카이우스 루키우스와 함께.

심벨린 　　　　　　　　　　　　훌륭한 친구야,
　　　이번에는 화를 낼 목적으로 왔겠지만
　　　그건 그의 잘못이 아니다. 짐은 그를　　　　　　　　　60
　　　보낸 이의 명예에 따라서 맞이해야 하고,
　　　이전에 짐에게 보여 준 선행이 있었기에
　　　특별 대우 해야 한다. ― 사랑하는 아들아,
　　　애인에게 좋은 아침 인사를 마친 다음
　　　왕비와 짐을 기다려라, 이 로마인에게　　　　　　　65
　　　너를 쓸 필요가 있으니까. ― 왕비, 갑시다.

　　　　　　　　　　　　　(클로텐만 남고, 모두 퇴장)

클로텐 　그녀가 깼으면 얘기를 나누고, 아니면
　　　계속 자며 꿈꾸게 둬야지. 실례하오! (문을 두드린다.)
　　　― 시녀들이 주위에 있다는 걸 안다. 그들 중
　　　한 명에게 돈을 좀 쥐여 주면 어떨까?　　　　　　70
　　　입장권을 사는 건 금인데 ― 맞아. ― 자주 그래,
　　　그것은 디아나 시녀들이 임무를 저버리고
　　　도둑에게 사슴을 넘기게 만들고, 또 금은
　　　정직한 자 죽게 하고 도적을 살리며, 아냐,
　　　때로는 도적과 정직한 자 양쪽의 목을 맨다.　　　75
　　　그걸로 뭘 못 하고 못 망치지? 시녀 중
　　　하나를 내 변호인 만들 거야, 왜냐하면
　　　나 자신도 이 사건을 이해하지 못하니까. ―
　　　실례하오! (문을 두드린다.)

시녀 도로시 등장.

도로시   누가 문을 두드려요?

클로텐   신사야.

도로시   그뿐이오?   80

클로텐   음, 귀부인 아들도 돼.

도로시   당신만큼 값비싼
재봉사를 뒀다고 올바로 자랑할 수 있는
몇 사람보다는 높군요. 뭘 원하시는지요?

클로텐   네 아씨 본인이야. 준비는 돼 있어?

도로시   예,
방에 있을 준비라면.

클로텐   네게 주는 금이다,   85
너의 좋은 평가를 팔아.

도로시   저의 좋은 이름을요? 아니면 당신을
좋다고 여기는 제 평가를 전할까요?

이노젠 등장.

                  공주님.   (퇴장)

클로텐   좋은 아침, 최고 미녀 누이야. 고운 손 좀.

이노젠   좋은 아침. 당신은 고통일 뿐인 걸 사려고   90
너무 애를 쓰네요. 내가 표할 감사는
감사할 게 적은 데다 그것을 나눌 수도
없다는 거예요.

클로텐   그래도 난 맹세코 널 사랑해.

이노젠   그런 말만으로도 깊은 감동 주는데

	계속 맹세한다면 내가 그걸 늘 안 듣는	95
	보답을 받으셔요.	
클로텐	이건 답이 아니야.	
이노젠	조용하면 승낙이다 말하실 염려만 없다면	
	난 말을 않겠어요. 제발 날 좀 봐주세요.	
	참말로 최고 친절 보이셔도 동급의 결례를	
	난 범할 겁니다. 당신은 큰 지식의 하나로	100
	자제력을 배웠으니 그걸 기억하셔야죠.	
클로텐	미친 너를 두고 가면 그건 내 죄일 거야.	
	난 안 가.	
이노젠	바보들은 미친 사람 못 고쳐요.	
클로텐	내가 바보라는 거야?	
이노젠	예, 난 미쳤으니까.	105
	침착해지시면 나는 더 미치지 않을게요.	
	그럼 둘 다 치유되죠. 참으로 안됐지만	
	당신 땜에 난 너무 말이 많아 숙녀의 예절을	
	잊게 됐으니까 이젠 최종적으로 배우세요.	
	내 마음을 아는 난 여기에서 선언컨대	110
	바로 내 진심 걸고 당신을 안 좋아하고,	
	미워하고 있다고 자신을 고발할 정도로	
	자비심이 없어서 내가 그걸 자랑하기보다는	
	당신이 느끼면 좋겠네요.	
클로텐	넌 네 아버지에게	
	보여야 할 복종심을 어긴 죄를 짓고 있어.	115
	네가 그 천한 놈, 보시로 자랐고 찬밥으로	
	궁정의 찌꺼기로 자라난 그놈과 맺었다고	
	주장하는 계약은 계약이 아니니까, 전혀.	

그리고 비천한 인간들 사이에는 —
하지만 그보다 더 비천한 자 누구야? —   120
그들만의 매듭으로 영혼을 맺는 일이,
그러면 새끼들과 빈곤만 따를 텐데,
허락될지라도 넌 왕관의 중요성 때문에
그러한 자유를 제한받고, 그 희귀한 명성을
천한 노예, 제복 입은 불상놈, 종놈의 옷,   125
부엌 하인 — 그만큼 높지도 못한 놈 — 따위로
더럽혀선 안 된다.

이노젠   이 야비한 인간아!
네가 저 유피테르의 아들이고 오직 그런 신분의
인물이라 할지라도 넌 너무 저급하여
그이의 마부도 못 된다. 둘의 미덕 비교하여   130
네가 만약 그이의 왕국에서 망나니 보조의
직함을 얻고서 그런 특별 승진으로
미움을 받는다면 넌 시샘을 일으킬 정도로
위엄 있을 것이다.

클로텐   독 안개 맞아서 썩을 놈!

이노젠   너에게 이름 불린 것보다 더 나쁜 불운을   135
그는 절대 못 만난다. 그의 몸을 단순히
감싸기만 했었던 가장 천한 의복도
네 머리털 모두보다, 그게 다 인간이 된대도,
내 눈엔 더 소중해. 여봐라, 피사니오?

피사니오 등장.

클로텐   그의 의복? 빌어먹을 —   140

이노젠	내 시녀 도로시에게 곧바로 달려가.
클로텐	그의 의복?
이노젠	유령 같은 바보가 내게 붙어

난 놀랐고 더 화났어. 가서 내 시녀더러
내 팔에서 너무나 뜻밖에 사라진 장신구를
찾아보라고 해. 주인님 것이야. 내가 그걸   145
어느 유럽 국왕의 재산 보고 내준다면
벼락을 맞을 거야. 정말이지 아침에도
그걸 본 것 같은데. 간밤엔 확실히
내 팔 위에 있었어, 난 거기에 키스했어.
없어지지 않아야 남편에게 내 키스는   150
당신만 받는다고 할 텐데.

피사니오	안 없어지겠죠.
이노젠	그랬으면. 가서 좀 찾아봐. (피사니오 퇴장)
클로텐	넌 나를 모욕했어.

가장 천한 그의 의복?

이노젠	예, 그렇게 말했죠.

이걸로 소송을 하려거든 증인을 불러요.

클로텐	네 아버지에게 알리겠다.
이노젠	당신 어머니에게도. 155

그녀는 내 친구로서 나를 가장 나쁘게만
상상해 주시길. 그럼 난 최악의 불만 품은
당신 두고 떠납니다.   (퇴장)

클로텐	난 복수할 것이다.

가장 천한 그의 의복? 좋아.   (퇴장)

2막 4장

유복자와 필라리오 등장.

유복자   걱정 마십시오. 전 그녀가 지조를 지킬 거라
       확신하는 만큼이나 국왕의 마음을 얻는 게
       분명하면 좋겠어요.

필라리오   쓸 만한 수단은?

유복자   딴 건 없고 시간의 변화를 기다리며
       현재 겨울 날씨에 떨면서 따뜻한 날들이   5
       오기 바랄 뿐이죠. 전 이렇게 희망이 시들어
       호의를 거의 못 갖는데 그조차 사라지면
       신세만 크게 지고 죽어야 합니다.

필라리오   바로 자네 미덕과 친교로써 내가 할 수 있는
       모든 걸 다 갚고도 남네. 지금쯤 자네 왕은   10
       아우구스투스 황제의 말 들었어. 루키우스가
       황명을 철저히 따를 테니 내 생각에 그는
       조공을 허락하고 연체금을 보내거나
       아직도 그들의 비통한 기억에 생생한
       우리 로마인들과 맞서야 할 걸세.

유복자   전 이 일이 —   15
       정치인도 아니고 그리될 가망도 없지만 —
       전쟁으로 치달을 거라 믿고, 그래서 당신은
       한 푼의 조공을 갚았다는 기별에 앞서서
       갈리아의 현 군단이 겁 없는 브리튼에

2막 4장 장소   로마.
11행 아우구스투스   로마 제국의 초대 황제(기원전 63~기원후 14)로 브
리튼을 침공했던 줄리어스 시저의 후계자.

상륙했단 소식을 듣겠죠. 우리나라 사람들은　　　　　　20
줄리어스 시저가 그 기술 부족엔 웃었지만
용기는 째려볼 만했다고 알았던 때보다
더 질서가 잡혔어요. 훈련된 그들은
이제는 용기의 날개 달고, 시련 주는 자들에게
그들이 세상의 평가를 개선하는 민족임을　　　　　25
알려 줄 것입니다.

이아키모 등장.

필라리오　　　　　　　　저 보게, 이아키모야.

유복자　　　가장 빠른 말들이 지상에서 날라 주고
사방의 온 바람이 당신 돛을 밀어 주어
당신 배가 날렵했나 봅니다.

필라리오　　　　　　　　　　　　어서 오게.

유복자　　　당신이 얻은 답이 짧았기 때문에　　　　　30
귀환이 빨랐기 바랍니다.

이아키모　　　　　　　　　　당신의 부인은
내가 봤던 가장 고운 여인 중 하나였소.

유복자　　　게다가 최고죠, 아니라면 그녀의 미모는
창밖을 내다보며 거짓된 남자들 꾀어서
함께 거짓되라지요.

이아키모　　　　　　　　　이 편지들 받으시오.　　　35

유복자　　　그 취지는 좋은 줄로 믿겠소.

이아키모　　　　　　　　　　　꼭 그럴 것 같소.

필라리오　　자네가 브리튼 궁정에 있었을 때
루키우스도 있었나?

이아키모	예상하고 있었지만

도착하진 않았어요.

유복자	아직까진 다 좋군요.

이 보석은 전처럼 빛나오? 당신이 잘 끼기에   40
너무 흐리지는 않소?

이아키모	내가 그걸 잃었다면

난 그 가격만큼의 금을 잃었겠지요.
난 브리튼에서 내가 보낸 그토록 달콤하고
짧은 밤을 다시금 즐기려고 두 배나 먼
여행도 할 거요, 그 반지를 얻게 됐으니까.   45

유복자	이 보석은 몹시 갖기 어렵소.

이아키모	천만에요,

당신의 부인은 너무나 쉬웠소.

유복자	손실 갖고

장난은 마시오. 우리의 친분은 계속될 수
없다는 걸 알기 바랍니다.

이아키모	그래야겠지요,

당신이 약속을 지킨다면. 내가 당신 여인의   50
몸 지식을 집으로 가져오지 않았다면
더 논쟁하는 데 동의하오. 하지만 난 지금
그녀의 순결을 당신의 반지와 더불어
차지한 사람이고, 그녀와 당신 뜻에 따라서만
진행했기 때문에 둘을 해친 사람은   55
아니라고 공언하오.

40행 빛나오 유복자는 보석의 상태를 이노젠의 정절과 연결시키면서
민감하게 질문한다. 그 반지는 아직 유복자의 수중에 있다.

유복자	당신이 침대에서

그녀를 맛본 걸 분명히 할 수만 있다면
악수한 내 손과 반지는 당신 거요. 못 하면
당신이 그녀의 순결에 대해 내린 악평 두고
우린 칼로 이기고 지거나, 주인 없는 두 칼을   60
발견할 사람에게 줘야 하오.

이아키모   내 증거 목록은
내가 밝힐 진실과 너무나 가까워서 당신을
꼭 먼저 믿게 만들 것이고 그 효력은
맹세로 확인해 줄 텐데, 그게 필요 없음을
당신이 알았을 땐 그것을 생략하게 해 줄 게   65
틀림없소.

유복자   계속하오.

이아키모   우선 그 침실엔 ―
난 거기서 잤다고 고백은 않지만 밤샘할
가치가 있는 걸 얻었다고 단언은 하는데 ―
비단과 은실의 천 그림이 걸렸고, 그 설화는
오만한 클레오파트라가 그 로마인 만난 것과   70
시드너스가 선박들 아니면 오만에 짓눌려
강둑 위로 넘친 건데, 대단히 멋지게 표현된
대단히 귀중한 작품으로 그 솜씨와 가치가
백중세였기에 그토록 희귀하고 정확하게
제작될 수 있었단 사실에 놀랐죠, 왜냐하면   75
그것의 진정한 생명은 ―

69행 그 설화 앞서(2.2.27) 언급한 설화, 즉 로마 장군 안토니가 시드
너스강에서 이집트의 클레오파트라와 뱃놀이한 얘기.

유복자   그것은 사실이나
당신은 그것을 여기에서 나나 다른 이들에게
들었을 수도 있죠.

이아키모   더 상세한 사항들로
내 지식은 확인될 것이오.

유복자   반드시 그래야죠,
아니면 당신의 명예가 다칠 거요.

이아키모   벽난로는   80
침실의 남쪽에 있는데, 벽난로 장식은
순결한 디아나의 목욕이오. 자신을 그토록
잘 드러낸 인물들을 난 못 봤소. 조각가는
제2의 자연처럼 말없이 그녀를 앞섰죠,
동작과 숨결은 빼놨지만.

유복자   그 또한 풍문으로   85
거두어들일 수 있는 거요, 사실상 많이들
얘기하고 있으니까.

이아키모   그 침실 천장에는
황금빛 천사들이 박혔소. 두 장작 받침대는 —
잊었네요. — 두 명의 눈먼 은빛 큐피드이며
교묘하게 두 횃불에 기대면서 제각기   90
한 다리로 서 있었죠.

유복자   이게 그녀 정절이오!
당신이 이 모든 걸 보았대도 — 또 당신의
기억력을 칭찬해도 — 그녀의 침실 물건
설명하는 것만으론 당신이 건 내기를

84행 그녀 자연, 즉 자연의 여신.

절대로 못 살리오.

이아키모 　　　　　　　　그럼 하얘질 수 있다면　　　　　　　95
이 장신구 꺼내게만 해 주시오. 보시오!

　　　　　　　　　　　　　　(팔찌를 보여 준다.)

근데 이젠 사라졌소. 이건 당신 금강석과
결혼해야만 하오. 내가 보관하겠소.

유복자 　　　　　　　　　　　　맙소사!
한 번 더 쳐다보게 해 주시오. 그게 내가
그녀에게 준 거요?

이아키모 　　　　　　　　고맙게도, 그거요.　　　　　　　100
그녀가 팔에서 빼냈소. 지금도 그녀가 보이오.
그 어여쁜 행동이 선물보다 더 값졌고
그 값을 높이기도 했지요. 나에게 주면서
한땐 높이 평가했다 그랬소.

유복자 　　　　　　　　　　나에게 보내려고
뽑았을지 모르죠.

이아키모 　　　　　　　그렇게 썼나요, 그녀가?　　　　　　105

유복자 오, 아니, 아니, 아니, 맞아요. 자, 이것도 가져요.

　　　　　　　　　　(이아키모에게 그 반지를 준다.)

내 눈에 그것은 닭뱀으로 그것이 쳐다보면
난 죽어요. 미모가 있는 곳엔 순결 없고,
겉치레 있는 곳엔 진실이, 딴 남자 있는 곳엔
사랑이 없게 하라. 여자들의 서약은　　　　　　　110
그들이 공허한 미덕에 구속되지 않는 만큼

107행 닭뱀　계란에서 부화했다고 추정되는 전설적인 독사이며 시선
으로 사람을 죽인다고 한다. (아든)

그 서약의 대상 또한 구속하지 못하게 하라.
오, 한없이 거짓된 것!

필라리오 　　　　　　　　 이보게, 진정하고
자네 반지 도로 받게, 아직은 안 뺏겼어.
아마도 그녀가 그걸 잃어버렸거나　　　　　　　　 115
시녀 중 하나가 매수되어 그것을
훔쳤는지 누가 아나.

유복자 　　　　　　　　　　 정말 맞고, 그가 그걸
그렇게 가졌기를 바랍니다. 반지 줘요.

　　　　　　　　　　　　　 (그 반지를 도로 가져온다.)

그녀의 몸에 있는, 그보다 더 분명한
신체적인 표시를 대시오, 이건 훔쳤으니까.　　　　　 120

이아키모 유피테르에 맹세코, 그녀의 팔에서 얻었소.

유복자 저 맹세를 들어 봐요, 유피테르에 건 맹세요.
맞아요, 아, 이 반지 가져요. 맞아요. 그녀가
그걸 잃진 않을 거라 확신하오. 시녀들은
모두 다 맹세했고 고결하오. 훔치게 유도해?　　　　 125
그것도 이방인이? 아뇨, 그녀를 즐겼소.
그녀가 음란하단 인식표가 이거요. 그녀는
이처럼 값비싸게 창녀란 이름을 샀답니다.

　　　　　　　　　 (이아키모에게 그 반지를 도로 준다.)

자, 품삯을 받은 뒤 지옥의 악마는 다
둘 사이에 나뉘어 들러붙길!

필라리오 　　　　　　　　　 진정하게.　　　　　　　　 130
그것은 호평받는 사람이 내놨다고 믿을 만큼
강력한 증거가 아니네.

유복자 　　　　　　　　 그런 말 마십시오.

그녀는 이 남자를 태웠어요.

이아키모   당신이
더 만족하기를 원하면 — 누르기 딱 좋은 —
그녀의 가슴 밑엔 사마귀가 있는데 참으로   135
민감한 자리를 퍽 빼기며 잡았죠. 목숨 걸고
난 거기에 키스했고, 채웠지만 또 먹고픈
즉각적인 허기를 느꼈소. 그녀의 이 오점을
분명히 기억하죠?

유복자   예, 또 그것은 다른 오점,
그것밖에 없대도 지옥 갈 수 있을 만큼   140
큰 것을 확인해 줍니다.

이아키모   더 들을 겁니까?

유복자   산술은 관둬요. 횟수는 절대 세지 마시오.
한 번이 곧 백만 번.

이아키모   맹세하겠소.

유복자   맹세 마오.
당신이 안 했다고 맹세해도 거짓이고,
나에게 오쟁이 지운 걸 부인해도   145
난 당신을 죽일 거요.

이아키모   부인하지 않겠소.

유복자   오, 그녀가 여기 있어 사지를 확 찢었으면!
거기 가서 그렇게 할 것이오, 궁정에서
그 아버지 앞에서. 뭔가 해서 —   (퇴장)

필라리오   인내심의
통제를 완전히 벗어났어. 자네가 이겼네.   150
따라가서 이 사람이 자신을 향해 품은
당장의 격노를 돌리세.

이아키모   진심으로 그러죠.   (함께 퇴장)

2막 5장
유복자 등장.

유복자   인간이 생기는 데 여자가 꼭 절반의 작업을
           하지 않는 방법은 없을까? 우린 다 사생아고
           내가 가장 존중하는, 아버지라 불렸던 그분도
           내가 임신됐을 때 어디에 계셨는지 모른다.
           동전 찍는 어떤 놈이 자기 연장 가지고   5
           날 위폐로 만들었어. 그래도 어머닌 당대의
           디아나로 보이셨어. 내 아내도 이 시대엔
           똑같이 천하일품이다. 오, 복수, 복수여!
           그녀는 내 합법적 쾌락을 억제했고
           내가 자주 금욕하길 바랐는데, 너무나   10
           낯 붉힌 겸손으로 그래서 그 고운 모습엔
           늙은 사투르누스도 몸 달 텐데 난 그녀를
           햇빛 안 �划 눈처럼 맑다고 여겼다. 오, 악마들!
           이 누런 이아키모는 한 시간 만에, 아닌가?
           더 짧거나, 첫 번에? 아마 그는 말도 않고   15
           도토리 많이 먹은 독일산 수퇘지처럼
           "오!" 하고 올랐겠지. 예상했던 저항과

2막 5장 장소 로마.
12행 사투르누스 로마 신화에서 유피테르 이전 시대의 주신으로 가장
늙고, 차갑고, 무력한 신. (아든)

교접 때 나오는 그녀의 보호 자세 말고는
아무런 저항도 없었겠지. 여성의 국부를
내 안에서 찾을 수 있었으면 — 남자 안의   20
악을 향한 충동은 다 내가 단언하건대
여성의 국부니까. 거짓말하는 일, 주목해,
여성의 것이다. 아첨도, 속임수도 그녀의 것.
육욕과 음란한 생각들, 또 복수도 그녀의 것.
야심과 탐심과 격정적 변화와 멸시와   25
방탕한 갈망과 비방과 변덕과 이름 붙은 —
아니지, 지옥이 알고 있는 — 결점은 다, 음,
일부나 통째로, 오히려 통째로 그녀의 것.
왜냐하면 악덕조차 계속 못 지키고 늘 바꾸며
일 분밖에 안 지난 악덕 대신 그 절반도   30
안 지난 걸 찾으니까. 그들 욕을 난 쓸 테고,
증오, 저주할 거야. 근데 참된 미움으로
그들의 욕망 성취 비는 게 더 나은 계책이다.
악마조차 그들을 더 잘 괴롭히진 못하니까.   (퇴장)

3막 1장

위엄을 갖추고 심벨린, 왕비, 클로텐,
귀족들이 한쪽 문에서, 그리고 다른 문에서
카이우스 루키우스와 수행원들 등장.

심벨린   자, 아우구스투스 시저는 짐에게 뭘 원하나?

3막 1장 장소 심벨린의 궁정.

루키우스 줄리어스 시저께서 — 그 기억은 아직도
사람들 눈 속에 남았고 언제나 귀와 입의
주제와 소문이 될 텐데 — 브리튼에 온 다음
그걸 정복했을 때 시저의 칭찬만큼이나   5
그런 찬사 받을 만한 위업으로 유명한
당신 삼촌 카시벨란은 자신과 후손 위해
연간 3천 파운드를 로마에 조공으로
바친다고 했는데, 그것을 당신이 최근에
안 내고 있답니다.

왕비   또한 더 놀라지 않도록   10
언제나 안 낼 거다.

클로텐   수많은 시저가 있은 뒤에
그런 줄리어스가 또 오겠지. 브리튼은
그 자체로 한 세계고, 우리의 코 값으론
한 푼도 안 낼 거다.

왕비   당시에 그들이
우리 것을 빼앗을 때 가졌던 그 기회를   15
되찾아 와야 해요. 주군께선 선왕들과 함께
당신 섬의 타고난 저항력을 기억하십시오,
그것은 못 오를 참나무와 포효하는 물결과
적의 배를 못 참고 돛대까지 삼키는 모래로
벽을 치고 말뚝 박은 넵튠의 공원으로   20
자리 잡고 있으니까. 시저는 여기에서
정복은 좀 했지만 "왔노라, 보았노라, 이겼노라."
그 자랑을 여기선 못 했어요. 창피하게 — 그에겐
그런 느낌 처음이었는데 — 그는 우리 해안에서
두 번이나 패하여 물러났고, 그의 배들,   25

하찮은 무식한 장난감은 험한 우리 바다에서
달걀처럼 파도 위를 떠돌다 그만큼 쉽사리
우리의 바위에 깨졌어요. 그래서 기뻐했던
그 유명한 카시벨란, 시저의 칼을 한때 —
오, 창녀 같은 운명아! — 누를 뻔했던 그는   30
런던읍을 환희의 횃불로 밝혔고
브리튼인들은 용기 있게 활개를 쳤답니다.

클로텐 자, 앞으로 바칠 조공은 더 이상 없다. 우리 왕국은 그
때보다 강하고, 내가 말했듯이 그 같은 시저들도 더
는 없어. 그 가운데 다른 이들도 매부리코는 가졌을   35
지 모르지만 그이처럼 튼튼한 팔을 가진 이는 하나도
없어.

심벨린 아들아, 어머니가 끝내게 해 줘라.

클로텐 우리에겐 아직 카시벨란만큼 손아귀 힘이 센 사람 많
거든. 내가 그런 사람이란 말은 아니지만 내게도 손   40
은 있어. 왜 조공을? 왜 우리가 조공을 바쳐야지? 시
저가 담요로 우리 해를 감추거나 달을 자기 호주머니
에 넣을 수 있다면 우린 빛을 얻으려고 조공을 바칠
거야. 아니라면, 이봐, 조공은 더 이상 없어, 제발 부
탁한다.   45

심벨린 자네는 꼭 알아 두게,
우리는 부당한 그 로마인들이 이 조공을
강탈한 때까지 자유를 누렸다. 시저의 야망은
너무 크게 부풀어 이 세상의 변방까지
대부분 뻗었고, 이곳에선 막무가내식으로   50
우리에게 멍에를 씌웠는데 그것을 벗는 건
용맹함을 자처하는 우리 백성들에게

어울린다. 고로 짐은 시저에게 말하는데
짐의 조상은 짐의 법을 제정한 몰무티우스로,
시저가 칼로써 그것을 너무 세게 망가뜨려   55
못 쓰게 되었기에 우리의 힘에 의한
그것의 회복과 해방은 로마가 분노해도
우리의 선행이 될 것이다. 몰무티우스가
짐의 법을 만들었고, 자신의 머리 위에
금관을 얹으면서 자신을 왕이라 불렀던   60
첫 브리튼인이었다.

루키우스   심벨린께 죄송하나
전 아우구스투스 시저가 — 당신이 자국에서
거느린 관원의 숫자보다 더 많은 왕을
종으로 둔 시저가 — 당신의 적임을 선포하오.
그러니 제게서 받으시오, 전쟁과 혼란을   65
시저의 이름으로 당신에게 선포하오.
저항 못 할 격노를 기대하십시오. 이렇게
도전을 받아 줘서 감사하오.

심벨린   천만에, 카이우스.
자네의 시저가 작위를 내게 줬고, 난 청춘의
대부분을 그 밑에서 보냈으며, 그에게서   70
영예를 얻었는데 강제로 되가져가겠다면
결사코 지키는 게 내 의무네. 분명히
판노니아와 달마티아인들이 자유를 위하여
이제는 무기를 들었고, 브리튼 사람들이

54행 몰무티우스 둔발로 몰무티우스는
콘월 왕 클로텐의 아들로 브리튼을 사십
년간 통치하였다. (아든)

73행 판노니아와 달마티아 테난티우스
와 심벨린의 통치 시절에 로마에 저항했
던 고대 일리리아의 부족들. (아든)

	그 전례를 못 읽으면 차가워 보일 텐데,	75
	시저는 그런 모습 못 볼 거야.	
루키우스	결과로 알겠죠.	
클로텐	전하께서 당신을 환영하시오. 우리와 하루나 이틀, 아	
	니면 더 오래 시간을 보내시오. 당신이 나중에 우리를	
	다른 상황에서 찾으면 우리는 짠물 허리띠 안에 있을	
	거요. 당신이 우리를 밖으로 쫓아내면 그건 당신 거지	80
	만, 그런 모험 중에 쓰러지면 우리 까마귀들은 당신 덕	
	에 더 잘 먹고살 테고, 그걸로 끝이오.	
루키우스	그렇죠.	
심벨린	난 자네 주인 뜻을, 또 그는 내 것을 알 테니까	
	남은 말은 '환영'이 전부라네.　　　　(함께 퇴장)	85

3막 2장

피사니오, 편지를 읽으며 등장.

피사니오	뭐요? 간음? 왜 당신은 그녀를 고발하는	
	괴물이 누군지 안 밝히죠? 레오나투스,	
	오, 주인님, 당신 귀가 어떻게 이 이상한	
	전염병에 걸렸죠? 웬 거짓된 이탈리아인이	
	손만큼이나 혀에도 독을 품고 당신을 설득해	5
	즉시 듣게 했답니까? 불충실하다고요? 아뇨.	
	그녀는 정절 때문에 벌받고, 누구의 미덕도	

79행 짠물 허리띠　브리튼 섬들을 둘러싸고 있는 대양을 말한다. (아든)
3막 2장 장소　심벨린의 궁정.

깰 만한 공격을 아내라기보다는 여신처럼
견디고 있답니다. 오, 저의 주인님,
당신 맘은 그녀에 비하면 당신의 재산만큼   10
저급해요. 뭐? 그녀를 살해해야 한다고요?
당신의 명에 따라 제가 했던 사랑과 충성과
서약들 때문에? 그녀를? 그녀 피를?
그러는 게 훌륭한 봉사라면 절대 저를
봉사심 있다고 여기지 마십시오. 나에게   15
이 악행에 상당하는 만큼의 인간성이
모자라 보인다면 난 어떤 모습일까?
　(편지를 읽는다.)
"그렇게 해,
넌 그녀의 명에 따라 내가 보낸 편지로
기회를 얻을 거다." 오, 저주받은 종잇장아,   20
거기 묻은 잉크처럼 검구나. 무감한 잡것아,
이 행위의 공범인데 겉으로는 그토록
처녀 같아 보이느냐?

　　　　　　　　　이노젠 등장.

　　　　　　　　봐, 그녀가 이리 온다.
내가 명령받은 것, 난 모르는 일이다.
이노젠　　웬일이야, 피사니오?   25
피사니오　마마, 주인님이 보내신 편집니다.
이노젠　　누구, 네 주인님? 즉 내 주인님 레오나투스?
오, 저 별들을 내가 그의 서체를 알아보듯
알아본 그 점성술사는 진짜로 박식했어,

미래를 열려고 했으니까. 착한 신들이시여,   30
이 안에서 사랑과 남편 건강, 그의 만족 —
우리가 떨어져 있는 건 말고요, 그건 그가
슬퍼하게 해 주세요. 치유의 힘을 가진
슬픔 중 하나로서 사랑을 보강해 주니까.
그걸 뺀 모든 데서 그의 만족을 — 보여 줘요.   35
밀랍아, 허락해 줘. 이 비밀 자물쇠를
만든 너희 벌들은 복받아라. 연인들과
위험한 계약 맺은 이들의 소원은 같지 않아,
위반자는 봉인 뜯고 감방 가도 연애편진
비밀이 꼭 보장되니까. 신들이여, 희소식을.   40
(읽는다.) "정의와 당신 아버지가 그의 영토 안에서 나
를 붙잡았을 때 보일 분노도, 당신, 오, 가장 소중한 사
람이여, 두 눈으로 나를 바로 되살릴 당신만큼 내게 잔
인할 수는 없소. 난 캄브리아 밀퍼드 항구에 있다는 데
유의하오. 이 일에서 당신은 자신의 사랑이 권하는 바   45
를 따르시오. 이렇게 그는 그의 서약에 충실한 당신에
게 모든 행복과 늘어나는 당신의 사랑을 바라오.
유복자 레오나투스."
오, 날개 달린 말을 줘! 들었어, 피사니오?
밀퍼드 항구에 그가 있어! 읽어 보고 거기가   50
얼마나 먼지 말해. 누구는 하찮은 볼일로
일주일에 걷는 길이라면 왜 나는 하루에
거기까지 못 내닫지? 그런데 정직한 피사니오,

41~48행 정의와…레오나투스   에 들뜬 이노젠은 구두점에 따라 달라질
이노젠을 속여 웨일스로 여행하게 만들   수도 있는 내용을 긍정적으로만 읽는다.
려고 애써 모호하게 작성한 편지. 기쁨   (아든)

나처럼 네 주인님 보기를 열망하고, 그러나
(오, 줄일게.) 나처럼 열망은 않지만 그래도　　　　55
좀 약하게 열망하는 너 ― 오, 나처럼은 아니지,
난 한도 끝도 없으니까. ― 말해 봐, 서둘러서,
(사랑의 조언자는 듣는 사람 귓구멍을
청각이 질식하게 채워야 해.) 복받은
바로 이 밀퍼드, 얼마나 먼 덴지. 또 도중에　　　　60
어떻게 웨일스가 그토록 운 좋게 이 항구를
물려받게 됐는지 얘기해. 하지만 뭣보다
여기서 어찌 빠져나가고, 우리가 나갔다가
돌아올 때까지 생기게 될 시간차를
어떻게 변명하지. 근데 먼저 어떻게 나가지?　　　　65
왜 변명을 사전에 만들어 내야 하지?
그 얘긴 나중에 할 거야. 말 좀 해 봐,
우리는 한 시간에 넉넉히 몇십 마일쯤이나
내달릴 수 있겠어?

피사니오　　　　　　　해가 떠서 질 때까지
이십이면 마마께 족하고 과하기도 하지요.　　　　70

이노젠　아니, 형장으로 달려가는 사람도 그처럼
느리게 갈 순 없어. 경마 얘기 들었는데
말들이 시계 안에 흐르는 모래보다
더 날렵했다고 해, 하지만 이건 바보짓이야.
가서 내 시녀에게 꾀병을 부리라 해, 음,　　　　75
아비 집에 간다 하고, 곧 나에게 승마복을
소작농 아내에게 알맞을 만큼의 가격으로
구해다 주라고 해.

피사니오　　　　　　마마, 잘 생각하셔야 ―

이노젠   이보게, 난 앞만 바라봐. 여기도, 저기도,

뒤따라올 일도 안개에 싸여 있어   80

못 꿰뚫어 보겠어. 부탁이야, 어서 가서

내가 하란 대로 해. 할 말은 더 없어.

밀퍼드 길 말고는 열린 게 전혀 없어.   (함께 퇴장)

3막 3장

동굴에서 나오며 벨라리우스, 귀데리우스,

알비라구스 등장.

벨라리우스   우리의 이 집처럼 지붕이 낮은 곳을 나가기에

딱 좋은 날이군. 애들아, 몸을 숙여, 이 대문은

하늘을 경배하고 신성한 아침 예배 위하여

머리를 숙이는 법 가르쳐. 왕들의 대문은

너무 높이 솟아올라 거인들도 휙 지나며   5

해님에게 아침 인사 않은 채 불경한 터번을

계속 쓸 수 있단다. 너 고운 하늘아, 안녕!

우리는 바위 집에 살지만 잘난 사람들처럼

너에게 못되겐 안 굴어.

귀데리우스   하늘아!

알비라구스   하늘아!

벨라리우스   자, 산짐승 사냥 가자. 저 건너 언덕으로,   10

너희 다린 젊단다. 난 평지를 걸을게. 위에서

까마귀 같은 나를 보거든 줄이고 늘이는 건

3막 3장 장소 웨일스, 벨라리우스의 동굴 앞.

위치라는 사실을 고려해라. 그러면 너희는
궁정과 군주들과 전쟁의 계략에 관하여
내가 해 준 얘기를 되새길 수 있을 거다.   15
봉사란 건 실행해도 인정받지 못하면
봉사가 아니란다. 그렇게 이해하면
우리는 보이는 만물에서 이점을 끌어내고,
두엄 속 풍뎅이가 온전한 날개의 수리보다
더 안전한 요새 안에 있다는 걸 알고서   20
여러 번 위안을 받을 거야. 오, 이 삶은
시중들다 질책받는 것보다 더 고귀하고,
양육비만 챙기는 후견인보다 더 부자이며,
공짜 비단옷 입는 것보다 더 자랑스러워.
멋지게 차리면 양복장이 인사는 받겠지만   25
빚 정리는 못 한다. 우리 삶엔 비교 못 해.

귀데리우스 경험으로 말씀하시네요. 미숙한 저희는
둥지 밖을 날아가 본 적 없고, 집 밖의 공기도
알지 못합니다. 조용한 생활이 최고라면
아마도 이런 삶이 최고고, 더 모진 걸 겪었던   30
당신께 더 달콤하며, 뻣뻣한 그 나이에
잘 어울립니다. 하지만 저희에게 이것은
무식이란 독방이고 침대 위의 여행이며,
경계선을 감히 못 넘어서는 채무자의
감방이랍니다.

알비라구스   저희가 당신처럼 늙었을 때   35
뭔 얘기를 하겠어요? 어두운 섣달에
비바람 치는 소리 듣게 될 때 저희는
매섭게 추운 이 동굴에서 꽁꽁 언 시간을

뭔 담화로 보내죠? 저희는 본 것이 없어요.
짐승과 같아서 여우처럼 교묘히 빼앗고   40
늑대처럼 싸우면서 먹을 것을 구하죠.
저희의 용기는 날짐승 쫓는 거고, 이 새장을
옥에 갇힌 새처럼 성가대석 삼으면서
이 구속을 자유로이 노래하죠.

벨라리우스   뭔 소리야!
너희가 도시의 고리대금업을 정말 알고   45
체험했더라면. 유지만큼 포기가 어려운
저 궁정식 기만술의 정상에 오르는 건
분명 추락하거나 아니면 대단히 미끄러워
그 공포는 추락만큼 무섭단다. 또 전쟁은
명성과 명예의 미명하에 위험을 찾는 듯한   50
고생일 뿐인데, 그 미명은 수색 중에
사라져 버리고 중상 섞인 묘비가
선행의 기록으로 종종 남아. 많은 경우
잘하고 나쁜 대접 받으며, 더 나쁠 땐
책망에 절해야 해. 오, 애들아, 이 얘기를   55
세상은 내게서 읽을 수 있단다. 내 몸엔
로마의 칼자국이 나 있고 한때는 내 평판이
최고 명사급이었어. 심벨린은 날 아꼈고
군인이 최고 화제였을 때 내 이름은
멀리 있지 않았단다. 그때 난 나무처럼   60
열매로 가지가 막 휘었어. 하지만 하룻밤에
폭풍 또는 강탈로, 뭐라 해도 좋은데,
잘 익은 내 과일과 잎들까지 떨어지고
헐벗은 난 비바람을 맞았어.

귀데리우스	호의는 불확실해.

벨라리우스   내 잘못은 내가 자주 말했듯이 없었는데   65
          거짓된 서약으로 완벽한 내 명예를 누르고
          득세했던 두 악당이 심벨린에게 가서
          내가 저 로마와 공모했다 맹세했어.
          그래서 난 추방됐고, 이십 년 동안이나
          이 바위와 점유지가 나의 세계였으며,   70
          거기에서 난 정직한 자유 속에 살았고
          신앙 빚을 앞서 살던 때보다 더 많이
          하늘에 갚았단다. 하지만 산으로 올라가자!
          이것은 사냥꾼의 언어가 아니야. 사슴을
          맨 먼저 맞히는 사람이 잔치의 주인으로   75
          다른 둘은 그의 식사 시중을 들 테지만
          우리는 더 높은 지위에 따르는 독약을
          겁내지 않을 거야. 계곡에서 만나자.

                          (귀데리우스와 알비라구스 함께 퇴장)

          천성의 불꽃을 감추는 건 참으로 힘들구나.
          얘들은 자기네가 왕의 아들이란 걸 모르고   80
          심벨린도 그들이 살았다는 꿈도 못 꿔.
          내 소생이라고 생각하고 이렇게 초라하게
          몸 굽히는 동굴에서 길러져도 생각은
          궁정의 천장에 이르고, 천성의 자극 받아
          단순한 일에서도 타인의 방식을 훨씬 넘어   85
          왕자처럼 행동한다. 이 폴리도르는
          심벨린과 브리튼의 후계자로 그의 부왕이
          귀데리우스라고 불렀는데 — 맙소사!
          내가 그 세 발 달린 의자에 앉아서

용맹한 내 위업을 말해 주면 내 얘기에   90
기개가 치솟아 "내 적은 이렇게 쓰러지고
난 그 목을 이렇게 밟는다." 하고선 곧바로
왕자다운 피가 뺨에 흐르면서 땀 흘리고
나이 어린 근육을 잡아당겨 내 말을 행동에
옮기는 자세를 취한다. 동생인 카드왈도   95
한때는 알비라구스였는데, 비슷한 몸짓으로
내 말에 활기를 불어넣고 자신의 상상을
훨씬 많이 보여 준다.   (사냥 나팔 소리가 들린다.)
           쉿, 사냥감이 깨났다!
오, 심벨린, 하늘과 내 양심이 아는데
당신은 날 부당하게 추방했소. 그 때문에   100
나는 이 아기들을 두 살과 세 살일 때
당신이 내 땅을 강탈했던 것처럼 당신의
계승자를 없애려고 훔쳤소. 유리필레, 당신은
애들 유모였는데 걔들은 어머니로 여기고
당신 묘에 날마다 예를 표한다오.   105
나 벨라리우스는 모건이라 불리고, 걔들은
날 생부로 여긴다.   (사냥 나팔 소리가 들린다.)
           사냥이 끝났구나.   (퇴장)

3막 4장

피사니오와 이노젠 등장.

이노젠   우리가 말에서 내렸을 때 넌 내게 그곳이
           가깝다 그랬어. 지금 내 갈망은 어머니가

처음 나를 보려 했던 것보다 커. 피사니오,
유복자는 어디 있어? 무슨 맘을 먹었기에
그렇게 응시해? 뭣 때문에 그 한숨이   5
네 안에서 새 나와? 누구를 그렇게
그려만 놓아도 스스로 해명이 불가능한
혼란에 빠졌다고 해석될 것이야.
침착한 내 감각이 착란에 빠지지 않도록
조금 덜 겁먹은 행동을 취해 봐.   10
이게 대체 뭔 일이야?

                              (피사니오가 그녀에게 편지를 준다.)

왜 그렇게 불친절한 모습으로 나에게
이 편지를 주는데? 봄 같은 소식이면
미소를 먼저 지어. 겨울이면 그 안색을
계속 띠고 있으면 돼. 내 남편의 필체야!   15
독약 소굴 이탈리아가 그를 꾀어넘겨서
곤경에 처했어. 이봐, 말해. 읽으면 나에게
치명적인 거라도 네 혀로 그 과격성을
좀 줄일 수 있을 테니.

피사니오   제발 읽으십시오,
그럼 제가 비참한 놈이며 운명의 경멸을   20
최고로 받는 걸 알 겁니다.

이노젠   (읽는다.)
"네 여주인은, 피사니오, 내 침대에서 창녀 짓을 했
고, 그 증언은 피 흘리며 내 안에 묻혀 있다. 난 허약
한 추측이 아니라 내 비탄만큼 강력하고 복수를 기대

3막 4장 장소 웨일스, 밀퍼드 항구 근처의 시골.

하는 만큼 분명한 증거를 가지고 말한다. 너 피사니　25
오는 네 서약이 그녀의 서약 파기에 물들지 않았다면
그 복수의 역할을 나 대신 해야 해. 네 손으로 그녀의
목숨을 빼앗아라. 내가 밀퍼드 항구에서 기회를 줄
텐데 — 그 목적에 필요한 내 편지를 그녀가 가지고
있다. — 거기에서 네가 만약 찌르기가 두려워 그 일　30
을 끝냈다는 확신을 내게 주지 못한다면 넌 그녀의
불명예를 거드는 포주이고 나에게도 마찬가지로 불
충하다.”

피사니오　내 칼을 뽑을 필요 뭐 있어? 그 편지로
　　　　　목이 벌써 잘렸는데. 그렇지, 칼보다 더　　　　　35
　　　　　예리한 건 중상이고, 그 혀는 나일강의
　　　　　모든 뱀보다 더 독성이 강하며, 그 숨결은
　　　　　바람 타고 소식을 전하면서 이 세상을
　　　　　구석구석 다 속인다. 왕과 왕비, 정객들과
　　　　　처녀와 부인들, 아니, 무덤의 비밀에도　　　　　40
　　　　　이 맹독성 중상이 스며든다. — 마마, 괜찮아요?

이노젠　그이의 침대를 배신해? 배신이 뭔 말인데?
　　　　　거기에서 깨어 있고 그를 생각하는 거?
　　　　　시간마다 우는 거? 잠이 쏟아지는데도
　　　　　그에 대한 무서운 꿈으로 잠 설치고 울면서　　45
　　　　　깨는 거? 그게 그의 침대를 배신한 거야, 응?

피사니오　아아, 착한 부인.

이노젠　배신해? 이아키모, 당신의 양심이 증인인데
　　　　　당신은 그이를 음란죄로 정말 고발했었죠.
　　　　　그때는 악당처럼 보였는데 이젠 그 모습이　　50
　　　　　아주 착해 보이네요. 이탈리아의 웬 창녀가,

화장발로 태어난 여자가 그를 속여 먹었어.

불쌍한 난 낡아서 유행 지난 의복으로

벽에 걸어 두기에는 값비싸기 때문에

찢어져야만 해. 나를 잘게 쪼개다니! 오,   55

여자의 역적은 남자의 맹세야. 오, 남편이여,

당신의 변절 땜에 훌륭한 허울은 다

악행 위해 쓴 것으로, 본모습이 아니라

숙녀용 미끼로 생각될 거예요.

피사니오   들어 봐요. —

이노젠   정직한 이들은 삿된 아이네이아스처럼 들려서   60

그 생전에 삿되다 여겨졌고, 시논의 울음은

신성한 많은 눈물 모욕하며 진정한 불행을

동정 않게 만들었어. 유복자 당신도 그처럼

멋진 남자 모두에게 재를 뿌릴 거예요.

훌륭하고 용감한 이들이 당신의 큰 실수로   65

거짓되고 위증할 거예요.

(피사니오에게)   자, 녀석아, 올바로

네 주인의 명을 따라. 네가 그를 보거든

내가 순종했다는 걸 조금은 증언해 줘. 봐,

난 이 칼을 스스로 뽑았어.

(그녀는 피사니오의 칼을 뽑아 그에게 내민다.)

받아라, 그리고

60행 아이네이아스
멸망한 트로이를 떠나 새 정착지를 찾던 아이네이아스는 카르타고에 들러 그곳의 디도 여왕에게 사랑을 고백한 뒤 그녀를 버리고 떠난다.

61행 시논
그는 트로이 성벽 밖에서 악어의 눈물로 트로이인들을 설득하여 그리스 군인들이 들어 있는 목마를 성안으로 받아들이게 하였고, 그로 인해 트로이는 파괴된다. (RSC)

순수한 내 사랑의 저택인 심장을 찔러라.　　　　　　70
겁내지 마, 비탄 빼면 완전 텅 빈 곳이니까.
네 주인은 실제로 그곳의 재산이었는데
거기에 없단다. 그의 명을 따르면서 찔러라.
더 좋은 일이라면 넌 용감할 수 있는데
지금은 비겁자 같구나.

피사니오　　(칼을 던져 버린다.)　　　저리가, 더러운 것.　　　75
넌 내 손을 지옥에 못 보내.

이노젠　　　　　　　　　　　　아니, 난 죽어야 해,
그리고 네 손으로 그리되지 않으면 넌
네 주인의 종이 아냐. 자살을 금지하는
하늘의 율법이 너무 강해 나약한 내 손은
비겁하게 되었어. 자, 내 심장 여기 있다.　　　80
그 앞에도 뭐가 있네. 잠깐, 우리는 방어 않고
칼집처럼 순종할게. 여기 뭐가 들었지?
　　　　　　　　　　(그녀가 조끼에서 편지들을 꺼낸다.)
충실한 레오나투스의 말씀인데 모두가
이단으로 바뀌었나? 가라, 가, 너희는
　　　　　　　　　　　　(그녀가 편지들을 내던진다.)
내 믿음을 더럽혔어, 더 이상 내 심장을　　　85
방패막이 못 한다. 불쌍한 바보들은 이렇게
거짓된 선생들을 믿을 테지. 배신당한 자들도
반역을 뼈아프게 느끼지만 반역자는
더 심한 비통을 겪게 돼. 그래서 나에게
부친인 왕에 대한 불복종을 부추겼고,　　　90
내가 내 왕족들의 청혼을 경멸하게 하였던
유복자 당신은 이제부터 그러한 행동이

흔한 게 아니라 희귀한 성품의 결과임을
알게 될 거예요. 그리고 생각하니 슬픈데,
지금은 당신이 막 퍼먹는 그녀에게   95
물리게 됐을 때 당신의 기억은 나 때문에
얼마나 고통받겠어요. 제발 빨리 처치해,
양이 도살자에게 간청해. 네 칼은 어딨어?
너는 나도 원하는 네 주인의 명령을
너무나 느리게 수행해.

피사니오   오, 자애로운 부인,   100
이 일을 하라는 명령을 받고 나서
전 한숨도 못 잤어요.

이노젠   하고 나서 자러 가.

피사니오   이 두 눈알이 먼저 빠질 겁니다.

이노젠   그럼 왜
이 일을 맡았어? 왜 너는 그렇게 먼 길을
안 그런 척하면서 악용했어? 이 장소를?   105
내 행동과 네 행동을? 이 말들의 노고를?
너에게 유리한 시간을? 내가 없어졌다고
혼란에 빠진 저 궁정을, 거기로 되돌아갈
뜻은 전혀 없지만? 왜 너는 자릴 잡고
네 앞에는 선택한 사슴이 있는데 이제 와서   110
활을 놓아 버리려 해?

피사니오   오로지 이토록
질 나쁜 업무에서 벗어날 시간을 벌어서
진로를 고심해 보려고요. 착한 부인,
제 말을 참으며 들으세요.

이노젠   지칠 만큼 말해 봐,

난 창녀란 소리도 들었고, 그 거짓에   115
고통받은 내 귀는 더 큰 상처를 입거나
더 심하겐 못 다쳐. 자, 말해.

피사니오   그럼 마마,
돌아가진 않으실 것 같네요.

이노젠   아주 그럴듯하지,
죽으려고 왔는데.

피사니오   그건 절대 아니죠.
이 몸이 정직한 만큼만 현명하면, 그러면   120
제 의도는 좋게 드러날 겁니다. 주인님이
속으신 게 틀림없습니다. 그 어떤 악당이,
예, 희귀한 재주를 가진 놈이 두 분에게
저주받을 이 상처를 입혔어요.

이노젠   어떤 로마 갈보야.

피사니오   목숨 걸고 아닙니다.   125
전 당신이 죽었다는 통지만 한 다음 그에게
피 묻은 증거를 보낼게요, 그렇게 하라고
명 받았으니까. 궁정에선 당신을 찾을 테고,
그걸로 잘 확인될 겁니다.

이노젠   아니, 이 친구야,
그동안 난 뭐 하지? 어디서? 어찌 살아?   130
아니면 내 남편에게는 죽었는데 삶에서
무엇으로 위안받아?

피사니오   궁정으로 돌아가면 —
이노젠 궁정도, 아버지도, 그 거칠고 고귀하고
단순한 허깨비, 그자의 구혼이 나에겐
공성전만큼이나 두려웠던 클로텐도   135

난 더 이상 상관 안 해.

피사니오 　　　　　　　　　궁정이 아니라면
브리튼에 남아선 안 됩니다.

이노젠 　　　　　　　　　　그럼 어디?
브리튼이 햇빛을 다 가졌어? 낮도? 밤도?
브리튼 바깥엔 그게 없나? 세상이란 책에서
브리튼은 그 일부이지만 없는 것과 같아,　　　　　　140
큰 못의 백조 둥지 하나처럼. 브리튼 밖에도
사람 있다 생각해 봐.

피사니오 　　　　　　　　　딴 곳 생각하시다니
참으로 기쁩니다. 로마 대사 루키우스가
밀퍼드 항구에 내일 도착합니다. 자,
당신이 자신의 운명만큼 은밀한 마음을　　　　　　145
품을 수 있다면, 또 신체적 위험을 부르니까
아직 그 자체를 보여선 절대로 안 되는 걸
감추기만 한다면 예쁘고 전망 좋은
길을 걸을 것입니다. 예, 아마도 유복자의
주택 근처에서요. 적어도 너무나 가까워서　　　　　　150
행동은 안 보여도 당신 귀로 그를 듣고
그의 움직임만큼이나 정확히 매시간
그를 그려 볼 겁니다.

이노젠 　　　　　　　　　오, 그런 방법이라면
내 순결엔 위험해도 그 상실은 아니니까
난 모험할 거야.

피사니오 　　　　　　　그렇다면 요점은　　　　　　155
당신이 여자란 걸 잊어야 합니다. 권위를
복종으로 바꾸고, (뭇 여자의 시녀들인,

또는 더 정확하게 예쁜 여자 그 자체인)
두려움과 세심함을 짓궂은 용기로 바꾸어
농담할 준비 됐고, 즉답하며 거만하고,   160
담비처럼 싸우기 좋아하고, 아니, 당신은
당신 뺨의 최고로 희귀한 보물을 잊고서
그것을 — 하지만 오, 쓰라린 마음이여!
아, 대책이 없으니 — 고르게 키스하는 태양의
욕심 많은 접촉에 드러내고, 위대한 유노를   165
화나게 하였던 당신의 힘들고 꼼꼼한
몸단장을 잊어야 합니다.

이노젠   아니, 짧게 말해.
네 목표를 알아봤고, 그래서 난 이미
남자가 다 됐어.

피사니오   우선 남자처럼 꾸미세요.
이걸 미리 생각하고 전 이미 윗옷과 —   170
옷 가방에 있는데 — 모자, 바지, 그에 맞는
모든 걸 준비했답니다. 그것의 도움으로,
또 또래의 청년에게 빌릴 수 있는 건
모방해서 당신이 고귀한 루키우스 앞에서
자신을 소개하고 봉사를 희망하며 재주가   175
뭣인지 말한다면 — 그에게 음악 귀가 있다면
그는 그 말 알아듣고 — 틀림없이 당신을
기쁘게 받아들일 겁니다, 그는 존경스럽고,
그 두 배로 매우 고결하니까. 여비로는
부유한 제가 있고, 전 초기와 후속 자금   180
절대로 끊지 않을 겁니다.

이노젠   넌 신들이 내리신

내 모든 위안이야. 어서 가자, 고려할 게
더 많이 남았어. 하지만 우리는 모든 걸
좋은 때 생길 일에 맞출 거야. 이 시도에
난 용감히 뛰어들고 왕자의 용기로 그것을   185
계속할 것이다. 어서 가자, 부탁이다.

피사니오　근데 마마, 제가 자릴 비워서 당신을
궁정에서 데려갔다 의심받지 않으려면
우린 잠시 헤어져야 합니다. 여주인님,
여기에 상자가 있는데 왕비가 주신 걸로   190
귀중한 게 들었어요. 바다에서 뱃멀미나
육지에서 난 배탈에 이걸 조금 마시면
이상이 사라질 것입니다. 그늘로 가셔서
남자의 복장을 갖추세요. 신들이 당신을
최상으로 인도해 주시길.

이노젠　　　　　　　　　아멘. 고맙다.　　　(각각 퇴장)   195

3막 5장
수행원들과 함께 심벨린, 왕비, 클로텐, 루키우스,
귀족들 및 수행원들 등장.

심벨린　이쯤에서 작별하세.

루키우스　　　　　　　감사합니다, 전하.
황제께서 전 여길 떠나야 한다고 쓰셨고,
당신을 제 주인님의 적으로 불러야 하는 게

3막 5장 장소 심벨린의 궁정.

안타깝습니다.

심벨린   짐의 백성들은, 이보게,
그의 멍에 참아 주지 않을 테고, 짐 또한   5
그들보다 주권을 덜 보이면 왕답지 못하게
비칠 수밖에 없네.

루키우스   그렇군요. 지상으로
밀퍼드 항구까지 호송을 요청하옵니다.
마마, 모든 기쁨 누리시고, 당신도.

심벨린   경들이여, 그 임무를 여러분께 맡기오.   10
마땅한 예의를 조금도 소홀히 하지 마오.
잘 가게, 고귀한 루키우스.

루키우스   그 손을 주시오.

클로텐   친절하게 잡으시오. 하지만 이 시간부터는
원수의 것이오.

루키우스   누가 승자인지를 말해 줄
결과가 아직은 안 나왔답니다. 안녕히.   15

심벨린   경들은 훌륭한 루키우스가 세번강을
다 건널 때까지 떠나지 마시오. 행운을.

                    (루키우스와 귀족들 퇴장)

왕비   그는 찌푸리면서 가지만 그렇게 만든 게
우리에겐 영예를 줍니다.

클로텐   더욱더 잘됐죠.
용맹한 브리튼인들이 소원을 이뤘어요.   20

심벨린   루키우스는 황제에게 이곳의 상황을
이미 적어 보냈어. 그러므로 우리에겐
전차와 기병을 준비해 두는 게 꼭 맞는다.
그가 이미 갈리아에 보유한 군대가 곧

	집결할 것이고, 거기서 그는 자기 전쟁을	25
	브리튼 쪽으로 옮길 거야.	
왕비	졸면서 하지 말고	
	빠르고 강력하게 살펴야 할 일입니다.	
심벨린	우리는 이렇게 될 것을 예상했기 때문에	
	앞서가게 되었다. 그런데 왕비여,	
	우리 딸은 어디 있소? 로마인 앞에도	30
	나타나지 않았고, 짐에게 매일 하는	
	문안도 올리지 않았다오. 그녀는	
	의무보단 악의로 뭉쳐진 것처럼 보이고,	
	짐도 그걸 주목했소. 짐 앞으로 불러오라,	

심벨린

왕비 졸면서 하지 말고
빠르고 강력하게 살펴야 할 일입니다.

심벨린 우리는 이렇게 될 것을 예상했기 때문에
앞서가게 되었다. 그런데 왕비여,
우리 딸은 어디 있소? 로마인 앞에도   30
나타나지 않았고, 짐에게 매일 하는
문안도 올리지 않았다오. 그녀는
의무보단 악의로 뭉쳐진 것처럼 보이고,
짐도 그걸 주목했소. 짐 앞으로 불러오라,
짐이 너무 오냐오냐했으니까.   (사자 한 명 퇴장)

왕비   주상 전하,   35
유복자의 유배 이후 그녀는 최대한
물러나서 사는데 그 치유는, 전하,
시간에 맡겨야 합니다. 전하께 간청컨대
날카로운 말씀은 마세요. 그녀는 책망에
너무나 예민한 숙녀여서 언어는 타격이고   40
타격은 죽음이옵니다.

사자 등장.

심벨린   그녀는 어딨느냐?
이 멸시를 어떻게 변명할 셈이지?

사자   전하,
그녀 방은 다 잠겼고 저희가 외쳤던
가장 큰 소리에도 답은 전혀 없었어요.

왕비	전하, 제가 마지막으로 만나러 갔을 때 45
	그녀는 틀어박혀 있는 걸 봐달라고 빌었고,
	그 상태는 몸이 약해 강요됐기 때문에
	전하께 날마다 드리게 돼 있는 문안을
	못 올리게 됐답니다. 그녀는 제가 이걸
	알리길 바랐지만 궁정의 큰일 탓에 잊은 제가 50
	비난받을 만하군요.
심벨린	걔 방문이 잠겼어?
	최근에는 안 보여? 하늘은 내 걱정이
	기우란 걸 밝히소서. (퇴장)
왕비	아들아, 국왕을 따라가.
클로텐	그녀 사람 피사니오, 그 늙은 하인을
	요 이틀 동안이나 못 봤어요.
왕비	찾아봐. (클로텐 퇴장) 55
	피사니오, 유복자를 그토록 편드는 자가 —
	내 약을 가졌어. 난 그가 그것을 마시고
	없어지길 바란다, 그는 그게 참으로
	희귀한 거라고 믿으니까. 하지만 그녀는
	어디로 갔을까? 아마도 절망에 빠졌겠지, 60
	아니면 사랑의 열정이란 날개 달고 원하던
	유복자에게로 날아갔어. 그녀는 죽음이나
	불명예를 맞이하러 떠났고 내 목적엔
	양쪽 다 유용할 수 있다. 그녀가 쓰러지면
	브리튼의 왕관은 내가 배정하게 된다. 65

클로텐 등장.

어찌 됐어, 아들아?

클로텐   도망친 게 분명해요.

들어가서 국왕을 위로해요. 광분해서 아무도

감히 곁에 못 가요.

왕비   (방백)   더 잘됐다. 오늘 밤에

그에게 다가올 내일이 없어지면 좋겠어.   (퇴장)

클로텐   난 그녀를 사랑하고 미워해, 곱고 당당하면서   70

숙녀나 숙녀들, 여자보다 더 절묘한

궁정풍 자질을 다 가졌으니까. 그녀는

모두의 최고를 가졌고, 그게 다 합쳐진 그녀는

모두보다 더 비싸게 팔린다. 그래서 난 사랑해,

하지만 날 무시하고 천한 유복자에게   75

호의를 퍼부은 그 판단은 큰 불신을 불러와

그 밖의 희귀한 걸 질식시킬 정도이고,

그 점에서 난 그녀를 미워하기로, 아, 정말

복수하기로 결정했어. 왜냐하면 바보들이 —

피사니오 등장.

누가 오지? 이봐, 뭐야, 음모를 꾸미는 중이야?   80

이리 와. 아, 이 희귀한 포주야! 악당아,

네 여주인 어딨어? 한마디로 답 안 하면

넌 곧바로 악마들과 함께해.

피사니오   오, 클로텐 군!

클로텐   네 여주인 어딨어? 답 안 하면 맹세코

다시 묻지 않겠다. 입 무거운 악당아,   85

나는 그 비밀을 네 심장에서 꺼내거나

네 심장 찢어서 찾겠다. 유복자와 함께야?
너무 저질이어서 값진 건 눈 닦고 보아도
하나도 없는 자와?

피사니오 　　　　　　　아, 클로텐 군, 그녀가
어떻게 그와 있죠? 언제부터 안 보였죠?　　　　　90
그는 로마에 있어요.

클로텐 　　　　　　그녀는? 가까이 와,
더 머뭇거리지 말고. 날 완전히 납득시켜,
그녀는 어떻게 된 거야?

피사니오 오, 최고의 클로텐 군!

클로텐 　　　　　　최고의 악당아!
네 마님이 있는 곳을 밝혀라, 당장에,　　　　　95
그 입을 열자마자. '군'이란 말 더 하지 마!
얘기해, 안 그러면 네 침묵은 이 순간
네 유죄 선고이고 죽음이야.

피사니오 　　　　　　그렇다면
그녀의 도망과 관련된 제 지식이 다 담긴
편지를 드리죠. (편지를 한 장 내놓는다.)

클로텐 　　　　　보자. 난 황제의 옥좌까지　　　　100
그녀를 뒤쫓아 갈 거야.

피사니오 (방백) 　　　　이거 아님 난 죽어.
그녀는 충분히 멀리 갔고, 그가 알아내는 건
그녀의 위험 아닌 자기 여행일 거야.

클로텐 　　　　　　　　흠.

피사니오 (방백)
주인님께 그녀가 죽었다고 써야지. 오, 이노젠,
무사히 떠돌다 무사히 돌아올 수 있기를.　　　105

클로텐	이봐, 이 편지 사실이야?
피사니오	그런 것 같습니다.
클로텐	이건 유복자의 필체야, 난 알아. 이봐, 네가 악당이 되고 싶지 않고 나에게 진정으로 봉사하며 내가 널 이용할 이유가 있는 임무를 진지하게 열심히 수행하면 — 즉 내가 하라고 명령하는 악행은 뭐든지 곧바로 정확하게 처리하면 — 난 너를 정직한 인간으로 생각할 거야. 그래서 너에 대한 내 지원 수단이나 네 승진을 위한 내 발언이 모자라진 않을 거야.
피사니오	글쎄요.
클로텐	내게 봉사할 거야? 왜냐하면 넌 끈기 있게, 또 일관되게 유복자 거지의 벌거벗은 운세에 들러붙었으니까 내게 고맙게 여기는 과정에서 나의 부지런한 추종자가 될 수밖에 없어. 봉사할 거야?
피사니오	하겠습니다.
클로텐	네 손을 이리 줘, 내 지갑이다. 전 주인의 의복 중에 네가 소유하고 있는 게 뭐라도 있느냐?
피사니오	있어요, 제 숙소에. 그가 제 마님 안주인을 떠났을 때 입었던 바로 그 정장 말입니다.
클로텐	나를 위한 너의 첫 번째 봉사로 그 정장을 이리로 급히 가져와. 그걸 너의 첫 번째 봉사로 삼아, 가.
피사니오	그러지요. (퇴장)
클로텐	밀퍼드 항구에서 널 만난다! — 잊고서 한 가지를 못 물어봤네, 곧 기억날 거야. — 난 바로 거기에서 악당 유복자, 널 죽일 거야. 이 의복이 왔으면. 그녀가 한때 말하기를 — 그 쓰라림을 이제 내 가슴에서 토해 내는데 — 자기는 유복자의 바로 그 의복을 고귀하

게 타고난 내 몸보다, 거기에 내 자질이란 장식을 합
친 것보다 더 존중한다고 했어. 그 정장을 내 등에 걸
치고 난 그녀를 강간할 거야. — 먼저 그를 죽일 거   135
야, 그것도 그녀 눈앞에서. 거기에서 그녀는 나의 용
맹을 볼 것이고, 그것이 그녀의 경멸에 고통을 줄 거
야. 그는 땅 위에 있고, 내가 그 죽은 몸 위에서 환희
의 연설을 끝낸 다음 욕정의 식사를 마쳤을 때 — 난
그 일을 그녀를 말마따나 괴롭히기 위해 그녀가 그토   140
록 칭찬했던 그 옷을 입고 실행할 텐데 — 난 그녀를
궁정으로 때리면서 데려가 다시 집으로 차 넣을 거
야. 그녀가 환희하며 날 멸시했으니 난 유쾌하게 복
수할 거야.

피사니오, 유복자의 옷을 가지고 등장.

그게 그 의복이야?   145

피사니오 예, 고귀한 클로텐 군.

클로텐 그녀가 밀퍼드 항구로 떠난 지 얼마나 됐지?

피사니오 아직 거기엔 못 갔어요.

클로텐 이 복장을 내 방으로 가져가. 그게 내가 너에게 명령한
두 번째 일이다. 세 번째는 네가 나의 계획에 대해 자   150
진해서 벙어리가 되는 거야. 순종하고 충실하기만 하
면 승진이 저절로 따를 거야. 내 복수는 이제 밀퍼드에
있다, 내게 그것을 쫓아갈 날개가 있었으면. 가자, 그
리고 충실하라.   (퇴장)

피사니오 내 명예를 버리라 하는군. 네게 충실하란 건   155
거짓되란 말인데, 난 최고로 충실한 그에게

절대 거짓되지 않을 테다. 넌 밀퍼드로 가서
뒤쫓는 그녀를 찾지 못하기를. 천복은
그녀에게 내리고 또 내리소서. 이 바보는
느려져서 실패하고 고생으로 보답받길.   (퇴장)   160

3막 6장
소년 복장의 이노젠 홀로 등장.

이노젠   남자의 생활이란 알고 보니 지겹구나.
난 지쳤어. 그리고 이틀 밤을 연거푸
맨땅에서 잠잤어. 병났어야 하지만
결심이 굳어서 버틴다. 밀퍼드여,
피사니오가 산 위에서 널 보여 줬을 때   5
넌 시야에 있었다. 맙소사, 아무리 걸어도
쉼터는 멀어지는 것 같아. — 불행한 이들이
구제받을 그런 곳 말이야. 두 거지가
난 길을 놓칠 수 없다 했어. 가난한 자들이
고난을 겪으면서 거짓을 말할까, 그것이   10
벌이나 시험인 줄 알면서? 그래, 부자들이
참말을 않을 땐 당연해. 충족 속의 타락은
살기 위한 거짓보다 더 악하고, 거지보다
국왕의 거짓말이 더 나빠. 내 남편 당신은
거짓된 이들 중 하나예요. 당신 생각 하니까   15

156~157행 난…테다   사람이라고 믿는다. (아든)
피사니오는 유복자가 어떤 악당에게 속   3막 6장 장소
았고, 그래서 아직도 이노젠에게 충실한   웨일스, 벨라리우스의 동굴 앞.

내 허기가 가셨네. 근데 난 바로 전에
못 먹어 쓰러질 참이었어. 하지만 이게 뭐야?
다가가는 길도 있네. 야만인의 피난처군.
안 부르는 게 최고야. 감히 못 부르지만
인간은 기근에 완전 굴복하기 전에 용감해져.   20
풍요와 평화는 겁보 낳고, 곤경은 언제나
담력의 어머니다. 이봐요! 누구 있소?
문명화됐다면 말하고, 만약에 야만이면
뺏든지 도와줘요. 답 없어? 그럼 난 들어가오.
칼 뽑는 게 최고인데 나의 적이 나처럼   25
칼을 겁낸다면 그걸 쳐다보지도 못할 거야.
하늘은 그런 적을 보내소서.   (동굴 안으로 퇴장)

벨라리우스, 귀데리우스, 알비라구스 등장.

벨라리우스   폴리도르, 최고의 사냥꾼은 네가 됐고,
네가 이 잔치의 주인이다. 카드왈과 나는
합의대로 요리사와 하인 역을 할 거야.   30
근면으로 흘리는 땀은 그 목표가 있어서
다 말라 버리지 않는단다. 우리의 식욕으로
수수한 음식이 맛있어질 거야. 지치면
부싯돌 위에서도 코 골지만 잘 쉬어 게으르면
털 베개도 딱딱해. 자, 여기에 홀로 있는   35
초라한 이 집에 평화 있길.   (동굴 안으로 퇴장)
귀데리우스   난 완전히 지쳤어.
알비라구스   난 고역 때문에 약하지만 식욕은 퍽 강해.
귀데리우스   동굴 안에 찬 고기가 있으니까 잡은 것을 요리하는 동안에 그걸 뜯자.

벨라리우스 등장

벨라리우스   멈춰, 오지 마.
저것이 우리의 양식을 먹고 있지 않다면   40
요정이 있다고 여길 거야.
귀데리우스   무슨 일인데요?
벨라리우스   맙소사, 천사야. ― 그런 게 아니라면
지상의 귀감이야. 소년에서 더 안 늙은
신적인 존재를 봐.

이노젠 등장.

이노젠   여러분, 해치지 마세요.
난 여기에 들기 전에 불렀고 먹은 것을   45
청하거나 사려고 했답니다. 참말이지,
바닥에 흩어진 금을 봤더라도 아무것도
안 훔쳤고 안 그럴 겁니다. 돈이오.
식사를 하자마자 그것을 식탁에 놔두고
제공해 준 사람에게 감사 기도 하면서   50
떠나려 했어요.
귀데리우스   돈이라고, 젊은이?
알비라구스   차라리 금과 은은 모두 다 흙으로 변해라,
더러운 신들을 숭배하는 자들만
그런 게 더 낫다고 여기니까.
이노젠   화났군요.

	내 잘못 때문에 죽이지 않아도 난 이미	55
	죽었을 것임을 아시오.	
벨라리우스	어디 가는 길이오?	
이노젠	밀퍼드 항구요.	
벨라리우스	당신의 이름은?	
이노젠	피델레라 합니다. 나의 친척 한 분이	
	이탈리아로 가는데 밀퍼드에서 배를 타죠.	
	그에게 가다가 굶주림에 거의 기진한 채로	60
	이런 죄를 짓게 됐소.	
벨라리우스	고운 청년, 제발 우릴	
	촌놈으로 생각 말고, 우리의 선심을	
	이 험한 장소로 재지도 마시오. 잘 만났소.	
	거의 밤이군요. 출발 전에 더 나은 음식과	
	머물러서 먹어 준 감사의 인사를 받을 거요.	65
	애들아, 환영해라.	
귀데리우스	당신이 여자라면, 젊은이,	
	난 세게 청혼하여 정직한 신랑이 꼭 될 거야.	
	암, 사려는 듯 구애할걸.	
알비라구스	난 그가 남자여서	
	안심하고 그를 내 동생으로 사랑할 거야.	
	오래 못 보다가 만난 듯이, 너처럼,	70
	환영해 줄 거야. 참으로 환영한다!	
	친구들 틈이니까 기운 내.	
이노젠 *	친구들 틈에 있죠,	
	만약에 형제라면! (방백) 실제로 그래서	

58행 피델레 충직한, 믿음직한, 또는 정직한 사람이란 뜻을 가진 이름.

	아버지의 아들들이었으면. 그러면 내 값은	
	더 낮아지면서 유복자 당신과 더 동등한	75
	무게가 됐을 텐데.	

벨라리우스　　　　　　　　그가 뭔 고통에 몸부림쳐.

귀데리우스　내가 없애 줬으면!

알비라구스　　　　　　아님 내가, 그게 뭐든,
뭔 아픔, 뭔 위험이 닥친대도. 아!

벨라리우스　　　　　　　　　　쉿, 얘들아.

　　　　　　　　　　　　(그들이 따로 귓속말을 한다.)

이노젠　위대한 사람들이
이 동굴보다도 크지 않은 궁정을 가지고　　　　80
자신을 시중들며 스스로 깨달아 확인한
미덕을 지닌 채 수시로 변하는 대중의
헛소리 선물을 제쳐 둔다 하더라도
이 둘은 못 넘어설 거야. 신들은 용서해요,
전 레오나투스가 배신하여 이들과 친구하려　　　85
제 성별을 바꾸려 합니다.

벨라리우스　　　　　　　　그렇게 될 거야.
얘들아, 사냥감 손질하자. 꽃미남은 들어와.
굶을 땐 대화가 무거워. 저녁을 먹고 나서
우리가 예의 갖춰 네 얘기를 요청할게,
네가 말을 하려는 데까지.

귀데리우스　　　　　　　　가까이 좀 와 봐.　　　90

알비라구스　밤에게 부엉이, 아침에게 종달새보다 더 반가워.

이노젠　고마워요.

알비라구스　가까이 좀 와 보라고.　　　　(동굴 안으로 함께 퇴장)

3막 7장

두 로마 원로원 의원과 호민관들 등장.

의원 1　　이것이 황제가 써 보낸 명령서의 취지요.
　　　　　판노니아, 달마티아 사람들에 맞서서
　　　　　지금은 평민들도 전투를 하고 있고,
　　　　　지금 저 갈리아에 나가 있는 군단으론
　　　　　반역하는 브리튼에 맞선 전쟁 치르기엔　　　　　　5
　　　　　대단히 약하므로 우리는 상류층을
　　　　　이 작전 쪽으로 격려하오. 그는 루키우스를
　　　　　그 지방 총독에 봉하고, 그대 호민관들에게
　　　　　당면한 이 모병을 위하여 자신의
　　　　　절대권 위임장을 맡기오. 시저 만세.　　　　　　　10

호민관　　루키우스가 그 병력의 총사령관이오?

의원 2　　　　　　　　　　　　　　　　　　예.

호민관　　지금 저 갈리아에 남아 있는?

의원 1　　　　　　　　　　　　내가 말한
　　　　　군단들과 합친 건데 그대들이 모병으로
　　　　　그걸 꼭 보충해야만 하오. 그대들은
　　　　　위임장에 따라서 파병의 숫자와 시간을　　　　　15
　　　　　지켜야 할 거요.

호민관　　　　　　　　임무를 수행할 겁니다. (함께 퇴장)

3막 7장 장소 로마
7~8행 그는…봉하고 루키우스는 로마　아우구스투스가 임명한 새로운 총독이
인들이 그 지방 브리튼을 정복했을 때　될 예정이었다. (아든)

4막 1장

클로텐, 홀로 등장.

클로텐   피사니오가 지도를 바르게 그려 줬다면 난 그들이
만나는 장소 근처에 와 있다. 그의 의복이 내게 참
잘 맞네! 근데 왜 양복장이를 만든 그분께서 만든 그
의 여주인도 내게 맞아선 안 되지? 더더구나 여자가
맞고 말고는 — 미안한 말이지만 — 맞춰 봐야 안다   5
고 하니까. 그럴 때 난 기술자가 돼야 해. 난 감히 그
걸 혼자 말한다, 왜냐하면 자기 방에서 자기 거울과
의논하는 건 허영이 아니니까. 내 말은 내 몸의 윤곽
은 그의 것만큼 뚜렷하고, 더 어리지도 않고 더 튼튼
하고, 행운에선 그보다 더 처지지 않고, 이 시절의   10
이점에선 그를 넘어서고, 가문은 더 높고 전투에는
똑같이 밝고, 단독 대결에서는 더 두드러진다는 거
야. 그런데도 눈이 삔 이것이 날 무시하고 그를 사랑
해. 인간이란 참 딱한 존재야! 유복자야, 네 머리가
지금은 그 어깨 위에 붙었지만 이 시간 안으로 떨어   15
질 것이고, 네 여자는 강간을 당하며, 네 의복은 그
녀 앞에서 갈가리 찢길 거다. 그리고 이 모두가 끝난
뒤에 그녀를 발로 차면서 그녀 아버지 집으로 끌고
가면 그는 아마도 나의 거친 취급에 약간 화를 낼지
도 모르지만 어머니가 그의 급한 성미를 누를 힘이   20
있으니까 모든 걸 내 칭찬으로 돌릴 거야. 말은 안전
하게 묶어 뒀다. 칼을 뽑자, 심각한 목적을 위하여!

4막 1장 장소   웨일스, 벨라리우스의 동굴 근처.

운명은 그들을 내 손에 넣어 주기를. 이게 바로 그들
이 만나는 장소에 대한 설명이고, 그 녀석은 감히 날
못 속여.   (퇴장)   25

4막 2장

벨라리우스, 귀데리우스, 알비라구스, 이노젠,

동굴에서 등장.

벨라리우스   넌 몸이 안 좋아. 동굴에 남아 있어,
사냥 후에 돌아오마.

알비라구스   동생은 여기 있어,
우리는 형제 아냐?

이노젠   남자끼린 그래야지,
하지만 흙과 흙도 먼지인 건 꼭 같지만
등급은 다 달라. 난 아주 병들었어.   5

귀데리우스   둘은 사냥 가세요, 제가 곁에 있을게요.

이노젠   그토록 병들지는 않았지만 안 좋긴 해.
하지만 병들기도 전에 죽을 것만 같은
도시의 응석받인 아니야. 그러니까
날 두고 일과에 충실해. 습관의 파기는   10
모든 것의 파기야. 아파도 네가 곁에 있다고
내가 나아질 순 없어. 비사교적인 이에게
동무는 위안이 아니야. 큰 병은 아니야,
이렇게 따질 수 있으니까. 날 믿고 남겨 둬,

4막 2장 장소 웨일스, 벨라리우스의 동굴 앞.

	훔칠 건 나 자신뿐이니까 그런 좀도둑으로	15
	죽게 해 줘.	
귀데리우스	난 너를 사랑해, 그렇게 말했고,	
	그 양이 얼마이든 그 무게는 아버지를	
	사랑하는 만큼이야.	
벨라리우스	뭐라고? 어째, 어째?	
알비라구스	그런 말이 죄라 해도, 아버지, 전 형님과	
	잘못을 나누어 질 겁니다. 제가 이 청년을	20
	왜 사랑하는진 몰라도 사랑엔 이유가 없다는	
	당신 말씀 들었어요. 문간에 관이 있고	
	누가 죽을 것인지 물으면 이 청년이 아니라	
	제 아버지라고 할 거예요.	
벨라리우스	(방백) 오, 귀한 성품!	
	오, 빼어난 자연이여, 위대한 혈통이여!	25
	겁보는 겁보 낳고 천것은 천한 자식 두는 법.	
	자연엔 알곡과 겉껍질, 경멸과 미덕이 있구나.	
	난 애들의 아버진 아니지만 이 애가 누군데	
	나보다 더 사랑받는지는 기적 그 자체다. ─	
	이제 아침 9시야.	
알비라구스	동생은 잘 있어.	30
이노젠	사냥 잘해.	
알비라구스	건강해라. ─ 가시죠, 아버지.	
이노젠	(방백)	
	이들은 친절해. 아, 난 얼마나 거짓을 들었나!	
	궁정인들은 궁정 빼곤 다 미개하다고 해.	
	오, 경험아, 넌 소문이 틀렸음을 입증한다!	
	도도한 바다엔 괴물도 있지만 거기만큼	35

맛있는 고기는 하찮은 지류에도 자란다.
난 계속 아프다, 마음이 아프다. 피사니오,
네 약 좀 마시자.

        (그녀는 약을 들이켠다. 남자들은 떨어져서 얘기한다.)

귀데리우스   털어놓게 할 수가 없었어.
그는 귀족이지만 불행하다 그랬고,
부정하게 당했지만 정직하다 그랬어.   40

알비라구스 내게도 그렇게 답했어. 그렇지만 앞으로
더 알게 될 거랬어.

벨라리우스   사냥터로, 사냥터로!
우린 널 한동안 떠날 거야. 가서 쉬어.

알비라구스 오래 떠나 있지는 않을 거야.

벨라리우스   제발 아프지 마,
넌 우리 주부여야 하니까.

이노젠   몸이 좋든 안 좋든   45
당신들께 빚졌어요.   (동굴 안으로 퇴장)

벨라리우스   그리고 늘 그럴 거야.
이 청년은 불행하기는 해도 훌륭한 조상을
두었던 것 같아.

알비라구스   천사처럼 노래해요!

귀데리우스 멋진 요린 어떻고! 뿌리를 글꼴로 자르고,
유노가 아팠을 때 약식 지어 줬다는 듯   50
국에다 양념 쳤어.

알비라구스   미소와 한숨을,
그 한숨이 나왔던 이유가 미소가 못 돼서
그랬던 것처럼 고귀하게 결합해. 그리고
그 미소는 그 한숨을 조롱해, 그토록 신성한

	신전을 빠져나와 선원들이 욕하는 바람과
	섞이려 한다고 말이야.
귀데리우스	난 비탄과 인내심이
	둘 다 걔 안에 붙박여 그 둘의 원뿌리가
	뒤엉킨 걸 주목해.
알비라구스	인내심이 자라나
	커지는 그 덩굴로 비탄의, 구린 딱총나무의
	옥죄는 뿌리를 풀어 없애 버렸으면.
벨라리우스	대낮이 되었다. 어서 가자! — 이 누구야?

클로텐 등장.

클로텐	이 도망자들을 못 찾겠네, 그 악당이
	날 속여 먹었어. 어지러워.
벨라리우스	(귀데리우스와 알비라구스에게)
	도망자들?
	우리가 아닐까? 난 그를 좀 알아, 왕비 아들
	클로텐이니까. 매복이 있을까 봐 두렵군.
	난 그를 이 여러 해 동안 못 봤지만
	그라는 건 안다. 우리는 무법자 신세야. 가!
귀데리우스	(벨라리우스와 알비라구스에게)
	그는 한 명일 뿐입니다. 아버지는 동생과
	일당이 근처에 있는지 뒤져요. 어서 가요,
	그는 저와 홀로 두고. (벨라리우스와 알비라구스 퇴장)

55

60

65

59행 딱총나무 예수를 배신한 유다가 이 나무에 목을 맸다는 전설이
있다. (리버사이드)

클로텐	잠깐, 내게서 그렇게 70
	도망치는 너희는 누구냐? 산골 악당들이냐?
	그런 얘기 들었다. 너는 웬 노예냐?
귀데리우스	난
	노예를 안 패 주고 응대하는 이상으로
	노예 같은 일은 한 적 전혀 없다.
클로텐	넌 강도야,
	범법자, 악당이야. 항복해라, 도둑놈아. 75
귀데리우스	누구에게? 너에게? 넌 누구냐? 내 팔도
	네 것만큼 크지 않냐, 심장 또한 크지 않냐?
	네 말이 더 큰 건 인정해, 나는 내 단검을
	입에 차진 않으니까. 넌 누군지, 왜 내가
	항복해야 하는지 말해 봐.
클로텐	비천한 악당아, 80
	내 옷으로 날 몰라?
귀데리우스	응, 네 재봉사도, 악한아.
	할아비가 누구냐? 그가 그 옷을 만들었고,
	그게 널 만드는 것 같구나.
클로텐	지독한 종놈아,
	이건 내 재봉사 작품 아냐.
귀데리우스	그러면 꺼지고,
	그거 준 이에게 감사해. 넌 좀 바보 같아. 85
	때리기가 꺼림칙해.
클로텐	이 무례한 도둑놈아,
	내 이름만 듣고 떨어.
귀데리우스	네 이름, 그게 뭔데?
클로텐	클로텐이니라, 악당아.

귀데리우스	너 악당 곱빼기야, 클로텐이 네 이름이라도
	난 떨지 못하겠다. 두꺼비, 독사나 거미라면 90
	더 빨리 움직일 테지만.
클로텐	네가 더 겁먹도록,
	아니, 완전히 망하도록 넌 내가 왕비의
	아들임을 알 것이다.
귀데리우스	안됐구나, 태생만큼
	훌륭해 보이질 않아서.
클로텐	안 무서워?
귀데리우스	내가 존경하는 분들, 두려운 분들은 현자야. 95
	바보들은 겁 안 내고 비웃어.
클로텐	죽어라!
	너를 내 자신의 손으로 죽이고 났을 때
	바로 지금 여기서 도망친 자들을 뒤쫓고,
	너희 머릴 런던읍의 문 위에 걸겠다.
	항복해, 이 촌것 산골 놈아. (싸우면서 함께 퇴장)

벨라리우스와 알비라구스 등장.

벨라리우스	일당은 없었지? 100
알비라구스	전혀요. 분명코 그를 잘못 보셨어요.
벨라리우스	모르겠다. 내가 그를 본 지는 오래됐어.
	하지만 세월도 당시의 그 얼굴 윤곽을
	하나도 못 지웠어. 더듬는 목소리와
	폭발적인 말투는 그의 것이었어. 확실히 105
	바로 그 클로텐이었어.
알비라구스	여기 두고 떠났어요.

형이 그를 잘 상대했기를 바라요, 대단히
사납다고 하셔서.

벨라리우스 　　　　　　　완성이 안 됐기 때문에,
남자로는 말인데, 그는 으르렁대는 공포를
감지하지 못했어. 그런 판단 결함은 종종　　　　　110
두려움의 원인을 제공해.

　　　　　귀데리우스. 클로텐의 머리를 들고 등장.

　　　　　　　　근데 봐, 형이야.

귀데리우스 이 클로텐은 바보, 텅 빈 지갑이었고
그 안엔 한 푼도 없었어요. 헤르쿨레스도
그의 뇌는 못 깼을 겁니다, 아예 없었으니까.
근데 제가 이 일을 안 했으면 그 바보가　　　　　115
제 머릴 저처럼 가졌겠죠.

벨라리우스 　　　　　　　뭔 일을 했느냐?
귀데리우스 뭔지는 분명하죠. 왕비 아들, 그의 말마따나
클로텐이란 자의 머리를 잘랐는데 그는 날
반역자, 산골 사람이라 했고, 자기 손만으로
우릴 잡아 그 머리를 신들에게 고맙게도　　　　　120
그게 자라는 데서 떼 내어 런던읍에
올려놓겠다고 맹세했죠.

벨라리우스 　　　　　　　우린 다 망했다.
귀데리우스 아니, 아버지, 우리가 잃을 게 그가 빼앗겠다고

───────────

113~114행 헤르쿨레스…없었으니까　열두 가지 난제를 해결한 헤르쿨레
스조차도 클로텐의 뇌를 깨는 일은 불가능했을 것이다.

맹세했던 목숨 말고 뭐가 있죠? 법은 우릴
보호하지 않아요. 그럼 왜 우리가 순순히   125
건방진 고깃덩어리가 우리를 위협하게,
혼자서 판사와 망나니 역 다 하게 놔둬야죠,
우리가 법을 정말 겁내서요? 웬 일당이라도
주변에서 찾았나요?

벨라리우스   단 한 명도 우리 눈에
들어오진 않았지만 아주 당연하게도   130
수행원이 있었던 게 틀림없어. 그 성미에
변질밖에 ― 그래, 그것도 나쁘다가 더 나쁜
것밖에 없다 해도 ― 광분이, 절대적 광기가
아무리 들끓어도 그가 여길 혼자 올 순
없었을 것이다. 아마도 궁정에서 들었겠지,   135
우리 같은 사람이 여기서 굴을 파고,
여기서 사냥하는 무법자들인데 때가 되면
더 강한 세력을 만들 수 있다고. 그걸 듣고 ―
그답게 ― 뛰쳐나와 우릴 잡아들이겠다고
맹세했을 수도 있지. 그래도 혼자서 오는 건   140
믿기지 않는다, 그가 그걸 시도했든 그들이
허락했든 간에. 그럼 겁낼 이유가 충분해,
이 몸에 머리보다 더 위험한 꼬리가 있다고
정말 겁을 낸다면 말이다.

알비라구스   신들의 예언대로
운명이 다가오라지요. 어떻게 되든 간에   145
형님은 잘했어요.

벨라리우스   난 오늘은 사냥할
마음이 없었다. 피델레 소년의 병 때문에

내 길이 멀게만 느껴졌어.

귀데리우스   제 목을 겨누며
그가 막 휘둘렀던 그의 칼로 그의 목을
베어 버렸답니다. 전 그걸 우리 바위 뒤쪽의   150
개울에 던져서 바다로 보낸 뒤 물고기들에게
왕비 아들 클로텐이라고 말하게 하렵니다.
전 그것만 신경 써요.   (퇴장)

벨라리우스   복수가 있을까 걱정돼.
폴리도르야, 그 일을 안 했으면 좋겠다만
용맹성은 너에게 잘 어울려.

알비라구스   내가 했더라면,   155
그래서 복수가 나만 쫓아왔으면. 폴리도르,
난 형을 형제로 사랑해. 근데 이 행위를
내게서 뺏어 가서 시샘을 많이 해. 전 능력껏
대적할 수 있는 복수가 우리를 꼭 찾아와
맞서게 됐으면 좋겠어요.

벨라리우스   글쎄, 끝났다.   160
오늘은 사냥을 관두고 소득 없는 곳에서
위험을 찾지도 않을 거야. 바위로 가 봐라,
너와 피델레는 요리사 역을 해. 난 성급한
폴리도르가 올 때까지 머물다가 그를 바로
저녁 먹게 데려가마.

알비라구스   병나서 가여운 피델레.   165
전 기꺼이 갑니다. 그 혈색을 얻기 위해
전 그따위 클로텐 수천 명의 피를 뽑고
자선심을 자랑할 겁니다.   (동굴 안으로 퇴장)

벨라리우스   오, 여신이여,

신성한 자연이여, 그대는 이 두 왕자 같은
소년들을 통하여 자신을 과시하오! 그들은   170
향기로운 제비꽃 머리를 흔들지 않으면서
그 아래로 지나가는 서풍처럼 순하지만
왕족의 혈기가 끓으면 노송의 머리 잡아
계곡으로 굽히는 최고 험한 바람만큼
거칠기도 하답니다. 놀라운 건 그들이   175
숨겨진 본능의 작용으로 못 배운 존귀함,
안 가르친 명예와 남에게서 못 본 예절,
그들 안에 야생으로 자라지만 마치 씨를
뿌렸기에 곡식이 열리는 것 같은 용맹성을
습득한단 사실이오. 그럼에도 이상하다.   180
클로텐이 여기 온 게 무엇의 전조일까,
그 죽음은 무엇을 불러올까.

귀데리우스 등장.

귀데리우스   동생은요?
클로텐의 대갈통은 어미가 받게 될 전갈로
시냇물에 띄웠어요. 그의 몸은 그것을
되받을 인질이랍니다.   (엄숙한 음악)

벨라리우스   정교한 내 악기다!   185
쉿, 폴리도르, 그 소리야. 그런데 웬일로
카드왈이 지금 저걸 올리지? 들어 봐!

귀데리우스   그가 집에 있나요?

벨라리우스   바로 지금 거기 갔어.

귀데리우스   왜 저러죠? 소중한 어머니의 죽음 이후

소리 낸 적 없었어요. 엄숙한 것은 다   190
엄숙한 사건에 꼭 들어맞아야죠. 뭣일까?
헛되이 의기양양하고 실없이 애통한 건
원숭이의 기쁨이고 애들의 한탄이죠.
카드왈이 미쳤나?

알비라구스. 죽은 이노젠을 팔에 안고
동굴에서 나오면서 등장.

벨라리우스   봐, 여기 그가 나왔어,
그리고 우리가 나무랐던 그 불길한 원인을   195
자기 팔에 안고 와.

알비라구스   우리가 그토록 아끼던
그 새는 죽었어요. 전 이것을 보느니
차라리 열여섯 살에서 예순으로 건너뛰어
뛰어놀던 그 시절이 목발로 변했으면
좋겠어요.

귀데리우스   오, 최고로 향기롭고 고운 백합.   200
스스로 자랄 때의 반만큼도 생기 없는
너를 내 동생이 들었구나.

벨라리우스   오, 우울증아,
그 누가 네 바닥을 측정하고 진흙을 찾아서
굼뜬 네 거룻배가 가장 쉽게 정박할 해안을
보여 줄 수 있을까. 축복받은 녀석아,   205
조브는 네가 어떤 남자가 됐을지 아시지만
나에게 너, 참 희귀한 소년은 우울로 죽었어.
찾았을 때 어땠어?

알비라구스	보다시피 뻣뻣했고,

죽음의 화살을 비웃는 게 아니라 이렇게
파리가 자는 그를 간질인 듯 웃으며   210
오른뺨을 방석에 기댔어요.

귀데리우스   어디서?

알비라구스   바닥에서,
이렇게 팔짱 긴 채. 난 잔다고 생각해서
징 박힌 장화를 벗었어, 투박해서 걸을 때
너무 큰 소리가 났으니까.

귀데리우스   허, 그냥 잔다.
떠났다면 무덤은 그 애의 침대가 될 거야.   215
여자애 요정들이 너의 묘에 출몰하고,
구더기는 네게 못 와.

알비라구스   여름이 지속되고
내가 여기 사는 한, 피델레, 네 슬픈 묘지를
가장 고운 꽃들로 달콤하게 꾸밀 거야.
네 얼굴과 같은 꽃, 흰 앵초, 그리고   220
네 핏줄과 똑같은 하늘색 초롱꽃도,
그리고 모욕을 안 주려고 네 숨보다
덜 달콤하였던 인동 잎도 가져올게. 울새가
자비로운 부리로 — 오, 기념비 하나 없이
제 아비를 묻어 둔 부자 상속인들을   225
심하게 창피 주는 그 부리로 — 이 모두와, 암,
꽃 없는 겨울철에 네 시체를 덮어 줄
푹신한 이끼도 네게 날라 올 거야.

귀데리우스   그만해,
계집애 같은 말로 이토록 심각한 걸

	가벼이 다루지 마. 이 애를 묻은 다음, 230
	이제는 우리가 그 무덤에 갚아야 할 빚을
	놀라서 미루지는 말자.
알비라구스	그런데 어디 묻지?
귀데리우스	어머니 유리필레 곁에 묻자.
알비라구스	그러자.
	그리고 폴리도르, 이젠 우리 목소리가
	변했지만 이 애를 어머니 때처럼 235
	노래하며 땅에 넣자. 유리필레를 피델레로
	바꾸는 것만 빼고 같은 곡과 가사 쓰자.
귀데리우스	카드왈,
	난 노래는 못 불러. 네 가사에 맞춰 울게.
	조화 깨진 슬픔의 곡조는 사제와 신전의 240
	거짓말보다 더 나쁘니까.
알비라구스	그럼 읊자.
벨라리우스	큰 비탄은 작은 것을 치유해, 클로텐이
	싹 잊혔으니까. 애들아, 그는 왕비 아들이고
	우리의 적으로 왔지만 그는 그 대가를
	치렀음을 기억해라. 천한 자도 권력자와 245
	같이 썩어 한가지 흙 되지만 존중심은
	이 세상의 천사로서 지위의 고하를
	분명히 구분해. 우리의 원수는 왕족이고
	넌 그의 생명을 원수여서 뺏었지만
	왕족으로 묻어 주자.
귀데리우스	그를 이리 가져와요. 250
	테르시테스나 아이아스나 생명이 없을 땐
	같은 시체랍니다.

알비라구스	그를 가져오실 동안
	저희는 노래할 겁니다. 형, 시작해. (벨라리우스 퇴장)
귀데리우스	아니, 카드왈, 머리를 동쪽으로 뉘어야 해,
	아버지가 그 이유를 알고 계셔.
알비라구스	맞았어.
귀데리우스	그럼 이제 그를 이동시켜라.
알비라구스	자. 시작해.

255

노래

귀데리우스	태양의 열기도, 맹렬한 겨울의
	분노도 더 이상 겁내지 마,
	세상에서 네 노역은 끝났어,
	집으로 돌아갔고 급료를 받았어.
	금빛 처녀 총각들도 모두 다
	굴뚝 청소부처럼 흙먼지가 돼야 해.

260

알비라구스	강자의 찡그림, 더 이상 겁내지 마,
	넌 폭군의 타격을 벗어났으니까.
	먹고 입을 걱정은 더 이상 하지 마,
	너에겐 갈대나 참나무나 같단다.
	왕과 학자, 의사들도 모두 다
	이 길 따라 흙먼지가 돼야 해.

265

251행 테르시테스나 아이아스 트로이 전쟁에 참가한 최고의 겁쟁이와 영웅.

귀데리우스	번갯불, 더 이상 겁내지 마,	
알비라구스	모두가 다 두려워하는 벼락도.	270
귀데리우스	비방과 급한 질책, 겁내지 마,	
알비라구스	넌 기쁨과 신음을 끝냈어.	
둘 다	젊은 연인 모두 다, 연인은 다	
	네 상태에 이르러 흙먼지가 돼야 해.	

귀데리우스	주술사는 널 해치지 못하고,	275
알비라구스	마법도 너를 못 호린다.	
귀데리우스	떠도는 유령은 널 피하고,	
알비라구스	나쁜 건 다 가까이 못 온다.	
둘 다	조용히 삶을 다 매듭짓고	
	네 무덤은 유명해지기를.	280

벨라리우스, 클로텐의 시체와 함께 등장.

귀데리우스	장례식을 끝냈어요. 그를 내려놓으세요.	
벨라리우스	여기 꽃이 좀 있지만 자정쯤에 더 꺾자,	
	한밤의 찬 이슬 머금은 약초들이 무덤에	
	가장 맞는 헌화니까. 그 얼굴들 위에 놔라.	
	너희는 꽃 같았는데 이젠 시들었어. 똑같이	285
	너희 위에 뿌리는 이 향초도 그럴 테지.	
	자, 가자, 딴 데서 무릎 꿇고 기도하자.	
	그들을 낳았던 그 땅이 그들을 되가졌어.	

284행 그 얼굴들 클로텐의 시신은 얼굴이 없지만 이 말을 문자 그
대로가 아니라 그들의 시신 위쪽을 가리킨다고 받아들이면 될 것이
다. (아든)

그들의 기쁨은 지나갔고 아픔도 그렇다.

(벨라리우스, 귀데리우스, 알비라구스 퇴장)

이노젠 (깨어난다.)

예, 밀퍼드 항구요, 어느 쪽이 그 길이죠?　290
고맙소. 숲을 지나? 그쪽으로 얼마나?
아이참! 아직도 6마일이 남을 수가?
전 밤새 걸었어요. 에이, 누워서 자렵니다.

(그녀는 시체가 있다는 걸 알아차린다.)

근데 잠깐! 잠동무는 없었어! 오, 신들이여!
이 꽃은 이 세상의 기쁨 같고, 그 슬픔은　295
피 흘리는 이 남자 같구나. 꿈이길 바란다,
난 그렇게 생각하며 동굴 안에 살았고
정직한 이들 위해 요리했으니까. 근데 아냐.
그것은 두뇌가 증기로 빚어내 허공에 쏜
무형의 화살일 뿐이야. 바로 우리 두 눈도　300
때론 우리 판단처럼 장님이다. 참말로,
난 아직 두려워 떨고 있어. 하지만 하늘에
동정심 방울이 굴뚝새 눈만큼 작게라도
남았다면, 두려운 신들이여, 좀 보여요.
그 꿈이 아직 있네. 깨 있을 때조차 그것은　305
상상 아닌 느낌으로, 안에 있듯 밖에 있어.
머리가 없는 남자? 유복자의 의복이?
그의 다리 모양을 난 알아. 이건 그의 손이고,
머큐리 닮은 발, 마르스 닮은 그 허벅지,
헤르쿨레스의 근육인데, 그의 조브 얼굴은 —　310
하늘에서 살인이? 뭐? 없어졌어. 피사니오,
그 미친 헤카베가 그리스인들에게 내린 저주,

4막 2장　679

내 것까지 합쳐서 다 네게 쏟아져라! 넌
그 무법자 악마인 클로텐과 공모하여
여기서 내 남편을 잘랐어. 글 쓰고 읽는 건   315
이제부터 신뢰를 잃어라. 염병할 피사니오가
자신의 조작된 편지로 — 염병할 피사니오 —
세상에서 가장 멋진 배에서 그 대장루를
세차게 내리쳤어. 오, 유복자여, 아 슬프다,
당신 머리 어디 있죠? 어디요? 참, 어디요?   320
피사니오는 당신의 심장은 찌르고 머리는
붙여 둘 수 있었어. 이럴 수가? 피사니오?
그와 클로텐이야. 악의와 탐욕이 여기에서
이 비탄을 낳았어. 오, 명확하다, 명확해!
그가 준 약, 희귀하고 원기를 되찾게   325
해 준다 그랬지만 감각은 다 죽인다는 걸
내가 알아냈잖아? 그걸로 다 확인된다.
이건 피사니오와 클로텐의 짓이야. 오,
당신 피로 창백한 내 뺨을 물들여 주세요.
우연히 우릴 찾는 이들에게 우리가   330
더 끔찍해 보이게요. 오, 주인님! 주인님!

(그녀는 얼굴에 피를 바르고 시체 위에 쓰러진다.)

루키우스. 로마의 대장들 및 점쟁이와 함께

등장.

312행 헤카베
트로이 왕 프리아모스의 왕비로 트로이   을 지켜보았고, 비극적인 슬픔의 상징이
의 멸망 과정에서 남편과 가족들의 죽음   되었다. (아든)

대장	갈리아에 주둔한 군단들이 당신의 뜻대로
	바다를 건넜고, 이 밀퍼드 항구에서
	당신의 배와 함께 기다리고 있습니다.
	그들은 준비돼 있습니다.

루키우스   그런데 로마에선?   335

대장	원로원은 이탈리아 거주자와 신사들,
	고귀한 봉사를 참 기꺼이 약속하는
	용사들을 자극했고, 그들은 시에나 공의 동생
	용감한 이아키모의 지휘를 받으면서
	온답니다.

루키우스   언제쯤 올 거라고 예상하나?   340

대장   다음번 순풍과 함께요.

루키우스   일이 빨리 진행되어
희망이 커졌네. 현 병력의 소집을 명하게.
대장들이 그 일을 살피게 만들고.

(하나 또는 그 이상 퇴장)

(점쟁이에게)   근데 자넨
이 전쟁의 목적 두고 무슨 꿈을 꾸었는가?

점쟁이   간밤에 바로 그 신들이 환상을 — 기밀 얻는   345
제 금식과 기도 끝에 보여 줬죠. — 이렇게요.
조브의 새, 로마의 독수리가 습기 찬 남쪽에서
이 서쪽 지역으로 날아왔고, 여기에서
햇빛 속에 사라진바, 그것은 저의 죄 때문에
점술이 흔들리지 않았다면 로마군의   350
승리를 예언하죠.

루키우스   그런 꿈 자주 꾸고
절대로 안 틀리길. 잠깐, 이게 웬 몸뚱인데

윗부분이 없느냐? 잔해로 보아하니 한때는
훌륭한 건물이었던 것 같다. 뭐, 시동이?
죽었나, 위에서 잠자나? 죽었다고 봐야지.   355
생명체는 망자들과 같은 침대 쓰거나
죽은 사람 위에서 자는 걸 정말 혐오하니까.
그 소년의 얼굴이나 좀 보자.

대장   살았어요.

루키우스   그럼 이 시체를 설명해 주겠지. 젊은이여,
자네의 운명을 말해 주게, 그러한 요구를   360
갈구하는 것처럼 보이네. 이 사람은 누군데
자네가 피투성이 베게 삼나? 또는 누가
그 멋진 그림을 고귀한 자연이 한 일과는
딴판으로 바꿔 놨나? 자네는 이 슬픈 파멸에
뭔 관련이 있는가? 그건 왜 생겼나? 이것은,   365
또 자네는 누군가?

이노젠   전 헛것입니다. 아니라면
헛것이 되는 게 더 낫죠. 이분은 제 주인으로
참 용맹한, 또 좋은 브리튼 사람이었는데
산골 사람들에게 살해됐답니다. 아아,
이런 주인 더는 없죠. 전 동서로 방랑하며   370
봉사를 외쳐 찾고, 다 좋은 분들을 많이 겪고,
참되게 봉사할 수 있지만 이 같은 주인은
절대로 못 찾을 겁니다.

루키우스   아, 착한 청년,
피 흘리는 그 주인 못지않게 푸념으로
감동을 주는군. 그의 이름, 말하게, 친구여.   375

이노젠   리샤르 듀 샹이요. (방백) 거짓을 말해서

해를 주지 않는다면 신들이 들어도
용서해 주실 거야. — 뭐요?

루키우스   네 이름은?

이노젠   피델레요.

루키우스 넌 자신이 바로 그런 사람임을 입증해.
네 이름은 네 신의와, 신의는 이름과 잘 맞아.   380
나에게 네 운을 맡겨 볼래? 그이만큼
좋은 주인 될 거라곤 말 못 해도 사랑은
분명히 적잖게 받을 거야. 집정관이 보내온
로마 황제 편지도 네 자신의 가치보다 더 빨리
너를 내게 천거하진 못할 거다. 같이 가자.   385

이노젠 따르지요. 근데 먼저 신들이 허락하면
주인의 시체를 이 초라한 곡괭이로
팔 수 있을 만큼 깊이, 파리 피해 숨긴 다음
야생의 나뭇잎과 잡초를 그 묘에 뿌리고
그 위에 백 번의 기도를 가능한 한   390
연거푸 두 번 하고, 울고 또 한숨짓고,
그렇게 그분 곁을 떠나서 당신을 따르죠,
절 거두어 주신다면.

루키우스   그러겠다, 착한 청년,
그리고 주인보단 아버지가 되겠다. 친구들,
이 소년이 남자다운 의무를 가르쳤다. 자,   395
가능한 한 가장 고운 들국화 핀 땅을 찾아
우리의 창과 미늘창으로 묘 하나를
그를 위해 만들자. 자, 안아라. 얘, 그는
너 때문에 우리에게 천거됐고 군인처럼
매장될 것이다. 기운 내, 눈물을 훔치고.   400

누군가의 몰락은 행운아가 일어설 수단이야.

(시체와 함께 퇴장)

4막 3장

심벨린, 귀족들 및 피사니오, 수행원들과 함께

등장.

심벨린   다시 가서 그녀가 어떤지 알아 오라.   (귀족 한 명 퇴장)

아들이 없어져서 생긴 열병, 광기인데

그 때문에 생명이 위험하다. 하늘은

한꺼번에 참 깊이도 날 건드려. 이노젠,

나의 큰 위안은 가 버렸고, 무서운 전쟁이   5

날 겨누는 이때에 왕비는 절망의 침대에

쓰려져 있으며, 그녀의 아들은 지금 당장

너무나 필요한데 없구나! 사태가 날 압도해

위안조차 못 바란다.

(피사니오에게)   하지만 이 녀석,

그녀가 떠난 것을 아는 게 틀림없는데도   10

모르는 척하는 넌 짐이 모진 고문으로

강제 자백 받을 거다.

피사니오   전하 것인 제 목숨,

전하 뜻에 공손히 맡기죠. 하지만 전 마마가

어디에 머물고, 왜 갔고, 언제 올 생각인지

알지 못합니다. 전하께 간청컨대 이 몸을   15

4막 3장 장소 심벨린의 궁정.

충복으로 여겨 주십시오.

귀족 　　　　　　　　제 주군이시여,
그녀가 없어진 날 그는 여기 있었어요.
그는 진실한 데다 신하의 의무를 충실히
수행할 것임을 감히 맹세합니다. 클로텐은
계속해서 부지런히 그를 찾고 있으니　　　　　　20
꼭 발견될 것입니다.

심벨린 　　　　　　　시끄러운 시절이다.
(피사니오에서) 짐은 널 한동안 놔주지만 의심은
아직도 너에게 걸렸어.

귀족 　　　　　　　황공하오나 전하,
갈리아에서 다 빠져나온 로마의 군단들이
원로원이 보내 준 로마의 신사들을 보급받아　　　25
당신의 해안에 도착했다 합니다.

심벨린 아들과 왕비의 조언을 지금 받았더라면.
이 일로 난 혼란에 빠졌어.

귀족 　　　　　　　제 주군이시여,
당신의 군대로 당신이 들으신 것만큼은
맞설 수 있습니다. 더 와도 준비돼 있고요.　　　30
필요한 건 움직이고 싶어 하는 병력을
보내는 것뿐입니다.

심벨린 　　　　　고맙네. 물러나서
우릴 좇는 시의에 따르자. 난 이탈리아에서
짐을 괴롭힐 수 있는 건 겁나지 않지만
이곳 일은 몹시도 슬프구나. 가자.　　　　　　35

　　　　　　　　　　(심벨린과 귀족들 함께 퇴장)

피사니오 이노젠은 살해되었다고 써 보낸 이후로

주인님 편지는 듣지를 못했다. 이상해.
여주인 소식도 못 듣는데 그녀는 기별을
자주 보내 준다고 약속했어. 클로텐에게도
뭔 일이 생겼는지 모르는 채 난 만사에   40
당황한 상태다. 하늘은 늘 작동해야 해.
난 거짓될 때 정직하고, 참되려고 안 참되다.
지금 이 전쟁 중에 난 왕의 주목을 받을 만큼
나라를 아끼거나 그 와중에 쓰러질 것이다.
그 밖의 의혹은 다 시간이 풀게 하자.   45
운명은 길 잃은 배들도 좀 입항시키니까.   (퇴장)

4막 4장

부대들이 혼란에 빠진 소리가 들린다.

벨라리우스, 귀데리우스, 알비라구스 등장.

귀데리우스   사방에서 소리가 나는데요.
벨라리우스   멀리 가자.
알비라구스   우리의 삶에서 활동과 모험을 빼놓으면
            뭔 재미가 있지요?
귀데리우스   아니, 우리가 숨는다고
            희망이 뭐 있나요? 이렇게 로마인은 우리를
            브리튼인이라고 죽이거나, 써먹을 동안은   5
            미개하고 비정한 역도로 받아들였다가
            나중에 죽일 게 틀림없죠.

4막 4장 장소 웨일스, 벨라리우스의 동굴 근처.

벨라리우스   아들들아,
우린 산에 올라가 안전을 확보할 것이다.
국왕의 편으론 못 간다. 클로텐의 죽음이
최근에 있었기 때문에 ― 안 알려진 우리는   10
군적에도 안 올라서 ― 할 수 없이 거처를
얘기할 수도 있고, 그래서 우리가 한 일을
억지로 뱉어 낼 수 있는데 그 보답은
고문에 따르는 죽음일 것이다.

귀데리우스   아버지,
그 염려는 이런 때 당신께 전혀 안 어울리고   15
우리를 납득도 못 시켜요.

알비라구스   그들이
로마 말의 울음소릴 들으면서 그 진영의
화톳불을 쳐다볼 때, 눈과 귀가 지금처럼
중대사로 꽉 찼을 때 우리가 어디에서
왔는지 알려고 우릴 주목하는 데 시간을   20
허비하진 않을 것 같아요.

벨라리우스   오, 그 군대의
많은 이가 나를 알아. 여러 해가 흘렀어도
그 당시 클로텐은 알다시피 어렸지만
그는 내 기억에 남아 있다. 게다가 이 국왕은
내 봉사와 너희 사랑 받을 자격 없단다.   25
너희는 내 유배 때문에 이 힘든 생활에
필연코 따르는 양육의 부족을 알고 있고,
또 요람에서 약속됐던 예우를 받을 희망
영원히 잃은 채 늘 더운 여름철 깜둥이와
움츠린 겨울의 노예일 테니까.

| 귀데리우스 | 그보다는 | 30 |

그만 사는 게 더 낫죠. 그 군대로 제발 가요.
저와 제 동생은 안 알려졌어요. 당신은
너무 예상 밖인 데다 너무 나이 들어서
의심 못 할 겁니다.

| 알비라구스 | 저 빛나는 태양 걸고 |

전 갑니다. 사람이 죽는 걸 한 번도 못 보고   35
겁쟁이 토끼와 정력가 염소와 사슴 빼곤
피를 본 적 없다니, 뒤꿈치에 박차나
쇠붙이도 찬 적 없는 나 같은 기수를
태운 말 빼고는 한 번도 그 등에 못 앉다니
이 무슨 치욕이죠? 신성한 저 태양을   40
창피해서 못 쳐다보겠어요, 축복받은
그 빛의 혜택을 입으면서 한심한 무명으로
이리 오래 남다니요.

| 귀데리우스 | 맹세코 전 갑니다. |

아버지, 저를 축복하시고 허락해 주시면
더 조심하지요. 하지만 안 그러신다면   45
그 때문에 생기는 위험은 로마인 손에 의해
저에게 닥치기를.

| 알비라구스 | 저도 동감입니다, 아멘. |

벨라리우스 너희가 목숨을 그토록 가벼이 평가하니
이미 금 간 내 것을 더 걱정하면서 보존할
이유가 없구나. 너희와 함께한다, 애들아.   50
너희 나라 전쟁에서 너희가 죽는다면
내 침대도 거기 있고 난 거기에 누울 테다.
앞서라.

(방백)   시간은 긴 것 같고, 그들 피는 튀어 나가
왕자 출신 보여 줄 때까지 경멸에 차 있다.

(함께 퇴장)

5막 1장

이탈리아인의 복장을 한 유복자,
피 묻은 헝겊 들고 홀로 등장.

유복자   그래, 피 묻은 헝겊아, 네가 이리 붉어지길
　　　　　원했던 내가 널 간직할게. 결혼한 이들이여,
　　　　　당신들 각자가 이 길을 택한다면 뭇사람이
　　　　　자기 자신들보다 훨씬 나은 아내를
　　　　　좀 삐끗했다고 살해해야겠지요. 오, 피사니오,　　　5
　　　　　착한 하인이라도 명령을 다 실행 않고
　　　　　의무도 정당한 것만 행해. 신들이여, 당신들이
　　　　　제 잘못을 벌했다면 전 살아서 이 짓을
　　　　　절대 못 부추겼을 것이고, 고귀한 이노젠은
　　　　　구제받아 뉘우칠 것이며, 벌할 가치 더 있는　　　10
　　　　　나란 놈은 결딴났을 것이오. 하지만 아,
　　　　　당신들은 몇 명은 잘못이 작아도 채 가면서
　　　　　더 추락 못 하게끔 자비를 베풀죠. 몇 명은
　　　　　갈수록 나빠지는 재범을 허락해 주면서
　　　　　그것을 겁내게 해 결국엔 개심시킵니다.　　　15
　　　　　하지만 이노젠은 당신들 것, 뜻대로 하시고

5막 1장 장소　웨일스, 로마 진영 근처.

절 축복해 복종케 하소서. 난 이탈리아의
상류층 틈에 끼어 내 부인의 나라와 싸우라고
여기로 보내졌다. 브리튼아, 내가 너의
여인을 죽였단 사실로 충분하다. 평화여,   20
난 너를 안 다쳐. 그러니 착한 하늘이시여,
침착하게 제 계획을 들으소서. 저는 이
이탈리아 옷을 벗고 브리튼의 농부처럼
차려입을 것입니다. (그는 옷을 갈아입는다.)
　　　　　　　그래서 난 함께 왔던
그편에 맞서서 싸울 테고, 난 그렇게   25
그대 위해, 오, 이노젠, 숨마다 죽음인 내 생명
반드시 그대 위해 바칠 테고, 나 자신을
동정이나 미움 없이 이렇게 무명으로
위험 앞에 내놓겠소. 내 겉옷의 모습보다
더 많은 용맹심이 내 안에 있음을 알리자.   30
신들은 레오나투스 가문의 힘을 제게 주소서.
난 세상의 관습을 창피하게 만들려고
겉보다는 속이 알찬 이 복식을 시작한다.   (퇴장)

5막 2장

한쪽 문에서 루키우스, 이아키모, 로마 군대,
그리고 다른 쪽에서 브리튼군 등장. 유복자 레오나투스가
불쌍한 군인처럼 뒤따른다. 그들은 무대를 가로질러
행진하고 나간다. 그런 다음 이아키모와 유복자, 접전하며
다시 등장하여 유복자가 이아키모를 쳐부수고 그의 무장을
해제한 뒤 그를 두고 떠난다.

이아키모	내 가슴속에 있는 중압감과 죄의식이
	내 용기를 빼앗는다. 난 이 나라 공주인
	귀부인을 배반했다. 그래서 이곳의 공기가
	복수하듯 나를 약화시킨 게 아니라면
	자연의 순 찌꺼기, 이 촌놈이 나를 내 직업에서

내 가슴속에 있는 중압감과 죄의식이
내 용기를 빼앗는다. 난 이 나라 공주인
귀부인을 배반했다. 그래서 이곳의 공기가
복수하듯 나를 약화시킨 게 아니라면
자연의 순 찌꺼기, 이 촌놈이 나를 내 직업에서   5
제압할 수 있었을까? 내가 지닌 것과 같은
기사직과 명예는 경멸의 칭호일 뿐이다.
브리튼, 너의 그 상류층이 이 무지렁이가
우리의 귀족을 넘는 만큼 앞섰다면 아마도
우린 사람 아니고 너희는 신일 수도 있겠다.   (퇴장)   10

전투는 계속된다. 브리튼인들은 도망치고 심벨린이 잡힌다.
그런 다음 그를 구출하려고
벨라리우스, 귀데리우스, 알비라구스 등장.

벨라리우스   서라, 서! 우리는 유리한 지역을 차지했고
           길목은 안전하다. 사악한 공포심 말고는
           그 무엇도 우릴 패주 못 시켜.
귀데리우스   서라, 서서 싸워!

유복자가 등장하여 브리튼인들을 지원한다.
그들은 심벨린을 구출하여 함께 퇴장한다.
그런 다음 루키우스, 이아키모, 피델레로 변장한 이노젠 등장.

루키우스   (이노젠에게)

5막 2장 장소 웨일스, 브리튼과 로마 진영 사이.

얘, 부대를 떠나서 너 자신을 구해라,	
친구가 친구를 죽이고, 전쟁 눈이 가려진 듯	15
혼란이 극심해.	

이아키모   그들의 신규 증원군이오.

루키우스   이상하게 뒤집힌 날이야. 늦기 전에
보강을 하든지 아니면 달아나자.   (함께 퇴장)

5막 3장

유복자와 브리튼 귀족 등장.

귀족   그들이 맞서던 곳에서 왔는가?

유복자   예, 그런데
당신은 도망자들에게서 온 것 같소?

귀족   음.

유복자   당신 책임 아니오, 하늘이 안 싸워 줬으면
다 잃었을 테니까. 국왕 그 자신도
양 날개를 잃으셨고, 군대는 꺾였으며   5
보이는 건 브리튼 군사들의 등뿐으로
좁은 길로 다 도망쳤지요. 적들은 자신만만
혀 내밀고 살육하며, 일거리가 그것을 처리할
연장보다 더 많아서 몇몇에겐 죽을 만큼
타격을 가했고, 몇몇은 살짝 쳤고, 몇몇은   10
순전히 겁먹고 쓰러져 그 좁은 통로는
등 찔려 죽은 자, 길어진 치욕으로 죽어 갈

5막 3장 장소 웨일스, 브리튼과 로마 진영 사이.

산 겁쟁이들로 꽉 막혔죠.

귀족 　　　　　　　　　그 길이 난 곳은?

유복자 　전장 곁에 도랑 둘러 뗏장 벽을 쌓은 덴데,
그래서 한 노병에게 이점을 주었고, 그이는 　　　　　　　15
장담컨대 훌륭한 사람으로 조국을 위하여
이 일을 함에 있어 그의 흰 수염만큼이나
긴 수명을 얻을 만했지요. 그 길을 가로질러
그이와 두 애송이가 (그런 살육보다는
포로 잡기 놀이할 것만 같은 청년들로 　　　　　　　　20
햇빛을 막아야 할 그 얼굴은 보호를 하거나
부끄러워 가려놓은 것들보다 더 고운데)
통로를 잘 지키며 도망자들에게 외쳤소.
"도망치다 죽는 건 수사슴, 브리튼 남자 아냐.
뒤로 도망치는 영혼, 지옥으로 날아가. 서라, 　　　　　25
아니면 우리가 로마인이 된 다음 너희가
짐승같이 피하는 걸 짐승처럼 주겠지만
험상궂게 대적하면 관둔다. 서라, 서!" 이 셋은,
이 일당 삼천은 행동도 그 숫자로 했는데 —
나머지 모두가 아무 일도 안 할 땐 세 용사가 　　　　30
부대 전체였으니까. — "서라, 서." 이 말로,
그 장소의 협조와 여자조차 군인으로
바꿀 수 있었던 그들의 고귀함이 더해져
마력이 더 커진 그 말로 사기를 확 올렸고,
겁쟁이를 따라 했을 뿐이었던 일부가 (오, 　　　　　35
전쟁에선 첫 도망이 영벌 받는 죄인데)
약간은 수치로, 약간은 기백으로 소생하여
이 셋과 같은 모습 보이며 사냥꾼들 창에 대고

사자처럼 잇몸을 드러냈죠. 그러자 추격자가
멈추기 시작했고, 후퇴가, 곧바로 패주가,   40
지독한 혼란이 있었죠. 그들은 독수리들처럼
덮쳐 왔던 그 길로 닭처럼 곧장 달아났어요,
승자로 활보하다 노예처럼. 이제 우리 겁보들은
혹독한 항해의 음식 조각처럼 필요한 자들의
생명이 됐답니다. 적병들의 무방비로 뒷문이   45
열린 걸 알고는 그들이 얼마나 해치는지!
앞서 죽은 몇몇이, 죽어 가던 몇몇이, 열 명이
하나에 쫓기며 전열에 밟혔던 우군 중 몇몇이
이젠 각자 스물의 도살자가 됐답니다.
저항 않고 죽으려던 자들이 그 전장의   50
무서운 도깨비가 됐답니다.

귀족   묘한 우연이로군.
좁은 길, 늙은 남자 하나에 두 소년이라.

유복자   아뇨, 그 일에 놀라지 마시오. 당신은
무슨 일을 행하기보다는 오히려 듣는 것에
놀라시는군요. 거기에 운을 맞춘 다음에   55
조롱 조로 내뱉어 보시겠소? 이렇게 말이오.
"두 소년, 소년이 다시 된 노인과 길 하나가
브리튼인들을 보호하고 로마를 멸했도다."

귀족   아니, 화내지 마시게.

유복자   아아, 뭣 때문에요?
감히 적에 못 맞선 자, 내가 친구 해 줄 거요.   60
만약 그를 천성대로 하게 두면 그이가요
내 우정도 재빠르게 버릴 걸로 아니까요.
당신 땜에 운 맞췄소.

귀족	화났구먼, 잘 있게.　　　(퇴장)
유복자	내빼는 중? 이게 귀족! 오, 비참한 귀족 모습,

전장에 있으면서 나에게 "소식은?" 묻다니.　　　65
오늘 얼마나 많은 이가 제 몸뚱이 구하려고
명예를 내주고 뺑소니를 치려고 했지만
그래도 죽었는가. 나는 내 비탄에 흘려서
죽음의 신음을 들은 데서 그놈을 찾지도
덮친 데서 느끼지도 못한다. 그 괴물은 추한데　　　70
청량음료, 편한 침대, 아첨 속에 숨다니,
전쟁에서 그놈의 칼 뽑는 우리보다 더 많은
대리인을 두다니 놀랍군. 좋아, 놈을 찾자.

　　　　　　(그는 자신의 이탈리아인 옷을 다시 입는다.)

그놈이 이제는 브리튼에 호의를 베푸니까
난 브리튼 사람은 그만하고 왔을 때 속했던　　　75
그편으로 돌아간다. 더 이상 안 싸우고
내 어깨 한 번만 건드리는 순전한 농부에게
항복할 것이다. 여기에서 로마인은
큰 살육을 범했고, 브리튼인들은 반드시
크게 보복할 거다. 나로선 죽음이 내 몸값이다.　　　80
어느 편에 서든지 난 목숨을 버리러 왔는데
여기서 지키지도 되가져가지도 않은 채
어떻게든 이노젠을 위하여 끝낼 거다.

　　　　　　두 브리튼 대장과 군인들 등장.

70행 괴물 죽음을 가리킨다.

대장 1	유피테르를 찬양하라, 루키우스가 잡혔다.
	그 노인과 두 아들은 천사인 것 같다고 해.

85

대장 2	넷째도 있었는데 소박한 차림으로
	함께 공격했다는군.

대장 1	그렇게들 말하지만
	하나도 못 찾아냈다네. 서라! 누구냐?

유복자	한 로마인으로
	그를 본뜬 부하만 있었어도 이렇게 축 처지진

90

	않았을 것이다.

대장 2	잡아라, 개 한 마리,
	로마 다리 하나라도 돌아가 그들이 여기에서
	웬 까마귀밥 됐는지 말 못 하게. 그는 마치
	중요한 인물인 것처럼 떠벌려. 국왕께 데려가.

(함께 퇴장)

5막 4장

심벨린, 벨라리우스, 귀데리우스, 알비라구스,

피사니오, 로마인 포로들 및 두 간수 등장.

브리튼 대장 둘이 이탈리아인 옷차림의 유복자를 데리고

등장하여 그를 심벨린에게 바치고,

그는 그를 간수에게 넘긴다. 유복자와 그에게 족쇄를 채우는

간수들만 남고 모두 퇴장.

간수 1	아무도 당신을 못 훔치오. 자물쇠를 채웠으니

5막 4장 장소 웨일스, 브리튼 진영.

목초지를 찾거든 풀 뜯어요.

간수 2   식욕이 있거든.

(간수들 퇴장)

유복자   속박이여, 널 정말 환영한다, 자유를 향하는
         길인 것 같으니까. 그래도 난 통풍으로
         아픈 사람보다는 낫다, 그는 이 자물쇠를   5
         벗겨 줄 열쇠이며 확실한 의사인 죽음에게
         치료받기보다는 차라리 그 상태로 영원히
         신음하려 하니까. 양심아, 너는 내 장딴지와
         손목보다 더 족쇄에 갇혔다. 선하신 신들이여,
         저에게 그것을 풀어 줄 참회의 도구를 주신 뒤   10
         영원히 놔주소서! 미안하면 충분해요?
         그렇게 자식들은 속세의 아비를 달래지만
         신들은 자비로 더 차 있죠. 뉘우쳐야 한다면
         강요됐기보다는 원해서 차꼬를 찬 이 상태가
         그 일에 가장 잘 맞습니다. 속죄에서   15
         저의 자유 포기가 핵심이면 바로 이 몸,
         그 전체가 아닌 반환금은 받지 마십시오.
         당신들은 파산한 채무자가 줄어든 원금으로
         다시 번창하라고 3분의 1, 6분의 1,
         10분의 1 정도 가져가는 비열한 자들보다   20
         더 관대한 줄 압니다. 그건 제 소원이 아녜요.
         이노젠의 귀한 목숨 대신에 제 것을 가져요,
         그것만큼 안 귀해도 목숨이고 찍어 냈으니까.
         사람들은 동전의 무게를 일일이 안 달고,
         가벼워도 인물 보고 받으니까 당신들도   25
         전 당신들 것이니 그러시죠. 그러니 신들이여,

이 결산을 원하시면 이 목숨을 거두고
이 차가운 굴레를 벗기소서. 오, 이노젠,
난 침묵 속에서 당신과 얘기할 것이오. (잠든다.)

엄숙한 음악. 유복자의 아버지 시킬리우스 레오나투스
노인이 무사의 옷차림으로 아내이자 유복자의
어머니인 나이 많은 부인을 자기 손으로 이끌면서
악사를 앞세우고 등장. 그런 다음 다른 악사들 뒤에
유복자의 형제들인 두 젊은 레오나투스가
전쟁에서 죽었을 때 입은 것 같은 상처를 지닌 채
뒤따른다. 그들은 잠자는 유복자 주위에 빙 둘러선다.

시킬리우스	천둥의 주인이신 그대여, 더 이상	30
	파리 인간 괴롭히지 마시오.	
	마르스와 싸우고, 그대의 간통을	
	욕하며 복수하는 유노를 꾸짖어요.	
	전 얼굴도 못 봤던 제 불쌍한 아들은	
	잘한 일밖에는 없잖아요?	35
	전 그가 자궁에서 자연의 법칙을	
	기다릴 때 죽었어요.	
	그러니 이 애의 아버지는 — 소문처럼	
	그대는 고아들의 아버지이시니까 —	
	그대가 돼야 했고, 인간을 괴롭히는	40
	이 애의 아픔을 막아 줘야 했어요.	
어머니	루키나는 저를 돕지 아니했고	
	산고 속의 절 거뒀죠.	
	그래서 저를 찢어 유복자를 꺼내니	

	원수들 사이로 울면서 나왔어요,	45
	불쌍한 것.	
시킬리우스	위대한 자연은 그의 조상들처럼	
	이 물건을 너무나 곱게 빚어	
	위대한 시킬리우스의 후손으로	
	세상 칭찬 받을 만했지요.	50
형제 1	얘가 한번 성숙한 남자가 됐을 때	
	브리튼 어디에 개와 대등하거나	
	개의 가치 가장 잘 판단할 수 있었던	
	이노젠, 그녀 눈의 풍요로운 표적이	
	될 수 있던 사람이 있었나요?	55
어머니	얘는 왜 결혼으로 조롱받고 추방되고	
	레오나투스의 저택에서 내쫓기며	
	그가 가장 사랑하는 그 고운 이노젠,	
	그녀에게서 멀어졌죠?	
시킬리우스	당신은 얘를 왜 그 이탈리아의 하찮은 것,	60
	이아키모가 그의 귀한 마음과 영혼을	
	쓸데없는 질투로 더럽히게 놔두어	
	악한들의 조롱, 경멸 받게 했죠?	
형제 2	이번 일로 저희 둘은 부모와 더불어	
	더 조용한 곳에서 왔는데,	65
	테난티우스에 대한 충성과 의무를	
	명예로이 지키려고 나라 위해 싸우다	
	용감히 쓰러져 살해되었습니다.	
형제 1	비슷한 용맹성을 유복자가	
	심벨린에게도 행동으로 보였는데	70
	유피테르, 신들의 왕이시여, 왜 그대는	

이 애의 공적에 합당한 은혜를

모든 것이 슬픔으로 변했는데

이렇게 미루시나이까?

시킬리우스　　　　　그대의 수정 창문 여시고 내다봐요,　　　75

용감한 족속에게 더 이상

그대의 가혹하고 강력한 위해를

가하지 마십시오.

어머니　　　　　유피테르여, 우리 아들 착하니까

그의 불행 거두소서.　　　80

시킬리우스　　　　　그 대리석 저택에서 엿보고 도우시오,

안 그러면 불쌍한 이 망령들은

빛나는 그 회합의 나머지 분들에게

그대의 신성을 비난할 것입니다.

형제들　　　　　도와줘요, 유피테르, 아니면 저희는 항소하고　　　85

그대의 정의는 외면할 것입니다.

유피테르가 천둥과 번개 속에서 독수리 위에 앉은 채

내려와 벼락을 친다. 망령들은 무릎을 꿇는다.

유피테르　　　저 아래 지역의 시시한 망령들은 더 이상

짐의 귀를 언짢게 하지 마라. 쉿! 유령들이

어찌 감히 하늘의 번개로, 알다시피,

반항하는 해변을 다 때리는 뇌신을 고발하지?　　　90

낙원의 불쌍한 그림자들이여, 물러가서

절대 아니 시드는 꽃 강변 위에서 쉬어라.

인간들의 사건에 압박을 받지 마라,

너희 볼일 아니고 알다시피 우리 거야.

난 가장 예뻐하는 사람을 꺾어 놓고   95
선물을 더 기뻐하도록 미룬다. 만족하라,
쓰러진 네 아들은 신인 짐이 일으킨다.
안락은 자라나고 시련은 거의 다 끝났어.
목성이 그가 태어났을 때 군림했고, 결혼도
짐의 신전 안에서 했도다. 일어나 사라져라.   100
그는 아내 이노젠의 남편이 될 것이며
그가 받은 고통으로 더 행복해질 것이다.
(그가 유령들에게 서판을 하나 준다.)
이 서판을 그 가슴에 올려놔라, 거기에
큰 행운을 내리는 짐의 뜻이 담겨 있다.
그러니 저리 가! 더 이상 시끄러운 소리로   105
날 못 참게 하지 말고 참을성을 보여라.
올라가자, 독수리야, 나의 수정궁으로.   (올라간다.)

시킬리우스 천둥 치며 그는 왔고, 그 천상의 숨결은
유황 냄새 났으며, 그 신성한 독수리는
우리를 움켜쥘 듯 구부렸어. 그의 승천은   110
복받은 우리의 낙원보다 더 고와. 왕의 새는
불멸의 날개를 다듬고 부리를 긁는다,
그의 신이 기뻐하실 때처럼.

모두   고마워요, 유피테르.

시킬리우스 저 대리석 하늘이 닫히고 그는 저 빛나는
지붕 안에 드셨다. 가자, 축복받기 위하여   115
위대한 그의 명령, 주의 깊게 실행하자.

99행 목성 유피테르의 이름을 딴 행성으로 행운을 가져온다고 여겨졌
다. (RSC)

유복자   (깬다.)

잠이여, 넌 할아버지가 된 것처럼 나에게
아버지를 낳아 줬고 어머니와 두 형을
만들어 내었다. 하지만 오, 웃음거리처럼
사라졌어! 그들은 태어나자마자 가 버렸고,   120
그래서 나는 깼다. 강자들의 호의에 기대는
불쌍한 녀석들은 나처럼 꿈꾸고 깨어나
헛일임을 알아낸다. 근데 아, 이건 달라.
많은 이가 호의를 찾을 꿈도 안 꾸고
자격이 없어도 듬뿍 받으니까. 나 또한 그렇게   125
이 금빛 기회를 얻었고 그 이유를 모른다.
이 땅에 요정이 출몰하나? 책? 오, 희귀하다,
유행 좇는 세상처럼 넌 겉모습보다 더
고귀한 의복은 되지 마라. 네 의미는
우리 궁정인들과는 확 다르게 펼쳐져서   130
약속하는 것만큼 훌륭하길.

(읽는다.) "새끼 사자 한 마리가 자기도 모르게, 구하려
하지 않았는데도 따뜻한 공기 한 자락을 찾은 다음 거
기에 안길 때, 그리고 위풍당당한 삼나무에서 가지들
이 잘려 죽은 지 여러 해 뒤에 다시 살아나 옛 원줄기   135
에 접목된 다음 새롭게 자랄 때, 그때 유복자는 자신의
불행을 끝내고, 브리튼은 운이 좋을 것이며, 평화와 풍
요 속에 번성할 것이니라."

이 역시 꿈이거나 미친 자가 생각 없이
혀로 뱉는 헛소리로 그 둘 다이거나   140
헛것 또는 뜻 없는 말이거나, 뜻으로는

풀 수 없는 이야기다. 이것이 뭐든 간에
내 삶의 행적도 같으니까 오로지 공감해서
간직할 것이다.

간수 등장.

간수	자, 이봐요, 죽을 준비는 됐소?	145
유복자	너무 익었다고 해야겠지. 오래전에 됐네.	
간수	교수하란 명이오. 그에 대한 준비가 됐으면 당신은 무르익었소.	
유복자	그래서 내가 관중들에게 훌륭한 먹거리가 되면 그 요리는 돈값을 하는 셈이지.	150
간수	당신에겐 슬픈 계산이네요. 하지만 빚 갚으란 말은 더 이상 듣지 않고 선술집 계산서는 더 이상 겁내지 않을 거라는 게 위안이죠, 그걸로 환희를 손에 넣었던 만큼이나 떠날 땐 슬픔을 주는 게 예사니까. 당신은 못 먹어서 어지러운 상태로 들어왔다가 너무 많이 마셔서 비틀거리며 나가고, 돈을 너무 많이 내서 안타깝고, 술에 너무 많이 먹혀서 안타깝죠. 지갑과 머리 양쪽이 다 텅 비어서, 즉 머리는 너무 가벼워서 더 무겁고 지갑은 무거운 게 빠져서 더 가벼우니까. 오, 이런 모순에서 당신은 이제 벗어날 겁니다. 오, 한 푼짜리 밧줄의 자선이여, 수천 냥을 순식간에 다 갚네. 그것 말고 진정한 회계 장부는 없어요. 지나간, 지금과 앞으로의 채무 이행이죠. 당신 목이 펜과 장부책과 계산용 쇳덩이고, 그런 다음에 방면이 따라오죠.	155 160 165

유복자	난 자네가 사는 것보다 더 유쾌하게 죽을 거야.
간수	사실 자는 사람은 치통을 못 느끼지만 당신의 잠을 자
	려 하는 사람과 그를 잠자리에 들게 도와주는 망나니
	가 있다면 내 생각에 그는 그 집행인과 자리를 바꿀 것
	같아요. 왜냐하면, 이봐요, 당신은 어디로 갈지 모르
	니까.
유복자	사실 난 알고 있어, 이 친구야.
간수	그럼 당신 해골에는 눈이 박혔네요. 그렇게 그려진 건
	못 봤는데. 당신은 안다고 주장하는 이들의 지도를 받
	고 있거나, 아니면 내가 보기에 당신은 분명 모르는 걸
	스스로 안다고 주장하거나, 아니면 사후 심문의 위험
	을 무릅쓰는 게 틀림없고, 또 당신 여정의 끝에서 얼마
	나 성공할지는 절대 돌아와서 말 못 할 거라고 생각합
	니다.
유복자	이 친구야, 단언컨대 눈을 감고 사용하지 않으려는 사
	람들 말고는 그 누구도 그게 없어서 내가 가고 있는 길
	을 못 가리켜 주는 건 아냐.
간수	눈을 가장 잘 사용하여 눈먼 세상으로 가는 길을 보려
	는 사람이 있다니 이 얼마나 끝없는 농담입니까. 교수
	형이 눈을 감는 길이란 건 분명합니다.

170

175

180

185

사자 등장.

| 사자 | 그에게서 족쇄를 떼어 내고 그 죄수를 국왕 앞으로 데 |
| | 려가라. |

169행 그 집행인 망나니.

유복자	희소식을 가져왔군, 날 자유롭게 해 주려고 불러.	
간수	그럼 난 목매달릴 겁니다.	
유복자	그럼 자넨 간수 때보다 더 자유로워질 거야, 죽은 자들	190
	을 묶는 사슬은 없으니까.	

(유복자와 사자, 함께 퇴장)

간수	어떤 사람이 교수대와 결혼하여 아기 처형대를 여럿	
	낳을 것도 아닌데 저렇게 기꺼이 가려 하는 자는 한	
	번도 못 봤어. 그래도 내 양심 걸고, 더 나쁜 불량배들	
	도 살고 싶어 해, 그가 아무리 로마인이라 해도 말이	195
	야. 또 로마인 중 일부는 억지로 죽기도 하는데 내가	
	그중 하나라면 나도 그럴 거야. 난 우리 모두가 한마	
	음이고, 게다가 착한 마음이면 좋겠어. 오, 그리되면	
	간수들과 교수대는 폭삭 망할 거야! 난 당장의 이익과	
	는 어긋나게 말하지만 내 소원엔 승진이 들어 있어.	200

(퇴장)

5막 5장

심벨린, 벨라리우스, 귀데리우스, 알비라구스,
피사니오 및 귀족들 등장.

심벨린	(벨라리우스, 귀데리우스와 알비라구스에게)
	신들이 내 왕좌의 보호자 만들어 준 그대들,
	내 곁에 서 있으라. 하지만 그토록 잘 싸운

195~196행 그가…하는데 로마인들은 보통 죽음에 대해 금욕주의자의
무관심을 보이는 것으로 그려진다. (리버사이드)
5막 5장 장소 웨일스, 심벨린의 막사.

그 초라한 군인을 못 찾아 마음이 아프구나.
그는 걸레 옷으로 철갑에게 창피 줬고,
무방비의 가슴으로 무적의 방패에 맞섰다.   5
찾을 수 있는 자는 복 받는다, 짐의 은혜로
그렇게 된다면 말이다.

벨라리우스   그토록 초라한데
그 고귀한 분노를, 거지꼴과 초라한 모습밖엔
약속하지 않았는데 그런 귀한 행동을
드러낸 사람은 못 봤어요.

심벨린   기별은 없는가?   10

피사니오   죽은 자와 산 자들 가운데서 뒤졌으나
흔적이 없습니다.

심벨린   그에게 갈 보상은
슬프게도 내게 있고, 난 그것을 그대들
(벨라리우스, 귀데리우스, 알비라구스에게)
브리튼의 간, 심장, 뇌에게 더하고, 이 나라가
그것들 덕분에 산다는 걸 인정한다. 이제는   15
그대들의 출신을 물을 때다. 고하라.

벨라리우스   전하,
저희는 캄브리아 태생의 신사들입니다.
저희의 정직성을 덧붙이는 이상의 자랑은
진실도 겸손도 아닐 것입니다.

심벨린   무릎을 꿇으라.
         (그들은 무릎 꿇고 심벨린에게 기사 작위를 받는다.)
일어서라, 전장의 내 기사들이여. 그대들을   20
짐 자신의 동무로 만들고 신분에 어울리는
작위들을 맞추어 주겠다.

코넬리우스와 시녀들 등장.

그 얼굴에 사건이 있구나. 왜 그리 슬프게
승전을 맞이하나? 브리튼 궁정인이 아니라
로마인들처럼 보인다.

코넬리우스   대왕 만세!   25
당신의 행복엔 쓰리지만 왕비의 죽음을
보고해야겠습니다.

심벨린   의사에게 이보다 더
안 어울릴 보고가 있는가? 하지만 생각건대
의술로 생명을 연장할 순 있지만 의사도
죽음에게 붙잡힌다. 어떻게 끝났는가?   30

코넬리우스 공포로 미친 듯 죽으면서 세상에 잔인했던
그녀의 삶처럼 자신에게 더없이 잔인하게
결판났습니다. 황공하나 그녀의 고백을
보고드리겠습니다. 제 말이 틀린다면
두 뺨을 적시며 임종했던 여기 이 시녀들이   35
딴죽 걸 수 있습니다.

심벨린   제발 어서 말하라.

코넬리우스 첫째, 당신을 사랑한 적 없었고, 당신을 통하여
당신 아닌 대권만 원했고, 왕권과 결혼했고,
그 지위의 아내였고, 그 옥체는 증오했노라고
고백했습니다.

심벨린   그녀 혼자 알던 거고,   40
죽을 때 말을 안 했으면 입을 열었다 해도
난 그걸 안 믿었을 것이다. 계속하라.

코넬리우스 당신의 따님은 그녀가 그토록 정직하게

사랑하는 척했으나 그녀의 고백에 의하면
자기 눈엔 전갈과 같았고, 독으로 목숨을,　　　　　45
그녀가 도망쳐서 피하지 않았다면,
뺏으려 했답니다.

심벨린　　　　　　　　　　오, 참 교묘한 악마다!
그 누가 여자를 읽을 수 있을까? 더 있나?

코넬리우스　더 나쁜 게 더 있죠. 당신에게 줄 치명적인
광물을 가졌다고 정말 고백했는데 마시면　　　50
매 순간 생명을 갉아먹고, 머물면서 당신을
조금씩 소진시킨답니다. 그동안에 그녀는
밤샘과 울음과 보살핌과 키스로
당신을 겉치레로 압도하고, 때가 되어
당신을 그녀의 계책에 맞추어 놨을 때　　　　55
아들이 왕권을 양도받게 할 작정이었지요.
근데 그가 이상하게 없어져 뜻을 못 이루자
뻔뻔히 절망하여 하늘과 인간을 무시하며
자신의 목적을 털어놨고, 품었던 악행들이
실현되지 못한 걸 후회했고, 그래서　　　　60
절망하며 죽었어요.

심벨린　　　　　　　　시녀들도 다 들었어?
시녀들　황공하나, 예, 전하.
심벨린　　　　　　　　그녀는 아름다웠으니까
내 눈이 잘못된 건 아니다. 그 아첨을
들었던 내 귀도, 그녀의 안팎이 같다고 여겼던
내 맘도 마찬가지. 그녀를 못 믿는 건　　　　65
비난받을 일이었어. 그래도 오, 내 딸아,
넌 내가 어리석었다고 말하고, 고통으로

그걸 입증할 수 있다. 하늘이 다 바로잡길.

루키우스, 이아키모, 점쟁이와 다른 로마 포로들,
그 뒤에 이탈리아인 복장의 유복자 레오나투스,
그리고 피델레로 가장한 이노젠이
모두 브리튼 군인들의 호위를 받으며 등장.

자넨 지금 공물 일로 온 게 아냐, 카이우스,
브리튼인들이 그것을, 용사를 많이 잃었지만   70
지워 버렸으니까. 그들의 친척들이 청하기를
포로인 너희를 도륙함으로써 그들의 영혼이
위로받을 거라 했고, 짐은 그걸 허락했다.
그러니 네 처지를 생각하라.

루키우스   전쟁은 운임을 고려하십시오, 전하. 승리는   75
우연히 당신이 차지했죠. 우리에게 왔다면
혈기가 식었을 때 포로들을 칼로써
위협하진 않았을 겁니다. 하지만 신들이
몸값으로 우리의 목숨만 받으려 하니까
그리하십시오. 로마인이 로마인의 심장으로   80
견딜 수 있으면 족합니다. 이 일을
아우구스투스가 살아서 생각한다, 그만큼이
제 개인적 관심사죠. 오직 이것 하나만
간청하겠습니다. 브리튼 출신의 이 소년을
속죄해 주십시오. 이토록 친절하고   85
순종하며 부지런한, 요구에 민감하고
정직하며 재빠르고 유모 같은 시동을
주인이 가진 적 없습니다. 이 아이의 미덕을

제 요청에 합치면 전하께선 그걸 감히
거절 못 할 것입니다. 로마인을 섬겼지만   90
브리튼 사람은 안 다쳤죠. 다른 피는 흘려도
그는 살리십시오.

심벨린   나도 분명 그를 봤어,
그 얼굴이 나에게는 친숙해. 애야,
넌 자신의 모습으로 내 은혜를 입었고
내 것이 되었다. 나는 왜, 뭣 때문에 "살아라, 애야."   95
하는지 모르겠다. 주인에게 고맙다 하지 마라.
살아라, 그리고 심벨린에게 네 부탁을 말하면
내 선심과 네 지위에 맞추어 들어주마,
그래, 붙잡힌 가운데 최고 귀한 포로를
요구해도 말이다.

이노젠   공손히 감사드리옵니다.   100

루키우스   애야, 내 목숨을 구걸하라 명하진 않는다,
그럴 줄 알지만 말이다.

이노젠   아뇨, 아뇨, 원 참,
다른 일이 닥쳤어요. 저에겐 죽음만큼
쓰라린 물건이 보이니까 당신 목숨, 주인님,
재주껏 구하세요.

루키우스   애가 나를 깔보고,   105
날 버리며 경멸하네. 소년 소녀 진심에
기쁨을 맡기면 그건 곧 사라져 버린다.
애가 왜 이렇게 당황할까?

심벨린   애, 뭘 원하니?
난 너를 더욱더 좋아해. 무슨 청이 최고일지
더 깊이 생각해 봐. 쳐다보는 그를 알아?   110

	말하라, 그를 살려? 네 친척, 네 친구냐?	
이노젠	그는 로마인으로 전하와 저 사이만큼	
	제 친척이 아니고, 태생이 전하 백성인 제가	
	조금 더 전하께 가깝죠.	
심벨린	왜 그렇게 그를 봐?	
이노젠	제 말을 들어주시겠다면, 전하, 사적으로	115
	말씀드리지요.	
심벨린	암, 진심으로 그럴 테고	
	최대한 주목하마. 네 이름은 무엇이냐?	
이노젠	피델레요.	
심벨린	너는 내 착한 청년, 시동이고	
	난 주인이 될 거야. 좀 걷자, 솔직히 얘기해.	

(그들은 떨어져서 얘기한다.)

벨라리우스	(귀데리우스와 알비라구스에게)	
	죽은 애가 살아나지 않았어?	
알비라구스	모래알 두 개도	120
	죽었던 피델레와 저 고운 장밋빛 청년보다	
	더 닮지는 않았어요. 형은 어찌 생각해?	
귀데리우스	바로 그 죽은 애가 살았어.	
벨라리우스	쉿, 쉿, 두고 보자. 그는 우릴 안 본다, 참아라.	
	같은 사람, 있단다. 만약에 그라면 분명히	125
	우리에게 말 걸었어.	
귀데리우스	하지만 죽은 걸 봤어요.	
벨라리우스	조용해, 두고 보자.	
피사니오	(방백) 이건 공주 마마야.	
	그녀가 살았으니 좋아지든 나빠지든	
	시간은 가게 두자.	

심벨린	(이노젠에게)　　　　　자, 너는 짐 곁에 서라.

요청을 큰 소리로 말하라.

(이아키모에게)　　　　　　　넌 앞으로 나와라.　　　　　130

이 소년의 질문에 대답해, 그것도 솔직히,

안 그러면 짐의 높은 지위와 권능으로,

그건 짐의 명예인데, 쓰라린 고문을 통하여

허위에서 진실을 걸러 낼 것이다.

(이노젠에게)　　　　　　　　　자, 말해.

이노젠　　　이 신사가 그 반지를 누구에게 받았는지　　　135

밝혀 주길 부탁드립니다.

유복자　　　(방백)　　　　　　　그에게 그게 뭔데?

심벨린　　　(이아키모에게)

그 손가락 위의 그 금강석 말이다, 어떻게

네 것이 되었지?

이아키모　　그것은 당신이 절 고문해 말 못 하게 할 텐데

말하면 당신을 고문할 겁니다.

심벨린　　　　　　　　　　　뭐, 나를?　　　　　　140

이아키모　　감추는 게 고문이던 그 일을 강제로

토설하게 되어서 기쁩니다. 저는 이 반지를

악행으로 얻었죠. 레오나투스의 보석인데

그를 추방하셨죠, 또 — 당신께 더 슬프게도,

저는 그렇습니다만 — 하늘과 땅 사이에　　　　145

더 고귀한 신사는 없었죠. 더 들으시렵니까?

심벨린　　　그에 관한 모두를.

이아키모　　　　　　　　그 귀감, 당신 따님 때문에

제 심장은 피 흘리고, 거짓된 마음도

그 기억에 움츠려 — 죄송하나 어지럽습니다.

| 심벨린 | 내 딸이? 그녀가 뭐? 기운 차려. 네 말을 | 150 |

심벨린　내 딸이? 그녀가 뭐? 기운 차려. 네 말을　150
　　　　내가 더 듣기 전에 죽지 말고 오히려
　　　　네 명대로 살아 봐. 노력해, 자, 말해 봐.

이아키모　언젠가 — 불운한 시계가 그 시간을 알렸죠.
　　　　로마에서 벌어진 일인데 — 그 저택은
　　　　저주를 받아라. 축제 때 — 오, 우리의 음식에　155
　　　　(아니면 적어도 내가 먹은 것에라도)
　　　　독이 들어 있었으면. 그 착한 유복자는
　　　　(뭔 말을 해야죠? 나쁜 놈들 있는 데 있기엔
　　　　너무나 착했고, 최고로 희귀한 이들 중
　　　　최고로 빼어난 이였는데) 슬프게 앉아서　160
　　　　우리의 이탈리아 애인들 얘기를 들었지요.
　　　　가장 말을 잘하는 남자의 부풀린 자랑을
　　　　무력화시켰던 미녀와, 베누스의 신전이나
　　　　꼿꼿한 미네르바 무색하게 만들었던 몸매와,
　　　　인간을 능가하는 자태와, 남자가 여자를　165
　　　　사랑하는 이유인 뭇 자질을 갖춘 보고,
　　　　성품에 더하여, 아내 얻게 만드는 저 미끼,
　　　　눈을 번쩍 뜨게 하는 미모와 —

심벨린　　　　　　　　　　　　　　난 화급해.
　　　　요점을 말하라.

이아키모　　　　　　　　급한 비탄 바라지 않으셔도
　　　　가장 빨리 말씀드리지요. 이 유복자는　170
　　　　사랑에 빠졌던 참 고귀한 귀족처럼, 게다가
　　　　왕족 애인 가졌던 사람으로 기회를 틈타서

164행 미네르바　예술과 전쟁의 여신.

우리가 칭찬했던 여자들을 헐뜯지 않으면서 ―
그 점에선 미덕처럼 침착했죠. ― 자신의
여주인을 그리기 시작했고, 혀로 빚어   175
마음을 넣었을 때 우리의 자랑은 부엌데기
뺑튀기한 것이거나 그의 설명 들은 우린
입 다문 멍청이가 됐지요.

심벨린   아, 아, 핵심으로.

이아키모   따님의 순결인데, 얘기는 거기서 시작되죠.
그는 마치 그녀를 디아나가 음탕한 꿈을 꾸고   180
그녀만 냉담한 듯 말했고, 그래서 전, 몹쓸 놈,
그 칭찬을 의심하여 그에게 당시 그가
존경받는 손가락에 낀 이것에 맞서서
금화로 내기를 걸었죠, 바로 그의 잠자리를
구애로 취한 뒤에 그녀와 저의 간음으로   185
이 반지를 갖겠다고. 진정한 기사인 그는
그녀의 명예를 제가 정말 확인한 만큼이나
확신하고 있었기에 이 반지를 잡혔는데,
그게 태양신 마차 바퀴의 홍옥일지라도
그랬을 것이고, 마차값 전부여도 안심하고   190
그럴 수 있었을 겁니다. 이 음모를 품고서
전 브리튼으로 서둘렀죠. 전하께선 궁정에 온
저를 잘 기억하실 터인데, 거기서 전
순결한 따님에게 애모와 악행 간의
큰 차이를 배웠죠. 그렇게 희망은 꺼졌으나   195
욕망은 안 꺼진 채 제 이탈리아 두뇌가
브리튼의 궂은 날씨 속에서 참 더럽게
작동하기 시작했고, 특혜를 줬답니다.

줄이자면 제 간계는 대단히 성공하여
그녀의 명성에 대한 레오나투스의 믿음에   200
이런저런 증거로 상처를 주면서 고귀한 그를
미치게 만들기 충분한 유사 증거 가지고
돌아왔답니다. 방에 걸린 벽걸이를
단언하는 기록과 그림들, 그녀의 이 팔찌 —
오, 참 간교하게도 얻었지. — 아니, 그녀 몸의   205
은밀한 자국으로 그는 그녀의 순결 의무가
완전히 깨졌고 제가 그 몰수물을 가졌다고
생각할 수밖에 없었죠. 그에 따라 — 저는
지금 그를 보는 것 같은데 —

유복자   (앞으로 나서며)   맞아, 그래,
이 이탈리아 악마야! 아, 난 참 쉽게 믿는 바보,   210
지독한 살인자, 날강도, 과거 현재 미래의
모든 악당에게 꼭 붙여야 할 이름이다.
오, 나에게 밧줄이나 칼 또는 독약을 주소서,
올곧은 판관이여. 왕이여, 그대는 기발한
고문 기술자들을 찾으시오. 그들보다   215
더 못되게 굴어서 세상 모든 끔찍한 것들을
더 낫게 만드는 자, 나니까. 난 유복자,
그대 딸을 죽인 자로 — 악당처럼 거짓말하는데 —
나보다 더 작은 악당, 신성 모독 도둑에게
그 짓을 하라고 시켰소. 미덕의 신전이   220
그녀였고, 예, 그녀는 미덕 그 자체였소.
나에게 침 뱉고 돌 던지고 진흙을 씌우고

207행 그 몰수물 그녀가 잃어버린 순결을 말한다.

거리의 개들 풀어 물게 하오. 악당은
다 유복자 레오나투스로 불리고, 악행은
과거의 크기보다 작아져라. 오, 이노젠!   225
나의 왕비, 나의 생명, 나의 아내. 오 이노젠,
이노젠, 이노젠.

이노젠   쉿, 주인님. 들어 봐요. ─

유복자   이걸로 연극을 해야 해? 경멸하는 시동아,
네 역할은 이거다. (그녀를 때리고 그녀는 쓰러진다.)

피사니오   오, 신사들, 도와줘요!
저와 당신 여주인! 오, 유복자님, 당신은   230
이노젠을 바로 지금 죽여요. 살려줘요!
저의 마님!

심벨린   세상은 돌아가고 있느냐?

유복자   내가 왜 이렇게 어지럽지?

피사니오   깨어나요, 마마!

심벨린   이것이 사실이면 신들은 치명적인 기쁨으로
정말 날 죽이려 하신다.

피사니오   어떠세요, 마마?   235

이노젠   오, 내 눈에서 사라져라!
넌 내게 독을 줬어. 위험한 녀석아, 저리 가.
왕족들 곁에서 살지 마.

심벨린   이노젠의 목소리다.

피사니오   마님께 드렸던 상자를 귀중한 것으로
생각지 않았다면 신들의 유황불 벼락을   240
맞을게요. 왕비에게 그걸 받았답니다.

심벨린   아직도 새로운 일.

이노젠   그게 날 독살했어.

코넬리우스	맙소사!

왕비의 고백에서 빼놓은 게 있는데
당신의 정직을 꼭 입증할 거요. 그녀 말이
"피사니오가 여주인에게 내가 준 조제약을   245
회복제로 줬다면 그녀는 내가 쥐를 다루듯
처치된 것이다."

심벨린   뭔 말인가, 코넬리우스?

코넬리우스   왕비는, 전하, 정말 자주 저에게 독약을
지어 달라 졸랐어요, 고양이와 개처럼
가치 없는 더러운 동물을 죽이는 데 대한   250
자신의 지식욕만 채운다고 늘 주장하면서.
전 그녀의 목적이 더 위험한 것일까 봐
두려워하면서 어떤 약을 그녀에게
정말로 합성해 줬는데, 그것을 마시면
현재의 생명력은 멈추지만 조금만 있으면   255
온몸의 기관이 모두 다 정해진 기능을
되찾는 것이었죠. 그걸 마시셨나요?

이노젠   그런 게 분명해, 난 죽었으니까.

벨라리우스   얘들아,
그게 우리 착오였다.

귀데리우스   이건 분명 피델레야.

이노젠   왜 당신은 결혼한 부인을 내팽개쳤어요?   260

                              (그녀는 그를 포옹한다.)

당신이 바위 위에 있다고 여기고 이제 나를
또 던져요.

유복자   열매처럼 매달려요, 내 영혼 그대여,
그 나무가 죽기까지.

심벨린	뭐, 내 육신, 자식이야?
	허, 네가 나를 이 극에서 멍청이로 만들어?
	나에겐 말도 안 해?
이노젠	(무릎을 꿇으면서) 축복해 주세요, 전하.

265

벨라리우스   (귀데리우스와 알비라구스에게)

너희가 이 청년을 사랑했지만 탓하지 않겠다,

동기가 있었어.

심벨린   떨어지는 내 눈물이

너에게 성수가 되기를 바란다. (그녀를 일으킨다.)

                                        이노젠,

네 계모는 죽었다.

이노젠   애석한 일이에요, 전하.

심벨린   오, 그녀는 사악했고 이토록 이상한   270

여기 우리 만남도 그녀 때문이야. 하지만

그 아들은 어떻게 어디로 갔는지 모른다.

피사니오   전하,

이젠 겁이 안 나니까 사실을 말씀드리지요.

제 마님이 없어지자 클로텐 군은 칼 빼 든 채

제게로 와 그녀가 어디로 갔는지 안 밝히면   275

저는 즉사할 거라고 입에 거품 물고서

맹세했답니다. 그때 제 주머니엔 우연히

주인님의 가짜 편지 하나가 있었는데

그 지시에 따라 그는 밀퍼드 근처의 산에서

그녀를 찾아내려 하였으며, 그곳으로   280

광란에 빠진 채 제게서 강탈한

263행 그 나무 유복자 자신을 가리킨다.

	제 주인님 의복 입고, 음란한 목적 품고,	
	게다가 마님의 순결을 범하겠다 서약하며	
	서둘러 달렸어요. 그가 어찌 됐는지는	
	더 아는 게 없어요.	

귀데리우스　　　　　　　　　제가 그 얘기를 끝내죠. 285
제가 그를 죽였어요.

심벨린　　　　　　　　　허 참, 신들은 금하소서!
너의 공이 있어서 가혹한 형벌은 입 밖으로
안 꺼내고 싶구나. 용감한 청년은 제발 그걸
부인해라.

귀데리우스　　　　　　전 말씀드렸고 제가 그랬습니다.

심벨린　그는 왕족이었다. 290

귀데리우스　참으로 무례한 자였고, 제게 범한 잘못은
조금도 왕족답지 못했어요. 그는 저를
바다라도 그렇게 고함치면 차 버릴 언어로
자극했답니다. 전 그의 목을 쳤고, 또 그가
여기 서서 제가 하는 이 얘기를 못 하는 게 295
대단히 기쁩니다.

심벨린　　　　　　너에겐 애석한데
너는 네 입으로 판결을 내렸고, 짐의 법을
따라야만 한다. 넌 죽는다.

이노젠　　　　　　　　　　머리가 없던 그가
남편인 줄 알았는데.

심벨린　(군인들에게)　　　그 죄인을 묶어서
어전에서 데려가라.

벨라리우스　　　　　　멈추시오, 왕이시여. 300
이 사람은 살해당한 사람보다 더 낫고,

당신만큼 혈통 좋고, 한 무리의 클로텐이
여태껏 흉터로 당신에게 상 받은 것보다
더 큰 상을 받을 만합니다.
(군인들에게)　　　　　그 팔을 놔주게,
그것은 구속될 운명이 아니네.

심벨린　　　　　　　　　　아니, 노병,　　　305
자네는 짐의 분노 맛보면서 자네가 못 받은
보상금을 날리려 해? 어떻게 짐만큼
혈통이 좋은데?

알비라구스　　　　　그의 말은 지나쳤습니다.

심벨린　그 때문에 넌 죽을 것이다.

벨라리우스　　　　　　저희 셋은
저희 중 두 명이 제가 말한 개만큼 좋다고　　310
제가 입증 못 하면 다 죽을 겁니다. 아들들아,
나로서는 위험한 말 해야겠다, 너희에겐
좋을지 모르지만.

알비라구스　　　　　당신 위험, 저희 몫입니다.

귀데리우스　저희 이득, 가지세요.

벨라리우스　　　　　그럼 허락하니 시작하자.
대왕이시여, 신하 중에 벨라리우스란　　315
사람이 있었지요.

심벨린　　　　　그자가 뭐? 그자는
추방된 역적이다.

벨라리우스　　　　그가 바로 이렇게
나이 먹은 접니다. 추방된 건 사실인데

310행 개　앞서 말한 귀데리우스.

왜 역적인지는 모릅니다.

심벨린   그자를 데려가라.
온 세상도 그를 못 구한다.

벨라리우스   너무 흥분 마시오.   320
우선 당신의 두 아들을 양육한 값 주시고,
그리고 제가 그걸 받자마자 그것이 다
몰수되게 하십시오.

심벨린   나의 두 아들을 양육해?

벨라리우스   제가 너무 오만무례하군요. 무릎 꿇죠.

                        (무릎을 꿇는다.)

일어나기 전에 제 아들들을 천거하렵니다.   325
그런 뒤 늙은 아빈 용서치 마소서. 막강 전하,
이 젊은 두 신사는 저를 아버지라 부르고
제 아들이라고 여기지만 제 것이 아닙니다.
그들은 당신 허리 소생이고, 전하, 당신이
낳은 혈통이옵니다.

심벨린   뭐, 내 소생이라고?   330

벨라리우스   당신과 부친처럼 분명하오. 이 늙은 모건은
당신이 언젠가 추방한 그 벨라리우스요.
당신 뜻이 제 죄의 전부였고, 저의 벌 자체와
제 반역의 전부였으며, 제가 받은 고통이
제 해악의 전부였죠. 이 귀족 왕자들을,   335
그런 사람들이니까, 제가 지난 이십 년간
훈련시켰답니다, 제가 넣어 줄 수 있었던
그들의 기술을요. 제가 받은 교육은
전하께서 아십니다. 그들 유모 유리필레가,
그 절도의 대가로 제가 결혼했는데, 애들을   340

제 추방 때 훔쳐 냈죠. 제가 부추겼답니다,
당시에 제가 했던 일에 대한 처벌을
미리 받고 나서요. 충성 땜에 얻어맞고
흥분해서 반역했죠. 당신이 뼈저린 그 상실을
더 많이 느낄수록 훔치려는 제 목적에   345
더 들어맞았지요. 그러나 자비로우신 전하,
두 아들을 여기 다시 내놓은 전 세상에서
가장 사랑스러운 두 동무를 잃어야 합니다.
저 하늘 지붕의 축복이 그들의 머리 위에
이슬처럼 내리기를. 이들은 저 하늘을 별들로   350
수놓을 가치가 있으니까.

심벨린   울면서 말하는군.
너희 세 사람의 봉사는 그대가 얘기한
이것보다 더 놀랍다. 자식들을 난 잃었어.
이들이 그들이면 더 훌륭한 한 쌍의 아들을
어떻게 바랄지 모르겠다.

벨라리우스   (일어선다.)   잠시 괜찮으시다면,   355
제가 폴리도르라고 부르는 이 신사는
최고의 왕자, 당신 아들, 진짜 귀데리우스고,
이 신사, 저의 카드왈은 알비라구스,
손아래 왕잡니다. 그는 전하, 대단히 진기한
포대기에 싸여 있었는데 어머니 왕비께서   360
손으로 짠 것으로 제가 쉬이 추가된 증거로
내놓을 수 있답니다.

342~343행 당시에…나서요 왕에게서 앞서 받은 반역죄 처벌을 그의
두 아들을 나중에 훔친 죄에 대한 벌로 받아들인다.

| 심벨린 | 귀데리우스의 목에는 |

사마귀가 있는데 핏빛 붉은 별로서
놀라운 표시였지.

| 벨라리우스 | 바로 이 사람인데 |

몸에는 아직도 그 자연산 도장이 있지요.   365
현명한 자연이 그것을 기부한 목적은
이제 그를 증명하는 것이죠.

| 심벨린 | 오, 난 누구냐? |

셋을 낳은 어머니야? 출산을 더 기뻐한
어머니는 없었다. 너희는 제발 축복받기를,
그래서 이 이상한 궤도 이탈 있은 뒤에   370
이제 그 안에서 군림할 수 있기를. 오, 이노젠,
이로써 넌 왕국을 잃었구나.

| 이노젠 | 아뇨, 전하. |

두 세계를 얻었어요. 오, 친절한 오빠들,
이렇게 만났어? 오, 이제부턴 내가 오직
참말만 한다 해 줘. 둘은 날 동생이라 불렀어,   375
누이였을 뿐일 때. 난 둘을 형제라 불렀어,
둘이 정말 그랬을 때.

심벨린	만난 적 있었느냐?
알비라구스	예, 전하.
귀데리우스	첫 만남에 사랑했고, 죽었다고

생각했을 때까지도 그랬지요.

| 코넬리우스 | 왕비의 물약을 마셔서. |
| 심벨린 | 오, 희귀한 본능이다! 380 |

언제 내가 다 들을까? 이 극심한 요약본엔
상세한 정황들이 있는데 쪼개서 본다면

풍부해질 거야. 어디서 어떻게 살았느냐?
또 언제 이 로마 포로를 섬기게 됐느냐?
오빠들과 어떻게 헤어졌어? 왜 처음 만났고?   385
궁정에서 왜 도망쳤느냐? 어디로? 이것과
너희 셋이 전투에 온 목적을, 난 알지 못하는
더 많은 것들과 함께 물어봐야 할 것이고,
그에 따른 다른 모든 사항도 사건마다
그렇게 할 것이다. 하지만 이 시간도 장소도   390
짐의 긴 심문에는 맞지 않을 것이다. 저 봐,
유복자가 이노젠에 닻을 내려놓았고,
그녀도 눈길을 무해한 번개처럼 그에게,
오빠들, 나, 자기 주인, 각자에게 기쁨 담아
던지고 있구나. 또 각자는 눈길을   395
모두와 교환하고 있구나. 이곳을 떠나서
신전을 우리의 희생물 연기로 채우자.
(벨라리우스에게)
그대는 내 형제고 짐은 늘 그리 여기겠다.

이노젠   (벨라리우스에게)
제 아버지이기도 하지요, 이 은총의 계절을
볼 수 있게 절 구해 주셨죠.

심벨린   묶인 이들 빼놓고   400
다 환희가 넘친다. 그들도 환희하게 해 주자,
우리의 안락을 맛봐야 할 테니까.

이노젠   (루키우스에게)   주인님,
이젠 제가 봉사해 드리죠.

루키우스   당신이 행복하길.

심벨린   사라진 그 군인, 그토록 장하게 싸운 그도

	이 자리에 잘 어울릴 것이고, 왕의 감사	405
	빛내 줬을 것이다.	
유복자	전하, 제가 바로	
	초라한 행색으로 이 셋과 함께했던	
	그 군인이옵니다. 그 차림은 그때 저의	
	목적에 맞춘 것이었지요. 내가 그렸다고	
	말하게, 이아키모. 내가 자넬 꿇게 했고	410
	끝냈을 수 있었으니까.	
이아키모	(무릎을 꿇으며)　　　난 다시 꿇겠네,	
	그때는 자네 힘이 내 무릎을 꺾었고, 이제는	
	무거운 내 양심이 그러네. 청컨대 너무 자주	
	빚졌던 내 생명 빼앗게. 근데 먼저 자네 반지,	
	또 여태껏 믿음을 맹세한 중 최고로 진실한	415
	공주님 팔찌도 여기 있네.	

(그는 유복자에게 그 반지와 팔찌를 준다.)

유복자	(그를 일으킨다.)　　　나에게 꿇지 말게.	
	자네에게 쓸 내 힘은 놔주는 것이고,	
	자네 향한 악의는 용서하는 것이네. 살아서	
	남들에게 더 잘하게.	
심벨린	고귀하게 판결했다.	
	짐 또한 이 사위의 관대함을 배우겠다.	420
	모두의 사면을 명한다.	
알비라구스	(유복자에게)　　　우리를 도왔을 땐	
	진짜로 우리의 형제가 될 작정이었군요.	
	그리돼서 우리는 기쁩니다.	
유복자	전 왕자님들의 종입니다. 로마의 귀족이여,	
	점쟁이를 부르시오. 내가 잠이 들었을 때	425

위대한 유피테르가 독수리 등에 올라

내 친족의 유령 같은 모습들과 더불어

내게 나타나셨소. 깼을 때 내 가슴 위에서

이 쪽지를 발견했고, 그 내용이 너무나

의미와 동떨어진 것이어서 다 합쳐서   430

알아낼 수 없었소. 그가 이걸 해석하는

기술을 보이게 해 주시오.

루키우스   필라모누스!

점쟁이   여기요, 주인님.

루키우스   읽고 그 의미를 공표하라.

점쟁이   (읽는다.)

"새끼 사자 한 마리가 자기도 모르게, 구하려 하지 않

았는데도 따뜻한 공기 한 자락을 찾은 다음 거기에 안   435

길 때, 그리고 위풍당당한 삼나무에서 가지들이 잘려

죽은 지 여러 해 뒤에 다시 살아나 옛 원줄기에 접목된

다음 새롭게 자랄 때, 그때 유복자는 자신의 불행을 끝

내고, 브리튼은 운이 좋을 것이며, 평화와 풍요 속에

번성할 것이니라."   440

그대 레오나투스가 그 새끼 사자로서

그대의 이름을 적절히 해석한 것인데,

"사자로 — 태어났음" 그런 뜻을 가졌어요.

(심벨린에게) 따뜻한 공기란 그대의 덕 높은 따님으로

우리는 부드러운 공기라 부르며, 우리말로   445

여성을 의미하고, 이 여성이 제가 점치기로는

최고로 변치 않는 이 아내로서 바로 지금

이 신탁의 자구에 응하면서

(유복자에게)   당신도 모르게,

	구하지 않았는데, 이 가장 따뜻한 공기가	
	당신을 둘러싸고 있답니다.	
심벨린	그럴듯하구먼.	450
점쟁이	그 위풍당당한 삼나무는, 심벨린 왕이시여,	
	그대를 나타내며, 잘린 그대 가지들은	
	두 아들을 가리키오. 벨라리우스가 훔쳐 가	
	수십 년간 죽었다 여겼으나 이제 되살아나	
	장대한 삼나무에 붙었고, 그 후손은	455
	평화와 풍요를 브리튼에 약속하죠.	
심벨린	좋다,	
	짐은 내 평화를 시작한다. 그리고 루키우스,	
	짐은 비록 승자지만 로마에 복종하고	
	저 로마 제국에 짐의 평소 공물을	
	갚겠다고 약속한다. 짐의 악한 왕비가	460
	짐을 만류했기에 그렇게 하지 않았지만	
	하늘은 정의롭게 그녀와 그녀의 자식을	
	참으로 무거운 벌 주려고 잡아갔다.	
점쟁이	저 위의 신들께서 이 평화의 화음을	
	손으로 조율하십니다. 제가 루키우스에게	465
	아직도 식지 않은 이 전투의 시작 전에	
	알려 드린 환상이 이 순간에 완전히	
	이루어졌습니다. 저 로마의 독수리가	
	남쪽에서 서쪽으로 치솟는 날갯짓을 하면서	
	태양 빛 속으로 조그맣게 사라졌으니까.	470
	그것은 군주다운 독수리, 저 시저 황제가	
	자신의 호의를 여기 이 서쪽에서 빛나는	
	눈부신 심벨린과 재결합할 것임을	

미리 보여 주었지요.

심벨린   신들을 찬양하고,
굽이치는 연기를 축복받은 제단에서   475
그들 코에 닿도록 올리자. 짐은 이 평화를
모든 백성에게 선포한다. 앞으로 나가자.
로마와 브리튼의 군기가 다정히 다 함께
나부끼게 하라. 그렇게 런던 지나 진군하고
위대한 유피테르 신전에서 짐의 이 평화를   480
비준한 뒤 축연으로 마무리할 것이다.
출발하라. 전쟁이 피 묻은 손 씻기 전에
이 같은 평화로 끝난 적은 없었노라.   (함께 퇴장)

두 귀족 친척

The Two Noble Kinsmen

존 플레처, 윌리엄 셰익스피어

역자 서문

　이 극은 기본적으로 세 가지 이야기로 짜여 있다. 그 첫째는 역사적인, 정치적인, 그리고 어느 정도 신화적인 배경의 역할을 하는 아테네의 군주 테세우스와 아마존의 여왕 히폴리테 이야기이고, 둘째는 이 극의 원 줄거리인 팔라몬과 알시테의 우정과 그들이 경쟁하며 사랑하는 에밀리아 이야기, 그리고 셋째는 부줄거리로 기능하는 간수의 딸 이야기다. 그런데 이들 세 얘기는 상당히 느슨하게 연결되어 있다. 그래서 막이 열리고 서두 역이 나타나 "모두의 칭송 받는 초서가 이야기를 내놨고,/ 그건 그의 작품에서 영원불변 살아 있죠."(13~14)라고 했을 때 관객은 — 초서가 누구이고(14세기 후반에 활동했던 영국 시인), 그가 내놓은 이야기가 무엇이며(두 귀족 친척을 다루는「기사 이야기」), 영원불변하는 그의 작품은 또 무엇인지(『캔터베리 이야기』) 모르는 대부분의 한국 관객은 — 곧이어 등장하는(1막 1장) 아테네의 군주 테세우스가 초서 이야기의 주인공인 줄 알 것이다. 그러나 테세우스는 이 극의 두 주인공인 팔라몬과 알시테를 등장시키기 위한 장치로 기능할 뿐이다. 왜냐하면 그는 아마존의 여왕 히폴리테와 결혼식을 올리러 가던 중 테베의 크레온에게 패해 노천에서 썩고 있는 세 왕의 과부들이 올리는 절박하고 간곡하며 애틋한 호소에 마음이 움직여 크레온과의 전쟁을 결심하는데, 그 크레온의 두 사촌이 바로 곧이어 등장하는(1막 2장) 팔라몬과 알시테이기 때문이다. 물론 그는 전쟁에서 이긴 다음 포로가 된 이 두 귀족 친척을 만나 죽어 가던 그들을 최고의 의술을 동원해 살려 놓지만 극의 핵심 사건인 두 친척의 에밀리아 사랑과는 직접적인 관련이, 그녀가 처제란 것 말고는, 전혀 없다. 두 친척은 그들이 포로로 갇혀 있던 감옥 근처의 정원으로 꽃을 꺾으러 나온 그녀를 감옥의 창틀을 통하여 바라보고 곧바로 사랑에 빠지기 때문이다. 그 후 피리토우스의 도움으로 방면되었으나 아테네를 떠나지 않은 알시테가 변장한 채 에밀리아의 생일을 기리는 씨름 대회에서 우승하여 그녀의 시종이 되었을 때도 테세우스는 그의 정체를 눈치채지 못한다. 그런 다음 간수 딸의 도움으로 감옥을 벗어난 팔라몬이 숲속에서 알시테를 우연히 만나 둘이서 에밀리아의 사랑을 놓고 목숨을 건 결투를 하다가 잡혔을 때에야 그들을 알아본 테세우스는 그들에게 집단 몸싸움을 통하여 승자에게 에밀리아를 주는 최후의 판결을 내리지만 둘의 최종적인 운명은 테세우스가 아닌 아레스, 아프로디테, 그리고 운명 여신의 합작으로 결정된다.

이렇게 극에서 벌어지는 여러 사건 간의 연결에서 개연성이나 필연성 부족은 원 줄거리인 팔라몬과 알시테 이야기뿐 아니라 부줄거리인 간수의 딸 이야기에서도 비슷하게 드러난다. 간수인 아버지를 돕기 위해 죄수들을 시중들던 그의 딸은 팔라몬을 보자마자 사랑에 빠진 다음 그를 탈옥시킨다, 그의 의사와는 아무런 상관 없이, 사랑을 고백하거나 주고받거나 하는 등의 아무런 교감 없이, 순전히 혼자 하는 짝사랑의 표현으로. 그리고 계급이나 재산, 그리고 그 밖의 어느 모로 보나 그녀의 짝사랑에 아무런 희망도 없다는 사실을 잘 아는 그녀가 절망한 채 미쳐서 죽음의 세계로 빠져드는 와중에도 그녀의 행적은 팔라몬과 전혀 겹치지 않는다. 나중에 팔라몬이 테세우스에게 그녀와 그녀 아버지의 면죄를 얻어 낸다거나 미친 그녀의 처지를 불쌍히 여겨 지참금을 내놓는다거나 하는 간접적인 의사 표시 말고는. 게다가 간수의 딸은 테세우스 일행과 단 한 차례 만날 뿐이다, 그것도 직접적이 아니라 오월제 행사의 하나인 교사 제럴드의 모리스 춤판에 미친 여자로 참여하면서.

이렇듯 표면적으로 봤을 때 제각각 움직이는 세 가지 이야기를 좀 더 긴밀히, 말하자면 물밑에서 좀 더 단단히 연결하는 것은 이 극의 핵심 주제인 사랑과 죽음이다. 이 주제를 통하여 극은 셰익스피어의 다른 비극만큼은 아니어도 로맨스극만큼의 통일성은 확보한다. 왜냐하면 이 극의 파란곡절은 모두 사랑과 죽음으로 시작하여 사랑과 죽음으로 마무리되며 그 결말은 기적일 수밖에 없기 때문이다. 그럼 이제 이 해석을 좀 더 상세히 살펴보기로 하자.

이 극의 핵심 주제인 사랑과 죽음은 극의 시작 부분에서 세 가지 다른 형태로 제시된다. 첫 번째는 앞서 언급했듯이 테세우스와 히폴리테의 결혼식 행렬을 가로막는 세 왕의 죽음/주검이다. 그는 아마존과의 전쟁에서 그 여왕인 히폴리테를 무력으로 제압하고 사랑을 얻은 다음 그것을 완성하는 결혼식으로 가던 중이었다. 그래서 크레온에게 패하여 죽은 왕들의 주검은, 비록 왕비들의 한탄을 통하여 간접적으로 전달되지만, 그의 빛나는 성취를 훼손할 수 있는 방해물인 셈이다. 이 문제를 해결하지 않거나 못한다면 테세우스의 사랑과 명성은 커다란 손실을 입게 될 판이다. 따라서 그는 "내가 치를 이 혼례는 어느 전쟁보다 더/ 큰 일"이라고(1.1.172~173) 말하지만 자신의 욕망을 잠시 누르고 좀 더 완벽한 사랑(결혼)을 위하여, 그리고 자신의 명예를 위하여 전쟁을 결정하고 크레온을 굴복시켜 왕비들의 소원을 들어준다. 테세우스의 사랑은 이렇게 죽음을 물리치고 그 결실인 혼인을 쟁취한다. 여기에서 그가 내린 결정은 극의 결말에서 팔라몬과 알시테의 에밀리아 사랑이 마땅한 출구를 찾지 못했을 때 최종적으로 두 친척 간의 집단적인 몸싸움에 의한 해결책을 강제하는 데 결정적인 영향을 미친다. 테세우스에게 사랑은 죽음을 무릅쓰고 얻는 것이며 죽음으로 결판냈을 때에만 진정한 가치를 가진다.

사랑과 죽음이 연결되어 드러나는 두 번째 형태는 남자들 사이의 우정이다. 그것은 테세우스가 크레온과의 전쟁에 나간 뒤 신들에게 그의 승전을 빌러 가는 히폴리테와 에밀리아 자매 간의 대화에서 언급된다. 히폴리테는 에밀리아에게 테세우스와 그의 친구 피리토우스 사이에 맺어진 우정의 역사를 다음과 같이 얘기한다.

> 이 둘은
> 위기와 궁핍이 충돌하는 위험하고 열악한
> 수많은 궁지에 함께 갇혀 있었어. 그들은
> 쪽배 타고 폭군처럼 포효하는 강력한 급류에,
> 가장 작은 것이라도 무시무시했는데,
> 떠내려갔었어. 그들은 또 죽음 그 자신이
> 묵고 있는 장소도 같이 찾아 나섰지만
> 운 좋게도 목숨을 건졌어. 그 우정의 매듭은
> 아주 참된, 아주 오랜, 아주 많은 재주 가진
> 손가락에 의하여 묶이고, 짜이고, 얽히어
> 닳을 순 있어도 절대로 안 끊겨. (1.3.35~45)

한마디로 서로에 대한 두 남자의 사랑은 죽음의 관문을 같이 통과했기 때문에, 또한 그 과정에서 손상되거나 변형되거나 사라지지 않고 더욱 강해졌기 때문에 절대로 중단되지 않을 것이란 말이다. 히폴리테의 이런 우정 해석은 나중에 팔라몬과 알시테의 모순적인, 한편으로는 사랑을 놓고 죽자 살자 싸우지만 또 한편으로는 그 과정을 통해 더욱 돈독해지는 우정을 설명하는 데 커다란 도움을 준다.

사랑과 죽음이 연결되어 드러나는 세 번째 형태는 여자들 사이의 우정이다. 그것은 테세우스와 피리토우스의 사랑에 감탄하는 히폴리테에게 에밀리아가 제시하는 하나의 반론으로 언급된다. 그토록 죽음을 불사하는 사랑은 남자들만 아니라 여자들 사이에서도 가능하다고 말이다. 그녀는 친구 플라비나와의 순수한 사랑을 다음과 같이 설명한다.

> 나와
> 내가 한숨 쉬면서 말하는 그녀는 순수했고
> 사랑했어, 게다가 뭣인지, 왜 그런지 모르나
> 작용하면 희귀한 결과 낳는 자연력들처럼
> 정말로 사랑했어. 우리 혼도 서로에게
> 그렇게 작용했어. 그녀가 좋아한 건
> 나에게 인정을, 안 한 건 경멸을 받았지. (1.3.60~66)

여기에서 핵심적인 비유는 "자연력들처럼"이라는 말이다. 즉 그들의 사랑은 물과 불, 공기와 흙이 저절로 서로에게 작용하여 삼라만상의 온갖 변화를 만들어 내듯이 아무런 이유 없이 오로지 동질의 영혼이기 때문에 서로를 사랑하게 되었다는 말이다. 그런데 둘의 우정은 그들 나이 열한 살 때 플라비나가 죽으면서 끝난다. 그녀는 "묘지를 장식하며/ 그 침대를 너무나 멋지게 만든 다음 ─ / 달님과 (그 이별로 창백하게 보였는데) 작별했어."(1.3.52~54) 그녀가 왜 죽었는지는 정확히 모른다. 그러나 죽음의 침대인 묘지를 장식하고 순결의 여신 아르테미스와 작별한 것으로 볼 때 그녀는 에밀리아에 대한 자신의 순결한 사랑을 죽음을 통해, 즉 다른 남자가 아닌 죽음과의 결혼을 통해 두 사람은 하나임을 입증했다고 볼 수 있다. 플라비나가 둘 사이의 사랑을 이토록 강력하게 에밀리아의 마음속에 붙박아 두었기 때문에 그녀는 남자의 사랑은 멀리한 채 독신을 지키려 하는 게 아닐까. 그리고 팔라몬과 알시테가 죽음을 건 결투를 벌일 때에야 비로소 그 남자들에게 마음을 열기 시작하는 게 아닐까.

지금까지 살펴본 사랑과 죽음의 세 가지 관계에 간수의 딸은 좀 더 복잡하고 변형된 형태를 덧붙여 보여 준다. (간수의 딸이 주로 등장하는 극의 중간 부분이 존 플레처의 창작이라는 가설은 여기에서 다루지 않겠다.) 우선 그녀는 팔라몬을 보자마자 사랑에 빠지면서 그와의 육체적인 관계를 원하지만 그 사랑은 혼자만의 것으로 상대방으로부터 아무런 반응이나 보답도 얻지 못한다. 그녀는 "난 천하고/ 아버지는 이 감옥의 비천한 간수인데/ 그분은 귀공자야."(2.4.2~4)라고 하면서 신분 차이 때문에 그가 그녀를 좋아할 리 만무하다고 말하지만 두 사람의 문제는 그보다 더 근본적인 데 있다. 계급과 상관없이 팔라몬은 그녀에게 남자로서 또는 연인으로서 아무런 반응을 보이지 않기 때문이다. 이 상황은 그녀가 그를 감옥에서 꺼내 주었을 때도 조금도 달라지지 않는다. 그는 그녀에게 감사하다고 말하거나 고맙다는 키스도 안 해 줬고 오히려 그녀와 그녀의 아버지(간수)에게 범한 자신의 잘못에 크나큰 가책을 느꼈다. 그 결과 그녀는 자신이 벌인 일 때문에, 아버지에게 미칠 화 때문에, 그리고 무엇보다 '버림받은' 사랑과 좌절된 욕망에 절망한 나머지 죽음을 유일한 탈출구로 생각하면서 그쪽으로 내몰린다, 이렇게.

> 그이가 가면 다 끝이다. — 아냐, 아냐, 거짓말.
> 그이의 탈출로 아버진 목 잘리고, 나 자신은
> 내 행동을 부인하고 목숨을 부지해도
> 빌어먹게 되겠지. — 근데 그건 안 할 거야,
> 수십 번 죽는대도. 정신이 멍해지네.
> 요 이틀 동안에 아무런 음식도 못 먹고
> 물만 약간 마셨다. 눈까풀로 눈물을
> 짜낼 때 말고는 눈도 못 붙여 봤다. 아아,
> 내 생명아, 녹아라! 혼 빠져서 나 자신을
> 물에 빠뜨리거나 찌르거나 목매진 말아야지.
> 오, 자연물아, 내 안에서 한꺼번에 무너져라,
> 네 대들보 휘었어! — 그럼 이제 어디로 가?
> 다음 길로 묘지로 가는 게 최상의 길이야.
> 빗나가는 걸음은 다 고통이니까. 저 봐,
> 달은 졌고, 귀뚜라미들은 울고, 부엉이가
> 새벽을 불러와. 내가 못 한 일만 빼고
> 임무는 다 끝났다. 하지만 결론은 이거다,
> 끝이 왔고 그게 다야. (3.2.21~38)

그러나 그녀는 곧바로 죽지 않고 죽음의 환상에 사로잡혀 미친 다음 강물에 몸을 던져 자살을 시도하였으나 낚시하던 구혼자에게 발견되어 구조되고, 의사의 처방에 따라 구혼자를 팔라몬이라고 상상하며 그를 육체적으로 받아들이는 환상 결혼의 방법으로 치유된다. 물론 이를 진정한 의미에서 사랑의 성취라고 할 수는 없지만 그녀의 팔라몬 사랑이 애초에 이루어질 수 없는 꿈과 같았다는 사실을 상기할 때 그것은 죽음과 광기를 지나 드디어 열락의 경지에 도달했다고 말할 수 있다. 그 관계가 얼마나 오래갈지, 또는 그녀의 상태에 아무런 변화가 없을지는 차치하고 말이다.

팔라몬과 알시테의 우정과 에밀리아 사랑, 그리고 거기에 끼어드는 죽음의 모습에는 우리가 지금까지 봐 왔던 사랑과 죽음의 여러 가지 형태가 조금씩, 때로는 강하게, 그리고 때로는 약하게 모두 투영되어 있다. 우선 이 둘의 우정은 테세우스와 피리토우스의 것처럼 죽음을 넘나드는 경험을 통하여 강화되었고, 두 사람은 알시테의 말에 의하면 서로에게 혈족과 영혼의 일부인 단계를 지나 "나는 팔라몬이고 너는 알시테"라고 (2.2.189) 말할 정도로 한 몸이었다, 앞서 에밀리아와 플라비나가 그랬던 것처럼. 그러나 그토록 단단했던 우정도 감옥에서 창틀 너머로 에밀리아를 간발의 차이를 두고 본 순간 완전히 변질되어 서로를 철천지원수처럼 미워하게 된다. 그리고 오직 죽음을 통해서만 누구의 사랑이 더 진실되고, 강하고 우월하며 우선권을 가졌는지 입증하고자 한다. 그런데 놀라운 일은 이들이 그토록 서로를 미워하며 사랑을 쟁취하기 위한 혈투를 준비하는 과정에서도 서로에 대한 사랑을 완전히 버리지는 않는다는 점이다. 아니, 오히려 우정은 알시테가 팔라몬을 숲속에서 우연히 만나고, 그를 위해 갑옷과 음식을 가져와 서로를 무장시켜 주는 과정에서 옛정을 회복하고 확인하며 더욱 강화한다. 극도의 미움과 사랑이 동시에 표현되는 진풍경을 연출하면서.

그러나 목숨을 건 사랑 경쟁에서 가장 놀라운 점은 그들이 주장하는 사랑의 우선권이 너무나 하찮은 차이, 거의 순간이라고 할 수 있는 시간차로 누가 에밀리아를 먼저 보았는지에 근거한다는 사실이다. 그래서 팔라몬은 자기가 에밀리아를 몇 초 먼저 봤다 해서 알시테의 권리를 부인하고, 알시테는 그에게 "진실을 말해 봐. 넌 내가/ 그녀를 볼 자격이 없다고 생각해?"라고 묻고 팔라몬은 "아니, 근데/ 그녀를 쭉 보겠다면 부당해."라는 얼토당토않은 대답을 하며, 그에 대해 알시테는 다시 그에게 "딴 사람이/ 적을 먼저 봤다 해서 난 가만 서 있으면서/ 명예를 잃은 채 돌격은 절대 말아야 해?"(2.2.194~198)라는 정당한 논리를 펼친다. 그러나 팔라몬은 거기에 승복하지 않고 둘은 결국 테세우스의 죽음에 의한 판결을 받아들이는 지경에 이른다. 하지만 테세우스도 이 문제를 본질적으로, 최종적으로 해결하지는 못한다. 인간의 해결 능력을 넘어서는 이 문제는 그래서 신들의 판단을 기다리게 된다.

누가 에밀리아를 먼저 봤느냐는 해결 불가능한 문제와 더불어 신들의 판단에 맡겨지는 또 다른 문제는 알시테와 팔라몬 가운데 누가 그녀의 사랑을 받을 자격이 더 있느냐는 것이다. 두 사람은 같은 피를 나눈 귀족 친척으로서 그 지위나 재산, 고귀한 인품이나 출중한 능력에서 아무런 차이가 없다. 단지 에밀리아가 지적하듯이 기질상의 차이가 있어서 그녀는 처음에 알시테의 용모를 찬양하면서 팔라몬을 비하한다. 그러나 백중지세인 두 사람의 초상화를 든 에밀리아는 결국 선택을 포기한다. "난 멍청해졌고,/ 완전히 넋 나갔어."(4.2.45~46) 그리하여 이 판단 또한 인간의 손을 떠나 신들에게 맡겨진다, 알시테가 호의를 구하는 전쟁의 신 아레스와 팔라몬이 보답을 바라는 사랑의 신 아프로디테, 그리고 운명의 여신의 중재에. 그 결과 기적이 일어나 세 사람 모두에게 공평한 결과가 주어진다. 최종 몸싸움에서 이겨 에밀리아를 배우자로 받았던 알시테는 비록 잠시였지만 자기가 그토록 죽음을 불사하고 원했던 그녀와 결혼하는 기쁨을 얻은 다음 낙마 사고로 죽고, 자기가 먼저 봤다고 우선권을 주장했으나 알시테에게 패해 목숨을 잃을 참이었던 팔라몬은 친구는 잃었지만 사랑을 얻는 행운을 누리게 되며, 둘 가운데 하나를 선택할 수 없었던 에밀리아는 둘 다 사랑하는, 알시테는 잠시만 그랬지만, 기회를 얻는다. 이 결과에 대해 우리 인간은 약간의 불만을 품거나 이런저런 의문을 가질 수 있겠지만 테세우스의 말처럼 "우리가 못 따질 존재들과/ 논쟁을 하는 일은"(5.4.136~137) 삼가야 할 것이다. 왜냐하면 지금까지 벌어진 극 중의 모든 일은 서두 역이 말했고 맺음말 하는 배우가 거듭 말하듯이 아무런 근거 없는 옛날 옛적에 벌어진 옛 시인 초서의 "이야기"일 뿐이니까.

끝으로 이번 번역은 로이스 포터 편집의 아든 3판『두 귀족 친척』을 기본으로 하고, 블레이크모어 에번스 편집의 리버사이드 셰익스피어판과 조너선 베이트와 에릭 라스무센 편집의 로열 셰익스피어 컴퍼니판을 참조하였다. 본문의 주에 나타나는 '아든', '리버사이드', 'RSC'는 이들 판본을 가리킨다. 그리고 편리함을 목적으로 한글『두 귀족 친척』의 대사를 5행 단위로 표기하였으며, 이는 원문의 행수와 정확히 일치하지 않음을 밝힌다.

등장인물

서두 역

소년   결혼 행렬 속의 가수

히멘 ⎫
        결혼 행렬 속의 인물들
요정들 ⎭

아테네인들

테세우스   아테네 공작

피리토우스   테세우스의 친구

히폴리테   테세우스의 신부, 아마존의 여왕

에밀리아   히폴리테의 여동생

관리(알테지우스)   테세우스의 관리

전령

에밀리아의 시녀

간수

간수의 딸

구혼자   간수의 딸에게 청혼하는 자

간수의 동생

두 친구   간수의 친구들

의사

처녀   간수 딸의 친구

교사(제럴드)

촌 남자 다섯   (아르카스, 리카스, 센노이스 포함)

고수(티모시)

비비 역의 배우

촌 여자 다섯   바바리, 프리즈, 루스, 모들린, 넬

신사들

사형 집행인

두 사자

	테베인들
세 왕비	테베 포위군의 과부들
알시테 팔라몬	테베 왕 크레온의 조카들

발레리우스

세 기사   알시테 지지자들

세 기사   팔라몬 지지자들

맺음말 역

하인, 보초, 수행원 등등

팡파르. 서두 역 등장.

서두 역　새 연극과 처녀성은 촌수가 가까운데
　　　　멀쩡하고 흡족하면 둘 다 많이 찾고
　　　　돈도 많이 받지요. 그리고 혼인날에
　　　　수줍은 내용으로 얼굴을 붉히며
　　　　순결을 잃을까 봐 떨고 있는 좋은 극은　　　　　5
　　　　성스러운 인연과 첫날밤의 소동을 겪고도
　　　　여전히 수줍음 자체이고 남편의 노고에도
　　　　겉으론 여전히 더 처녀인 여자와 같답니다.
　　　　우리 극도 그럴 수 있기를 바라는데
　　　　분명히 고귀한, 또 순수하고 박식한　　　　　　10
　　　　작가가 지었고, 포강과 트렌트강 사이에
　　　　더 유명한 시인은 절대 없었으니까.
　　　　모두의 칭송 받는 초서가 이야기를 내놨고,
　　　　그건 그의 작품에서 영원불변 살아 있죠.
　　　　우리가 이 이야기의 귀한 혈통 못 살리고　　　　15
　　　　이 후손이 처음 듣는 소리가 야유라면
　　　　그 훌륭한 사람의 유골은 얼마나 떨 것이며
　　　　그는 저 땅 밑에서 소리치겠습니까. "오,
　　　　내 명성을 망치고 내 명작을 로빈 후드보다 더

서두 대사
11행 포강과 트렌트강　포는 이탈리아 북부, 트렌트는 영국 북부에 흐르는 강으로 이 둘은 문명화된 세계를 약칭한다. 포강이 언급된 이유는 초서 작품의 출처인 유명한 라틴과 이탈리아 시인들 때문이다. (아든)

13행 초서　중세 영국의 시인(1340?~1400)으로 「두 귀족 친척」은 그의 대표작 『캔터베리 이야기』에 포함된 「기사 이야기」에 기반을 두고 있다.
19행 로빈 후드　『로빈 후드 이야기』는 바보들이나 읽는, 믿기 어려우며 하찮은 이야기로 이름났다. (아든)

가볍게 만드는 작가의 그 멍청한 개칠을   20
벗겨 내라!" 이것이 우리의 두려움입니다.
왜냐하면 사실은 그분만큼 드높이 솟는 건
연약한 우리로선 끝이 없는 일이고
지나친 야심이며, 그 깊은 물에서 헤엄은
숨 막혀 거의 못 치니까요. 도움의 손길을   25
내밀어만 주시면 우리는 침로를 바꾸어
자구책을 쓰렵니다. 여러분이 보실 극은
그분의 재주엔 못 미치나 두 시간 여행 값은
할지도 모르죠. 그분의 유골엔 단잠을,
여러분껜 만족을 바랍니다. 이 극이   30
우리의 불경기를 좀이라도 못 막아 준다면
우리는 손실이 너무 커서 떠나야만 합니다.

(팡파르. 퇴장)

1막 1장

음악. 히멘이 횃불을 들고 등장. 그 앞에는 흰
예복을 입은 소년이 노래하면서 꽃을 뿌리고, 그 뒤에는
머리칼을 늘어뜨리고 밀로 엮은 화관을 쓴 요정이 따른다.
그런 다음 테세우스가 머리에 밀로 엮은 화관을 쓴 다른
두 요정 사이에서 등장. 다음으로 신부 히폴리테가
피리토우스와 신부의 머리 위에 화관을 든 (머리칼도
그녀와 꼭 같이 늘어뜨린) 또 다른 여인의 인도를 받으며

25행 도움의 손길 관객의 박수를 유도하는 말.
1막 1장 장소 아테네, 신전 앞.
0.1행 히멘 혼인의 신.

등장. 그녀 뒤에 에밀리아가 신부의 옷자락을 잡고
알테지우스, 수행원 및 악사들과 함께 등장.

소년   (노래한다.)

날카로운 가시 없이

냄새만 아니라

색깔에서 왕족다운 장미꽃.

약한 향의 처녀 꽃 패랭이,

냄새 없이 참 깔끔한 들국화,   5

그리고 정숙한 백리향.

흐릿한 초롱꽃과 더불어

즐거운 봄철의 선구자,

봄이 낳은 첫아기 앵초꽃,

쭉 뻗은 키다리 풍륜초,   10

묘지에서 피어나는 만수국,

깔끔한 참제비고깔들. (꽃을 뿌린다.)

모두가 대자연의 고운 자식,

신랑 신부 발 앞에서

그들의 오감을 축복하라.   15

공중의 천사들 모두도,

새소리 좋거나 어여쁜 새들도

빠짐없이 다 왔구나.

까마귀, 험담하는 뻐꾸기,

불길한 부엉이, 갈까마귀,   20

수다쟁이 까치는
신부 집에 앉아서 울거나
불화를 가져오진 못할 테니
저 멀리 날아가라.

검은 상복의 세 왕비가 물들인 베일과 보관을 쓰고 등장.
첫째 왕비는 테세우스 발밑에 엎드리고, 둘째는 히폴리테
발밑에, 그리고 셋째는 에밀리아 앞에 엎드린다.

왕비 1   (테세우스에게)
          연민과 진정한 고귀함을 떠올리며   25
          제 말을 경청해 주시오.

왕비 2   (히폴리테에게)   모친을 떠올리며,
          또 당신도 고운 자식 많이 낳길 바랄 테니
          제 말을 경청해 주시오.

왕비 3   (에밀리아에게)
          조브께서 당신과 동침할 영광을 점지해 준
          그의 사랑 위하여, 그리고 깨끗한   30
          처녀성을 떠올리며 우리와 우리 고통
          변호해 주시오. 이런 착한 행위로
          저 죄의 장부에 당신 걸로 적혀 있는
          모든 건 다 지워질 것입니다.

테세우스   슬픈 부인, 일어나요.

히폴리테   일어서요.

에밀리아   꿇지 마요!   35
          고통받는 여성을 도울 수 있다면
          그건 제 의무예요.

테세우스   무엇을 요청하오?

           (첫째 왕비에게)   모두의 대표로 말하시오.

왕비 1   우리들 세 왕비의 군주들은 크레온의

           그 잔인한 분노 앞에 쓰러져 저 테베의   40

           더러운 들판에서 갈까마귀 부리와

           솔개의 발톱과 까마귀의 쪼임을 당합니다.

           크레온은 우리가 유골을 화장하여 그 재를

           단지에 넣거나 메스꺼운 그 참상을

           신성한 태양신의 축복받은 눈 밖으로   45

           못 치우게 하면서 살해된 남편들의 악취로

           바람을 오염시킵니다. 오, 공작님, 동정을.

           이 땅을 정화하는 그대여, 이 세상에

           선행을 베푸는 그 무서운 칼을 뽑아 우리가

           고인의 유골을 예배당에 모시게 해 주시오.   50

           또 보관 쓴 우리 머리 가려 줄 지붕은

           사자와 곰, 그리고 만물의 천장인

           이 하늘 빼고는 없음을 가없는 선심으로

           주목해 주십시오.

테세우스   제발 꿇지 마시오,

           당신 말에 난 넋을 잃었고 그 무릎이 스스로   55

           잘못을 범하도록 놔뒀소. 작고한 남편들의

           운명을 듣고 나니 너무 한탄스러워

           그들의 복수와 보복을 할 마음이 생겼소.

           (첫째 왕비에게)

39행 크레온
오이디푸스의 삼촌이었다가 그를 이어 받아 테베의 왕이 된 고대 그리스인. 그 는 오이디푸스의 아들 폴리네이케스, 그리고 그와 함께 싸우다 쓰러진 왕들의 장례를 거부하였다. (리버사이드)

당신의 남편은 가파네우스왕이었소.

난 그가 지금 나와 꼭 같은 계절에 당신과　　　　　　60

결혼하게 돼 있던 날 그 신랑을 만났어요.

아레스의 제단 걸고, 당신은 그때 참 예뻤소!

헤라의 망토조차 당신의 머릿단보다 더

곱고 풍성하지는 못했소. 당신의 밀짚 관도

그때는 탈곡도 풍파도 안 겪었고, 운명은　　　　　65

보조개 미소를 보였소. 내 친척 헤라클레스도

그때는 당신의 눈보다 더 약해져 곤봉 놓고

네메아의 사자 가죽 위쪽으로 쓰러지며

맥 못 췄다 맹세했소. 아, 무서운 파괴자들,

비탄과 시간아, 너희는 모든 걸 삼킬 거야!　　　　70

왕비 1　　오, 희망컨대 어떤 신이,

어떤 신이 당신의 용기에 자비를 보태고

거기에 능력을 불어넣어 당신을 우리의

조력자 삼으시길.

테세우스　　　　　　　　오, 꿇지 마오, 미망인.

투구 쓴 에니오에게나 그 무릎을 사용하고　　　　75

당신의 전사인 나에겐 탄원해 주시오.

내 마음이 아프오.　(얼굴을 돌린다.)

왕비 2　　　　　　　　존경받는 히폴리테,

최고로 두려운 아마존, 낫 같은 엄니 달린

멧돼지를 살해한 여인이여, 당신은

흰 만큼 강력한 당신의 그 팔로 남성을　　　　　80

68행 네메아　그리스 동남부의 골짜기　　를 죽여 그 가죽을 걸치고 다녔다. (아든)
이름. 헤라클레스는 열두 가지 난제 가운　　75행 에니오
데 하나인 이 골짜기의 악명 높은 사자　　그리스 신화에 나오는 전쟁의 여신.

당신 성의 포로로 만들 뻔했었지요.
그렇지만 여기 이 당신 주인, 자연이
피조물들에게 맨 처음 지정해 준
영예의 순서를 지키려고 태어난 그분은
당신 힘과 애정을 한 번에 제압하며   85
당신을 넘었던 경계 안에 되돌려 보냈죠.
엄격함과 동정을 겸비할 수 있는 여전사여,
지금 난 그분이 당신에게 가졌던 힘보다
훨씬 큰 걸 당신이 그분에게 가진 줄 아는데
당신은 당신의 말뜻에 종이 되는 그분의   90
힘과 사랑, 소유하오. 부인들의 귀감이여,
그분께 명하여 불타는 전쟁에 그슬린 우리가
그분 검의 그늘 아래 몸 식히게 해 주시오.
그걸 뽑아 우리를 지키라고 청해 줘요.
여성의 목소리로 말해 줘요, 우리 셋 중   95
어느 한 여인처럼. 그렇게 못 하느니 우세요.
무릎 하나 빌려줘요.
목 잘린 비둘기의 몸짓보다 더 길지 않게
우릴 위해 몸을 땅에 대기만 하세요. 그분께
그분이 피범벅 전장에 부푼 채 누워서   100
해에게 이 보이고 달에게 잇몸 웃음 지으면
당신은 어떡할지 말해요.

히폴리테   딱한 부인, 그만해요.
난 내가 더 기꺼이 가려고 한 적 없던
그곳으로 가기보단 당신과 이 착한 행동을
함께 할 거예요. 남편은 당신의 고통을   105
마음 깊이 느끼세요, 고려하게 놔둡시다.

곧 애기 드릴게요.   (둘째 왕비 일어선다.)

왕비 3   오, 내 청원이
얼음에 적혔다가 뜨거운 비탄에 녹아서
물방울이 됐듯이 형체 없는 슬픔도
더 큰 일에 눌리면 사라져요.

에밀리아   일어나요.   110
당신의 비탄은 뺨에 쓰여 있어요.

왕비 3   오, 한탄은
거기에서 못 읽어요. (일어선다.)
                       그건 내 눈물을 통하여
투명한 냇물 속의 주름진 조약돌들처럼
쳐다볼 수 있답니다. 아가씨, 아가씨, 아,
땅속의 모든 보물 알고자 하는 이는   115
그 중심도 알아야 하고, 가장 작은 송사리
낚으려 하는 이는 내 맘속에 낚싯줄 깊이 내려
한 마리 잡으라고 하세요. 오, 용서해요.
극한에 처하면 기지가 날카로워진다는데
난 바보가 되네요.

에밀리아   제발 그만하세요, 제발,   120
빗속에서 비를 못 느끼고 못 보는 사람만
자신이 젖었는지 말랐는지 모르니까. 당신이
그 어떤 화가의 밑그림이라면 난 당신을
살인적 비탄에, 진짜로 가슴 아픈 사태에
대비하기 위하여 살 거예요. 하지만 아,   125
꼭 같은 여성의 자매로 태어났기 때문에
당신의 슬픔에 내 가슴은 확 달아올라
형부의 가슴에도 열을 전달하면서

	그게 비록 돌이라도 동정이 좀 생기도록	
	데워 줄 거예요. 제발, 기운을 내세요.	130
테세우스	신전으로 나아가라! 이 신성한 예식을	
	하나도 빠짐없이 거행하라.	
왕비 1	오, 이 축연은	
	우리가 애원하는 전쟁보다 더 길고 비싸게	
	벌어질 것입니다! 세상 귀에 쟁쟁한 당신의	
	명성을 기억해요. 당신은 빨리 해도	135
	성급하지 않으셔요. 당신의 첫 생각은	
	남들의 심사숙고 이상이고, 계획은 그들의	
	행동 이상입니다. 근데 당신 행동은, 맹세코,	
	시작되자마자 물수리가 고기 잡듯	
	제압부터 합니다. 공작님, 살해된 왕들의	140
	침대 생각 좀 해 줘요!	
왕비 2	우리 침대, 비통해요,	
	남편들이 못 쉬어서!	
왕비 3	망자에게 안 맞아요.	
	이 세상의 빛을 보기 지겨워 스스로	
	밧줄과 칼, 그리고 급사의 독약으로	
	죽음의 가장 흉한 대리인이 된 자들도	145
	인정상 흙과 또 그늘을 받는데 —	
왕비 1	남편들은	
	덮치는 태양 아래 물집 달고 누웠어요,	
	생전엔 훌륭한 왕들이었는데.	
테세우스	사실이오.	
	그래서 난 작고한 남편들을 묻어서	
	당신들을 위로해 줄 참인데 — 그러려면	150

크레온과 할 일이 좀 있소.

왕비 1 　　　　　　　　　　 그 일은 또
곧바로 실행에 옮기셔야 합니다.
지금은 뚜렷해도 내일이면 열기가 가시죠.
그러면 무익한 노력은 그 자체의 땀으로만
보상을 받아야 합니다. 지금 그는 자만하여　　　　　　 155
우리가 탄원을 맑히려고 이 신성한 부탁을
눈물로 헹구며 당신의 무력 앞에 서 있는 건
꿈도 못 꿀 겁니다.

왕비 2 　　　　　　　　　 승리에 취한 그를
지금 곧 잡을 수 있어요. —

왕비 3 　　　　　　　　　　　 잔뜩 먹어
게으른 그 군대도.

테세우스 (무관에게) 　　　 알테지우스, 자네가　　　　 160
이 작전에 맞게끔 이 방식에 최적인 인원과
이 업무를 수행할 숫자를 어떻게 뽑을지
가장 잘 알 테니 — 최정예 병사를 징집하라,
그동안 우리는 우리 삶의 멋진 행동,
혼인으로 운명에 맞서는 이 행위를　　　　　　　　 165
재빨리 마치겠다.

왕비 1 (둘째와 셋째 왕비에게) 미망인들, 헤어져요.
우리는 한탄의 과부들이 됩시다. 지체로
희망은 굶어 죽을 거예요.

왕비들 　　　　　　　　　　　 잘 가요!

왕비 2 우리는 때를 못 맞췄지만, 비탄이 그 언제
무통의 판단처럼 최고급 간청의 최적기를　　　　 170
골라낼 수 있었죠?

테세우스	아니, 착한 부인들이여,
	내가 치를 이 혼례는 어느 전쟁보다 더
	큰 일일 뿐 아니라 내가 앞서 겪었고
	앞으로 맞닥뜨릴 수 있는 모든 전투보다도
	내겐 더 중요하오.

왕비 1   그래서 더 명백해졌듯이   175
우리 청은 무시될 거예요, 신들의 회합에
조브를 못 가게 가둬 둘 힘이 있는 그녀 팔이
당신을 달빛의 인가 받아 꽉 죌 때 말이죠.
오, 그녀의 앵두 입술 한 쌍이 그 단맛을
맛있는 당신의 입술에 바를 때 썩은 왕들,   180
눈물범벅 왕비들을 왜 생각하겠어요?
못 느끼는 것에 왜 신경 쓰죠, 느끼는 일이면
아레스를 화나게 만들 수도 있겠지만?
오, 당신이 하룻밤만 그녀와 잔다면 그 밤은
당신을 시간당 백배로 인질 삼을 것이고,   185
당신은 그 전채 요리에 따르는 것 말고는
아무것도 기억 못 할 겁니다.

히폴리테   당신이 그토록
넋을 잃을 가망성은 전혀 없고, 또한 내가
그 원인이 된다면 대단히 애석할 테지만
더 깊은 갈망을 일으키는 내 환희를 자제해   190
구급약을 갈구하는 당신들의 과한 슬픔
못 고쳐 준다면 온 세상 부인들의 책망을
내가 다 받을 거라 생각해요. 그러니 각하, (꿇는다.)
여기에서 내 기도를 시험해 보려는데,
그것이 힘을 좀 가졌다고 추정해 보거나   195

그 효력은 영원히 없다고 판정해야겠으니

우리가 막 하려던 이 업무를 미루고

당신의 방패를 그 가슴에, 내 소유이지만

불쌍한 이 왕비들 위하여 기꺼이 빌려주는

그 목 곁에, 올리세요.

왕비들 (에밀리아에게)   오, 지금 도와주세요.   200

우리의 목표에 당신 무릎 절실해요.

에밀리아 (테세우스에게 무릎을 꿇는다.)   만약에

형부가 언니의 탄원을 그녀가 보였던

그 활력과 민첩성, 그리고 애정으로

허락 않으신다면 전 지금부터는 그 어떤

부탁도 감히 않고 과감히 남편을 맞지도   205

결코 않을 거예요.

테세우스   제발 일어나시오.

여러분이 무릎 꿇고 해 달라 하는 것을

나 스스로 다짐하고 있답니다.   (그들이 일어난다.)

                피리토우스,

신부를 인도하라. 거기 가서 성공과 귀환을

신들에게 기도하라, 의도했던 예식에서   210

아무것도 빼지 말고. ─ 왕비들은 당신들의

전사를 따르시오.

(무관에게)   이전처럼 ─ 자네가 떠나라,

그리고 일으킬 수 있는 군대를 데리고

아울리스 해변에서 짐을 만나. 그럼 우린

이번 일에 필요한 숫자보다 더욱 커 보이는   215

부대를 볼 것이다.   (무관 퇴장)

(히폴리테에게)   신속성이 주제이니

난 떠나는 그 입술에 이 키스를 남기오.

여보, 그걸 내 증표로 간직하오. 출발해요,

난 가는 걸 볼 테니까.　　　(행렬이 신전을 향해 움직인다.)

　　— 잘 가요, 어여쁜 처제여. — 피리토우스,　　　　　　220

잔치는 최고로, 한 시간도 생략 말게.

피리토우스　　　　　　　　　　　　　　각하,

제가 곧 뒤따르죠. 그 잔치의 뒤풀이는

오셔야지 열립니다.

테세우스　　　　　　　　친구여, 명령인데

아테네를 뜨지 말게. 자네가 이 잔치를

끝내기 이전에 짐은 돌아올 테니 조금도　　　　　　225

줄이지 말게나. 또 한 번, 다들 잘 가시오.

　　　　　　　(테세우스와 왕비들을 제외한 모두 함께 퇴장)

왕비 1　　이렇게 당신은 늘 명성을 입증하고 —

왕비 2　　아레스와 대등한 신격을 얻는군요. —

왕비 3　　더 높지는 않더라도 말이죠,

당신은 인간일 뿐인데 신적인 영예 위해　　　　　　230

애욕을 포기하시니까. 그것의 지배에는

신들도 신음한다고 하죠.

테세우스　　　　　　　　우리는 인간이니

이렇게 해야지요. 욕정에 굴복하면

인간의 자격을 잃습니다. 기운 내요, 부인들.

이제 짐은 위안을 주려고 하니까.　　(팡파르. 함께 퇴장)　　235

231행 그것　애욕, 구체적으로는 성욕.

팔라몬과 알시테 등장.

알시테 소중한 팔라몬, 혈연보다 우정이 더 소중한

우리의 최고 사촌, 우린 아직 타고난 죄악에

완전히 물들지 않았으니 빛나는 이 청춘이

더 더러워지기 전에 이 도시 테베와

그 안의 유혹을 버리고 떠나자.   5

우리가 금욕하며 여기에 쭉 머문다면

무절제한 만큼이나 창피해. 왜냐하면

시류를 따르지 않으면 거의 가라앉거나

적어도 헛된 노력일 테고, 대중의 물결을

뒤따라간다면 우린 소용돌이에 이르러   10

맴돌거나 익사할 것이며, 애써 빠져나와도

얻는 건 목숨과 허약뿐일 테니까.

팔라몬   자네 충고,

실례로 뒷받침된다네. 우리가 학교에

처음 갔을 때부터 참 이상한 고물들이

테베에서 걷는 게 보였어! 군인의 소득인   15

흉터와 넝마를 지닌 그는 명예와 금화를

용감한 목표로 정하여 그것들을

얻었는데 못 가졌고 — 이젠 그가 싸워 지킨

그 평화로부터 괄시받아! 그럼 누가 그토록

멸시받는 군신의 제단에 엎드려? 난 정말   20

그런 사람 만나면 맘 아프고, 위대한 헤라가

1막 2장 장소 테베.

옛적의 질투심을 또 일으켜 그 군인을
일하게 만들고, 평화는 과식한 배 속을
깨끗이 비운 다음 자비로운 마음을,
지금 그건 불화나 전쟁보다 모질고 거친데,   25
다시 갖길 바란다네.

알시테   빗나간 거 아닌가?
테베의 굽은 골목길에서 군인 말고
딴 고물은 못 만난단 말인가? 자네는
갖가지 퇴물을 만났던 것처럼 시작했어.
아무도 존중 않는 그 군인 말고는   30
동정심 일으킨 자들을 못 봤어?

팔라몬   그렇다네,
난 퇴물들 찾으면 어디서든 동정해, 하지만
정직한 노고로 땀 흘리고 찬밥 신세 된 자를
최고로 동정해.

알시테   내가 시작했던 것은
그 얘기가 아니었네. 동정심은 테베에서   35
무시되는 미덕이야. 난 테베를 말했는데 —
우리가 명예를 지키려 한다면 모든 악이
선한 안색 보이는 곳, 모든 선한 겉모습이
분명한 악인 곳, 현지인과 똑같지 않으면
이방인이 되고, 또 그런 것이 되는 건   40

21~22행 위대한…일으켜
테베에 대한 헤라의 미움은 이 도시와
관련된 전설의 중요한 일부이다. (아든)
헤라는 트로이 전쟁을 비롯한 여러 전쟁
을 촉발한 여신이었다. (리버사이드)

23~26행 평화는…바란다네
여기에서 평화는 마치 두 상반되는 마음
을, 자비로운 것과 가혹한 것을 가진 것
처럼 보이지만 한 나라의 마음은 전시에
더 친절해진다는 뜻은 분명하다. (아든)

순전한 괴물이 되는 데서 사는 건
얼마나 위험한가.

팔라몬   우리는 모방자를
교사로 삼을까 봐 겁내지 않는 한 주인처럼
행동할 능력이 있다네. 내가 왜 딴 걸음을
흉내 낼 필요 있지, 믿음이 있는 곳엔   45
유행하지도 않는데? 아니면 딴 사람의
말투에 혹하지, 내 것으로 조리 있게
내 뜻을 전달하고 참말 하면 구원까지
받을 수 있는데? 내가 왜 그 무슨 선행의
의무에 매여 양복장이의 충고를 듣는 자를   50
아마도 그자가 외상값 달라고 할 때까지
오랫동안 따라야 하지? 또는 내게 알려 주게,
왜 나의 이발사는 불쌍한 내 턱과 함께
그것을 인기 있는 누구와 똑같이 다듬지
않았다고 욕먹는지? 그 무슨 기준으로   55
난 검을 내 엉덩이에서 뽑아 손에 쥐고
달랑거려야 하고, 거리가 더럽지도 않은데
까치발로 종종거려야지? 나는 한 무리에서
선두 말이 될지언정 뒤따르는 조에서
끄는 말은 아니네. 이따위 작고 얕은 상처는   60
약초가 필요 없어. 내 가슴을 거지반
심장까지 찢는 건 ―

알시테   우리 삼촌 크레온.

팔라몬   그이야.
참으로 무한한 폭군인데 성공한 덕분에
하늘도 무서워하지 않고, 악행을 통하여

못 할 게 없다고 확신하며, 믿음을   65
거의 열병 들게 했고, 돌고 도는 우연만을
신으로 모시면서 타인들의 재능은
오로지 그 자신의 근력과 행동에서
기인한다 여기고, 부하들에게는 봉사와
그로써 그들이 얻는 것, 이득과 영광을 요구해.   70
겁 없이 해 입히고, 착한 일은 감히 못 해.
그와 친족 관계인 내 피를 거머리들 붙여서
빨아내고, 오염된 그것들이 터지면서
내게서 떨어지게 해 줘라.

알시테   고결한 내 사촌,
심한 그의 악명을 나눠 갖지 않도록   75
이 궁정을 떠나자. 목초지에 따라서
우유 맛이 다르듯 우리도 더러워지거나
반항해야 할 테니까. 성품이 다르다면
우린 그와 혈연이 아니야.

팔라몬   가장 맞는 말이야.
메아리치는 그의 치욕으로 하늘의 정의가   80
귀먹었다 생각돼. 과부들의 외침이
신들의 합당한 경청을 못 얻었기 때문에
본인들의 목으로 돌아왔어.

발레리우스 등장.

72행 거머리 오염됐다고 추정되는 병자의 피를 빨아내는 데 쓰였다.
(아든)

발레리우스!

발레리우스   국왕께서 부르십니다만 그의 큰 격노가

가실 때까지는 천천히 가시죠. 아폴론이   85

자기 채찍 손잡이를 부수고 태양의 말들을

욕했을 때에도 그의 거센 광기에 비하면

속삭였을 뿐입니다.

팔라몬   미풍에 떨고 있군.

근데 무슨 일인가?

발레리우스   위협하면 오싹 떨게 만드는 테세우스가   90

치명적인 도전장을 그에게 보내와

테베의 파멸을 선언하고, 가까이 다가와

약속한 분노를 확인하려 합니다.

알시테   오라고 해.

우리가 그에 깃든 신들만 두렵지 않다면

그는 한 점 공포도 못 일으켜. 그런데 자기가   95

하려는 게 나쁘단 확신 갖고 굼뜨게 싸울 때

(우리의 사정도 그런데) 그 누가 제 가치의

3할을 발휘하지?

팔라몬   그런 건 따지지 마.

이제 우린 크레온이 아니라 테베에 봉사해.

계속해서 그에게 중립을 지키면 불명예고,   100

맞서면 반역일 것이야. 그러므로 우리는

우리의 수명을 정해 놓은 운명의 처분을

그와 함께 따라야 해.

85~87행 아폴론이…때 아들 파에톤이 태양신의 불마차를 잘못 몰아 지구를 거의 파괴할 뻔해서 제우스가 결국 죽였다는 말을 듣고 그가 보인 반응. (아든)

알시테	그렇게 해야지.

(발레리우스에게) 전쟁이 시작됐다 하던가, 아니면
조건부로 그럴 거라 하던가?

발레리우스	개시됐습니다.	105

도전장이 온 순간에 정부의 첩보원이
들어왔답니다.

팔라몬	왕에게 가 보자. ─ 그가 만약

적에 깃든 명예의 4분의 1이라도
지니고 있다면 우리가 모험하는 핏물은
낭비가 아니라 우리의 건강 위해   110
유익하게 흘리는 게 되겠지. 하지만 아,
우리의 두 손이 마음 없이 나섰는데
그 타격이 뭘 해치지?

알시테	우리가 모든 걸

스스로 다 알았을 때 무오류의 중재자인
결과가 말을 해 주겠지. ─ 그러니 우리는   115
우연의 손짓을 따라가세.   (함께 퇴장)

1막 3장

피리토우스, 히폴리테, 에밀리아 등장.

피리토우스	더는 못 갑니다.
히폴리테	잘 가요. 위대한 주군께

내 소원을 되풀이 말해 줘요. 그의 성공,

1막 3장 장소   아테네 성문 앞.

난 감히 겁을 먹고 의심하진 않지만
그래도 닥치는 불운을 견딜 수 있도록
힘이 넘쳐흐르길 바랍니다. 그에게 승리를!　　　　　5
풍요는 늘 선정에 이롭죠.

피리토우스　　　　　　　　　　　그라는 태양은
하찮은 제 핏방울이 필요 없는 줄 알지만
조공은 거기에 바쳐야죠.
(에밀리아에게)　　　　　　소중한 아가씨,
하늘이 최고로 담금질한 작품에 불어넣은
최고급 애정이 귀중한 그 가슴속에서　　　　　10
옥좌를 지키기를.

에밀리아　　　　　　　　　고마워요. 완전 멋진
우리의 형부에게 안부해요, 승리를
위대한 에니오께 간청할 거예요. 그리고
이 지상의 상황에서 선물 없는 청원은
뜻이 전달 안 되니까 그 여신이 좋다는 게　　　　　15
뭣인지 알아보고 바칠게요. 우리의 마음은
그의 군대, 그의 막사 —

히폴리테　　　　　　　　　그 가슴에 있어요.
우리도 전사들이었고, 그래서 전우들이
투구를 쓰거나 배를 탈 때, 창에 꽂힌
아기 얘길 하거나 영아들 죽일 때 흘렸던　　　　　20
짠물로 개들을 삶아서 (그런 뒤 먹었다는)
여자들 얘기할 때 못 울어요. 그러니 우리가
그런 직녀들인지 보려면 여기에 영원히
잡혀 있어야 해요.

피리토우스　　　　　　　제가 이 전쟁에 나설 동안

두 분의 평화를 빕니다, 그다음엔 그걸 더   25

바랄 필요 없겠지요.   (피리토우스 퇴장)

에밀리아   얼마나 큰 갈망으로

친구를 따르는지! 그의 출정 이후로 저이는

진지함과 기술이 요구되는 경기를 가볍게

또 소홀히 치렀는데, 이겨도 관심 없고

져도 상관 않으면서 손으로 한 가지 일을   30

처리하는 동안에 머리론 다른 걸 다루면서

그의 맘은 몹시 다른 이 쌍둥이 양쪽에게

공평한 유모였어. 위대한 군주께서 떠난 뒤

언니는 저이를 주시했어?

히폴리테   참 열심히 그랬지,

또 그 때문에 그를 정말 아꼈어. 이 둘은   35

위기와 궁핍이 충돌하는 위험하고 열악한

수많은 궁지에 함께 갇혀 있었어. 그들은

쪽배 타고 폭군처럼 포효하는 강력한 급류에,

가장 작은 것이라도 무시무시했는데,

떠내려갔었어. 그들은 또 죽음 그 자신이   40

묵고 있는 장소도 같이 찾아 나섰지만

운 좋게도 목숨을 건졌어. 그 우정의 매듭은

아주 참된, 아주 오랜, 아주 큰 재주 가진

손가락에 의하여 묶이고, 짜이고, 얽히어

닳을 순 있어도 절대로 안 끊겨. 내 생각에   45

테세우스는 자신의 의식을 둘로 쪼개

23행 직녀들 무사인 히폴리타와 에밀리아가 아니라 집에서 베 짜는
여인들. (아든)
32행 쌍둥이 앞서 말한 손과 머리를 가리킨다.

각각을 공평하게 다룰 경우 어느 쪽을
최고 사랑하는지 판정 못 해.

에밀리아   틀림없는
최고 사랑 있는데 그것이 언니가 아니라면
이성에 실례되는 말이겠지. 나도 한때   50
친구와 놀이하며 즐기던 시절이 있었어.
언니가 전쟁할 때 그녀는 묘지를 장식하며
그 침대를 너무나 멋지게 만든 다음 —
달님과 (그 이별로 창백해 보였는데) 작별했어,
우리 나이 열한 살 때.

히폴리테   플라비나였지.

에밀리아   맞아.   55
언닌 피리토우스와 테세우스의 우정을 얘기해.
그것은 근거가 더 많고, 더 오래 숙성됐고
확실한 판단으로 강화되어 두 사람의
상호 간 필요성은 뒤엉킨 그 우정의 뿌리에
물을 뿌려 준다고 할 수 있어. — 근데 나와   60
내가 한숨 쉬면서 말하는 그녀는 순수했고
사랑했어, 게다가 뭣인지, 왜 그런지 모르나
작용하면 희귀한 결과 낳는 자연력들처럼
정말로 사랑했어. 우리 혼도 서로에게
그렇게 작용했어. 그녀가 좋아한 건   65
나에게 인정을, 안 한 건 경멸을 받았지. —
더 긴 심문 할 것 없이 내가 꽃을 하나 따서
(그 무렵 꽃봉오리 주위로 막 부푼) 내 가슴

54행 달님   처녀 사냥꾼 아르테미스는 달의 여신이기도 하다. (아든)

둘 사이에 꽂으면 오, 그녀도 그 같은 걸
갖게 될 때까지 열망했고, 똑같이 순수한   70
그 요람에 맡겼는데 그것들은 거기에서
마치 불사조처럼 향기 속에 죽었어. 난 머리에
그녀 식의 노리개만 달았고, 그녀가 끌린 건 —
아마 그냥 걸쳤는데 예뻐서 — 나도 따라 입었어,
나의 최고 정장으로. 내 귀가 새 가락을   75
훔쳤거나 즉흥곡 가운데 하나를 모험 삼아
흥얼거리게 되면 저런, 그 곡은 그녀의
영혼이 머무는 — 오히려 거주하고 잠자면서
노래하고 싶어 하는 — 곳이 됐어. 이 얘기는
철부지들이 잘 알듯이 중요한 옛글의   80
위작처럼 등장하여 이렇게 끝이 나.
처녀와 처녀의 참사랑은 이성애보다 더
강할 수 있다고.

히폴리테   너 숨넘어가겠다!
또한 넌 이 고속 발언을 남자란 족속을
플라비나 그 처녀만큼은 절대 사랑 않겠다,   85
오직 그 말 하려고 꺼냈어.

에밀리아   않을 게 분명해.

히폴리테 허 참, 이 약한 동생아,
나는 이 건에서 네 말을, 너 자신은 그것을
믿는 줄로 안다만, 식욕이 병들어 음식을
갈망하며 혐오하는 사람을 못 믿듯이   90
더는 믿지 않을 거야. 근데 분명, 동생아,
내가 네게 설득당할 준비가 다 됐다면
넌 나를 저 완벽히 고귀한 테세우스의 팔에서

떼어 버릴 만큼 말했으니 — 난 이제 들어가
높은 그의 마음속 옥좌는 피리토우스보다는   95
내가 소유한다는 걸 크게 확신하면서
그가 운 좋기를 무릎 꿇고 빌 거야.

에밀리아   언니 믿음,
반대는 않겠지만 난 내 것을 쭉 지킬래.   (함께 퇴장)

1막 4장

나팔 소리. 안에서 전투가 일어난 다음 퇴각.

팡파르. 그런 다음 승리자 테세우스, 전령 및 다른 귀족들과

군인들 그리고 영구차에 실린 팔라몬 및 알시테와 함께 등장.

세 왕비가 테세우스를 만나 그 앞에 엎드린다.

왕비 1   그대에게 불운은 없기를!

왕비 2   천지신명께서는
영원히 그대 편이기를!

왕비 3   그대 위에 내리길
빌 수 있는 온 미덕에 아멘을 외칩니다!

테세우스   저 높은 하늘의 공평한 신들은 그들의 가축인
우리를 살피다가 누가 잘못하는지 주시하고   5
때가 되면 징벌하오. 그럼 가서 작고한
남편들의 유골을 찾은 뒤 그 소중한 장례에
빈틈을 남기느니 차라리 삼중의 의식으로
그들을 예우하오. 짐도 가고 싶으나

1막 4장 장소 테베의 전장.

	짐의 대리인들이 당신들을 지위에 걸맞게	10
	옷 입히고, 짐이 급히 떠나면서 못 한 일을	
	다 해결해 줄 거요. 그럼 잘 가시고	
	하늘은 이들을 어여삐 보소서. (왕비들 함께 퇴장)	
	(테세우스가 두 영구차를 주목하고) 저들은 누군가?	

전령   그들의 장비로 판단컨대 고귀한 신분의
　　　　남자들입니다. 테베의 몇몇이 말하기를　　　　　　15
　　　　이들은 자매의 자식으로 왕의 조카랍니다.

테세우스 아레스의 투구에 맹세코, 전투 중에 봤는데
　　　　먹잇감의 피에 젖은 한 쌍의 사자처럼
　　　　경악한 병사들 사이로 길을 냈어. 난 줄곧
　　　　그들을 주시했네, 신이라도 눈여겨볼 만한　　　　20
　　　　표적이었으니까. 그들의 이름을 물었을 때
　　　　내게 답한 포로가 누구였지?

전령   　　　　　　　　　　　황송하나 그들은
　　　　알시테와 팔라몬입니다.

테세우스 　　　　　　　　　맞았어, 그들, 그들.
　　　　죽지는 않았나?

전령   산목숨도 아닙니다. 그들이 마지막 상처를　　　　25
　　　　입었을 때 잡혔다면 아마도 회복될 수
　　　　있었을지 모릅니다. 근데 아직 숨을 쉬니
　　　　사람이라 할 순 있죠.

테세우스 　　　　　　　그러면 사람처럼 대우해.
　　　　그들의 바로 그 찌꺼기는 남들의 포도주를
　　　　백만 배나 능가한다. 짐의 모든 의사를　　　　30
　　　　그들 위해 모으라. 짐의 최고 방향제를
　　　　아끼기보다는 낭비하라. 그 생명은 짐에게

테베의 가치보다 훨씬 더 중요하다.

그들이 이 곤경을 벗어나 오늘 아침 상태의

건강과 자유를 찾기보단 죽기를 바라지만   35

죽음보단 짐의 포로 되기를 4만 배나

더 바란다. 이 공기가 우리에겐 좋으나

그들에겐 안 좋으니 서둘러 옮기고, 사람이

해 줄 수 있는 건 짐을 위해 시행하라. — 더 하라,

난 인간이 경악, 격분, 친구들의 간청과   40

사랑의 도발, 열정, 애인의 과제 부여,

자유 향한 욕망과 고열과 광기로 인하여

그 어떤 의무감 없이도 병든 의지 때문에

판단력이 약화되어 도달 못 할 목표를

정하는 줄 알고 있으니까. 최고의 명의들은   45

이 짐의 호의와 아폴론의 자비를 목표로

최고의 기술을 다 펼쳐라. 도시로 안내하라,

엇나간 그곳 일을 정리한 뒤 짐은 군에 앞서서

아테네로 급히 갈 것이다.   (팡파르. 함께 퇴장)

1막 5장

음악. 왕비들이 자기네 기사들의 영구차와 함께

장례를 치르면서 등장.

40~45행 난…있으니까
여기에서 테세우스는 두 친척의 처지에
공감하고 그들이 크레온을 위해 싸운 행
위를 그가 열거한 여러 가지 이유로 변명
해 주거나, 또는 의사들에게 인간은 때

로 똑같은 이유로 불가능해 보이는 일을
할 수 있으므로 이번에도 그리할 것을 촉
구한다. (아든)
46행 아폴론 치유의 신.
1막 5장 장소 아테네.

만가

유골 단지, 향초들을 가져오라.
연기와 한숨으로 대낮을 가려라.
우리 슬픔, 죽음보다 더 죽은 것 같구나. —
방향제, 송진과 구슬픈 얼굴들,
눈물로 가득한 신성한 유리병과   5
거친 대기 꿰뚫고 퍼지는 곡소리.

눈치 빠른 쾌락의 원수들인
슬프고 우울한 모습은 다 오라.
우린 오직 비탄만 모은단다.
우린 오직 비탄만 모은단다.   10

왕비 3   이 장례 길을 따라 당신 집안 묘지로 가세요.
기쁨을 다시 맛보시고 편안히 잠드세요.
왕비 2   당신은 이리로.
왕비 1   또 당신은 이 길로. 하늘은
천 가지 다른 길로 꼭 한곳에 가게 해요.
왕비 3   이 세상은 굽은 길 가득한 도시이고   15
죽음은 서로가 만나는 장터예요.   (각각 퇴장)

2막 1장

간수와 구혼자 등장.

간수   내 생전에 떼 줄 수 있는 건 거의 없네. 약간은 던져

줄 수 있지만 많진 않아. 아아, 내가 지키는 이 감옥
은 대단한 이들을 가두지만 그들이 오는 일은 드물
어. 피라미 여럿 잡은 뒤에 연어 한 마리인 셈이지.
난 참된 소문이라고 말할 수 있는 것 이상으로 지갑   5
이 두둑하다고 알려졌네. 사람들이 단언하는 대로
진짜 그랬으면 좋겠어. 아 참, 내가 가진 건 그게 얼
마만큼이 되든지 간에 내가 죽는 날 확실히 딸 앞으
로 해 둘 걸세.

구혼자 어르신, 전 당신이 내놓은 것 이상은 요구하지 않으며,   10
따님에겐 제가 약속했던 재산을 주겠습니다.

간수 글쎄, 이 일은 궁정의 혼례가 끝난 뒤에 더 얘기하세.
근데 딸애한테 약속은 분명히 받았나?

간수의 딸, 갈대를 나르며 등장.

그게 사실로 밝혀지면 동의해 주겠네.

구혼자 받았어요, 어르신. 그녀가 오네요.   15

간수 (딸에게)
네 친구와 내가 여기서 어쩌다가 네 얘길 했단다, 그
오래된 일로 말이다. 하지만 지금 그건 그만하고 궁정
의 소란이 끝나자마자 마무리할 거야. 그동안 그 두 포
로를 친절하게 돌봐라. 분명히 말하는데 그들은 귀공
자야.   20

딸 이건 그들 방에 뿌릴 거예요. 그들이 감옥에 있다는 게
애석하고, 거기서 나간대도 애석할 거예요. 그들은 정

2막 1장 장소 아테네, 감옥 바깥의 정원.

말 어떤 역경도 창피하게 만들 인내심을 가진 것 같답
니다. 감옥 그 자체가 그들을 자랑스러워하고, 그들은
그 방 안에 온 세상을 가졌어요.   25

간수   그들은 한 쌍의 완벽한 남자로 유명하단다.

딸   참말이지 명성은 어림짐작일 뿐이고, 그들은 소문이
       미치는 범위보다 한 단계 위에 있어요.

간수   난 그 전투에서 볼만했던 사람은 그들뿐이었다는 얘
       기를 들었어.   30

딸   그럼요, 그러기 십상이죠, 고귀한 피해자들이니까. 전
       그들이 승리자였더라면 어떤 모습이었을까 궁금해요,
       변함없는 고결함이 엄청 대단하여 구속에서 자유를
       강제로 얻어 내고 불행을 기쁨으로, 고통을 하찮은 농
       담거리로 만들고 있으니까.   35

간수   그런다고?

딸   그들은 자기네 감금 상태를 제가 아테네의 통치를 의
       식하지 않는 것 이상으로 의식하는 것 같진 않아요. 잘
       먹고 유쾌해 보이며, 많은 일을 논하지만 자신들의 구
       금과 불운에 대한 말은 전혀 없어요. 그래도 때로 그들   40
       중 하나가 쪼개진 한숨을, 말하자면 내쉬면서 찢어진
       것처럼 뱉으면 — 그럴 때 상대방은 곧바로 얼마나 달
       콤한 질책을 하는지, 난 내 자신이 그렇게 야단맞는 한
       숨이 되거나 적어도 한숨 쉰 다음에 위안받는 사람이
       되고 싶었어요.   45

구혼자 난 그들을 본 적이 없어요.

간수   공작님 자신도 밤에 홀로 왔듯이 그들도 그랬어.

팔라몬과 알시테 위에서 등장.

	그 이유가 뭔지는 모르겠네. 봐, 그들이 저기 있어. 밖	
	을 보는 사람이 알시테야.	
딸	아녜요, 아녜요, 저건 팔라몬이랍니다. 알시테는 둘 중	50
	에 더 작아서 그의 일부만 보실 수 있어요.	
간수	저런, 그렇게 가리키지 마. 그들은 우리를 상대하지 않	
	으려 해. 그들의 시야 밖으로 나와.	
딸	그들을 쳐다보는 건 축일과 같아요. 맙소사, 남자들은	
	너무 달라! (함께 퇴장)	55

2막 2장

팔라몬과 알시테 등장.

팔라몬	어떤가, 귀한 사촌?	
알시테	자네는 어떤가?	
팔라몬	뭐, 불행을 비웃고 전쟁 운을 견딜 만큼	
	충분히 튼튼하네. 하지만 우리는 포로이고	
	영원히 그럴까 봐 두려워, 사촌.	
알시테	정말이야,	
	그래서 난 다가올 내 시간을 운명에	5
	침착하게 맡겼다네.	
팔라몬	오, 알시테 사촌,	
	테베는 이제 어디? 고귀한 조국은 어디 있지?	
	우리 친구, 친척은? 우리는 절대로	
	그 같은 위안물을 더는 못 쳐다봐야 하고, 또	

2막 2장 장소 아테네, 감옥.

저 억센 청년들이 숙녀들의 화려한 정표 달고   10
돛 올린 큰 배처럼 명예의 경기에 나서고 —
그런 다음 선수들 틈에서 출발하여 동풍처럼
게으른 구름 같은 이들을 다 따돌리는 동안에
팔라몬과 알시테는 장난으로 다리 한 번
까딱할 사이에 대중의 칭찬을 앞질러 화관을   15
우리가 가지길 그들이 바랄 틈도 안 준 채
차지한 걸 절대로 못 봐야 해. 오, 절대로
우리 둘은 영예로운 쌍둥이처럼 무기를
또다시 익히고, 바다처럼 거만한 우리의
불같은 말 등을 못 느껴. 이제 우리 명검은   20
(붉은 눈의 전쟁 신도 더 나은 건 못 찼는데)
우리들 허리에서 강탈당해 세월처럼 녹슬면서
우리를 미워하는 신들의 신전을 꾸며야 해.
이 손은 절대로 번개처럼 그걸 뽑아 군대를
더는 통째 못 깨 버릴 것이야.

알시테   음, 팔라몬,   25
그 희망은 우리와 함께 잡힌 포로야. 우리는
여기 있고, 여기서 우리들 청춘의 미덕은
너무 이른 봄처럼 바래야 해. 여기서 우리는
늙어야 해, 가장 우울하게도, 팔라몬, 미혼으로.
사랑하는 아내가 한가득 키스 싣고, 1천 명의   30
큐피드로 무장한 채 달콤한 포옹으로
우리 목을 꽉 붙잡지 않을 테고, 후손 없어
노년을 기쁘게 할 우리의 복사본을
절대로 못 보고, 독수리 새끼 같은 그들에게
빛나는 갑옷을 감히 노려보도록 가르치며   35

"조상을 기억하고 정복하라!" 말 못 해.
눈 고운 처녀들은 우리의 추방에 슬피 울며
항상 눈먼 운명을 노래로 저주할 것이야,
그녀가 청춘과 자연에 뭘 잘못했는지 보고서
창피한 줄 알 때까지. 우리 세계, 이게 다야.   40
여기서 우리는 서로밖엔 아무것도 모르고
우리의 비탄을 알리는 시계밖엔 못 들어.
포도 넝쿨 자라도 절대로 못 볼 테고,
여름과 그에 따른 모든 기쁨 다가와도
여기엔 늘 죽음처럼 찬 겨울만 남아야 해.   45

팔라몬 너무 맞는 말이야, 알시테. 오래된 산림을
메아리로 뒤흔드는 테베의 사냥개를
이제 우린 더 이상 못 부르고, 더 이상은
저 성난 멧돼지가 쇠침 박은 화살 맞고
우리의 분노 피해 파르티아인 살통처럼 도망칠 때   50
뾰족한 창들도 못 흔들어. 용맹한 모든 훈련,
그 고귀한 마음의 양식이자 자양분은
우리 둘 속에서 사라지고 우리는 죽을 텐데,
그 죽음은 명예의 저주이고 결국에는
비탄과 무지의 자식이야.

알시테   그렇지만 사촌,   55
난 이러한 불행의 맨 밑바닥에서조차도,
운명이 줄 수 있는 온갖 고통에서조차도
두 위안, 신들께 죄송하나, 두 순전한 축복이

39행 그녀 운명, 즉 운명의 여신.   살을 날리는 것으로 유명하였다. 그 모
50행 파르티아인 살통   습을 여기에서는 맞은 화살을 달고 달아
파르티아 전사들은 도망치면서 뒤로 화   나는 돼지에 비유하였다.

싹트는 것을 봐. 즉 여기서 용감히 인내하고
우리의 비탄을 둘이서 즐기는 일 말이야.　　　　　　　60
팔라몬이 나와 함께 있는데 내가 이걸
감옥으로 여긴다면 난 죽어야 해!

팔라몬　　　　　　　　　　　　　　　분명코
우리의 운명이 함께 얽혀 있는 건, 사촌,
크게 잘된 일이야. 참말인데, 두 영혼이
고귀한 두 몸에 들어와 위험이란 쓸개를　　　　　　65
함께 맛볼 경우에 그들은 꼭 하나 되어
쓰러지지 않으며, 그럴 수 있어도 안 그래.
기꺼이 죽는 자, 잠자는 것으로 다 끝이야.

알시테　　모두가 참 많이 미워하는 이 장소를
가치 있게 사용해 볼까나?

팔라몬　　　　　　　　　　어떻게, 사촌님?　　　　　70

알시테　　이 감옥을 더 나쁜 사람들의 타락에서
우리를 지켜 주는 성역이라 생각하자.
우리는 젊지만 명예의 길을 걷기 원하는데
순수한 영혼에겐 독약인 방탕과
대중과의 교제가 여자처럼 우릴 꾀어　　　　　　75
빗나갈 수 있으니까. 훌륭한 축복인데
우리가 상상을 통하여 우리 걸로 만들 수
없는 게 뭐가 있지? 게다가 이렇게 함께여서
우리는 서로에게 끝없는 광산이야.
우리는 서로의 아내로서 사랑의 새 자식을　　　　80
영원히 낳으며 아버지, 친구와 친지로서
우리는 서로가 서로의 가족인 셈이야.
나는 너의, 너는 나의 상속자야. 이 장소는

우리의 유산이고, 어떤 독한 압제자도
감히 못 빼앗아. 우리는 여기서 약간의 인내로   85
오래 사랑하면서 살 거야. 식상할 일 없으며
전쟁에 다칠 사람 하나 없고, 젊은이 삼키는
바다도 여긴 없어. 만약에 풀려나도 우리는
아내나 사업 땜에 적법하게 헤어진다거나
싸움에 말려서 죽거나 나쁜 놈들 시기심에   90
넘어갈 수도 있어. 사촌, 난 네가 절대로
알 수 없는 곳에서 병들어 고귀한 네 손으로
내 눈을 감기거나 신들께 기도도 못 드린 채
사라질 수도 있어. 우리가 여기서 나가면
수천의 우연으로 갈라설 것이야.

팔라몬   넌 내가 —   95
고마워, 알시테 사촌. — 나의 감금 상태를
거의 희롱하게끔 만들었어. 밖에 나가
온갖 데서 산다는 건 얼마나 불행한가!
짐승 같다 생각돼. 난 여기 정원에서 —
분명코 더 큰 만족 찾았고, 인간의 의지를   100
허영으로 꾀어 끄는 쾌락을 이제는 다
꿰뚫어 보면서 그건 단지 늙은이 시간이
매달고 지나가는 현란한 그림자일 뿐이라고
세상 사람들에게 말해 줄 자격 있네.
우리가 죄악이 정의이고 음욕과 무지가   105
고관들의 미덕인 크레온의 궁정에서 늙었다면
무엇이 됐을까? 알시테, 사랑하는 신들이
우리에게 이곳을 안 찾아 줬더라면
우린 그 나쁜 노인들처럼 죽어서 조객 없이

사람들의 저주를 묘비명으로 가졌겠지. 110
더 말할까?

알시테   계속 더 듣고 싶어.

팔라몬   들려줄게.
우리보다 더 멋지게 사랑한 두 사람의
기록이 있는가, 알시테?

알시테   없을 게 분명해.

팔라몬   난 우리의 우정이 우리를 떠나는 건
불가능하다고 생각해.

알시테   죽기까진 못 그러지. 115

                에밀리아와 시녀 등장.

죽은 뒤 우리 혼은 영원히 사랑하는 이들의
혼으로 인도될 것이고.   (팔라몬이 에밀리아를 본다.)
                얘기를 계속해 줘.

에밀리아   이 정원은 그 안에 온갖 쾌락 다 있네.
이건 무슨 꽃이지?

시녀   나르키소스요, 마마.

에밀리아   고운 소년이었어, 분명히. 그런데 바보처럼 120
자신을 사랑했어. 처녀들이 충분치 않았나?

알시테   (팔라몬에게)
제발, 더 해.

팔라몬   응. ―

109행 그…노인들 크레온의 궁정인들.
119행 나르키소스 그리스 신화에서 여자들의 사랑을 물리치고 냇물에
비친 자신의 모습과 치명적인 사랑에 빠졌던 전설적인 청년.

에밀리아	아니면 다 무정했나?

에밀리아　　　　　　　아니면 다 무정했나?

시녀　　그리 고운 이에겐 못 그랬겠죠.

에밀리아　　　　　　　　　　넌 안 그러겠지.

시녀　　안 그래야 할 것 같아요, 마마.

에밀리아　　　　　　　　　　착한 계집애로군.

하지만 친절은 조심해서 베풀어.

시녀　　　　　　　　　왜요, 마마?　　　　125

에밀리아　　남자란 거친 물건이란다.

알시테　　　　　　　더 할 거야, 사촌?

에밀리아　　이 꽃들을 명주로 수놓을 순 없겠어?

시녀　　　　　　　　　　　있어요.

에밀리아　　꽃들이 가득한, 이거 넣은 잠옷을 가질래.

이 색깔이 예쁘네. 치마엔 그게 무척

어울리지 않을까, 계집애야?

시녀　　　　　　　　멋지겠죠, 마마.　　　130

알시테　　사촌, 사촌! 이보게, 왜 그래? 허 참, 팔라몬!

팔라몬　　난 지금껏 감옥에 갇힌 적 없었네, 알시테.

알시테　　아니, 이봐, 뭔 일이야?

팔라몬　　(에밀리아를 가리키며)　보고 나서 놀라게!

맹세코, 그녀는 여신이야.

알시테　　(에밀리아를 본다.)　　하!

팔라몬　　　　　　　　　경배하게.

그녀는 여신이야, 알시테.

에밀리아　　　　　　　모든 꽃 가운데　　　135

장미가 제일인 것 같아.

시녀　　　　　　　왜지요, 귀한 마마?

에밀리아　　그건 정말 처녀의 상징이야. 왜냐하면

서풍이 그녀에게 부드럽게 구애할 땐
참 얌전히 피면서 그 순결한 홍조로
해를 색칠하니까! 북풍이 거칠고 성급히   140
그녀에게 다가오면 그때는 순결처럼
봉오리 안으로 미색을 다시 가둬 놓고서
그자를 천한 찔레들에게 넘겨줘.

시녀   근데 마마,
얌전한 그녀 향이 때론 너무 멀리 퍼져
그 때문에 꺾여요. 처녀는   145
지조가 좀이라도 있다면 그녀를 모범 삼기
싫어할 거예요.

에밀리아   희롱조로 말하네.

알시테   놀랍도록 곱구나.

팔라몬   현존하는 모든 미야.

에밀리아   해가 높아, 들어가자. 이 꽃은 가져가. 기술로
그 색깔에 얼마나 다가갈 수 있는지 볼 거야.   150
난 굉장히 유쾌해서 이젠 웃을 수도 있어.

시녀   전 분명 누울 수 있어요.

에밀리아   누구랑 둘이서?

시녀   흥정하기 나름이죠, 마마.

에밀리아   그럼, 합의해 봐.

(에밀리아와 시녀 퇴장)

팔라몬   이런 미를 어떻게 생각해?

알시테   희귀한 것이야.

팔라몬   희귀할 뿐이야?

143행 그자 북풍.

알시테	음, 비할 데 없는 미인.	155
팔라몬	남자라면 당연히 넋 놓고 사랑하지 않겠어?	
알시테	네가 뭘 했는지는 몰라도 내가 한 건 알아,	
	내 눈이 욕을 먹더라도. 난 이제 족쇄를 느껴.	
팔라몬	그렇다면 사랑해?	
알시테	누가 안 하겠어?	
팔라몬	욕망하고?	
알시테	내 자유보다 더.	
팔라몬	내가 먼저 보았어.	160
알시테	그런 건 의미 없어.	
팔라몬	근데 그건 안 변해.	
알시테	나도 봤어.	
팔라몬	음, 하지만 사랑해선 안 된다.	
알시테	나는 네가 하듯이 그녀를 하늘인 양	
	축복받은 여신으로 숭배하진 않을 거야.	
	난 그녀를 여자로서 즐기려고 사랑해,	165
	둘이서 사랑할 수 있도록.	
팔라몬	전혀 사랑 못 하게 할 거야.	
알시테	전혀 사랑 못 한다!	
	누가 날 막을 건데?	
팔라몬	그녀를 먼저 본 나, 인류에게 밝혀진	
	그녀 안의 모든 미를 내 눈으로 맨 먼저	170
	소유했던 나! 그녀를 네가 사랑한다거나	
	내 소원을 날려 버릴 희망을 품는다면	
	알시테 넌 배신자고, 그녀를 가질 자격 없듯이	
	거짓된 동무다. 그녀를 한 번만 생각해도	
	난 우리 사이의 우정, 혈통, 유대를	175

모두 다 부인한다.

알시테 　　　　　　　　암, 난 그녀를 사랑하고,
우리 가문 전체의 목숨이 걸렸대도
그렇게 해야 해. 내 영혼을 다하여 사랑해.
그래서 널 잃는다면, 잘 있어라, 팔라몬.
다시 말하는데　　　　　　　　　　　　　　　　180
난 그녀를 사랑하고 그녀를 사랑함으로써
난 그 어떤 팔라몬, 또는 살아 있는 그 어떤
인간의 아들만큼 훌륭하고 고귀한 연인이며,
그녀의 미모에도 똑같이 정당한 권리를
가졌다고 주장한다.

팔라몬 　　　　　　　　　내가 널 친구라 했던가?　　185

알시테 음, 또 그런 줄도 알아. 왜 그렇게 흥분했나?
내가 널 차분히 대하게 해 줘 봐. 난 너의
혈족과 영혼의 일부 아냐? 넌 내게
나는 팔라몬이고 너는 알시테라고 말했어.

팔라몬 그랬지.

알시테 　　　　내 친구가 겪게 될 기쁨, 비탄, 분노, 공포,　　190
그런 감정 나도 쉽게 느낄 것 같지 않아?

팔라몬 그럴지도.

알시테 　　　　그런데 왜 너는 혼자 사랑하려고
그토록 교활하게, 낯설게 고귀한 친척과
다르게 행동하지? 진실을 말해 봐. 넌 내가
그녀를 볼 자격이 없다고 생각해?

팔라몬 　　　　　　　　　　　　아니, 근데　　195
그녀를 쭉 보겠다면 부당해.

알시테 　　　　　　　　　딴 사람이

적을 먼저 봤다 해서 난 가만 서 있으면서
명예를 잃은 채 돌격은 절대 말아야 해?

팔라몬 음, 그가 한 명이라면.

알시테   근데 그가 차라리
나하고 붙겠다고 말하면?

팔라몬   그 말은 하게 두고,   200
네 맘대로 해. 네가 만약 그녀를 쫓는다면
넌 조국을 미워하는 저주받은 인간처럼
낙인찍힌 악당 돼라.

알시테   넌 미쳤어.

팔라몬   알시테가
정신 차릴 때까진 그래야 해, 걱정돼서.
또, 내가 이런 광기 땜에 위험을 무릅쓰고   205
네 목숨을 취해도 정당할 뿐이야.

알시테   쳇!
굉장히 유치하군. 난 그녀를 사랑할 것이고
반드시, 당연히, 또한 감히 그럴 거야,
이 모두를 정당하게.

팔라몬   오, 지금, 바로 지금
거짓된 너와 네 친구가 한 시간의 자유 얻어   210
우리의 멋진 칼을 우리 손에 꽉 쥐게 될
운명을 맞았으면! 난 재빨리 너에게
애정을 훔치는 게 뭣인지 가르쳐 줄 테고,
그 점에서 넌 소매치기보다도 더 천해.
네 머리를 창밖으로 더 이상 내밀면   215
영혼 걸고 네 목숨을 거기에 박을 테다.

알시테 감히 못 해, 바보야, 할 수 없어, 넌 허약해.

내 머리를 내민다고? 그녀를 다시 보면
난 내 몸을 내던지며 정원에 뛰어들고
그녀 팔에 안기어 널 화나게 만들 거야.   220

간수 등장.

팔라몬   그만해, 옥지기가 들어와. 난 살아서
　　　　　이 족쇄로 네 골통을 부술 테다.

알시테　　　　　　　　　　　　　　　그래 봐!

　간수　 죄송하오, 신사분들.

팔라몬   뭔가, 정직한 옥지기?

　간수　 알시테 님, 이유는 모르지만 곧바로
　　　　　공작님께 가셔야 합니다.

알시테　　　　　　　　　　준비됐네, 옥지기.   225

　간수　 팔라몬 귀공자여, 고운 사촌 친구를 한동안
　　　　　앗아 가야겠습니다.　　　　(알시테와 간수 퇴장)

팔라몬　　　　　　　　내 목숨도 그러게,
　　　　　맘 내키는 바로 그때. ― 왜 그를 불러 갔지?
　　　　　그녀와 결혼할 수도 있다. 그는 잘생겼고
　　　　　공작은 그의 혈통, 체격을 충분히   230
　　　　　주목했을 만하다. 근데 그의 거짓은 ―
　　　　　친구가 왜 배신을 해야지? 그럴해서 만약
　　　　　그토록 고귀하고 그토록 고운 아낼 얻는다면
　　　　　정직한 남자들은 다신 사랑 말게 하라.
　　　　　이 미녀, 한 번만 더 봤으면. 행복한 정원과   235
　　　　　그녀의 빛나는 눈길 받아 늘 피면서
　　　　　더 크게 축복받은 과일과 꽃들아, 난

2막 2장   783

앞으로 올 내 삶의 행운을 다 주고서라도
저 작은, 꽃 피는 살구나무였으면 좋겠다!
야한 내 두 팔을 펼치며 그녀 창문 안으로   240
쑥 들어갔으면 좋겠다! 신들이 먹기 좋은
과일을 가져다주고 싶어. 젊음과 쾌락은
그녀가 그것을 맛보는 때마다 배가 되고,
또 그녀가 신성하지 않다면 난 그녀의 천성을
신들이 겁낼 만큼 그들과 가깝게 만들 거야.   245

간수 등장.

그럼 분명 그녀는 날 사랑할 거야. — 왜, 간수?
알시테는?

간수   추방됐소. 피리토우스 귀공자가
그에게 자유를 얻어 드렸지만 그 자신의
서약과 목숨 걸고 다시는 이 왕국에
발을 딛지 말아야 합니다.

팔라몬   축복받았구나.   250
그는 다시 테베를 볼 테고, 젊은 용사들에게
무기 들라 외치면서 돌격을 명령하면
그들은 불처럼 덤빌 거야. 알시테가 과감히
훌륭한 연인이 된다면 기회를 잡겠지만
전장에서 그녀를 위하여 전투를 벌이고도   255
그녀를 잃는다면 차가운 겁쟁이지.
그가 만약 고귀한 알시테가 된다면
그녀를 얻기 위해 참으로 용감하게 —
천 가지 방식으로 — 행동할 수 있을 거야!

난 해방된다면 엄청난 위업을 이루어   260
이 숙녀, 얼굴 붉힌 이 처녀가 남자처럼
날 겁탈하려고 할 거야.

간수   당신에 대해서도
명을 받았습니다. ―

팔라몬   내 목숨 끊으라고.

간수   아뇨, 창이 너무 열려 있어 당신을 여기서
옮기라고 합니다.

팔라몬   그토록 심술궂은 자들은   265
악마가 잡아가라! 제발 나를 죽여 줘.

간수   그래서 목이 매달리게요!

팔라몬   이 밝은 빛에 걸고
내게 검이 있다면 널 죽이련다.

간수   왜요?

팔라몬   넌 그런 시시한 썩은 소식 계속 가져오니까
살아 있을 자격 없어. 난 가지 않겠다.   270

간수   꼭 가셔야 합니다.

팔라몬   정원은 볼 수 있어?

간수   아뇨.

팔라몬   그럼 난 결심했어. 난 가지 않겠다.

간수   그럼 전 강요해야 하는데 당신은 위험해서
족쇄를 더 채울 겁니다.

팔라몬   그러게, 옥지기님!
난 그걸 막 흔들어 너희는 못 잘 테고,   275
쇳소리에 맞추어 춤출 거야. ― 가야만 해?

간수   별도리 없습니다.

팔라몬   친절한 창문아, 안녕.

광풍에 절대로 다치지 마! — 오, 내 숙녀여,
그대가 슬픔이 무엇인지 느낀 적 있다면
내 고통을 꿈꿔 봐요! 자, 이제 날 묻어라.   280

                                        (팔라몬과 간수 함께 퇴장)

2막 3장

알시테 등장.

알시테   왕국에서 추방됐어? 이것은 혜택으로
내가 꼭 고마워해야 할 관용이야. 하지만
그리운 그 얼굴 맘대로 못 즐기게 추방됐어. —
오, 이것은 고심 끝의 처벌이고 상상을
초월한 죽음이며, 내가 늙고 사악하더라도,   5
내 죄를 다 동원해도 절대로 나에게
찾아오게 할 수 없는 복수다. 팔라몬,
이젠 네가 앞섰구나. 넌 남아서 아침마다
그녀가 네 창문 쪽으로 빛나는 눈 뜨면서
너에게 생명 넣어 주는 걸 볼 테고,   10
자연이 한 번도 못 넘어섰고 못 넘어설
고귀한 미모의 단맛을 늘 즐길 것이다.
맙소사, 팔라몬은 얼마나 행복한가!
십중팔구 그녀에게 그는 말을 걸 것이고,
그녀가 고운 만큼 친절하면, 난 알아,   15
그녀는 그의 거야. 그가 혀를 놀리면

2막 3장 장소 아테네 교외의 시골.

태풍도 길들고 불모의 바위도 들뜰 거야.
될 대로 되라지.
최악은 죽음이고 나는 이 왕국을 안 떠난다.
내 나라는 폐허 더미일 뿐이고 구제책도   20
없다는 걸 안다. 내가 가면 그녀는 그가 가져.
난 모습을 바꾸어 성공해 보거나 행운을
끝내기로 결심했다. 어찌 되든 난 행복해,
그녀를 보고 다가가거나 없어질 테니까.

> 촌 남자 넷이 화관을 든 한 명을 앞세우고 등장.
> 알시테는 옆으로 물러선다.

촌 남자 1	이보게들, 난 거기로 갈 거야, 확실해.	25
촌 남자 2	나도 거기로 갈 거야.	
촌 남자 3	나도.	
촌 남자 4	그러면 나도 낀다, 애들아. 욕 한번 먹지 뭐. 오늘은 쟁기를 놀리고, 내일은 말 궁둥이 불나게 일할 거야.	
촌 남자 1	분명히 내 마누라가 칠면조 수놈만큼 질투하게 될 거야. — 상관없어. 그녀가 투덜대도 끝까지 갈 거야.	30
촌 남자 2	내일 밤 그녀에게 올라타고 꽉 채워 줘, 그러면 다 풀어져.	
촌 남자 3	암, 그녀 손에 뜨끈한 고구마 하나만 쥐여 주면 그녀가 밤일을 새롭게 배우고 참한 계집 되는 걸 볼 거야. 우리 다들 오월제로 굳힌 거지?	35

촌 남자 4	굳혀?
	무슨 문제 있는 거야?
촌 남자 3	아르카스가 거기로 와.
촌 남자 2	센노이즈, 리카스도. ―
	더 나은 녀석 셋이 푸른 나무 아래에서 40
	춤춘 적 없었어. ― 계집들은 누군지 알지, 하?
	근데 그 까다로운 훈장님, 그 교사가
	약속을 지킬까? 알잖아, 그가 다 하니까.
촌 남자 3	독본을 씹어 먹더라도 꼭 올 거야. 허 참,
	무두장이 딸과 그 선생 사이의 진도가 45
	너무 많이 나가서 지금은 못 뺀다고.
	그녀는 공작을 꼭 보고 춤도 꼭 춰야겠대.
촌 남자 4	활기차게 놀아 볼까?
촌 남자 2	아테네 애들은 다
	방귀 뀌며 우릴 쫓아. 난 마을을 위하여
	여기 있다 저기로, 또 여기로, 또 저기로 50
	움직일 거야. ― 하, 얘들아, 베틀장이들 최고!
촌 남자 1	그런 건 숲속에서 해야지.
촌 남자 4	오, 용서해 줘.
촌 남자 2	반드시 그래야 해. 배운 자의 말씀이야 ―
	거기에서 그가 직접 공작님을 우리 대신
	막 교육시킬 거야. 그는 숲속에선 뛰어난데 55
	들판에 데려오면 가르침이 안 들려.
촌 남자 3	경기를 본 다음 각자가 춤 도구를 준비해.

50~51행 여기…거야 그가 선보일 춤 동작의 일부를 미리 보여 주는 것
같다.
53행 배운 자 교사.

	또 벗님들, 부인들이 우리를 보기 전에	
	반드시 연습하자, 향기 나게 말이야.	
	그러면 무슨 일이 생길지 아무도 몰라.	60
촌 남자 4	좋았어. 경기가 끝났을 때 우리가 공연해.	
	얘들아, 가 — 약속 지켜.　　(알시테가 앞으로 나온다.)	
알시테	실례하오, 친구들.	
	부탁인데 어디로 가는 거죠?	
촌 남자 4	어디로?	
	아니, 그게 질문입니까?	
알시테	예, 모르는 내게는	
	질문이오.	
촌 남자 3	경기하는 쪽이오, 친구여.	65
촌 남자 2	어디서 자랐소, 그것도 모르오?	
알시테	멀진 않소.	
	그런 경기 오늘도 열려요?	
촌 남자 1	예, 허 참, 열려요,	
	당신이 본 적 없는 것으로. 공작님이	
	직접 오실 것이오.	
알시테	그게 무슨 놀이죠?	
촌 남자 2	씨름과 달리기요. — 이거 멋진 친구야.	70
촌 남자 3	같이 가지 않겠소?	
알시테	좀 있다가.	
촌 남자 4	좋아요.	
	천천히 생각해요. 얘들아, 가.	
촌 남자 1	(다른 남자들에게 방백)　　난 찜찜해,	
	이 친구 허리에 끔찍한 기술이 들었어.	
	딱 맞게 갖춰진 몸 좀 봐.	

촌 남자 2   그래도 모험은
　　　절대로 안 할걸. 제기랄, 개떡 같으니라고!   75
　　　그가 씨름? 달걀을 삶겠지! 자, 가자, 애들아.

　　　　　　　　　　　　　　　　(촌 남자들 함께 퇴장)

알시테　　내가 감히 소원도 못 했던 기회가 저절로
　　　찾아왔다. 난 씨름을 잘할 수 있었어. ―
　　　최고들이 뛰어나다 그랬지. ― 그리고
　　　밀밭 위로 불면서 풍성한 이삭을 꺾었던   80
　　　그 어느 바람보다 더 빨리 달릴 수 있었어.
　　　난 감히 초라하게 변장하고 거기로 가야지.
　　　내 이마에 화관들이 빙 둘러 얹히고
　　　운 좋게도 그녀가 보이는 위치에
　　　늘 머물 수 있도록 천거될지 누가 알아?　　(퇴장)　85

2막 4장

간수의 딸, 홀로 등장.

딸　　　내가 왜 이 신사를 꼭 사랑해야 하지?
　　　그는 날 좋아할 리 만무하다. 난 천하고
　　　아버지는 이 감옥의 비천한 간수인데
　　　그분은 귀공자야. 그와의 결혼은 가망 없고
　　　창녀가 되는 건 어리석다. 빌어먹을,   5
　　　우리 계집애들은 열다섯만 됐다 하면
　　　얼마나 궁지에 몰리나! ― 우선 난 그를 봤고,

2막 4장 장소 감옥 근처.

보면서 훌륭한 남자라고 생각했어.
그에겐 여자를 즐겁게 해 줄 게, 그것을
즐거이 주고자 한다면, 내 눈으로 여태껏   10
본 것만큼 많이 있다. 그런 다음 동정했어. ―
잘생긴 청년을 꿈꾸거나 자신의 처녀성을
그에게 약속한 어린 계집애라면, 진짜로,
누구든 그랬겠지. 그러고는 사랑했어,
극도로 사랑했어, 무진장 사랑했어!   15
또 그와 똑같이 아름다운 사촌도 있었지만
내 맘속엔 팔라몬이 있었고, 그는 거기에서,
맙소사, 얼마나 소란을 피우는지! 저녁때
그의 노랠 들으면 천국이 따로 없어!
하지만 슬픈 노래들이야. 말씨가 더 고운   20
신사는 여태껏 없었어. 어느 날 아침엔
물을 갖다주려고 갔더니 그는 우선
고귀한 그 몸을 숙인 다음 인사했어, 이렇게.
"곱고 귀한 아가씨, 좋은 아침. 선행으로
행복한 남편 얻길!" 한번은 키스도 해 줬어.   25
열흘 뒤에 나는 내 입술을 더 많이 좋아했어.
매일 그걸 해 줬으면! 그는 크게 비탄하고 ―
그 불행을 보는 나도 그리하게 만든다.
내 사랑을 그에게 알리려면 뭘 해야지?
난 그를 즐기고 싶으니까. 내가 감히   30
그를 풀어 준다면? 그럼 법은 뭐라 할까?
법이나 혈연 따위 상관없어! 난 할 거야!
그러면 오늘 밤, 아님 내일, 그는 날 사랑해.   (퇴장)

2막 5장

안에서 짧고 화려한 나팔 소리와 고함.

테세우스, 히폴리테, 피리토우스, 에밀리아, 촌 남자로

변장한 채 화관을 쓴 알시테, 수행원 및 관중 등장.

테세우스   자네는 훌륭하게 해냈어. 헤라클레스 이래로
더 단단한 근육 가진 남자를 본 적 없다.
자네가 누구든 이 시절 사람치곤 가장 잘
달리고 씨름했네.

알시테   기뻐서 자랑스럽습니다.

테세우스   어느 나라 출신인가?

알시테   이 나란데 먼 곳입니다.   5

테세우스   신사인가?

알시테   부친이 그렇다고 하셨고
신사도의 실천에 제 인생을 바쳤지요.

테세우스   그의 상속인인가?

알시테   막내요.

테세우스   그럼 자네 부친은
분명코 행복한 어른이네. 직업은 뭣인가?

알시테   귀족과 관련된 걸 조금씩은 다 합니다.   10
전 매를 키울 줄도, 크게 짖는 개들을
잘 부를 줄도 알았죠. 감히 제 마술의 위업을
찬양하지 않겠지만 저를 알던 이들에겐
최고의 업적일 겁니다. 끝으로 가장 크게
군인으로 기억되고 싶습니다.

2막 5장 장소   아테네의 경기장 근처.

| 테세우스 | 완벽해. | 15 |

피리토우스 (에밀리아에게)

영혼에 맹세코 잘생긴 남자요.

| 에밀리아 | 그러네요. |

피리토우스 (히폴리테에게)

맘에 드시는지요, 마마?

히폴리테 감탄하고 있어요.

그의 말이 맞으면 저토록 젊은데 고귀한 이,

그 계급엔 못 봤어요.

| 에밀리아 | 저 사람의 어머닌 |

| 분명코 놀랍도록 멋진 여성이었어. | 20 |

저 얼굴은 그쪽을 닮았어.

히폴리테 하지만 체격과

불같은 심성은 용감한 아버지를 보여 줘.

피리토우스 마치 숨은 해처럼 미덕이 그의 천한 의복을

어떻게 꿰뚫는지 잘 봐요.

히폴리테 귀골이 분명해요.

테세우스 (알시테에게)

자네는 왜 여길 찾아왔나?

| 알시테 | 테세우스 공작님, | 25 |

이름을 날리고, 확고하게 놀라운 가치를

가지신 당신께 최고의 봉사를 하려고요.

세상에서 오로지 당신의 궁정에만

눈이 고운 명예가 사니까.

피리토우스 다 훌륭한 말이오.

테세우스 (알시테에게)

| 우리는 먼 길 온 자네에게 큰 빚 졌고, | 30 |

소원 또한 저버리지 않겠네. 피리토우스,
이 참한 신사를 배치하게.

피리토우스   예, 테세우스.
(알시테에게)
당신이 누구든 내 것이니 최고로 고귀한
봉사를 할 곳에 주겠소,
(에밀리아에게 인도하며) 이 숙녀, 빛나는
이 젊은 처녀에게. 이 착한 분 시중을 드시오.   35
당신은 그녀의 고운 생일, 무용으로 기렸으니
당연히 그녀의 것이오. 고운 손에 키스하오.

알시테   당신은 고귀한 시혜자요. ― 존귀한 미녀시여,
이렇게 제 서약을 다짐하죠. (그녀 손에 키스한다.)
                              당신 하인,
최저가의 존재가 당신을 혹 거스르면   40
죽으라 하세요, 따를 테니.

에밀리아   그건 너무 잔인해요.
당신의 가치가 크다면 나도 곧 알겠죠.
당신은 내 것이나 지위보다 좀 낮게 대할게요.

피리토우스   난 당신 장비를 챙길 텐데, 당신이 자신을
기수라고 하니까 오후에 말 탈 것을   45
간청해야겠소. 하지만 거친 놈이랍니다.

알시테   그래서 더 좋아요, 귀공자. 난 안장에 앉아서
얼지 않을 테니까.

테세우스   (히폴리테에게)   여보, 당신도 준비하고,
에밀리아도,
(피리토우스에게) 친구도, 모두들 내일 아침
해 뜰 녘 아르테미스의 숲에서 꽃피는 5월에   50

경의를 표해야 한답니다.

(알시테에게)　　　　　　자네는

여주인을 잘 모시게. ― 에밀리, 난 그가

걷지는 않길 바라.

에밀리아　　　　　　　　저에게 말들이 있는 한

그러면 창피한 일이겠죠.

(알시테에게)　　　골라잡고

언제든 필요한 게 있으면 알려만 주세요.　　　　　55

충실히 봉사하면 감히 단언하건대

다정한 여주인을 볼 거예요.

알시테　　　　　　　　　안 그러면

부친이 늘 미워했던 불명예와 구타가

저를 찾아와야죠.

테세우스　　　　　　앞서게, 얻어 낸 권리야.

그래야 해. 자네는 쟁취한 영예에 걸맞은　　　　　60

보상을 다 받을 테고, 안 그럼 이상할 것이네.

　― 처제, 내가 욕을 먹더라도 그 하인은

내가 만일 여자라면 주인이 될 사람이야.

근데 처젠 신중해.

에밀리아　　　　　　그 일엔 몹시 신중하기를.

(팡파르. 모두 퇴장)

2막 6장

간수의 딸, 홀로 등장.

딸　　모든 공작, 모든 악마, 다 울부짖어도

그는 해방되었다! 난 그를 위하여 모험했고
데리고 나갔어. 난 그를 1마일쯤 떨어진
작은 숲에 보냈는데 거기엔 삼나무가
시냇물 가까이에 나머지 모두보다 더 높이   5
플라타너스처럼 서 있고, 내가 줄과 음식을
가져다줄 때까지 거기에 숨을 거야,
쇠 수갑을 아직 못 벗었으니까. 오, 사랑아,
넌 얼마나 강심장 어린앤가! 아버지는
이런 일보다는 차라리 찬 족쇄를 찼을 테지.   10
난 그를 사랑 넘어, 이성이나 지성 또는
안전 넘어 사랑해. 난 이걸 그에게 알렸고,
상관 안 해, 난 필사적이야. 내가 만약
법에 걸려 사형 선고 받는다면 계집들이,
순결한 처녀들이 내 만가를 부르면서   15
거지반 순교자로 죽은 내 죽음은 귀했다고
기억에 남길 거야. 그가 택하는 길은
내 뜻이고 내 길도 돼. 분명코 그는 나를
여기에 둘 만큼 남자답지 못할 수는 없어.
그렇게 하면 처녀들이 남자들을 그리 쉽게   20
다신 믿지 않을걸. 하지만 그는 내가 한 일에
감사하지 않았다. 아니, 키스도 안 해 줬고,
그건 별로 안 좋은 것 같아, 또 나는 그에게
자유인이 되라는 설득조차 못 했다.
그는 나와 아버지에게 범한 자신의 잘못에   25
크나큰 가책을 느꼈어. 그래도 난 그가

2막 6장 장소 감옥 근처.

더 숙고했을 때 이런 내 사랑이 그의 맘에
더 뿌리내리길 희망해. 그가 날 마음대로
하도록 허락하자, 다정히 다루는 한. —
그렇게 날 다룰 테니까, 안 그럼 난 그에게   30
대놓고 남자 아냐, 막 선언할 거야. 곧바로
생필품을 갖다주고 내 옷을 싼 다음
그가 나와 함께하면 흙길 있는 어디든지
난 모험할 것이고, 그림자처럼 그의 곁에
늘 머물 것이야. 이 한 시간 안으로   35
그 감옥 전체가 시끌벅적할 거다. 그때 난
그들이 찾는 그 남자와 키스해. 아버지, 안녕!
이런 포로, 이런 딸들, 더 많이 생기면
당신은 곧 감옥 안에 있겠죠. 자, 그에게.   (퇴장)

3막 1장

여기저기서 나팔 소리. 사람들이 오월제를
기리며 내는 소음과 고함 소리. 알시테 홀로 등장.

알시테　　공작은 히폴리테를 놓쳤고, 둘은 각자
다른 터를 잡았다. 이것은 꽃피는 5월에게
그들이 바치는 성대한 의식이고 아테네인들은
예절 다해 그것을 치른다. 오, 에밀리아 여왕,
5월보다 신선하고, 가지 위의   5
금빛 꽃봉오리나 초원이나 정원의

3막 1장 장소　아테네 근처의 숲.

온갖 오색 잡꽃보다 — 그렇지, 냇물을
꽃밭처럼 만드는 그 어떤 요정의 강둑보다
더 예쁜 그대여. 이 숲과 이 세상의 보석이여,
그대는, 오, 그 존재만으로도 숲길을   10
요정처럼 축복하오. 가엾은 이 몸이 잽싸게
그대의 명상에 끼어들어 차가운 생각을
깨부숴 버렸으면! 이 여주인을 섬기는 건
삼중의 축복받은 우연으로 완벽하게
예상 밖이었다! (에밀리 다음으로 내 주군인)   15
운명의 여신은 말해 주오, 난 얼마나
오만할 수 있는지. 그녀는 날 매우 주목했고
가까이에 뒀으며, 아름다운 오늘 아침,
한 해 중 최고인 이날에 말 두 필을
나에게 건네준다. 그런 준마 둘이라면   20
왕권을 결판내는 전장에서 왕 한 쌍을
태우고도 남았을 것이다. 어쩌나, 어쩌나,
불쌍한 팔라몬 사촌아, 불쌍한 포로야,
너는 내 행운을 꿈도 못 꾸면서 그토록
에밀리아 가까이 있는 걸로 너 자신을   25
더 복되다 생각해. 넌 내가 테베에 있다고,
그래서 자유지만 비참하다 여긴다. 그런데
여주인이 나에게 말했고, 난 그 언어를 들으며
그 눈 안에 산다는 걸 네가 알면 오, 사촌,
넌 얼마나 격노할까!

팔라몬이 족쇄를 찬 채 숲속에서 나오듯 등장,
알시테에게 주먹을 흔든다.

팔라몬	이 배신자 친척아, 30

이 감금의 표시가 떨어지고 내 손으로
칼을 잡게 된다면 넌 나의 분노를
감지할 것이다! 모든 서약 다 합친 하나로써
나와 내 정당한 사랑은 네가 배신자임을
실토하게 할 거야! 오, 귀한 용모 가진 자 중   35
가장 불성실한 너, 귀족 행세 하는 자 중
가장 명예 없는 놈, 혈연을 맺은 자 중
가장 거짓된 사촌. 그녀가 네 거라고?
난 네가 거짓을 말하고 참사랑 도둑이며
악당이란 이름값도 못 하는 껍데기 귀족임을   40
이렇게 족쇄 차고 장비 없는 이 손으로
입증할 것이다. 내게 칼이 있다면 그리고
쇠고랑을 떨쳐 버린다면 —

알시테	팔라몬 사촌님 —
팔라몬	사기꾼 알시테야, 극악한 네 행위에

어울리는 언어를 써.

알시테	난 내 가슴속에서 45

네가 설명하는 것과 같은 저속한 성분은
어떤 것도 찾을 수 없어서 이렇게 고상한
대답을 하게 됐어. 너의 이런 오해는
너의 격정 때문이고, 너의 적인 그것은
내게도 친절할 수 없다. 명예와 정직성을   50
난 아끼고 섬기는데 네가 그걸 아무리
못 본 체한다 해도 난 그걸로, 고운 사촌,
내 행동을 옹호할 셈이야. 괜찮다면
네 비탄을 점잖은 어법으로 알려 줘,

	넌 너와 대등한 사람과 다투고, 그 사람은	55
	진정한 신사의 마음과 칼로써 자기 길을	
	밝히려 하니까.	

팔라몬   알시테, 감히 한번 그래 봐!

알시테   사촌, 사촌, 내가 감히 얼마만큼 할지는
네가 잘 알고 있어. 넌 내가 공포의 만류에도
칼 쓰는 걸 보았어. 분명코 넌 다른 사람이   60
날 의심하는 걸 듣지 않고 성역 안에서도
침묵 깨고 날 변호하려 했어.

팔라몬   난 네가
그런 데서 행동하는 걸 보았고, 그것은
네 남자다움을 잘 증명해 줄 수 있었어.
넌 멋지고 용감한 기사로 불렸지. 하지만   65
하루라도 비 오면 한 주가 다 맑진 않아.
남자는 배신할 맘 내키면 용맹성을 잃는데
그러면 강요된 곰처럼 싸우고, 안 묶여 있다면
도망칠 것이야.

알시테   친척은 그 말을 이제는 널
경멸하는 귀보다는 자기 거울에게 하고,   70
그 안에서 실행하는 게 낫겠어.

팔라몬   내게 와서
이 차가운 족쇄를 벗기고 녹슨 칼이라도
한 자루 쥐여 준 다음에 한 끼의 식사를
자선 삼아 마련해 줘. 그랬을 때 네 손에

68행 강요된 곰 곰을 목줄로 말뚝에 매어 놓고 사냥개들을 풀어 공격
하게 하는 곰 놀리기는 16, 17세기 런던의 주요 오락거리 중 하나였다.

멋진 칼 부여잡고 내 앞에서 에밀리가   75

네 것이란 말만 해 봐. — 난 네가 나에게,

암, 내 목숨에 범한 죄도 그때 네가 이기면

용서해 주겠다. 그리고 남자답게 죽어 간

저승의 용감한 혼령들은 지상의 새 소식을

내게서 구할 텐데 그들이 들을 말은   80

"넌 용감하면서 고귀하다."뿐일 거다.

알시테   좋아.

너는 다시 산사나무 집으로 돌아가라.

난 은밀한 밤중에 건강식을 가지고

여기로 오겠다. 내가 이 방해물들을

줄로 잘라 떼어 내고, 너에게 의복과   85

감옥 냄새 없애는 향수를 준 다음

네가 몸을 풀고 나서 "알시테, 준비됐어."

그렇게만 말하면 골라잡을 칼과 갑옷

둘 다 있을 것이다.

팔라몬   맙소사, 감히 죄를

이토록 고귀하게 지을 자 누굴까? 오로지   90

알시테뿐이다. 그러므로 오로지 알시테만

이런 일로 이토록 용감해.

알시테   상냥한 팔라몬.

(그를 껴안으려 한다.)

팔라몬 나는 너와 네 제안을 정말로 껴안지만

네 제안 때문에 그럴할 뿐이다. 네 몸에는,

위선 없이 말하면, 나의 칼끝 이상을   95

대고 싶진 않구나.   (무대 밖에서 뿔피리)

알시테   저 뿔피리 들리지.

우리의 결투가 사전에 방해받지 않도록
개구멍에 들어가. 자, 악수하자. 잘 있어.
필요한 건 다 가져올 거야. 편안하고
튼튼해지기를 바란다.

팔라몬   약속 꼭 지키고,   100
그 행위를 찌푸린 채로 해. 참으로 분명히
넌 나를 안 좋아해, 날 거칠게 대하고
네 말의 기름기는 싹 빼 버려. 대기에 맹세코
난 비위가 상하여 말끝마다 주먹질을
할 수도 있었어.

알시테   솔직히 말하는군.   105
하지만 모진 내 말 용서해라. 난 말에게
박차를 가할 때도 안 꾸짖어. 만족과 분노가
내겐 같은 모습이야.   (무대 밖에서 다시 뿔피리)
                    들어 봐, 흩어진 이들을
연회로 불러 모아. 네가 분명 짐작하듯
난 거기서 할 일 있어.

팔라몬   하늘은 네 시중에   110
기쁘지 않으며, 난 네가 부당하게 그 일을
얻은 줄 알고 있어.

알시테   훌륭한 직함이야.
우리 둘 사이에서 곪은 이 문제는 피를 내야
치유될 거라 믿네. 간청컨대 이 분쟁은
너의 칼에 넘겨주고 이 얘기는 더 이상   115
안 했으면 좋겠어.

팔라몬   한마디만 더 하고.
넌 이제 내 여인을 쳐다보러 가고 있어 —

주목해, 내 거니까 —

알시테   아니, 그럼 —

팔라몬   아니, 제발!

넌 내 힘을 키우려고 먹여 주는 얘기를 해.

넌 이제 태양을 쳐다보러 가는데 그것은   120

내려다보는 걸 힘 있게 만들어. 그 점에서

넌 나보다 유리해. 하지만 그것을 즐겨라,

내가 내 치료 약을 강요할 때까지. 잘 가.   (함께 퇴장)

3막 2장

간수의 딸, 홀로 등장.

딸   그이는 내가 말한 그 덤불을 잘못 알고

멋대로 가 버렸어. 이제 거의 아침이네.

상관없어. 영원한 밤이 되고 어둠이

온 세상의 군주라면 좋겠다! — 쉿, 늑대다!

내 비탄에 겁은 죽고, 한 가지 일 말고는   5

전혀 신경 안 쓰는데 그건 팔라몬이야.

이 줄을 그에게 넘긴다면 늑대가 날 씹어도

개의치 않겠다. 그를 찾아 외쳐 볼까?

외치면 안 되지. 우 소리 낸다면 — 그러면?

그의 답이 없을 경우 난 늑대를 부를 테고,   10

그에게 좋은 일만 하겠지. 기나긴 오늘 밤

120행 태양   에밀리아. 팔라몬에게 그녀는 또한 그의 치료 약(123행)이
기도 하다.
3막 2장 장소   숲.

난 이상한 울음을 들었다. 놈들이 그이를
포식할 수 있잖을까? 그이는 무기도 없으며
뛰지도 못한다. 족쇄가 덜그럭거리면
사나운 것들이 듣게 되고 놈들은 사람이   15
비무장 상태인지 알아내는 감각이 있으며
저항의 냄새도 맡을 수 있댔어. 적어 두자,
그이는 갈가리 찢겼어. 여럿이 함께 울고
그런 다음 그이를 먹었어. 이건 그쯤 해 두고
용감하게 조종을 울려라. 그럼 내 처지는?   20
그이가 가면 다 끝이다. ― 아냐, 아냐, 거짓말.
그이의 탈출로 아버진 목 잘리고, 나 자신은
내 행동을 부인하고 목숨을 부지해도
빌어먹게 되겠지. ― 근데 그건 안 할 거야,
수십 번 죽는대도. 정신이 멍해지네.   25
요 이틀 동안에 아무런 음식도 못 먹고
물만 약간 마셨다. 눈까풀로 눈물을
짜낼 때 말고는 눈도 못 붙여 봤다. 아아,
내 생명아, 녹아라! 혼 빠져서 나 자신을
물에 빠뜨리거나 찌르거나 목매진 말아야지.   30
오, 자연물아, 내 안에서 단번에 무너져라,
네 대들보 휘었어! ― 그럼 이제 어디로 가?
다음 길로 묘지로 가는 게 최상의 길이야.
빗나가는 걸음은 다 고통이니까. 저 봐,
달은 졌고, 귀뚜라미들은 울고, 부엉이가   35
새벽을 불러와. 내가 못 한 일만 빼고
임무는 다 끝났다. 하지만 결론은 이거다,
끝이 왔고 그게 다야.   (퇴장)

알시테가 음식, 포도주, 줄을 가지고 등장.

알시테	분명히 그 장소 근처야. 이봐! 팔라몬 사촌?
팔라몬	(덤불에서)
	알시테?
알시테	맞아. 음식과 줄을 몇 개 가져왔어.
	이리 나와, 겁먹지 마. 테세우스 여기 없어.

팔라몬 등장.

팔라몬	그만큼 고결한 이도 없어, 알시테.	
알시테	상관없어.	
	그런 건 나중에 따지자. 자, 용기를 내!	5
	짐승처럼 죽어선 안 되네. 여기, 마셔. —	
	탈진한 거 알아. — 그런 뒤 너와 더 얘기할게.	
팔라몬	알시테, 넌 지금 날 독살할 수도 있어.	
알시테	그래,	
	근데 난 너를 먼저 걱정해야겠다. 앉아, 제발,	
	이런 헛된 말씨름은 그만하자. 우리에겐	10
	옛 평판이 있으니 바보들과 겁보들의	
	얘깃거린 되지 말자. 네 건강을 위하여 — (마신다.)	
팔라몬	그래, 마셔!	
알시테	그럼 좀 앉아라, 그리고 청컨대	
	네 안의 고결함과 명예를 모두 걸고	

3막 3장 장소 숲.

그 여자 얘기는 그만해, 방해가 될 거야.

시간은 충분해.

팔라몬   좋아, 너에게 건배한다. (마신다.)

알시테   마음껏 쭉 들이켜, 피에도 좋다니까.

몸 녹는 거 못 느껴?

팔라몬   잠깐만, 한 두어 잔

더 하고 말해 주지.

알시테   그것은 남기지 마.

공작에게 더 있어. 이젠 먹어.

팔라몬   음.

알시테   난 기뻐,

네 식욕이 그토록 좋아서.

팔라몬   난 더 기뻐,

이토록 잘 맞는 음식이 있어서.

알시테   황량한 숲,

여기서 묵는 건 미쳤잖아?

팔라몬   그렇지,

생각이 황량한 이들에겐.

알시테   음식 맛은?

시장해서 양념이 필요 없겠어.

팔라몬   그래, 별로.

필요해도 네 것은 너무 강해, 사촌님아.

이건 뭐지?

알시테   사슴 고기.

팔라몬   정력에 좋겠군.

포도주 더. ― 자, 알시테, 우리가 한창때 알았던

계집들을 위하여. 그 집사 영감의 딸 ―

그녀를 기억해?

알시테	너 다음으로, 사촌.	30

팔라몬　검은 머리 사내를 좋아했고 —

알시테　　　　　　　　　그랬지. 그런데?

팔라몬　누가 그게 알시테라고 하는 말을 들었고 —

알시테　말해, 진짜.

팔라몬　　　　　그녀는 그를 정자 안에서 만났어.

거기서 그녀가 뭘 했을까? 버지널 연주를?

알시테　조금 했어 —

팔라몬　　　　　　그 때문에 한 달을 신음했지.　　　　35

또는 두 달, 석 달, 열 달.

알시테　　　　　　　　사령관의 누이도

내 기억에, 사촌, 같은 일을 겪었어. 아니면

헛소문이었겠지. 걔한테 건배할래?

팔라몬　　　　　　　　　　음.

알시테　어여쁜 갈색 머리 계집이지. 언젠가 청년들이

사냥을 나갔는데 숲이 있었고, 덩치 큰　　　　40

너도밤나무가 있었고, 거기서 생긴 일은 —

아아.

팔라몬　　　맹세코 에밀리 생각이야! 바보야,

이런 억지 기쁨은 그만둬! 다시 말하는데

그 한숨은 에밀리 때문이야. 천한 사촌,

감히 먼저 약속을 깨?

알시테　　　　　　　큰 오해야.

34행 버지널　직사각형 하프시코드의 일종. 아가씨와 처녀들이 흔히
연주해서 이런 이름이 붙었다고 하는데 처녀(버진)와 연관된 그 이름
때문에 자주 음담패설의 소재가 되곤 했다.

| 팔라몬 | 세상에, | 45 |

정직한 구석은 전혀 없군.

| 알시테 | 그럼 난 떠난다. |

넌 이제 짐승이야.

| 팔라몬 | 배신자 너 때문에. |

| 알시테 | 필요한 건 다 있고 — 줄과 셔츠, 향수도.

두 시간쯤 뒤에는 모든 것을 침묵시킬

그걸 갖고 다시 오마.

| 팔라몬 | 칼과 갑옷 한 벌이지. | 50 |

| 알시테 | 걱정 마. 넌 지금 너무나 더러워. 잘 있어.

그 족쇄나 떼 내라. 다 가져올 거야.

| 팔라몬 | 이봐. — |

| 알시테 | 더 듣지 않겠다. | (퇴장) |

| 팔라몬 | 약속을 지키면 넌 죽어. | (퇴장) |

3막 4장

간수의 딸 등장.

| 딸 | 내 몸은 아주 차고, 별들도 다 사라졌다.

반짝이들처럼 빛나던 작은 별도 모두 다.

해님도 내 바보짓을 보았어. — 팔라몬! —

아, 아냐, 천국 갔어. 난 지금 어디 있지?

저 건너가 바다고, 배가 있네. 막 흔들려! | 5 |

그런데 물밑에선 바위가 지켜보고 있잖아.

3막 4장 장소 숲.

저런, 저런, 거기에 부딪쳐. 저, 저, 저런!
구멍이 뚫렸어, 제대로! 그들이 막 울어!
바람 업고 내달려, 안 그럼 다 잃어.
돛을 한둘 올려서 방향을 바꿔 봐, 얘들아!　　　　10
잘 자, 잘 자, 너흰 갔어. ― 난 아주 배가 고파.
튼실한 개구리나 잡았으면, 걔가 내게
온 세상 소식을 다 알려 줄 텐데. 그럼 난
조가비 하나로 화물선 만들어 동쪽으로,
또 북동쪽으로 피그미의 왕에게 갈 거야,　　　　15
그는 점을 기막히게 치니까. 그래, 아버진
내일 아침 십중팔구 눈 깜짝할 사이에
목매달릴 테지만 난 말이 없을 거야.

(노래한다.)

　　　　난 푸른 외투를 무릎 위 한 자에서 자르고
　　　　노랑머린 눈 아래 한 치에서 벨 테니까.　　　　20
　　　　어머나, 야호, 야호, 야호,
　　　　그이가 내게 사 줄 백마 타고 나가서
　　　　넓은 세상 뒤지면서 그이를 찾을 거야,
　　　　어머나, 야호, 야호, 야호.　　　　25

오, 이제는 밤꾀꼬리처럼 내 가슴에 갖다 댈
가시를 줘. 안 그럼 난 쥐 죽은 듯 잠잘 거야.　　　　(퇴장)

25행 밤꾀꼬리　나이팅게일, 이 새는 잠들지 않으려고 자기 가슴을 가
시에 대고 운다고 한다. 또한 형부 테레우스에게 강간당한 필로멜라가
변신한 새이기도 하다. (아든)

3막 5장

교사 제럴드와 촌 남자 다섯 등장.

교사   쳇, 쳇,
자네들, 이 무슨 지겹고 순 미치광이
바보짓을 하는 거야! 내가 근본 원리를
그토록 오랫동안 설명했고, 젖 먹여 주었고,
비유컨대 내 지식의 바로 그 자두 죽과   5
곰국을 먹여 줬는데도 자네들은 아직도
"어디서?" "어떻게?" "왜?"라고 소리쳐?
이 가장 허접한 능력자, 조잡한 판관들아,
내가 "이렇게 두고", 또 "거기 두고", 그리고
"놔둬"라고 했는데도 아무도 이해 못 해?   10
맙소사! 하늘이여! 자네들은 다 천치야!
왜냐고?
난 여기 서 있어. 공작이 오시고, 자네들은
거기 숲에 숨었어. 공작이 나타나셔,
난 만나서 유식한 것들과 수많은 비유를   15
뱉어 드려. 그는 듣고, 끄덕이고, 음 한 뒤
"희한해!" 외치시고, 난 앞서가. 마침내
난 모자를 날려. — 잘 봐! 그러면 자네들은
일찍이 멜레아그로스와 멧돼지가 그랬듯이
우아하게 뛰쳐나와 참된 지지자들처럼   20

3막 5장 장소 숲.
19행 멜레아그로스 오비디우스의 『변신
이야기』에 의하면 테세우스는 그리스의   영웅 멜레아그로스가 조직한 칼레도니
아 멧돼지 사냥에 참여하였다. (아든)

점잖고 다정하게 한 무리를 지은 다음
비유컨대 박자 밟고 빙빙 돌아, 애들아.

촌 남자 1   다정하게 그럴게요, 제럴드 선생님.

촌 남자 2   일행을 모아라. 고수는 어디 갔어?

촌 남자 3   어이, 티모시!

고수 등장.

고수   여기야, 미친 것들, 맛 좀 봐!   25

교사   근데 그 여자들은?

촌 남자 4   프리츠와 모들린은 여기요.

촌 여자 다섯 명 등장.

촌 남자 2   키 작은 하얀 다리 루스와 활발한 바바리도.

촌 남자 1   주인에게 늘 잘하는 깨순이 넬도 함께.

교사   아가씨들, 리본은? 수영하듯 몸을 쓰고
다정하게, 그리고 민첩하게 움직이며   30
이따금씩 인사 한 번, 뛰놀기도 한 번 하고.

넬   알아서 할게요.

교사   나머지 악사들은?

촌 남자 3   명하신 그대로 흩어졌죠.

교사   그러면 짝을 짓고
빠진 게 없는지 살펴봐. 비비 역은 어딨지?
— 이보게, 자네는 그 꼬리로 부인들의   35
불쾌감 아니면 반감을 일으키지 말고, 또
대담하고 남자답게 공중제비 꼭 하고

	짖을 때도 분별 있게 하라고.	
비비 역	네, 선생님.	
교사	오호통재라! 여기 여자 하나가 빠졌잖아.	
촌 남자 4	손을 놔야겠구면, 말짱 헛일했잖아.	40
교사	유식한 작가의 말처럼 우린 개똥 밟았어. 우린 어리석었고 헛되이 노력했어.	
촌 남자 2	그 경멸할 계집애, 상스러운 잡것이 오겠다는 약속을 굳게 해 놓고서는 ― 그 재봉사 아저씨 딸 시슬리 말이야. 다음에는 개가죽 장갑이나 줄 거야! 아니, 나를 물먹이면 ― 아르카스, 넌 알지, 갠 포도주 빵에 걸고 맹세했어, 올 거야.	45
교사	뱀장어와 여자는, 유식한 시인의 말씀이, 꼬리로 안 잡고 이빨로 안 잡으면 둘 다 놓친댔어. 예절에서 이 사건은 논리 전제 오류야.	50
촌 남자 1	염병할 것, 이젠 걔가 움찔할까?	
촌 남자 3	선생님, 어떻게 결정하면 좋겠어요?	
교사	별수 없지. 우리의 작업은 무효가 되었어. 암, 비통하고 애통한 무효가 되었어.	55
촌 남자 4	마을의 평판이 걸려 있는 지금 이때, 지금 지랄한다고, 지금 심통 부린다고? 맘대로 해, 널 기억할 거야, 손볼 거야.	

간수의 딸 등장.

딸 　(노래한다.)

　　　　　　남쪽에서 온 배는 조지 알로호인데 　　　　60
　　　　　　바바리 해변에서 떠났죠.
　　　　　　거기에서 그이는 멋진 군함
　　　　　　한 척, 두 척, 세 척을 만났어요.

　　　　　　"어서 와요, 어서 와, 유쾌한 한량들!
　　　　　　이젠 어느 곳으로 가려고 ― 요? 　　　　65
　　　　　　오, 해협에 도착할 때까지
　　　　　　나도 함께 가도록 해 줘 ― 요."

　　　　　　세 바보가 쇠부엉이 두고서 쌈 났어요.

　　　　　　하나는 부엉이라 그랬는데
　　　　　　다른 애는 아니라고 했어요. 　　　　70
　　　　　　셋째는 매라고 그랬는데
　　　　　　방울이 잘려 나갔다고 했어요.

촌 남자 3 　선생님, 이 예쁜 미치광이 여자가
　　　　　　3월의 토끼처럼 미쳐서 때맞춰 왔네요.
　　　　　　춤추게 만들 수 있다면 우린 성공합니다. 　　　75
　　　　　　장담컨대 최고의 손짓발짓 할 겁니다.
촌 남자 1 　미친 여자? 성공이 확실해, 이보게들.
　　교사 　당신은 미쳤소, 여자분?
　　딸 　　　　　　　　　　안 그럼 미안하죠.
　　　　　손을 줘요.
　　교사 　　　왜?

딸	난 운수를 점칠 수 있어요.

당신은 바보야. 열까지 세 봐. — 당황했어. 홍!　　　　　80

— 친구야, 흰 빵을 먹음 안 돼, 그랬다간

이에서 엄청 피가 나니까. — 춤출까요, 어?

— 당신을 알아요, 땜장이죠. 이봐, 땜장이,

자기 구멍 말고는 더 때우지 마.

교사	맙소사,

땜장이라고, 아가씨?

딸	아니면 마술사죠.　　　　　85

악마를 불러와 종소리와 뼈 장단에 맞추어

유행가 한 자락 읊게 해요.

교사	붙잡아서

안정을 찾도록 유창하게 설득해 봐.

"난 이제 불멸의 대작을 완성했다." —

북을 치고 이끌어 줘.　　　　　(고수가 연주한다.)

촌 남자 2	자, 아가씨, 밟아 볼까.　　　　　90
딸	앞설게요. (춤춘다.)
촌 남자 3	그래, 그래!　　　　　(뺄피리 소리)
교사	권유하듯 노련하게.

얘들아, 가. 뺄피리 소리야. 난 명상 좀 할게 —

신호를 주목해.　　　　　(교사를 제외하고 모두 퇴장)

아테네여, 영감을 주소서!

테세우스, 피리토우스, 히폴리테, 에밀리아 및 수행원들

89행 난…완성했다 『변신 이야기』를 마무리하는 오비디우스의 말을
자기 나름대로 해석한 것. (아든)

등장.

테세우스	수사슴이 간 길이다.
교사	멈춘 다음 교화되라!
테세우스	이건 뭐지? 95
피리토우스	맹세코 시골 오락입니다, 각하.
테세우스	(교사에게)

그럼 앞으로 나오라. 짐은 '교화되겠다'.

(의자와 걸상이 나온다.)

부인들, 앉아요. 우린 멈출·것이오.

(테세우스, 히폴리테, 에밀리아, 앉는다.)

교사	그럼 용맹한 공작 만세. 어여쁜 숙녀들, 만세 —
테세우스	만세는 아직 안 됐는데. 100
교사	좋아만 해 주시면 저희 시골 놀이는 성공이죠.

저희, 조잡한 언어로 '촌사람들'이라고
분류되는 몇 사람이 여기 모였답니다.
사실을 말하고 우화를 안 쓰려고 한다면
저희는 유쾌한 무리이고, 아니면 폭도들,   105
아니면 동료 또는 비유컨대 합창단으로서
어전에서 모리스 춤을 출 겁니다.
또한 저는 모두를 바로잡는 사람으로
직함은 교사이고, 작은 애들 바지 위엔
자작나무 회초리를 내리고 큰 애들은   110
막대기를 가지고 겸손하게 만드는데
이 기계, 아니면 장치를 여기서 바치오니

107행 모리스 춤 축제, 특별히 오월제에서 자주 추던 춤.

어여쁜 공작님, 그 용감한 불길한 명성이
저승에서 저 별까지 널리 퍼진 당신께서
부족한 지지자, 저를 도와주시고   115
반짝이는 그 눈으로 바르게 똑바로
이 거대 체중의 막강한 '모'를 봐 주시죠.
이제는 '리스'가 나오는데 이 둘을 합치면
'모리스', 저희가 여기에 온 이유가 됩니다.
이 오락의 바탕은 적지 않은 공부의 결과죠.   120
전 비록 거칠고 무식하고 흐리멍덩하오나
각하 앞에 먼저 나와 그 취지를 말하면서
위대한 그 발밑에 제 필통을 바칩니다.
다음으론 5월의 왕과 또 빛나는 왕비가,
그리고 야밤에 조용한 곳 찾고 있는   125
여급과 하인이, 그리고 저의 술집 주인과
녹초가 된 여행자를 돈 쓰도록 환영하며
급사에게 계산을 부풀리라 손짓하는
그의 뚱보 아내가 나옵니다. 그러고는
쓴 우유나 마시는 광대와 그 사람 다음엔 바보와   130
긴 꼬리에 역시 긴 연장 가진 비비 역과
춤판을 이루는 기타 등등 나옵니다.
"좋다."라고 하시면 모두들 바로 진행합니다.

테세우스 좋아, 좋아, 어떻게든, 친애하는 선생.
파리사우스 공연하게.   135
교사 이보게들, 들어와! 나와서 밟으라고.

112행 기계…장치 자신들의 여흥과 관련된 무대 장치를 가리키며 말하
는 것 같다.

(음악. 촌사람들과 간수의 딸이 모리스 춤을 공연한다.)

교사 부인들이시여, 저희가 유쾌하고

여러분을 기쁘게 해 드렸다면,

그랬다면, 그렇다면 이 교사는

광대가 아니라고 해 주세요.   140

공작님도 기쁘게 해 드렸다면,

착한 애들처럼 해야 할 일 했다면

나무 한두 그루만 주십시오,

오월제 기둥으로 쓰려고요, 그리고

또 한 해가 가기 전에 다시금   145

그대와 이 무리를 다 웃겨 드리죠.

테세우스 스물을 가지게, 선생 — 내 님의 기분은?

히폴리테 더 기쁜 적 없었어요.

에밀리아   빼어난 춤이었고

서두 역도 더 좋은 건 못 봤어요.

테세우스 고맙네, 교사. 모두가 사례를 받게 하라.   150

피리토우스 그리고 이걸로 기둥을 색칠하게. (교사에게 돈을 준다.)

테세우스 이제 우린 수렵으로 돌아가자.

교사 사냥감인 수사슴은 잘 버티고

사냥개들 빠르고 튼튼하길.

그들이 그놈을 방해 없이 죽이고   155

부인들은 그 불알 맛보시길.

(테세우스와 일행이 떠난다. 뿔피리)

자, 우린 모두 팔자 고쳤어, 모든 신과 여신에게 맹세

코. 너희도 드물게 잘 췄어, 계집애들아.

(함께 퇴장)

3막 6장

팔라몬, 숲에서 등장.

팔라몬   사촌은 이 시간쯤 나를 다시 찾겠다고,
또한 칼 두 자루에 좋은 갑옷 두 벌을
가져올 거라고 약속했다. 안 온다면
인간도 군인도 아니다. 그가 날 떠났을 때
난 잃은 체력이 일주일에 회복될 거라곤   5
생각할 수 없었고, 결핍으로 대단히
약해지고 풀 죽어 있었다. 고맙다, 알시테.
넌 아직 공정한 원수이고, 나 자신도
이렇게 먹고 기운 차려서 위험을 다시금
견딜 수 있다고 느낀다. 결투를 더 늦추면   10
세상에서 그 얘기를 들었을 때 그들은 날
싸우는 군인 아닌 돼지처럼 살찌고 있다고
생각할 것이다. 그래서 이 축복의 아침이
마지막일 것이고, 그가 선택 않는 칼로,
그게 꼭 버텨 주면 죽일 거다, 정의니까.   15
그럼 내게 사랑과 행운 있길!

알시테가 갑옷과 칼들을 갖고 등장.

                          오, 좋은 아침.

알시테   좋은 아침, 귀한 사촌.
팔라몬   난 너에게 너무 많은

3막 6장 장소 숲.

고생을 시켰어.

알시테 　　　　　　　　그 너무 많다는 게, 사촌님,
명예에 진 빚이며 내 의무일 뿐이야.

팔라몬 네가 만약 매사에 그렇다면 나는 네가　　　　　　20
유익한 적으로 널 알아 달라 강요하는 만큼
친절한 친척 되어 타격 아닌 포옹으로
감사할 수 있길 바라.

알시테 　　　　　　　　어느 쪽도 훌륭하고
고귀한 보상으로 여길 거야.

팔라몬 　　　　　　　　　　그럼 나도 되갚지.

알시테 그렇게 멋진 말로 나에게 도전해, 그럼 넌　　　　25
나에게 연인 그 이상으로 보일 거야.
고귀하면 넌 뭐든 사랑하니까 화는 그만!
우린 말만 배운 게 아니잖아. 갑옷 입고
방어 자세 취할 때, 그때 우리 분노를
두 조수가 만났을 때처럼 강력히 내뿜자.　　　　30
그러면 이 미녀 차지할 생득권이 정말로
누구에게 속하는지, (상호 비난, 멸시, 혐오,
소녀 소년들에게나 어울릴 삐죽임 없이도)
네 것인지 내 것인지, 그것도 빠르게
드러날 것이다. 무장하시겠습니까?　　　　　　35
아니면, 아직은 준비가 덜 됐고 옛 체력이
안 돌아왔다고 느끼면 난 기다릴 테고
네가 건강 찾도록 일 없을 땐 매일 너와
대화할 것이야. 난 너란 인간과 친구여서
그녀를 사랑한다는 말은, 못 해서 죽었어도　　　40
안 했길 바랄 순 있지만 그런 숙녀 사랑과

내 사랑의 변호를 피하지는 말아야 해.

팔라몬 알시테, 너는 너무 멋들어진 적이어서
사촌 아닌 그 누구도 너를 죽일 자격 없어.
난 튼튼해, 활기차. 무기 골라.

알시테   네가 골라.   45

팔라몬 모든 일에 날 능가하려고, 아니면 내가 널
살려 주게 만들려고?

알시테   그렇게 생각하면
넌 속았어, 왜냐하면 나는 군인이므로
안 살려 줄 테니까.

팔라몬   좋은 말씀.

알시테   그런 줄 알 거야.

팔라몬 그럼 난 정직한 사람이고 사랑하니까   50
애정의 정당성을 다 가지고 너에게
확실히 갚아 주마. (갑옷을 고른다.)
            난 이거.

알시테 (다른 것을 택한다.)   그럼 이게 내 거다.
내가 먼저 입혀 주마.

팔라몬   그래.

            (알시테, 팔라몬을 무장시키기 시작한다.)
                말 좀 해 봐, 사촌,
이 좋은 갑옷을 어디서 구했어?

알시테   공작 거야,
사실은 훔쳤어. 내가 죄어 아픈가?

팔라몬   아니.   55

알시테 너무 무겁지 않아?

팔라몬   더 가벼운 걸 입었지,

하지만 이것도 맞을 거야.

| 알시테 | 꼭 매 줄게. |

팔라몬 어떻게든.

알시테 큰 가리개 원하는 건 아니지?

팔라몬 아냐, 아냐, 우린 말은 안 탈 거야. 넌 기꺼이
그런 싸움 원하는 것 같은데.

알시테 신경 안 써.   60

팔라몬 정말로, 나도 그래. 사촌님, 죔쇠를 쭉
끝까지 밀어 줘.

알시테 장담하지.

팔라몬 이젠 내 투구를.

알시테 맨팔로 싸울 거야?

팔라몬 그럼 더 날래겠지.

알시테 그래도 긴 장갑은 껴. 그건 제일 작으니까
제발 내 거 가져가, 사촌님.

팔라몬 고맙다, 알시테.   65
내 모습 어때 보여? 몸이 많이 말랐나?

알시테 정말, 아주 조금. 사랑이 널 친절히 대했어.

팔라몬 장담해, 난 급소를 찌를 거야.

알시테 아낌없이 그래라.

명분도 줄 테니까, 사촌님.

팔라몬 이젠 네 차례다.

(알시테를 무장시키기 시작한다.)
이 갑옷은, 알시테, 왕 셋이 쓰러진 날   70
네가 입던 바로 그것 같지만 더 가벼워.

알시테 아주 좋은 것이었지. 그리고 그날은
확실히 기억건대, 사촌, 네가 날 앞질렀어.

그런 용맹 본 적 없어. 네가 적의
왼쪽 날개 쪽으로 돌격할 때 나도 힘껏   75
박차를 가하면서 쫓아갔고, 내가 탄 건
아주 좋은 말이었어.

팔라몬   정말로 그랬지.
내 기억에 밝은 밤색이었어.

알시테   맞아, 하지만
나에겐 모든 게 헛수고였단다. 넌 앞섰고
내가 소망했어도 너에겐 못 미쳤겠지만   80
모방해서 좀 다가갔었어.

팔라몬   용기로 더 그랬지.
넌 겸손해, 사촌.

알시테   네가 먼저 돌격할 때 봤는데
그 부대 쪽에서 우르릉 천둥소리
들은 것 같았어.

팔라몬   그렇지만 그 이전에
네 용맹의 번개가 쳤었지. — 잠깐 멈춰.   85
이 부분, 너무 꽉 끼잖아?

알시테   아냐, 아냐, 괜찮아.

팔라몬 오로지 내 칼로만 널 다치게 할 거야,
피멍은 불명예일 테니까.

알시테   난 이제 완벽해.

팔라몬 그러면 떨어져.

알시테   내 칼 받아, 더 나아 보인다.

팔라몬 고맙지만 네가 가져. 네 목숨이 달렸잖아.   90
이것만 버텨 주면 내 모든 희망과 바꾼대도
더는 요구 않는다. 명분과 명예가 날 지키길!

알시테	나는 내 사랑이!

(둘은 몇몇 방향으로 인사한 다음 앞으로 나와 선다.)

뭐 다른 말 할 거 있어?

팔라몬	이 말만 해 둔다. 너는 내 고모의 아들이고

우리가 흘리려 하는 피도 나누었다,   95

난 네 것을, 넌 내 것을. 나는 내 손안에

칼을 잡았으니까 네가 만약 날 죽여도

신들과 난 너를 용서해 준다. 명예로이

잠드는 이들을 위한 장소가 마련돼 있다면

쓰러지는 지친 영혼, 거기 가길 바란다.   100

용감하게 싸워, 사촌. 고귀한 네 손 잡자.

알시테	자, 팔라몬. 이 손이 이런 우정 지니고는

다신 네게 안 다가갈 거야.

팔라몬	신에게 널 맡긴다.

알시테	내가 쓰러진다면 저주하고 겁쟁이였다고 해,

그런 자만 감히 이 공정한 시합에서 죽을 테니.   105

다시 한번 잘 가라, 사촌.

팔라몬	잘 가라, 알시테.

(그들이 싸운다. 안에서 뿔 나팔. 그들이 멈춘다.)

알시테	저 봐, 사촌, 어리석은 우리는 망했어.

팔라몬	왜?

알시테	저건 내가 사냥 중이라고 말했던 공작이야.

발각되면 우리는 비참해져. 오, 자리를 떠,

명예와 안전 문제 때문이야, 곧바로   110

다시 숲속으로 가. 사촌, 우리가 죽을 시간

찾아보면 너무나 많을 거야! 귀한 사촌,

네가 발각된다면 넌 탈옥을 한 죄로

즉각 사라질 테고, 네가 나를 밝히면 난
모욕죄로 그리돼. 그럼 온 세상이 우리를   115
고귀한 분쟁을 천하게 처리한 자들로
경멸하며 말할 거야.

팔라몬   아냐, 아냐, 사촌.
난 더 이상 숨지도, 이 엄청난 모험을
두 번째 시험으로 미루지도 않을 거야.
난 너의 잔꾀와 그 이유도 알고 있다.   120
지금 발을 빼는 자, 창피하다! 곧바로
방어 자세 취해라. —

알시테   너 미치지 않았어?

팔라몬   안 그럼 난 이 시간을 내 것으로 이용하고,
앞으로 나를 위협할 일은 내 승패보다도
덜 두려워할 거다. 알아 둬라, 약한 사촌,   125
난 에밀리아를 사랑하고 너와 방해물들을
그 속에 다 묻을 테다.

알시테   될 대로 되라지.
팔라몬, 넌 내가 죽는 일도 대화나 수면만큼
쉬이 한다는 걸 알 거야. 겁나는 건 오로지
우릴 끝낼 영예를 법이 갖게 하는 거야.   130
네 목숨 조심해!

팔라몬   네 것이나 잘 살펴, 알시테!

(그들이 다시 싸운다.)

뿔 나팔. 테세우스, 히폴리테, 에밀리아, 피리토우스 및

수행원들 등장.

테세우스	이 무슨 무식하고 미치도록 악의에 찬
	배반자들인가, 내 법령의 취지에 반하여
	내 허락과 경기 관리 요원 없이 이렇게
	무장한 기사처럼 전투를 벌이고 있다니? 135
	맹세코 둘 다 죽어!

팔라몬   그 약속 지켜요, 테세우스.

우리 둘은 분명히 배반자들이며, 둘 다
그대와 그대 호의 경멸했답니다. 그대를
좋아할 수 없는 전 팔라몬, 탈옥한 자이고 —
그 처벌을 잘 생각하시오. — 이쪽은 알시테,   140
더 용감한 배반자가 그대 땅 밟은 적도,
더 거짓된 자가 친구로 보인 적도 없답니다.
이자는 부탁으로 풀려나 추방됐죠. 이자가
그대와 그대의 용단을 깔보고 이렇게 위장하여
그대의 칙령을 어기면서 저 빛나는 행운의 별,   145
그대 처제, 저 고운 에밀리아를 시중들고 —
그녀의 하인은 만약에 보는 데, 그리고 맨 먼저
영혼을 맡기는 데 권리가 있다면 정당하게
이 몸인데 — 게다가 자기 걸로 감히 생각합니다.
제가 그 배신을 최고로 믿음직한 연인처럼   150
지금 그를 불러와 책임지게 했습니다.
그대가 사람들 말처럼 위대하고 덕 높으며
무례를 모두 다 바르게 해결하는 분이라면
"다시 싸워." 하십시오, 그럼 테세우스는
스스로 시샘할 저의 정의 실현을 볼 겁니다.   155
그때 제 목숨을 거두시죠. 호소하오.

피리토우스   맙소사,

인간을 넘어섰어!

테세우스   난 맹세했다.

알시테   우리는

그대 자비 안 구하오, 테세우스. 그건 제게

그대의 선고에 아무런 동요 없이 곧바로

죽는 거나 똑같소. 배반자로 불리는 전   160

이것만 말하죠. 사랑에 빠지는 게 배신이면

이토록 빼어난 미인에게 봉사함에 있어서

가장 사랑하기에, 그리 믿고 사라질 것이기에,

그 사실을 확인코자 살아 여기 왔기에,

최고로 참되고 훌륭하게 섬겼기에, 그것을   165

부인하는 이 사촌을 감히 죽이려 하기에

괜찮다면 제가 그 최고의 배반자가 되지요.

칙령을 무시한 건, 공작님, 저 숙녀께

왜 그리 고운지, 그 눈으로 왜 저를 여기 남아

사랑하라 명하는지 물어보고, 그녀가   170

"배반자"라고 하면 저는 못 묻어 줄 악한이오.

팔라몬   오, 테세우스, 양쪽에게 자비는 안 보여도

동정은 둘 다에게 하실 것입니다. 그대는

정의로우시므로 우리의 말에는 귀를 막고,

용감하시므로 — 열두 가지 난제로   175

영광스레 기억되는 그 친척의 혼을 기려 —

우릴 함께 한 순간에 죽게 해 주시오. 단,

그녀를 그가 못 가진 걸 제 영혼이 알도록

그를 조금 앞서서 쓰러지게 해 주시오.

176행 그 친척 헤라클레스를 가리킨다.

테세우스	그 소원을 들어준다, 사실인즉 네 사촌이	180
	열 배나 더 죄를 지었으니까. 난 그에게	
	네가 아는 것보다 큰 자비를 보였고, 네 죄는	
	그보다 작으니까. 이들 위한 변호는 금지다,	
	양쪽 다 해 지기 이전에 영면할 테니까.	

히폴리테　아, 불쌍해라! 동생아, 거절 못 할 네 말을　　185
　　　　　지금 꼭 해 드려라. 안 그러면 네 얼굴은
　　　　　사라진 이 사촌들 때문에 수 세기 후에도
　　　　　저주받을 것이야.

에밀리아　　　　　　　　　언니, 나는 내 얼굴에서
　　　　　저들 향한 어떤 분노, 파괴력도 못 찾겠어.
　　　　　저들은 불운하게 눈이 삐어 죽게 됐어.　　190
　　　　　그래도 난 여자이고 동정할 것이므로
　　　　　자비를 못 얻는 이 무릎은 땅속에 박힐 거야.
　　　　　도와줘, 언니. 이처럼 덕 높은 행위라면
　　　　　여성들의 온 힘이 우리와 함께할 테니까.
　　　　　최고 멋진 형부여 — (무릎을 꿇는다.)

히폴리테　(무릎을 꿇는다.)　　각하, 결혼의 인연 걸고 —　195

에밀리아　당신의 오점 없는 명예 걸고 —

히폴리테　　　　　　　　　　　내게 주신
　　　　　그 믿음과 고운 손과 정직한 마음 걸고 —

에밀리아　남의 동정 일으킬 당신의 그 무엇 걸고,
　　　　　당신의 한없는 미덕 걸고 —

히폴리테　　　　　　　　　　용기 걸고,
　　　　　내가 당신 즐겁게 한 순결한 밤 다 걸고 —　200

테세우스　이거 참 이상한 마법이군.

피리토우스　　　　　　　아니, 그럼 저도.

(무릎을 꿇는다.)
우리 우정 다 걸고, 우리 위험 다 걸고,
최애하시는 전쟁과 이 예쁜 숙녀 다 걸고 —

에밀리아   얼굴 붉힌 처녀에게 떨려서 거절은 못 하실
그것 걸고 —

히폴리테   그 두 눈 걸고, 힘을 걸고, 당신은   205
난 힘에서 모든 여자, 거의 모든 남자를
넘어섰다 맹세했고, 그래도 난 굴복했는데 —

피리토우스   이 모두의 완성으로 자비가 당연히 있어야 할
그 고귀한 영혼 걸고, 먼저 부탁합니다. —

히폴리테   다음엔 내 기도 듣고 —

에밀리아   끝으로 간청컨대 —   210

피리토우스   자비를!

히폴리테   자비를.

에밀리아   이 귀공자들에게 자비를!

테세우스   내 확신을 뒤흔드네. 내가 이 둘에게
동정을 느낀다면 어떻게 처결하길 원하오?

          (에밀리아, 히폴리테, 피리토우스 일어선다.)

에밀리아   목숨은 살리세요. 하지만 추방과 함께요.

테세우스   처제는 정확히 여자야. 동정심은 있지만   215
어디에 쓸 것인지 알지는 못하는군.
그들을 살리고 싶으면 추방보단 더 안전한
방법을 고안해 봐. 이들 둘이 살아가며
그들 안에 사랑의 고뇌를 지닌 채

205행 그것 곤경에 빠진 처녀를 구해야 하는 기사의 신성한 의무, 그리고 테세우스가 에밀리아에게 이미 했던 약속(230~232행 참고)을 가리킨다. (아든)

서로를 안 죽일 수 있겠어? 그들은 널 두고   220
매일 싸울 것이고, 매시간 네 순결을
공공연히 칼로 문제 삼을 거야. 그러니
지혜롭게 여기서 잊어라. 이는 네 명성과
내 서약에 똑같이 중요해. 난 죽음을 명했다.
서로를 베느니 법으로 당하는 게 더 나아.   225
내 명예를 꺾지 마라.

에밀리아   오, 고귀한 형부여,
그 서약은 성급하게 화난 채로 하셔서
이성의 지지를 못 받아요. 그러한 서약이
최종 결정이라면 세상은 다 끝나야죠.
또 제겐 당신 것에 맞서는 딴 서약도 있는데,   230
권위는 더 있고 사랑은 분명 더 많으며
격정이 아니라 충분한 숙고의 결과였답니다.

테세우스   뭔데, 처제?

피리토우스   확 몰아붙여요, 용감한 숙녀여.

에밀리아   제 청이 온당하고 허락에 부담이 없다면
어떤 것도 절대 거절 않겠다고 하셨어요.   235
전 지금 그 말씀에 당신을 묶어요. 어기면
당신의 명예가 얼마나 상할지 생각해 보세요.
그들이 살아서 (전 이제 구걸을 맘먹어서
당신 동정 말고는 안 들려요.) 제 이름을
얼마나 망가뜨릴지는 말 마세요. 평판이요!   240
절 사랑한다고 뭔가가 사라져야만 해요?
그것은 잔인한 지혜겠죠. 곧고 어린 가지가
천 송이 꽃으로 붉을 때 썩을 수도 있다고
사람들이 자르나요? 오, 테세우스 공작님,

이들 땜에 산고 겪은 그 훌륭한 어머니들,   245
사랑을 열망한 적 있었던 처녀들은 모두 다
당신 서약 유효하면 저와 제 미모를 저주하고
제가 오직 여자들의 웃음거리 될 때까지
이들 두 사촌을 기리는 그들의 만가에서
잔인한 절 경멸하며 비참해지라고 외치겠죠.   250
제발 그들 목숨 살리고 추방해 주세요.

테세우스   어떠한 조건으로?

에밀리아   그들이 더 이상
저를 두고 다투거나 절 아는 척하거나
당신의 공국 땅을 밟지 않을 것이며,
어디를 여행하든 언제나 남남이 될 것을   255
서약게 한 다음에요.

팔라몬   그런 서약 하느니 전
갈기갈기 찢기겠소. 제 사랑을 잊어요?
오, 신들이여, 그럼 절 경멸해요. 우리가
우리 칼과 명분을 떳떳이 지닐 수 있다면
추방이 싫진 않소. 아니라면 우리 목숨,   260
절대로 희롱 말고 거둬요, 공작님. 저는 꼭
사랑하고 할 것이며, 사랑 위해 어디서든
이 사촌을 감히 꼭 죽입니다.

테세우스   알시테, 넌
이 조건을 받을 텐가?

팔라몬   그럼 그는 악당이죠.

피리토우스   진짜 남자들이야!   265

알시테   절대 안 됩니다, 공작님. 제 목숨을 그토록
천하게 받는 건 구걸보다 더 나쁘죠. 그녀를

절대로 못 즐길 것 같지만 애정의 명예는
보존할 것이고, 죽음을 악마로 만드셔도
그녀 위해 죽을 것입니다.   270

테세우스   어떡하지? 난 이제 동정심을 느끼는데.

피리토우스   그걸 다시 놓치진 마십시오.

테세우스   자, 에밀리아,
이들 중 하나가 죽는다면, 그래야 하니까,
나머지를 남편으로 맞이하는 데 만족해?
둘 다 너를 즐길 수는 없단다. 그들은   275
네 눈만큼 훌륭한 귀공자로 여태껏 들려온
명성만큼 고귀하다. 그들을 쳐다보고
사랑할 수 있다면 이 분쟁을 끝내라,
나도 동의하겠다. 만족하나, 귀공자들?

팔라몬, 알시테   진심으로 합니다.

테세우스   그녀가 거절하는 남자는   280
죽어야 해.

팔라몬, 알시테   어떤 죽음 내리시든 좋습니다.

팔라몬   그녀 말에 쓰러지면 은혜 받아 쓰러지며
후세의 연인들은 제 유해를 축복할 겁니다.

알시테   그녀가 절 거절해도 전 묘지와 결혼하고
병사들이 조가를 부르겠죠.

테세우스   (에밀리아에게)   그러면 선택해라.   285

에밀리아   못 해요, 그들은 둘 다 너무 뛰어나요.
저 때문에 머리카락 한 올도 못 다쳐요.

히폴리테   어떡하실 거예요?

테세우스   이렇게 명하고, 그것은
내 명예에 맹세코 또 한 번 효력을 갖거나

아니면 둘 다 죽는다. 둘 다 귀국해서   290
각자는 이번 달 안으로 훌륭한 기사를
세 명씩 대동하고 내가 피라미드를 박아 둘
이 자리에 나타나라. 그리고 여기 있는
우리들 앞에서 공정한 기사의 힘으로
그 기둥에 사촌을 강제로 붙이는 사람이   295
그녀를 즐길 테고, 상대방과 기사들은
목을 다 잃을 거다. 원한 품고 쓰러져도,
숙녀에게 권리 갖고 죽는다 여겨도 안 된다.
이러면 만족하겠느냐?

팔라몬   예. 자, 알시테 사촌,

                                        (손을 내민다.)

그때까지 우린 다시 친구다.

알시테   널 포옹하겠다.   300

테세우스   처제도 만족해?

에밀리아   네, 그래야죠. 안 그러면
둘 다 잘못되니까.

테세우스   자, 그럼 다시 악수해라.
또 신사들이니까 조심해서 예정된 시간까지
이 싸움을 잠재우고 진로를 지켜라.

                                (팔라몬과 알시테 악수한다.)

팔라몬   어김없을 것입니다.

테세우스   자, 난 이제 너희를   305
두 귀공자처럼, 친구처럼 대우할 것이다.
돌아오면 이긴 자는 여기 정착시키고
지는 자도 그 관 위에 내가 울어 주겠다.   (함께 퇴장)

간수와 첫째 친구 등장.

간수	더는 듣지 못했어? 팔라몬의 탈주와 관련해
	나를 두고 한 말은 아무것도 없었어?
	이보게, 기억해 봐!
친구 1	아무것도 못 들었어.

난 그 일이 완전히 끝나기 이전에
집으로 왔으니까. 근데 난 떠나기 이전에   5
두 사람이 사면될 가능성이 크다는 걸
알아챌 수 있었어. 왜냐하면 히폴리테와
고운 눈의 에밀리아가 무릎을 꿇고서
참으로 멋있는 연민으로 빌어서 공작님은
아마도 자신의 성급한 서약과 두 숙녀의   10
예쁜 동정 가운데 뭘 따를지 몰라서
몸을 휘청댔으니까. 또 그들을 지원하며
참으로 고귀한, 공작 마음 절반 가진
피리토우스 귀공자도 가세해 모든 게 다
잘되길 희망해. 자네의 이름이나 그의 도망,   15
누구도 안 물었어.

둘째 친구 등장.

간수	제발 계속 그랬으면.
친구 2	안심해, 이 사람아. 소식을 가져왔어,

4막 1장 장소 아테네, 감옥.

희소식을!

간수   환영해.

친구 2   팔라몬이 네 혐의를 벗기고
네 사면을 얻었으며, 어찌 어떤 수단으로
도망을 쳤는지 밝혔어. — 그건 네 딸이었고,   20
그녀의 사면도 받아 냈어. 또한 그 포로가
그녀의 친절에 배은망덕 않으려고
그녀의 결혼에 쓰라고 돈도 좀 내놨어,
큰 걸로, 장담해.

간수   넌 훌륭한 사람이고
언제나 희소식을 가져와.

친구 1   어떻게 끝났어?   25

친구 2   그야 끝나야 하는 대로. 청을 하면 언제나
성공했던 분들의 탄원이 다 승낙됐어.
포로들도 목숨을 구했네.

친구 1   그럴 줄 알았어.

친구 2   하지만 새로운 조건이 있는데 더 나은 때
듣게 될 것이야.

간수   좋은 것이었으면.

친구 2   고귀해.   30
얼마나 좋을진 모르지만.

구혼자 등장.

친구 1   다들 알게 되겠지.

구혼자   (간수에게)
아, 어르신, 따님은 어딨어요?

간수	왜 묻나?
구혼자	오, 어르신, 언제쯤 보셨죠?
친구 2	모습이 왜 저래!
간수	아침에.
구혼자	좋았어요, 건강했죠? 어르신,

언제쯤 잠들었죠?

친구 1	이상한 질문이군.	35

간수 아주 좋진 않은 것 같았어, 자네가
지금 걔를 돌아보게 하니까. 하지만
바로 오늘 걔에게 질문을 했는데
평소와 너무 달리, 너무나 애같이,
너무나 멍청하게, 바보가, 백치가 된 듯이   40
나에게 대답해서 난 아주 화났었네.
근데 걔는 뭣 때문에?

구혼자   그냥 동정해서요.
근데 그건 아셔야 합니다, 저 자신을 통하든
그녀를 덜 아끼는 사람을 통하든 똑같이.

간수	그게 뭔데?
친구 1	이상한가?
친구 2	안 좋아?
구혼자	예, 안 좋아요.	45

정말로 사실인데 미쳤어요.

친구 1	그럴 수가!
구혼자	맞아요, 알게 되실 겁니다.
간수	자네 말에

나도 반쯤 눈치챘어. 신들의 위안을!
이것은 그녀의 팔라몬 사랑 때문이거나

	그 도망에 내가 잘못될까 봐 겁났거나	50
	둘 다 때문이네.	
구혼자	그럴지도.	
간수	근데 왜 서둘러?	
구혼자	급히 말씀드리죠. 제가 최근 궁전 뒤의	
	커다란 호수에서 낚시하고 있었는데	
	무는 놈을 침착하게 기다리고 있었을 때	
	갈대와 사초가 빽빽한 건너편 기슭에서	55
	소리가, 날카로운 게 들렸고, 주의 깊게	
	귀를 기울였을 때 전 그게 노래하는 사람이고	
	높은음 때문에 소년이나 여자란 걸 분명히	
	알아챌 수 있었어요. 그때 전 낚싯대를	
	땅에 꽂고 가까이 갔지만 소리의 주인은	60
	못 알아봤답니다. 골풀과 갈대가 너무나	
	주변을 감싸고 있어서요. 전 몸을 낮추고	
	그녀의 노랫말을 들었는데 그때 전	
	어부들이 잘라 만든 갈대밭의 출입구로	
	그게 따님이란 걸 봤어요.	
간수	계속하게.	65
구혼자	노래를 많이 했죠, 뜻 없이요. 이것만은	
	자주 반복하는 걸 들었죠. "팔라몬은 떠났어,	
	오디를 모으려고 저 숲으로 떠났어,	
	난 내일 그이를 찾을 거야."	
친구 1	어여쁜 것!	
구혼자	"그인 족쇄 때문에 발각되고 잡힐 거야.	70
	그럼 난 어쩌지? 나처럼 사랑하는 한 무리,	
	검은 눈의 아가씨 백 명을 데리고 와야지.	

우린 모두 머리엔 수선화 화관 쓰고
버찌 같은 입술에 붉은 장미 뺨을 한 채
공작님 앞에서 익살스러운 춤을 추며 그이의   75
사면을 청할 거야." 그러곤 당신 얘기 했지요.
당신은 내일 아침 목을 잃을 것이고
그녀는 당신을 묻어 줄 꽃을 모아야 하며
집을 잘 꾸며야 한다고. 그러곤 오로지
"버들, 버들, 버들"만 노래했고, 그사이엔   80
늘 "팔라몬, 멋진 팔라몬." 그리고 "팔라몬은
용감한 청년"이라 했죠. 그녀가 앉은 자린
무릎 깊이쯤이었고, 손질 안 한 머리채엔
부들로 된 화환을 둘렀으며, 온몸에는
갓 꺾은 색색의 꽃들을 수많이 꽂았는데   85
제 생각에 그녀는 호수에 물 대 주는
아름다운 요정이나 하늘에서 갓 내려온
이리스처럼 보였어요. 그녀는 근처에 자라는
골풀로 반지를 엮으며 가장 예쁜 문구를
말했어요, "우리의 참사랑 이렇게 맺어졌어."   90
"이건 뺄 수 있어도 난 안 돼요." 따위를.
그런 다음 울다 다시 노래하고 한숨 쉬고,
동시에 미소 짓고 자기 손에 입 맞췄죠.

친구 2   아, 참으로 불쌍하다!

구혼자   전 밀치며 나아갔죠.
그녀는 절 보자 바로 몸을 던졌고, 제가 구해   95
안전하게 땅에 내려놓았는데 곧

88행 이리스 헤라의 전령, 무지개의 의인화. (아든)

그곳을 빠져나가 시내로, 정말이지
엄청난 소리를 지르며 빠르게 향해서
저를 뚝 떼어 놨죠. 먼 데서 보니까 서넛이
그녀를 가로막아 — 그 가운데 하나는 당신의   100
동생으로 아는데 — 그녀는 거기서 멈췄고
쓰러져 거의 못 움직였죠. 전 거길 떠났고,

간수의 동생, 간수의 딸 및 다른 사람들 등장.

당신께 알리려 왔답니다. 그들이 왔군요.

딸   (노래한다.)
              당신이 더는 빛을 즐기지 못하기를(등등).
        멋진 노래 아녜요?
동생   오, 아주 멋진 거야.   105
딸   스무 곡도 더 부를 수 있어요.
동생   그렇지.
딸   예, 정말로, 할 수 있죠. '빗자루' 노래나
        '예쁜 울새' 노래도. 당신은 재봉사 아녜요?
동생   맞아.
딸   내 결혼 예복은?
동생   내일 가져오겠다.
딸   그러세요, 아주 일찍. 안 그럼 내가 나가   110
        아가씨들 부르고 악사들 비용도 내야 해요,
        새벽닭 울 때면 처녀성을 잃어야 하니까.
        안 그럼 잘 안 풀려.
        (노래한다.)

오, 고운, 오 달콤한(등등).

동생   (간수에게)

이건 정말 꾹 참아야 합니다.

간수   맞아.   115

딸   여러분, 좋은 오후. 팔라몬 청년 애기

들은 적 있나요?

간수   암, 애야, 아는 사람이란다.

딸   멋지고 젊은 신사 아녜요?

간수   그럼, 애야.

동생   거스르지 절대 마요, 그렇게 하면 훨씬 나쁜

망상을 보이니까.

친구 1 (딸에게)   암, 그는 멋진 남자야.   120

딸   오, 그래요? 당신은 누이동생 있지요.

친구 1   응.

딸   근데 걔는 그이를 못 가져. — 말해 줘요. —

내가 아는 요술 땜에. 돌보는 게 최고죠,

한 번만 그를 보면 한 시간에 애 생기고

넘어가서 망가져요. 우리 마을 젊은 처녀,   125

다 그이와 사랑에 빠졌지만 난 비웃고

내버려 둡니다. 현명한 길 아녜요?

친구 1   응.

딸   적어도 2백 명이 지금 그의 애기 뱄고 —

4백이 틀림없어. — 그래도 난 입 다물죠,

대합처럼 꽉이요. 또한 다 사내가 틀림없고   130

(그이의 묘기인데) 열 살 때 다 거세되어

악사들이 된 다음 테세우스의 전쟁을

노래해야 한답니다.

친구 2	이상한 일이네.
딸	여태껏 들었지만 말은 하지 마세요.
친구 1	암.
딸	그들은 이 공국 사방에서 그이에게 와요. 135
	장담해요, 그이는 지난밤 스무 명이라는
	적지 않은 숫자를 해치웠죠. 손만 대면 —
	두 시간 안으로 — 죽여 줄 거예요.
간수	맛이 갔어,
	저건 불치병이야.
동생	맙소사!
딸	(간수에게) 이리 와요!
	당신은 현명해요.
친구 1	(방백) 그녀가 그를 알까?
친구 2	(방백) 아니. 140
	알았으면 좋으련만!
딸	당신은 선장이죠?
간수	응.
딸	나침반은?
간수	여기 있어.
딸	북쪽에 맞춰요.
	이제는 숲으로 방향을 정해요, 팔라몬이
	날 원하며 누워 있죠. 밧줄을 감는 일은
	내게 맡기고, 자, 닻 올려요, 여러분, 힘차게! 145
일동	(따로따로)

131행 거세 소년의 앳된 목소리를 유지하는 방법으로 사용되었다.
(아든)

우! 우! 우!

올라왔다! — 바람 좋아! 돛 줄을 당겨라!

주돛을 펼쳐라! — 선장, 호각은 어디 있어?

동생   그녀를 안으로 들이죠.

간수   돛대 끝에 올라가!

동생   도선사는?

친구 1   여기에.   150

딸   뭐 보여요?

친구 2   고운 숲.

딸   거기로 향해요, 선장님.

침로 바꿔!

(노래한다.)

　　저 달님 킨티아가 빌려 온 빛으로(등등). (함께 퇴장)

4막 2장

에밀리아, 두 초상화를 가지고 홀로 등장.

에밀리아   아직은 이 상처를 막을 수 있는데 안 그럼

나 때문에 터져서 피 흘리고 죽어야 해.

택해서 그 투쟁을 끝내야지. 그토록 젊고 멋진

두 남자가 날 위해 쓰러져선 안 돼. 아들들의

차가운 유해를 따르며 우는 두 어머니가   5

독한 나를 저주하면 절대 안 돼.

153행 킨티아 아르테미스, 달과 순결의 여신.
4막 2장 장소 테세우스의 궁전.

(두 초상화 중 하나를 본다.)

맙소사,

알시테의 얼굴은 참말 고와! 현명한 자연이

최고의 재능과 더불어 고귀한 몸들의 출생 때

그녀가 넣어 주는 미모를 다 지닌 채

한 인간 여자로 여기로 와 젊은 처녀들처럼   10

수줍게 거절할 맘 품었대도 이 남자에게는

미쳤을 게 틀림없어. 젊은 이 귀공자의 눈 좀 봐,

얼마나 불같이 반짝이며 생기 있게 상쾌한지!

큐피드 그 자신이 여기 앉아 웃고 있어.

바로 이런 야한 가니메데스가 조브의 마음을   15

불타게 만들었고, 그 신은 할 수 없이

잘생긴 그 소년을 낚아챈 뒤 자기 옆에

빛나는 성좌로 앉혀 놨어. 이 남자의 이마는

참 멋지고 참 넓고 위엄 있어, 큰 눈 가진

헤라의 것처럼 굽었지만 펠롭스의 어깨보다   20

훨씬 더 귀엽고 매끈해! 명성과 명예는

아마도 꼭대기가 하늘 닿은 곳에서 하듯이

여기에서 신들과 그들 닮은 인간들의

사랑과 싸움을 지상의 모두에게 날개 치며

노래해야 할 것 같다. (다른 초상화를 보며)

                          팔라몬은 이 남자를   25

받쳐 줄 뿐 그에 비해 한낱 흐린 그림자야.

15행 가니메데스 조브가 지상에서 낚아채 자신의 술 시동으로 만든 미소년. (아든)
20행 펠롭스의 어깨
상아. 펠롭스는 탄탈로스의 아들로 그에 게 살해되어 신들에게 식육으로 바쳐졌으나 신들에 의해 부활하는 과정에서 이미 먹어 버린 한쪽 어깨는 상아로 대체되었다. (아든)

검은 데다 말랐어, 눈은 마치 어머니를
잃은 듯이 우울하고, 잠잠한 기질이야.
그에겐 활기도 없으며 민첩함 또한 없다.
이쪽의 모든 힘찬 예리함은 흔적도 없잖아.　　　　　　30
근데 이 결점들이 그에겐 어울릴 수도 있어.
나르키소스는 진지한 애였지만 신성했으니까.
　　─ 오, 여자의 사랑이 어디로 향할지 누가 알랴?
난 바보야, 이성을 잃었어. 선택도 못 하고
너무나 무식하게 거짓말을 해 대서　　　　　　　35
여자들은 날 때려야 할 거야. 무릎 꿇고
당신의 용서를 빌어요, 팔라몬. 오로지
당신만 홀로 아름다운데 사랑을 명령하고
위협하는 이 두 눈, 빛나는 이 미의 등불을
어떤 젊은 처녀가 감히 거스를까요?　　　　　　40
남자다운 이 갈색 얼굴은 참 엄숙한데도
참 매력적이야! 오, 사랑아, 이 시간 이후론
이것만이 유일한 혈색이다!

　　　　　　　　　　(알시테의 초상화를 내려놓는다.)
　　　　　　　　　　　　거기 있어, 알시테,
그에 비해 넌 업둥이, 한낱 집시일 뿐이고
이쪽이 고귀한 몸이셔. ─ 난 멍청해졌고,　　　45
완전히 넋 나갔어. 처녀의 지조도 날 떠났고.
형부가 당장에 누굴 사랑하는지 물으면
난 알시테에게 미쳤을 테지만, 지금은

32행 나르키소스 2.2.119행 각주 참고.
44행 집시 마치 이집트인처럼 검은 피부를 가진 사람.

언니가 물으면 팔라몬에게 더 그럴 테니까.
둘이 같이 서 봐요. 자, 형부, 나에게 물어요.   50
"아, 난 몰라요!" 이젠 예쁜 언니가 내게 물어.
"난 말 못 해." 사랑은 참 단순한 어린애야.
똑같이 아름다운 고운 패물 둘을 놓고
분간도 못 하면서 다 달라고 외치다니!

                        신사 등장.

웬일이죠?

신사   고귀한 공작님 형부께서   55
보낸 소식입니다, 마마. 기사들이 왔어요.

에밀리아   싸움을 끝내려고?

신사   예.

에밀리아   내가 먼저 끝났으면!
순결한 아르테미스여, 제가 무슨 죄를 지어
오점 없는 제 젊음이 귀공자들의 피로
이제 오염돼야 하고, 이 몸의 순결이   60
제단으로 바뀌어 거기에 연인들의 목숨이 —
더 크고 더 훌륭한 둘을 두고 어미들이
환희한 적 없었는데 — 불운한 제 미모의
희생물이 되어야 합니까?

            테세우스, 히폴리테, 피리토우스 및 수행원들 등장.

테세우스   어떻게든 재빨리
그들을 들게 하라. 꼭 보고 싶구나.   65

(에밀리아에게)

너를 두고 다투는 연인들이 돌아왔고

훌륭한 기사들도 같이 왔다. 자, 고운 처제,

그들 중 하나를 사랑해야만 해.

에밀리아   어느 쪽도

저 때문에 단명 않게 둘 다 하면 좋겠어요.

테세우스   그들을 누가 봤지?

피리토우스   좀 전에 제가요.

신사   저도요.   70

사자 등장.

테세우스   어디서 왔느냐?

사자   기사들로부터요.

테세우스   봤을 테니

그들이 누군지 어서 말해.

사자   예, 공작님,

저의 참된 생각을 말하죠. 이들이 데려온

여섯보다 더 용감한 사람은 외모로 판단컨대

보거나 읽은 적 없습니다. 알시테와 함께   75

맨 앞에 선 사람은 대담한 사나이의

겉모습을 지녔고, 용모는 귀공자로

바로 그의 인상에 나타나죠. 그 안색은

검기보단 갈색이고, 엄격하나 고귀한데

그래서 억세고, 겁 없고, 위험을 경멸하죠.   80

두 눈을 굴리면 내면의 불길이 드러나고,

그는 마치 열 받은 사자처럼 보입니다.

길게 늘인 뒷머리는 갈까마귀 날개처럼
검게 반짝였으며, 어깨는 넓고도 튼튼하고
팔은 길고 굵었으며, 허벅지엔 칼 하나가   85
그가 눈살 찌푸리면 사생결단 내려고
정교한 검대에 달렸죠. 정말로 더 나은 게
군인의 친구 된 적 없었어요.

테세우스   잘 설명하였다.

피리토우스   하지만 팔라몬과 함께한
첫 기사에 대해선 크게 모자랍니다.   90

테세우스   친구가 말해 보게.

피리토우스   그 또한 귀공자 같았고,
아마 더 높을 수도 있지요, 그 외관에
명예의 온갖 장식 다 드러나 있으니까.
그는 그가 말했던 기사보다 약간 더 컸지만
얼굴은 훨씬 더 곱답니다. 안색은 다 익은   95
포도처럼 붉었는데 그는 분명 자기가 왜
싸우는지 알아챘고, 그래서 이 목표를
더욱 쉽게 자기 걸로 삼게 됐죠. 그 얼굴엔
그가 맡은 일에 대한 고운 희망 다 보였고,
화났을 땐 극단적인 감정에 아니 물든   100
확고한 용기가 그 몸을 관통하며 두 팔을
용감한 행동으로 인도하죠. 공포는 불가능,
그런 여린 기질은 안 보이죠. 머리는 노랗고
빽빽이 곱슬곱슬, 담쟁이들처럼 꽉 얽혀서
천둥 쳐도 안 풀릴 겁니다. 그 얼굴에   105
무사 같은 처녀의 순전히 붉고 흰 제복이
나타나는 이유는 아직도 수염이 안 나서고,

	또 구르는 그의 눈엔 승리의 여신이	
	늘 그의 용기를 얻어 볼 생각으로 앉았죠.	
	그의 높은 콧날은 명예의 표시이고,	110
	그 붉은 입술은 전투 뒤엔 부인들 차지죠.	
에밀리아	이들도 죽어야 하나요?	
피리토우스	그가 말을 할 때면	
	그 혀는 나팔 소리 냅니다. 그의 용모 전체는	
	남자가 바라는 것처럼 강건하고 깨끗하죠.	
	견고한 금 손잡이 쇠도끼를 찼으며,	115
	나이는 스물다섯쯤입니다.	
사자	또 한 명은	
	작지만 정신이 강한 자로 웬만큼은	
	커 보인답니다. 전 아직 그러한 몸에서	
	더 고운 약속을 바라본 적 없습니다.	
피리토우스	오, 얼굴에 주근깨 난 그 사람?	
사자	맞습니다.	120
	그게 매력 아닌가요?	
피리토우스	음, 멋있어.	
사자	제 생각엔	
	그 숫자가 매우 적고 잘 배치되어서	
	자연의 크고 멋진 기술을 보여 준답니다.	
	머리는 좀 짙은 금발인데 황갈색 다음으로	
	남자다운 색깔이죠. 강하고 민첩한 체격은	125
	역동성을 보여 주고, 두 팔은 건장하고	

106행 무사…제복 무사 같은 처녀는 아테나 또는 에니오(전쟁의 여신)
를 가리키고, 붉고 흰 제복은 홍조를 뜻한다. (아든)

튼튼한 근육으로 꽉 찼으며, 서서히
갓 임신한 여인처럼 어깨받이 쪽으로 부풀어
무기의 무게에도 절대 아니 약해지는
활동력을 잘 드러냅니다. 쉴 때의 강심장은   130
움직이면 호랑이고, 그의 눈은 잿빛으로
정복한 지역에서 동정심을 드러내며,
빨리 이점 살피고, 찾아내면 신속하게
자기 걸로 만들죠. 부당한 일 하지 않고
당하지도 않습니다. 얼굴은 둥글고   135
웃을 땐 연인 모습, 찌푸릴 땐 군인이죠.
머리엔 승리자의 참나무 관 썼는데 거기엔
애인이 준 선물이 꽂혀 있답니다.
나이는 서른여섯쯤이고요. 손에는
은으로 장식한 시합용 긴 창을 들었어요.   140

테세우스　　모두들 이러한가?

피리토우스　　　　　　　　명문가 아들들입니다.

테세우스　　자, 내 영혼에 맹세코 그들을 보고 싶다.

　　　　　(히폴리테에게)

　　　　　부인은 싸우는 남자들을 볼 것이오.

히폴리테　　　　　　　　　　　　　바라지만

그 원인이 되기는 싫어요. 그들이 두 왕국의
권리 두고 싸운다면 멋져 보일 겁니다.   145
사랑이 이토록 폭군이 되다니 애석해요.
— 오, 마음 여린 동생아, 넌 어떻게 생각해?
피눈물 날 때까진 울지 마. 얘, 별수 없어.

테세우스　　그들은 네 미모로 강해졌어.

　　　　　(피리토우스에게)　　　　존경받는 친구여,

	행사장을 맡기겠네. 그것을 써야 하는	150
	인물들에 맞게끔 정리 좀 해 주게.	
피리토우스	예, 각하.	
테세우스	자, 난 그들을 보러 간다! 못 기다리겠어. —	
	명성 듣고 흥분했어. — 그들이 나타날 때까지	
	친구여, 왕처럼 처리하게.	
피리토우스	장관을 연출하죠.	

(에밀리아만 남고 모두 퇴장)

에밀리아	딱한 애야, 가서 울어, 어느 쪽이 이기든	155
	너의 죄 때문에 귀족 사촌 잃으니까. (퇴장)	

4막 3장

간수, 구혼자 및 의사 등장.

의사	그녀의 착란은 한 달 중 어떤 때가 다른 때보다 더 심	
	하지요, 안 그렇소?	
간수	그 애는 무해한 병증을 계속 보인답니다. 잠도 거의 안	
	자고 식욕도 전혀 없어요, 자주 마시는 것 빼고는.	
	다른, 더 나은 세상을 꿈꾸고, 또 조각조각 말하는 게	5
	무슨 일이든지 간에 팔라몬이라는 이름으로 기름을	
	두르고 그걸로 속을 채우면서 모든 문제를 거기에 끼	
	워 맞춘답니다.	

간수의 딸 등장.

4막 3장 장소 아테네의 감옥.

아이가 오네요, 그런 행동을 알아차리실 겁니다.

딸 내가 그걸 싹 잊어버렸네. 후렴은 '애달프다, 애달 10
프다.'였고, 에밀리아의 교사인 지랄도 못지않은 사람
이 썼어. 그는 또 두 발로 걸을 수 있는 여느 남자만큼
이나 엉뚱해. — 왜냐하면 다음 세상에서는 디도가 팔
라몬을 볼 테니까, 그러면 그녀는 아이네이아스를 사
랑하지 않을 거야. 15

의사 이게 뭔 헛소리야? 불쌍한 것!

간수 꼭 이래요, 하루 종일.

딸 이제 내가 당신에게 얘기했던 그 주문 말인데 혀끝에
은전 한 닢을 올려놓아야 해요, 안 그럼 나룻배를 못
타요. 그런 다음 축복받은 영혼들이 있는 곳에 갈 기회 20
를 잡으면 정말 볼만하겠죠! 사랑 때문에 간이 잘게 부
서져 사라진 우리 아가씨들도 거기로 갈 거고, 페르세
포네와 하루 종일 꽃 따는 것 말고는 아무 일도 안 할
거예요. 그런 다음 팔라몬에게 꽃다발을 만들어 줄 거
예요. 그런 다음 그이더러 날 주목하라고 해요. — 그 25
런 다음.

의사 참말로 어여쁘게 잘못됐어! 좀 더 지켜보죠.

11행 지랄도
3막 5장에 나오는 제럴드를 가리키는 듯
하다. 이름으로 인한 혼란은 딸의 것이
거나, 작가의 것이거나, 아니면 딸이 교
사의 잘난체하는 태도를 비꼬는 것일 수
도 있다. (아든)
13~14행 디도…아이네이아스
베르길리우스의 서사시 『아이네이아
스』에서 카르타고의 여왕 디도는 아이
네이아스와 사랑에 빠졌으나 그는 나중

에 그녀를 버리고 떠났고, 그녀는 화장
장작불에 자신을 태워 죽였다. (RSC)
19행 은전 한 닢
죽은 영혼을 이승에서 저승으로 싣고 가는
스틱스강의 뱃사공 카론에게 이렇게 뱃삯
을 주는 것이 고대의 관습이었다. (RSC)
22~23행 페르세포네
그녀는 지상에서 꽃을 꺾고 있을 때 지
하 세계의 왕 하데스에 의해 납치되어
그곳의 여왕이 되었다. (아든)

| 딸 | 정말, 들어 봐요, 우린 때로 쌍쌍 놀이에 가요, 우리 축복받은 이들은요. 아, 다른 데 있는 이들은 괴롭게 산답니다. — 어찌나 태우고 튀기고 끓이고, 식식대고 울부짖고, 이 딱딱거리고, 저주하는지. 오, 혹독한 벌을 받아요. 조심해요! 미치거나 목을 매거나 물에 빠져 죽으면 거기로 가요. — 제우스의 가호를! — 그리고 거기에서 납물과 고리업자의 땀 기름 섞인 가마솥에 갇힐 거예요, 소매치기 백만과 다 함께. 또 거기에서 절대로 충분히 익지 않을 뒷다리 베이컨처럼 끓여질 거예요. | 30 35 |

| 의사 | 머리로 막 지어내는군! |

| 딸 | 그 장소엔 처녀들에게 애를 배게 한 귀족들과 궁정인들도 있답니다. 그들은 배꼽까지 불 속에, 그리고 가슴까지 얼음 속에 서 있을 거예요, 그러면 죄짓는 부위는 타고, 속이는 부위는 얼죠. 사실 생각하기에 따라서는 그런 하찮은 짓에 대한 아주 극심한 벌이죠. 분명코 누구든 그걸 면하려고 문둥병자 마녀하고도 결혼할 거예요, 확실해요. | 40 45 |

| 의사 | 망상을 정말로 연이어서 하네! 이건 뿌리박힌 광기가 아니라 참으로 짙고 깊은 우울증이오. |

| 딸 | 거기에서 오만한 귀부인과 오만한 도시 아낙네가 함께 울부짖는 걸 듣다니! 그걸 괜찮은 장난이라고 한다면 난 짐승일 거예요. 이쪽은 "오, 이 연기!" 또 저쪽은 "이 불길!"이라고 외쳐요. 이쪽은 "오, 내가 휘장 뒤에서 늘 이 짓을 했다니!"라고 외친 다음 울부짖어요. 다 | 50 |

29행 다른 데 천국과 대비된 지옥.

른 쪽은 끈질긴 구혼자 녀석과 그녀의 정원 오두막을 저주해요.

(노래한다.)

난 충실할 거야. 내 별들아, 내 운명아(등등). (퇴장)   55

간수   쟤를 어떻게 생각하십니까?

의사   마음이 교란됐다고 생각하는데 그건 내가 손을 쓸 수 없군요.

간수   아, 그럼 어떡하죠?

의사   당신이 이해하기로 그녀가 팔라몬을 쳐다보기 전에 어   60
떤 남자든 애정을 품은 적이 있었나요?

간수   한때는 걔가 내 친구인 이 신사에게 호감을 가져 주기를 크게 희망한 적도 있었지요.

구혼자   나도 그렇게 생각했고, 그것을 굉장한 거래라 여기면서 그녀와 내가 둘 다 꾸밈없이 똑같은 조건을 당장 갖   65
추도록 내 재산의 절반을 주려 했었지요.

의사   그녀는 눈을 무절제하게 과용해서 다른 감각들에 이상이 생겼소. 그것들이 되돌아와 자리를 잡고 예정된 기능을 다시 수행할 수도 있지만 지금은 극심한 방황 중이랍니다. 당신은 꼭 이렇게 해야만 합니다.   70
그녀를 빛이 통과하기보다는 숨어들어 오는 듯한 곳에 가둬요. 그녀 친구인 젊은이 당신은 팔라몬의 이름을 쓰면서 그녀와 함께 먹고 사랑 얘기 나누러 왔다고 하시오. 그러면 그녀의 관심을 끌 것이오, 그녀의 마음은 거기에 사로잡혀 있고, 그녀의 마음과 눈   75
사이에 낀 다른 물건들은 그녀 광기의 장난감, 놀림감이 됐으니까. 그녀에게 팔라몬이 옥중에서 불렀다고 하는 것과 같은 순진한 사랑 노래를 불러 줘요. 이

계절의 여주인 같은 향기로운 꽃들을 꽂고, 거기에
감각을 즐겁게 하는 다른 혼합 향수를 더 뿌린 채 그 80
녀에게 다가가요. 이 모든 게 팔라몬 역할에 어울릴
거요. 팔라몬은 노래할 수 있고, 팔라몬은 향기롭고
모든 좋은 것이니까. 그녀와 함께 먹고, 썰어 주고,
건배하길 원하면서 가끔씩 그녀의 자비를 탄원하고
호의를 베풀어 달라고 해요. 어떤 처녀들이 친구였 85
고 놀이 동무였는지 알아 내어 그들이 팔라몬을 그
들 입에 달고 가서 마치 그들이 그를 대신하여 구애
하는 것처럼 정표를 가지고 나타나도록 만들어요.
그녀는 거짓 속에 있으니까 거짓들로 그것과 싸워야
죠. 이로써 그녀는 먹고 자게 되고, 지금은 그녀 안 90
에서 비뚤어진 것들을 이전의 법이 지배하던 상태로
회복시킬 수 있을 거요. 난 이 방법이 입증된 것을 수
없이 많이 봤지만 이번 일로 그 숫자가 늘어나길 크
게 희망하오. 난 이 계획이 진행되는 도중에 치료법
을 가지고 올 것이오. 이 일을 실행에 옮기고 결과를 95
재촉합시다. 그러면 의심할 바 없이 위안을 얻게 될
것이오.

(함께 퇴장)

5막 1장

화려한 나팔. 테세우스, 피리토우스, 히폴리테 및
수행원들 등장.

5막 1장 장소 아테나, 아레스, 아프로디테, 아르테미스의 신전 바깥.

테세우스　　　자 이제, 그들을 들여보내 그 신들 앞에서
　　　　　　경건한 기도를 드리게 해. 신전은
　　　　　　성스러운 불빛으로 찬란히 빛나게 만들고,
　　　　　　재단은 신성한 연기 속에 너울대는 향내로
　　　　　　윗분들을 기리게 해. 당연 절차 빼지 마라.　　　　　　5
　　　　　　그들은 귀한 일을 하려 하고 그들을 아끼는
　　　　　　바로 그 세력을 받들 거다.

　　　　　　　　　코넷의 화려한 팡파르. 팔라몬과 알시테 및
　　　　　　　　　　　　그들의 기사들 등장.

피리토우스　　　　　　　　　　　　입장합니다, 각하.
테세우스　　　너희들 용감한 강심장의 적들이며
　　　　　　근친 왕족 원수들은 서로 간에 타오르는
　　　　　　그 근연을 꺼 버리려 오늘 여기 왔도다.　　　　　　10
　　　　　　한 시간만 분노를 내려놓고 비둘기들처럼
　　　　　　너희의 조력자, 모두가 겁내는 그 신들의
　　　　　　성스러운 제단 앞에 완고한 그 몸을 숙여라.
　　　　　　너희의 분노가 초인적이므로 도움도 그러하길.
　　　　　　또 신들이 주시하니 정의롭게 싸우라.　　　　　　15
　　　　　　기도하는 너희 두고 난 떠나며 내 소망을
　　　　　　둘에게 나눠 준다.
피리토우스　　　　　　　　　　최고수가 명예를 얻으리.
　　　　　　　　　　　　(테세우스와 그 일행, 함께 퇴장)
팔라몬　　　우리 둘 중 하나가 숨을 거둘 때까지 안 멈출
　　　　　　저 모래시계가 흐른다. 넌 이것만 생각해.
　　　　　　이 일에서 내 안의 무엇이 내 적이 되려고　　　　　　20

애쓰는 게 있다면 한 눈에 맞서는 다른 눈,
팔에 눌린 팔이라도 나는 그 범죄자를
파괴할 것이다, 사촌, 나 자신의 일부라도
그렇게 할 거야. 그러니 이로써 내가 너를
어떻게 다룰지 추측해라.

알시테   나는 내 기억에서   25
너의 이름, 너의 오랜 우정과 우리의 혈연을
몰아낸 뒤 바로 그 자리에 내가 결딴내려는
어떤 것을 앉히려고 노력한다. 그러니
이 배들을 항구로, 천신이 원하는 거기로
꼭 데려갈 그 돛을 올리자.

팔라몬   말 잘했다.   30
가기 전에 내가 널 포옹하게 해 줘라, 사촌.
난 이런 거 다시 못 해.

알시테   유일한 작별이군.

팔라몬   음, 그렇게 해 보자. 안녕, 사촌.

알시테   안녕, 사촌.

                          (팔라몬과 그의 기사들 함께 퇴장)

(알시테가 세 기사에게 연설한다.)

기사, 친척, 연인들 — 그렇지, 내 제물들,
진정한 아레스 숭배자들, 그 신의 정신이   35
그대들 안에서 공포의 씨앗과 항상 그 원천인
인식력을 몰아내 줄 테니 우리의 직업인
군인들의 신 앞으로 나와 함께 나아가
거기서 그에게 요구하자. 사자의 심장과
호랑이의 숨결을, 암, 그들의 강인함도,   40
암, 그들의 속도도 — 전진을 위해서 말이다.

아니면 달팽이 되기를 바라자. 알다시피
내 상금은 핏속에서 꺼내야 해. 힘과 또
위업으로 내 화관을 써야 하고, 거기에
꽃들의 여왕을 그녀가 꽂아 줘. 그때 우린   45
막사를 사람 피 넘치는 웅덩이로 만드는
그에게 기도해야만 해. 도움은 내게 주고
그대들의 마음은 그에게 기울여 줘.

　　　　　(그들은 제단 앞에서 엎드린 다음 무릎을 꿇는다.)

막강한 분, 당신은 힘으로 저 푸른 포세이돈을
자줏빛으로 바꾸었고 당신의 접근은   50
혜성이 경고하며, 큰 전장의 대살육은
발굴된 해골들이 선포하고, 당신의 숨결은
충만한 데메테르의 풍요를 혹 무너뜨리며,
저 푸른 구름에서 큰 무력의 손을 뻗어
높이 쌓은 망루를 잡아 뽑고 도시의 석벽을   55
쌓게 하고 허뭅니다. 그러니 당신 제자,
당신 북의 최연소 추종자인 저에게 오늘은
병법을 가르쳐 당신을 찬양할 제 군기를
앞세울 수 있게 하고, 오늘의 주인으로
불릴 수 있게 해 주소서. 위대한 아레스여,   60
저에게 만족했단 증표를 주십시오.

　　　　　(여기서 그들은 모두 앞서처럼 얼굴을 땅에 대고,
　　　짧은 천둥과 함께 갑옷 부딪치는 소리가 전투가 발발하듯
　　　　　들린다. 그에 따라 그들은 모두 일어나 제단에 절한다.)

오, 극악한 시대를 바로잡는 위대한 분,
썩은 나라 뒤흔들고 먼지 쓴 낡은 권리
위엄 있게 판정하며, 대지가 병들었을 때

피로써 치유하고 이 세상의 인구 과잉   65
고쳐 주는 분이여, 전 당신의 신호를
상서로이 받아들인 다음에 당신의 이름으로
목표를 향하여 용감히 나갑니다. 자, 가자.

　　　　　　　　　　(알시테와 그의 기사들 함께 퇴장)

　　　　팔라몬과 그의 기사들 등장. 앞서와 같은 의식을 치른다.

팔라몬　　오늘 우리 별들은 새 불길로 빛나거나
　　　　꺼져 버려야 해. 우리의 쟁점은 사랑인데   70
　　　　그것의 여신이 허락하면 승리도 주신다.
　　　　그러니 고귀한 아량으로 내 명분을
　　　　자신들의 위험으로 받아들인 그대들은
　　　　정신을 내 것과 합쳐 주게. 아프로디테 여신께
　　　　우리 일의 진행을 맡기고, 우리의 편에서   75
　　　　힘써 달라 간청하자.

　　　　　　　　　(여기에서 그들은 앞서처럼 무릎을 꿇는다.)

　　　　만세, 비밀의 절대 여왕, 극악한 폭군이
　　　　광분할 때 불러내어 소녀에게 울게 만들
　　　　능력을 가진 분. 단 한 번의 눈짓으로   80
　　　　아레스의 북을 죽여 그 경종을 속삭임으로
　　　　바꾸는 위력을 가진 분. 절름발이에게
　　　　목발을 휘두르게 하면서 아폴론보다 그를
　　　　먼저 고칠 수 있는 분. 왕을 자기 백성의
　　　　종이 되게 강제하고, 엄숙한 노인을 춤추게
　　　　할 수 있는 분이여! 당신은 대머리 총각을 —   85
　　　　어릴 땐 개구쟁이 소년들이 화톳불 뛰어넘듯

당신 불꽃 피했지만 — 칠십에 붙잡아
목쉬었단 조롱에도 젊은 사랑 노래를
망쳐 놓게 할 수 있소. 당신이 힘을 못 쓸
신의 힘은 뭐지요? 아폴론에게 당신은   90
자기보다 더 큰 화염 가했고, 그 천상의 불길은
그의 인간 아들을, 당신 것은 그를 불태웠으며,
사냥의 여신은 온통 젖고 추워서 활 던지고
한숨을 쉬었다고 하네요. 맹세한 당신 군인
저에게 호의를 베푸소서. 납보다 더 무겁고   95
쐐기풀보다 더 찌르는 당신의 멍에를
장미의 화환처럼 정말 지고 있답니다.
전 당신의 법에 대해 험한 말 한 적 없고
비밀 발설 않았어요, 하나도 모르니까. —
다 안대도 않겠어요. 남편 있는 아내를   100
유혹한 적 없으며 음탕한 재사들의 비방도
안 읽으려 했어요. 큰 잔치판에서 미녀를
까발리지 않았고, 히쭉대며 그러는 자에겐
얼굴을 붉혔죠. 여성 편력 떠드는 자들은
엄하게 대했으며, 어머니가 있느냐고   105
화내며 물었죠. — 제게도 있는데 여자이고,
그들이 욕보인 건 여자였으니까. 제가 알던
여든 살의 노인이, 그들에게 해 줬던 얘긴데,
열넷의 소녀 신부 맞았어요. 당신 힘이
먼지에 생명을 넣어 줬죠. 늘그막 관절염은   110
그의 곧은 다리를 비틀어 휘게 했고
통풍은 손가락 여럿에 매듭을 지었으며
둥근 눈이 고문하듯 경련하며 안구에서

빠져나올 것 같아서 그 몸 안의 생명은
고문처럼 보였지요. 이 해골이 젊고 고운 115
그의 짝에게서 사내애를 얻었고, 전 그 애를
그의 걸로 믿었어요, 그녀가 맹세했으니까. ―
근데 누가 그녀를 안 믿지요? 줄이자면
전 떠들고 해 버린 자들에겐 동무가 아니고,
자랑하고 안 하는 자들에겐 도전자며, 120
하고픈데 못 하는 자들에겐 격려자랍니다.
예, 은밀한 일을 가장 더럽게 말하는 자,
비밀을 가장 대담한 언어로 밝히는 자,
좋아하지 않습니다. 전 그런 사람이고,
서약건대 저보다 더 참되게 한숨 쉰 애인은 125
없었어요. 오, 그럼 가장 온화한 여신이여,
참사랑의 보답인 이 싸움의 승리를
저에게 주시고, 크게 만족했다는 신호로
저를 축복하소서.   (여기에서 음악이 들리고, 비둘기들이
           퍼덕거리는 게 보인다. 그들은 다시 땅에 얼굴을 대고,
                     일어나 무릎을 꿇는다.)

오, 인간의 가슴속에 열한 살부터 아흔까지 130
군림하고 있으면서 이 세상을 사냥터로,
사냥감 무리로 우릴 가진 분이여, 이 고운
증표에 감사하오. 그것은 순수하고 진실한
제 가슴에 더해져 이 일을 대하는 제 몸을
확신으로 무장시켜 줍니다. 자, 일어나서 135
여신에게 절하자.   (그들은 일어나서 절한다.)

                    (팔라몬과 그의 기사들 퇴장)

조용한 피리 소리. 흰옷의 에밀리아. 머리카락을 어깨까지
늘어뜨리고 밀짚 화환을 쓴 채 등장. 흰옷의 시녀 하나가
머리에 꽃을 꽂은 채 그녀의 옷자락을 들고. 또 하나가 에
밀리아 앞에서 은빛 암사슴을 데리고 오고. 그 몸에서는
향기와 달콤한 냄새가 퍼지는데. 그것을 제단에 올려놓은
다음 시녀들은 떨어져 서 있고 그녀가 거기에 불을 붙인
다. 그런 다음 그들은 예의를 표하고 무릎을 꿇는다.

에밀리아 오, 신성한, 어둡고 차갑고 변함없는 여왕이여,
그대는 잔치를 멀리하고 말없이 사색하며
친절, 고독, 결백하고, 바람에 날려 온
눈처럼 순수하여 그대의 여성 기사들에게   140
그 교단의 제복으로 얼굴 붉힐 만큼의
피만 허락하십니다. 그대의 사제인 저는 여기
제단 앞에 꿇습니다. 오, 그대의 희귀한,
불결한 건 본 적 없는 그 푸른 눈으로
그대의 처녀를 황공하나 쳐다봐 주소서.   145
신성한 은빛 여주인이시여, 상말은 절대로
들은 적 없었고, 음란한 소리도 절대로
들인 적 없었던 그 귀로 신성한 공포 깃든
제 청원을 들으소서. 이것이 제 마지막
처녀 임무이옵니다. 신부 옷을 입었지만   150
제 마음은 처녀예요. 남편은 점지되었지만
누군지는 모릅니다. 둘 중 하나를 택하고
그의 성공 기도해야 하지만 그 선정에
저는 무죄랍니다. 제가 두 눈 가운데
하나를 잃어야 한다면, 그 둘은 똑같이 소중하여   155

어느 쪽도 못 지워요, 사라진 건 선고 없이
그리될 테니까. 그러니 참 겸손한 여왕께선
두 청구자 중에서 저를 가장 사랑하고
그럴 자격 가장 참되게 가진 이가
저의 이 밀짚 관을 벗기게 하거나, 아니면   160
그대의 단체에서 제 계급과 신분을
계속 갖게 해 주세요.
          (여기에서 암사슴은 제단 아래로 사라지고 그 자리에
          장미나무 한 그루가 장미 한 송이를 단 채 올라온다.)
밀물과 썰물을 다스리는 우리의 지휘관이
신성한 기술로 성스러운 저 제단 밑에서
뭘 내놓는지 봐. 오직 장미 한 송이다!   165
내 영감이 옳다면 이 용감한 두 기사는
이 전투로 파멸하고 처녀 꽃인 나만 홀로
안 꺾인 채 자라야 해.
          (여기에서 갑자기 팅 하는 악기 소리가 들리고 장미가
          나무에서 떨어진다. 그런 다음 나무는 내려간다.)
꽃은 지고 나무가 내려가. 오, 여주인이
여기서 날 내보내셔. 누가 저를 거두겠죠. —   170
그럴 것 같지만 그대 뜻은 모릅니다.
그 비밀을 풀어 줘요! — 기분 좋으시기를.
신호는 호의적이었어.   (그들은 절하고 함께 퇴장)

5막 2장

의사, 간수, 팔라몬의 모습을 한 구혼자 등장.

의사	내 충고가 무슨 좋은 효과가 있었소?
구혼자	오, 아주 크게. 그녀와 동무했던 처녀들이
	내가 팔라몬이라고 그녀를 반쯤 설득했어요.
	삼십 분 전 그녀는 나에게 웃으며 다가와
	뭘 먹을지, 언제 키스해 줄지 물었어요.
	난 "곧바로!"라고 하고, 두 번 키스해 줬죠.
의사	잘했소. 스무 번 했으면 훨씬 더 좋았을걸,
	주요한 치료가 그거니까.
구혼자	그런 다음 나에게
	함께 밤을 새울 거라고 했어요, 내 발작이
	몇 시에 일어날지 잘 알았으니까.
의사	허락하고,
	발작이 찾아오면 그녀에게 바로 다 해 줘요.
구혼자	내 노래를 원했어요.
의사	불렀소?
구혼자	아뇨.
의사	그럼 아주 잘못한 겁니다.
	그녀의 비위를 다 맞춰줘야 했는데.
구혼자	아,
	난 그렇게 응해 줄 목소리가 없답니다.
의사	잡소리를 낸다 해도 다 마찬가지요.
	다시 애원한다면 무엇이든 해 줘요.
	그녀가 요구하면 함께 자요.
간수	에이, 선생!

5

10

15

5막 2장 장소 아테네, 감옥.
9행 발작 팔라몬이 감옥에서 얻었을 것이라고 딸이 상상하는 전염병
의 주기적인 발열 또는 성욕의 발동. (아든)

의사	예, 치료법의 하나로.
간수	그런데 실례지만
	순결 법이 먼저요.
의사	결벽증일 뿐입니다.　　　　　　20
	순결 때문에 자식을 버려선 절대로 안 되오.
	먼저 이런 식으로 고친 뒤 순결해진다면
	그녀에겐 앞길이 있을 거요.
간수	고맙소, 선생.
의사	안으로 데려와요, 상태를 좀 봅시다.
간수	그러죠, 그리고 그녀에게　　　　　　25
	팔라몬이 기다린다 말하죠. 근데 선생,
	난 여전히 당신이 틀린 것 같아요.　　(간수 퇴장)
의사	가요, 가,
	아비들은 완전 바보들이야. 그녀의 순결?
	아무리 약을 써도 그런 건 못 찾아내!
구혼자	아니, 그녀가 순결하지 않다고 생각해요?　　30
의사	걔가 몇 살이오?
구혼자	열여덟.
의사	처녀일 수 있지만
	매한가지이고, 우리의 목적과는 무관하오.
	아버지가 뭐라고 말하든 그녀의 기분이
	내가 말한 쪽으로, 즉 '육체의 길' 쪽으로
	접어든 걸 당신이 감지하면 — 알겠지요?　　35
구혼자	예, 아주 잘.
의사	그녀의 욕정을 채워 줘요,
	확실히 말이요. 바로 그런 행위로써
	그녀를 감염시킨 우울증을 치료하오.

구혼자	나도 같은 생각이오, 선생.

간수, 딸, 그리고 처녀 등장.

의사	효과를 볼 거요. 왔구먼. 기분을 맞춰 줘요.	40
간수	자, 네 애인 팔라몬이 널 기다려, 애야,	
	이 오랜 시간 동안 널 만나 보려 했어.	
딸	친절하게 침착한 그이에게 고마워요.	
	자상한 신사인데 내가 크게 빚졌어요.	
	그가 내게 준 말은 한 번도 못 봤어요?	
간수	봤어.	45
딸	얼마나 좋아해요?	
간수	아주 멋진 놈이야.	
딸	춤추는 건 못 봤어요?	
간수	응.	
딸	난 봤어요, 자주요.	
	아주 멋진 춤을 춰요, 아주 어울리게요,	
	그리고 빠른 춤을 출 때면, 원 세상에,	
	팽이처럼 빙빙 돌죠.	
간수	그거 정말 멋지구나.	50
딸	그는 한 시간에 모리스를 29마일 출 거예요. ─	
	그래서 온 교구 안에서 최고 목마 춤꾼도,	
	내가 뭘 안다면, 절뚝대게 할 거예요. ─	
	또 「가벼운 사랑」 곡조에 맞춰서 질주해요.	
	이 말을 어떻게 생각해요?	
간수	그런 능력 있다면	55
	내 생각엔 테니스도 시킬 수 있을 거야.	

딸	아, 그건 별것 아녜요.
간수	읽고 쓸 수도 있나?
딸	필체가 아주 곱고, 자신의 건초와 여물은
	다 계산한답니다. 마부가 그를 속이려면
	일찍 일어나야 할 거예요. 공작님의
	밤색 암말 알아요?
간수	아주 잘 알지.
딸	그녀가 그에게 홀딱 반했어요, 딱한 짐승,
	근데 그는 주인을 닮아서 수줍고 깔봐요.
간수	그녀의 지참금은?
딸	건초 2백 다발과
	귀리 스무 부대요. ― 근데 그는 안 한대요.
	그는 혀를 꼬아서 울면서 방앗간 암말을
	꾀어낼 수 있답니다. 그가 그녈 죽이겠죠.
의사	이 무슨 헛소리야!
간수	인사해라, 네 애인이 왔단다.

（구혼자가 앞으로 나와서 인사한다.)

구혼자	예쁜 이여,
	안녕하세요? （딸이 인사한다.)
	참 멋진 처녀여! 인사하는군요!
딸	순결 법에 기대면서 당신 명을 따를게요.
	이 세상 끝까지 얼마나 남았죠, 여러분?
의사	음, 하루치 여행만큼.
딸	(구혼자에게) 나와 함께 갈래요?
구혼자	거기서 뭘 하죠, 아가씨?
딸	그야, 공놀이죠.
	그것밖에 할 일이 뭐가 있죠?

60

65

70

우리 혼례 축하할 거라면 좋아요.

딸   맞아요,

우린 분명 그 목적에 알맞은 눈먼 신부

거기서 찾아서 그가 이 결혼을 감행할 거예요.

여기 있는 이들은 까다롭고 어리석으니까.

게다가 아버진 내일 목을 잘려야 할 테고   80

그럼 그건 이 일에 오점이 될 거예요.

당신은 팔라몬 아닌가요?

구혼자   날 몰라요?

딸   알지만 당신은 내게 관심 없어요. 나에겐

이 초라한 치마와 거친 내복 두 벌뿐이에요.

구혼자   매한가지, 당신을 갖겠소.

딸   확실히요?   85

구혼자   예, 이 고운 손으로. (그녀 손을 잡는다.)

딸   그럼 우린 자러 갈 거예요.

구혼자   원한다면 언제든. (그녀에게 키스한다.)

딸   (키스를 문질러 없애며)

                          오, 물어뜯고 싶어 하셔.

구혼자   내 키스를 왜 문질러 없애요?

딸   달콤한 거라서

결혼을 앞둔 난 멋진 향기 날 거예요.

이쪽은 알시테 사촌 아녜요? (의사를 가리키며)   90

의사   예, 아가씨,

팔라몬 사촌이 이렇게 고운 이를 택하다니

퍽 기뻐요.

딸   (의사에게) 이 사람이 날 가질 거 같아요?

의사	예, 틀림없이.
딸	(간수에게) 당신도 그렇게 생각해요?
간수	응.
딸	우린 애를 많이 둘 거예요.

(의사에게)   어머나, 쑥 자랐어!   95
팔라몬도 멋지게 자라기 바랍니다.
이제 그인 자유로워. 아, 불쌍한 병아리,
거친 음식, 불편한 숙소 땜에 못 컸어!
하지만 난 키스해서 키울 거야.

사자 등장.

사자	여기서 뭐 해요? 여태껏 본 것 중 가장 귀한
	광경을 놓칠 거요.
간수	그들이 출전했소?
사자	예, 100
	당신도 거기에 임무가 있어요.
간수	곧 가겠소.
	당신들을 떠나야겠소.
의사	아니, 우리도 갈 거요.
	그 광경을 안 놓칠 겁니다.
간수	(의사에게) 쟤 상태는 어떻소?
의사	당신에게 장담컨대 사흘이나 나흘 안에
	바로잡아 놓겠소. (간수, 사자와 함께 퇴장)
	(구혼자에게) 그녀를 떠나선 안 되고 105
	이 방식을 계속 유지해야 하오.
구혼자	그러지요.

의사	그녀를 들입시다.
구혼자	(딸에게)　　　　　자기야, 우리는 식사하고
	그런 다음 카드놀이 할 거야.
딸	키스도?
구혼자	백 번 할게.
딸	그리고 스무 번?
구혼자	응, 또 스무 번.
딸	그런 다음 우린 같이 잘 거야.
의사	제안에 응해요.
구혼자	(딸에게)
	응, 참, 그럴 거야.
딸	근데 날 다치진 않을 테죠.
구혼자	안 그럴게, 자기야.
딸	그러면 난 울 거야, 여보.

110

　　　　　　　　　　　　　(함께 퇴장)

5막 3장

팡파르. 테세우스, 히폴리테, 에밀리아, 피리토우스,

그리고 수행원들 등장.

에밀리아	더는 못 갑니다.
피리토우스	이 광경을 놓치려 합니까?
에밀리아	이런 결투 보기보단 차라리 파리 쫓는
	굴뚝새를 보겠어요. 주먹으로 칠 때마다

5막 3장 장소　숲, 결투 장소 근처.

용감한 생명이 위협받고, 내려치는 칼마다
닿는 곳을 한탄하며 칼날이라기보다는   5
조종 같은 소리 내요. 난 여기 남을래요.
벌어질 일 듣고서 귀로 벌을 받는다면
그걸로 충분하고, 그 소식은 뚫린 귀로
들어야 하겠지만 그 무서운 광경을 피하면
내 눈은 안 더럽힐 수 있어요.

피리토우스   (테세우스에게)   공작님,   10
처제는 더 안 가신답니다.

테세우스   오, 꼭 가야 해.
때로는 그림도 좋지만 명예로운 그 행위를
실제로 봐야지. 자연은 그 얘기를
지금부터 풀어내어 행동으로 옮길 텐데,
눈과 귀로 믿음을 굳혀야지.

(에밀리아에게)   꼭 참석해야 해.   15
넌 승자의 보답이고 상금이며 화관으로
다툼에 따르는 권리를 마무른다.

에밀리아   죄송해요.
거기 가면 눈감을 거예요.

테세우스   꼭 가야 해.
이건 마치 밤중의 재판 같고, 별은 오직
너 하나만 빛나니까.

에밀리아   저는 꺼져 있어요.   20
한쪽에서 다른 쪽만 보여 주는 빛에는
적의밖에 없어요. 늘 공포의 어미로서

13행 자연 자연의 여신.

수백만 인간의 저주를 정말 받는
어둠의 여신이 바로 지금 그 검은 외투를
두 사람 위로 던져 어느 쪽도 상대방을   25
못 찾게 한다면 얼마간의 호평 얻고
그 자신이 유죄인 수많은 살인을
상쇄할 수 있을 거예요.

히폴리테   너는 꼭 가야 해.

에밀리아   참말로, 안 갈래.

테세우스   아니, 기사들은 네 눈 보고
용기가 불붙어야 한단다. 알리건대   30
너는 이 싸움의 보고이고 꼭 곁에 있어서
봉사에 보답해 줘야 해.

에밀리아   각하, 죄송하나
한 왕국의 소유권은 그 경계 밖에서도
재판할 수 있어요.

테세우스   그래, 그럼 뜻대로 해.
너와 남는 사람들은 어느 적을 위해서든   35
일하기를 바랄 수 있겠군.

히폴리테   잘 있어, 동생.
시간상 내가 약간 앞서서 네 남편을
알게 될 것 같구나. 둘 가운데 신들이
더 낫다고 아는 이가 너의 몫이 되도록
그들에게 기도할게.   (에밀리아를 제외한 모두 퇴장)   40

에밀리아   알시테는 용모는 고상해도 그 눈은
발사 앞둔 병기나 부드러운 칼집 속의

33행 왕국 에밀리아는 몇 번에 걸쳐 한 왕국과 비교되었다. (아든)

날카로운 무기 같고, 자비와 남성적 용기는
그의 용모 안에서는 잠동무야. 팔라몬은
대단히 위협적인 표정을 보이고 이마는   45
찌푸림의 대상을 주름 속에 묻는 것 같은데
때로는 안 그러면서 생각의 본질 따라
그 모습이 변한다. 그의 눈은 오랫동안
목표물에 머물 거야. 우울증은 그에게
고귀하게 어울려. 알시테의 기쁨도 그렇고.   50
하지만 팔라몬의 슬픔은 기쁨의 한 형태로
기쁨은 그를 정말 슬프게, 그리고 슬픔은
즐겁게 한 듯이 섞여 있다. 타인들에게는
잘못 깃든 어두운 기질이 이 둘의 경우엔
멋진 집에 살고 있어.   55

        (코넷. 돌격을 알리는 것 같은 트럼펫 소리)

들어 봐, 저 영혼의 자극제가 그 귀공자들을
시험으로 내몰아! 알시테가 날 얻을 수 있지만
팔라몬이 알시테에게 상처 입혀 그 몸매를
망가뜨릴 수도 있어. 오, 그럴 경우 동정은
얼마여야 충분할까? 내가 곁에 있었다면   60
해칠 수도 있었어, 그들은 내 자리로
눈을 힐끗 돌릴 테고, 그런 동작 하다가
그 순간에 꼭 필요한 방어 자세 놓치거나
공격을 포기했을 테니까. 난 거기에
없는 게 훨씬 나아. (코넷. 안에서 "팔라몬!"이라고 외치는

43~44행 자비와…잠동무야 그 둘은 명백히 상반되는 성향인데 알시테
안에서는 함께 지내는 걸로 보인다. (아든)

오, 그런 손상 입히느니   65
안 태어났으면 더 좋겠다!

하인 등장.

뭔 일이 생겼어?

하인   "팔라몬!"을 외쳐요.

에밀리아   그럼 그가 이겼네.

언제나 그럴 것 같았지.

그는 온통 은혜와 성공으로 보였고 분명히

남자 중의 최고야. 부탁인데 달려가서   70

사정이 어떤지 알려 줘. (외침과 코넷. "팔라몬!"을 외친다.)

하인   여전히 "팔라몬!"

에밀리아   달려가서 물어봐.   (하인 퇴장)

딱한 하인, 당신이 졌군요.

난 가슴 오른쪽에 당신 초상 늘 지녔고,

팔라몬 건 왼쪽에 들었어. 왜 그런진 모른다.

다른 목적 없었는데 우연히 그랬나 봐.   75

왼편에 심장이 놓여 있어. 팔라몬이

최고의 점괘를 받았어.

(안에서 또 하나의 외침과 고함, 그리고 코넷)

폭발하는 이 함성은

분명히 전투의 끝을 알려.

하인 등장.

하인　그들 말이 팔라몬이 알시테의 몸 전체를
피라미드 1인치 안으로 가져가서　　　　　　　　80
다들 "팔라몬"을 외쳤었답니다. 근데 곧
보조들이 용감하게 구출을 감행했고,
이들 두 용맹한 권리 경쟁자들은 이 순간
맞붙어 있습니다.

에밀리아　　　　　　　　그들이 하나 되는
변신을 했으면! ― 오, 왜냐고? 그렇게 합쳐진　　85
남자에 값할 여잔 없어서야. 하지만 그들은
각자의 몫, 자기들 특유의 고상함 때문에
어느 숙녀에게든 불일치의 상처 주고
가치의 부족을 일러 줘.
　　　　　　　(코넷. 안에서 "알시테! 알시테!"를 외친다.)
　　　　　　　더욱 기뻐 날뛴다고?
여전히 "팔라몬"?

하인　　　　　　　　아뇨, "알시테!"란 소립니다.　　90

에밀리아　제발 저 외침에 주의를 기울여 봐.
　　　　　　　(코넷. 큰 함성과 외침, "알시테! 승리했다!")
두 귀를 그 일에 맞춰 봐.

하인　　　　　　　　　저 외침은
"알시테와 승리!"예요. 쉿! "알시테! 승리했다!"
이 결투의 결말을 목관 악기 가지고
선포하고 있어요.

에밀리아　　　　　　반쯤 뜬 눈에도 알시테가　　95
아기가 아닌 건 보였어. 허 참, 그 기상이
풍부하고 희귀한 건 훤하게 내비쳤고
아마 속의 불처럼 안으로 감출 수 없었어,

휘모는 바람에 격노한 물결을 저자세 강둑이
고발하지 못하듯이. 난 정말 팔라몬이   100
잘못될 거라고 생각했었지만 그 이유는
몰랐어. 우리의 이성은 예언자가 아니야,
환상은 빈번히 그렇지만.   (코넷)

                              그들이 떠나는군.
아, 불쌍한 팔라몬!

          테세우스, 히폴리테, 피리토우스, 승리자인 알시테,
                    그리고 수행원들 등장.

테세우스   자, 기대하고 있지만 떨면서 불안정한   105
          짐의 처제를 보라. — 가장 고운 에밀리아,
          신들은 성스러운 중재를 통하여 이 기사를
          너에게 주셨고, 여태껏 싸운 이 가운데
          훌륭한 하나야. 둘의 손을 이리 줘.
          넌 그녀를, 너는 그를 받으라. 늙어 가며   110
          자라나는 사랑으로 약혼하라.

알시테   에밀리아,
          전 당신을 사려고 지금 산 것 빼고는 최고로
          귀한 걸 잃었지만 당신 가치 평가하면
          값싸게 구입했소.

테세우스   오, 사랑하는 처제여,
          그는 지금 고귀한 말 탔던 어느 기사만큼이나   115
          용감한 사람의 얘기를 하고 있어. 신들은

98행 아마 쉽게 불붙는 천.

그를 분명 총각으로, 그 후손이 세상에서
너무 신과 같을까 봐 죽이려 해. 난 그의 행동에
대단히 매혹되어 헤라클레스도 그에 비하면
납덩이라 생각했어. 내가 그의 각 부분을   120
이미 말한 전체에 더하여 칭찬할 수 있대도
알시테는 손해 안 봐. 그토록 빼어난 남자가
더 나은 남자와 마주쳤으니까. 난 들었어,
경쟁하는 두 필로멜라가 밤의 귀를
싸움꾼 목청으로 때리는데 한 번은   125
이쪽이 더 높게, 곧 저쪽이 더 높게, 또다시
첫째가 더 높게, 그래서 곧 상대를 눌러서
청각으론 둘을 판별 못 했어. 두 친척도
한동안 그러다가 하늘이 비로소 한쪽을
힘겹게 승리자로 만드셨어.

(알시테에게)   이 화관을   130
승리의 기쁨 갖고 쓰도록. — 패배자들에게
짐은 즉각 처형을 명한다, 사는 것이
괴로울 뿐임을 아니까. 여기서 집행하라.
우린 그 장면을 보지 않고 여길 뜬다,
알맞게 환희하며 좀 슬프게.

(알시테에게)   상을 품에 안아라,   135
놓치지 않을 줄로 알고 있다. — 히폴리테,
한쪽 눈에 눈물방울 맺힌 게 보이는데
곧 떨어질 것이오.   (팡파르)

에밀리아   이게 이긴 거예요?
오, 천신들이시여, 자비심은 어디 있죠?
당신들 뜻에 따라 이 일은 이렇게 돼야 하고,   140

그래서 이 친구 잃은, 이 불행한 귀공자,

여인들 모두보다 값진 목숨 잘라 내는 사람을

제가 살아 위로하라 명하는 게 아니라면

전 꼭 죽고, 또 죽고 싶어요.

히폴리테 　　　　　　　　　　　무한히 가엾네,

저런 눈 네 개가 한 여인에게 콱 박혔다가　　　　　　　　　145

두 개가 꼭 감겨야 하다니!

테세우스 　　　　　　　　　그리됐소.　　　　(함께 퇴장)

5막 4장

포박당한 팔라몬과 그의 기사들, 간수, 사형 집행인,

호위병과 그 밖의 사람들, 단두대와 도끼를 가지고 등장.

팔라몬　　수많은 이들이 대중의 사랑보다 오래 살 듯

수많은 아버지도 자식 잃고, 그렇지,

똑같은 상황에 처해 있다. 그 생각에

우린 좀 위안을 받는다. 우린 숨을 거둬도

동정이 없진 않아. 계속 살기 바라는 이들의　　　　　　　5

착한 소망 있으니까. 역겨운 노년의 불행을

우리는 미리 막고, 죽음에 다가가는

회색빛 노인들의 말년을 기다리는

통풍과 분비물도 이긴다. 우리는 신들 향해

젊고 소진 안 된 채 낡은 죄 많이 지고　　　　　　　　　10

절뚝대지 않으면서 나아간다. 그럼 분명 신들은

5막 4장 장소 숲, 결투 장소 근처.

더 빨리 기뻐하며 감로주를 내릴 거야,
우리가 더 깨끗한 혼이니까.
(기사들에게)   소중한 친척들,
이 하찮은 위안 받고 목숨을 내놨으니
그걸 너무, 너무 싸게 팔았어.

기사 1   어떠한 결말이   15
더 만족스럽지? 승자들은 우리를 누르고
행운을 얻지만 우리의 죽음이 확실한 것만큼
그 소유권 덧없네. 그 명예는 우리의 것보다
한 치도 더 높지 않아.

기사 2   작별을 고하고
가장 확실할 때도 비틀대는 불안정한 운명을   20
인내로 화나게 만들자.   (그들은 포옹한다.)

기사 3   자, 누가 시작하지?

팔라몬   자네들을 이 연회에 데려온 바로 그가
먼저 맛을 보겠네. (간수에게) 아하, 친구, 친구여,
친절한 당신 딸이 한때 내게 자유를 줬는데
당신은 영원한 걸 주는군. 아, 그녀는 어떤가?   25
좋지 않다 들었는데 그녀의 병명에
난 조금 슬펐다네.

간수   개는 많이 회복됐고
곧 결혼할 겁니다.

팔라몬   이 짧은 생명 걸고
나는 참 기쁘네. 이게 내가 기뻐할 마지막
일이 될 것이네. 딸에게 꼭 그리 말해 주게.   30
내 안부를 전하고 그녀 몫에 보태라고
이것을 건네주게. (자기 지갑을 준다.)

기사 1	아니, 우리 모두 내놓자.
기사 2	처녀인가?
팔라몬	진실로 그렇다고 생각하네.

무척 좋은 여자로 내 보답이나 말보다 더

많이 받을 가치 있네.

기사들	(간수에게) 안부 전해 주게나.	35

(그들이 자기네 지갑을 준다.)

간수	신들이 모두에게 보답하고 딸은 감사하기를.
팔라몬	잘 있게. 내 목숨도 이제는 내 작별처럼

짧게 줄여 주게나. (단두대 위에 머리를 놓는다.)

기사 3	앞서게, 용감한 사촌.
기사 1, 2	우리도 기분 좋게 따르겠네.

(안에서 큰 소리로 "뛰어, 구해, 멈춰!"라고 외친다.)

사자 급하게 등장.

사자	멈춰, 멈춰! 오, 멈춰, 멈춰요, 멈춰요!	40

피리토우스 급하게 등장.

피리토우스	여봐라, 멈춰라! 자네가 그리 빨리 끝내면

성급해서 저주받아. — 고귀한 팔라몬,

신들은 그대가 앞으로 이어 갈 삶에서

영광을 보이기로 결정했소.

팔라몬	그럴 수가, 난

아프로디테가 배신했다 말했는데? 뭔 일이오? 45

피리토우스	일어서서, 큰 신사여, 참으로 희귀하게

　　　　　　　　　　달면서 쓴 소식을 들으시오.

팔라몬　　　　　　　　　　　　　　　　　뭐가 우릴

꿈에서 깨웠소?

피리토우스　　　　　　　　　　　　　그럼 들어 보시오.

당신의 사촌이 에밀리가 처음에 하사한

말 등에 올랐을 때, 검은 놈이었으며　　　　　　　　　　50

흰 털은 한 올도 없었기 때문에

어떤 이는 값어치가 줄었다고 할 테고,

이 특징 때문에 많이들 이 착한 녀석을

사지 않을 테지만 — 그러한 미신은 여기서

확인이 되는데 — 알시테는 그 말을 타고　　　　　　　　55

아테네의 돌길을 속보로 달리면서 징으로

돌을 밟기보다는 가볍게 건드렸죠. 그 말은

기수가 격려하면 1마일짜리 걸음으로

내달렸을 테니까. 그가 이런 식으로

돌을 세며 부싯돌 포도 위를 말굽이 만드는　　　　　　　60

음악에 맞추어 (음악의 근원은 쇠라니까)

춤추듯이 가는데, 어떤 샘난 부싯돌이

늙은 크로노스처럼 차갑고 그 신처럼

악의에 찬 불을 품고 불꽃을 던졌는지, 혹은

그 용도로 생겨난 웬 독한 유황이 그랬는지　　　　　　　65

추측하진 않겠소. 불같이 막 흥분한 그 말은

45행 아프로디테가…말했는데　　　　볼 수 있는 믿음. (아든)
팔라몬은 그런 말을 혼잣말이 아니었다　　63행 크로노스
면 한 적이 없다. (아든)　　　　　　　수확과 관련된 로마의 신. 하지만 애초
61행 음악의…쇠라니까　　　　　　　에는 아마도 심술궂다고 여겨진 파멸의
유발의 얘기(창세기 4장 21~22절)에서　신이었을 수도 있다. (RSC)

화들짝 놀라면서 제힘으로, 제 뜻대로
부릴 혼란 다 부리며 솟구치고 뒷발로 서
학습한 걸 잊었어요, 훈련받고 조련도
잘된 놈이었는데. 그는 마치 돼지처럼   70
뾰족한 박차에 칭얼대며 전혀 복종 않은 채
안달을 냈으며, 시끄럽고 거친 말의
반칙 수단 다하여 멋지게 안장을 지키던
주인을 떨치려 했어요. 다 소용없었을 때 —
고삐도 뱃대끈도 안 끊기고, 달리 날뛰어도   75
말 등에 착 붙은 기수는 안 떨어지면서
두 다리로 그를 꽉 붙잡아 놨을 때 —
그는 뒷발굽으로 섰고,
알시테의 다리는 그의 머리보다도 높아져
이상하게 매달린 것 같았소. 승리자의 화관은   80
바로 그때 머리에서 떨어졌고 놈은 곧
뒤쪽으로 넘어가 말 전체의 무게가
기수의 짐이 돼 버렸소. 아직 살아 있지만
다음 큰 파도가 다가올 때까지만 떠 있는
배와 같은 신세요. 그대와 말 나누기를   85
간절히 원하오. 저기, 그가 나타났군요.

테세우스, 히폴리테, 에밀리아,
의자에 실려 온 알시테 등장.

팔라몬   오, 우리들 혈연의 불행한 끝이구나!
신들은 막강하다. 알시테, 너의 심장,
훌륭한 남자다운 심장이 아직 안 깨졌으면

마지막 말을 내게 해 줘. 난 팔라몬이고   90
죽어 가는 널 아직 사랑해.

알시테   에밀리아를 가지고,
세상 모든 기쁨도 같이 가져. 손을 다오.
잘 있어라. 최후가 왔구나. 거짓말은 했어도
배신은 절대로 안 했다. 날 용서해, 사촌.
고운 에밀리아의 키스 한 번.

                    (에밀리아가 알시테에게 키스한다.)

                              다 끝났다.   95
그녀 가져. 난 죽어. (알시테, 죽는다.)

팔라몬   용감한 네 영혼은 천국 찾길!
에밀리아   눈 감겨 줄게요, 귀공자. 복 받은 혼들과 지내길.
당신은 정말 좋은 남자이고, 난 이날을
사는 동안 눈물에 바칠게요.

팔라몬   전 명예에.
테세우스   이곳에서 둘은 처음 싸웠다. 난 바로   100
여기서 둘을 갈라놨었지. 자네가 살아서
짐이 감사하다고 신들에게 알리라.
그의 역할은 끝났고, 너무 짧긴 했으나
그는 잘 해냈다. 자네의 일생은 연장됐고
축복받은 하늘의 이슬이 정말로 뿌려졌네.   105
강력한 아프로디테가 제단에 큰 복을 내려서
자네에게 애인을 맡겼어. 우리 주인 아레스도
자신의 신탁을 확증했고, 알시테에게는
그 싸움의 성공을 하사했다. 그렇게 신들은
정의를 보였다. 이것을 옮겨라.

팔라몬   오, 사촌!   110

우리가 원하는 걸 정말 잃게 만드는 것들을
우리가 원하다니! 소중한 사랑을 잃어야
소중한 사랑을 살 수가 있다니!

(알시테의 시신이 밖으로 옮겨진다.)

테세우스   운명이
더 교묘한 시합을 벌인 적은 없었다.
패자가 이기고 승자가 손해 봤어. 하지만   115
결투에서 신들은 최고로 공평했다. — 팔라몬,
사촌은 자네에게 이 숙녀를 가질 권리
있다고 고백했어, 자네가 먼저 봤고
바로 그때 사랑을 공표했으니까. 그래서
훔친 보석 그녀를 돌려줬고, 자네의   120
마음속 용서를 받은 뒤 떠나기를 원했네.
신들은 정의를 내 손에서 가져가 본인들이
집행인이 되었어. 숙녀를 데리고 나가고
죽음의 무대에 선 그 동무들 불러와라,
내 친구로 삼겠다. 하루나 이틀 동안   125
슬픈 모습 보이면서 알시테의 장례식을
명예롭게 치르고, 그것을 끝낸 짐은
신랑의 얼굴을 한 뒤에 팔라몬과
함께 웃을 것이다. — 그의 일로 난 한 시간,
딱 한 시간 전만 해도 알시테로 기쁜 만큼   130
진심으로 슬펐는데 지금은 그의 일로
슬픈 만큼 기쁘구나. 오, 하늘의 마술사들이여,
우리 꼴 좀 보시오! 우리에게 없는 걸로
웃고 있고, 가진 걸로 슬퍼하며, 그럼에도
어떤 면에서는 애들이랍니다. 현 상태에   135

감사를 드리고, 우리가 못 따질 존재들과
논쟁을 하는 일은 삼가자. 떠나자, 그리고
때에 맞게 처신하자.   (팡파르. 함께 퇴장)

맺음말

맺음말 하는 배우 등장.

이젠 극이 어땠는지 물어보고 싶지만
학생들이 그렇듯이 말을 못 하겠네요.
무섭게 겁납니다! 제발 잠시 기다린 뒤
쳐다보게 해 줘요. 아무도 안 웃나요?
그럼 별로 안 좋네요. 젊고 예쁜 계집을   5
좋아했던 남자는 얼굴 좀 보여 줘요. ─
하나도 없다면 이상하죠. ─ 그리고 원한다면
양심에 반하여 욕하라고, 그래서 연극 시장
죽이라고 해요. 당신들 붙잡는 건 헛되군요.
그렇다면 최악에 대비하죠! 자, 어쩔래요?   10
그렇다고 오해는 마요. 용감하진 않아요, 전.
그럴 이유 없으니까. 우리가 들려준 이야기에
(다름 아닌 이것에) 어쨌든 만족하면 ─
정직한 그 목적으로 의도했던 것이니까 ─
우리는 목표를 이뤘고, 당신들은 머지않아   15
더 나은 것 많이 보고 우리 향한 옛사랑
늘여 주실 겁니다. 우리와 우리 힘은 모두 다
봉사해 드리는 데 씁니다. 잘 자요, 신사들!
                                         (팡파르. 퇴장)

작가 연보

1564년   아버지 존 셰익스피어와 어머니 메리 아든의 장남으로
스트랫퍼드어폰에이번에서 태어남. 4월 26일 세례 받음.

1582년   11월 여덟 살 연상의 앤 해서웨이와 결혼.

1583년   딸 수재너 태어남. 5월 26일 세례 받음.

1585년   아들 햄닛과 딸 주디스(쌍둥이) 태어남. 2월 2일 세례 받음.

1588-1589년   런던에서 최초의 극작품들이 공연됨.

1588-1590년   식구들을 두고 런던으로 감.

1590-1591년   3부작 『헨리 6세(Henry VI)』.

1592-1594년   시집 『비너스와 아도니스(Venus and Adonis)』,
『루크리스의 강간(The Rape of Lucrece)』 출간.
두 시집 모두 사우샘프턴 백작에게 헌정.
로드 체임벌린스 멘 극단의 주주가 됨.
『리처드 3세(Richard III)』,
『실수 희극(The Comedy of Errors)』,
『티투스 안드로니쿠스(Titus Andronicus)』,
『말괄량이 길들이기(The Taming of the Shrew)』,
『베로나의 두 신사(The Two Gentlemen of Verona)』.

1595-1597년	『사랑의 수고는 수포로(Love's Labour's Lost)』,
	『존 왕(King John)』,『리처드 2세(Richard II)』,
	『로미오와 줄리엣(Romeo and Juliet)』,
	『한여름 밤의 꿈(A Midsummer Night's Dream)』,
	『베니스의 상인(The Merchant of Venice)』,
	『헨리 4세 1부(Henry IV, Part 1)』,
	『윈저의 즐거운 아낙네들(The Merry Wives of Windsor)』.

1596년 아들 햄닛 사망.
부친의 문장을 사용하는 것을 허가받음.

1597년 스트랫퍼드에서 뉴 플레이스 저택 구입.

1598-1599년	『헨리 4세 2부(Henry IV, Part 2)』,
	『헛소문에 큰 소동(Much Ado About Nothing)』,
	『헨리 5세(Henry V)』,『줄리어스 시저(Julius Caesar)』,
	『좋으실 대로(As You Like It)』.
	셰익스피어의 극단이 새로운 글로브 극장으로 옮겨 감.

1600년 『햄릿(Hamlet)』.

1601-1602년 우화시「불사조와 산비둘기(The Phoenix and the Turtle)」 발표.
『십이야(Twelfth Night, or What You Will)』,
『트로일로스와 크레시다(Troilus and Cressida)』,
『끝이 좋으면 다 좋다(All's Well That Ends Well)』.

1601년 부친 사망. 9월 8일 장례.

1603년   엘리자베스 여왕 사망. 스코틀랜드의 제임스 6세가
         영국의 제임스 1세가 됨.
         셰익스피어의 극단이 킹스 멘이 됨.

1604년   『잣대엔 잣대로(Measure for Measure)』, 『오셀로(Othello)』.

1605년   『리어 왕(King Lear)』.

1606년   『맥베스(Macbeth)』,
         『안토니와 클레오파트라(Antony and Cleopatra)』.

1607년   6월 5일 딸 수재너 결혼.

1607-1608년   『코리올라누스(Coriolanus)』,
             『아테네의 티몬(Timon of Athens)』,
             『페리클레스(Pericles)』.

1608년   모친 사망. 9월 9일 장례.

1609-1610년   『심벨린(Cymbeline)』, 『겨울 이야기(The Winter's Tale)』.
             『소네트(Sonnets)』 출간.
             셰익스피어의 극단이 블랙프라이어스 극장을 매입.

1611년   『태풍(The Tempest)』.
         스트랫퍼드로 은퇴.

1612-1613년   『헨리 8세(Henry Ⅷ)』, 『카르데니오(Cardenio)』,
             『두 귀족 친척(The Two Noble Kinsmen)』.

1616년   2월 10일 딸 주디스 결혼.
         스트랫퍼드에서 4월 23일 사망.

1623년   글로브 극장 시절의 동료 배우 존 헤밍과 헨리 콘델이
         편집한 셰익스피어의 극작품들이 이절판으로 출판됨.
         부인 앤 해서웨이 사망.

셰익스피어 전집 6
비극·로맨스

1판 1쇄 찍음. 2024년 8월 10일
1판 1쇄 펴냄. 2024년 8월 30일

지은이. 윌리엄 셰익스피어
옮긴이. 최종철
발행인. 박근섭·박상준

펴낸곳. (주)민음사
출판등록 1966. 5. 19. 제16-490호
주소. 서울시 강남구 도산대로1길 62(신사동)
　　　강남출판문화센터 5층(135-887)
대표전화. 515-2000 | 팩시밀리 515-2007
홈페이지. www.minumsa.com

978-89-374-3126-5 04840
978-89-374-3120-3 (세트)

* 잘못 만들어진 책은 구입처에서 교환해 드립니다.

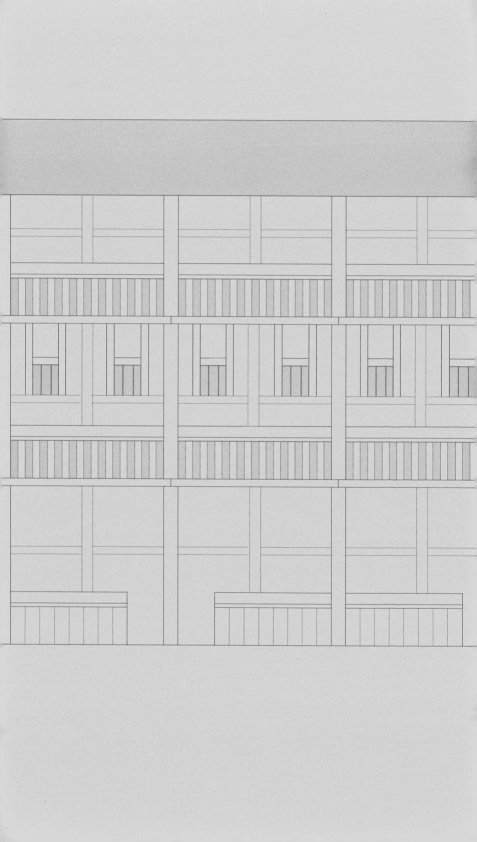